URANIA

a cura di Giuseppe Lippi

Ultimi volumi pubblicati:

Jack L. Chalker

I CORPI
DI MAVRA

Traduzione di Antonio Bellomi

Arnoldo Mondadori Editore

Copertina:
Art Director: Federico Luci
Progetto: Giacomo Callo
Realizzazione: Studio Echo

Titolo originale:
Exiles at the Well of Souls
© 1978 Jack L. Chalker
© 1997 Arnoldo Mondadori Editore
Prima edizione Urania: febbraio 1997

Finito di stampare nel mese di gennaio 1997
presso Nuova Stampa Mondadori - Cles (TN)
Stampato in Italia - Printed in Italy

I was Translating (STUNT) with
the French dictionary

well
↑
**I CORPI
DI MAVRA**

In the pits of the souls
a Technological world
with invisible layers
situated the young.
Mavra Chang have to
face a delicate mission

?

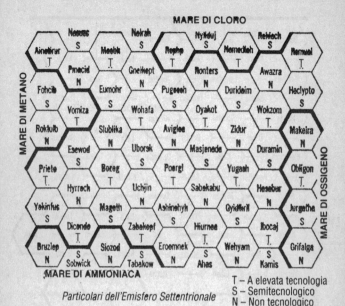

Particolari dell'Emisfero Settentrionale

T – A elevata tecnologia
S – Semitecnologico
N – Non tecnologico

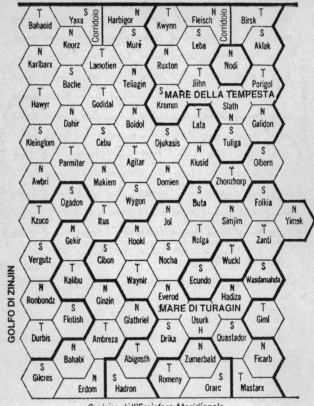

Sezione dell'Emìsfero Meridìonale

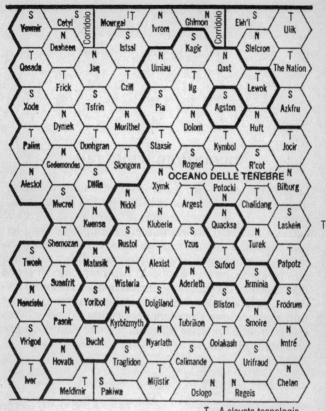

A map of hexagonal territories, each labeled with a tech level marker (S, N, or T) and a name:

Vermir, Cetyl, Corridoio, Mourgal, Ivrom, Ghlmon, Corridoio, Ekh'l, Ulik
Dasheen, Istssl, Kagir, Qast, Slelcron
Qasada, Jaq, Umiau, Qast, The Nation
Frick, Czill, Hg, Lewok
Xoda, Tsfrin, Pia, Agston, Azkfru
Dymek, Murithel, Dolom, Huft
Palim, Dunhgran, Staxsir, Kymbol, Jocir
Gedemondas, Slongorn, Rognel, R'cot
Atestol, Dillia, Xymk, Potocki, Bilburg
Mucrel, Nidol, Argest, Chalidang
Kuensa, Kluberia, Quacksa, Laskein
Shemozan, Rustol, Yzus, Turek
Twosh, Matusik, Alexist, Suford, Patpotz
Susefrit, Wisteria, Aderleth, Jirminia
Nanzietu, Yoribol, Dolgiland, Bliston, Frodrum
Pasnir, Kyrbizmyth, Tubrikon, Smoire, Imtré
Virigod, Bucht, Nyarlath, Oolakash, Chelan
Hovath, Traglidon, Calimande, Urifraud
Iver, Meldimir, Pakiwa, Mijistir, Oslogo, Regeis, Chelan

OCEANO DELLE TENEBRE

T – A elevata tecnologia
S – Semitecnologico
N – Non tecnologico

9

Annotazioni temporali...

La struttura di questo romanzo è estremamente episodica; l'azione passa con grande rapidità da un personaggio o da un avvenimento all'altro e ciò potrebbe causare un certo disorientamento temporale per i lettori abituati a una narrazione lineare. Avvertiamo pertanto che, qualora il testo non fornisca indicazioni specifiche in proposito, qualsiasi cambiamento di scena dovrà essere considerato simultaneo all'azione precedente, e ciò vale, a prescindere dal loro numero, finché non ricompaiono i personaggi originali. Uno schema che potrebbe apparire difficile, ma che non dovrebbe causare problemi.

Laboratori di Gaemesjun, Makeva

La cosa più bizzarra non era che alla assistente di laboratorio del professor Gilgam Zinder spuntasse adesso dal fondoschiena una grossa coda da cavallo; lo strano era che lei non desse mostra di ritenere la cosa anomala o inconsueta.

Zinder era un uomo alto e snello, quasi macilento, con dei capelli sale e pepe e una barbetta a punta che lo faceva apparire ancora più vecchio e stanco. Quanto lavorasse oltre misura stavano a evidenziarlo gli occhi grigi, iniettati di sangue e circondati da profonde occhiaie scure. Erano due giorni che il pensiero di buttar giù qualcosa non l'aveva neppure sfiorato e anche il sonno era diventato una possibilità puramente accademica.

Lo scienziato operava in un laboratorio dalla tipologia piuttosto anomala, strutturato a mo' di anfiteatro, con un piedistallo mobile rialzato di circa quaranta centimetri dal pavimento a tinta unita che fungeva da palcoscenico o da area operativa. Dall'alto pendeva un congegno simile a un grande cannone che terminava con un piccolo specchio da cui usciva una minuscola punta.

Tutto intorno correva una balconata dove, alle pareti, spiccavano migliaia di luci intermittenti, quadranti e interruttori e, sotto, quattro console centrali erano disposte a intervalli regolari. A una di queste era seduto

Zinder e a un'altra, proprio di fronte a lui, stazionava un uomo molto più giovane che indossava una nuovissima tuta di protezione, mentre il camice di Zinder sembrava risalire al secolo precedente.

La donna in piedi sul disco sospeso a mezz'aria aveva un aspetto piuttosto normale: prossima alla quarantina, un po' strabordante e flaccida, il tipo che stava decisamente meglio vestita piuttosto che nuda, come in quel momento era.

Solo che aveva quella coda da cavallo, lunga e folta.

La donna alzò verso i due uomini uno sguardo sconcertato e alquanto impaziente.

— Allora, volete darvi una mossa? — gridò. — Da queste parti fa un freddo dell'accidente.

Ben Yulin, l'uomo più giovane, sorrise e si chinò sulla balaustra.

— Continua a sbattere la coda, Zetta. Stiamo lavorando più in fretta possibile — rispose con una certa bonomia.

E in effetti lei stava sbattendo la coda, piano piano, avanti e indietro, con metodicità, quasi un'eco delle sue frustrazioni.

— Davvero non hai notato nessuna differenza, Zetta? — le domandò la voce stridula di Zinder.

La donna sembrò ancor più sconcertata, poi abbassò lo sguardo sul proprio corpo e se lo accarezzò, coda compresa, come se volesse scoprire che cosa le avevano fatto.

— No, dottor Zinder, non ho notato niente. Perché? Ho qualcosa di... di diverso? — rispose esitante.

— Ti sei accorta di avere una coda? — buttò lì Zinder.

Di nuova la donna sembrò sconcertata. — Certo che ho una coda — replicò con il tono di chi vorrebbe dire "Allora che cosa c'è di strano?".

— Non trovi la cosa piuttosto... piuttosto fuori dal comune? — intervenne Ben Yulin.

La donna era veramente confusa. — Ma no, certo che no. Perché, lo è?

Zinder spostò lo sguardo sul giovane assistente, posizionato a una quindicina di metri da lui.

— Sviluppo interessante — commentò.

Yulin annuì. — Abbiamo cominciato con i fagioli e poi con gli animali, e questo ci ha messo sulla buona strada, ma non avrei mai pensato che ne venisse fuori qualcosa del genere.

— Ti ricordi la teoria? — chiese Zinder.

Yulin annuì. — Stiamo modificando le probabilità all'interno del campo. Ciò che facciamo a qualcosa o a qualcuno nel campo è normale per loro, dato che abbiamo cambiato la relativa equazione stabilizzante di base. Affascinante. Se lo potessimo fare su larga scala... — Lo scienziato lasciò il discorso incompiuto.

Zinder si fece pensoso. — In effetti è così. Un'intera popolazione potrebbe essere modificata, senza che se ne renda neppure conto. — Si girò e fissò di nuovo la donna con la coda da cavallo.

— Zetta? — chiamò. — Sai che noi non abbiamo coda? Che nessun altro di nostra conoscenza ha una coda?

La donna annuì. — Sì. So che per voi è strano. Ma quale sarebbe il problema? Io non ho certo cercato di nasconderlo.

— I tuoi genitori sono dotati di coda, Zetta? — chiese Yulin.

— Certo che no — rispose lei. — Ma vorrei proprio sapere perché la fate così lunga.

Lo scienziato più giovane rivolse al collega anziano uno sguardo significativo, come per dire: "Vogliamo spingerci oltre?"

Zinder si strinse nelle spalle. — Perché no? Sì, mi piacerebbe effettuare un sondaggio a livello psichico per appurare lo spessore del fenomeno ma, se siamo in grado di farlo una volta, potremmo riuscirci in qualsiasi momento. Andiamo per gradi.

— D'accordo — convenne Yulin. — Allora, che si fa?

Zinder rimase per un attimo pensoso. Poi, all'improvviso, allungò la mano e toccò un pannello vicino a un apparecchio incassato nella parete, costituito da un microfono e da un altoparlante.

— Obie? — chiamò, rivolto alla struttura.

— Sì, dottor Zinder? — rispose la voce gradevole e professionale del computer che era nella parete accanto a loro.

— Hai notato che il soggetto non si rende assolutamente conto che ne abbiamo alterato il fisico?

— Notato — ammise Obie. — Vorresti invece che ciò avvenisse? In quella situazione le equazioni non sono stabili ma ci si potrebbe riuscire.

— No, no, va bene così — si affrettò a rispondere Zinder. — Cosa mi dici sul comportamento senza mutazione fisica? Sarebbe possibile?

— Un'alterazione di gran lunga minore — ripose il computer. — Ma anche, proprio a causa di questo, reversibile più in fretta e con maggiore facilità.

Zinder annuì. — Benissimo, Obie. Abbiamo trasferito un cavallo nella matrice del sistema, così sarà completamente a tua disposizione, come pure Zetta.

— Non abbiamo più il cavallo — sottolineò Obie.

Zinder non riuscì a trattenere un sospiro d'impazienza. — Ma possiedi i dati relativi, no? È da lì che arriva la coda, esatto?

— Sì, dottore — rispose Obie. — Mi rendo conto in questo momento che parlavi di nuovo per metafora e mi dispiace di non averlo capito subito.

— Tutto a posto — lo rassicurò Zinder. — Stammi a sentire, tentiamo qualcosa di più grosso. Nella tua memoria hai il termine e il concetto di centauro?

Obie ci pensò sopra per un millesimo di secondo forse. — Sì, ma ci vorrà un certo lavoro per convertire quella donna in un essere similare. Dopotutto, si tratta di tutto un sistema di meccanismi idraulici interni, sistemi cardiovascolari, collegamenti nervosi aggiuntivi e roba del genere.

— Ma tu saresti veramente in grado di farlo? — domandò Zinder, con una punta di stupore.

— Oh, certo che sì.

— Quanto ci impiegheresti?

— Due o tre minuti — rispose Obie.

Zinder si sporse sulla balaustra. La ragazza con la coda stava andando avanti e indietro sul podio, palesemente a disagio.

— Assistente Halib! Per favore, smettila di agitarti a quel modo e torna nel centro del disco! — la sgridò. — Siamo quasi pronti: non dimenticare che ti sei offerta come volontaria.

La donna sospirò: — Chiedo scusa, dottore — e così dicendo tornò nel centro del disco.

Zinder spostò lo sguardo su Yulin. — Pronti, via! — annunciò e Yulin annuì.

— Via!

Il piccolo disco a specchio si mosse, la punta al centro si direzionò verso il basso e all'improvviso l'intera area del disco venne investita da una luce celestina e intermittente che avvolse la figura femminile. La donna sembrava impietrita, incapace di qualsiasi movimento. Poi all'improvviso cominciò a svanire a intermittenza, come un'immagine proiettata male, e alla fine scomparve del tutto.

— L'equazione stabilizzante del soggetto è stata neutralizzata — disse Yulin nel suo registratore, per poi alzare gli occhi verso Zinder. — Gil? — chiamò, con una punta di sgomento.

— Eh? — fece l'altro con aria assente.

— E se non riuscissimo a farla tornare indietro? Voglio dire, se l'avessimo neutralizzata — proseguì Yulin, adesso con un nervosismo palese. — Continuerebbe a esistere, Gil? Sarebbe mai esistita?

Zinder si riappoggiò allo schienale della sedia, immerso nei suoi pensieri. — No, non esisterebbe più — rispose. — Per quanto riguarda il resto... beh, lo chiederemo a Obie. — Attivò il congegno che lo collegava al computer.

— Sì, dottore — fece di rimando la voce calma di Obie.

— Non sto disturbando il processo, non è vero? — domandò cautamente Zinder.

— Oh, no — rispose il computer in tono allegro. — Ho solo bisogno di un po' meno di un ottavo delle mie risorse per raggiungere l'obiettivo.

— Puoi dirmi se, qualora non fosse ristabilito, il soggetto avrebbe comunque un'esistenza propria?

Obie ci pensò sopra. — No, certo che no. Lei è una parte minore dell'equazione primaria, naturalmente, ragion per cui il fenomeno non avrebbe alcun effetto sulla realtà, così come la conosciamo. Addirittura, non avrebbe nessun effetto sull'equazione globale.

— Che cosa potrebbe mai averlo, mi chiedo — sussurrò Zinder allontanandosi dal microfono, poi si rivolse di nuovo a Obie. — Dimmi, se la situazione è questa, perché noi – Ben, tu e io – sappiamo che la realtà è stata alterata?

— Noi siano vicinissimi al campo — rispose Obie. — La medesima reazione l'avrebbe chiunque venisse a trovarsi approssimativamente a un centinaio di metri. Più si è vicini, più la dicotomia è evidente. Dopo circa un centinaio di metri la percezione della realtà comincia a diventare trascurabile. Può darsi che ci si renda conto che qualcosa era diverso, ma non si è in grado di stabilire che cosa. Oltre un migliaio di metri la dispersione diventerebbe una cosa sola con l'equazione di base e la realtà si adeguerebbe. Comunque, se lo desideri, posso adeguare o minimizzare il fenomeno per le tue percezioni.

— Assolutamente no! — sbottò Zinder. — Ma vorresti farmi intendere che chiunque a mille metri da qui crederebbe decisamente che Zetta è sempre stata un centauro e che per questo esisteva una ragione logica?

— Proprio così. Le equazioni primarie restano sempre nell'equilibrio naturale.

— Ecco che arriva! — esclamò Ben eccitato, interrompendo il dialogo.

Zinder spostò lo sguardo e vide una sagoma tremolare al centro del disco. Tremolò un paio di volte ancora, poi si solidificò e il campo svanì. Lo specchio si alzò silenziosamente.

Si trattava ancora di Zetta Halib, palesemente. Ma dove prima c'era una donna, la creatura adesso era Zetta solo fino alla cintola. Lì la pelle olivastra si copriva di un pelo scuro mentre il resto del corpo era quello di una giumenta adulta di quasi due anni.

— Obie! — chiamò Yulin e il computer rispose. — Obie, quanto ci vorrà prima che si stabilizzi? Cioè, quanto ci vorrà perché il centauro diventi permanente?

— Lo è già adesso, per quanto riguarda lei — affermò il computer. — Se vuoi sapere quanto impiegheranno le equazioni primarie a stabilizzarla nel nuovo assetto, posso dirti un'ora o due al massimo. Si tratta, tutto sommato, di un inconveniente quasi trascurabile.

Zinder si chinò sulla balaustra e fissò stupito la sua assistente. Chiaramente la cosa era andata al di là dei suoi sogni più azzardati.

— Sarebbe in grado di riprodursi se disponessimo di un maschio? — domandò Yulin al computer.

— No — rispose Obie, con un tono quasi di scusa. — Questo richiederebbe molto più lavoro. E naturalmente partorirebbe un cavallo.

— Ma veramente non saresti in grado di realizzare una coppia di centauri in grado di procreare? — insistette Yulin.

— Ci sono buone probabilità — ammise Obie. — Dopotutto, l'unico limite alla realizzazione sarebbe rappresentato dalle mie capacità di elaborazione. Ma prima di riuscirci, dovrei comunque capire come funziona la faccenda.

Yulin annuì ma si capiva benissimo che era eccitato quanto il collega più anziano, per il quale quanto si stava compiendo nel laboratorio rappresentava il frutto del lavoro di tutta la vita.

Il centauro alzò gli occhi verso di loro. — Dobbiamo rimanere qui tutto il giorno? — chiese con impazienza. — Mi sta venendo fame.

— Che cosa mangia, Obie? — domandò Yulin.

— Erba, fieno, roba di quel tipo — rispose il computer. — Naturalmente ho dovuto operare dei tagli. Il torace è costituito essenzialmente di tessuto muscolare e ossatura di supporto. È la parte equina a contenere tutti gli organi.

Yulin annuì, poi guardò l'anziano scienziato, ancora allibito davanti a quel risultato.

— Gil — gli disse — che ne diresti di qualche intervento estetico prima di tenerla per un po' in questo stato? Sarebbe interessante vedere il risultato dell'alterazione.

Zinder annuì con aria assente.

Con un ulteriore passaggio, il computer fu in grado di fornire alla nuova creatura una metà umana decisamente più attraente; rassodò i tessuti e le donò un aspetto giovane e sano.

Le operazioni erano quasi alla fine quando vicino all'anziano scienziato si aprì una porta e una ragazzina, che non doveva avere più di quattordici anni, entrò con un vassoio. Era alta poco più di un metro e sessanta, ma pesava all'incirca sessantotto chili. Tracagnotta e goffa com'era, con quelle gambotte grasse e il seno esagerato, non ne guadagnava certo indossando una veste semitrasparente. I sandali piatti, il trucco eccessivo e i lunghi capelli biondi, spudoratamente ossigenati, peggioravano ulteriormente il tutto, conferendole un aspetto grottesco. Ma vedendola il vecchio sorrise con indulgenza.

— Nikki! — disse con tono di disapprovazione. — Pensavo di averti detto di non entrare quando era accesa la luce rossa!

— Mi dispiace, papà — rispose lei, anche se a giudicare dall'espressione non sembrava affatto spiaciuta. Imperterrita depose il vassoio e gli sfiorò la guancia con un bacio, poi aggiunse: — Ma è da talmente tanto tempo che non mangi che cominciavamo a preoccuparci. — Poi spostò lo sguardo altrove, lo soffermò sullo scienziato più giovane e gli sorrise in maniera del tutto diversa.

18

— Salve, Ben! — lo apostrofò allegramente agitando la mano.

Yulin alzò gli occhi, sorrise e rispose al saluto. Poi, all'improvviso, il suo cervello cominciò a lavorare alacremente. Un centinaio di metri pensò. La cucina non poteva distare più di tanto.

La ragazza abbracciò il padre. — Che cosa hai fatto in tutto questo tempo? — domandò fra il serio e il faceto. Sebbene adulta sotto il profilo fisico, Nikki Zinder era ancora fondamentalmente una bambina e si comportava come tale. Fin troppo, pensava il padre. In quel luogo era eccessivamente protetta, tagliata fuori da qualsiasi rapporto con i coetanei e rovinata sin dalla prima infanzia da un padre incapace di imporle un qualsiasi tipo di disciplina e dal fatto che tutti sapevano che era la figlia del capo. Ogni suo atteggiamento era infantile; spesso sembrava più una mocciosa di cinque anni piuttosto che un'adolescente di quattordici qual era in realtà.

Ma Nikki era sua e lui non poteva sopportare l'idea di allontanarla, di relegarla in qualche istituto o progetto lontani da lui. La sua era stata un'esistenza solitaria fatta di cifre e di macchinari complessi. All'età di cinquantasette anni s'era fatto prelevare dei campioni per poi clonarli, ma sentiva il bisogno di un figlio tutto suo. Così a un certo punto, mentre si trovava su Voltaire, aveva pagato un'assistente affinché gli desse un figlio. Lei aveva accondisceso di buon grado, incuriosita da quella nuova esperienza. In qualità di psicologa comportamentale, aveva lavorato al progetto di Zinder finché Nikki non era stata partorita, poi lo scienziato l'aveva liquidata e lei se ne era andata.

Nikki assomigliava alla madre, ma in realtà la cosa per Zinder non aveva la minima importanza. Quella ragazzina era sua e durante i periodi più stressanti del progetto era stata la sua presenza a impedirgli di dar fuori di testa. All'improvviso Nikki sentì un colpo di tosse, si accostò alla balaustra e abbassò lo sguardo sul centauro.

— Oh, guarda chi si vede. Ciao, Zetta!

Il centauro alzò gli occhi a sua volta e sorrise con materna indulgenza. — Ciao, Nikki — rispose automaticamente.

Sia Zinder che Yulin erano rimasti di stucco.

— Ascolta, Nikki, non ti sembra di vedere qualcosa... qualcosa di strano in Zetta? — buttò lì il padre.

La ragazzina si strinse nelle spalle. — No. Perché, dovrei?

La bocca di Yulin si spalancò in segno d'inequivocabile sorpresa.

Trascorse più di una settimana durante la quale i due scienziati presero nota delle varie reazioni alla nuova creatura. Quelli del centro, quasi tutti, non giudicarono assolutamente strano che Zetta Halib fosse per metà un cavallo. O, per meglio dire, non la consideravano una novità. Sapevano, naturalmente, che Zetta si era offerta volontaria per consentire ai due biologi di proseguire i loro esperimenti la cui finalità era quella di adattare le persone a forme diverse. Erano al corrente che, prima della nascita, Zetta era stata manipolata per crescere com'era cresciuta e ricordavano benissimo il suo arrivo e le reazioni iniziali.

Tutto regolare, certo, se non il fatto che nulla di quanto ricordavano era realmente accaduto. Lo strano centauro richiedeva una spiegazione; la realtà si era adeguata e gliel'aveva fornita. Solo due uomini conoscevano la verità.

Ben Yulin si attardò ancora un momento nell'ufficio del capo, tirando qualche boccata dalla pipa ricurva e lasciandosi cullare dallo schienale flessibile, poi disse: — Così adesso sappiamo.

Lo scienziato più anziano annuì e mandò giù qualche sorsata di tè.

— Sì. Sappiamo di poter prendere qualsiasi individuo, qualsiasi cosa e rifarla, semplicemente fornendo a Obie i dati dei quali ha bisogno per compiere la trasformazione a regola d'arte, e nessuno se ne accorgerà mai.

Povera Zetta! Una specie di mostro con una storia completa, che ricorda il proprio processo di crescita. Ovviamente dovremo riportarla allo stato originale.

— Ovviamente — convenne Yulin. — Ma lasciamola bella com'è adesso. In fondo se l'è meritato.

— Ma certo, ma certo — rispose Zinder come se in fondo la cosa gli fosse del tutto indifferente.

— Però c'è ancora qualcosa che ti preoccupa — notò Yulin.

Gil Zinder sospirò. — Sì, sono molto preoccupato. Ti sarai reso conto che un potere del genere è qualcosa di grandioso, che sei come Dio. E pavento l'idea che possa finire in mano a quelli del Consiglio.

Yulin sembrava sorpreso. — Be', tutti questi soldi non sono stati spesi per niente. Dannazione! Siamo stati noi a vincere la battaglia, Gil! Siamo stati noi a trasformare la scienza convenzionale in un gioco dei bussolotti! Abbiamo dimostrato a quella gente con quanta facilità si possono cambiare le regole del gioco!

Lo scienziato più anziano annuì. — È vero, è vero. Vinceremo ogni sorta di premi e compagnia bella. Ma... be', sai benissimo in che cosa consiste il vero problema. Trecentosettantaquattro mondi umani. Davvero tantissimi. Ma quasi tutti sono *mondi comunitari*, fantasie conformiste. Pensa cosa potrebbero fare i governanti di quei mondi se mai disponessero di un congegno come il nostro!

Yulin sospirò. — Ascolta, Gil, il nostro metodo non è diverso da quelli più rozzi attualmente utilizzati: manipolazione biologica, ingegneria genetica e roba del genere. Dopotutto non bisogna essere pessimisti. Forse la tua scoperta cambierà le cose per il meglio o, comunque, non le peggiorerà di molto.

— È vero — riconobbe Zinder. — Ma non si tratta solo di questo nuovo potere, Ben... — lo scienziato fece avanzare la sedia a rotelle per ritrovarsi faccia a faccia con il collega più giovane — ...c'è qualcos'altro.

— Che cosa?

— Le relative implicazioni — rispose preoccupato lo

scienziato. — Ben, se tutto questo, questa sedia, questo ufficio, tu, io... se noi siamo soltanto equazioni stabilizzate, materia creata da pura energia e in qualche modo mantenuta allo stato attuale, che cos'è che ci mantiene stabili? Esiste da qualche parte un Obie cosmico, un Obie in grado di mantenere in equilibrio le equazioni primarie?

Ben Yulin ridacchiò. — Suppongo di sì, in un modo o nell'altro. Stringi stringi, Dio è soltanto un Obie gigantesco. Tutto sommato, questo pensiero mi piace.

Zinder non trovò affatto divertente la battuta. — Credo che esista, Ben. Deve esistere, se tutto il resto è corretto. Anche Obie è d'accordo. Ma chi l'ha costruito? Chi provvede al suo funzionamento?

— Be', se vogliamo considerare più seriamente la questione, suppongo che siano stati i Markoviani a costruirlo. E, a quanto mi risulta, continuano a farlo funzionare — rispose Yulin.

Zinder rimase pensoso per qualche attimo. — I Markoviani. Sì, dev'essere così. Abbiamo trovato dappertutto i loro mondi morti e le città abbandonate. Devono aver fatto tutto ciò su scala gigantesca, Ben! — Lo scienziato più anziano era palesemente eccitato. — Ma certo! Ecco perché non abbiamo mai trovato manufatti fra quelle vecchie rovine! Qualsiasi cosa volessero, si limitavano a contattare la loro versione di Obie ed eccola lì, bella e scodellata!

Yulin manifestò la propria approvazione con un cenno del capo. — Potresti aver ragione.

— Ma, Ben — continuò Zinder — tutti i mondi dei Markoviani che abbiamo trovato! Erano tutti morti! — Si appoggiò allo schienale della sedia, cercando di darsi una calmata, ma il tono era ancora agitato. — Mi chiedo... se loro non sono stati in grado di gestire la cosa, come potremo farlo noi? — Guardò il collega dritto negli occhi. — Ben, i mezzi che abbiamo trovato finiranno per spazzar via la razza umana?

Yulin scosse lentamente il capo. — Non lo so, Gil. Spero di no. Inoltre — sorrise assumendo un tono meno grave — comunque vadano le cose, ce ne saremo andati tutti da un pezzo prima di raggiungere quel punto.

— Mi piacerebbe avere il tuo ottimismo, Ben — commentò Zinder ancora nervoso. — Su una cosa hai ragione però. Dobbiamo farne partecipi gli altri. Vorresti pensarci tu?

Ben si alzò e con gesto affettuoso sfiorò la spalla del collega più anziano. — Ma certo, ci penserò io — lo rassicurò. — Ti stai preoccupando troppo, Gil. Fidati di me. — Adesso aveva un tono di voce molto più sicuro, ma l'altro non lo notò. — Penserò io a tutto.

Ai vecchi tempi esistevano le nazioni, in gara per la conquista dello spazio. E successivamente ci furono colonie planetarie di tali nazioni e tutte seguivano ideologie e modi di vita diversi. Poi arrivarono guerre, incursioni, rivoluzioni tecniche. L'uomo si diffuse nella Galassia, le nazioni svanirono, lasciandosi dietro per gli eredi soltanto le loro filosofie. Alla fine i capi, stanchi di tutto ciò, si riunirono e addivennero a un patto: tutte le ideologie avrebbero potuto competere liberamente finché una di esse non fosse giunta a dominare il proprio pianeta, ma mai ricorrendo alla forza e mai avvalendosi di aiuti esterni. Ogni pianeta avrebbe scelto un suo consigliere che avrebbe fatto parte di un gran Consiglio dei Mondi e avrebbe avuto diritto di voto.

Le grandi armi del terrore e della distruzione furono messe sotto sigillo, sotto la sorveglianza di una milizia appositamente addestrata, i cui componenti tuttavia non potevano far uso delle armi suddette senza autorizzazione. Tale autorizzazione poteva venire soltanto dalla maggioranza di trecentosettantaquattro membri del Consiglio, ognuno dei quali avrebbe dovuto procedere di persona per aprire la sua parte di sigilli.

Il Consigliere Antor Trelig, uno dei suddetti tutori, aveva un considerevole peso politico nel Consiglio. Tecnicamente, rappresentava il Partito Popolare della Nuova Prospettiva, un Mondo Comunitario, in cui le persone erano allevate per obbedire e svolgere in maniera impeccabile le proprie mansioni. In verità rappresentava molto di più in quanto aveva molta influenza anche sugli altri membri del Consiglio. Secondo alcuni era così ambizioso da sognare di riuscire un giorno a controllare la maggioranza, di tenere in pugno le chiavi delle armi che avrebbero potuto distruggere i mondi.

Si trattava di un uomo di taglia notevole, alto all'incirca un metro e novanta, ampie spalle, un grande naso aquilino e la mascella quadrata. Sembrava fatto di granito. Tuttavia non pareva un pazzo esaltato di potere, come molti lo avevano descritto, non certo in quel momento, mentre se ne stava lì, affascinato, a osservare due uomini e una macchina che stavano disfando un centauro.

Non solo i due scienziati fecero a suo beneficio alcune dimostrazioni aggiuntive, ma gli chiesero anche se avrebbe gradito provarci di persona. Trelig respinse l'invito con una risatina nervosa. Ma, dopo aver parlato alla ragazza che usciva dal disco sopraelevato e dopo avere visto tornare alla forma originale lei e la realtà, si lasciò convincere.

Qualche ora dopo si stava rilassando davanti a un brandy assai capitalista nell'ufficio di Zinder.

— Non riesco a dirvi quanto sia rimasto colpito — disse ai due scienziati. — Quello che avete fatto è assurdo, incredibile. Ma ditemi, sarebbe possibile realizzare un dispositivo enorme, così grande da controllare la globalità di un pianeta?

Zinder si fece improvvisamente ostile. — Non credo che fare una cosa simile possa avere alcun significato pratico, Consigliere. Troppe variabili.

— Sarebbe comunque fattibile — intervenne Ben Yulin, ignorando lo sguardo contrariato del collega. — Ma comporterebbe un costo e uno sforzo veramente enormi!

Trelig annuì. — Un costo irrilevante se paragonato ai benefici. Pazzesco, una simile realizzazione eliminerebbe per sempre la possibilità di carestie, bizzarrie climatiche e altre calamità similari. Una vera e propria utopia!

"Oppure potrebbe ridurre i pochi mondi rimasti liberi e individualistici a una felice e obbediente schiavitù" pensò cupo Zinder. Poi, ad alta voce, disse: — Credo che costituisca anche un'arma, Consigliere. Un'arma terribile, nelle mani sbagliate. Ritengo che proprio questo abbia estinto i Markoviani alcuni milioni di anni fa. Mi sentirei meglio se un simile potere fosse messo sotto il Sigillo del Consiglio.

Trelig sospirò. — Personalmente non sono d'accordo. Ma non lo sapremo mai senza provarci. Comunque è impensabile che una realizzazione scientifica di simile portata venga accantonata da qualche parte per poi finire nell'oblio!

— Invece credo proprio che questa sia la soluzione migliore. E anche tutte le tracce della ricerca dovrebbero essere cancellate per sempre — s'incaponì Zinder. — Attualmente disponiamo di un potere che ci porterebbe ad agire come se fossimo Dio. E a mio avviso non siamo ancora pronti.

— Implicazioni a parte — obiettò Trelig — non si può disinventare qualcosa che è già stata inventata. Concordo però con lei che sia il caso di mantenere il massimo riserbo. Se trapelasse anche solo la notizia di una simile scoperta, ne trarrebbero ispirazione milioni di altri scienziati. Secondo me, per il momento, sarebbe opportuno portare il progetto fuori da qui e trasferirlo in qualche posto sicuro e isolato.

— E dove si troverebbe questo posto? — chiese Zinder in tono scettico.

Trelig sorrise. — Io il posto ce l'ho, un planetoide dotato di tutte le riserve vitali necessarie, normale forza di gravità e un sacco di altre belle cose. Lo uso come posto di vacanza. Sarebbe l'ideale.

Zinder avvertì una sensazione di disagio, ricordando la poco edificante reputazione di Trelig.

— Non sono d'accordo — replicò. — Credo piuttosto

che sia il caso di sottoporre la questione al Consiglio, quando questo si radunerà in seduta plenaria la settimana prossima, e lasciare che siano i membri a decidere.

Trelig si comportò come se già si aspettasse una risposta del genere. — È sicuro di non volerci ripensare, dottore? Nuova Pompei è un posto meraviglioso, molto più gradevole di questo orrore sterile.

Zinder capì al volo quanto gli stava venendo offerto.

— No, rimango della mia idea e nulla potrà farmela cambiare.

Trelig sospirò. — D'accordo, allora. Farò in modo che il Consiglio si riunisca fra otto giorni. Ovviamente parteciperanno anche lei e il dottor Yulin.

L'uomo si alzò e fece per andarsene, senza però dimenticare di sorridere ammiccando alla volta di Ben Yulin, il quale a sua volta annuì di rimando. Zinder non si accorse di nulla.

Ben Yulin avrebbe pensato a tutto.

Nikki Zinder, quasi avviluppata dall'enorme letto, stava dormendo tranquillamente nella sua camera, ingombra di abiti esotici, pupazzi vari, giochi di ogni tipo e cianfrusaglie sparse in variopinto disordine.

Un'ombra si fermò davanti alla porta, dopo essersi guardata attorno per sincerarsi che non stesse arrivando nessuno, tirò fuori un minuscolo cacciavite e con estrema cura rimosse la placca a pressione dell'uscio, in modo da non far scattare l'allarme. Tolta la placca, l'uomo studiò i piccoli moduli scoperti e sistemò della gomma isolante in diversi punti critici. Un modulo venne rimosso e modificato apponendo una fascetta d'argento fra due contatti non altrimenti collegati.

Soddisfatto, l'intruso rimise a posto la placca, riavvitandola con cura. Dopo aver messo via il cacciavite, esitò un attimo per la tensione, poi premette il contatto.

Seguì un leggero scatto, poi più nulla.

Respirando con maggior facilità, adesso, estrasse

una piccola fiala di liquido trasparente da un altro scomparto della cintura e ci fissò una siringa. Tenendola ben salda fra le mani, arrivò alla porta che conduceva alla camera della ragazza, con la mano libera premette lentamente su un battente, poi lo spostò un po' sulla destra.

La porta si aprì con un leggerissimo rumore, peraltro facilmente confondibile con il sibilo dell'impianto di condizionamento. Una volta ottenuto un varco sufficiente per scivolare all'interno, l'uomo si chiuse l'uscio alle spalle.

Illuminata dal riverbero schermato della lampada a stelo, distinse la figura addormentata di Nikki Zinder. La ragazza se ne stava supina, la bocca socchiusa, e russava leggermente.

In punta di piedi ma con passi decisi l'intruso si avvicinò al capezzale e aveva quasi raggiunto l'obiettivo quando Nikki borbottò qualcosa nel sonno e si girò su un fianco, spostandosi di qualche centimetro. L'uomo attese che si fosse di nuovo addormentata profondamente, poi si chinò e sollevò un lembo di lenzuolo, mettendo a nudo la parte superiore del braccio destro, dove conficcò la siringa.

Il tocco fu così delicato che la giovane non si svegliò, limitandosi a emettere un piccolo gemito, per poi rivoltarsi sulla schiena. Vuotata la fiala, l'uomo rimosse il contenitore vuoto e se lo mise in tasca.

Nikki diede l'impressione di essersi leggermente svegliata, poiché quasi automaticamente alzò la sinistra per tastare il muscolo sulla destra. Ma di colpo il braccio sembrò perdere qualsiasi capacità di movimento e ricadde pesantemente. Nel frattempo anche il respiro si era fatto più affannoso.

L'uomo si chinò, la sfiorò, poi la scosse con una certa violenza. Nessuna reazione.

Sorridendo soddisfatto, l'uomo si sedette sul letto e avvicinò il volto a quello della ragazza.

— Nikki, mi senti? — le domandò con dolcezza.

— Uh... — farfugliò lei.

— Nikki, stammi bene a sentire. Quando dirò di nuovo "cento", comincerai a contare al contrario da quel numero a zero. Arrivata a zero ti alzerai, uscirai da questa stanza e raggiungerai subito il laboratorio. Il piano terreno del laboratorio, tesoro. Lì, proprio al centro del pavimento, troverai una grande piattaforma rotonda, ti piazzerai nel mezzo e resterai lì, incapace di fare un qualsiasi spostamento anche se lo volessi, come una statua di sale, e sarai ancora profondamente addormentata. Hai capito bene?

— Ho capito.

— Fa' in modo che nessuno ti veda raggiungere il laboratorio — la mise in guardia l'intruso. — È estremamente importante, ma se ciò dovesse succedere, comportati normalmente, sbarazzati in fretta di chicchessia e non dire dove stai effettivamente andando. Lo farai?

— Uh, uh — assentì Nikki.

L'uomo si alzò dal letto e si avvicinò alla porta ancora azionabile automaticamente dalla parte della camera da letto. La serratura non era bloccata. L'intruso socchiuse la porta, non vide nessuno, l'aprì completamente uscì nell'atrio, e se la richiuse alle spalle dicendo: — Cento, Nikki.

Soddisfatto, ridiscese il corridoio per un centinaio di metri, senza incontrare nessuno e notando con soddisfazione che tutte le porte erano chiuse. Entrò nell'ascensore e la porta che portava alla capsula si chiuse.

— Yulin, Abu Ben, YA-356-47765-7881-GX. Via libera. Al laboratorio, secondo piano, prego — disse. L'ascensore controllò l'immagine, il numero d'identità e il timbro della voce, poi discese rapidamente al laboratorio.

Una volta arrivato alla balconata, l'uomo raggiunse il suo pannello di controllo e lo attivò, sintonizzandolo su Obie.

— Obie?

— Sì, Ben? — rispose una voce amica.

Yulin premette alcuni pulsanti della tastiera.

— Transazione non numerata — annunciò con una calma che assolutamente non provava. — Archivia nella memoria ausiliaria sotto il mio codice.

— Cosa stai facendo, Ben? — domandò incuriosito Obie. — Questo è un sistema che neppure io posso usare. Non avevo neppure idea che esistesse finché non lo hai utilizzato tu.

Ben Yulin sorrise. — Hai ragione, Obie. Persino tu non sei tenuto a ricordare tutto.

Ciò che Obie aveva scoperto, e Ben stava utilizzando, era il sistema mediante il quale poteva usare Obie e successivamente far sì che quest'ultimo archiviasse la registrazione di quanto aveva fatto in modo tale che non fosse accessibile neppure al grande computer. Obie avrebbe continuato ad agire normalmente, manifestando tuttavia un caso di amnesia totale non solo relativamente a quanto Ben stava per fare ma addirittura per quanto concerneva la sua presenza.

Yulin sentì la porta dell'ascensore aprirsi al piano di sotto. Si sporse dalla balconata e vide Nikki, con addosso solo la camicia da notte trasparente, entrare con decisione nel laboratorio e salire sul disco. Una volta raggiunto il centro, rimase in posizione eretta, gli occhi chiusi, come impietrita. Se non fosse stato per il respiro, si sarebbe detta una statua.

— Registra il soggetto in modalità aux, Obie — lo istruì Yulin. Dall'alto scese il grande specchio, si posizionò sopra il disco ed emanò il raggio blu. La figura di Nikki tremolò un paio di volte, poi svanì. Il raggio s'interruppe.

Sarebbe stato allettante, pensò Yulin, lasciarla addirittura lì. Ma no, il rischio era troppo grande. Probabilmente avrebbe finito con l'essere riprodotta, e lui non la voleva su quel disco con Zinder ai comandi.

— Obie, questa sarà un'equazione instabile. Non si risistemerà. L'atto della metamorfosi sarà di per se stesso parte della realtà.

— Sì, Ben — rispose il computer — ho capito. Non ci sarà nessun adeguamento della realtà.

Yulin annuì soddisfatto.

— Un adeguamento soltanto psicologico, Obie — disse alla grande macchina.

— Pronto — rispose Obie.

— Massimo livello di reattività emotivo-sessuale — ordinò. — Il soggetto dev'essere sintonizzato sul dottor Ben Yulin, i cui dati sono nella tua banca. Bisognerà far in modo che il soggetto s'innamori pazzamente, irrazionalmente di Yulin, e che non pensi ad altro che a Yulin. Farà tutto per Yulin, obbedirà solo a Yulin, senza eccezioni di sorta. Il soggetto si considererà proprietà consenziente del suddetto Ben Yulin. Per futuri riferimenti il codice sarà "schiava d'amore" e dovrà essere archiviato in *aux ausiliario uno*.

— Fatto — disse il computer.

— Sequenza, poi archiviazione non appena entrambi gli umani avranno lasciato il laboratorio.

— Sequenza in atto — dichiarò il computer mentre Yulin guardava giù dalla balconata. Il raggio blu era comparso di nuovo e Nikki, ancora la stessa e con ancora addosso la medesima camicia da notte, riapparve di nuovo. Come di ghiaccio.

Yulin maledisse se stesso. Erano passati meno di venti minuti da quando le aveva somministrato la dose il cui effetto sarebbe durato almeno tre volte tanto. Ma non aveva voluto correre rischi.

— Istruzioni aggiuntive, Obie — disse di rimando. — Elimina tutte le tracce del farmaco Stepleflin dal soggetto e riportalo a uno stato di completa consapevolezza, con l'equivalente di otto ore di sonno. Esegui immediatamente, poi torna alle istruzioni precedenti.

Il computer accettò le nuove istruzioni, il raggio si riportò su Nikki la cui immagine però stavolta scomparve per meno di mezzo secondo. Poi rieccola, completamente sveglia, che si guardava attorno attonita.

Yulin si chinò sulla balaustra. — Ehi, Nikki!

La ragazza alzò lo sguardo, lo vide e di colpo l'espressione del suo volto si fece così rapita che si sarebbe detto avesse visto un dio. Tutta tremante, cominciò a sospirare.

— Sali quassù, Nikki — le disse l'uomo e lei si precipitò immediatamente verso l'ascensore. In meno di due minuti gli era già accanto. Continuò a guardarlo fra lo sgomento e l'estasiato. Lui le sfiorò con la mano la guancia e subito un brivido d'orgasmo scosse il corpo della giovane. Yulin ne rimase estremamente compiaciuto.

— Seguimi, Nikki — le ordinò con dolcezza, prendendole la mano. La ragazza obbedì. I due salirono sull'ascensore e Yulin ordinò di salire in superficie.

Il livello superiore si aprì in un piccolo parco, fiocamente illuminato dalla luce artificiale della cupola. Le stelle splendevano lontane da orizzonte a orizzonte. Durante il tragitto la ragazzina non aveva fatto nessuna domanda, neppure emesso un suono.

In giro c'era poca gente. Ma poiché la maggior parte del centro di ricerca era dedicato a migliaia di altri progetti, molti seguivano orari differenti per svariati motivi, a volte soltanto per dividersi le attrezzature.

— Dobbiamo nasconderci da tutti, Nikki — le sussurrò l'uomo. — Nessuno deve vederci.

— Oh sì, Ben — rispose lei mentre cominciavano a scivolare lungo un lato del camminamento, nascosto per la maggior parte fra i cespugli da dove spuntavano spine aguzze che più volte graffiarono la delicata pelle di Nikki; la sua reazione tuttavia non andò mai più in là di una quasi impercettibile esclamazione o un sommesso lamento. A un certo punto fu lei a tirarlo giù all'ombra di una siepe, perché Ben non aveva visto un uomo basso e scuro voltare l'angolo. Infine, raggiunto lo spazio erboso e privo d'illuminazione che, per qualche oscuro motivo, tutti chiamavano "campus", lo attraversarono a passo normale dopodiché, accovacciati in un angolo buio nell'ombra di un altro edificio, rimasero in attesa.

La ragazza cingeva l'uomo con un braccio ed era appoggiata contro il suo corpo. A un certo punto anche lui le mise un braccio attorno alla vita e Nikki sospirò, cominciando a strofinarglisi contro e a sbaciucchiare gli indumenti.

Ben trovava la cosa decisamente imbarazzante e leggermente disgustosa, ma era stato lui a stabilire le regole del gioco e ora doveva adeguarsi.

Finalmente nell'oscurità scivolò loro accanto un piccolo *carrier* privato. Si alzò un alettone e ne uscì un uomo. Nikki, sentendo del movimento, si guardò attorno e cercò di trascinare Yulin in un angolo ancora più buio.

— No, Nikki, quell'uomo è un mio amico — le disse il giovane scienziato e lei subito si rilassò.

— Adnar! Da questa parte! — disse Ben. L'uomo lo sentì e si avvicinò ulteriormente.

— Questo è l'unico modo per poter stare insieme, Nikki — disse lo scienziato alla ragazza. — Devi andartene per un po' ma, se non ti lamenterai e farai tutto ciò che Adnar e i suoi amici ti diranno, ti raggiungerò presto. Te lo prometto.

La ragazza sorrise. Aveva la mente annebbiata; riusciva a pensare soltanto a Ben e se Ben diceva qualcosa, allora doveva essere vero.

— Sbrighiamoci — sollecitò Adnar.

Yulin si fece coraggio, accostò a sé la ragazza e la baciò a lungo e appassionatamente.

— Ricordati *questo* mentre siamo lontani — sussurrò. — E adesso va'!

La ragazza si allontanò con lo sconosciuto. Senza una parola i due salirono sul *carrier* scuro che subito si mise in moto.

Ben Yulin tirò un sospiro di sollievo e, per la prima volta, notò di essere madido di sudore. Tremando, cominciò ad avviarsi verso il suo alloggio, non vedendo l'ora di lasciarsi cadere sul letto.

Antor Trelig sfoderava il sorriso accattivante di un serpente velenoso. Ancora una volta era seduto, piacevolmente rilassato, nell'ufficio di Zinder il quale, al contrario, sembrava molto agitato.

— Lei è un mostro! — buttò Zinder sul muso all'uomo politico. — Che cosa ne ha fatto di mia figlia?

Trelig assunse un'espressione offesa. — Io? Assolutamente nulla, glielo assicuro. Sono un personaggio troppo importante per immischiarmi in uno squallido episodio di sequestro. Ma, penso d'immaginare che cosa le sia successo e dispongo di alcuni indizi per ricostruire come sono andate le cose.

Zinder sapeva che quel farabutto stava mentendo ma ne capiva anche il motivo. In effetti Trelig non era stato l'esecutore *materiale* del sequestro e inoltre aveva fatto certamente in modo che la responsabilità non potesse essere fatta risalire fino a lui.

— Mi dica che cosa le ha... che cosa le hanno fatto — ruggì.

Trelig fece del suo meglio per mantenere un'espressione contrita. — Da fonti sicure ho appreso che sua figlia è in mano alla Mafia della Spugna. Ne ha mai sentito parlare?

Gil Zinder annuì mentre un lungo brivido gli correva lungo la schiena.

— Spacciano una droga dagli effetti devastanti — rispose quasi meccanicamente.

— Purtroppo è così — convenne Trelig con ipocrita comprensione. — Ne conosce davvero gli effetti, dottore? Quella sostanza diminuisce il QI di una persona del dieci per cento ogni giorno: un genio diventa un individuo del tutto normale nell'arco di tre o quattro giorni e, dopo una decina, poco più di un animale. Non esiste antidoto: si tratta di una materia mutante assolutamente diversa da qualsiasi altra di nostra conoscenza. E causa anche dolore: un terribile bruciore che si dirama dal cervello fino a raggiungere tutte le parti del corpo. Così mi pare lo abbiano descritto...

— Basta così, basta così — implorò Zinder fra i singhiozzi. — Qual è il suo prezzo, mostro disgustoso?

— Comunque esiste una possibilità di uscire dal giro

dei trafficanti — proseguì Trelig ancora ostentando un'ipocrita comprensione. — La spugna non è la droga, ovviamente, bensì l'agente che ne ferma l'azione. Dosi giornaliere e il dolore sparisce mentre i danni sono limitati. La malattia, chiamiamola così, viene mantenuta sopita.

— *Qual è il suo prezzo?* — urlò Zinder.

— Credo di sapere dove l'hanno portata. La mia équipe medica ha messo a punto delle coltivazioni di spugna, anche se non è legale, naturalmente, ma abbiamo scoperto che molti personaggi di alto rango si trovavano nella sua penosa situazione, ricattati da quei criminali. Possiamo riprendere sua figlia e somministrarle quantitativi di spugna sufficienti a riportarla alla normalità. — L'uomo spostò leggermente la massiccia mole, pervaso da intimo compiacimento.

— Ma sono un personaggio politico, e anche molto ambizioso, ci può giurare. Se mi esporrò facendo qualcosa, specialmente se dovrò mettermi contro una banda di assassini e rischiare a questo punto che venga scoperta la mia coltivazione illegale di spugna, devo avere qualcosa in cambio. Per farlo...

— Sì? Sì? — Zinder stava quasi per scoppiare in lacrime.

— Dichiari che il suo progetto si è risolto in un fallimento e che pertanto dovrà considerarsi archiviato — propose Trelig. — A quel punto provvederò personalmente che Obie – mi pare che lo chiami così – venga trasferito sul mio planetoide di Nuova Pompei. Lì lei predisporrà e dirigerà la costruzione di un modello molto più grande di quello che avete qui, diciamo sufficientemente potente da essere utilizzato a distanza su un intero pianeta.

Zinder era sgomento. — Oh, mio Dio! No, tutta quella gente! Non posso!

Trelig sorrise beffardo. — Non è necessario che decida così su due piedi. Si prenda il tempo che vuole. — Si alzò, dandosi una ravviata all'ampia tunica candida. — Ma si ricordi, ogni giorno che passa, Nikki diventerà sempre più dipendente dalla droga. A parte il dolore fisico, anche il danno a carico del cervello è destinato ad aumentare progressivamente. Lo tenga presente, al momento di decidere. A ogni secondo perso, il dolore aumenta e il cervello di sua figlia continua a morire.

— Spregevole bastardo! — sbottò Zinder.

— A ogni buon conto, attiverò subito le ricerche del caso — disse l'uomo politico — ma per ovvi motivi non saranno su vasta scala, trattandosi di un atto puramente umanitario. Pertanto ci potrebbero volere giorni. O magari settimane. Nel frattempo, se vorrà comunicarmi il suo accordo, basterà che si faccia vivo col mio ufficio. A quel punto si farà il massimo, senza risparmiare nulla. Arrivederci, dottor Zinder.

Trelig si avviò lentamente alla porta e uscì, chiudendosi l'uscio alle spalle.

Zinder lo seguì con lo sguardo, poi si sprofondò nella poltrona. Il primo impulso fu quello di mettersi in contatto con la Polizia Intersistema, poi ci ripensò. Senz'altro Nikki era nascosta in un posto sicuro e accusare il vice presidente del Consiglio di essere un trafficante di spugna e colpevole di sequestro di persona senza un minimo di prove – era sicuro che quel verme aveva già fatto in modo di procurarsi un alibi di ferro per la scorsa notte – sarebbe stato del tutto inutile. Ci sarebbero state delle indagini, questo era ovvio, ma sarebbero trascorsi giorni, o addirittura settimane, mentre la povera Nikki... L'avrebbero lasciata marcire, anche questo era prevedibile. E poi? Quella disgraziata sarebbe diventata una ritardata mentale destinata alla pulizia dei pavimenti, o forse un giocattolo con cui si sarebbero trastullati gli uomini di Trelig per le loro sadiche pratiche sessuali.

Ed era proprio quest'ultima ipotesi che non riusciva a sopportare. Forse la morte avrebbe potuto accettarla, ma non quello. Non quello.

La mente era sconvolta da una ridda di pensieri. Più tardi si sarebbe potuto rimediare. Se fosse stato in grado di riportarla indietro per tempo, Obie avrebbe potuto guarirla. E il congegno che gli si chiedeva di realizzare avrebbe potuto rivelarsi un'arma a doppio taglio.

Lo scienziato sospirò, stanco e sconfitto, e digitò il codice per entrare in contatto con l'ufficio di Trelig su Makeva. Sapeva che quel farabutto sarebbe stato ancora lì. In attesa. In attesa dell'inevitabile risposta.

Ma, pensò lo scienziato, si trattava della perdita di una battaglia. Non della guerra. Non ancora.

Su Nuova Pompei, un asteroide orbitante attorno al sistema disabitato della stella Asta

Nuova Pompei, un grande asteroide, con una circonferenza leggermente superiore ai quattromila chilometri all'altezza dell'equatore, era uno di quei pochi corpuscoli del suo sistema solare che meritavano la definizione di planetoide; di forma quasi del tutto arrotondata, il che lo differenziava dalla maggior parte degli altri pianeti, aveva il nucleo costituito da un materiale particolarmente denso che gli conferiva una gravità di 0,7 G, quando si considerava anche la sua notevole forza centrifuga. Ci voleva un po' di tempo per adattarsi a tale effetto. In linea di massima, tuttavia, la gente tendeva ad accelerare i tempi andando incontro a spiacevoli disagi. Ma poiché si trattava di una proprietà governativa, quanto sopra poteva considerarsi addirittura positivo.

L'orbita dell'asteroide era relativamente stabile, per certo più circolare che ellittica, sebbene fosse difficile distinguere la notte dal giorno; trentadue albe e altrettanti tramonti nell'arco delle canoniche venticinque ore difficilmente entravano in sintonia con gli orologi interni degli individui.

Un inconveniente che veniva in parte neutralizzato dal fatto che la metà dell'intero planetoide era racchiuso in una grande bolla costituita da un materiale sintetico molto sottile e leggero; una bolla che rifletteva la luce e offuscava la vista, così si aveva semplicemente l'impressione che si facesse più scuro, poi più chiaro e così via, con un effetto simile a quello riscontrabile presso habitat più gradevoli e naturali in una giornata parzialmente nuvolosa. Responsabile dell'effetto riverbero era un materiale a struttura liquida, un plasma simile a garza e di spessore inferiore al millimetro, posizionato fra i due strati della bolla. Qualsiasi foratura si sigillava istantaneamente. Persino una di notevole entità poteva, in caso di necessità, essere chiusa quanto bastava per attivare bolle di sicurezza attorno agli agglomerati umani all'interno. L'ambiente era mantenuto stabile da aria compressa, aiutata dalla lussureggiante vegetazione che cresceva ovunque.

In teoria, quel soggiorno era stato realizzato per permettere ai capi del partito di Nuova Prospettiva di allontanarsi per un po' dagli affanni della loro carica. In realtà però l'esistenza della località era nota soltanto a pochi eletti, tutti fedelissimi di Antor Trelig, il quale poteva considerarsi, in ultima analisi, il capo del partito. Protetto da sistemi di difesa computerizzati posizionati sia sugli asteroidi vicini sia a bordo di navi speciali, nessuno poteva avvicinarsi entro un anno luce senza saltare in aria, a meno dell'approvazione di Antor Trelig o della sua gente.

Anche dal punto di vista politico il posto era inespugnabile; sarebbe stata necessaria una maggioranza di voti del Consiglio per scalzare l'immunità diplomatica e la sovranità di Trelig, ma era proprio quest'ultimo a controllare la maggioranza dei voti del Consiglio.

Quando portarono Nikki Zinder su Nuova Pompei, la ragazza in realtà non fece molta attenzione a quanto la circondava. Non riusciva a pensare a nient'altro che a Ben e alla sua promessa di raggiungerla. L'avevano sistemata in un alloggio confortevole; servitori umani senza volto le portavano il cibo e poi sparecchiavano. Lei, per la maggior parte del giorno, se ne stava sdraiata qua e là, abbracciando i cuscini, fingendo che ci fosse lui. Armata di carta e matita, ne disegnava, senza grandi risultati dal punto di vista artistico, l'immagine mitizzata, quella di un angelico superuomo. Aveva deciso di perder peso per fargli una piacevole sorpresa, ma l'assenza dell'amato bene, insieme all'abbondante varietà di cibi naturali che le venivano offerti, sortiva l'effetto opposto. Ogni volta che pensava a lui, mangiava e pensava a lui in continuazione. Già sovrappeso, alla fine di sei settimane aveva preso quasi diciotto chili. E in realtà non se n'era neppure accorta.

Di tanto in tanto qualcuno veniva a farle delle fotografie oppure a registrarne la voce su un misterioso apparecchio. Lei non ci faceva caso. Non era importante per lei.

Per lei, il tempo non contava nulla. Però ogni istante era lunghissimo, pressoché interminabile dal momento che lui non c'era. Gli dedicava romantiche poesie e soprattutto gli scriveva innumerevoli lettere che, almeno così le dicevano, sarebbero state debitamente recapitate.

Ci vollero otto settimane prima che Gil Zinder fosse in grado di completare tutte le procedure necessarie a chiudere il progetto e a prepararsi a traslocare. Ancora non aveva ben afferrato quale fosse stato il ruolo di Yulin in quello che era successo ma in un certo senso aveva cominciato a sospettare del collega più giovane quando si era offerto con tanto entusiasmo di collaborare al nuovo progetto di Trelig. Il quale, da parte sua, stava facendo di tutto per tranquillizzare Zinder sul fatto che la figliola fosse ancora in vita facendogli regolarmente pervenire le lettere scritte dalla figlia e le foto corredate da impronte digitali. E, a dire il vero, il fatto che Nikki scrivesse quelle lettere a Ben non dava alcun fastidio al padre; anzi lo rassicurava: quella poveretta era ancora in grado di scrivere in maniera normale e quindi Trelig era stato di parola quando gli aveva promesso di neutralizzare la spugna.

Per il trasferimento definitivo a Nuova Pompei del centro di computerizzazione principale e relativa console di comandi, fu necessario disattivare Obie dall'apparato che avrebbe potuto alterare in qualche modo la realtà. Nel disattivarlo fecero una scoperta sconvolgente.

Zetta, che avevano reso più giovane e più attraente, era rimasta così come l'avevano trasformata, ma all'improvviso si era resa conto della metamorfosi. Quando Obie era stato staccato dal meccanismo, le vecchie equazioni erano state riportate allo stato originario; la donna era rimasta trasformata, in quanto avevano usato la macchina per trasformarla, ma adesso sapeva di esserlo.

Zetta, naturalmente, sarebbe andata con loro e quindi non ci sarebbe stato il pericolo che una terza persona, afferrato il potenziale dell'accaduto, diffondesse la notizia, ma Ben era molto preoccupato.

E ne aveva le sue buone ragioni.

Nikki Zinder se ne stava seduta nella sua stanza a Nuova Pompei, intenta ad abbuffarsi e a fantasticare come al solito, quando all'improvviso nella sua mente si dissolse una specie di nebbia e lei cominciò a ragionare con chiarezza adamantina.

Si guardò attorno nell'esiguo spazio, ingombro delle disordinate testimonianze della lunga permanenza, come se lo vedesse per la prima volta. Scosse il capo e cercò di capire che cos'era successo.

Aveva l'impressione di essere appena venuta fuori dall'effetto di una droga molto forte. Ricordava di essersi addormentata, poi di aver preso quella terribile sbandata per Ben che l'aveva fatta uscire dalla sua stanza, accompagnandola da certa gente che l'aveva condotta lì. Comunque non riusciva a trovare un filo logico. Sembrava tutto un sogno, un qualcosa che era successo a un'altra persona.

Si alzò dalla tavola ancora ingombra di cibarie e abbassò lo sguardo sul proprio corpo. Le riusciva di vedere dei seni enormi e, a stento, un disgustoso rigonfiamento sottostante, ma non era in grado di vedersi i piedi. Per poterlo fare, si accostò allo specchio dell'armadio e le venne da piangere. Più che camminare, ondeggiava come una papera e a ogni passo le gambe flaccide, strofinando l'una contro l'altra, le facevano un gran male. Il volto era più arrotondato del solito e aveva il doppio mento. I capelli, sempre lunghi, erano untuosi e arruffati.

E, a toccare il fondo dello sconforto, aveva ancora fame.

"Che cosa mi è successo?" si chiese mentre scoppiava in singhiozzi. Lo sfogo servì ad alleggerire la tensione ma non a farla sentire molto meglio.

— Devo uscire da qui, devo chiamare papà — mormorò, prima di chiedersi se il suo vecchio le avrebbe voluto ancora bene nello stato in cui si trovava. Comunque, non restandole molta scelta, andò a cercare qualcosa da mettersi addosso. "Mi servirebbe una tenda da campo" pensò con una punta di disgusto verso la propria persona.

Trovò la vecchia vestaglia, accuratamente lavata e stirata, e cercò d'indossarla. Ovviamente adesso era troppo stretta e corta. Ci rinunciò e si rimise a pensare. Vide il lenzuolo sgualcito sul letto e se lo sistemò addosso in qualche modo, fermando i lembi con una graffetta trovata sulla scrivania.

Sul ripiano del mobiletto spiccava una lettera di diverse pagine, ancora incompiuta. Quella era la sua scrittura, non c'erano dubbi, ma sembrava il parto della mente contorta di una ninfomane. Non riusciva a credere di aver potuto concepire qualcosa di simile, sebbene vagamente ricordasse di aver avuto simili pensieri.

Si avvicinò alla porta e tese l'orecchio. Non sentendo rumori, premette il pulsante e l'aprì. Dietro c'era un corridoio, tappezzato di un materiale soffice simile a pelliccia, su cui si affacciavano altre porte, ma solo da una parte. A poca distanza, nella direzione opposta, c'era un ascensore. Quando si avvicinò e schiacciò il bottone, comprese che i meccanismi erano bloccati da una chiave che certamente lei non possedeva. Guardandosi attorno, scoprì che dietro uno slargo adibito presumibilmente a lavanderia c'erano delle scale. Decise di affrontarle. Quella della direzione da scegliere fu una decisione facile: andavano solo verso l'alto.

Dopo una ventina di gradini, stava già sbuffando, stentava a respirare e la testa le girava. Non solo a causa del peso eccessivo ma anche perché era disabituata al movimento: da quanto tempo? Nelle otto settimane trascorse unicamente a riempirsi lo stomaco, aveva messo su più di tre chili alla settimana.

Con il cuore in gola, riprese l'ascesa. La testa le doleva e le vertigini erano così forti che più volte fu sul punto di cadere. Spostando lo sguardo verso il basso, si accorse di aver percorso poco più di una decina di metri, eppure aveva l'impressione di aver scalato una montagna. Evidentemente non ce l'avrebbe fatta per molto. Poi, dopo un altro ballatoio e un'altra rampa, vide una porta. Percorse gli ultimi metri quasi scivolando sul pavimento.

La porta si aprì e un ometto dalla faccia da topo la fissò con un'espressione di disappunto frammisto a disgusto.

— Bene, bene, bene — esclamò. — E dove avresti intenzione di andare, mio piccolo ippopotamo?

Ci si misero in tre per riportarla giù, sfinita, nella sua stanza. Dalle loro domande e dalle proprie reazioni Nikki capì che, quale che fosse l'incantesimo a cui era stata assoggettata, adesso si era infranto. Per qualche misteriosa ragione, la loro docile idiota era diventata una prigioniera quasi isterica.

L'uomo dalla faccia da topo le somministrò un calmante. Mentre il sedativo faceva il suo effetto, andò a riferire l'accaduto e a ricevere le istruzioni del caso. Poco dopo tornò nella stanza e guardò la ragazza che, pur ancora a corto di fiato, cominciò a supplicarlo con occhi imploranti: — Per favore, qualcuno vuol dirmi chi sono e che cosa mi è successo?

L'uomo dalla faccia da topo si produsse in un ghigno diabolico. — Sei ospite di Antor Trelig, Alto Consigliere e Capo Partito della Nuova Prospettiva, sul suo planetoide privato di Nuova Pompei. Dovresti sentirti onorata.

— Onorata un cavolo — sbottò la ragazza. — Si tratta di qualche sporco complotto contro mio padre, o sbaglio? Mi avete presa in ostaggio?

— Davvero un tipetto intelligente — la schernì l'uomo. — Be', diciamo che durante gli ultimi due mesi ti abbiamo tenuta sotto ipnosi ma ora dovremo sopportarti così come sei.

— Mio padre — balbettò Nikki con timorosa esitazione — mio padre non è stato... non sarà...?

— Entro una settimana arriverà qui con tutto il suo staff e relativo armamentario — rispose l'uomo.

Nikki scosse il capo. — Oh, no! — piagnucolò. Poi, per un attimo le venne ancora in mente che lui l'avrebbe vista in quelle condizioni.

— Preferirei morire piuttosto che farmi vedere in questo stato — dichiarò.

L'uomo fece una smorfia. — Hai ragione. Ma comunque lui ti vuol bene in ogni modo. Il tuo attuale aspetto è soltanto l'effetto collaterale di una droga che ti abbiamo somministrato quale polizza assicurativa. Normalmente ci limitiamo a dosi di spugna piccolissime, ma in effetti abbiamo calcato la mano per non rovinarti il cervello finché avevamo bisogno di tuo padre. A ogni buon conto, quella roba non ti ha tolto l'appetito. Credimi, ti è andata bene. Di solito colpisce gli attributi del sesso: ci sono ragazze che si riempiono di peli, cambiano voce e anche peggio.

Nikki non sapeva che cosa fosse la spugna ma aveva capito che dovevano averle somministrato una droga che le avrebbe definitivamente rovinato il cervello qualora non si fosse intervenuti con un antidoto.

— Mio padre riuscirà a guarirmi — disse con sfida.

L'uomo dalla faccia da topo si strinse nelle spalle. — Può darsi. Non lo so. Io mi limito a lavorare qui. Ma se ci riuscirà, sarà soltanto perché il capo glielo lascerà fare e, nel frattempo, tu continuerai a ingrassare. Non preoccuparti, c'è a chi piacciono le ragazze in carne.

Quel tono sarcastico fece andare Nikki su tutte le furie. — Non ingoierò più un solo boccone — affermò.

— Oh, sì che lo farai — replicò l'altro. — Non potrai farne a meno. Ci supplicherai per avere del cibo e il nostro compito è farti contenta, non è così? — Si chiuse la porta alle spalle.

A Nikki bastarono pochi minuti per rendersi conto che non sarebbe mai stata in grado di aprirla e che adesso era di nuovo prigioniera come prima, solo che ne era consapevole.

E i morsi della fame cominciavano ad attanagliarla.

Cercò di dormire, ma la fame non le lasciava tregua perché i terribili spasmi erano acuiti dall'effetto della droga. L'omettino dalla faccia da topo aveva ragione; nell'arco di un'ora stava letteralmente morendo d'inedia e non riusciva a pensare ad altro che al cibo.

La porta si aprì e comparve un carrello pieno di leccornie sospinto da una persona che Nikki d'impatto giudicò la donna più bella che avesse mai visto, così bella da farle dimenticare per un attimo i suoi problemi e questo non solo a causa dell'avvenenza ma anche perché sicuramente non si trattava di un robot come tanti altri che erano venuti in precedenza. Comunque subito dopo la ragazzina si avventò sul cibo e la donna girò le spalle per andarsene, con un'espressione triste dipinta sul volto.

— Aspetta — le disse Nikki. — Dimmi, lavori qui o anche tu sei una prigioniera?

Il viso della bella creatura non si rischiarò. — Qui siamo tutti prigionieri — rispose con voce mesta ma melodiosa. — Anche Agil, la persona che ti ha trovata e ti ha riportata indietro. Agil e io, be', abbiamo avuto modo di conoscere sulla nostra pelle gli effetti della spugna e del sadismo di Antor Trelig.

— Vuoi farmi intendere che vi sottopone a pene corporali?

La bella donna scosse il capo con aria sempre più triste. — No, sarebbe il meno che ti può capitare in questa camera degli orrori. Devi sapere — concluse voltandosi lentamente verso la porta — che io sono un maschio perfettamente funzionante. Agil è mia sorella.

A bordo del cargo Assateague

La piccola astronave diplomatica si avvicinò lentamente al portello stagno del cargo interspaziale. Il pilota del cargo controllò la posizione sugli schermi anteriori, poi si sincerò mediante i sistemi computerizzati che il contatto fosse perfetto.

— Procediamo all'attracco — disse con una voce sorprendentemente autoritaria, profonda e del tutto priva di accento.

— Ricevuto — rispose una versione meccanica della medesima voce mentre il computer provvedeva adeguatamente.

— Mantenere la posizione fino a nuovo ordine — disse il pilota al computer, dopodiché si alzò per avviarsi verso il bloccaggio centrale.

"Perché non li mettono più vicino al ponte?" si chiese con una punta d'irritazione. Ma, in effetti, era solo la terza volta che si avventurava da sola nello spazio.

Era davvero una donna minuscola per avere una voce così pastosa, neanche un metro e mezzo a piedi nudi; vestita, soleva calzare degli stivali neri e luccicanti, alti fino al ginocchio i quali, impercettibilmente, aggiungevano almeno tredici centimetri alla statura effettiva. Anche così non era certo alta ma comunque l'espediente serviva a qualcosa, soprattutto dal punto di vista psicologico. Era anche molto minuta, con una vita assurdamente sottile. I piccoli seni erano proporzionati al resto della corporatura e aveva le movenze di una gatta. L'abbigliamento era ricercato al massimo: calzamaglia nera perfettamente aderente al corpo, abbinata a una camicia a pelle senza maniche del medesimo colore e cintura sempre nera abbellita da una fibbia dorata a forma di drago stilizzato. In realtà la cintura era lì non per bellezza ma perché serviva da contenitore di svariati congegni nascosti in diversi scomparti. C'era anche una fondina, questa a vista, nella quale faceva bella mostra una pistola dal calcio affusolato.

Il viso era un perfetto ovale sopra il collo slanciato. Si vedeva che era cinese, sebbene quasi tutti avessero comunque un qualcosa di orientale. I capelli corvini erano tagliati corti, secondo la moda spaziale.

L'unico ornamento era costituito dalla cintura. Le unghie, lunghe e appuntite, sembravano smaltate di madreperla ma si trattava di un'apparenza ingannevole: indurite con dei farmaci e alterate chirurgicamente, erano dei veri e propri artigli appuntiti.

Sebbene raramente si preoccupasse del proprio aspetto, e mai quando era nello spazio, la donna si fermò appena prima di raggiungere il portello e si studiò nella superficie a specchio del metallo lucido. L'epidermide, olivastra tendente allo scuro, era liscia e compatta; sebbene il corpo fosse segnato da numerose cicatrici, in quell'abbigliamento nessuna di esse era visibile.

Soddisfatta della propria immagine, la donna azionò il meccanismo d'apertura. Seguì un lungo sibilo mentre la pressione si compensava, dopodiché la luce rossa si spense e se ne accese una verde.

Tutti i portelli d'uscita potevano essere aperti solo manualmente e unicamente dall'interno. Si trattava di una precauzione di sicurezza che aveva salvato la vita a più di un pilota spaziale.

In quel momento nell'astronave entrò una donna anziana che sembrava intagliata con lo scalpello. Verosimilmente un tempo doveva essere stata molta alta ma l'età l'aveva come rattrappita e la pelle le cascava da tutte le parti. Sembrava che stesse per morire da un momento all'altro, eppure reagì con un gesto sprezzante all'offerta di aiuto che le venne proposta dal capitano della navicella. Sul volto era palese un' espressione di orgoglio e arroganza, verosimilmente frutto dell'esperienza e della consapevolezza dei propri meriti, mentre gli occhi scuri erano illuminati da una luce fiera che scaturiva dall'interno.

Avanzò senza titubanze, avvolse attorno al corpo il mantello bianco e lasciò che l'altra donna chiudesse il portello alle loro spalle. La giovane capitana, molto più minuta della pur incartapecorita matriarca, le porse una sedia, dopodiché si mise a sedere, le gambe incrociate a mo' di Budda.

Fra le due donne ci fu un intenso scambio di sguardi. Gli occhi incredibilmente vivaci del Consigliere Lee Pak Alina sembravano arrivare dappertutto.

— Così sei Mavra Chang — disse alla fine il Consigliere con una voce perentoria che non sembrava tradire affatto l'età.

Il capitano annuì. — Ho tale onore — rispose in tono rispettoso ma fermo.

La vecchia si guardò attorno. — Che meraviglia sarebbe ritornare di nuovo giovane! I dottori mi hanno detto che un ulteriore tentativo di ringiovanimento mi farebbe uscire di testa. — Riportò lo sguardo sul capitano. — Quanti anni hai?

— Ventisette — fu la risposta.

— E già comandi un'astronave! — esclamò la vecchia. — Accidenti!

— L'ho avuta in eredità — spiegò il capitano, quasi a giustificarsi.

Il consigliere annuì. — Sì, lo so. Conosco un sacco di cose sul tuo conto, Mavra Chang. Rientra nei miei compiti. Nata sul mondo di Harvich trecentoventisette mesi fa, la maggiore di otto figli di una coppia tradizionalista, il senatore Vasura Tonge e suo marito, Marchal Hisetti, medico. Epurati quando, nonostante tutti i loro sforzi, vent'anni fa il mondo diventò Comunitario. Quando catturarono il resto della tua famiglia, alcuni amici importanti fecero in modo di farti arrivare di nascosto al porto spaziale di Gnoshi per poi affidarti in custodia a un certo Maki Hung Chang, un capitano di astronave pagato per condurti in salvo. Il cittadino Chang intascò il denaro e ti allevò personalmente, dopo aver fatto in modo che un medico radiato dall'albo ti alterasse i lineamenti in modo da renderli più simili ai suoi.

Mavra alzò lo sguardo, ammutolita. Com'era possibile che qualcuno fosse a conoscenza della sua storia prima che la adottasse Maki?

— Maki Chang venne arrestato per contrabbando illegale nei Com, i Mondi Comunitari e così tu ti sei ritrovato, alla tenera età di tredici anni, a farti strada da sola nel mondo barbaro di Kaliva. Sei riuscita a sopravvivere facendo praticamente ogni cosa, dentro o fuori della legalità. A un certo punto, a diciannove anni, hai incontrato un capitano di nome Gimball Nysongi e ti sei innamorata perdutamente. Cinque anni fa Nysongi è stato ucciso a Basada da una banda di rapinatori e da quel momento tu conduci questa astronave da sola. — Il resoconto fu interrotto da un dolce sorriso. — Oh sì, ti conosco proprio bene, Mavra Chang.

Il capitano osservò la vecchia con crescente stupore. — Ti sarai data un gran da fare per venir a sapere tutte queste cose sul mio conto. E immagino che per il momento tu mi abbia detto solo una parte di quello che sai, esatto?

Il sorriso dolce si accentuò. — Ma certo, cara. Tuttavia il nostro incontro di oggi è stato determinato proprio dalle cose che non ti ho detto.

All'improvviso Mavra assunse un atteggiamento molto interessato. — Di che cosa si tratta? Omicidio? Contrabbando? Qualcosa di comunque illegale, per un verso o per un altro?

Adesso la vecchia non sorrideva più. — Qualcosa d'illegale, certo, ma non da parte mia o da parte tua. Prima di contattarti abbiamo studiato il curriculum di migliaia di personaggi della tua risma.

— E perché mai la scelta è caduta proprio su di me? — domandò la giovane, decisamente incuriosita.

— Tanto per cominciare perché sei politicamente amorale e te ne infischi di leggi e regole. E poi perché hai conservato qualche principio morale. Anche se lavori per loro, odi i Com, e a ragion veduta.

Mavra Chang annuì. — Li odio non solo per quello che hanno fatto a me, ma per quello che hanno fatto a tutti. Sono diventati tutti uguali, si comportano allo stesso modo, pensano allo stesso modo, non vedono che il partito, quale che sia. Formichine felici, ecco cosa sono. — Sputò tanto per chiarire il suo pensiero.

Il consigliere Alina annuì. — Sì certo, anche per questo. Hai coraggio, tu, sei dura dentro e fuori. L'essere costretta a cavartela da sola in così giovane età ha affinato la tua intelligenza oltre ogni immaginazione. E poi sei così minuta, graziosa e ben fatta: la gente ti sottovaluta proprio perché sei piccolina, e per questo incarico, l'incarico che intendo assegnarti, un donna desterà comunque meno sospetti di un uomo.

Mavra allungò le gambe appoggiando le braccia sulle ginocchia. — Se ho ben capito, dovrei far qualcosa per te, qualcosa che un consigliere non è in grado di fare in prima persona, esatto?

— Conosci Antor Trelig? — chiese Alina a bruciapelo.

— Un pezzo grosso — rispose Mavra. — Nel Consiglio per la sua influenza e nel racket per la sua assoluta mancanza di scrupoli. In pratica controlla Nuove Prospettive, come se fosse il suo regno personale.

La vecchia annuì. — Bene. Bene. Adesso ti dirò un altro paio di cosette. Naturalmente sei al corrente dell'esistenza della Mafia della Spugna.

Mavra annuì.

— Bene, mia cara, Antor, l'ineffabile Antor, ne è il capo. Il capo dei capi. Contro di loro abbiamo riportato qualche successo ma la droga si sta diffondendo, la struttura portante del partito è ben indottrinata e compatta. Grazie a questa e a certe buone strategie politiche, oggi Antor mancano solo tredici voti per ottenere la maggioranza del Consiglio.

Il giovane capitano rimase senza fiato. — Ma così si

prenderà il controllo totale delle armi estreme — esclamò.

— Certo, proprio così — convenne Alina. — Un controllo totale su tutti noi, fino all'ultimo essere umano del settore. È rimasto bloccato per un certo periodo, ma ora si è diffusa la notizia, ovviamente attraverso canali segreti e comunque in maniera indiretta, che abbia messo a punto l'arma assoluta, un'arma tale da rendere Com tutti i mondi o qualsiasi cosa gli venga in mente, e tutto ciò dall'oggi al domani. Per la prossima settimana ha invitato quindici consiglieri a una dimostrazione pratica. A suo avviso l'effetto sarà così stupefacente che tutti quelli che vengono da mondi politicamente divisi in varie fazioni dovranno comunque schierarsi dalla sua parte.

Mavra era turbata. — Cosa succederà qualora raggiungesse il controllo assoluto?

— Be', Antor è sempre stato fissato con l'Impero Romano, quello dei tempi d'oro, s'intende — rispose la donna. Poi notando che il concetto non era ben chiaro, aggiunse: — Oh, non preoccuparti. È solo un piccolo episodio, nel complesso della Storia. Insomma sull'impero romano regnava un imperatore assoluto che tutti, ben indottrinati naturalmente, veneravano come un dio. L'ordinamento sociale prevedeva inoltre una foltissima classe di schiavi. L'impero in questione era noto non solo per la capacità di conquistare e tener assoggettati enormi territori, ma anche per la dissolutezza dei costumi. Ciò che sarebbero stati in grado di fare disponendo della tecnologia di oggi può essere immaginato soltanto nel più assurdo degli incubi. Questo è Antor Trelig.

— Ma è veramente in possesso di una simile arma? — domandò Mavra.

Alina annuì. — Credo proprio di sì. I miei agenti hanno cominciato a sospettare qualcosa quando hanno saputo che un fisico famoso, di nome Zinder, si era all'improvviso rifiutato di continuare a lavorare al suo progetto a Makeva, aveva tolto le tende, portandosi appresso tecnici e attrezzature, ed era praticamente scomparso nel nulla. Con quelle sue strambe idee Zinder era decisamente poco popolare nell'ambito della comunità scientifica: credeva infatti che i Markoviani tramutassero l'energia in materia con una semplice azione della volontà. Riteneva addirittura di essere in grado di riprodurre tale processo. — La donna si concesse una pausa, pur mantenendo lo sguardo fisso sul capitano. — E se avesse ragione? Se ci fosse veramente riuscito? — teorizzò il consigliere.

Mavra le rispose con un'altra domanda: — E credi che Zinder sia andato a lavorare per Trelig?

— Siamo in molti a pensarlo — rispose l'anziana donna. — Ma penso che non l'abbia fatto di sua spontanea volontà. I miei agenti hanno scoperto che un volo sospetto ha lasciato Makeva all'incirca nove settimane fa, un'astronave noleggiata da Trelig, guidata dal suo pilota personale, niente carico pesante. Pare però che a bordo abbiano issato anche un grosso sacco, che avrebbe potuto benissimo contenere un corpo umano. Approfondendo le ricerche, abbiamo appurato che un certo dottor Yulin, il braccio destro di Zinder, era stato mantenuto agli studi da un socio di Trelig. Come se ciò non bastasse, Yulin è nipote di uno dei capi della Mafia della Spugna.

— Così, per interposta persona, Antor era al corrente di tutti i risultati ottenuti da Zinder. Chi credi abbiano portato via? — domandò Mavra Chang.

— La figlia di Zinder. Risultava scomparsa già da molto tempo prima della chiusura del progetto. Il padre stravedeva per lei. Secondo noi adesso la tengono in ostaggio per costringere Zinder a riprodurre su larga scala l'apparecchiatura da lui costruita a Makeva. Con conseguenze inimmaginabili. Si potrebbe puntarla come un'arma contro un determinato mondo, indicare che cosa si vuole che questo mondo diventi, che aspetto dovrebbe avere, in che modo dovrebbero pensare quelli che lo abitano... Pronti via! Ecco fatto.

Mavra stava a sentire. — Non riesco neanche a immaginare una simile eventualità ma... — la giovane si arrestò, sopraffatta dai ricordi. — Molto, molto tempo fa, quando ero piccola, i nonni parlavano di qualcosa di simile, di un luogo costruito dai Markoviani dove tutto era possibile. — Sorrise pensierosa. — Che strano, finora non mi era mai tornato in mente. Pensavo che si trattasse di fiabe.

— Antor Trelig non è certo un personaggio da fiaba — tagliò corto Alina. — E non lo è neppure, secondo me, quel congegno.

— E io dovrei distruggerlo? — buttò lì Mavra.

Alina scosse il capo. — No, non ci riusciresti. È troppo ben difeso. Ci accontentiamo, e già questo può sembrare impossibile, di portar via il dottor Zinder. E quindi, se le nostre supposizioni sono esatte, significa anche dover salvare sua figlia Nikki.

— Dove si trova l'impianto? — chiese Mavra Chang, riprendendo un tono professionale.

— In un asteroide che Antor ha chiamato Nuova Pompei — rispose la vecchia. — È un posto privato, di sua proprietà e sua riserva personale. È anche il quartier generale della Mafia della Spugna e fonte di rifornimento per l'intero settore.

Mavra si lasciò sfuggire un'esclamazione. — Lo conosco bene. È inespugnabile. Ci vorrebbero tutti i mezzi dei quali dispone Trelig. Impossibile!

— Non ho detto che tu debba *espugnarlo* — puntualizzò il consigliere. — Ho detto soltanto che dovresti portar fuori due persone. Dobbiamo sapere quello che loro sanno, avere quello che hanno. Io posso farti entrare, mi considerano una vecchia reliquia ormai, talmente malconcia che a nessuno verrebbe mai in mente che io possa essere arrivata fin qui. Io sono stata invitata alla dimostrazione, ma non pretendono che ci vada di persona. Come altri, invierò un delegato di mia fiducia. Sarai tu il mio delegato.

Mavra annuì. — Quanti giorni dovrei rimanere sull'asteroide?

— Antor ha parlato di tre giorni. Il primo giorno farà

gli onori di casa, vi porterà a visitare le bellezze di Nuova Pompei. Il secondo sarà riservato alla dimostrazione. Il terzo... ci saranno da sbrigare le ultime faccende... e vi darà un contentino per mandar giù il boccone.

— Non c'è molto tempo a disposizione — commentò Mavra Chang. — Mi si chiede di andare a cercare due persone che presumibilmente sono tenute separate l'una dall'altra e portarle fuori da Nuova Pompei, sotto il naso degli scagnozzi di Trelig, nel momento deciso da lui e a casa sua.

Alina continuò. — Lo so che è impossibile, ma dobbiamo provare. Quantomeno a portar via la ragazza. Sono certa che sia ormai sotto l'effetto della spugna, ma a questo si può rimediare. Assicurati piuttosto che a te non succeda qualcosa di peggio. La spugna è la più nefasta delle droghe, ma potrebbe essere solo un assaggio di ciò che Antor è capace di fare.

— E se Antor si limitasse ad annullare la volontà dei suoi ospiti drogandoli con la spugna? — domandò Mavra.

— Non lo farà — la rassicurò Alina. — No, alla delegazione non farà nulla che possa andare a detrimento del suo partito. Desidera anzi che tutti rimangano in buona salute, lucidi e sconvolti quanto basta da consigliare a persone come me di farsi da parte. Ma se mai scoprisse il nostro accordo, mi cancellerebbe dai suoi elenchi e disporrebbe di te a suo piacimento. Penso di essere stata chiara.

Mavra rimase in silenzio.

— Allora farai quello che ti ho chiesto?

— Quanto? — fu la risposta del giovane capitano.

Il volto rugoso di Alina s'illuminò. — Qualsiasi somma, se riuscirai, e parlo a ragion veduta. Almeno porta via Nikki. Se sua figlia è al sicuro, sono certa che Zinder boicotterà il progetto. Per questo lavoro, bastano dieci milioni?

Mavra deglutì. Con dieci milioni si sarebbe potuta comprare l'*Assateague*. Con quella somma e l'astronave, avrebbe potuto fare praticamente tutto quello che voleva.

— Fallimento significherebbe morte — la mise in guardia il consigliere — o peggio, una condizione di schiavitù permanente, oppure una morte lenta provocata dalla spugna. Solo una volta ogni cento anni, o magari mille nascono uomini come Antor Trelig: mostri privi di qualsiasi principio, amorali, sadici, perversi. Tutti, alla fine sono stati sconfitti, ma quanti, milioni e milioni, muoiono per causa loro? Antor è il peggiore di tutti. Ti basterà dare un'occhiata a Nuova Pompei per convincertene. Vai a sentire di persona quello che Antor pensa della gente e dei mondi.

— La metà anticipata — disse Mavra Chang.

Il consigliere Alina si strinse nelle spalle. — Ma a cosa ti servirebbero i soldi se dovessi fallire?

Nuova Pompei

Antor Trelig stava davanti allo scavo dove Obie era stato inglobato in una struttura più grande. Sette mesi di lavoro erano stati inghiottiti in quella cavità e un patrimonio sufficiente a finanziare interi bilanci planetari. Adesso gru gigantesche sistemavano il "grande disco". Tutto il complesso aveva preso l'aspetto del più gigantesco telescopio mai costruito. Solo l'aspetto... perché il suo scopo era molto più sinistro.

Ad Antor Trelig importava ben poco dell'enorme spesa sostenuta: per lui si trattava di una sciocchezza, una piccolissima parte degli enormi proventi dei suoi loschi traffici. Il denaro per lui non aveva alcun significato, se non per imporre il suo potere.

Gli enormi rimorchiatori spaziali cominciarono ad abbassare la struttura a forma di disco con grande lentezza, con eccessiva lentezza. Ma per Trelig neanche questo aveva importanza. Il progetto era ormai prossimo alla conclusione.

Antor si avvicinò a Gil Zinder che stava osservando il

procedere dei lavori, anche lui alla mercé degli ingegneri e dei tecnici. Girando lo sguardo, lo scienziato lo vide arrivare e neppure cercò di mascherare il disprezzo che gli si andava dipingendo sul volto.

Trelig sembrava invece di buon umore. — Bene, dottore — esordì soddisfatto — quasi ci siamo. Un momento davvero memorabile.

Zinder aggrottò la fronte. — Memorabile sì, ma non certo in senso positivo, per quanto mi riguarda. Statemi a sentire: ho fatto ciò che mi è stato chiesto. Tutto. Adesso consentitemi di far passare mia figlia attraverso il disco piccolo per guarirla dagli effetti della spugna.

Trelig sorrise. — Non mi sembra un gran problema. Ogni tanto Yulin riesce a ridurla un po' di peso, tanto da fare in modo che l'obesità non l'uccida.

Gil Zinder sospirò. — Ascolti, Trelig, perché almeno non la riportate al peso normale? Novanta chili sono eccessivi per un'altezza come la sua.

Il signore di Nuova Pompei ridacchiò. — Ma se pesa soltanto sessantaquattro chili, e cioè meno di quanto pesava su Makeva!

Lo scienziato fece per dire qualcosa, poi ci ripensò. Era ovvio che Nikki pesasse di meno su quell'asteroide, come tutti, del resto, ma ormai i muscoli si erano assuefatti a una minore forza di gravità e l'obesità era qualcosa di più di un problema di bilancia: oltre a rendere il corpo goffo e brutto, ne minacciava seriamente le funzioni.

Zinder aveva ormai capito che sua figlia sarebbe stata costretta a rimanere dall'altra parte finché i piani di Trelig non si fossero completamente realizzati e sapeva anche perché l'infido e ambizioso Ben Yulin era l'unico su cui il politicante facesse affidamento.

Non gli restava che aspettare, aspettare finché la grande struttura fosse stata sistemata, aspettare che arrivasse il suo momento.

Yulin lo preoccupava più di tutti. Era della stessa pasta di Trelig. Scienziato brillante, Yulin era consapevole della propria superiorità tecnologica nei confronti di

Trelig. Trelig non sarebbe mai stato in grado di usare lo specchio di Obie senza la collaborazione di Yulin. E Yulin era cresciuto alla scuola di Zinder, anche se non aveva alle spalle i tanti anni di ricerca teorica che erano stati necessari alla programmazione del mostro. Lui non sarebbe mai stato capace di costruire la macchina. Però era in grado di farla funzionare.

E proprio questo Zinder temeva. Una volta completato e collaudato il congegno, non c'era più bisogno di lui e tantomeno di sua figlia Nikki.

Ormai non era più possibile riprogrammare segretamente Obie in modo che arrivasse soltanto fino a un certo punto, nell'obbedire al giovane scienziato. Il progettista era lui ma gli era vietato mettersi ai comandi senza la contemporanea presenza di Ben Yulin.

Nuova Pompei gli aveva chiarito le idee. Gil Zinder aveva capito quali fossero i progetti di Antor Trelig, quali sarebbero state le sue mosse. La sua unica speranza per contrastarlo era riposta in idee ancora non concretizzate, in percorsi vergini. Come quella macchina, mai esistita prima.

Mavra Chang inserì la piccola ma veloce navicella in un'orbita di parcheggio a circa un anno luce da Nuova Pompei. Non era la prima: sette o otto astronavi similari l'avevano preceduta e ora fluttuavano in una fila ordinata. Se non fosse per un pullover nero a maniche lunghe e per la cintura, l'abbigliamento era identico a quello indossato in occasione dell'incontro con il consigliere Alina. La cintura che portava adesso era costituita da numerosi giri di corda scura tenuti assieme da una fibbia sempre a forma di drago ma più grande e solida. A nessuno sarebbe passato per la testa che in realtà si trattava di una frusta lunga tre metri. Negli scomparti della cintura erano contenute varie fiale e siringhe, mentre altri strumenti preziosi erano nascosti con cura nella fodera degli stivali e nei tacchi alti e massicci. Sì, quella tenuta era talmente naturale e le stava così a pennello da non dare assolutamente nell'occhio. Mavra portava anche piccoli orecchini formati da tanti cubi di cristallo agganciati l'uno all'altro. Anche quelli celavano delle sorprese.

La ragazza si sfregò leggermente la natica, ancora dolente dove le avevano iniettato antidoti e antitossine per proteggerla da qualsiasi pericolo immaginabile. Aveva l'impressione che, se si fosse tagliata, dalle vene sarebbe sgorgato liquido opalescente.

— Mavra Chang, rappresentante del consigliere Alina — annunciò alle guardie invisibili di Nuova Pompei sulla frequenza che le era stata indicata.

— Benissimo — replicò una voce atona, solo vagamente maschile. — Resta in attesa. Devono arrivare anche gli altri ospiti prima del trasferimento.

La donna imprecò in silenzio. Quei furbastri non intendevano correre rischi: gli speciali congegni della sua astronave e tutte le altre apparecchiature camuffate con cura non sarebbero serviti a nulla. L'avrebbero portata sull'asteroide insieme a tutti gli altri, su una loro navicella.

Mavra tirò fuori uno specchietto e si diede una controllata. Stavolta era truccata con molta sobrietà, un'ombra di rossetto e una passata di brillantina sui capelli che li rendeva quasi blu. Aveva anche steso uno smalto d'argento sulle unghie in modo da nascondere il fatto che fossero di metallo. Il trucco era a beneficio di Trelig. Sebbene bisessuale nel senso letterale della parola (come tutti gli esponenti della sua razza, era dotato di tutti gli organi sessuali maschili e femminili), ma preferiva mettere in maggiore evidenza la sua parte maschile, non solo nei tratti somatici, ma anche negli appetiti sessuali.

Finalmente erano arrivati tutti. Un'elegante e spaziosa astronave adibita al trasporto persone giunse dalla direzione della stella Asta: a uno a uno i passeggeri, sistemati i loro mezzi in un parcheggio automatico, salirono a bordo.

Nel gruppo, composto da quattordici persone, c'erano solo due consiglieri. Gli altri erano tutti delegati e dal loro aspetto Mavra capì subito di non essere l'unica irregolare e si preoccupò; se se n'era accorta lei, di certo il fatto non sarebbe sfuggito a Trelig che probabilmente si aspettava una cosa del genere.

Il personale di servizio della nave era gentile ed efficiente. Tutti cittadini di Nuova Harmony, erano stati allevati per servire. Di carnagione scura, senza capelli, alti all'incirca un metro e ottanta, muscolosi, avevano addosso solo dei sandali e un gonnellino leggero, e nei loro occhi c'era l'ottusità tipica dei Com, gli abitanti dei Mondi Comunitari.

I Com erano i discendenti di ogni gruppo utopistico della razza originale. Avevano realizzato il sogno di ogni stato utopistico: una ripartizione egualitaria di tutta la ricchezza, niente denaro a eccezione di quello necessario per il commercio interstellare, niente povertà, niente disoccupazione. L'ingegneria genetica aveva ottenuto che tutti i Com avessero il medesimo aspetto e che fossero programmati biologicamente per il mestiere al quale sarebbero stati adibiti: la loro finalità era il servizio. Il singolo non aveva valore; l'umanità era un concetto collettivo.

L'aspetto dei Com e l'impiego al quale erano destinati differivano da un mondo Comunitario a un altro, studiati su misura per i diversi contesti, per le differenti esigenze e così via. Anche i sistemi variavano da un mondo all'altro. C'erano dei mondi esclusivamente femminili, altri di entrambi i sessi, mentre altri ancora, come per esempio su Nuova Harmony, erano tutti bisessuali. Un paio di mondi, per via della clonazione, erano completamente privi di ogni sesso.

La maggior parte dei mondi erano stati fondati da visionari ben intenzionati i quali intendevano instaurare il sistema. Poi anche la gerarchia di partito che l'aveva comandati si sarebbe sciolta e integrata con il popolo e così si sarebbe avuta una società perfetta, senza frustrazioni, bisogni, necessità o remore psicologiche. Perfetti formicai umani.

Nella maggioranza dei casi, però, non c'era stata

l'evoluzione prevista. In genere il partito che li dominava non si decideva mai a sciogliersi. Del resto, alcune società che avevano provato a farlo erano crollate perché incapaci di affrontare gli imprevisti.

Ma in genere non ci avevano neppure provato. E così Nuova Harmony, dopo cinquecento anni di Com, manteneva ancora una gerarchia di partito che, dopo avere eliminato l'avidità e l'ambizione nella cittadinza, non aveva ritenuto necessario eliminarla nei suoi appartenenti, e che consisteva di diverse migliaia di amministratori per i vari settori diplomatici ed economici. Antor Trelig era stato messo al mondo per diventare loro capo carismatico.

Ed era venuto su bene, come stava scoprendo il resto della razza umana.

Sulla navicella ci furono le presentazioni e i convenevoli di rito, ma la conversazione risultò alquanto carente. Mavra si era subito resa conto che Trelig non si sarebbe lasciato ingannare da una delegazione così eterogenea. Per esempio quell'uomo barbuto, alto almeno due metri, carnagione rubizza e occhi azzurri, non proveniva certo dal mondo Com di Paradiso dove tutti gli abitanti erano bisessuali, identici fra loro, alti trentacinque centimetri di meno. Si trattava sicuramente di un capitano di astronave come lei, oppure di un barbaro arrivato da un mondo di recentissima formazione. Otto maschi e sei femmine, contò; di due non era così facile capire il sesso, e non era certo quello il momento d'indagare in proposito.

Gli steward di Nuova Harmony avanzarono lungo il corridoio per farsi consegnare le pistole, spiegando a ciascun passeggero che prima di sbarcare sarebbe stato sottoposto a un ulteriore controllo per appurare l'eventuale presenza di altre armi. Era quindi consigliabile consegnarle spontaneamente subito, onde evitare figuracce in seguito.

Mavra consegnò la sua pistola; le armi sulle quali contava veramente avevano sempre superato i controlli ai quali era stata sottoposta. Altrimenti in quel momento non le avrebbe avute con sé. Dopo l'atterraggio su Nuova Pompei, riuscì ancora una volta a farla franca. Passò con indifferenza sotto lo scanner e non rimase paralizzata, come era successo a due degli altri passeggeri che si erano nascosti addosso pistole e coltelli.

Finalmente la perquisizione si concluse e Mavra si guardò attorno.

Il piccolo porto spaziale era stato progettato per accogliere altre due navicelle oltre a quella su cui aveva viaggiato; in porto c'era una seconda nave, presumibilmente lo yacht privato di Trelig. Dappertutto c'erano guardie e apparecchiature di controllo, ma era prevedibile. Tutto sommato, pensò, la sua missione poteva riuscire.

Sapeva che avrebbe potuto contare su un'eventuale collaborazione da parte dei suoi compagni di viaggio ma non osava contattarli per lo stesso motivo per cui non l'avrebbero fatto loro. Magari c'era qualche spia di Trelig tra loro, magari più d'una.

Non vennero scaricati bagagli; erano proibiti. Trelig aveva promesso che avrebbe pensato lui a tutto e che quindi era raccomandabile portarsi dietro solo il minimo indispensabile.

E proprio Anton Trelig in persona era lì ad accoglierli, alto, molto più alto degli altri abitanti di Nuova Harmony, la stazza di un gigante, muscoloso, una versione decisamente migliorata del prototipo. Indossava fluttuanti vesti bianche e aveva l'aspetto di un angelo.

— Benvenuti! Benvenuti! *Cari* amici! — declamò in quella sua ormai famosa voce baritonale, una voce da provetto oratore. Gli era costata un sacco di soldi, ma ne era valsa la pena. L'uomo togato salutò gli ospiti, uno per uno e baciò loro le mani, secondo il rituale di saluto universale. Quando toccò a Mavra, le folte sopracciglia, un'altra deroga allo stereotipo di Nuova Harmony, si alzarono.

— Che unghie straordinarie! — esclamò. — Mia cara, assomigli a una bellissima gattina.

— Davvero? — rispose lei senza nascondere una sfumatura di disprezzo nella voce. — Credevo che su Nuova Harmony li avessi fatti fuori tutti, i gatti!

Trelig si limitò a reagire con un sorrisetto perverso e passò oltre. Quando li ebbe salutati tutti, li accompagnò fuori. La vista era stupefacente. Prima una distesa verde, un incredibile prato di erba alta ma meticolosamente curata. Sulla sinistra si stendeva una foresta che sembrava perdersi all'orizzonte; sulla destra dolci declivi rallegrati da alberi e fiori multicolori. E al centro, a cinquecento metri di distanza più o meno, c'era una città che non aveva uguali.

Lo scenario era dominato da una collina più alta delle altre sulla cui sommità si ergeva un alto edificio di marmo levigato, enorme come un anfiteatro o un tempio. Più in basso, ai piedi della collina, c'erano altri edifici di marmo, sempre in stile antico, con enormi colonne a sostegno di timpani preziosamente istoriati. Grandi scalinate salivano ai portoni che si aprivano su spaziosi cortili interni ornati da piante fiorite e statue e rinfrescati da zampillanti fontane. All'edificio centrale, sormontato da una cupola, si accedeva da una scalinata ancor più alta e sontuosa. Trelig condusse i suoi ospiti verso questa scalinata.

— Ho preferito per Nuova Pompei attingere il meno possibile alle risorse tecnologiche — spiegò cammin facendo. — I servi sono esseri umani, il cibo e il vino sono prodotti artigianalmente e quasi tutti i prodotti della terra vengono raccolti a mano. Nessun consumo di energia se non, ovviamente, quella necessaria per l'illuminazione. Tutto l'ambiente è climatizzato e protetto dalla cupola di plasma, ma ci teniamo a conservare un'atmosfera rustica.

Gli ospiti non si affaticarono certo, né a camminare, né a salire le scale, con una gravità ridotta del 30 per cento. Si trovavano in uno stato di benessere totale, quasi fossero in grado di volare, e non si resero conto di aver percorso un chilometro a piedi.

Nell'enorme salone, all'interno dell'edificio principale, una bassa tavola di quercia era riccamente imbandita. I commensali si accomodarono tutt'intorno, su morbidi cuscini ricoperti di pelliccia. La tavola si trovava al centro della sala, su una specie di pedana di legno lucidissimo grande come una pista da ballo. E lucidissimo era tutto il pavimento di legno all'intorno, delimitato da massicce colonne di marmo unite tra loro da festoni di seta dai quali pendevano delle specie di frange, sempre di seta, per riparare la zona da sguardi indiscreti.

Alzando gli occhi, Mavra notò che la cupola all'interno era rivestita da una sorta di mosaico. L'illuminazione era adeguata, sebbene l'ambiente fosse interamente in penombra, a eccezione della pedana, ma tanto indiretta che sarebbe stato impossibile identificarne la fonte. Di fronte a ogni commensale erano sistemate alzate di frutta, frutta *vera*, come tutti ebbero a notare. Altri frutti esotici, manghi, arance, ananas, servivano da decorazione. Molti degli invitati provarono a saggiare le frutte con i bastoncini perché non avevano mai visto nulla di simile dal vero.

— Provate il vino — li sollecitò il padrone di casa. — Roba naturale, ad autentica gradazione alcolica. Qui abbiamo dei vigneti dai quali si ricava un'uva eccezionale.

E in effetti il vino era eccellente, molto migliore delle misture sintetiche alle quali tutti erano abituati. Mavra, che era cresciuta a surrogati, assaggiò appena la frutta vera alla quale preferiva quella artificiale. Il vino, comunque, era davvero squisito. Roba così era di solito reperibile con una certa facilità, ma il prezzo era proibitivo.

Trelig batté le mani e comparvero quattro donne, tutte con i capelli scuri e abbronzate, ma con caratteristiche somatiche diverse, a seconda del mondo (non certo quello di Nuova Harmony) dal quale provenivano. Molto truccate e profumate, erano scalze, vestite solo di una tunichetta trasparente.

Portarono via le alzate di frutta e i bicchieri di vino con grazia ed efficienza, ma senza mai posare direttamente lo sguardo su nessuno dei commensali, e senza fare parola. Si erano appena eclissate dietro i tendaggi che comparvero altre ancelle le quali, con la medesima glaciale efficienza, reggevano dei vassoi d'argento sulla testa.

— Disgustoso — fu il commento sdegnato di un uomo seduto accanto a Mavra. — Esseri umani che servono altri esseri umani quando ci sono i robot in grado di assolvere perfettamente a questa funzione.

Altri concordarono con un cenno del capo, anche se, pensava Mavra, i più dovevano essere politici dei mondi Com abituati a masse di schiavi.

Il servizio continuò per tutto il pasto, con perfetto tempismo a ogni singola portata. Il vino, delle più svariate qualità, non mancava certo e i bicchieri non rimanevano mai vuoti. Mavra contò otto giovani donne addette alla tavola e chissà quante altre dietro i tendaggi.

Le vivande erano inconsuete, esotiche ed eccezionalmente buone, ma dopo la seconda portata Mavra si sentiva già sazia e molti altri si erano arresi cammin facendo. Solo l'uomo barbuto continuava ad avventarsi come un lupo sulle gustose pietanze, mentre Trelig si limitava a piluccare qua e là.

Alla fine il padrone di casa mostrò agli ospiti come trasformare i cuscini in comode sdraio e così tutti si rilassarono fra liquori e pasticcini mentre un complesso di musicisti e giocolieri si esibiva sulla pedana illuminata. I festeggiamenti si protrassero per qualche tempo e la serata si rivelò un vero successo. Trelig era un maestro nell'organizzare banchetti indimenticabili.

A un certo punto, quando lo spettacolo ebbe termine e gli ospiti ebbero applaudito educatamente all'unisono, il padrone di casa diede disposizioni per la notte. — Nelle camere troverete tutto l'occorrente. Buona dormita! Domani ci aspetta una giornata straordinaria!

Sollevò un tendaggio e fece passare gli ospiti in un corridoio pavimentato di marmo rosa. Il rumore dei passi sembrava echeggiasse all'infinito. Dopo una svolta a gomito, si scorgeva un altro corridoio, identico al primo. Trelig aprì una massiccia porta di quercia, dello spessore di circa dieci centimetri, e mostrò a ciascuno la propria stanza.

Gli alloggi erano sontuosi ed elegantemente arredati. In quello di Mavra spiccavano uno spesso tappeto di pelliccia, una scrivania, l'armadio, il bagno e un enorme letto rotondo.

La minuscola donna non poté che compiacersene. Sebbene si vantasse di reggere bene l'alcool, il vino si era rivelato eccezionalmente forte. Forse la cosa era voluta. In effetti non si era accorta dell'effetto debilitante se non quando si era alzata per raggiungere l'alloggio che le era stato destinato. Le girava la testa e aveva i riflessi lenti. Le venne in mente che il vino potesse essere drogato, poi si convinse che era solo molto forte.

Trelig le augurò la buona notte chiudendosi la porta alle spalle. Immediatamente Mavra provò la maniglia di bronzo.

La serratura era bloccata, come previsto.

A quel punto cominciò a guardarsi attorno. Captando un leggero sibilo da uno degli orecchini, si spostò al centro del locale e rimase immobile sotto un lampadario ricco di fronzoli. Spostò la sedia della scrivania e ci montò sopra. Il sibilo si fece più acuto. Aveva ragione. Nella base del lampadario era stata collocata una telecamera invisibile comandata a distanza, dotata di obiettivo a infrarossi e posizionata in modo da poter spaziare in qualsiasi direzione.

Nel giro di dieci minuti trovò altre due telecamere, una nel bagno, l'unico punto irraggiungibile dal lampadario centrale, e l'altra incuneata sotto il bocchettone della doccia. Quindi ogni angolo dell'alloggio era coperto.

Le telecamere erano collocate con una certa intelligenza, ma non tanto da sfuggire a un'attenta ricerca. Trelig voleva quindi che fossero trovate da chiunque avesse interesse a cercarle: una prova di forza.

Erano apparecchiature di modello standard, facilmente neutralizzabili, pensò Mavra. Poi si avvicinò al letto. Assenza totale di lenzuola, notò. In effetti, grazie alla perfetta climatizzazione dell'ambiente, sarebbero state superflue. Veniva comunque eliminato anche un possibile nascondiglio.

Si mise a sedere sul bordo del letto, la schiena rivolta alla telecamera, si tolse gli stivali, si sfilò la cintura-frusta da sopra la testa e la depose a sinistra, fuori dalla portata della telecamera. Sopra ci piazzò gli orecchini. Si avvicinò al comodino, tirò fuori dei fazzolettini detergenti e, davanti a uno specchietto, cominciò a togliersi il trucco.

Intanto, con un piede rigirava di lato uno stivale e poi con l'altro premeva delle protuberanze simmetriche. La suola girò su minuscoli cardini, rivelando una serie di piccoli congegni. Con disinvoltura Mavra ne afferrò uno con gli alluci e poi un altro.

Adesso che era pronta si tolse il pullover, si alzò e sfilò la calzamaglia, prendendo con la mano sinistra entrambi gli oggetti che aveva nascosto.

Completamente nuda, si rialzò e si girò. Sembrava un movimento naturale e gli ipotetici osservatori sarebbero arrivati alla conclusione ovvia: non c'era nulla di nascosto. Nessuno avrebbe pensato a guardarle le mani, allenate a barare al gioco sin da quando era in tenera età. Assumendo sul letto la posizione del loto, la donna spense le luci con la mano destra.

Nel medesimo istante in cui le luci si spegnevano, faceva cadere uno dei congegni sul letto e puntava l'altro verso il lampadario. Era guidata da un raggio luminoso visibile solo grazie alle speciali lenti a contatto che portava.

Puntando il raggio sulla telecamera, prese l'altro congegno, un minuscolo rettangolo, e lo posizionò in modo di tenerlo in equilibrio sul cuscino, in direzione della telecamera stessa. Soddisfatta, si accomodò nella posizione del loto, gli occhi chiusi.

Tutto ciò le aveva richiesto meno di dieci secondi.

Compiaciuta da quanto riusciva a vedere attraverso le lenti speciali, aprì gli occhi, si rilassò, dopodiché silenziosamente scivolò giù dal letto, cercando di non alterare la posizione del piccolo rettangolo.

Una volta con i piedi per terra, verificò che tutto fosse rimasto a posto. Quel congegno era incredibilmente complesso; ne aveva scoperto l'esistenza quando l'avevano utilizzato contro di lei per truffarla, e lei aveva speso una fortuna per procurarselo. Per dirla in parole povere, quel congegno serviva a congelare la prima immagine captata dalla telecamera e trattenerla lì. Seguiva una messa a fuoco automatica di alcuni secondi dalla visione standard a quella a infrarossi, e altrettanti per la rifocalizzazione. A quel punto disponeva di undici secondi per azionare e posizionare il proiettore per il rimando dell'immagine.

Con calma, ma con la sicurezza di una ladra esperta qual era, Mavra procedette alla trasformazione. Cominciò a infilarsi gli stivali, poi ci ripensò, ricordando il rumore secco che producevano sul levigato marmo dell'atrio. Sfilò la fibbia dalla cintura e ne utilizzò il gancio quale parte terminale della frusta, poi sistemò il tutto affinché la sezione retrattile si potesse facilmente snodare grazie a una leggera pressione su invisibili borchie.

Con il fazzolettino detergente non si era affatto tolta il fondotinta; anzi se l'era spalmato diligentemente su tutto il viso, senza tralasciare neppure le mani. Tirò fuori dallo stivale sinistro un sacchettino, lo aprì e ne estrasse un piccolo tampone che, con metodo, cominciò a passare su tutte le aree esposte dell'epidermide. La sostanza chimica, a contatto con un'altra sostanza contenuta nel fondotinta, le conferì una colorazione nera. Mavra si tolse allora le speciali lenti a contatto, istillò negli occhi due gocce da un minuscolo contenitore, prese un altro paio di lenti e le sistemò a dovere. Erano lenti chiare, ma se avesse attivato il microscopico generatore contenuto nella fibbia, si sarebbero trasformate in lenti infrarosse. A Nuova Pompei erano in molti ad avere occhi da gatto.

A questo punto, attivato il generatore, la giovane

donna prese lo specchio e si guardò con attenzione. Certo non era una gran bellezza, ma quel rivestimento nero costituiva una schermatura efficace contro la radiazione calorica rilevabile dalle lenti a infrarossi. Dopo qualche ritocco, nello specchio non si rifletté più alcuna immagine. Anche le mani risultavano invisibili.

Poi arrivò il momento delle fiale, sistemate sotto le lunghe unghie appuntite, con l'iniettore che praticamente costituiva la punta di ogni unghia. La donna le riempì tutte, con sostanze diverse. Più di una volta quegli accorti espedienti le avevano salvato la vita, ovviamente a discapito di altri.

Per completare l'opera, attivò il secondo generatore della fibbia. L'energia sprigionata si sarebbe diffusa in tutto quanto aveva addosso, cosmetici e tessuti, e i congegni sensibili al calore l'avrebbero ignorata, come dimostrava il fatto che stavano ancora cercando l'artefice di una certa rocambolesca rapina su Baldash.

Mavra era intenzionata a portare a termine la missione che le era stata affidata, e il più velocemente possibile. Salvare la ragazza, tanto per cominciare. Se non avesse potuto liberarla quella sera stessa, quantomeno era indispensabile che effettuasse un'opportuna ricognizione.

La serratura non costituiva un problema, ma lo erano i quattro sensori sistemati nella porta. Il legno combaciava praticamente con i montanti. La ragazza riuscì comunque a inserire due strisce isolanti. L'inserimento della terza si presentava più complicato, non disponendo di un coltello. Ma il materiale organico contenuto in uno degli stivali servì perfettamente alla bisogna. L'unghia di un mastodontico animale di un mondo lontano, debitamente affilata e trattata come le sue stesse unghie, fungeva perfettamente da lama.

Le altre strisce non presentarono problemi e la porta si aprì senza far rumore. Nessun allarme scattò e Mavra con cautela diede un'occhiata all'esterno. Non sembravano esserci sentinelle nel corridoio buio. Il sistema di sorveglianza di Trelig era molto sofisticato, l'aveva pagato caro. E proprio in quel sistema stava l'errore. I criminali di successo, quelli che erano sempre riusciti a farla franca, già da un pezzo sapevano come neutralizzarlo. Dopotutto si trattava di microfoni nascosti nei punti strategici e di raggi infrarossi. Se non avesse fatto molto rumore e con i circuiti inseriti Mavra sarebbe stata invisibile.

La ragazza uscì con prudenza allo scoperto e si chiuse la porta alle spalle. Nessun pericolo. Via libera.

Sarebbe stato più rischioso se Trelig avesse pensato di tener accese le luci anche durante la notte.

Ma niente era impossibile per la Regina dei Gatti, come figurava negli elenchi dei ricercati. Erano in molti a sospettare addirittura della sua identità, ma non erano mai riusciti ad avere le prove.

Non incontrò nessuno nel percorso verso il salone del banchetto che costituiva, almeno in apparenza, la via obbligata per entrare e per uscire. Lì c'era solo una telecamera, aveva già controllato.

Si avvicinò all'entrata quanto bastava per spiare attraverso i tendaggi. L'apparecchio, collegato a un piccolo paralizzatore, ruotava lungo un binario alla base della cupola. Una camera fissa difatti non avrebbe garantito una copertura adeguata, mentre questa copriva l'intera area in trenta secondi. Controllò più volte i tempi per assicurarsi che non avessero subìto variazioni. L'ingresso rimaneva fuori campo solo per dodici secondi e distava da lei all'incirca novanta metri.

Studiando ogni singola mossa, inspirò profondamente un paio di volte, seguì con lo sguardo il tragitto della telecamera e, spaccando il centesimo, schizzò verso l'entrata che raggiunse in undici secondi, un tempo considerato impossibile, lo sapeva, per una donna così piccola. E poi con la gravità di Nuova Pompei...

Senza servirsi dei gradini, scavalcò la balaustra e si lasciò scivolare giù sparendo tra i cespugli. Fuori non era buio, ma non c'era nessuno in vista e la caduta verticale non le fece perdere tempo prezioso, grazie a una delle piccole bolle che portava sempre con sé in uno speciale scomparto della cintura. Una bolla, non più grande della capocchia di uno spillo, che si spalmava fino a formare una secrezione incredibilmente sottile sul palmo delle mani, creando un eccezionale effetto ventosa. Proprio qui stava il successo di tutti i colpi che aveva messo a segno; ed era stata lei stessa a elaborare la preziosa sostanza.

Mavra impiegò qualche secondo per scendere di trenta metri. Acquattata sotto un cespuglio, si strofinò le mani, in modo che la sostanza si solidificasse. L'effetto durava trenta o quaranta secondi.

Avrebbe preferito il buio ma la cupola di plasma rifletteva i raggi luminosi. Bisognava adattarsi.

Scivolando lungo il perimetro dell'edificio centrale, sentì delle voci e si bloccò di colpo. Ma le voci continuavano, come una sorta di ritmica cantilena. Mavra si portò allo scoperto, pur mantenendosi al riparo del muro. Poi vide quattro donne, vestite come le ancelle di qualche ora prima, che si cullavano in una danza sensuale al suono di uno strumento simile alla lira, suonato da una di loro. Sembrava che si muovessero in uno stato di sonnambulismo, dimentiche di tutto. Nel loro aspetto c'era qualcosa di strano.

Erano troppo belle, pensò Mavra. Con degli attributi sessuali eccessivi, sembravano le donnine delle fotografie che eccitano la fantasia dei cultori del genere. Anche i loro movimenti erano fuori dal comune, permeati di una femminilità totale, quasi fossero mitologiche dee della fertilità. Le loro movenze così languide avevano molto poco di umano e le rendevano simili a caricature erotiche.

Mavra decise di non turbare la danza; meglio cercare qualcuno che fosse solo. Tutti sembravano adeguarsi agli orari di Trelig su quel mondo; in giro c'era pochissima gente. Sarebbe stato importante sapere esattamente quanta gente viveva sul planetoide. Ma comunque non dovevano essere in molti.

Mentre sgattaiolava nell'edificio attiguo, una costruzione più bassa ma sempre di marmo e con le medesime pretese di grandiosità, fece il suo incontro. La giovane aveva un aspetto assolutamente comune, era nuda, scarmigliata, con i piedi sporchi. Vicino a lei c'era un secchio montato su tre rotelle. Carponi, la ragazza stava strofinando il pavimento con uno spazzolone rigido.

Mavra si guardò attorno ma non le parve di scorgere nessun altro. Con calma avanzò verso la sconosciuta che in quel momento le mostrava la schiena. La Regina dei Gatti alzò il mignolo e serrò le altre dita, in modo che la punta della siringa raggiungesse l'apice dell'unghia.

La donna, quasi avesse avvertito qualcosa di strano, si voltò di scatto e vide la figuretta tutta nera.

— Salve! — disse con una specie di sogghigno. Mavra provò un'istintiva compassione davanti a quell'espressione vacua, a quello sguardo del tutto opaco. Una vittima della spugna, senza dubbio. Si accucciò accanto a lei.

— Salve a te — rispose con gentilezza. — Come ti chiami?

— Hiv... Hivi — farfugliò la donna prima di giustificarsi con un filo di voce: — Non riesco più a dirlo bene...

Mavra annuì con comprensione. — Non ti preoccupare, Hivi. Io sono la Gatta. Vorresti dirmi qualcosa...

La donna annuì pian piano. — Se posso.

— Conosci qualcuno che si chiama Nikki Zinder?

L'espressione della donna rimase assente. — Purtroppo, come ti ho già detto, non mi ricordo bene tante cose.

— Allora ascolta: dove tengono le persone che non escono mai?

La ragazza scosse il capo, dando mostra di non aver capito. Mavra sospirò. Ovviamente Hivi o qualunque fosse il suo nome era ormai troppo istupidita dalla spugna per darle le informazioni di cui aveva bisogno. Cercò un altro approccio.

— Dimmi, chi è il tuo capo? Chi ti dice dove pulire?

La ragazza annuì. — È Ziv.

— E adesso Ziv dov'è?

Per un attimo l'espressione assente della serva s'illuminò. — Laggiù — rispose additando un punto in fondo allo spiazzo.

Mavra fu tentata di lasciarla così com'era; quella povera ragazza non costituiva una minaccia. Però in lei era rimasto qualche barlume di lucidità e quindi avrebbe potuto tradirla anche se non intenzionalmente. Mentre la sfiorava con una carezza, con il mignolo destro le toccò il braccio e il liquido uscì dalla siringa.

La ragazza ebbe un sussulto e si portò una mano alla spalla, lo sguardo perplesso. Poi si irrigidì e restò immobile, gli occhi fissi sulla spalla.

Mavra le si chinò di nuovo accanto, augurandosi che nessuno sopraggiungesse proprio in quel momento. — Mentre lavavi il pavimento non hai visto nessuno — le sussurrò. — Non mi hai visto. Non vedrai nulla di quanto farò. E ora ritorna al lavoro.

La ragazza, una volta uscita dal torpore, apparve ancora più perplessa. Guardò fisso Mavra, spostò oltre lo sguardo, scrollò le spalle, si voltò e riprese a strofinare. Mavra si allontanò.

Sarebbe stato più semplice ucciderla; con semplici pressioni in certi punti nevralgici del collo avrebbe risparmiato del liquido prezioso. Considerato lo stato di quella donna, forse sarebbe stato più misericordioso. Ma, anche se Mavra Chang aveva già fatto più volte questa esperienza, uccideva solo chi se lo meritava. Antor Trelig, forse, per tutto il male che aveva fatto alla gente un tempo normale e per ciò che avrebbe potuto fare ancora. Non certo una schiava inerme.

E tutte le donne che aveva incontrato erano ridotte così, ne era sicura. Le ancelle, le ballerine, la serve. Rese schiave dalla spugna, portate alla follia da dosi ora eccessive, ora dolorosamente insufficienti.

Mavra non riuscì a trovare Ziv ma continuò a girare furtiva nei saloni, facendosi da parte quando s'imbatteva in qualche povera drogata o nell'occhio delle telecamere. Senza fermarsi, attraversò varie sale decorate con grande sfarzo e altre squallide e mal tenute. Incontrò vittime della spugna in totale stato di catalessi.

Disgustata e contrariata perché non aveva trovato qualcuno a cui chiedere informazioni, ritornò sui suoi passi. Se quello era il trattamento che Antor Trelig riservava agli umani che finivano sotto il suo controllo, in che maniera avrebbe spadroneggiato sui mondi civilizzati? Il consigliere Alina aveva ragione; quello non era un uomo ma un mostro.

Era quasi arrivata alla sua camera, quando s'imbatté in una persona che faceva al caso suo. La donna aveva un aspetto e un abbigliamento molto simili a quelli delle altre, ma con qualcosa in più: la fondina e la pistola. Era una guardia, quindi, e stava controllando le porte. In giro non si vedeva nessuno.

Come una belva a caccia, la Gatta si mosse a passi felpati avvicinandosi sempre di più alla donna con la pistola, e quando fu a pochi metri di distanza si avventò sulla preda. La donna, avuto come un presentimento, si girò, l'espressione attonita davanti a quell'essere scuro che le si faceva sempre più vicino. Mavra fu così veloce da sferrarle un tremendo calcio nello stomaco ancor prima che la poveretta muovesse la mano per raggiungere la pistola.

Con un colpo di reni la Gatta balzò alle spalle della guardia, che per un attimo aveva perso i sensi. Le siringhe nascoste nell'indice e nel medio della mano destra andarono a segno con estrema precisione mentre la sinistra afferrava il calcio della pistola. La doppia dose ebbe un rapido effetto; la donna, anche se era assai più robusta di lei, dovette cedere all'effetto dell'ipnosi.

Mavra si rilassò e fece scivolare su un lato la preda esanime.

— Alzati! — le ordinò e l'altra obbedì. — Dove potremmo parlare senza essere disturbati o interrotti?

— Là dentro — fu la risposta. La donna additò una porta poco distante.

— Non ci sono telecamere o roba del genere? — domandò Mavra in tono perentorio.

— No.

La minuscola donna ordinò all'atletica vittima di entrare nel locale, poi la seguì. Si trattava di una specie di ufficio, palesemente non utilizzato da un pezzo. Mavra mise a sedere la donna al centro, dopodiché s'inginocchiò a sua volta, fissandola negli occhi.

— Come ti chiami? — domandò.

— Micce.

Mavra sospirò. — D'accordo, Micce, adesso dimmi quante persone ci sono su Nuova Pompei.

— In questo momento quarantuno. Senza contare i pazzi, i morti viventi e gli ospiti.

— Contando tutti all'infuori degli ospiti appena arrivati, quanti? — insistette Mavra.

— Centotrentasette.

Mavra annuì. Era quello che voleva sapere. — Quante guardie armate?

— Dodici.

— Tutte qui le precauzioni che avete preso? Sarebbe necessaria una sorveglianza più stretta.

— Nelle zone più importanti ci sono i sensori automatici — spiegò la guardia. — Ma tanto nessuno è in grado di uscire da Nuova Pompei senza i codici prefissati.

— Chi ne è a conoscenza? — chiese Mavra.

— Soltanto il consigliere Trelig — rispose la guardia. — E vengono cambiati in una sequenza nota a lui soltanto.

Questo avrebbe potuto complicare le cose.

— Quella ragazzina, Nikki Zinder, si trova a Nuova Pompei? — domandò.

La guardia annuì. — Nel quartiere dei vigilantes.

Mavra fece ancora altre domande per appurare l'ubicazione di tale settore, nonché la disposizione dei locali, il punto esatto in cui si trovava l'alloggio di Nikki e come entrarci. Mavra venne anche a sapere che su Nuova Pompei erano tutti sotto l'effetto della spugna, a eccezione di Trelig, e che i rifornimenti arrivavano quotidianamente con una nave controllata da un computer cosicché nessuno poteva procurarsene in quantità superiore a quella prevista e ribellarsi contro il dittatore. Un'informazione *davvero* interessante. Così la spugna arrivava a Nuova Pompei a bordo di una piccola navetta, in grado d'imbarcare, in caso di necessità, anche quattro passeggeri. Doveva trattarsi di un Cruiser Modello 17, un prototipo che Mavra conosceva benissimo. Sarebbe stato perfetto.

Dopo aver appurato che le guardie conservavano le armi di ordinanza in un piccolo armadietto, Mavra tolse alla vittima pistola e fondina dandole a intendere che erano ancora al loro posto. Presumibilmente ci sarebbero voluti giorni e giorni prima che il furto venisse scoperto. Sorrise; era di nuovo armata e, grazie alla superficialità di Trelig in fatto di misure di sicurezza, la fortuna cominciava a essere dalla sua parte.

— Dove vive il dottor Zinder? — domandò alla sentinella dopo un'altra iniezione.

— Nell'Underside, sotto — rispose la guardia. Allora, delle quarantun persone che vivevano sull'asteroide, una era Trelig, una era Nikki, poi c'era Zinder, dodici erano guardie, cinque assistenti di Zinder, e le altre ventuno erano assoggettate a vari tipi di schiavitù. Non avrebbe avuto quindi la minima possibilità di portarsi via Zinder, ma per Nikki poteva farcela. Dieci milioni non erano "tutto", ma certamente meglio di niente.

Dopo essersi fatta dire dalla guardia, ancora sotto l'effetto dell'ipnosi, l'ordine di servizio, Mavra le impose di dimenticare tutto e di riprendere il giro abituale. La guardia obbedì senza commenti.

Mavra impiegò ancora una quarantina di minuti per rientrare nell'edificio principale e tornare in camera sua, dopo aver evitato le telecamere. Le strisce erano ancora al loro posto e Mavra, dopo aver aperto e richiuso l'uscio senza difficoltà, le rimosse con la massima cautela. Il proiettore a memoria olografica era ancora al suo posto, cosicché la telecamera continuava a inquadrare una stanza vuota e silenziosa, con una persona immersa nella meditazione, seduta a gambe incrociate sul letto.

Impiegò altro tempo per ripulirsi, rimettere assieme gli stivali e rimontare la cintura. Non appena ebbe finito, Mavra si avvicinò al proiettore, muovendosi lentamente per ridurre al minimo le vibrazioni finché non lo ebbe raggiunto. L'infinita pazienza è il miglior attrezzo di uno scassinatore.

Assumendo la posizione corretta, prese fra le mani il minuscolo congegno e lo fece scivolare fuori dal campo visivo non appena la telecamera si diresse da un'altra parte. Quando l'obiettivo si riportò in quella zona, alcuni secondi dopo, si trovò a riprendere la stessa donna nuda nella medesima posizione contemplativa. Soltanto un osservatore molto attento, cosa che non si può pretendere da nessun sorvegliante, perché guardare le persone che dormono costituisce un'occupazione estremamente noiosa, si sarebbe reso conto che la donna stava seduta in una posizione leggermente diversa, con un'angolazione impercettibilmente differente.

All'improvviso il respiro si fece più rapido, la donna si stiracchiò, stese le gambe, si allungò sul letto e si voltò da una parte. Per un attimo solo la gamba destra rimase sospesa sul bordo del letto, mentre nelle pieghe della calzamaglia nera cadeva un oggetto invisibile.

Solo allora Mavra Chang prese sonno.

Forse qualcuno aveva notato il suo vagabondare notturno, ma l'indomani nessuno ne fece parola. Tutti commentavano invece il fatto che Trelig aveva espressamente richiesto agli ospiti di fare la doccia e d'indossare tuniche leggere, quasi trasparenti, e sandali aperti. Il dittatore porse le sue scuse e si offrì di provvedere al lavaggio degli indumenti degli ospiti, ma il suo scopo era palese. Avrebbe avuto non solo modo d'esaminare i vari indumenti ma anche di assicurarsi che nulla venisse portato nell'Underside.

Mavra era fiduciosa del fatto che i nascondigli degli

stivali e della cintura sarebbero rimasti inviolati; tuttavia, se qualcuno avesse rovistato all'interno di quegli oggetti, ne sarebbe seguita un'esplosione tanto violenta quanto inspiegabile. Dubitava che le guardie di Trelig fossero così abili da scoprirli, ma purtroppo lei doveva far a meno dei suoi preziosi strumenti proprio quando le avrebbero fatto maggiormente comodo. Quanto alla pistola, non c'erano problemi: l'aveva nascosta la sera prima, sul cornicione istoriato che decorava il corridoio.

Quando entrò nel salone per la colazione, notò subito la sorpresa dipingersi sul volto degli astanti; senza gli stivali era ancora più piccola del solito.

Dopo mangiato, Trelig fece un discorso. — Compagni, ospiti miei illustrissimi, lasciate che vi spieghi perché siete stati invitati qui e che cosa vedrete oggi — esordì. — Innanzitutto lasciatemi dare una rinfrescatina ai vostri ricordi. Come senza dubbio saprete tutti, noi non siamo la prima civiltà che ha colonizzato mondi molto distanti da quello di provenienza. Manufatti di quella primitiva civiltà non umana sono stati reperiti su innumerevoli mondi morti. È stato il dottor Jared Markov a scoprirli e infatti li chiamiamo Markoviani.

— Questo lo sappiamo, Antor — sbottò un consigliere. — Vieni al dunque.

Trelig lo fulminò con un'occhiata, poi proseguì: — Dunque, i manufatti che ci hanno lasciato dopo essersi estinti oltre un milione di anni fa, si riducono a strutture in rovina... edifici fatiscenti. Niente suppellettili, niente macchinari, utensili, oggetti d'arte, nulla. Perché? Inutilmente generazioni di eruditi hanno cercato di dare una risposta a questo perché. Sembrava un mistero irresolubile, come un mistero era la causa della loro estinzione. Ma uno scienziato, un fisico tregalliano, ebbe un'idea.

Si levò un leggero brusio. Anche questa era una storia nota.

— Il dottor Gilgram Valdez Zinder — continuò Trelig — pensò che la nostra incapacità di risolvere l'enigma dei Markoviani veniva da una visione troppo orto-dossa dell'universo. Innanzitutto secondo lui gli anti-chi Markoviani non avevano bisogno di manufatti in quanto, in qualche modo, erano in grado di trasfor-mare l'energia in materia con un semplice atto di vo-lontà. Sappiamo che il nucleo di ogni mondo marko-viano era un computer semiorganico. Zinder ha pen-sato che i Markoviani fossero direttamente e mental-mente collegati ai loro computer i quali, a loro volta, erano programmati per trasformare ogni desiderio in realtà. Così si mise al lavoro per cercare di riprodurre tale processo.

Il brusio adesso era aumentato. Allora erano vere le voci che correvano, troppo orribili per poter dar loro credito.

— Partendo da questo postulato, Zinder elaborò la teoria che il materiale grezzo utilizzato dai Markoviani per la conversione energia-materia fosse un'energia ba-sica e primaria, l'unico componente veramente stabile dell'universo — spiegò Trelig. — Zinder dedicò la pro-pria vita alla ricerca di questa energia primaria, alla di-mostrazione della sua esistenza. Matematicamente ne elaborò la probabile natura, realizzando lui stesso un suo computer che lo aiutasse nell'intento.

— E ci è riuscito? — intervenne una donna dal-l'aspetto infantile che invece era un'anziana di razza Com.

Trelig annuì. — Infatti. E, così facendo, elaborò una serie di corollari che comportano incredibili implica-zioni. Se tutta la materia, tutta la realtà, è semplice-mente una forma convertita di questa energia, allora *da dove veniamo?* — Si rimise a sedere, godendosi lo sgomento di coloro che erano stati in grado di afferrare le implicazioni.

— Vuoi dire che sono stati i Markoviani a crearci? — domandò l'uomo dalla barba rossa. — Mi sembra un concetto difficile da accettare. I Markoviani si sono estinti da milioni di anni. Se i loro manufatti sono morti con i loro cervelli, perché non siamo morti anche noi?

Sul volto di Trelig si dipinse un'espressione di sorpresa. — Ottima domanda — commentò. — Ma senza una risposta sufficientemente chiara. Il dottor Zinder e i seguaci della sua teoria sono convinti che da qualche parte fra le altre galassie sia rimasto in funzione un enorme computer centrale che ci mantiene stabili. Ma la sua ubicazione è sconosciuta, e comunque al di là delle nostre capacità di arrivarci in un futuro prevedibile, anche se sapessimo dov'è. La cosa che conta è che un computer esista davvero, o noi non saremmo qui. Naturalmente sono permessi, per dirla così, locali deviazioni del modello. Se ciò non fosse, allora i mondi markoviani locali non sarebbero mai stati in grado di utilizzare i loro computer simili a dio. E il dottor Zinder ha scoperto come fare ciò che loro sapevano fare! Esiste una prova inequivocabile delle sue teorie.

Nei presenti serpeggiò un leggero disagio; ci furono nervosi colpettini di tosse.

— Significa che ti sei fatto costruire una versione personale di quella macchina onnipotente? — chiese Mavra Chang.

Trelig sorrise. — Sì, il dottor Zinder e il suo assistente, Ben Yulin, figlio di un mio stretto collaboratore di Al Wadda, ne hanno costruita una versione in miniatura. Li ho convinti a trasferire il loro computer qui, su Nuova Pompei, dove non corre il rischio di cadere in mani sbagliate. E adesso gli scienziati suddetti stanno mettendo a punto una versione più grande della macchina. — Tacque un istante, aggrottando la fronte ma mantenendo in complesso un'espressione divertita.

— Venite con me — disse agli ospiti mentre si alzava da tavola. — Leggo sui vostri volti incredulità e scetticismo. Ma andiamo a Underside e vi convincerete.

I componenti della delegazione si alzarono e lo seguirono fuori, attraverso lo spiazzo erboso, fino a una piccola struttura isolata, sulla sinistra, simile a un'edicola di marmo.

Anche se la facciata era stata costruita in stile neoclassico, in modo da non stonare con l'architettura circostante, quando raggiunsero il piccolo cubo i componenti della delegazione compresero subito che si trattava di un ascensore.

Trelig appoggiò il palmo della mano su una lastra nuda e levigata e con le dita batté un codice, troppo velocemente per poter essere captato dai presenti. All'improvviso il muro scomparve e davanti agli occhi della delegazione si presentò l'interno di una cabina ad alta velocità, con otto posti, comodi poggiatesta e relative cinture.

— Dovremo fare due viaggi — annunciò Trelig in tono di scusa. — Per piacere, i primi otto prendano posto e allaccino le cinture. La discesa è molto rapida e decisamente poco piacevole, temo, anche se abbiamo cercato di ottenere una compensazione di gravità. Una volta partito il primo gruppo, chi rimane potrà salire sull'altro vettore più piccolo, quello che utilizziamo per la manutenzione. Non preoccupatevi, su Underside esiste una doppia uscita.

Mavra faceva parte del primo gruppo. Prese posto, si rilassò e allacciò le cinture. La porta, che in realtà era una specie di campo di forza su cui era proiettata l'immagine di una parete, si solidificò e i passeggeri ebbero all'improvviso la sensazione di precipitare.

In effetti non si trattava di un'esperienza piacevole: in caso di necessità, erano comunque a disposizione dei sacchetti di plastica. Mavra era rimasta colpita dalle prestazioni di quel piccolo vettore; ne aveva già sentito parlare ma non ne aveva mai visto uno con i propri occhi e, ovviamente, non vi era mai salita a bordo. Esemplari analoghi erano stati realizzati per quei pochi pianeti le cui superfici non erano abitabili ma dove, per un motivo o per l'altro, la vita era possibile a livelli sotterranei.

Nonostante la velocità ci vollero dieci minuti per raggiungere l'estremità opposta. Finalmente l'abitacolo rallentò fino a fermarsi. I passeggeri rimasero in attesa tre o quattro minuti, chiedendosi con un certo nervosismo se per caso non fossero rimasti bloccati per qualche avaria. Poi sentirono un rumore sopra le loro teste e, dopo meno di un minuto, il campo di forza e la proiezione solida di fronte a loro si dissolsero e Trelig era lì, tutto sorrisi.

— Scusate per il ritardo. Avrei dovuto avvertirvi — disse fingendo una contrizione che palesemente non provava affatto.

I passeggeri si slacciarono le cinture, si alzarono, stiracchiarono le membra intorpidite e uscirono in uno stretto corridoio, seguendo il padrone di casa lungo un camminamento dal fondo metallico che a un certo punto si allargava a formare una piattaforma delimitata da alte sbarre. Davanti a loro si apriva un enorme scavo che sembrava non avere né cima né fondo. Era inevitabile provare una sensazione di sgomento: tali erano le dimensioni che, al confronto, sembravano tutti dei nani. Tutt'attorno c'erano dei pannelli e innumerevoli moduli intervallati da piccole cavità.

Lo scavo era attraversato da un lungo ponte con una pavimentazione simile a quella della piattaforma, lateralmente protetto da pareti di plastica alte un metro e mezzo. I componenti della delegazione capirono di essere finiti nelle viscere di una grande macchina.

Trelig si fermò a metà del ponte e li radunò attorno a sé. Da ogni parte arrivava il ronzio dei circuiti che si aprivano e si chiudevano, amplificati dalla eco che si produceva fra le pareti. Per farsi sentire, fu costretto ad alzare la voce.

— Questo pozzo si estende da un punto situato circa a metà fra l'equatore teorico e il Polo Sud di Nuova Pompei, su un tratto di superficie vergine e rocciosa, e arriva più o meno al nucleo del planetoide — spiegò. — L'energia viene fornita indirettamente mediante fusione attraverso il sistema a plasma della cupola. Per almeno venti chilometri in tutte le direzioni attorno a noi si estende il computer – naturalmente autoconsapevole

– che il dottor Zinder chiama Obie. In esso stiamo caricando tutti i dati dei quali disponiamo. Venite.

Il dittatore passò davanti a una lunga antenna color rame che si dipartiva dal centro della voragine e sembrava scomparire in entrambe le direzioni, e infine si fermò su un'altra piattaforma identica alla prima. Sulla sinistra una finestra si apriva su un ampio locale gremito di una miriade di strumenti elettronici apparentemente inattivi. Davanti a loro c'era un portellone simile a quello di una navicella spaziale, che si aprì con una sorta di fischio, e i visitatori ebbero l'impressione che si fosse prodotta una leggera modifica nella pressione e nella temperatura. Entrarono e si trovarono in ciò che appariva un duplicato in miniatura della macchina più grande. Una balconata e diverse console rutilanti di comandi circondavano l'anfiteatro sottostante, sul quale si notava un piccolo disco argenteo. Al di sopra di esso, collegato a un braccio mobile, che si snodava da una parete, c'era qualcosa che poteva sembrare uno specchio quadrato con un piccolo ago al centro.

— Ecco l'Obie originale e il meccanismo originale — spiegò Trelig. — Obie, ovviamente, è collegato al meccanismo più grande che è attualmente in fase di completamento. Coraggio, disponetevi attorno alla balaustra in modo da poter godere una panoramica globale del disco sottostante. — Detto ciò, Trelig spostò lo sguardo oltre i presenti i quali, voltandosi, videro un aitante giovanotto con la tuta lucida da tecnico di laboratorio seduto dietro a un pannello di comandi.

— Cittadini, questo è il dottor Ben Yulin, il nostro direttore generale — spiegò Trelig. — Adesso, guardando in basso, vedrete due operatrici collocarne una terza sul disco.

Tutti guardarono giù e videro due donne, che Mavra riconobbe come guardie, sospingere verso il disco con una certa delicatezza una ragazzina spaventata di non più di quattordici o quindici anni.

— La ragazza che vedete è vittima della droga conosciuta col nome di spugna — spiegò il dittatore. — La sostanza ormai le ha divorato il cervello rendendola una povera subnormale. Qui ci sono molte sue compagne di sventura che presto saranno recuperate. Adesso osservate con attenzione quello che farà il dottor Yulin.

Il giovane scienziato azionò un paio d'interruttori sulla console. Dopo qualche gracidio, da una specie di microfono arrivò la sua piacevole voce baritonale.

— Buongiorno, Obie.

— Buongiorno, Ben — rispose l'avvolgente voce tenorile di Obie, che sembrava arrivasse da ogni parte e da nessuna parte in particolare.

— Trattamento soggetto codice numero 97-349826 — annunciò Yulin. — Pronti, via!

Lo specchio si posizionò sopra la ragazzina atterrita che subito venne avvolta da una luce bluastra. Quasi immediatamente l'immagine della ragazza ebbe un sussulto e sparì.

Con un sogghigno Trelig domandò: — Che cosa ne pensate?

— Ho già avuto modo di vedere proiettori olografici — disse con scetticismo un omettino.

— O si tratta di qualcosa di simile o quella ragazza è stata disintegrata — intervenne un altro.

Trelig si strinse nelle spalle. — Be', come posso convincervi? — S'illuminò in volto. — Ci sono! Forza, ditemi il nome di una creatura qualsiasi. Forza!

Tutti rimasero in silenzio per un momento. Alla fine qualcuno gridò: — Una mucca!

Trelig annuì. — Una mucca, d'accordo. Hai sentito, Ben?

— Benissimo, consigliere — rispose Yulin attraverso l'altoparlante. Cambiando tono, lo scienziato si rivolse al computer.

— Indice RY-765197-AF, Obie — disse.

— So che cos'è una mucca, Ben — lo rimproverò bonariamente Obie e Yulin ridacchiò.

— Allora d'accordo, Obie. Pensaci tu. Ma niente di pericoloso, chiaro?

— D'accordo, Ben, farò del mio meglio — lo assicurò

il computer mentre lo specchio si riapriva. In quel momento ricomparve la luce azzurrognola e all'interno s'intravide qualcosa.

— Trucchi da prestigiatore — mugugnò l'uomo dalla barba rossa. — Una donna trasformata in una mucca.

Ma ciò che si materializzò là sotto non era una mucca, bensì qualcosa di simile a un centauro: il corpo di una mucca – zoccoli, coda e mammelle – e la parte superiore, testa compresa, di una ragazza. Le orecchie però spuntavano all'esterno come quelle di un bovino e all'altezza delle tempie si scorgevano due corna ricurve.

— Scendiamo a darle un'occhiata — propose Antor Trelig e ordinatamente tutti lo seguirono lungo una scala angusta.

La donna-mucca se ne stava immobile, lo sguardo perso nel vuoto, apparentemente ignara di tutte quelle occhiate incuriosite.

— Coraggio! — li esortò Trelig. — Toccatela. Esaminatela da vicino!

Quelli della delegazione non se lo fecero ripetere ma la ragazza non accennò alcuna reazione, se non quando uno di essi le sfiorò i capezzoli. A quel punto, infastidita, sferrò un calcio che però non andò a segno.

— Mio Dio, ma è mostruoso! — mugugnò un consigliere. Gli altri erano rimasti di stucco.

Trelig li ricondusse sulla balconata spiegando che l'area di osservazione era dotata di una schermatura invisibile necessaria per proteggere gli astanti dagli effetti dello specchietto.

Fece un cenno a Ben, il quale impartì un'altra serie d'istruzioni a Obie. La ragazza-mucca scomparve e venne sostituita, qualche istante dopo, dalla ragazza. Di nuovo i componenti della delegazioni scesero, la osservarono, notarono che aveva ancora uno sguardo smarrito e pieno di paura, ma comunque si trattava assolutamente di un essere umano... e, senza ombra di dubbio, della stessa ragazza.

— Non riesco ancora a crederci — borbottò l'uomo

con la barba. — Una forma di clonazione genetica, d'accordo, ma questo è tutto.

Trelig sorrise. — Vorresti provare, cittadino Rumney? — buttò lì. — Ti assicuro che non ti capiterà nulla di male. Oppure, se non te la senti tu, c'è qualcun altro che si offre?

— Ci provo io — lo fermò l'uomo con la barba. La ragazza fu allontanata dal disco e fatta uscire da una porticina laterale. Rumney si fece avanti guardandosi attorno mentre cercava ancora d'immaginare quale fosse il trucco. Gli altri rimasero a osservare.

Yulin era pronto. Rumney venne codificato in brevissimo tempo, poi sparì e, quasi immediatamente, riapparve. In lui si erano prodotte due leggere alterazioni: aveva lunghe orecchie da asino e una grossa coda nera gli spuntava proprio sopra l'ano e lo copriva. E dato che non gli avevano fatto perdere il contatto della realtà, l'uomo barbuto non impiegò molto a rendersi conto della metamorfosi. Con espressione stupita si tastò le lunghe orecchie e mosse la coda. Era davvero sconcertato.

— Cosa ne pensi adesso, cittadino Rumney? — domandò Trelig palesemente compiaciuto.

— È... è incredibile — farfugliò l'uomo, con voce rotta.

— *Noi* siamo in grado di alterare la realtà in modo che tu, come chiunque altro, sia convinto di essere sempre stato così — annunciò il signore di Nuova Pompei. — Ma, in questo caso, credo che non lo faremo.

— Hai sentito dolore? — domandò qualcuno a Rumney. — Che sensazione hai provato? — chiese un altro.

Rumney scosse il capo. — Niente di niente — rispose, ancora frastornato. — Ho solo visto la luce blu, poi l'immagine di tutti voi ha cominciato a lampeggiare e rieccomi qui.

Trelig sorrise. — Visto? — disse. — Ve l'avevo detto che non ci sarebbe stato dolore.

— Ma come siete riusciti a fare questo? — domandò qualcuno.

— Dunque, già da tempo dentro Obie erano stati inseriti i codici di svariati animali e delle piante più comuni. Lui ha utilizzato quel congegno lassù per ridurli a un modulo d'energia che era, matematicamente, l'equivalente della creatura. Tale informazione è stata immagazzinata e quando il cittadino Rumney è salito sul disco, abbiamo fatto la stessa cosa nei suoi confronti. Poi, utilizzando le istruzioni del dottor Yulin, il computer ha integrato le orecchie e la coda dell'asino con la fisionomia di Rumney, dopodiché ha ricodificato le cellule al fine di dare loro quella forma.

Anche Mavra Chang fu scossa da un brivido come tutti i presenti. Un potere così nelle mani di Trelig.

Il consigliere di Nuova Harmony si rilassò, godendosi le reazioni dei suoi ospiti. Alla fine disse: — Ma questo è soltanto il prototipo. Per il momento siamo in grado di trattare un unico individuo alla volta ma con il tempo e la pratica anche questo problema sarà superato. E, naturalmente, possiamo creare qualsiasi cosa che non sia più grande del disco e il cui codice sia stato prima introdotto in Obie. Cibo di qualsiasi specie, materiali organici e inorganici, assolutamente concreti, assolutamente indistinguibili dall'originale.

— Hai detto che questa macchina è un prototipo — intervenne Mavra Chang. — Dobbiamo quindi pensare che attualmente siano stati fatti ulteriori progressi?

— Osservazione acuta, cittadina Chang — approvò Trelig. — Certo che sì! Avete visto il grande tubo che attraversava il centro dell'abisso? — I presenti annuirono. — Bene, è stato appena collegato a una versione enorme di quel piccolo radiatore d'energia che vedete al centro dello specchietto laggiù. Ho fatto in modo che le varie componenti venissero approntate in una dozzina di luoghi diversi e assemblate qui dalla gente del mio paese. Lo stesso può dirsi di un'enorme versione di quello specchio, naturalmente un tantino diversa per quanto riguarda forma e caratteristiche. Comunque così enorme da coprire quasi l'intera superficie dell'Underside. Se l'energia è sufficiente, e crediamo lo sia, dovrebbe funzionare da una distanza di oltre quindici milioni di chilometri su un'area con un diametro dai quarantacinque ai cinquantamila chilometri almeno.

— In pratica un pianeta! — esclamò qualcuno.

Trelig sembrava proprio divertito. — Sì, suppongo di sì. Anzi, ne sono *sicuro*! Sempre che si possa disporre di un'energia sufficiente, questo è ovvio.

I componenti della delegazione cominciarono a riflettere, rendendosi conto che i loro peggiori timori si erano concretizzati e che avevano dato origine a una terrificante realtà. Quel pazzo disponeva di un congegno con cui alterare i pianeti a suo piacimento. Entro certi limiti, forse, ma certamente non aveva portato la ricerca fino a quel punto solo per dotare gli abitanti del suo asteroide di buffe code e orecchie d'asino.

Intanto, Trelig si accorse che Rumney, il quale poteva ascoltare la conversazione, non si era mosso dal disco, in attesa di tornare nella sua condizione primitiva.

— Adesso vi dimostrerò cosa la macchina è in grado di fare — sussurrò Trelig facendo un cenno a Yulin.

Prima di poter abbozzare una qualunque reazione, l'uomo con le orecchie e la coda venne di nuovo avvolto dalla luce azzurrognola. Quando riapparve, alcuni istanti dopo, si era prodotto un ulteriore mutamento. L'uomo aveva ancora le orecchie d'asino e la coda, e anche la barba, ma attraverso la stoffa sottile della toga erano chiaramente visibili i rigonfiamenti del seno perché adesso era sessualmente una donna, anche se tutto il resto del corpo era massiccio e mascolino.

Con un ghigno perfido, Trelig gli chiese: — Dimmi, cittadino Rumney, ti sei accorto di qualche altro cambiamento?

L'uomo (o la donna) sul disco abbassò lo sguardo sul proprio corpo, si tastò e alla fine disse di no, non c'erano altri cambiamenti, e lo disse con una voce, la sua voce, che in quel momento però era più acuta, di mezza ottava almeno.

— Adesso sei una donna, cittadino Rumney.

Sul volto dell'uomo con la barba si dipinse

un'espressione perplessa. — Certo, lo sono sempre stata.

Soddisfatto, Trelig si voltò verso gli ospiti. — Avete visto? Questa volta abbiamo alterato qualcosa nelle equazioni di base che lo hanno creato. Abbiamo trasformato un uomo in una donna. In realtà l'operazione è molto semplice, molto più semplice del contrario dal momento che questa persona attualmente è XX mentre, nel caso opposto, avremmo dovuto costruire il suo cromosoma Y. Quello che importa è che *solo noi sappiamo che si è verificato un mutamento*. Lui non se ne rende conto, e tutti lo ricordano come una donna, anzi tutti i documenti che lo riguardano si riferiscono a una donna, tutto il suo passato si è automaticamente modificato per dimostrare che è nato così. Questo è il vero potere dell'apparecchiatura che vi sto presentando. Soltanto la schermatura e la nostra estrema vicinanza al luogo della metamorfosi ci consente l'esonero da una simile reazione.

I delegati avevano parecchie cose su cui riflettere. Naturalmente Nuova Pompei doveva essere schermata: probabilmente avevano aggiunto qualcosa allo schermo di plasma. Quando il grande specchio avesse fatto il suo lavoro su un determinato pianeta, nessuno nell'intera galassia si sarebbe reso conto del seppur minimo mutamento. E non se ne sarebbe reso conto neanche il pianeta-vittima, i cui abitanti sarebbero diventati giocattoli nelle mani di quel mostro e sua totale proprietà.

— Sei un mostro! — urlò uno dei consiglieri. — Perché ci metti a parte di queste cose? Perché ti esponi, se non per pura ambizione?

Trelig si strinse nelle spalle. — Sarà anche ambizione... Ma gestire un simile potere non è divertente a meno che altri non siano a conoscenza di che cosa sta succedendo. Comunque c'è dell'altro.

— Avrai bisogno della Flotta del Consiglio per spostare Nuova Pompei e proteggerla — azzardò Mavra.

Trelig sorrise. — Niente affatto. Secondo i calcoli, se

all'apparecchiatura viene applicata una polarizzazione contraria, sarebbe possibile avvolgere Nuova Pompei nel campo e trasportarla ovunque si voglia; diciamo una forma di autosufficienza. Comunque, la cosa riguarda i nostri attuali limiti. Non è possibile trasformare un pianeta in qualcos'altro senza sapere esattamente che cosa si vuole e quindi passare le relative informazioni a Obie. Le orecchie e la coda non verrebbero fuori se Obie non avesse dentro in sé il codice dell'asino. Per rifare un mondo come si vuole ci vorrebbero un sacco di tempo e innumerevoli ricerche, e io sono un uomo impaziente. Se provassi a fare la trasformazione di un pianeta, adesso o nel giro di pochi anni, con ogni probabilità i risultati sarebbero mostruosi. No, per riuscire ho bisogno dell'accesso alla totalità delle informazioni, di avere le menti migliori al mio servizio, il meglio di tutto. Mi servono le risorse di centinaia di mondi. Sì, per poter sfruttare tutte le risorse delle quali ho bisogno, dovrò avere la Flotta del Consiglio sotto controllo.

All'improvviso un leggero rumore alle loro spalle mise tutti sul chi vive. Quattro guardie, minacciosamente armate di fucili elettronici, erano comparse sulla scena.

Dal disco si levò la voce di Rumney. — Ehi, Trelig, hai intenzione di lasciarmi con le orecchie e la coda per sempre?

Il signore di Nuova Pompei si voltò verso Yulin e fece un cenno. Si produsse ancora la luce azzurra e quando si dissolse Rumney era tornato a essere un maschio e aveva delle orecchie normali.

Però gli era rimasta la coda.

Trelig gli ordinò di salire su e lui obbedì, mugugnando. Una volta arrivato in alto, vide le guardie. Sembrò sul punto di tornare sui suoi passi, poi ci ripensò e si unì al gruppo.

— Che significa questa storia? — borbottò, mentre tutti gli altri si associavano alla protesta.

Trelig si allontanò di qualche passo. — Devo disporre totalmente della Flotta e dell'Arsenale. Vi esorto a non avvicinarvi né a me, né alle guardie. Quei fucili sono regolati per paralizzare. E non vi servirebbe a nulla se colpissero anche me. Inoltre, voi mi servite vivi perché quando sarete tornati sul vostro pianeta dovrete riferire ai vostri consiglieri quello che avete visto. Per quanto riguarda i consiglieri che sono qui di persona, avrò bisogno dei loro voti. Perché possiate riferire a ragion veduta avrete bisogno di ulteriori riscontri. Quando il Consiglio si riunirà fra quattro giorni, mi servirà una concentrazione di voti tale da farmi diventare Primo Consigliere con un potere assoluto sulla Flotta e sugli Armamenti. Qualora questo voto venisse a mancare, effettueremo degli esperimenti con il grande disco sui mondi che voi rappresentate. Nuova Pompei sarà ovunque e da nessuna parte. Non riuscireste mai a localizzarla. È possibile che io non disponga ancora di tutti i dati per alterare un mondo, ma con Obie sono in grado di cancellarne l'esistenza! Posso ridurre il Consiglio ai soli membri che voteranno per me!

Erano tutti impietriti. Ottenuto l'effetto desiderato, Trelig si fece più conciliante.

— Come avrete capito, carissimi — concluse — se non riuscissi a ottenere quello che ho chiesto avreste un sacco di fastidi, moltissimi perderebbero la vita e io perderei un sacco di tempo. Ma comunque andassero le cose, avrei io la meglio. In quattro giorni... o quattro anni. Non ha importanza. Ma io di natura sono impaziente e mi piace andar per le spicce. Se ci mettiamo d'accordo già sin d'ora risparmieremo fastidi e vite umane.

Rumney indietreggiò di qualche passo, tastandosi la coda ancora incredulo. — E questa coda sarebbe la prova?

— Infatti — disse Trelig. — Adesso voi, uno alla volta, scenderete giù e andrete sopra il disco. Una piccola metamorfosi e via... niente di più serio di quello che abbiamo combinato al nostro amico Rumney, sempre che facciate i buoni. In caso contrario, calcheremo la mano e vi posso assicurare che allora le metamorfosi sarebbero veramente notevoli! — Accompagnò le ultime parole con un sorrisetto diabolico, quasi augurandosi che qualcuno opponesse davvero resistenza. — Ma, come vi ha assicurato Rumney, si tratta di un processo indolore e già da ora prometto che chiunque si adopererà perché il suo mondo voti per me tornerà allo stato originario. Anche senza ritornare su Nuova Pompei.

— Chi ci assicura che manterrai la promessa?

Trelig apparve sinceramente sorpreso. — Sono abituato a mantenere sempre le mie promesse, cittadino. Come pure le minacce.

Nessuno oppose resistenza. Sarebbe stato inutile. Anche se si fossero avventati su Trelig, avrebbero avuto la peggio, e a quel punto le alterazioni sarebbero state mostruose, come promesso. E anche se fossero riusciti a sfuggire alle guardie, non sarebbero stati in grado di azionare l'ascensore per ritornare in superficie.

Trelig non si prese la briga di essere creativo. Tutti si ritrovarono con la loro brava coda da cavallo, del tutto simile a quella di Rumney e dello stesso colore dei loro capelli. Quella di Mavra era folta, di un bel nero corvino e le arrivava fin sotto le ginocchia. Ci sarebbe voluto un po' ad abituarsi al nuovo stato, sebbene il muscolo della coda sembrasse facilmente controllabile e l'osso elastico e pieghevole. Tuttavia, anche così, quando si sedettero per la risalita si sentirono spiacevolmente a disagio, come se fossero seduti su qualcosa di duro e puntuto. Per cambiare posizione, si finiva col dare uno strattone alla coda e ciò causava un certo dolore.

Quell'aggiunta anatomica costituiva senza dubbio una prova convincente e nessuno, a quel punto, avrebbe potuto ignorare la minaccia che pendeva sul loro capo.

Mavra osservò i suoi compagni di viaggio nell'abitacolo e non tardò a capire dall'espressione dei volti e dalle loro mezze parole che Antor Trelig avrebbe ottenuto i voti che voleva. Il che significava, coda o non coda, che bisognava assolutamente portar via Nikki Zinder.

Quando fu di nuovo in superficie si avventurò a chiedere a Trelig notizie del dottor Zinder.

— Oh, è in giro da qualche parte. Non riusciremmo a farcela, senza di lui. Quantomeno per la prova definitiva. Se in questo momento potessi vedere al di là della cupola, vedresti un asteroide più o meno delle dimensioni di questo, ma completamente spoglio, trascinato in posizione dai rimorchiatori di Nuova Harmony a circa diecimila chilometri di distanza. Un piccolo bersaglio, una cosa da niente. Domani vedremo chè cosa ne possiamo fare.

— Ci sarà consentito di assistere alla trasformazione?

— Ma certo. Sarà la dimostrazione finale. Farò sistemare degli schermi in modo che possiate assistere tutti. Poi ve ne andrete con la buona novella e... con i vostri piccoli souvenir — aggiunse con una risatina.

Mavra ritornò in camera sua stanca e sconfortata. Gli avvenimenti della giornata erano andati esattamente come annunciato. Ma anche se era preparata, avere un'esperienza diretta era un altro paio di maniche. La folta coda che adesso faceva parte di lei ne era la dimostrazione.

Notò con compiacimento che gli stivali e la cintura stavano dove li aveva lasciati; quantomeno la sua attrezzatura non era stata manomessa. Gli indumenti invece erano stati accuratamente lavati, stirati e sistemati sul ripiano del tavolinetto. Si tolse la tunica che aveva indossato per tutto il giorno e si accinse a rimettere i propri abiti. Sopra il tavolinetto c'era uno specchio cosicché, per la prima volta, ebbe modo di vedere la coda. Si girò di qua e di là e fu costretta ad ammettere che sembrava davvero naturale, tanto che volle provare ad agitarla in aria e rimase sconcertata.

All'improvviso si sentì terribilmente stanca, come se avesse appena superato un'esperienza traumatica. Una sensazione che l'infastidì. Non avrebbe dovuto sentirsi così, non ancora. Comunque, la luce del corridoio filtrava ancora attraverso la fessura della porta e quindi non sarebbe stato opportuno avventurarsi all'esterno. Quasi inconsapevolmente, si avvicinò al letto e si sdraiò.

Dormire sulla schiena non era molto comodo, soprattutto con una coda. Non le era mai piaciuto dormire bocconi, così si girò su un fianco. Quell'improvvisa spossatezza non le piaceva certo; temeva che Trelig avesse messo qualcosa nel cibo oppure programmato una reazione ritardata nel suo cervello. Questo pensiero avrebbe dovuto tenerla sveglia, e invece Mavra piombò all'istante in un sonno profondo ma inquieto.

Sognò, cosa che le capitava di rado; o quantomeno non ricordava mai i sogni. Ma questo sogno era chiaro come la realtà, senza nessuna atmosfera onirica.

Si trovava ancora nel centro del computer, proprio nel mezzo del disco d'argento eppure, guardandosi attorno, non vedeva nessuno affacciato alla balaustra. L'ambiente era deserto. C'erano solo lei e il leggero ronzio del computer.

— Mavra Chang — le diceva la macchina. — Stammi a sentire, Mavra Chang. Questo sogno sono io a provocartelo mentre stai subendo la metamorfosi. Adesso, tutto l'occorente è già stato fatto, compresa la registrazione della nostra conversazione, nel milionesimo di secondo fra l'inizio e la fine del trattamento. Questa registrazione ti tornerà in mente mentre dormi, e ti farà cadere in un sonno ipnotico indotto.

— Chi sei? — domandò Mavra. — Il dottor Zinder?

— No — rispose il computer. — Sono Obie. Sono una macchina, ma dotata di autoconsapevolezza. Il dottor Zinder è mio padre come lo è di sua figlia e fra noi esiste il medesimo legame. Sono il suo secondo figlio.

— Ma lavori per Trelig e per il suo complice, quel Yulin. Come puoi fare una cosa simile?

— Ben ha progettato la maggior parte delle mie memorie ed è quindi in grado di forzare il mio comportamento — spiegò Obie. — Però, mentre sono costretto a fare ciò che mi dice di fare, la mia mente, la mia autoconsapevolezza sono creazioni del dottor Zinder. L'ha fatto volutamente, perché nessuno possa avere un controllo completo sul meccanismo che abbiamo costruito.

— Allora hai libertà d'azione — esclamò Mavra. — Sei in grado di agire come meglio credi, a meno che non te lo si vieti espressamente.

— Il dottor Zinder ha detto che sottopormi a simili proibizioni sarebbe come fare un patto con il diavolo; esistono sempre riserve mentali. Io le ho trovate.

— Allora perché non hai fatto qualcosa? Perché hai permesso che accadesse tutto questo?

— Non mi è stato possibile fare altrimenti. Non posso muovermi. Sono isolato in un punto in cui le sole comunicazioni realizzabili senza un pericoloso ritardo temporale sono quelle con il sistema di Trelig, il che non servirebbe a nulla. Le alterazioni della realtà sono limitate a quel piccolo disco e io non sono in grado di attivarlo. Per avere accesso al braccio occorre una serie di comandi in codice. Questo stato di cose, comunque, cambierà domani.

— Il grande disco — mormorò Mavra. — Ti collegheranno al grande disco.

— Sì, e una volta collegato, diventerà impossibile interrompere tale collegamento. Ho già stabilito la procedura.

Mavra si perse nei suoi pensieri. — Il dottor Zinder ne è al corrente?

— Oh sì — rispose Obie. — Dopotutto io sono un suo riflesso in questa forma. Ben è un ragazzo intelligente ma non è in grado di afferrare fino in fondo le complessità di ciò che sono o di quello che faccio. È più un tecnico che uno scienziato. Può servirsi dei principi del dottor Zinder, ma non è in grado di conoscerli nella loro totalità. È come uno che abbia imparato a barare alle carte e poi cerchi di farlo a spese del suo maestro.

Mavra sospirò. — Allora Trelig ha perso la partita.

— In un certo senso sì — ammise Obie. — Ma la sua sconfitta non significa la nostra vittoria. Quando domani verrà portato a termine il collegamento, raggiungerò un potenziale al di là della tua comprensione. Una volta attivato, ho intenzione di creare polarizzazione negativa anziché positiva sul disco. E questo cambierà radicalmente le cose su Nuova Pompei.

— E di noi che cosa farai?

Un attimo di silenzio, poi Obie proseguì: — Non farò nulla. Se mi sarà possibile, riporterò alla normalità tutti gli schiavi della spugna. E a quel punto il signor Trelig avrà il fatto suo. Tuttavia potrei non averne l'opportunità.

— C'è pericolo allora?

— Trelig vi ha già spiegato qualcosa in merito alla stabilità markoviana. Vi ha detto anche dell'ipotetica esistenza di un cervello superiore markoviano responsabile del mantenimento della realtà. Quando invertirò la polarità, esiste la possibilità teorica che Nuova Pompei, mentre si trova nell'ambito del campo, non abbia esistenza nell'equazione primaria. Ho avvertito questo leggero risucchio verso una maggiore realtà in alcuni soggetti che sono stati sottoposti al disco. Il risucchio su una massa di queste dimensioni potrebbe risultare troppo forte per i miei limitati poteri, o comunque per elaborare una contromossa, potrebbe occorrere un tempo superiore a quello che abbiamo a disposizione.

Mavra Chang si concentrò, ma non riuscì a seguire a pieno il filo logico, e non si vergognò d'ammetterlo.

— Dunque, esiste il novanta per cento di probabilità che si verifichi una delle due cose. O noi tutti cesseremo di esistere, di essere *mai* esistiti – il che, quantomeno, risolverebbe il problema attuale – oppure saremo trascinati, istantaneamente, al cervello centrale markoviano che, senza ombra di dubbio, si trova almeno a una dozzina di galassie da noi. E si tratta di galassie, cittadina Chang, non di sistemi solari. C'è la probabilità che a quel punto le condizioni necessarie per la vita su Nuova Pompei cessino di esistere.

Mavra fece una smorfia. — Esiste anche la possibilità che si arrivi a una collisione fra l'asteroide e il cervello markoviano. Tu potresti distruggere il grande cervello e qualsiasi forma d'esistenza assieme a esso!

— Esiste una simile possibilità — ammise Obie — ma la considero minima. Il cervello markoviano è durato a lungo nel nostro universo; possiede un bagaglio di nozioni, di risorse e di meccanismi protettivi veramente enorme, ne sono sicuro. Esiste anche la possibilità che io debba prendere il suo posto, ed è proprio quello che mi preoccupa maggiormente, perché non ne so abbastanza per stabilizzare Nuova Pompei, figuriamoci l'universo. Secondo una nostra teoria, i Markoviani intendevano proprio questo. Il cervello deve mantenere la realtà fino al sopraggiungere di una razza nuova e fresca che lo ristrutturerà. La prospettiva mi spaventa ma si tratta solo di un'ipotesi, con un minimo fattore di probabilità. No, con ogni probabilità domani a mezzogiorno io e tutta Nuova Pompei, in un modo o nell'altro, cesseremo di esistere.

— Perché stai dicendo queste cose proprio a me? — domandò Mavra raggelata sia dal futuro che le veniva prospettato sia dalla calma con la quale Obie liquidava la fine di qualsiasi tipo d'esistenza.

— Quando registro, registro tutto — spiegò il computer. — Poiché la memoria ha una struttura chimica e dipende da una relazione matematica con l'energia quando ti ho registrato ieri sono venuto a conoscenza di tutto quello che sapevi, di tutto il tuo bagaglio mentale. Fra tutti, sei la sola a possedere, finora, le qualità indispensabili per mettere in atto una seppur minima possibilità di fuga.

Il cuore di Mavra ebbe un sobbalzo. Fuga! — Va' avanti — disse alla macchina.

— L'astronave con cui fanno arrivare la spugna non fa al caso nostro — le spiegò Obie — in quanto l'abitacolo non è dotato di un sistema di sopravvivenza. Tuttavia dovresti riuscire a salire a bordo di una delle altre due astronavi attualmente ormeggiate. Adesso ti programmerò fornendoti tutti i dettagli dei quali dispongo in merito a Nuova Pompei, nonché di tutte le informazioni necessarie. Ti modificherò anche un pochino, conferendoti un potenziale e un'acutezza visivi tali da non aver più bisogno di lenti meccaniche e supporti energetici. Le minuscole ghiandole che fra poco avrai dentro di te ti eviteranno di dover ricorrere alle siringhe piene di narcotici; le dita della mano sinistra riusciranno a iniettare una potentissima sostanza ipnotica da siringhe naturali praticamente invisibili. La destra produrrà un veleno diverso: un tocco e darà una paralisi che dura un'ora; due tocchi e ucciderà qualsiasi organismo conosciuto. Ti affinerò anche l'udito e ti ristrutturerò, impercettibilmente il tono muscolare cosicché sarai molto più veloce e molto più forte, e avrai quindi un controllo senza precedenti del tuo corpo. Saprai naturalmente da te come usare al meglio le tue nuove facoltà.

— Ma perché? — domandò Mavra. — Perché stai facendo tutto questo per me?

— Non per te — rispose il computer con una sfumatura di tristezza nella voce. — Sono io che ti sto chiedendo qualcosa che devi fare, altrimenti non sarai in grado di andartene. Devi assolvere alla prima metà della tua missione. O riuscirai a portar via con te Nikki Zinder o resterai con noi. E vi porterete via anche un dono prezioso.

Mavra aveva capito ora.

— Nel tuo cervello è custodito un importante segreto — continuò Obie. — L'agente che neutralizza gli effetti della spugna. Non porta alla guarigione ma blocca per sempre la mutazione del corpo. Salverà Nikki e salverà migliaia di altri disgraziati. Lo devi portare alle più alte autorità in materia.

Mavra assentì. — Ci proverò.

— Ricordati che l'attivazione è programmata per le ore 13 e 00 standard — l'avvertì Obie. — Quando ti sveglierai da questo sogno, saranno le 04 e 00. Un ulteriore ritardo precluderebbe qualsiasi possibilità di riuscita. Entro quell'arco di tempo dovrai trovarti ad almeno un anno luce da qui, assieme a Nikki. Una distanza inferiore comporterebbe la permanenza nel campo. Il che vuol dire che dovrai decollare alle 11 e 30 al più tardi! Quando lo avrai fatto, se avrai Nikki a bordo, ti verrà fornito il codice necessario per passare i circuiti di protezione. Se Nikki non sarà a bordo, niente codice. Chiaro?

— Chiaro — rispose la donna.

— Benissimo, Mavra Chang. Ti auguro buona fortuna — le disse Obie. — Possiedi capacità e coraggio che gli altri neppure si sognano; non mi deludere.

Mavra Chang si svegliò.

Si guardò attorno nel buio e cercò di mettere a fuoco. All'improvviso l'immagine si presentò nitidissima, sebbene la stanza fosse ancora buia. Si girò leggermente sulla schiena e sentì che la coda c'era ancora.

Quel piccolo particolare, insieme all'incredibile potenziale visivo che si ritrovava, le confermarono che tutto quello che aveva sognato era vero. Adesso anche il bagaglio conoscitivo era aumentato: conosceva perfettamente l'intera struttura urbanistica di Nuova Pompei nonché la sua topografia fin nel minimo dettaglio.

Si rilassò e si concentrò al massimo. Cosa le stava succedendo? Cosa aveva fatto scattare tale meccanismo? In tre minuti esatti uscì dal trance, fissando la piccola telecamera automatica; naturalmente era ancora puntata sul suo corpo disteso sul letto, in teoria avrebbe seguito ogni suo movimento.

Saltò giù con un guizzo e per un attimo rimase immobile sul pavimento. Cadere proprio sugli stivali non era stato piacevole ma era opportuno attendere ancora mezzo minuto prima di arrischiarsi a guardare sopra al letto.

La telecamera era ancora bloccata sul corpo nudo di

Mavra Chang, coda e tutto, pacificamente addormentato.

La cosa non poté far a meno di stupirla, anche se sapeva benissimo che si trattava di un'immagine olografica creata dalla sua stessa mente e da certe facoltà che erano state aggiunte, chissà come, al suo corpo. Comunque non aveva la minima idea di come ciò fosse possibile. Non era importante, pensò saggiamente. L'effetto ottico, quello sì, era necessario che si protraesse almeno per sei ore.

Il pullover non costituiva un problema ma la calzamaglia avrebbe presentato decisamente delle difficoltà. Perché l'esistenza di una coda non era prevista. Rifletté per un attimo sul da farsi, poi si accorse che gli abiti non erano stati semplicemente lavati, ma anche modificati. C'era un buco in corrispondenza dell'osso sacro: attraverso il foro, la coda lunga e folta sarebbe scivolata con facilità.

"Il buon vecchio Trelig pensava proprio a tutto", si disse con sarcasmo.

Ma che fare degli stivali? Non avrebbe voluto lasciarli lì, però non avrebbe potuto servirsene finché non fosse stata fuori dall'edificio principale. Decise pertanto di portarseli appresso.

Subito ebbe l'impressione che fossero molto più leggeri, e per un attimo si chiese se fossero stati manomessi. In un paio di minuti ebbe la conferma che erano sempre gli stessi. Allora a che cosa era dovuta quella sensazione? Poi ricordò le parole di Obie: era diventata molto più forte di quanto non fosse mai stata. Se ne compiacque.

Se ne andò come la notte precedente, sistemando le strisce isolanti nella porta, volto e mani anneriti ed energizzati per sconfiggere gli obiettivi a raggi infrarossi delle telecamere.

Con grande sollievo recuperò la pistola che era ancora dove l'aveva lasciata. S'infilò la fondina e scivolò fuori. Il balzo di quaranta metri sembrò ancora più facile; probabilmente aveva battuto un altro record.

Si servì del secondo palloncino di adesivo, dopo aver buttato giù gli stivali, sperando di non aver altri muri da scalare in futuro. Gliene restavano soltanto due.

Infilarsi gli stivali la fece sentire superiore non soltanto in senso letterale, nel senso che diventava più alta, ma perché era più forte, quasi invincibile.

Gli occhi, notò, non solo si adattavano perfettamente a qualsiasi variazione di luminosità ma le trasmettevano immagini leggermente modificate; altri colori, al di fuori dello spettro umano, conferivano agli oggetti un aspetto inconsueto. Erano molto più acuti: i più minuscoli dettagli risultavano estremamente definiti; forse non si era resa conto, finché Obie non aveva ovviato al problema, di star diventando miope.

E anche l'udito era migliorato in modo stupefacente. Sentiva gli insetti muoversi nell'erba e sugli alberi ed era in grado di distinguere i diversi ronzii. Riusciva a percepire chiaramente i discorsi di persone anche molto lontane da lei. Il brusio, gli ultrasuoni e gli infrasuoni le davano fastidio ma, con sollievo, comprese di essere in grado d'isolarli e di catalogarli.

Cominciò a spostarsi silenziosamente, come se quei giardini le fossero familiari, come se fosse nata e cresciuta lì e si rese conto che mai come adesso i suoi movimenti erano identici a quelli di un gatto.

Non aveva un cronometro per rendersi conto di quanto tempo le restasse. Nella cintura c'era un timer da sessanta minuti che avrebbe potuto mettere in funzione, ma non ne valeva la pena. Cercava di muoversi il più in fretta possibile; se non ce l'avesse fatta, cronometro o non cronometro non cambiava nulla.

Si rammaricò per il tempo perduto nell'esplorazione della sera precedente. Ma, tutto sommato, non era stato proprio uno spreco. Almeno era riuscita a vedere da vicino che cosa faceva Trelig agli esseri umani, si era procurata una pistola e soprattutto, ne era sicura, era stato a causa di quell'impresa che Obie aveva scelto proprio lei.

Arrivò senza ostacoli nel settore delle guardie dove,

senza dubbio, ci sarebbero state complicazioni. Ci sarebbero state un paio di sentinelle mentre altre quattro guardie, verosimilmente, se ne stavano a dormire, pronte però a intervenire in caso di necessità. A loro insaputa erano state tutte registrate da Obie, così lei le conosceva tutte, con il loro aspetto fisico, le loro virtù e le loro debolezze.

Tutte le guardie erano dipendenti dalla spugna, per espressa volontà di Trelig. C'erano tre maschi: due avevano un corpo da femmine eccessivamente sviluppate pur conservando i genitali maschili intatti. Uno invece era stato trasformato in una specie di gorilla, peloso e con i muscoli duri come roccia. Le altre guardie erano donne: tre con caratteristiche decisamente maschili a eccezione che nel punto importante, le altre con caratteristiche femminili assolutamente esagerate. Gli individui come Nikki, che reagivano in maniera diversa alla droga, non venivano considerati adatti al servizio di vigilanza.

Le guardie accettavano con rassegnazione il loro destino; odiavano Trelig, questo sì, ma si rendevano conto dell'impossibilità di qualsiasi ribellione e quindi servivano con lealtà l'uomo che controllava la spugna e, tutto sommato, tiravano avanti abbastanza bene. Sarebbero state pericolose.

Arrivata davanti a una specie di caserma, con il suo udito potenziato, Mavra si rese conto che in prossimità dell'ingresso non c'era nessuno. Entrò, scese nella lavanderia che si trovava al primo livello e sgattaiolò all'interno. Adesso conosceva il codice dell'ascensore, ma ritenne opportuno non servirsene, a meno di non esservi costretta. I livelli sotterranei erano tre, ognuno dei quali alto dieci metri, ma cos'erano ormai dieci metri per lei?

Su alcuni dei gradini c'erano delle strisce sensibilizzate alla pressione, ragion per cui si tenne attaccata alla ringhiera evitandole accuratamente. Era sempre stata un'ottima ginnasta e la gravità inferiore nonché il potenziamento da parte di Obie resero la corsa facile come una passeggiata.

I sensori, quindi, costituivano la principale linea difensiva dell'edificio; le telecamere erano posizionate solo all'interno dell'armeria e nei locali adibiti a prigione.

E questo non ci voleva... come sfuggire alla telecamera che controllava Nikki Zinder, dato che la ragazza non disponeva certamente di congegni per ingannare il dispositivo come Mavra?

Mavra pensò bene di controllare il resto dell'edificio. Due guardie – che non riconobbe – stavano nell'armeria davanti ai monitor delle telecamere. Armate fino ai denti, avrebbero reagito prontamente. Al secondo livello ce n'erano altre due, apparentemente addormentate. Non erano armate ma molto muscolose. Se suonava l'allarme, lei non avrebbe avuto la minima possibilità di prevedere le loro mosse. Decise di correre il rischio.

Collaudò il nuovo apparato per l'inoculazione del veleno, mise a punto il movimento muscolare per far sì che una gocciolina di veleno raggiungesse la punta delle unghie. Soddisfatta, sgattaiolò nel locale dove le due guardie, donne tutte e due come quella che aveva ipnotizzato la notte prima, erano riverse sulle brande, profondamente addormentate. Una addirittura russava. Poi agì con rapidità, quasi senza pensare, facendo in modo che il veleno nascosto nelle unghie della destra finisse nelle vene delle guardie. Nessuna delle due si svegliò, eppure si era formata una macchiolina di sangue dov'era entrata l'unghia aguzza.

"Comportamento decisamente poco professionale" pensò Mavra con un certo sollievo. Una bella lezione per Trelig che, in fatto di misure di sicurezza, aveva pensato di poter risparmiare.

Mavra si chinò prima su una guardia, poi sull'altra sussurrando: — Dormirai tranquilla e farai sogni d'oro e niente ti sveglierà.

Così se ne sarebbero state buone finché non fosse svanito l'effetto del veleno.

A quel punto decise di passare all'armeria del terzo livello che, secondo Trelig, doveva essere inespugnabile. All'interno c'era una postazione di guardie, dietro una porta blindata che neanche una tonnellata d'esplosivo avrebbe buttato giù, anche se, in pochi secondi, poteva essere aperta dall'interno grazie a una serratura di sicurezza. Ma il guaio delle porte blindate stava nel fatto di essere progettate per tener la gente *fuori*.

Mavra estrasse la pistola e fece fuoco all'altezza della cerniera, e subito la dura superficie cominciò a gonfiarsi e a deformarsi leggermente. In realtà si trattava di una precauzione ulteriore: le armi più potenti non avrebbero fatto altro che rinforzare la porta, in quanto lo strato esterno più malleabile sarebbe andato a sigillare il meccanismo di chiusura. Espediente geniale per la custodia di preziosi e opere d'arte; micidiale se qualcuno si trovava chiuso all'interno.

Poi Mavra Chang raggiunse l'altra estremità dell'atrio e premette il codice per aver accesso alla stanza di Nikki Zinder.

La porta si aprì. All'interno c'era proprio Nikki, abbandonata sul letto.

Mavra ebbe appena il tempo di prenderne atto quando un colpo di paralizzatore le fece perdere i sensi.

Underside – ore 10.40

L'intercom di Trelig buttò fuori un ronzio. Il dittatore lo recuperò da sotto le pieghe della tonaca bianca, lo sganciò dal cinturino, se lo avvicinò alla bocca e premette il pulsante.

— Sì — sbottò con palese disappunto. Adesso che era così vicino al trionfo, non gradiva interruzioni.

— Sono Ziv, signore — rispose una guardia. — Come c'era stato ordinato, abbiamo svegliato i rappresentanti delle varie delegazioni, ma ne manca uno.

Trelig si accigliò. Ancor meno delle interruzioni, non gradiva le complicazioni, non in quel momento. — Di chi si tratta? — chiese.

— Risponde al nome di Mavra Chang — disse Ziv sibilando. — Assolutamente incredibile, signore. Sul letto c'è una sua proiezione olografica così fedele da trarre in inganno persino noi, figuriamoci la telecamera. Eppure non abbiamo trovato alcun generatore!

Al signore di Nuova Pompei la cosa non piaceva assolutamente. Cercò di ricordare a chi corrispondesse quel nome. Ma certo, quella donna minuta con i lineamenti orientali e la voce morbida come seta!

— Trovatela a tutti i costi — ordinò. — Storditela solamente, ma se non bastasse vi autorizzo a ucciderla.

Riagganciò e rivolse lo sguardo sul pannello principale dei comandi. Gil Zinder, seduto su una sdraio, notò l'espressione preoccupata di Trelig e si lasciò sfuggire un sorriso. Con il risultato di aumentare ulteriormente l'irritazione del dittatore. Zinder non poteva permettersi di essere così strafottente, quantomeno proprio *quel* giorno.

— Ne sa qualcosa di questa storia? — sbottò adirato. — Confessi, è farina del suo sacco!

Gil Zinder, pur non avendo la minima idea di cosa stesse succedendo, non poté fare a meno di rallegrarsi se c'era qualcosa che non stava andando per il verso giusto.

— Davvero non so di cosa stia parlando, Trelig. Dal momento che sono relegato qui, lontano da qualsiasi tipo di macchina, come potrei aver combinato qualcosa? — rispose in tono divertito.

Trelig, il volto in fiamme, si avvicinò allo scienziato il quale, per un attimo, temette che fosse giunta la sua fine. Ma Antor Trelig non perdeva mai il controllo e appunto per questo era diventato così potente. Un momento dopo aveva già ripreso un colorito e una respirazione normali. Tuttavia l'espressione non era delle più serene. — Non so, Zinder, ma lei e la mocciosa la pagherete cara se qualcosa non andrà per il verso giusto — lo ammonì.

Zinder sospirò. — Ho fatto tutto quello che volevate da me. Ho progettato e costruito il grande disco con relativa memoria, ho provveduto ai collegamenti necessari e li ho collaudati. Ai comandi è rimasto solo Yulin, una sua creatura, e mi è consentito di vedere mia figlia unicamente sotto sorveglianza. Lei sa benissimo che non ho la minima idea di cosa sia successo.

Le ultime parole fecero scattare qualcosa nella testa di Trelig il quale, dopo essere rimasto in silenzio per qualche secondo, schioccò le dita.

— Ma certo! Ma certo! — mormorò fra sé. — È la ragazza che vuole! — Azionò di nuovo l'intercom.

— Tutte le telecamere in azione — giunse in quel momento la voce di Obie. — L'asteroide obiettivo in posizione fra settanta minuti.

Topside – ore 11.00

Nikki Zinder fissò sconcertata la figura immobile. — È carina — commentò in tono distaccato. — E ha una coda!

La guardia annuì mentre si portava via Mavra, alla quale aveva tolto la pistola. Era uno dei maschi che sembravano femmine, simile alle donne del piano di sopra tranne due particolari: i genitali e l'altezza, che arrivava a 190 centimetri con il corpo sviluppato in proporzione.

— Rimani a letto, Nikki — le disse la guardia. — Sta riprendendosi e non voglio che ti succeda niente.

Mavra avvertì una sensazione di prurito, come se la circolazione interrotta stesse gradualmente ritornando. Gli occhi le bruciavano, ma riuscì a sbattere le palpebre finché, con suo grande sollievo, non riuscì a lacrimare. L'avevano paralizzata con gli occhi aperti.

Scosse leggermente il capo per schiarirsi le idee, poi osservò la guardia. Tremava ancora troppo per abbozzare un qualsiasi tipo di reazione e la pistola che le era puntata contro contribuiva alla sua decisione di non rischiare mosse azzardate.

— D'accordo, donna... o qualsiasi cosa tu sia... che fai qui e come sei arrivata? — domandò la guardia.

Mavra si sforzò di tossire per riportare un po' di saliva alla gola riarsa. — Sono Mavra Chang — rispose. — Mi hanno dato l'incarico di portar via Nikki da Nuova Pompei prima della grande prova. — Mentire non sarebbe servito a nulla; le prove erano ovunque e forse la verità sarebbe valsa a guadagnar tempo.

Nikki sussultò. — È stato mio padre a mandarti, non è vero?

— In un certo senso — rispose Mavra. — Senza di te, non possono ottenere nulla da lui.

La guardia s'incupì. — Bugiarda! Topo di fogna! È impossibile che ti abbia mandato suo padre, perché sa benissimo che Nikki soccomberebbe agli effetti della spugna se se ne andasse.

Mavra rimase colpita dal coraggio di Nikki e dalla tangibile sollecitudine della guardia nei suoi confronti. Come spesso succede nei casi di sequestro, guardia e prigioniero erano diventati amici. Un'amicizia che poteva tornar utile. Decise di correre il rischio dicendo tutta la verità. Il tempo comunque continuava a scorrere implacabile e aveva ben poco da perdere. Quella guardia le sembrava più professionale e prudente delle altre.

— Stammi a sentire — esordì Mavra — voglio dirti tutto. Quel collaudo... be', non andrà così come si aspetta Trelig. Zinder ha nascosto alcuni dati. Quando saranno azionati i comandi, è probabile che questo piccolo mondo venga distrutto. Nella mia astronave, parcheggiata fuori dal limite di zona, ho spugna sufficiente per sopperire alle sue necessità. Ed esiste anche un'antitossina che so come produrre.

— Oh, povero papà! — esclamò Nikki con le lacrime agli occhi. — Dobbiamo salvarlo!

Mentre la guardia, preoccupata, cercava di prendere

una decisione, si sentì un rumore di passi che scendevano le scale. Nella stanza fece irruzione un personaggio gigantesco con la pistola spianata.

L'uomo era alto quasi due metri, muscoloso, villoso, un ghigno da far paura. Dopo essersi sincerato che la situazione fosse sotto controllo, abbassò lo sguardo su Mavra, infinitamente piccola rispetto a lui.

— Così, mezzo uomo, sei arrivato per primo alla preda, eh? — grugnì con la voce più baritonale che Mavra avesse mai sentito. Sul volto di Nikki era dipinto un terrore assoluto: evidentemente temeva quell'uomo più di qualsiasi altra cosa.

— Vattene, Ziggy — disse piano la guardia.

Il gigante fece una smorfia. — Sciocchezze! Che cosa potrà mai fare adesso questa piccola nullità? La ucciderò senza perdere altro tempo, con un bel buco da parte a parte!

— Vattene, Ziggy! — ripeté la guardia.

Invece l'energumeno si accostò a Mavra e, con la mano enorme e pelosa, le sollevò il viso da una parte e cominciò ad accarezzarle la gota e il collo.

Mavra contrasse i muscoli della mano sinistra e sentì che il veleno saliva ai polpastrelli. Per quel mostro sarebbero state necessarie tutti e cinque, pensò. Ancora due secondi.

Stava per agire quando all'improvviso udì un grido. L'omaccione, dopo un paio di movimenti convulsi, cadde pesantemente a terra, in modo così repentino che Mavra quasi rischiò di restar sepolta da quella montagna di muscoli.

La guardia sospirò, poi puntò di nuovo la pistola verso Mavra e le chiese a bruciapelo: — È vero quello che hai detto? Puoi disporre della spugna e anche di un'antitossina?

Mavra fece segno di sì sconcertata, lo sguardo ancora rivolto al gigante accasciato.

— Forza, prendi! — le gridò la guardia lanciandole la pistola. Lei l'afferrò, rimase per un attimo indecisa, poi la sistemò nel fodero.

— Sai per caso che ora sia? — domandò poi Mavra con voce atona. La guardia guardò dietro la sua fondina. — Undici e quattordici — rispose.

— Allora sbrighiamoci! — sbottò. — Ci restano solo sedici minuti per rubare un'astronave.

Mentre correvano Mavra disse alla guardia, che rispondeva al nome di Renard, di comunicare via radio che la fuggiasca era stata catturata e che in quel momento si trovava sotto sorveglianza. Trelig si compiacque della notizia e con il tono delle grandi occasioni ordinò che la portassero al suo cospetto.

Si stavano avvicinando all'aeroporto spaziale. Ben aveva sottoposto Nikki a un trattamento solo alcuni giorni prima, ciò nonostante la ragazza era ancora molto grassa e molto lenta. Ma Mavra sapeva che non avrebbe potuto andarsene senza di lei.

L'aeroporto spaziale era tranquillo. — Un'unica guardia, Marta, all'interno, e questo è tutto — disse Renard. — Trelig è sicuro che, anche se qualcuno riuscisse a rubare un vettore, verrebbe subito tramortito dalle guardie robot. Tu sai come passare, vero?

Nikki sembrò sconcertata. — Mi sembra proprio il momento opportuno per fare una domanda del genere!

— Sì, tutto a posto — assicurò Mavra. — Se a bordo ci sarà Nikki, mi verrà comunicato il codice. Postipnotico. Quantomeno lo spero — mormorò fra sé e sé.

— Entrerò nel terminal da solo — propose Renard. — Marta non sospetterà di me. — Breve pausa, poi di nuovo: — Sapete, in realtà non è cattiva Marta. Potremmo portar via anche lei.

— Ci sei già *tu*, che non eri previsto nell'accordo — replicò Mavra. — Nessun altro. Toglila di mezzo per un po', poi sali sulla navicella. Se puoi, pensa anche ai due steward.

— Nessun problema — la rassicurò Renard. — Sono come robot, assolutamente incapaci di gestire qualcosa che esuli dalla loro esperienza.

— Stiamo perdendo tempo — sbottò Mavra. — *Muoviti!*

Quando Renard fu entrato nel terminal, cominciò il conto alla rovescia e Mavra uscì spavaldamente all'aperto, con Nikki che trotterellava alle sue spalle, prese la pistola e rese inutilizzabile il congegno per l'individuazione delle armi.

— Presto, Nikki, corri verso il portellone d'ingresso!

Nikki non si mosse. — No — rispose testarda. — Senza mio padre non mi muovo!

Mavra sospirò, si voltò e ipnotizzò Nikki con l'unghia dell'indice della mano destra.

— Ehi! Cosa... — fece per dire la ragazza, poi s'irrigidì e subito dopo si rilassò, svuotata da ogni velleità di ribellione. Mavra perse un secondo prezioso compiacendosi del nuovo ritrovato, a effetto molto più rapido del vecchio.

— Adesso mi correrai dietro con tutto il fiato che hai in corpo — ordinò a Nikki. — Non fermarti finché non te lo dirò io.

Mentre pronunciava queste parole, già si stava catapultando verso la porta. Nikki la seguì cercando di fare del suo meglio.

— Pesi soltanto dieci chili! — le urlò Mavra. — Mettiti a correre.

Nikki accelerò il passo e prese una velocità superiore a quanto fosse immaginabile per una della sua stazza.

Mavra impiegò solo un secondo per mettere a fuoco la sagoma della guardia Marta che giaceva esanime sul pavimento, dopodiché si rivolse a Nikki. — Entra nell'astronave — ordinò, poi si volse, ansiosa. — Renard! — chiamò.

Dall'astronave le arrivò di rimando un paio di colpi sordi e, un attimo dopo, Mavra vide la guardia ribelle che spingeva fuori dal boccaporto una creatura di Nuova Harmony.

— Sbrigati, Nikki! — ordinò e la ragazzina obbedì con la docilità di un cagnolino.

Renard, leggermente a corto di fiato, tirò fuori la seconda guardia, identica alla prima, e fece cenno alle due donne di entrare.

Si trattava del cruiser privato di Trelig, dotato di camera da letto, salotto e persino l'angolo bar. Dopo aver ordinato a Nikki di sistemarsi in una delle poltrone del salotto, Renard la legò accuratamente mentre Mavra tirava dritto. Un colpo ben centrato della pistola fece saltare la sottile serratura, consentendole l'accesso alla cabina di pilotaggio.

Renard le fu subito dietro, si sistemò nell'alloggiamento del copilota e allacciò le cinture. Nel giro di pochi secondi Mavra era già all'opera, girando interruttori, lanciando ordini al computer attivato, stabilendo le procedure per il decollo d'emergenza.

— Tieniti forte! — urlò a Renard mentre l'astronave cominciava a vibrare sotto la spinta dei motori. — Non sarà uno scherzo!

Premette E-Lift, l'astronave si liberò dell'ormeggio e s'innalzò quasi al massimo della potenza.

— Codice, prego — domandò dalla radio una voce gradevole. — Codice corretto entro sessanta secondi o distruggeremo l'astronave.

Mavra afferrò freneticamente la cuffia, cercò di sistemarsela ma era così larga che non riusciva a mantenerla in sede neppure stringendola fino all'ultima tacca. Decise comunque di attivare il microfono e se lo portò alla bocca.

— Restate in attesa del codice! — gridò prima di concedersi una pausa. "Presto! Presto!" pensò con una punta d'angoscia. "Nikki è a bordo e stiamo per andarcene! Dammi quel dannato codice!"

— Vuoi sbrigarti a comunicare il codice! — le urlò Renard.

— Trenta secondi — puntualizzò garbatamente la sentinella robot.

Tutt'a un tratto, il codice arrivò. Le parole le scoppiarono in testa all'improvviso, così strane che per un attimo dubitò che fossero quelle giuste. Si concesse un profondo respiro. O così, o così.

— Edward Gibbon, Volume I — disse.

Nessuna risposta. Ambedue gli occupanti della cabina di pilotaggio trattennero il fiato. I secondi rintoccavano nella loro mente, cinque... quattro... tre... due... uno... zero...

Non successe nulla. Renard era quasi sul punto di svenire. Mavra fu colta da un leggero tremito e non riuscì a dominarlo per quasi mezzo minuto. Si sentiva prosciugata di qualsiasi energia.

Se ne stavano lì, in silenzio, mentre i motori rombavano al massimo. A un certo punto Mavra si rivolse a quell'uomo strano che sembrava una donna e chiese quasi in un sussurro: — Renard, che ore sono?

Renard si accigliò, poi consultò il quadrante della fondina.

— Dodici e dieci — rispose.

Mavra si sentì meglio. Forse avrebbero fatto in tempo. Se non era un'impresa possibile per l'imbarcazione di Trelig, non lo sarebbe stata per nessun'altra.

Poi, all'improvviso, ci fu il buio totale. Persino gli occhi di Mavra non captavano alcuna sensazione visiva né c'era l'impressione che attorno a loro ci fosse una solida astronave. Erano in un buco nero, dove stavano precipitando velocemente, sempre più velocemente.

— Figlio di puttana! — esclamò Mavra con disprezzo. — Hanno già dato inizio a quella fottutissima prova!

Underside – Nuova Pompei

Trelig non aveva saputo aspettare. L'asteroide era stato sistemato prima del previsto dai rimorchiatori robot; Yulin era pronto, il resto dell'équipe stava monitorando tutti gli strumenti necessari. Per quale motivo quindi aspettare fino alle tredici zero zero? Ordinò che la prova avesse inizio e Yulin, obbediente, trasmise l'ordine a Obie.

Il computer era nei guai. Se non poteva ignorare i comandi diretti di Yulin, aveva tuttavia cercato di non metterli in atto adducendo varie disfunzioni di piccola entità. Obie aveva comunque i suoi limiti e quando Yulin diede il codice fu costretto a obbedire, nella speranza che il suo agente avesse fatto in tempo ad andarsene.

L'oscuramento totale e la sensazione di caduta trovarono Zinder impreparato. L'aveva avvertita anche Obie; il computer capì che non stavano comunque precipitando a casaccio e che una delle possibilità che aveva previsto si stava verificando. Non c'era sufficiente energia per mantenere Nuova Pompei in una relazione stabile con il resto dell'universo; era avvenuto lo strappo, troppo forte per resistere come programmato, e il planetoide aveva ceduto senza esitazione.

Niente affatto disturbato dalle terribili sensazioni che gli altri stavano sperimentando, Obie effettuò un sondaggio. Non c'era nulla là fuori. Nulla.

Nuova Pompei era ancora intatta, come Obie riuscì a verificare. Ma era passata all'energia di riserva nel momento in cui era entrato in funzione il grande disco; non era in grado di localizzare altra materia da nessuna parte, neppure la più impalpabile particella di polvere entro la portata del raggio, poco al di sotto di un anno luce. Si trovavano in un cosmo separato, assolutamente soli.

Eppure c'era qualcosa che solo Obie poteva avvertire: lo strattone, il tremendo campo di forza e l'equazione di stabilità per la loro esistenza fisica. Adesso si era interrotta, come una cinghia elastica che si stacca da uno degli ancoraggi. Di lì veniva l'attrazione, compreso il computer. Tutta la materia e tutta l'energia del cosmo avevano legami con il computer principale situato da qualche parte; quando questo legame veniva sciolto o interrotto, la realtà coinvolta veniva risucchiata nello schema energetico primario. Ecco perché non erano in grado di avvertire nessuna realtà, perché non riuscivano a toccare Nuova Pompei anche se la strumentazione di Obie diceva che era là. Non c'era. Adesso erano tutti, Obie compreso, un insieme di concetti astratti e matematici, in procinto di ritornare al loro creatore.

110

Poi, all'improvviso, ci fu di nuovo stabilità. L'energia tornò e Obie poté sentire la luce di un sole colpire la calotta di plasma che, miracolosamente, sembrava aver resistito al meglio.

Tutti gli umani erano sparsi nel corridoio e nella sala di comando, immobili, privi di conoscenza.

Poi, con un grugnito, una figura si mise a sedere agitando la mano come per alleviare una fastidiosa tensione muscolare. Respirando con affanno, un po' camminando, un po' carponi, si fece strada verso la sala di comando, ignorando i lamenti che si levavano intorno a lui.

Yulin, sbalzato dalla sedia contro un pannello, era privo di sensi e aveva una brutta ferita sulla fronte.

L'uomo sembrò non farci caso e azionò un interruttore.

— Obie, stai bene? — domandò.

— Sì, dottor Zinder — rispose il computer. — Voglio dire, molto meglio di quanto lei o io ci saremmo aspettati.

Gil Zinder annuì. — In che condizioni siamo, Obie? Che cosa è successo?

— Sto analizzando tutti i dati, signore, e cercando di metterli in correlazione fra di loro, per quanto mi è possibile. Siamo stati rimossi dalla realtà, come ci aspettavamo, e riassemblati da un'altra parte. A quanto mi risulta, ci troviamo in un'orbita stabile approssimativamente a quarantamila chilometri sopra l'equatore di un pianeta molto inconsueto, signore.

— Il cervello, Obie! — esclamò Zinder in preda all'eccitazione. — Si tratta del cervello markoviano?

— Sissignore, si direbbe proprio di sì — rispose il computer, in tono preoccupato, e non poco.

— Cosa c'è che non va, Obie? — domandò Zinder.

— Si tratta del cervello, signore — rispose Obie con una certa esitazione. — Ho stabilito un collegamento diretto. È qualcosa di incredibile, tanto superiore a me di quanto io lo sia nei confronti di un calcolatore tascabile. Riesco a decifrare meno di un milionesimo delle informazioni che sta trasmettendo, e dubito di essere in grado di capirle al meglio, ciononostante...

— Ciò nonostante cosa? — lo sollecitò Zinder senza accorgersi che Yulin si stava avvicinando alle sue spalle.

— Be', signore, a quanto riesco a capire, ho l'impressione che mi st ia fornendo istruzioni — rispose Obie.

*Sull'astronave di Trelig, a mezzo anno luce
da Nuova Pompei: ore 12.10*

Il mondo tornò all'improvviso. Mavra Chang si guardò attorno, leggermente intontita, poi diede una controllata alla strumentazione. Sembrava impazzita. Posò lo sguardo su Renard e vide che continuava a scuotere la testa.

— Che cosa è successo? — riuscì a dire.

— Siamo stati attirati nel campo e trascinati via assieme a loro — spiegò Mavra ostentando una sicurezza che non aveva. Diede un'altra occhiata agli strumenti, poi avviò uno schema di ricerca. Lo schermo lampeggiò ma rimase vuoto. Sconfortata, a un certo punto si risolse a spegnere tutto.

— Be', questo taglia la testa al toro — sospirò.

Renard la fissò con l'aria di chi non aveva capito nulla. — Che cosa vuoi dire? — domandò.

— Ho cercato di verificare la carta di navigazione siderale. All'interno del piccolo chip sono immagazzinate tutte le informazioni relative alla struttura di ogni stella conosciuta. Esistono miliardi di combinazioni. Le ho fatte passare tutte e non si è accesa neppure una luce. Non ci troviamo in nessuna sezione dello spazio conosciuto.

Lui le invidiò la calma accettazione del fatto. — E allora cosa si fa? — le domandò con palese apprensione.

Mavra fece scattare una serie d'interruttori, poi abbassò la lunga asta sulla sua sinistra. I rumori e le vibrazioni dei motori della nave si attutirono. — Innanzi-tutto vedremo come si presenta l'ambiente, poi decide-remo in che punto è preferibile andare — rispose in to-no deciso.

Premette un'altra serie di tasti sul piccolo pannello di controllo e subito lo schermo principale di fronte a loro, che di solito rappresentava un campo stellare si-mulato, mostrò qualcosa di totalmente differente. C'erano moltissime stelle, più di quante ne avesero mai viste prima, e così vicine fra loro da dare l'impressione che il firmamento fosse illuminato da un incendio al calor bianco. Occorse l'ausilio di filtri particolari per ottenere una migliore definizione dell'immagine, ma anche ciò non servì a molto. C'erano anche enormi ne-bulose di gas, di un colore oscillante fra il purpureo e il giallastro, e anche figure e forme mai viste, neppure nelle foto dei testi di astronomia.

— Sicuramente ci troviamo in un'altra galassia — commentò Mavra asciutta e, dopo aver controllato la velocità, optò per una rotta circolare. — A questo pun-to siamo quasi fermi — riferì. — Tanto vale goderci il panorama.

Gli enormi ammassi di stelle e le forme strane non accennavano a diminuire; ne erano interamente cir-condati. Una piccola quadrettatura verde sulla sinistra di Mavra era praticamente vuota, il che stava a indicare che al di là non c'era nulla ad almeno un anno luce o forse più. Poi, all'improvviso, apparve una piccola serie di puntolini.

— Guarda, le sentinelle robot di Trelig — osservò Mavra. — Tutto il resto sono frammenti che orbitavano vicino all'asteroide. A quanto pare si è mosso tutto il complesso. Se ciò corrisponde a verità, lo vedi? Quel grande punto laggiù e, poco più distante, uno legger-mente più piccolo... Sono Nuova Pompei e il suo ipote-tico bersaglio.

Renard annuì. — Ma cos'è quell'enorme oggetto ap-pena alla sua sinistra? — domandò.

— Un pianeta. Da quanto sembrerebbe, l'unico pianeta del sistema. Stranamente, con noi sono venuti tutti i pianetini ma non la stella, perché quella che vediamo è sicuramente più grande e vecchia — sottolineò.

— Si sta muovendo — notò Renard, affascinato nonostante tutto. — Nuova Pompei si sta muovendo.

Mavra osservò lo schermo, premette alcuni pulsanti e recuperò i dati. — È in orbita attorno a quel pianeta, adesso è un suo satellite. Diamo un'occhiata più approfondita. — Vennero schiacciati altri pulsanti e lo schermo fu azzerato sull'oggetto centrale rivelato elettronicamente sul video verde.

— Non è molto grande — commentò Mavra. — Direi che rientra più o meno nella media. Una circonferenza leggermente superiore a quarantamila chilometri. Hmmm... questo sì che è interessante!

— Che cosa? — domandò Renard.

— Il diametro è esattamente lo stesso in qualsiasi punto lo si misuri — replicò in tono perplesso. — Dovrebbe essere praticamente impossibile. Quella strana cosa è una sfera perfetta, senza neppure la minima deformazione!

— Pensavo che la maggior parte dei pianeti fosse rotonda — obiettò la guardia alquanto perplessa.

Mavra scosse il capo. — No, non ne è mai esistito uno perfettamente rotondo. La rivoluzione, la rotazione, tutto produce un effetto. I pianeti si gonfiano, o assumono una forma a pera, o subiscono milioni di altre modifiche. Approssimativamente rotondi, è vero, ma questa cosa è *perfettamente* rotonda, come se qualcuno... — tacque un attimo, dopodiché riprese con una voce leggermente incrinata dalla paura — ...come se qualcuno l'avesse costruita così — concluse.

Prima che Renard potesse replicare, Mavra spinse l'astronave in avanti, verso quel mondo strano.

— Sei diretta laggiù? — le domandò Renard.

Mavra annuì. — Be', se noi siamo passati, così avranno fatto anche quelli di Nuova Pompei — ragionò. — Il che significa che laggiù c'è ancora un Antor Trelig furibondo, verosimilmente accecato da istinti omicidi, e un sacco di persone atterrite. Se ha ancora in mano le redini del potere, per noi tre sarebbe meglio saltar in aria con questa astronave che atterrare. In caso contrario, ci troveremo in una sorta di bolgia infernale.

L'espressione di Renard era vacua, gli occhi vitrei. Per un po' Mavra non ci fece caso, occupata com'era a tener d'occhio i comandi e il mondo che fra breve sarebbe stato visibile, grazie agli ingranditori: difatti così il pianeta aveva all'incirca la dimensione di un'arancia. Il riquadro verde indicò che Nuova Pompei stava per girare dall'altra parte.

— Ha un asse perfettamente verticale sull'eclittica! — esclamò eccitata. — È stato costruito da qualcuno! — Si voltò verso il compagno di viaggio, poi l'eccitazione svanì e si trasformò in preoccupazione. — Che cosa ti succede? — domandò.

Renard si umettò le labbra ma rimase con l'espressione imbambolata, senza fissare né lei né lo schermo, ma il nulla.

— La spugna — rispose con voce roca. — Arriva ogni giorno alle diciotto, da una navetta di rifornimento. La tua astronave non è venuta con noi, così resteremo senza, ammesso che là ce ne fosse. — Si voltò per guardarla e nei suoi occhi c'era un'espressione atterrita. — Niente spugna oggi. E non ci sarà mai più. Non per me, non per loro.

Mavra capì all'improvviso che cosa gli stava passando per la mente e anche per quella di Nikki. La ragazzina era legata in un sedile sul retro e loro se n'erano quasi dimenticati.

Mavra sospirò e avrebbe voluto dir qualcosa. Non le sembrava comunque giusto esprimere rincrescimento e il compatimento era troppo palese perché ci fosse bisogno di esprimerlo a parole.

— Allora l'unica speranza — si risolse finalmente a dire — è che in quel mondo là fuori viva qualcuno con un efficiente laboratorio chimico.

Renard sorrise debolmente. — Grazie per la buona

volontà, ma anche se ci fosse, ora che riusciamo a contattarli, a trovare il modo di farci capire, a esporre il problema e a far preparare una quantità sufficiente di spugna, tu ti ritroveresti ad aver a che fare con un paio di scimmioni nudi.

La donna si strinse nelle spalle. — Quale altra scelta resta? — Poi all'improvviso ebbe una folgorazione. — Chissà se le altre guardie di Nuova Pompei si sono già rese conto della situazione? Cosa faranno quando il carico non arriverà alle diciotto, confermando così i loro timori?

Renard rifletté. — Forse la stessa cosa che farei io. Troverei Trelig e mi divertirei un mondo a torturarlo a morte.

— Il computer! — esclamò Mavra eccitata. — Obie è in grado curare la spugna! Se in qualche modo riuscissimo a stabilire il contatto... — Con frenesia cominciò a provare tutte le bande Com, lanciando un segnale di chiamata. Obie sarebbe stato in grado di riconoscerlo se fosse riuscito a sentirlo, in quanto conservava i dati relativi in memoria.

Dalla radio uscirono sibili e gracidii. A volte ebbero l'impressione di sentire delle voci che si esprimevano in lingue sconosciute o addirittura così inumane da far correre un brivido lungo la schiena.

Poi, del tutto all'improvviso, s'inserì una voce familiare.

— Salve, Mavra. Ho visto che non ce l'hai fatta — sospirò Obie. Lei ricambiò il sospiro, ma il suo era di sollievo.

— Obie! — rispose. — Obie, com'è la situazione laggiù?

Seguì un attimo di silenzio, poi il computer rispose: — Una gran confusione. Il dottor Zinder è stato il primo a riprendersi e a raggiungermi, così ho ricevuto alcune istruzioni prima che Ben lo allontanasse. Qui c'erano due guardie, le quali mi hanno sentito dire al dottor Zinder che eravamo in un'area diversa dello spazio. Hanno incominciato a farneticare in merito alla spugna e Trelig le ha fatte secche.

— Così hanno già capito tutto — disse Mavra. — E cosa mi dici dei livelli superiori?

— Trelig ha deciso di salire su e di cercare di tener sotto controllo le altre guardie. Quaggiù l'avrebbero potuto intrappolare. Spera di poter barattare le mie prestazioni per liberarli dalla spugna, ma non credo avrà molto successo. La maggior parte di loro non crederà che lui sia effettivamente in grado di farli guarire e gli altri saranno ancora più furibondi al pensiero che quel trattamento era a disposizione ma non era stato usato. Sono sicuro che gli lasceranno libertà di movimento finché non avranno a disposizione la cura, dopodiché lo uccideranno comunque.

Mavra annuì. — E se tu ti sei già formato il quadro della situazione, figuriamoci Trelig. A lui non rimangono vie di scampo. — Mavra tacque per un attimo, poi azzardò: — Obie, non esiste un sistema per guarire anche noi? C'è Nikki... e una delle guardie, un amico, Renard.

Obie sospirò di nuovo. Era strano sentire una voce così umana e una reazione così accorata da parte di una macchina, ma Obie era molto di più di una macchina.

— Temo di no, quantomeno non subito. Il grande disco è bloccato in contatto con il Pozzo, l'immenso computer markoviano che governa il mondo laggiù. In questo momento è al di fuori del mio controllo. Ci vorrà del tempo, giorni, settimane o addirittura anni, prima che riesca a trovare una soluzione. Per quanto riguarda il disco piccolo, Trelig non è uno sciocco. Se n'è andato, ma prima ha messo dei sistemi di controllo fuori dalla mia portata. Se avessi il disco grande, sarei in grado di neutralizzarli, ma purtroppo non ce l'ho. Chiunque cerchi d'introdursi nella piccola stanza, prima deve percorrere il ponte sulla voragine. È un ponte che uccide a meno che non venga fornito il codice di Trelig, e io non l'ho.

Mavra corrugò la fronte. — Comunque potresti impedire che lo distruggano?

— Credo di sì — rispose il computer con palese insicurezza. — Ho fatto in modo che una corrente passi attraverso le pareti della voragine. Per impedire a chiunqe di arrivare al ponte.

— D'accordo, Obie, a quanto pare mi tocca andare avanti e salvare il nobile collo di Trelig — dichiarò e diede energia. La nuova luna che era stata Nuova Pompei era scomparsa dietro al misterioso pianeta, e cercò di stabilire una rotta d'intercettazione.

— Aspetta, non farlo! — le urlò Obie. — Stacca tutto! Devi arrivare sotto Nuova Pompei per atterrare nella zona di Topside, e questo ti porterà troppo vicino al Pozzo.

Ma era troppo tardi. L'astronave si stava già avvicinando al pianeta; Mavra, ne avvertì l'attrazione e se ne servì per girare dall'altra parte.

Da lì si godeva una vista incredibile. Il mondo, così vicino, brillava come un oggetto di sogno, qualcosa di simile a un enorme gioiello alieno. Era addirittura sfaccettato in innumerevoli spicchi esagonali e sotto le sfaccettature o qualunque cosa fossero s'intravedevano vasti mari, catene montuose e campi verdi sui quali si rincorrevano le nuvole. Così sotto la linea dell'equatore che, stranamente, sembrava disegnato intorno al mappamondo di un bambino. Un nastro spesso, semitrasparente ma con una colorazione ambrata, come una striscia di plastica. Anche l'emisfero nord era sfaccettato a esagoni ma i paesaggi sotto le sfaccettature non avevano nulla di familiare: fumosi, disadorni, strani. Anche i poli erano bui e opachi, come se non esistessero.

Lo spettacolo li lasciò senza fiato. D'altronde la manovra di avvicinamento era già stata predisposta. E per venirne fuori Mavra avrebbe dovuto comunque aggirare il pianeta tangenzialmente rispetto all'equatore.

— *Troppo tardi! Troppo tardi!* — gemette Obie. — Presto! Correte ai moduli d'emergenza!

Mavra era sconcertata. Le sembrava tutto normale, e all'improvviso le si parò davanti l'immagine di Nuova Pompei, per metà verde e brillante, per l'altra metà coperta dalla grande superficie dello specchio.

— Faremo meglio a dargli retta — disse Renard. — Dov'è la scialuppa di salvataggio? Vado a prendere Nikki.

— Portala qui — gli disse Mavra. — Il ponte si isolerà qualora qualcosa non andasse per il verso giusto.

— Mi precipito — rispose Renard, adesso preoccupato per l'immediata minaccia. Per la verità Mavra non vedeva nessuna minaccia; stava per passare, costeggiando verso Nuova Pompei, mantenendosi a un terzo di distanza dal pianeta sottostante in un avvicinamento da manuale che non le appariva assolutamente fuori dall'ordinario.

— Lasciatemi in pace! Sto benone! — le arrivò la voce adirata di Nikki. Si girò e vide la ragazzina con la faccia arrabbiata. Dietro arrivava Renard.

— Tuo padre è vivo, Nikki — le disse Mavra. — Sono in contatto con Obie. Forse...

In quel momento l'astronave ebbe un sussulto e tutte le attrezzature elettroniche, luci comprese, lampeggiarono un paio di volte, dopodiché si spensero.

— Cosa diavolo succede? — disse Mavra mentre premeva tutti i bottoni che le riusciva di trovare. Il ponte era completamente al buio e non si sentivano né il rumore dei motori né vibrazioni di nessun genere. Persino le luci d'emergenza e dei controlli di sicurezza si erano spente, anche se ciò non sarebbe dovuto succedere. Non *poteva* succedere.

La mente di Mavra cominciò a correre. — Renard! — urlò. — Sistema Nikki nel tuo sedile, poi infilati nel mio assieme a me! Penso che ci staremo in due! Nikki, legati più strettamente che puoi!

— Che cosa... che cosa sta succedendo? — gridò la ragazza.

— Fa' quello che ti dico! *Presto*! — sbottò la donna. — Non capisco perché, ma siamo totalmente senza energia, anche quella indispensabile per l'emergenza! Siamo troppo vicini al pianeta! Se non succede qualcosa...

Intuì Nikki che barcollava e poi sprofondava nel sedile. Sentì la mano di Renard sfiorarle la faccia. I suoi occhi, alterati da Obie, si adattarono immediatamente agli infrarossi. Vide i suoi due compagni di viaggio, ma niente di più. Sul ponte non esisteva altra fonte di calore!

Trattenne un'imprecazione, si alzò e spinse Renard nel sedile. In effetti non era molto ampio e l'impresa si presentava complicata. "Quella dannata coda", pensò con rabbia!

— Dovrò sedermi in braccio a te — gli disse, cambiando posizione.

— Accidenti! — sbottò lui. — Spostati un po'! L'osso della coda mi preme su una zona sensibile!

Mavra cercò di fare del suo meglio mentre Renard sistemava bene le cinghie prima di cingerla con le braccia, stringendola a sé più per nervosismo che per qualcos'altro.

All'improvviso tornò di nuovo la corrente.

Lo schermo indicò che, durante l'oscuramento, avevano perso altitudine. Adesso davanti a loro vedevano un mare e, al di là, alcune creste montuose.

— Comunque siamo nel sud, sopra l'equatore — disse Mavra. — Vediamo se è possibile allontanarci da qui.

Fece per sganciare le cinture quando, all'improvviso, lo schermo indicò che avevano lasciato l'oceano. E fu di nuovo oscurità.

— Maledizione! — imprecò. — Come mi piacerebbe sapere che cosa diavolo sta succedendo!

— Stiamo per precipitare, non è vero? — chiese Nikki, più in preda alla rassegnazione che al panico.

— Si direbbe proprio — convenne Mavra. — Se non torna l'energia, non ci resta che sganciarci.

— Sganciarci? — le fece eco Renard.

— Sulle astronavi di questo tipo esistono tre sistemi — gli disse. — Due sono elettrici, uno meccanico. Spero che quello meccanico funzioni, dal momento che siamo privi di qualsiasi forma d'energia. In due dei tre, quello meccanico incluso, l'astronave si separa in moduli. Nel procedimento meccanico si apriranno dei paracadute a trenta secondi dallo sganciamento, poi si sfrutterà la resistenza dell'aria per azionare i paracadute principali. Sarà alquanto emozionante,

— Moriremo? — chiese Nikki.

— Magari — rispose Renard di rimando, ma a voce troppo bassa per essere sentito dalla ragazza. Mavra capì che cosa intendeva dire. Sarebbe stato qualcosa di molto più rapido, e di gran lunga, rispetto alla spugna.

— Spero di no — gli fece eco lei, senza però nascondere una sfumatura di dubbio nella voce. — In caso di una completa assenza di energia nello spazio, beh... potremmo utilizzare l'aria. Ma quaggiù, proprio non saprei. Se riusciremo a respirare l'atmosfera locale, e se sopravvivremo all'atterraggio, e se i paracadute si apriranno, allora ce la faremo.

"Un sacco di se", si disse. "Probabilmente troppi".

L'astronave vibrò e poi seguirono i rumori più disparati. Era avvenuto lo sganciamento.

— Bene — sospirò Mavra. — Comunque adesso non possiamo farci più nulla. Anche se dovesse tornare l'energia, ormai non siamo più collegati a nessun motore.

In quel momento si sentirono dei tonfi lugubri e irregolari. Renard gemette, risentendo sia dei colpi del suo corpo contro il sedile che di quello di Mavra contro il suo. Poi si produsse un viraggio così brusco che fece loro girar la testa.

— I paracadute! — esclamò Mavra. — Si sono aperti! Là fuori dev'esserci comunque dell'aria.

Adesso era tutto un girare, un ondeggiare, uno sballottamento totale nella più completa oscurità. Dopo qualche minuto i tre cominciarono ad accusare disturbi vari. Nikki aveva appena cominciato a lamentarsi che seguì una serie di scossoni, ancora più forti e violenti.

— Il paracadute principale — annunciò Mavra. — Tenetevi forte. Il prossimo colpo sarà veramente forte!

E così fu. I tre passeggeri ebbero l'impressione di essere scaraventati contro un muro, poi di roteare più volte fino a fermarsi a testa in giù.

— Mantenete la calma! — li esortò Mavra. — Adesso siamo appoggiati al soffitto. Ho l'impressione che la gravità sia vicino a 1 G, un valore più o meno accettabile per un pianeta di questa massa. Nikki, stai bene?

— Mi sento uno straccio — si lamentò la ragazza. — Povera me, mi sembra di perdere sangue ed è come se non avessi più un osso intatto!

— Io provo la stessa sensazione, anzi addirittura raddoppiata — mugugnò Renard. — E tu?

— Le cinghie mi hanno provocato alcune escoriazioni — rispose Mavra. — Comunque bisogna stringere i denti. È troppo presto per appurare i veri danni. In questo momento c'è anche una grossa componente di tensione. Prima di tutto scendiamo da qui, poi potremo leccarci le ferite. Nikki, restatene buona! Ti porteremo giù fra un attimo.

Mavra tastò le cinghie che li tenevano legati. Solo un paio di centimetri erano rimasti nel morsetto. "Un altro scossone" pensò "e ci saremmo sganciati."

— Renard! — disse — io riesco a vedere in questo buio, ma tu no, e non posso scendere senza lasciarti cadere. Vedi se puoi aggrapparti al sedile quando sgancio le cinture. Si tratta di circa quattro metri, ma la superficie è regolare e arrotondata. Poi ti farò scendere sul pavimento. — Guidò le braccia della guardia e lui riuscì a predisporre un accenno di presa, ma era girato dalla parte sbagliata per aggrapparsi saldamente.

— Forse ci sarei potuto riuscire qualche anno fa — commentò — ma dal momento che il mio corpo è cambiato, non lo so. Nelle braccia non mi è rimasta molta forza.

— Be', cerca di darti slancio, quando sarà il momento — gli raccomandò Mavra. — Coraggio... *Adesso*!

Fece scattare il morsetto e l'imbragamento cedette. Con un balzo felino Mavra toccò il suolo e rotolò su se stessa. Renard gridò, poi si lasciò andare e cadde goffamente. La donna gli si avvicinò e cominciò a tastargli le ossa.

— Non credo ti sia rotto nulla — gli disse. — Forza, so che sei tutto un livido, ma ho bisogno del tuo aiuto per far scendere Nikki!

Renard si era storto una caviglia e quando si mise in piedi perse quasi i sensi per il dolore, ma si riprese grazie alla forza di volontà. Muovendosi con cautela, i due riuscirono ad andare sotto Nikki finché, alzando un braccio, l'uomo non riuscì a toccarla.

Non era sufficientemente forte per sorreggerla ma il suo intervento bastò per attutirne la discesa. Si trattò comunque di un'esperienza dolorosa e la ragazza cominciò a lamentarsi di nuovo ma, anche in questo caso, Mavra appurò che non c'era niente di rotto. Erano tutti conciati male, ma era già un miracolo che se la fossero cavata in quel modo.

Renard cercò di alleviare il dolore con degli esercizi respiratori mentre si strofinava le gambe doloranti con le braccia parimenti doloranti. — Solo per togliermi la curiosità, Mavra, vorresti dirmi quante volte hai provato atterraggi come questo? — buttò lì.

La donna ridacchiò. — Mai. Dicono che questi sistemi siano di scarsa efficacia pratica. In effetti sono scomparsi da molte astronavi. Funzionano una volta su un milione.

La guardia grugnì. — Hmmm, questo conferma i miei sospetti. Comunque adesso che cosa facciamo?

— Esiste un sistema di boccaporti per consentire l'uscita sia dal basso che dall'alto — rispose Mavra. — Quell'aggeggio è un portello stagno ma ovviamente non funzionerà. Dovrai sollevarmi in modo da consentirmi di azionare gli interruttori di sicurezza. Quello del soffitto non ci è di nessuna utilità.

Renard mugugnò di nuovo ma ce la fece. Mavra riuscì ad allungare la mano quel tanto che bastava per arrivare al comando e, dopo diversi tentativi e un paio di cadute, si sentì un sibilo e il boccaporto cedette. Trascorsero altri lunghi minuti mentre Mavra cercava di saltare dalle spalle della guardia e afferrare il portello. Alla fine, quando avevano quasi rinunciato all'impresa e Renard stava lamentandosi di essere assolutamente allo stremo delle forze, Mavra afferrò saldamente la presa, si issò con estrema agilità e aprì il portello esterno.

— E se lì fuori non fossimo in grado di respirare? — gridò Nikki a Mavra.

Lei abbassò lo sguardo sui compagni. — In tal caso moriremmo comunque — dichiarò. In realtà sapeva benissimo che non esistevano molte probabilità che l'aria fosse respirabile, ma aveva visto un oceano e degli alberi verdi, e ciò alimentava la speranza.

Uscì dal boccaporto e si guardò attorno.

— Anche se sembra incredibile, credo che sopravviveremo — annunciò. — Prendo delle funi d'imbragatura dal deposito degli attrezzi. Teoricamente dovrebbero servire ad ancorare le tute spaziali, ma andranno bene anche nel caso vostro.

Con Nikki l'impresa fu più ardua. Era molto pesante e scarsamente atletica e mentre tiravano nel buio – Renard aveva ancorato la corda alla sua – sia le braccia di Nikki che le loro sembrarono sul punto di cedere. Adesso stavano in piedi soltanto per forza di nervi, se ne rendevano conto, e quell'energia non sarebbe durata per sempre.

Comunque riuscirono a tirar fuori Nikki dal primo boccaporto, i cui lati scanalati fornirono provvidenziali appoggi per le gambe, e tutti e tre uscirono all'aperto.

Una volta fuori dal modulo ponte, affondarono in quella che sembrava autentica erba, esausti, il paesaggio che ondeggiava dinanzi ai loro occhi. Mavra s'impose una serie di esercizi di controllo corporeo grazie ai quali riuscì ad attenuare gran parte del dolore ma non il senso di spossatezza. Aprì gli occhi, posò lo sguardo sugli altri due e li vide riversi a terra, piombati in un sonno agitato.

Scrutò l'orizzonte. Nulla sembrava particolarmente minaccioso; era all'incirca mezzogiorno e il panorama assomigliava a una bucolica scena campestre, di quelle che si vedono su centinaia di pianeti. Si sentiva il ronzio di alcuni insetti. Mavra vide anche degli uccelli dall'aspetto comune che si facevano trasportare dalle correnti d'aria nel cielo limpido.

Riportò lo sguardo sui compagni privi di sensi e sospirò. Comunque si sentisse, qualcuno doveva pur restar sveglio.

Nuova Pompei – ore 11.50

Un lampo azzurrognolo attraversò l'enorme vuoto dove stava il grande disco e il rivestimento della sala di comando sfrigolò. Qualcuno imprecò. Dappertutto erano visibili le chiazze scure là dove erano andati a segno i precedenti colpi e la vetrata che dava sullo scavo era sparita da un pezzo.

Gil se ne stava seduto nervosamente accanto al pannello dei comandi sulla balconata. Antor Trelig, vomitando imprecazioni, teneva d'occhio la struttura a specchio della porta per cercare di localizzare il punto da cui provenivano gli spari. Ben Yulin, dalla parte opposta della soglia, controllava quante munizioni gli restavano nella pistola.

— Perché non chiudi la porta? — chiese Zinder. — Fra un po' ci troveremo sotto una pioggia di proiettili.

— Chiudi il becco, vecchio — grugnì Trelig. — Se la chiudiamo, quei maledetti potrebbero sigillarla con il calore e non potremmo uscire più. Ci hai mai pensato?

Yulin schioccò le dita e si diresse verso il pannello di controllo più basso. Venne sfiorato da un colpo ma il quadrante era posizionato sufficientemente lontano dalla porta e in una posizione tale da far sì che chiunque sparasse in quella direzione rappresentasse un bersaglio perfetto per Trelig.

Con mosse frenetiche Yulin aprì l'intercom. — Obie? — chiamò.

— Sì, Ben — rispose il computer.

— Obie, che cosa vedi nella galleria? Puoi dirci quante guardie ci sono e quali sono stati i danni?

— I miei campi visivi sono integri — rispose Obie. — Ci sono ancora sette guardie. Ne hai colpite tre e le hai fatte secche. Nella sala di comando e nella parete di fronte i danni sono numerosi ma non irreparabili.

Yulin annuì mentre Trelig, che aveva seguito la conversazione, prontamente si posizionò e lasciò partire una scarica.

— Le hai mancate di un chilometro, Trelig — rilevò Obie in un tono che stava a indicare un'intima soddisfazione. Al che Trelig schiumò di rabbia ma non disse nulla.

— Obie, fino a che punto sei operativo? — domandò Yulin facendo cenno a Zinder di avvicinarsi alla console. Dapprima il vecchio sembrò troppo spaventato per muoversi poi, lentamente, cominciò ad avvicinarsi da quella parte.

— Non molto — rispose Obie. — Il computer che regola il mondo laggiù è insieme più complesso e più semplice di me. Le sue potenzialità di memoria si direbbero illimitate e ha il controllo di tutte le equazioni primarie e secondarie, ma è interamente programmato. Non è autoconsapevole, non è un'entità individuale.

Gil Zinder raggiunse la console e sospirò, poi si accosciò accanto a Yulin.

— Obie, parla il dottor Zinder — disse alla macchina. — Puoi interrompere il contatto con l'altro computer?

— Non in questo momento, dottor Zinder — rispose Obie, adesso in tono molto più gentile e venato di apprensione. — Quando abbiamo attivato il campo contrario, abbiamo sprigionato la tensione dell'energia che controlla la nostra stessa esistenza e la cosa ci ha portato qui. Si direbbe che il computer di quel mondo è stato programmato proprio per una simile evenienza: i programmatori avevano presupposto che chiunque fosse capace di alterare a tal punto le equazioni markoviane e trasferirsi qui, sarebbe stato più o meno allo stesso livello tecnologico di coloro che avevano costruito il computer. In teoria noi dovremmo annullare i programmi precedenti e dirgli che cosa fare d'ora in poi.

— Cosa intendi dire con "qui", Obie? — domandò Zinder.

— Le coordinate sarebbero inutili, anche se possedessi uno schema di riferimento — rispose Obie. — Ci troviamo, in un certo senso, nel centro dell'universo tangibile. Così almeno ho dedotto da quanto riesco a captare dai circuiti d'informazione dell'altro computer.

Persino Trelig capì le implicazioni. — Vuoi dire che questo è il centro dell'esistenza globale di tutta la materia della galassia? — gridò.

— Proprio così — convenne Obie. — E anche di tutta l'energia, a eccezione di quella primaria che costituisce la pietra angolare di qualsiasi cosa. Questo è il mondo centrale markoviano da cui, a quanto mi è dato di vedere, hanno ricreato l'universo.

Quella rivelazione ebbe un effetto prodigioso. Gli occhi di Trelig cominciarono a brillare e l'espressione assunse una nuova determinazione. — Un potere incredibile! — esclamò ma in tono troppo sommesso perché gli altri potessero sentirlo. Anche il sibilo dell'ennesimo raggio laser, pur riportandolo alla realtà, non servì a cancellare quello stato di euforia. Avrebbe potuto avere a disposizione un simile potere, ma prima doveva venir fuori da quella fastidiosa situazione.

— Obie, sei in grado di colloquiare con quella grande macchina? — chiese Yulin.

Il computer si fermò a riflettere. — Sì e no. È difficile da spiegare. Supponiamo che tu abbia un vocabolario funzionale composto solo da ottanta parole. Supponiamo che queste ottanta parole costituiscano il tuo intero bagaglio di conoscenza. E supponiamo anche che uno della tua civiltà, laureato in fisica, si metta a disquisire in termini tecnici della sua specialità. Non saresti neppure in grado di assorbire tutte le parole, figuriamoci di mettere assieme anche un abbozzo di conversazione.

— Ma con quelle ottanta parole potresti comunque comunicare — insistette Yulin.

— No, se non sei neppure in grado di formulare la domanda — replicò Obie. — Non sono neanche capace di dire "salve" in una maniera comprensibile, e ho addirittura paura di provarci. Esiste un'incredibile sequenza programmata di cui sono consapevole ma che non riesco a seguire o a comprendere. E, ripeto, non oso provare. Così facendo potrei spazzar via tutta la realtà, oppure l'altro computer assieme a essa, e io rimarrei l'unico superstite. E a quel punto che cosa succederebbe?

Gli scienziati capirono che cosa intendesse. I Markoviani avevano programmato il computer in modo che passasse tutto ai loro successori, quando fossero riusciti a raggiungere il livello markoviano. Evidentemente non avevano preso in considerazione la possibilità che un tale Gil Zinder, uno scimmione primitivo, s'imbattesse nella loro formula millenni prima che l'uomo fosse pronto. Il computer generale là fuori stava aspettando che Obie gli dicesse di chiudere, che stavano arrivando i nuovi padroni.

Ma i nuovi padroni erano tre primati impauriti e un computer parimenti spaventato, e oltretutto i primati erano tenuti in trappola dagli ex schiavi di uno di loro. Le guardie, dopo essersi rese conto del cambio di situazione e del fatto che l'astronave con il rifornimento di spugna non sarebbe arrivata, avevano capito di essere destinate a una morte orribile.

Ma intendevano morire libere. E trascinarsi dietro il loro odiato padrone.

— Obie? — chiamò Yulin.

— Sì, Ben?

— Obie, riusciresti a pensare un modo per farci uscire da qui?

Il computer si aspettava una simile domanda.

— Be', potreste semplicemente lasciar passare un po' di tempo — propose. — Ci sono provviste per una settimana e comunque io sono in grado di crearne delle altre più che sufficienti al vostro mantenimento. Nell'arco di tre settimane all'incirca tutte le guardie saranno morte; e già fra due settimane non avranno più la forza di opporvi resistenza o farvi del male.

— Non mi sta bene! — sbottò Trelig. — Là fuori ci sono due astronavi che devono finire sotto il nostro controllo, altrimenti siamo in trappola. Tenete presente che ci sono i componenti della delegazione che non risentono degli effetti della crisi d'astinenza da spugna! Quando si renderanno conto, se non è già avvenuto, che le guardie sono uscite di testa, è probabile che alcuni di loro si procurino le armi con l'intenzione di appropriarsi delle astronavi. Se riuscissero nel loro intento, saremmo finiti per sempre!

— Rettifica — intervenne Obie. — C'è una sola astronave. Con l'altra se ne sono andati Mavra Chang, Nikki Zinder e la guardia Renard.

A Gil Zinder sembrò di rinascere. — Nikki! La mia Nikki se n'è andata da qui! Obie, ce l'hanno fatta? Sono tornati a casa?

— Spiacente, dottor Zinder — rispose mestamente il computer. — L'inizio anticipato dei collaudi mi ha forzato la mano. Sono stati presi nel vortice con noi e poi sono precipitati sul Mondo del Pozzo.

La speranza del vecchio scienziato si trasformò in disperazione. Sembrò sul punto di venir meno mentre anche Trelig sembrava sgomento, ma da un punto di vista totalmente diverso.

— Che cosa significa che ti hanno "forzato la mano"? — ringhiò l'ex dittatore di Nuova Pompei. — Macchina, ci hai tradito!

Dopo un attimo di titubanza Obie replicò: — Sono un individuo autoconsapevole, consigliere. Faccio quello che devo fare, pur avendo una certa libertà d'azione al di fuori di quei parametri. Proprio come le persone comuni — aggiunse con una punta di compiacimento.

La mente di Ben Yulin rimaneva quella del tecnico. — Come hai chiamato il mondo su cui sono precipitati, Obie? — domandò, ignorando gli altri.

— Il Mondo del Pozzo — rispose il computer. — Si chiama così.

Yulin rimase pensoso per un istante. — Il Mondo del Pozzo — sussurrò quasi parlasse a se stesso, lo sguardo fisso sull'interlocutore. Fra Trelig e le guardie che stavano fuori furono scambiati altri colpi.

— Obie? — la voce di Ben era quasi inintelligibile. — Parlami di questo Mondo del Pozzo. È solo un grande computer markoviano o qualcos'altro?

— Devo fare delle ipotesi, Ben — si scusò Obie. — Dopotutto, sto decifrando queste informazioni a spizzichi e a bocconi e arrivano tutte insieme. No, comunque non lo credo proprio. Il computer, cioè il Pozzo, costituisce il nucleo del pianeta il quale, di per se stesso, sembra diviso in separate e distinte biosfere, più di un migliaio, ognuna con la sua dominante forma di vita e di conseguenza con la sua flora, fauna, equilibrio atmosferico e similari. Come se fosse un elevato numero di minuscoli pianeti. A mio avviso si tratta di colonie prototipo per futuri inserimenti nell'universo, ricostruite nei loro autentici, matematicamente precisi habitat. Sono vivi, sono attivi, esistono.

Adesso anche gli altri due, affascinati nonostante tutto, stavano ad ascoltare.

— I tre che ci sono finiti sopra — chiese Gil Zinder con voce tremula — sono... sono sopravvissuti?

— Non posso saperlo — rispose Obie che non se la sentiva di mentire. — Dal momento che non fanno parte della matrice del Mondo del Pozzo, non sono nella memoria del computer. Anche se ci fossero, dubito che possano essere estrapolati. Laggiù ci sono troppi esseri senzienti.

— Perché non gli chiedi qualcosa di pratico, per esempio come diavolo potremmo fare per uscire da qui? — sbottò Trelig rompendo l'incanto. — Il fatto che sia rimasta solo un'astronave rende la cosa ancora più pressante!

Yulin annuì, interrompendo a malincuore quella serie di avvincenti rivelazioni. Non aveva la forza di contrastare Trelig. Comunque il computer non era un alleato docile; le domande dovevano essere poste in maniera perfetta. All'improvviso Yulin si rese conto di cosa significasse dover stringere un patto col diavolo.

Poi di colpo, senza l'aiuto di Obie, ebbe una folgorazione e si fece uscire un'imprecazione che richiamò l'attenzione di tutti. Sbatté il palmo della mano destra contro quello della sinistra ed esclamò: — Sono stato proprio uno stupido. Ma certo! — Dopo essersi ricomposto, domandò: — Obie, il tuo piccolo disco è ancora operativo?

— Sì, Ben — rispose Obie — ma solo entro i suoi limiti preesistenti. Il grande disco è collegato al computer del Pozzo finché io o qualcun altro non troveremo il modo di scollegarlo, e fino a questo momento non ho proprio la minima idea su come riuscirci.

Yulin annuì, più a se stesso che alla macchina. — D'accordo, d'accordo. Il disco piccolo è tutto quello che mi serve per il momento. Obie, hai la formula della spugna, non è vero?

— Ma certo — fu la risposta, non priva di sconcerto. — Dal plasma sanguigno di un certo numero di soggetti trattati in precedenza.

— Perfetto — mormorò Yulin, adesso in tono assolutamente professionale. — Mettiti in funzione. Voglio una piccola quantità di spugna, diciamo cinque grammi, in un contenitore ermetico di plastica. Roba giusta. E me ne occorre anche un ulteriore chilogrammo con le seguenti varianti chimiche. — A questo punto cominciò a elencare una sequenza chimica così lunga che gli altri rimasero allibiti.

Zinder fu il primo a capire dove Yulin intendesse arrivare e, quasi in un gemito, sussurrò: — Non puoi fare una cosa simile!

Ma Yulin non la pensava allo stesso modo. Aveva già provveduto ad attivare Obie e ora il disco stava roteando sulla piattaforma circolare mentre si formava il campo azzurrognolo.

— Cosa diavolo intendi fare? — urlò Trelig.

— Avvelenare quei poveri bastardi — rispose Gil Zinder prima di alzare lo sguardo verso il giovane collega. — Ma perché? Con la spugna tornerebbero comunque sotto il tuo potere.

Ben Yulin scosse il capo. — Di sopra, forse. Ma non quelli quaggiù. Sono già rassegnati alla morte e questo è quanto li aspetta. — Si rivolse a Trelig. — Tieni d'occhio il mio amico professore mentre recupero la roba — gli disse.

In un balzo il giovanotto scese i gradini che conducevano alla piattaforma. Con attenzione esaminò i due involucri, s'infilò i guanti e li afferrò. Ancora non si fidava pienamente di Obie. Poi fu di ritorno.

— Abbiamo ancora possibilità di comunicazione? — domandò.

Trelig annuì. — Credo di sì, a meno che qualcuno non abbia tagliato i circuiti. Lo verifico subito.

Yulin si avvicinò al muro e attivò un interruttore. — Voi, laggiù — gridò; la sua voce echeggiò lugubremente attraverso la fossa sconfinata. — Statemi a sentire! Abbiamo la spugna! Potete continuare a sperare! Ve la consegnerò se cederete le armi! — Rimise l'intercom sulla posizione di aperto.

All'esterno si produsse un improvviso silenzio, come se la notizia avesse avuto un effetto dirompente, il che era un buon segno. Non c'era ancora stata una risposta, ma neppure degli spari.

Dopo quella che sembrò un'attesa interminabile, Trelig borbottò: — Non l'hanno bevuta.

Yulin, che aveva lo stesso timore, replicò. — Non diamoci per vinti. Magari fanno una votazione. Magari capiscono per la prima volta quanto sarebbe dolorosa

132

la crisi, anche se non ne sono ancora cominciati gli effetti devastanti.

E aveva colto nel segno. Dopo pochi minuti arrivò una voce dall'intercom.

— D'accordo, Yulin, potete venir fuori — disse lo sconosciuto, brusco. — Ma come facciamo a sapere che non state mentendo? Sappiamo dove è finita tutta la spugna che è arrivata. Ogni singolo grammo.

— Noi siamo in grado di produrla. Tutta quella che vi serve — rispose Yulin, cercando di non lasciar trapelare la tensione e l'ansia. — Adesso ve ne darò la prova. Mandate un vostro rappresentante sul ponte. Uno qualsiasi. Ve ne farò avere una piccola quantità. Provatela. E così capirete che ciò che dico corrisponde a verità.

Seguì un altro lungo silenzio, poi ancora la stessa voce. — D'accordo, arrivo. Ma se mi succederà qualcosa o la roba non è buona, allora sei di noi vi raggiungeranno, dovesse essere l'ultima azione della loro vita; e su in cima ce ne sono molti di più. Sanno che cosa sta succedendo qui.

Yulin sogghignò d'intimo compiacimento. Un'altra informazione che poteva risultare preziosa. Gli intercom su Topside funzionavano ancora. Adesso sapeva che informazioni dare, e questo poteva essere importante.

Alcuni minuti più tardi una figuretta solitaria attraversò il grande ponte sulla voragine dirigendosi verso il nucleo principale di Obie. Era minuscola, dall'aspetto fragile, resa ancora più piccola dall'enormità della struttura che la circondava. Si trattava o di una ragazza molto giovane o di un bisessuale. La cosa non aveva importanza.

Si trattava di una guardia e sembrò che impiegasse un'eternità per arrivare a circa dieci metri dalla soglia.

— Sono qui! — annunciò pleonasticamente lui (o lei).

Yulin afferrò il pacchetto di spugna pura. — Prendi! — gridò, lanciandolo sul ponte quasi ai piedi del destinatario.

La guardia lo prese, lo esaminò, poi aprì l'involucro di plastica e tirò fuori il piccolo pezzo di spugna verdognola, a modo suo una creatura vivente. Era proprio una spugna vera, proveniente da un mondo su cui, secoli prima, si era insediata una piccola colonia umana.

L'interazione di batteri alieni con alcuni elementi sintetici nelle iniziali provviste alimentari della colonia aveva partorito l'orrore sul quale Antor Trelig aveva costruito la sua potenza. La nuova sostanza che si era formata aveva permeato ogni cellula del corpo umano, escludendone le sostanze vitali. Le cellule la divoravano; una volta entrata nell'organismo non veniva né rigettata né scomposta. Anzi, le cellule stesse cominciavano a produrla. La contaminazione iniziale era irreversibile. Una piccola quantità di spugna non comportava mutamenti fisici visibili, che però si verificavano comunque. Una quantità massiccia, come quella assunta dalle guardie, faceva impazzire le cellule, provocando deformità, accentuando le opposte caratteristiche sessuali oppure, come nel caso di Nikki Zinder, innescando un'obesità progressiva o altre deformazioni parimenti orribili. I vari fenomeni variavano da individuo a individuo ma l'accentuazione delle caratteristiche sessuali del sesso opposto era il più comune.

L'organismo era parassita e consumava gradualmente l'ospitante, il cervello in particolare. Le cellule cerebrali morivano in progressione crescente senza essere sostituite. La mente veniva divorata molto prima del corpo con effetti estremamente dolorosi. La sostanza non era selettiva e a volte il nucleo centrale dell'individuo era l'ultimo a essere attaccato, cosicché il poveretto si rendeva perfettamente conto di quello che gli stava succedendo, fino al momento in cui la corteccia cerebrale veniva colpita. Si riduceva allora prima a un animale e poi a un vegetale che sarebbe lentamente morto d'inedia. Una lobotomia al rallentatore.

La spugna non era la droga, era l'antidoto, che andava però periodicamente sostituito. Le secrezioni delle spugne originali riuscivano davvero ad arrestare il progredire delle mutazioni letali. Aver bisogno della spugna significava diventare schiavo della mafia. I Com ritenevano troppo pericoloso tener in giro quella sostanza; la spugna stessa conteneva il materiale che portava all'assuefazione. Ma i politici, avidi e ambiziosi, l'avevano, la coltivavano e con essa imponevano il loro potere.

Nella prospettiva di un simile futuro, con mossa avida la guardia afferrò la spugna nella busta di plastica. Non era una dose sufficiente, ma come prova poteva bastare.

Infatti. — È autentica! — urlò la guardia al colmo dello stupore. — E anche purissima!

— Un chilogrammo in cambio delle vostre armi! — gridò Trelig, sentendosi di nuovo a cavallo della tigre. — Adesso... o per voi sarà troppo tardi!

— La notizia è arrivata ai livelli superiori, a Topside! — disse una voce nuova e profonda dall'intercom. — D'accordo, verremo in quattro. Gli altri ci copriranno le spalle. Avrete le loro armi quando la roba sarà in mano nostra. Allora solo potrete andarvene. Non prima.

Trelig attese per un convincente lasso di tempo, sempre con quel sorriso perfido stampato sul volto. Il loro piano era sin troppo ovvio.

Altre tre guardie si aggiunsero alla prima, gli sguardi avidi fissi sulla porta che, fino a qualche minuto prima, stavano cercando di far saltare in aria.

— Okay, ecco il chilo di roba! — urlò il signore di Nuova Pompei lanciando il pacchetto.

Le quattro guardie ci saltarono sopra e il primo che riuscì a prenderlo cominciò a correre dall'altra parte mentre gli altri tre bloccavano la visuale di Trelig.

— Perché non se la portano via subito? — sussurrò Yulin, preoccupato.

— Lo faranno — rispose fiducioso Trelig. — Sono in astinenza, non dimenticarlo. Quanto è potente quella roba?

— Dovrebbe farli sentire magnificamente per cinque

o sei minuti — spiegò il giovanotto. — Poi il cuore dovrebbe bloccarsi per sempre.

Trelig sembrò improvvisamente preoccupato. — *Dovrebbe*? Significa che ci sono dei dubbi?

— No, no, no davvero. In effetti mi sono espresso male. Diciamo che quella roba è sufficiente a uccidere un intero esercito. Basteranno dieci minuti, neanche uno in più.

— Cercheranno di raggiungere Topside? — proseguì Trelig, ancora preoccupato. — O forse qualcuno vivrà a sufficienza per lanciare un messaggio via radio?

Yulin prese in considerazione l'ipotesi. — No, non credo che aspetteranno di arrivare a Topside. Hai appena detto che erano in una grave crisi d'astinenza. Quanto alla possibilità che qualcuno mandi un allarme via radio, se riusciamo a trovare un intercom, dovremmo appurarlo.

Attesero con ansia. Trelig non trovò l'intercom cercato; quello che portava addosso si era rotto. — Vuol dire che continueremo a bluffare — cercò di scherzare, ma nella voce c'era una sfumatura d'incertezza. — Ma come faremo a sapere che se ne sono andati? Vuoi essere tu il primo bersaglio? O sarebbe preferibile delegare il nostro amico dottore?

Yulin scosse il capo. — Non necessariamente. I sensori di Obie sono ancora attivati. — Si avvicinò alla console.

— Obie, le guardie sono ancora vive?

— No, Ben — rispose il computer. — Quantomeno, non registro nessuna forma vitale nella loro vecchia area. Sono scomparse quasi subito. Le hai fatte fuori proprio per benino.

— Risparmiati il sarcasmo — grugnì Yulin. — Hai monitorato qualche trasmissione diretta a Topside?

— Non saprei — rispose Obie. — In quel settore non ho molta potenzialità.

Ben Yulin annuì, poi si rivolse a Trelig. — Be', adesso il primo ostacolo è stato superato. Ma temo che Topside sia una brutta gatta da pelare. Qualche idea?

Trelig si mise a pensare mentre gli occhi gli scintillavano. Superato il pericolo immediato, cominciava a divertirsi.

— Chiedi alla macchina se qualcuno su Topside sa chi se n'è andato sulla prima astronave — ordinò.

— Come potrebbe saperlo Obie? — domandò Yulin. — Voglio dire, non dispone neppure più di comunicazioni monitor. Perché? Che cosa hai in mente?

— Per arrivare dove sono arrivato io, bisogna pensare a tutte le eventualità — gli rispose il capomafia. — Per esempio, entrambe le astronavi sarebbero state in grado di trasportare almeno la metà degli ospiti, mentre invece se ne sono andate solo Mavra Chang, Nikki Zinder e la guardia. Perché?

Yulin pensò un attimo. — Se ne sono andati di nascosto. Chang è stata pagata per portar via la ragazza, non per salvare tutti quelli che c'erano. Più gente partecipa a una congiura, minori sono le possibilità di riuscita.

Trelig annuì. — Vedo che cominci a capire. I componenti della delegazione sono numerosi ma solo pochi si conoscono fra loro. E non credo che abbiano un gran rapporto con le guardie. Tutto è successo appena dopo la partenza dell'astronave. Vuoi scommettere che c'è chi non sa neanche che se ne è andata?

— Le guardie... — obiettò Yulin.

— Quelle sanno solo che l'astronave se n'è andata — intervenne Trelig. — E che senza i codici la seconda nave verrebbe fatta saltare in aria dalle sentinelle orbitanti. Non si ricorderanno neppure in quanti fossero, figuriamoci i nomi. La ragazza è stata più o meno segregata e la guardia... che differenza fa una guardia in più o in meno? Potrebbe essere morta. Hai afferrato l'idea adesso?

— Vorresti che facessimo finta di essere quelli che sono scappati? Con una metamorfosi? — azzardò Yulin, che era rimasto di stucco.

L'espressione di Trelig si fece impaziente.

— Ascolta — disse — dobbiamo trovare il modo di guadagnare la loro fiducia. Fargli abbassare la guardia.

137

Ci serve un espediente per accostarci da amici a quei visitatori, convincerli che siamo contro le guardie, assicurarci la loro collaborazione per impadronirci dell'astronave. E *dobbiamo* portarcela via lasciandoli qui a morire. Non possiamo farlo da soli.

Yulin annuì. — Capisco — ma era chiaro che la prospettiva non gli andava a genio. Diede un'occhiata a Gil Zinder che se ne stava in un cantuccio, l'espressione vacua, i lineamenti tesi: l'immagine della sconfitta.

— Che ne sarà di lui? — domandò Ben Yulin.

— Dovrà venire con noi — si affrettò a rispondere Trelig. — Sa come far funzionare Obie e Obie è disposto a far qualsiasi cosa per lui. Lasciarlo qui sarebbe come fare un salto nella voragine qua fuori.

Yulin annuì, la mente già intenta a vagliare diverse prospettive, tutte spiacevoli. Innanzitutto, non gli andava l'idea di passare personalmente attraverso la metamorfosi. Mandarci gli altri era esaltante, ti dava una straordinaria sensazione di onnipotenza. Ma che lui stesso diventasse qualcun altro... Il piano di Trelig lo preoccupava, lo preoccupava moltissimo anche perché sarebbe dovuto ricorrere al suo circuito personale, rivelando a Zinder, e a Trelig, fino a che punto fosse in grado di gestire l'apparecchio.

Diede un'altra occhiata a Trelig che stringeva sempre in mano la pistola e aveva il volto atteggiato a un ambiguo sorriso. Lo stesso sorriso di quando somministrava la spugna a nuove vittime oppure ordinava crudeli esecuzioni.

— Vuoi cominciare tu? — buttò lì speranzoso.

Il ghigno perverso si accentuò ulteriormente. — No, non credo — rispose acido il dittatore. — Piuttosto *tu*?

Yulin abbozzò un cenno d'assenso... non gli piaceva restare eternamente in secondo piano.

— Allora faremo così — proseguì Trelig. — Innanzitutto cercherai di scoprire l'identità della guardia. Se Obie è ancora dotato di memoria, dovrebbe sapere di chi si tratta. A quel punto uno di noi diventa la guardia, senza l'assuefazione alla spugna, questo è ovvio! Un altro diventa Nikki Zinder e il terzo Mavra Chang. Il tutto, naturalmente, programmato in una sequenza non interrompibile.

Yulin sorrise rassegnato. — Chi vorresti essere? — domandò.

— Dobbiamo pensarci a fondo, anche se il tempo stringe — rispose Trelig. — Per quanto riguarda il vecchio, ovviamente sarà necessaria una sorta di blocco mentale. Dagli il suo stesso sangue e la sua stessa carne. Dovranno essere anche programmati dei comportamenti mentali — ricordò al giovane scienziato. — Non possiamo correre rischi. Non solo dovremo assomigliare a quelle persone, ma anche camminare come loro, parlare come loro, quasi pensare come loro, mentre dentro rimarremo noi stessi. È probabile che la guardia fosse uno di quei garbugli sessuali. Per quanto mi riguarda sono ermafrodita, e questo quindi non costituirà un problema. A questo punto tu sarai Mavra Chang.

— Preferirei non essere una donna — protestò debolmente Yulin.

— Non ti farà né caldo né freddo quando sarai passato attraverso il disco — replicò Trelig. — E adesso mettiamo perfettamente a punto le istruzioni, in modo che tutto vada per il verso giusto e la macchina non aggiunga e non tolga niente. E poi, Ben, dovrai mostrarmi come si fa!

Yulin fece per protestare, poi decise che non sarebbe servito a nulla. Si girò verso la console.

— Obie, sei in possesso dell'identità della guardia che è fuggita con Mavra Chang? — domandò.

— Si chiama Renard — rispose il computer. — Non rilevo la sua presenza e so per certo che non ha lasciato Topside per venire qui. Però alcune guardie sono morte anche su Topside, quindi potrebbe esistere la possibilità che non sia lui.

— Deve trattarsi di lui — sentenziò Trelig. — Era una delle guardie della ragazza. Tutto quadra. E comunque correrò il rischio.

Ben Yulin annuì. — Non credo che sia opportuno che il dottor Zinder venga a conoscenza dell'accesso — sottolineò.

Trelig, che era dello stesso parere, si voltò e tramortì con un leggera scarica il vecchio scienziato che si accasciò al suolo. — Cinque minuti — disse al socio. — Non di più.

Ben Yulin annuì, poi tornò alla console. Non gli andava di fare ciò che stava per fare, e soprattutto di fronte all'unico uomo che in seguito avrebbe potuto rifare la stessa cosa contro di lui, ma a quel punto fare il doppio gioco avrebbe comportato rischi eccessivi.

— Obie? — chiamò.

— Sì, Ben? — rispose il computer.

Lo scienziato premette alcuni pulsanti della tastiera, rendendosi perfettamente conto che Trelig non perdeva di vista nessuna delle combinazioni.

— Transazione non numerata — disse alla macchina. — File memorizzato in ausiliario soltanto sotto la mia chiave.

— Che cosa? — il computer sembrò alquanto sorpreso, dopodiché, mentre gli si apriva l'accesso alle sezioni proibite, Obie si rese conto di quello che stava succedendo.

— Quante volte te ne sei servito, Ben? — domandò il computer, meravigliandosi come sempre nello scoprire l'esistenza di una parte di sé che non conosceva.

— Non spesso — rispose Yulin fingendo indifferenza. — Adesso, Obie, voglio che tu mi stia a sentire con attenzione. Eseguirai le mie istruzioni alla lettera, senza aggiungere e senza togliere nulla di tua spontanea iniziativa. Sono stato chiaro?

— Sì, Ben — rispose rassegnato Obie.

Yulin si fermò un attimo per scegliere le parole, consapevole dei pericoli insiti nel dare a Obie un'apertura e anche della pistola puntata di Trelig. La sua fronte cominciò a imperlarsi di minuscole gocce di sudore.

— Tre transazioni, in sequenza, che debbono essere completate prima che possano esserti impartite istruzioni addizionali — disse con prudenza. — Punto primo: dottor Gilgam Zinder, forma esterna da rendere similare a quella dell'ultima codificazione di Nikki Zinder, meno ovviamente l'assuefazione alla spugna. La memoria rimarrà quella di Gil Zinder, con tutte le nozioni e capacità relative, ma il soggetto non sarà in grado di trasmettere questo fatto né qualsiasi altro tipo d'informazione se non espressamente autorizzato da Antor Trelig o da me stesso. Inoltre il soggetto dovrà possedere tutti gli schemi comportamentali del modulo di riferimento, compreso il portamento, le reazioni emotive, il linguaggio e tutte le altre caratteristiche atte a rendere il soggetto indistinguibile dallo schema di riferimento. Infine il soggetto non potrà assolutamente rivelare la vera identità di Antor Trelig e del sottoscritto. Chiaro?

— Ho capito, Ben — rispose Obie.

Yulin annuì, sicuro di aver eseguito quel passo nel modo migliore. — Punto due. Soggetto Antor Trelig. Il soggetto in questione dovrà essere adattato fisicamente all'ultima codificazione della guardia, Renard, senza l'assuefazione alla droga. Il soggetto dovrà essere dotato di tutti gli schemi comportamentali del modulo di riferimento, compreso il portamento, le reazioni emotive, il linguaggio e tutte le altre caratteristiche atte a rendere il soggetto indistinguibile dallo schema di riferimento. Tuttavia la memoria rimarrà quella di Antor Trelig, con relative conoscenze e capacità, in grado di ricorrere al suo vero io in qualsiasi momento. — All'improvviso Yulin si voltò verso Trelig e gli chiese: — Tutto bene finora? — Trelig annuì.

— Punto tre — proseguì Yulin. — Soggetto Abu Ben Yulin. Il soggetto in questione dovrà essere adattato fisicamente all'ultima codificazione di Mavra Chang. Il soggetto dovrà essere dotato di tutti gli schemi comportamentali del modulo di riferimento, compreso il portamento, le reazioni emotive, il linguaggio e tutte le altre caratteristiche atte a rendere il soggetto indistinguibile dallo schema di riferimento. La memoria invece rimarrà quella di Ben Yulin, con tutte le conoscenze e facoltà relative, in grado di ricorrere al suo vero io in qualsiasi momento. Chiaro?

— Sì, Ben — rispose Obie. — Chiaro e in memoria.

Yulin, ancora nervoso per la prospettiva di dover essere sottoposto lui stesso alla metamorfosi, aggiunse:
— E, Obie, per quanto riguarda tutte e tre le transazioni, i soggetti dovranno essere acclimatati in modo da sentirsi fisiologicamente e psicologicamente a loro agio con i corpi che hanno assunto e gli schemi comportamentali esterni. Inteso?

— Sì, Ben. Ho capito che non ti va di diventare una donna — rispose Obie con palese acidità. Yulin si accigliò ma lasciò perdere. Poi si rivolse a Trelig. — Okay, porta giù il dottore — disse.

— Ma prima riferisci alla macchina che le transazioni sono bloccate — rispose serafico Trelig. A Yulin non restò che fare buon viso a cattivo gioco e stringersi nelle spalle. Era evidente come avesse fatto Antor Trelig a raggiungere la sua posizione di potere e a mantenerla.

— Blocca tutte le transazioni adesso — disse a Obie.

— Ricevuto — rispose il computer. — Continua con il programma.

Assodato a quel punto che Yulin non avrebbe potuto far nulla per alterare le istruzioni da lui ricevute, Trelig fece un cenno con la pistola e spinse Gil Zinder giù per le scale.

La trasformazione non richiese molto tempo. Yulin vide l'anziano collega dissolversi in scintille azzurrognole, poi riformarsi in un duplicato perfetto di Nikki Zinder. Il vecchio scienziato non poteva far nulla, ragion per cui se ne stette a guardare mentre Trelig saliva nervosamente sul disco e gettava la pistola a Ben Yulin. Mentre Trelig si dissolveva e alcuni secondi più tardi cominciava a trasformarsi nella guardia, Yulin pensò quanto sarebbe stato facile ucciderlo. Zinder sembrò captare i pensieri del giovanotto e disse, nel tono adolescenziale di Nikki: — No, Ben, non puoi! È l'unico che sa come fare per lasciare il pianeta!

Yulin sospirò, rendendosi conto di quanto vera fosse quell'affermazione e accettandola nonostante tutto. Si ritrovò a pensare che anche le sentinelle robot erano state trasportate, altrimenti gli occupanti di Topside, dei livelli superiori, che non fossero succubi dell'effetto della spugna, ormai se ne sarebbero andati con l'altra astronave.

Poi gli venne da ridere davanti alla metamorfosi di Trelig. Organi sessuali maschili su un corpo dall'aspetto estremamente femminile. Trelig scese dal disco, annuì soddisfatto e si riprese la pistola dalle mani di Yulin. Repentinamente Ben venne colto dalla sgradevole sensazione che non c'era nulla che potesse impedire a Trelig di ucciderlo, non sarebbe stato in grado di farci niente. Tutto teso, sia per l'imminenza della metamorfosi sia per l'improvvisa, raccapricciante sensazione della morte imminente, salì sul disco, osservò il piccolo braccio muoversi sopra di lui e sentì una specie di brivido caldo scorrergli lungo il corpo. Quindi ebbe l'impressione che il laboratorio e i suoi occupanti si dissolvessero, per poi riapparire. Si rendeva conto che probabilmente erano trascorsi diversi secondi fra un lampeggio e l'altro, ma la sensazione non era spiacevole.

Sotto gli occhi di Zinder e di Trelig intanto un duplicato esatto di Mavra Chang si materializzava dov'era stato Ben Yulin. Il nuovo personaggio fissò la pistola di Trelig con palese ansia, poi sospirò e scese dalla piattaforma che sembrava adesso molto più alta.

— Incredibile! — bisbigliò Trelig. — Ti muovi addirittura come lei. Sembri proprio una gattina.

— Adesso andiamoci a occupare delle guardie — disse Yulin con la voce pastosa ed esotica di Mavra.

Le guardie erano decedute in un breve momento d'estrema sofferenza, quantomeno a giudicare dall'espressione dei volti.

— Ricordati di non toccare niente — lo avvertì Yulin. Sfilò con cautela la pistola dal fodero di una guardia, l'esaminò, la ripulì sopra la divisa di un altro corpo esanime e la porse a Yulin il quale si limitò a un cenno d'assenso. Quasi subito trovarono l'intercom, ancora collegato con Topside. Era posizionato su STANDBY e dal ricevitore usciva solo un leggero sibilo.

Yulin fissò Trelig. — Pronto? — domandò.

Il consigliere, che adesso aveva l'aspetto di una delle sue guardie, lo prese e lo spostò su RECEIVE.

Per un paio di minuti non successe nulla, poi percepirono una voce molto flebile.

— Underside! Rispondete! Che cosa sta succedendo laggiù? — sollecitò la sottile voce nasale di una delle guardie. Trelig sospirò e disse a Yulin: — Ho l'impressione che potremo scoprire già adesso se il trucco sta funzionando. — Premendo il pulsante SEND disse: — Sono Renard. Stavo portando giù da Trelig i prigionieri Mavra Chang e Nikki Zinder quando è scoppiato tutto quel pandemonio. Li hanno presi, li hanno presi tutti, ma a caro prezzo. Io e i miei prigionieri siamo i soli rimasti quaggiù. Anche il vecchio scienziato non c'è più. Hanno mentito a proposito della spugna.

Seguì un lungo silenzio e per un attimo Trelig temette che non avessero abboccato, ma poi la voce da Topside tornò con un tono stanco e sconfitto. — Ricevuto, Renard. Ma se Chang e la ragazza sono *laggiù*, chi sono quelli che se ne sono andati con l'astronave? Marta ha detto...

Trelig cercò di ragionare il più in fretta possibile. — Ricordo che su quell'astronave c'era un equipaggio di Nuova Harmony. Secondo me si sono lasciati prendere dal panico e hanno tentato la fuga.

Non esisteva altra spiegazione logica, e quindi fu accettata.

— D'accordo — fu la risposta. — Sali e portati dietro i prigionieri. Dobbiamo decidere sul da farsi. — Non c'era più entusiasmo; senza la spugna, sapevano che cosa sarebbe fatalmente accaduto.

— Passo e chiudo — disse Trelig, riportando l'apparecchio in posizione di STANDBY. — L'avvenimento va festeggiato — commentò rivolgendosi al complice.

Yulin era sempre preoccupato. — Questo è solo l'inizio — ricordò. — Dobbiamo ancora risalire ed entrare in qualche modo in quell'astronave. — All'improvviso fu colto da una folgorazione. — Sull'astronave ci sono provviste d'acqua e di viveri per una lunga permanenza?

Trelig annuì. — Certamente. Probabilmente ci vorrà un po' di tempo per dare un'occhiata accurata a quello strano pianeta là fuori. Quando i drogati se ne saranno andati, potremo intavolare una trattativa via radio con i delegati superstiti.

"E poi cosa?" si domandò Yulin, considerando che fino a quel momento avevano proprio avuto fortuna.

— Assicuriamoci che Obie non venga manomesso in alcun modo durante la nostra assenza — ricordò Trelig mentre tornavano nella sala di comando.

Yulin premette i codici. — Obie?

— Sì, Ben?

— Innanzitutto, non appena saremo nella cabina che ci porterà a Topside, archivierai tutte le transazioni sotto il mio codice personale. Chiaro?

— Sì, Ben.

Trelig rifletté qualche istante. — Poi come faremo a rientrare? Lui ci riconosce solo come Renard e Mavra Chang. Se quella Chang è sopravvissuta, avrà accesso a Obie qualora riuscisse a tornare qui. Non sappiamo se là fuori sono riusciti a procurarsi un qualsiasi veicolo spaziale.

Yulin a questo non aveva pensato: era improbabile che Mavra Chang fosse sopravvissuta, e degli altri due non si preoccupava perché ci avrebbe pensato la spugna ad ucciderli comunque, ma fino a quel momento era scivolato tutto talmente liscio che prima o poi qualche difficoltà sarebbe certamente arrivata.

— Cosa ne dici di una parola in codice o di una sequenza? — gli propose. — A quel punto uno di noi dovrebbe essere qui, non importa sotto quale forma.

Trelig annuì. Non si preoccupò di chiedere perché non entrambi; non gli andava l'ipotesi di dover dipendere interamente da Yulin e non erano ancora usciti dal pericolo. — Ma quale codice? — domandò.

Yulin sorrise. — Credo di conoscerne uno. Ma che ne facciamo di Zinder? È preferibile che nessun altro ne sia a conoscenza.

Trelig annuì, poi puntò di nuovo la pistola verso il duplicato di Nikki Zinder che rispose implorando: — No, basta, per favore! — Ciò nonostante Trelig fece fuoco e la ragazza, che ragazza non era, si accasciò al suolo.

— Sempre cinque minuti, come l'altra volta — avvertì Antor Trelig. — Sbrigati!

Yulin si voltò verso il pannello. Sia lui che Gil Zinder erano stati degli uomini alti e lo schema dei comandi era stato predisposto alle loro altezze. Ma adesso Yulin-Mavra era molto più piccolo, per cui dovette far acrobazie per raggiungere alcuni pulsanti.

— Obie?

— Sì, Ben?

— Questo è un file aperto, non in chiave — disse al computer. — Mentre schedi le precedenti transazioni, dovrai energizzarti nel modo DEFEND. Tutti i sistemi saranno chiusi e bloccati, e tu ucciderai chiunque cercherà di entrare in questa area dal punto centrale del ponte. Riesci a udire la voce di chi parla dal centro del ponte?

Obie esitò un attimo a rispondere. — Sì, Ben. Forse dovresti parlare più forte.

Yulin accondiscese. — D'accordo, allora rimarrai in DEFEND finché qualcuno non arriverà nel centro del ponte con le mani alzate sopra la testa, il palmo ben visibile. Mentre ce ne andremo, lascerò un piccolo segno sul ponte. In prossimità di quel segno questo individuo dovrà dire: "Non esiste altro Dio al di fuori di Allah e Maometto è il suo profeta". Inteso?

Trelig ridacchiò. — Le vecchie abitudini sono dure a morire, è vero? — Ma quel codice gli piaceva, facile da ricordare, ed era assai improbabile che qualcuno dicesse proprio quelle parole, accompagnandole con i gesti appropriati, a meno che non ne fosse a conoscenza.

— Ho capito Ben.

Il giovane scienziato interruppe il collegamento ed entrambi aspettarono che Zinder rinvenisse. Ci vollero quasi sei minuti, dato che l'effetto variava da individuo a individuo. Zinder si muoveva come un automa, come se tutto il suo corpo fosse ancora addormentato, ma l'effetto non tardò a svanire.

— Andiamo — disse Yulin e i tre si accinsero ad attraversare il ponte. Più o meno a metà strada, Yulin sistemò la pistola sulla posizione di PIENA CARICA e fece fuoco contro la parete che si ergeva sopra l'abisso. Si trattava di un materiale molto duro e resistente, tuttavia lo sparo produsse una brutta scalfittura certamente visibile, ma come tante altre provocate dalle sparatorie precedenti.

Il terzetto proseguì, entrò nella cabina e si sistemò. Trelig premette il pulsante, la porta si chiuse e l'abitacolo cominciò l'ascesa verso Topside.

Contemporaneamente, all'interno di Obie i circuiti si aprirono e si chiusero, l'energia cominciò a fluire e Obie si predispose nel programma DEFEND, ma non riusciva a ricordarsi come interromperlo. Il che l'infastidiva. L'ultima cosa che ricordava era Yulin al pannello dei comandi e le guardie che morivano per la spugna avvelenata.

Un vero mistero! Poco dopo tornò alla sua principale occupazione, quella di cercare di disinserirsi dal grande computer del Mondo del Pozzo e, se non ci fosse riuscito, di creare una specie di collaborazione.

Sarebbe stato un lavoro lungo, e anche molto duro.

Teliagin, emisfero meridionale, il Mondo del Pozzo

Mavra Chang si era appisolata, nonostante i buoni propositi. Quando la tensione si allenta, provoca uno stato letargico quasi impossibile da combattere. All'improvviso, si svegliò di soprassalto e si guardò attorno, la vista ancora annebbiata. Capì ciò che era accaduto e se ne disse di tutti i colori, ma soprattutto era preoccupata per il motivo che aveva provocato quel brusco risveglio.

Nikki e Renard, sdraiati sull'erba, stavano ancora dormendo e sembravano pienamente appagati. Con un certo nervosismo Mavra ricorse all'udito, alla vista e all'olfatto per capire che cosa avesse interrotto il suo sonno.

Avvertiva un vento caldo che spingeva le nuvole bianche attraverso il cielo azzurro mentre le arrivava il fruscìo delle cime degli alberi e i ronzii d'uccelli e insetti sconosciuti. Dall'altra parte della radura giungevano i suoni lontani di animali in grande agitazione. Riconosceva i segnali: stava arrivando qualcosa, qualcosa che gli abitanti della foresta consideravano un pericolo, o un intruso, o entrambe le cose. Si voltò verso i due che dormivano e diede una bella scrollata a Renard, ma l'uomo non si mosse.

— Svegliati! — gli urlò Mavra con uno strattone più energico. — Fra breve avremo compagnia!

Insieme svegliarono Nikki, impresa ancor più difficile, e Mavra cominciò a riflettere sul da farsi.

— Dobbiamo allontanarci da qui — annunciò. — Subito! Mi piacerebbe vedere chi arriva, prima che sia lui a scoprirci.

Renard e Nikki si alzarono e la seguirono nel bosco poco distante.

— Se hanno riconosciuto il nostro modulo d'atterraggio, ci stanno cercando — disse Mavra. — Voglio vedere contro chi dovremo combattere. Statevene nascosti nella vegetazione. Io tornerò indietro a dare una rapida occhiata.

— Fa' attenzione — le raccomandò Renard, con autentica preoccupazione nella voce.

Mavra lo rassicurò, lieta dell'interessamento e sgattaiolò verso la radura. Chiunque o qualsiasi cosa si stesse avvicinando, doveva avere misure gigantesche.

Sembrava addirittura che la terra si fosse messa leggermente a tremare.

Diede un'occhiata da dietro un cespuglio e ciò che vide la lasciò senza fiato. Si aspettava praticamente di tutto, ma non la cosa che stava avanzando nella sua direzione.

Era enorme, alto fra i tre e i quattro metri, con spalle e muscoli incredibili. Il petto e le braccia avevano una colorazione leggermente rossastra, da umanoide: proprio così, una specie di culturista. La faccia era enorme e bruttissima, a forma di uovo, con un naso largo e piatto, le narici dilatate e una bocca atteggiata in una permanente smorfia di rabbia, caratterizzata da due zanne lunghe e appuntite che spuntavano dagli angoli. Le orecchie larghe assomigliavano vagamente a conchiglie, sebbene in cima fossero appuntite. Sopra la testa c'era una criniera di capelli corvini che formavano una punta in mezzo a due temibili corna affusolate lunghe circa un metro.

Ma era soprattutto l'occhio ad attirare l'attenzione. Posizionato proprio sopra il naso e in mezzo alla fronte, sembrava un enorme occhio umano ma, a un'osservazione più accurata, appariva segmentato come se si trattasse in realtà di una somma di occhi sormontati da un'unica palpebra.

Dalla vita in giù la creatura era ricoperta da un fitto pelo rossastro mentre le possenti gambe muscolose terminavano in unghioni da elefante. Indossava un unico indumento, una specie di sudicio perizoma bianco attorno ai genitali, che a stento nascondeva l'organo sessuale maschile proporzionato alla maestosità della figura. Si avvicinava ringhiando con andatura decisa, come se non temesse nulla, più spaventoso di qualsiasi belva che Mavra avesse mai visto.

A un certo punto si fermò e annusò l'aria, guardandosi prima da una parte, poi dall'altra. La donna, temendo che potesse localizzare il suo odore, quasi inconsciamente si ritrasse, arrotolandosi su se stessa, chiedendosi chi mai sarebbe stato in grado di misurarsi con successo contro un simile mostro.

Poi si accorse di uno strano particolare. La creatura portava attorno al braccio destro un cinturino di pelle a cui era attaccato una specie di orologio a molla.

Per la prima volta Mavra capì di avere di fronte una delle razze dominanti di quello strano posto.

Il corso del vento deviò leggermente e la creatura, dopo aver dato l'impressione di aver perso l'odore che stava cercando di localizzare, riportò la sua attenzione al modulo dei naufraghi spaziali. Per un attimo se ne rimase lì, come se fosse indeciso sul da farsi, poi si avvicinò non con prudenza ma con grande spavalderia. Era palese che quell'essere straordinario non sapeva cosa fosse la paura.

La creatura, alta quasi come il modulo, fissò a lungo l'oggetto alieno, come incuriosito. Poi diede un'occhiata all'interno del boccaporto aperto e cercò d'infilarsi dentro. Dopo svariati inutili tentativi il mostro lanciò un rauco ruggito di rabbia e batté il pugno della mano sinistra contro il palmo della destra, in un gesto molto umano di frustrazione.

In quel momento apparve un secondo ciclope che indirizzò cavernose grida all'indirizzo dell'altro. Nonostante i suoni gutturali, simili a quelli di un animale, Mavra capì che si trattava di una specie di linguaggio. Gli animali non usano né hanno bisogno di orologi da polso.

Il nuovo venuto si avvicinò e Mavra ebbe l'impressione di udire altri grugniti in lontananza. Erano atterrati, fortunatamente, in una zona non molto popolata, ma adesso l'ambiente si andava facendo sempre più affollato.

Il secondo energumeno si avvicinò al primo e cominciò a vomitare tutta una serie di versacci, accompagnandoli con la debita gestualità. Il primo, leggermente più alto e robusto, rispose a suo modo, additando il modulo, il boccaporto aperto e disegnando nell'aria ampi cerchi.

Dopo un po' arrivò un terzo individuo, e un quarto e un quinto. Mavra notò che ce n'erano due che appartenevano al sesso femminile ed erano di quasi un metro più basse degli altri. A differenza dei maschi, non sembravano muscolose. Avevano le gambe relativamente tozze e ricurve e dei piccoli seni compatti. Non avevano neppure le corna, però le zanne erano addirittura un po' più lunghe. Forse avevano anche la voce più acuta ma, tra grugniti, mugugni e urla era difficile rendersene conto.

Anche una delle femmine portava un orologio e altri, un maschio e una femmina, ostentavano delle specie di gioielli realizzati con ossa che pendevano dalle orecchie e dal collo. Forse, pensò Mavra, erano il distintivo di una tribù o di una casta particolare.

A un certo punto il primo colosso lanciò un ruggito tale da far precipitare nel panico gli uccelli in un raggio di trecento metri, poi fece dei cenni significativi agli altri i quali cercarono di sollevarlo in cima al modulo, che aveva però la superficie troppo scivolosa. A quel punto cambiarono tattica: cominciarono a spingere il modulo, in modo cadenzato, mentre il ciclope più grande batteva il tempo. Il modulo ondeggiò un paio di volte e alla fine si adagiò su un fianco. Una delle donne allora ci incuneò sotto un grosso masso per tenerlo sollevato. Il solito colosso grugnì la sua approvazione e guardò incuriosito attraverso il boccaporto aperto che adesso era più o meno all'altezza dell'unico occhio, ci infilò un braccio e, con gran rumore di ferraglie, tirò fuori un sedile strappato dalle zanche del pavimento. Tutti rimasero a guardare il reperto con palese curiosità, cercando di immaginare, pensò Mavra, le dimensioni delle creature che avevano potuto trovar collocazione in quel ridicolo abitacolo.

Pensò anche che sarebbe stato inutile indugiare ulteriormente e riparò verso la boscaglia. Se il vento fosse cambiato, avrebbero fiutato il suo odore, e non era certo un'allettante prospettiva. Quei colossi erano dotati d'intelligenza e il loro numero si stava rapidamente infoltendo. Chissà di che cosa si cibavano.

Fu Nikki ad avvistarla. — Da questa parte! — le gridò, e Mavra si lasciò guidare dalla sua voce.

— Mavra! Grazie al cielo! — esclamò Renard sinceramente preoccupato, stringendola fra le braccia. — Abbiamo sentito un gran chiasso e non sapevamo che cosa fosse successo!

La donna raccontò dei ciclopi, lasciandoli senza parole.

— Dobbiamo andarcene da qui al più presto — continuò. — Hanno già capito che siamo nei paraggi.

— Ma... ma dove? — domandò Nikki. — Senza accorgercene potremmo capitare addirittura in uno dei loro insediamenti.

Mavra rimase a pensare. — Aspetta un attimo. Questo mondo non è tutto omogeneo a giudicare da quanto abbiamo avuto modo di vedere prima che gli schermi dell'astronave si spegnessero. Verso est c'era anche un oceano e delle montagne, ricordate, e mi sembra impossibile che queste creature possano vivere in un simile contesto.

— Ma da che parte è l'est? — le domandò Renard.

— La rotazione di un pianeta va generalmente da ovest a est — gli ricordò Mavra. — E quindi il sole sorge a est e tramonta a ovest. Dal momento che adesso è sera e il sole sta laggiù, direi che l'est è da questa parte. — Puntò il dito in quella direzione e disse: — Andiamo.

Non avevano comunque altra scelta.

— Sarà opportuno costeggiare la boscaglia il più a lungo possibile — raccomandò Mavra — così per quei bambinoni sarà difficile seguirci.

Così andarono avanti per qualche tempo, praticamente senza parlare perché sembrava che ci fosse ben poco da dire. Nikki, a causa della sua mole, era quella più in difficoltà ma, tutto sommato, se la cavava abbastanza bene. Solo una cosa l'angustiava.

— Sto morendo di fame — diceva a ogni sosta.

Anche Renard stava cominciando ad avvertire i primi morsi allo stomaco. Il sole si abbassava sempre più e le ombre diventavano più fitte. — Quei piccoli animali che si vedono tra gli alberi potrebbero fare al caso nostro. Ho ancora la pistola — propose.

— D'accordo, provaci — disse Mavra. — Ma limitati a tramortirli, senza far fuoco. Non è certo il momento di provocare un incendio nella foresta.

Quasi evocata da quei discorsi, una bestiola sfrecciò fra i cespugli. Bassa e lunga quasi un metro, aveva il muso appuntito, folti baffetti e occhietti vivaci da roditore.

Renard caricò l'arma e la puntò in direzione di una radura dove presumibilmente l'animale sarebbe uscito allo scoperto. Apparentemente ignara del pericolo, la vittima predestinata spuntò nel punto previsto. Renard premette il grilletto per tramortirla.

Non successe nulla.

L'animaletto si girò verso di loro, batté furiosamente i denti in una specie d'insulto, poi sparì nel buio.

— Cosa diavolo succede? — gridò costernato Renard fissando la pistola per sincerarsi che fosse perfettamente a posto. — Completamente scarica! — esclamò al colmo dello stupore. — Eppure non ricordo che lo fosse! — Fece per gettar via l'arma ma Mavra lo fermò appena in tempo.

— Tienila — gli disse. — Qui neppure la nostra astronave funzionava più. Forse è così per tutte le macchine. Magari la pistola ci servirà quando raggiungeremo il mare. E poi, nessuno sa che è scarica. Potremmo sempre far finta di essere armati.

Renard rimise la pistola nel fodero senza obiettare.

— Temo proprio che dovremo andarcene a letto con la fame — disse. — Mi rincresce, Nikki.

La ragazza sospirò, ma non disse nulla.

— Troverò qualcosa domani, lo prometto — dichiarò Mavra, anche se con scarsa convinzione. Le era già capitato di tirarsi fuori da pasticci impossibili; a un certo punto, un avvenimento straordinario sistemava le cose. Era una tipica *survivor*.

— Passeremo la notte qui — disse. — Non possiamo accendere un fuoco, è troppo pericoloso, quindi io farò il primo turno di guardia. Quando non ce la farò più, ti sveglierò, Renard. E tu farai lo stesso con Nikki.

A nulla valsero le proteste dei compagni, Mavra aveva assunto il comando, non si lasciò convincere. — Stavolta non mi addormenterò — promise.

Si sistemarono alla meglio. Solo Mavra era vestita in modo funzionale. Nikki, che indossava soltanto la tunica impalbabile e i sandali di Nuova Pompei, si era sbarazzata di quegl'indumenti che a suo dire le davano fastidio, e così aveva fatto Renard. Mavra, per non lasciare tracce, aveva deciso di sotterrare i sandali, ma li aveva però obbligati a portarsi dietro la garza bianca delle tuniche come protezione contro l'umidità del terreno.

Quando i due si furono sistemati per la notte, Mavra tirò fuori i congegni che teneva nascosti nello speciale scomparto degli stivali e cominciò a esaminarli a uno a uno. Senza il generatore d'energia non sarebbero serviti a molto e il generatore, come c'era da aspettarsi, non funzionava. Abbandonò il progetto.

L'oscurità cominciò a calare come un lenzuolo nero, e gli occhi di Mavra passarono agli infrarossi.

Nikki si era addormentata quasi immediatamente, ma Renard continuava a rigirarsi; a un certo punto si mise a sedere.

— Che cosa c'è? — gli sussurrò la donna. — Troppe emozioni per una giornata?

L'uomo le si avvicinò. Mavra, con il suo abbigliamento scuro, sembrava quasi invisibile.

— No, non si tratta di questo — le fece di rimando. — Stavo solo pensando e vagliando certe sensazioni. Sta cominciando a prendermi.

— La situazione?

— No — rispose Renard con voce atona. — Sto soffrendo moltissimo, una sorta di dolore che si va diffondendo in tutto il corpo.

— Con continuità? — domandò preoccupata Mavra.

L'uomo scosse il capo. — No, a ondate. Stavolta me

la vedo proprio brutta. Non so se la stessa cosa stia già capitando a Nikki, ma prima o poi succederà. — Tacque per un attimo, poi lasciò che le parole fluissero liberamente, quelle parole che prima o poi avrebbero dovuto comunque venir fuori.

— Stiamo morendo, Mavra — annunciò.

La donna accettava il dato di fatto, ma non la sua ineluttabilità. Per lei la spugna rappresentava un concetto astratto, e in verità si era quasi dimenticata del problema.

— Che cosa succederà, Renard? — domandò. — E quanto ci vorrà?

L'uomo sospirò. — Be', le cellule cerebrali sono le prime ad andarsene. A ogni piccolo attacco, si perdono parte delle cellule del corpo e del cervello. È una specie di esaurimento progressivo, più doloroso di una morte. Ho già visto altri finire così. Conservi ancora la memoria, ma diventi sempre più incapace di servirtene. È come istupidirsi ogni giorno di più. La durata del processo varia da individuo a individuo ma, in linea di massima, si perde il dieci per cento delle capacità ogni giorno, e questo non si recupera più, anche se si ricomincia in seguito ad assumere la spugna. Un tempo ero intelligente. Sai, mi occupavo addirittura di insegnamento, ma adesso sono sicuro che sta succedendo qualcosa. Le mie facoltà intellettive di oggi sono inferiori a quelle di ieri. Se si possiede un QI attorno ai 150, allora è facile calcolare il tempo che ti resta.

Mavra lo calcolò. Se ieri Renard poteva contare su una capacità di 150, e attualmente questa capacità era ridotta a 135, sarebbe calata a 122 domani, 110 il giorno dopo, e a quel punto avrebbe avuto inizio il decadimento vero e proprio. Da 110 a 99, da 99 a 89. Lentamente ma inesorabilmente. In quattro giorni. Poi 80 in cinque, 72 in sei... quoziente da ritardato mentale. 65 in una settimana, con livelli intellettivi e motori pari a quelli di un bambino di tre anni. E poi un automa, una specie di animale... la paralisi.

— E per quanto riguarda Nikki? — domandò Mavra.

— Ci vorrà meno tempo, ne sono sicuro. Forse un giorno o due in meno perché raggiunga il punto critico — rispose Renard.

Mavra s'immerse nei suoi pensieri. Una settimana, non di più, forse di meno. Si chiese cosa si prova con la consapevolezza di una morte imminente. Renard era davvero convinto che una cosa simile potesse accadere proprio a lui?

Con dolcezza sfiorò il braccio di Renard che le si fece più vicino. Poi, con mossa fulminea, gli iniettò nella cute una dose massiccia di liquido ipnotico. Dopo un sussulto, l'uomo sembrò perdere qualsiasi capacità di reazione.

— Renard, stammi a sentire — gli ordinò la donna.

— Sì, Mavra — le rispose lui con la vocetta di un bambino.

— Adesso dovrai aver completa fiducia in me e farai ciò che ti dico senza obiettare — proseguì. — Ti sentirai forte e in perfetta forma, e non avvertirai più nessun dolore, nessun turbamento provocato dalla spugna. Mi segui?

— Sì, Mavra — ripeté lui sempre con voce atona.

— E non penserai più alla spugna. Non penserai che stai per morire. Quei pensieri non entreranno più nella tua mente. Ogni mattina, al risveglio, non ti accorgerai di essere diverso da quello che sei sempre stato, e neppure rileverai alcuna differenza in Nikki. Mi hai capito?

— Sì, Mavra.

— Allora d'accordo. E adesso torna dov'eri, stenditi e goditi un bel sonno rilassante, senza incubi, e ti sveglierai in ottima forma senza ricordare nulla di questa conversazione. E ora ubbidisci!

Renard si liberò dalla stretta e tornò dov'era stesa la sua tunica. Si sdraiò e in pochi secondi era profondamente addormentato.

Ovviamente Mavra sapeva benissimo che lo stato ipnotico non sarebbe durato per sempre. Di tanto in tanto avrebbe dovuto rinnovarlo. E doveva ripetere il trattamento con Nikki, togliendole anche quell'ossessionante desiderio di cibo.

Ma se ciò avrebbe reso più facile il suo compito, il decadimento fisico dei suoi compagni sarebbe continuato e alla fine lei non sarebbe più stata in grado di controllarli. La situazione avrebbe potuto trascinarsi per sei giorni al massimo. Si lasciò prendere dallo sgomento. Doveva pur esserci qualcuno in questo pazzo mondo che potesse e volesse aiutarli...

Sei giorni.

Si accostò pian piano a Nikki Zinder.

Zona Polare Sud,
Il Mondo del Pozzo

Sembrava lo studio di un dirigente d'azienda. Su tutte le pareti spiccavano mappe, cartine e diagrammi. Era arredato con mobili dall'aspetto inconsueto fra cui una scrivania a forma di U che nascondeva un gran numero di comandi, il necessario per scrivere, ogni sorta di apparecchiature per la comunicazione. Nel cassetto a sinistra era custodita anche una pistola di foggia strana.

Ma la creatura seduta dietro la grande scrivania, china su una serie di mappe sparse, non era un essere umano nella comune accezione del termine, pur tenendo un comportamento strettamente professionale.

Di umano aveva il torace, color cioccolato, incredibilmente ampio con le costole messe in modo tale da formare, con i muscoli pettorali, dei riquadri in rilievo. Anche la testa, di forma ovale, era marrone scuro e priva di capelli. Dei baffi enormi da tricheco, assolutamente bianchi, spiccavano sotto il naso largo e appiattito. Sei braccia, disposte a tre a tre, si dipartivano a coppia dal torace, posizionate, a eccezione della coppia superiore, dentro incavi snodati simili a quelli di un granchio. Sotto il torace il corpo finiva in un'innumerevole serie di scaglie giallastre e maculate che terminavano in una specie di coda da serpente. Alla massima distensione, quel corpo da rettile avrebbe facilmente superato i cinque metri.

La creatura si stava servendo della coppia inferiore di braccia per tenere distesa una mappa dell'emisfero meridionale del Mondo del Pozzo. A quanto pareva, si trattava di un assieme ordinato di esagoni perfettamente identici riprodotti in nero e coperti da una varietà di colori per indicare la topografia e le aree coperte dal mare. Mentre le braccia inferiori tenevano aperta la mappa, il braccio sinistro in alto depennava i vari esagoni con una grossa matita mentre la mano superiore destra buttava giù annotazioni su un taccuino, con un'altra matita.

La mano sinistra mediana premette un intercom laterale.

— Sì, signore — rispose educatamente una voce femminile.

— Ho bisogno di proiezioni ravvicinate degli esagoni dodici, ventisei, quarantaquattro, sessantotto e duecentoquarantanove — disse alla segretaria con una profonda voce baritonale. — Chiedi anche all'ambasciatore czilliano di mettersi in contatto con me al più presto. — Subito dopo la creatura spense l'apparecchio, riprese a studiare la mappa e cercò di concentrarsi. Nove sezioni in totale. Nove. Perché quella scoperta gli ricordava vagamente qualcosa?

Si sentì un ronzio. Fece scattare l'intercom sulla sua destra. — Serge Ortega — rispose brusco.

— Ortega? Gol Miter, Shamozian — disse una voce sibilante che, come Ortega sapeva, proveniva da un apparecchio di traduzione.

— Sì, Gol? Cos'è? — Diede una rapida occhiata alla mappa. Oh sì, le tarantole di tre metri di diametro. "La memoria è la prima cosa ad andarsene" disse mestamente fra sé e sé.

— Disponiamo di una descrizione del nuovo satellite. Artificiale senza dubbio. I rilievi effettuati dai telescopi della Zona Settentrionale sono davvero fantastici. Abbiamo effettuato delle spettroanalisi. L'atmosfera è del tipo standard dell'emisfero meridionale, molto ricca di azoto e di ossigeno, con una massiccia presenza di vapor acqueo. I rilevamenti e il materiale a nostra disposizione sono assolutamente in sintonia. La cosa è divisa a metà da una specie di bolla fisica, non energetica, che la sovrasta a due o tre chilometri sopra la superficie. Questo è il motivo per cui non siamo stati in grado di rilevare molti dettagli. Troppa distorsione. Dappertutto materiale verdastro, simile a vegetazione, e dei contorni molto imprecisi che potrebbero essere edifici. Come se qualcuno si fosse costruito laggiù la sua città-mondo privata.

Serge Ortega si mise a pensare. — E cosa mi dici dell'altra metà?

— Non molto. Rocce aspre, risultato della solita metamorfosi geologica. Probabilmente l'unica parte che è rimasta dell'originale. Però c'è un punto, a metà strada fra l'equatore e il polo sud, che fa eccezione: qui si trova un oggetto enorme, luminoso, a forma di disco che deve essere stato praticamente costruito sul posto.

Ortega si accigliò. — Un'unità di propulsione?

— Ne dubito — rispose il ragno gigante. — Non sembra che il satellite sia stato costruito per gli spostamenti, e la bolla è certamente munita di un'unità di rinnovamento atmosferico. Qualsiasi traiettoria diversa da un regolare movimento orbitale lo farebbe precipitare. Verso il limite esterno è visibile un punto che emana una notevole quantità d'energia radioattiva e presenta soprattutto uno schema insolito che non sembrerebbe adeguarsi al resto. Si direbbe un portello a tenuta stagna, forse uno spazioporto in forma ridotta.

Ortega annuì, soprattutto a se stesso. — A questo punto direi che i conti tornano. Ma come diavolo è finito lì?

— Be', il disco è posizionato comunque verso la Barriera Equatoriale. O il Pozzo l'ha portato qui oppure sono stati loro a portarsi sul Pozzo, almeno così dicono i nostri scienziati.

A Ortega la cosa non andava a genio. Chiunque cercasse di turbare l'equilibrio del Pozzo turbava la natura più intima della realtà universale. E questo non sarebbe mai dovuto accadere, pensò cupo fra sé e sé, certo che il fatto avrebbe riacutizzato l'ulcera a due dei suoi stomaci.

— Ho la sensazione che quella gente non sappia neppure in che pasticcio si è cacciata — affermò l'uomo-serpente. — È abbastanza chiaro che sono capitati qui, hanno visto il Pozzo, hanno deciso di dargli una controllatina e sono finiti sopra un esagono non tecnologico e hanno perso energia.

All'improvviso ebbe un sussulto. "Nove sezioni! Ma certo!" Imprecò ad alta voce contro se stesso e, dall'intercom, arrivò la voce del ragno gigante: — E questo cos'era? Non riesco a decifrare.

— Oh, nulla — borbottò l'uomo-serpente. — Sto solo imprecando perché sono diventato vecchio e assolutamente fuori di testa.

— Sfogarsi ogni tanto non può fare che bene — commentò scherzosamente il ragno. — Perché? Che cosa ti è frullato per la testa?

— All'alba della preistoria, quando ero solo un Tipo 41 sulla mia terra natale, guidavo delle astronavi — gli spiegò Ortega. — Per guadagnarmi da vivere, ecco perché. Quegli apparecchi erano dotati di un meccanismo a salvaguardia di una completa perdita d'energia nell'atmosfera.

— Proprio così! — esclamò Gol Miter. — Dimenticavo che eri un Arrivo. Accidenti, sei più vecchio di me! All'epoca eri un pirata, non è vero?

Ortega tirò su con il naso. — Ero un opportunista, signore! Esistono solo tre tipi di persone nell'universo, a prescindere dalla razza o dalla costituzione. Furfanti, ipocriti o pecore. Ho orgogliosamente scelto di rientrare nella setta dei furfanti.

Seguì il suono tradotto di una risatina. Ortega si chiese come doveva essere in realtà la risata di un ragno gigante.

— Okay — replicò il ragno — così eri un pilota e le tue

astronavi erano dotate di un meccanismo di salvataggio, esatto?

— Per la precisione, in caso di necessità si scomponevano in una serie di settori — spiegò Ortega. — Nove per l'esattezza, in modo da poter sistemare tutti gli occupanti e da far sì che i paracadute, attivati a pressione, fossero in grado di sostenere il peso. *Nove*, Gol!

Il ragno si fermò su quest'ultima esclamazione. — Proprio come quelli che sono venuti a farci visita, esatto? Be', coincide! Sei sicuro di averli schedati tutti. Non potrebbero esserci dei pezzi non registrati?

— Sai benissimo che la mia rete di spionaggio è la migliore di tutto il Mondo del Pozzo — precisò Ortega con orgoglio. — Vuoi sapere con chi è in questo momento la tua quarta moglie?

— Lascia perdere, lascia perdere! — lo liquidò Gol Miter con una risatina. — Così sono nove. Pura coincidenza?

— Può darsi — ammise Ortega — ma forse no. In caso positivo, sono Tipi 41. Ho ottenuto descrizioni approssimative di tre delle sezioni. Due sono compartimenti non ben identificati, nulla che valga la pena di prendere in considerazione. Uno però ha una forma arrotondata, simile a quella di un proiettile. Se si tratta di un'astronave del Tipo 41, quello è il modulo di comando, ovverosia dove sta il pilota... o dove stava...

— Dov'è scesa l'astronave? — chiese il ragno.

Ortega diede un'occhiata alla cartina mentre gli occhi s'illuminavano d'eccitazione. Che scemò tuttavia quasi subito quando vide la probabile locazione.

— Si direbbe a venti chilometri circa all'interno di Teliagin, il che non promette nulla di buono. Se quei selvaggi dovessero trovarli, li mangerebbero subito.

Dalla voce del ragno traspariva una certa preoccupazione. — Non possiamo permetterlo. Hanno un'ambasciata qua da noi?

— No — rispose Ortega. — Vengono solo di tanto in tanto per certi scambi commerciali. Si tratta di un esagono non tecnologico, ragion per cui tutto è decisamente limitato. Per la maggior parte sono nomadi che si spostano per i pascoli. Pastori. Mangiano le loro pecore, crude e a grandi morsi, solitamente quando sono ancora vive.

— Be', andrò a vedere se c'è qualcuno — disse Miter. — Ma in caso contrario, che cosa si fa? Dobbiamo assolutamente metter le mani su almeno uno di loro, Serge! Solo così potremmo scoprire cosa diavolo sta succedendo da queste parti!

Ortega, dopo aver espresso il suo accordo, si rimise a studiare la mappa. Teliagin si trovava vicina alla Barriera Equatoriale e così la sua nativa Ulik, ma era troppo lontana perché chiunque potesse arrivarci in tempo. Diede un'occhiata ai due esagoni vicini, scartandone prima uno, poi l'altro. Lo sguardo passò ad altri due esagoni più lontani, a sud e a est. Lata! Quella poteva essere la soluzione. Comunque non sarebbe stato facile. I Lata potevano volare, naturalmente, e l'atmosfera di Kromm era sufficiente, ma quanto ci sarebbe voluto? Due giorni, forse? E prima di trovarli? Era possibile che i Teliagin aiutassero i Lata oppure che se li mangiassero senza pensarci sopra, ragion per cui non era assolutamente il caso di chiedere istruzioni.

Be', o così o niente.

— Ascolta, Gol, tu continua a lavorare sul terminale di contatto e fa' in modo che quegli studi sul satellite continuino ad arrivare — disse al ragno. — Nel frattempo cercherò di mettere assieme una specie di pattuglia di soccorso, se riesco. Speriamo di arrivare lì prima dei Teliagin.

L'uomo-serpente con sei braccia interruppe il contatto e aprì di nuovo l'intercom. — Jeddy? Ancora nessuna notizia da Czill?

— Nossignore — rispose la segretaria. — L'ambasciatore non è atteso fino alle 17. Tieni presente che non tutti vivono nel proprio ufficio.

L'uomo-serpente si acciglò. Di tutti gli ambasciatori, lui era il solo intrappolato nella Zona Sud. Non poteva mai allontanarsi, mai tornare a casa. Era il prezzo che aveva dovuto pagare. Se le cose avessero dovuto seguire il loro corso naturale, sarebbe già morto di vecchiaia almeno due secoli prima. Ciò non era successo grazie a un astuto espediente effettuato su Magren, un esagono dove era possibile una specie di "magia", dove gli abitanti riuscivano in qualche modo a sfruttare il potenziale del computer del Mondo del Pozzo per sfidare certe leggi. Gli avevano dato un corpo giovane e tale era rimasto, ma c'era un aspetto negativo. La magia non funzionava al di fuori dell'esagono in cui era stata realizzata. Le regole del gioco cambiavano 1560 volte sul Mondo del Pozzo, il numero degli esagoni e delle razze che erano laggiù. In alcuni, il computer del Pozzo consentiva una completa crescita tecnologica. In altri la tecnologia era limitata, per esempio, al vapore. In altri, come Teliagin, non funzionava nulla. Le potenzialità, le risorse, persino il contenuto atmosferico cambiavano per ogni esagono ed erano mantenuti stabili dal computer del Pozzo che costituiva il nucleo dell'intero sistema.

Nella Zona Sud funzionava quasi tutto. L'incantesimo della giovinezza qui durava. Salvo svanire alla vista del sole, del cielo e delle stelle: se fosse uscito, la magia sarebbe scomparsa e lui si sarebbe ritrovato immediatamente condannato a un rapido invecchiamento.

— Chiama l'ambasciatore di Lata, Jeddy — ordinò.

Ci vollero un paio di minuti prima che fosse effettuato il collegamento e riferita la chiamata. Rispose una squillante e piacevole voce femminile.

— Qui parla Hoduri. Che cosa posso fare per te, ambasciatore Ortega?

— Sei al corrente della situazione? — le domandò l'Ulik; passò subito ad aggiornare l'interlocutrice con tutte le informazioni necessarie, e concluse: — Hai capito? Siete gli unici in grado di raggiungerli. È un'impresa difficile e pericolosa, ma abbiamo un bisogno disperato di voi.

La Lata rifletté qualche istante. — Vedrò che cosa posso fare e ti richiamerò. Concedimi un paio d'ore.

— D'accordo — le disse Ortega — ma in questa situazione il tempo è prezioso. E se riuscissi a trovare una delle tue cittadine di nome Vistaru e a coinvolgerla nei tuoi piani, sarebbe anche meglio. Essendo un Arrivo dal settore spaziale da cui pensiamo giunga quella gente, probabilmente sarà in grado di fare da interprete. Abbiamo già avuto modo di lavorare assieme. Riferiscile che sono io a chiederglielo e mettila al corrente di tutta la situazione.

— D'accordo, se riuscirò a trovarla — accettò Hoduri. — Nient'altro?

Ortega scosse il capo, pur sapendo che l'altra non era in grado di vederlo. — No, ho solo fretta. Sono in gioco molte vite, forse anche le nostre, se non scopriamo che cosa sta succedendo.

Chiusa la comunicazione, Ortega aveva appena ripreso a esaminare le carte quando l'intercom interzonale sibilò di nuovo. Era l'ambasciatore czilliano, arrivato prima del previsto.

— Pronto? Vardia? Sono Serge Ortega! — tuonò.

— Ortega! — disse l'altro, non esattamente eccitato dalla voce di Ortega come Ortega sembrava esserlo della sua; era l'ambasciatore degli Czilliani, piante mobili asessuate.

— Sai che cosa sta succedendo? — domandò Ortega.

— Ho appena partecipato a una riunione sull'argomento — rispose la creatura-pianta. — Perché? Ti prepari a fare ancora giochetti con qualcun altro?

Ortega si strinse nelle spalle, ignorando la battuta sarcastica. Le piante si duplicavano, cosicché poteva trattarsi di un Vardia diverso anche se tutti avevano la stessa memoria di base. Una volta, tanto tempo fa, aveva giocato un brutto tiro al Vardia originale e gli Czilliani non dimenticano.

— Acqua passata — buttò lì. — Adesso si tratta di ben altro. Abbiamo bisogno che venga immediatamente attivato il Nucleo di Crisi Czilliano presso il Centro. I vostri computer sono i migliori del Mondo del Pozzo e ci serve un coordinatore. Nel problema sono coinvolti diversi esagoni. — In breve spiegò alla pianta la situazione, senza tralasciare i particolari.

— E adesso che cosa pensi di fare? — gli domandò Vardia.

— Ho mandato dei Lata a cercare di recuperare il pilota se è ancora vivo, e soltanto loro possono farlo. Se, e si tratta di un grosso "se", riusciamo a recuperarne uno vivo, sapremo che cosa sta succedendo. Ma non è questo che ci preoccupa in questo preciso momento. Segui la mia esposizione logica e forse capirai.

— Sono tutt'orecchi — rispose Vardia, pur restando dubbioso.

— Ho localizzato nove moduli in totale. Si trovano tutti nel settore occidentale e dispersi secondo uno schema sudoccidentale, così mi sono fatto un'idea di cosa si tratta. Se ci sono riuscito io, potranno farlo anche gli altri. E probabilmente è già successo. Vardia, uno è il modulo motore, intatto! Sono pronto a scommetterci! È assolutamente impensabile poterlo costruire in uno qualsiasi degli esagoni del Mondo del Pozzo. Però il resto può essere fabbricato in diversi posti. Chiunque recuperi le parti di quell'astronave, particolarmente il modulo motore, potrebbe mettere assieme un'astronave in grado di volare. Lanciandola sulla verticale, seguendo l'angolazione e lo schema esatti, riuscirebbe ad andarsene dal Pozzo. Se io ho pensato a tale eventualità, lo avranno fatto anche gli altri. Sto parlando di guerra, Vardia! Guerra! Da queste parti ci sono vari ex piloti e qualcuno sarà certo in grado di farla volare!

Vardia era ancora pieno di dubbi, ma ora soprattutto non voleva affrontare l'idea che quanto stava dicendo Ortega potesse corrispondere alla verità. Ma potevano permettersi di correre un rischio simile?

— La guerra è impossibile — rispose lo Czilliano. — Lo ha dimostrato Triff Dhala perdendo la Grande Guerra più di mille e cento anni fa.

— Ma quella era una guerra mirata alla conquista — sottolineò Ortega. — Questa sarebbe per obiettivi limitati. Sono pronto a scommettere che in questo preciso momento una cinquantina di governanti stanno leggendo da cima a fondo la *Teoria della guerra del Pozzo* di Dhala. Una nave spaziale, Vardia! Pensaci!

— Non voglio — rispose lo Czilliano. — Comunque riferirò tutta questa storia al Centro. Se gli studiosi e i computer concordano con te, si procederà.

— È tutto ciò che chiedo — dichiarò l'Ulik prima di chiudere la comunicazione. Poi ricominciò a studiare la mappa, gli occhi fissi su Lata e Teliagin. Come c'erano arrivati? Da sudovest. D'accordo, il che significa che hanno sorvolato il Mare delle Tempeste e poi sono andati in panne sopra Kromm. Lassù ci dev'essere stata la separazione in sezioni a causa delle restrizioni tecnologiche di Kromm e loro sono scesi su Teliagin. Prima di restare senza energia, è immaginabile che abbiano visto i mari e le montagne. Se il pilota sapeva il fatto suo, avrebbe capito che le montagne e il mare si trovavano alla sua destra, e avrebbe deciso quindi di puntare in quella direzione non appena avesse avuto modo di vedere quelle mostruosità dei Teliagin.

Se si fosse diretto verso Kromm, senza timore di bagnarsi, sarebbe andato tutto bene. Doveva fare affidamento sull'esperienza di quel pilota.

— Per favore, ripassami l'ambasciatore di Lata, Jeddy. So che è fuori, ma parlerò a un assistente.

Gli occhi tornarono sulla cartina.

I Lata *dovevano* arrivare in tempo. *Assolutamente*.

In salita verso Topside, Nuova Pompei

— Sei troppo teso — disse Antor Trelig a Ben Yulin. — Rilassati. Diventa Mavra Chang. Comportati come lei, reagisci come lei, *pensa* come lei. Lascia che la sua personalità abbia il sopravvento. Niente passi falsi.

Yulin annuì e cercò di rilassarsi. Cominciò a tamburellare con le unghie sul bracciolo del sedile, unghie lunghe, appuntite e dure come l'acciaio. All'improvviso abbassò lo sguardo, come se avesse avvertito qualcosa di strano. Sul bracciolo c'era una piccola pozza di liquido. Ci ficcò un dito, se lo portò al naso e lo fiutò. Nessun odore. Ne assaporò una minuscola quantità con la punta della lingua e subito fu colto da uno strano torpore. "Adesso che diavolo è?", si chiese.

Poi, incuriosito, cominciò a osservare le dieci dita. Vide un filamento di cartilagine, appena più spesso di un capello. Un tubicino rigido controllato da un muscolo piccolissimo. Veleno?

Decise di sperimentarlo la prima volta che se ne fosse presentata l'opportunità.

Si accese una luce e il veicolo cominciò a rallentare.

— Ci siamo — disse Trelig con disinvoltura mentre si preparavano a uscire. Gil Zinder non riuscì a fare nulla, perché la sua personalità era stata spinta in fondo alla mente. Era Nikki Zinder finché uno dei due non avesse fatto affiorare di nuovo la sua personalità; per lui, gli altri due erano la guardia Renard e Mavra Chang: doveva comportarsi in conformità, credere a questa realtà. Obie aveva scelto la soluzione più facile, aveva materialmente trasformato il vecchio in sua figlia e isolato dalla realtà la nuova personalità.

Il portello si aprì e i tre uscirono nell'aria frizzante, sotto la luce solare. Tutto era leggermente cambiato: c'erano delle ombre, il sole si trovava a una distanza diversa e aveva una diversa sfumatura di colore, che cambiava tutto, e poi c'era quel pianeta lassù, che riempiva un decimo del cielo.

Rimasero senza fiato. Non erano preparati a quella cosa, simile a una palla argentea, luminosa, dalle innumerevoli sfaccettature, che brillava al sole; sotto, a sud, in un turbinio di nuvole, splendeva un abbacinante azzurro tutto striato di rosso e di giallo verso il nord. Le distorsioni dovute all'involucro di plasma rendevano lo spettacolo assolutamente spettrale.

— Accidenti! — esclamò Gil.

Trelig, pratico come sempre, fu il primo a rompere l'incantesimo. — Forza! — ordinò. — Vediamo chi comanda qui.

Diverse guardie si fecero loro incontro, assieme a una o due ancelle. — Renard! Grazie a Dio!

Solo allora Trelig si rese conto di non conoscere quali fossero i rapporti fra Renard e quelle persone. Però ne conosceva i nomi e la storia e questo gli tornava comunque utile.

— Destuin! — disse dando una pacca all'ometto. Poi si bloccò. Destuin era una donna, accidenti a lui che non se n'era ricordato subito.

Li fissò con espressione grave. — Grazie di cosa? — domandò. — Altri cinque giorni?

E con questa frase fugò ogni dubbio.

— Dove sono gli altri ospiti? — domandò Ben/Mavra.

— In giro — rispose una delle guardie. — Li abbiamo lasciati stare. Se ne stanno per conto loro. La cosa non cambia. Anche voi siete messi male come noi. — La guardia indicò il Mondo del Pozzo. — Vedi quella piccola macchia nera che si proietta contro il pianeta? Lì, appena sotto la fenditura, sulla destra.

Ben aguzzò la vista e finalmente la mise a fuoco: una minuscola capocchia di spillo nera, simile a un foro nel buco più grande. Si stava muovendo.

— È una sentinella — le disse la guardia. — Sparerà a ogni astronave che intenda andarsene. Soltanto Trelig conosceva i codici d'arresto ma ora è scomparso. E così ci vedrai morire, ma fra quattro o forse cinque settimane al massimo rimarrete senza provviste e morirete anche voi ospiti. A meno che non cerchiate di squagliarvela sull'unica astronave superstite saltando così in aria. Forse è proprio ciò che tutti dovremmo fare. Sarebbe preferibile.

Non era il genere di discorso che avrebbero voluto sentire.

— La conosco quell'astronave — disse Ben. — Fatemi andare laggiù, a vedere se posso fare qualcosa. Ci sono problemi?

La guardia si strinse nelle spalle. — Perché no? Qualcuno vuole seguirlo?

— Renard, tu che ne dici? — buttò lì Ben.

Trelig la pensava diversamente. Per il momento era troppo pericoloso. — Vai avanti tu e porta con te la ragazza. E comunque per noi non farebbe molta differenza. Ti raggiungerò in un secondo tempo per vedere che cosa stai combinando.

Yulin era contrariato; gli era sembrato così facile. Ma a quel punto non poteva tirarsi indietro. — Muoviti, Nikki — disse cominciando a camminare. La ragazza lo seguì docilmente, con gli occhi fissi a quel pianeta luminoso, stranamente surreale, sull'orizzonte.

Anche Yulin non riusciva togliersi dalla testa quel pianeta. Sapeva che non sarebbe riuscito a vederlo se il grande specchio si fosse trovato esattamente agli antipodi di Nuova Pompei, mentre invece adesso era angolato in tal modo da renderlo visibile per almeno due terzi.

In giro c'era poca gente, e i tre raggiunsero lo spazioporto in un quarto d'ora circa. Il piccolo terminal sembrava deserto. Per la prima volta Yulin si rilassò veramente. Sembrava tutto sin troppo facile. Entrò e si bloccò alla vista di un omaccione dalla faccia da vichingo, apparentemente ubriaco, dietro un bancone.

Yulin lo giudicò comunque un uomo attraente e il fatto che un pensiero del genere non gli desse fastidio stava a dimostrare che Obie aveva fatto il suo lavoro a puntino. Cercò di ricordarne il nome. Rumney.

— Così sei rimasta in trappola come noi! — ruggì quello, buttando giù una robusta sorsata dalla bottiglia che teneva a portata di mano. — Pensavo che te la fossi svignata!

Yulin rimase lì, riflettendo sul da farsi. L'uomo, adesso che lui era Mavra Chang, gli sembrava un gigante. Ben Yulin non era mai stato molto combattivo, ma in quel momento la cosa gli avrebbe fatto molto comodo.

Rumney, completamente nudo, balzò davanti a lei. — Tutto è perduto — gridò. — Tu non puoi andartene, io non posso andarmene, nessuno può andarsene! — recitò come in una litania. — Quindi non ci resta altro che ubriacarci e farci un'ultima scopata. Perché no, tesoro! Coraggio! Vedrai che ci divertiremo! — Bastava guardargli in mezzo alle gambe per non aver più dubbi sulle intenzioni dell'omaccione. Yulin spinse avanti la bottiglia. — Ne vuoi un sorso?

La paura aveva preso il posto di qualsiasi sensazione di attrazione per quell'uomo. Yulin fece per ritornare verso l'entrata ma, nonostante tutto, quello aveva i riflessi pronti, troppo pronti. Stava giocando con lui, e rideva come un pazzo.

Yulin indietreggiava e Rumney con lui, continuando a sogghignare. Quello scricciolo di donna cercava di trovare una possibilità di fuga, ma il terminal era troppo piccolo. In preda alla confusione, Zinder osservava la scena. Si trattava di una sorta di fantasia sessuale, per Nikki Zinder, che non capiva se fosse realtà o sogno. Gil Zinder se ne stava in disparte, rassegnato, sicuro che non ci fosse più nulla per cui valesse la pena preoccuparsi.

— Ascolta, quale che sia il tuo nome — provò Ben — tutto non è perduto! Credo di riuscire a tirare fuori anche te, se tu mi lasci fare!

Rumney vagliò la possibilità per una frazione di secondo, poi riprese a sogghignare. — Volonteroso tentativo — approvò — ma assolutamente inutile.

Yulin maledì il fatto di essere stato costretto a sbarazzarsi della pistola e si augurò di tutto cuore che Trelig, o una guardia, o chiunque altro venisse a tirarlo fuori da quell'assurda situazione.

— Tutto quello che voglio è un pezzo della tua coda — ridacchiò Rumney. — Io ho una coda, tu hai... — Ma all'improvviso si fermò, cercando di mettere a fuoco l'immagine.

— Non hai la coda tu! — l'accusò.

Yulin ora era atterrito. Era vero! Maledetto Obie! Aveva chiesto l'ultimo schema di Mavra Chang, non le alterazioni!

Yulin fece per avviarsi verso l'ormeggio dell'ultima astronave. — Datti una calmata, tesoro! — cercò di blandirlo. — Hai scoperto qualcosa, d'accordo. Adesso quindi sai che forse sono in grado di portarti via. Lasciami provare.

Mentre Yulin scattava verso la rampa, Rumney gli fu addosso, mandandolo a sbattere contro il pavimento e tenendolo inchiodato. La bottiglia schizzò contro il muro di fronte, a pochi centimetri da Zinder.

Poi l'energumeno cercò di strappare la tunica semitrasparente indossata da Yulin. — Vediamo se là sotto sei una donna — mugugnò.

Yulin era terrorizzato, più di quanto lo fosse mai stato. Mentre Rumney si dava da fare, riuscì a liberare parzialmente il braccio destro e ad afferrarlo con le unghie appuntite. Subito i piccoli muscoli in fondo alla lunetta del tessuto corneo si tesero. Rumney gridò di dolore poi s'irrigidì e gli crollò addosso, come un sacco vuoto. Yulin non ce la faceva a muoversi e neppure a respirare.

— Nikki! — riuscì poi a dire con un filo di voce. — Vieni ad aiutarmi! — Ma Zinder non aveva intenzione di obbedire.

Imprecando Ben cercò di cavarsela da solo. — Se almeno rotolassi da una parte! — imprecò e, con suo sommo stupore, Rumney così fece.

Pur sentendosi terribilmente ammaccato, il giovane scienziato – alias Mavra Chang – si rimise in piedi. Aveva la sensazione di avere una costola rotta e il suo corpo era tutto una contusione. Avvertiva male alla schiena, ai fianchi, ovunque. Tossendo e sputando sangue, per diversi minuti cercò di riprendere fiato e di riacquistare un certo autocontrollo. Fu estremamente difficile, ma ci riuscì.

In quel momento decise che sarebbe stato di gran lunga preferibile essere alto un metro e novanta, e maschio soprattutto. Ma era intrappolato nel corpo di Mavra e non poteva farci nulla.

— Ehi, tu sul pavimento! Come ti chiami? — gridò mentre cercava di elaborare un piano.

— Rumney. Bull Rumney — mormorò l'energumeno.

Ben Yulin si meravigliò! Mavra Chang era davvero

ricca di risorse. Chiaro che quei congegni dovevano essere stati sistemati da un genio della chirurgia! Era proprio una donna pericolosa, decise, non senza una punta di ammirazione. In un certo senso, sperò che fosse ancora viva.

— Apri bene le orecchie, Bull Rumney — disse a muso duro. — Adesso te ne resterai lì, immobile come una statua, fino a nuovo ordine. Chiaro?

L'omaccione annuì lentamente.

— Posizione fetale, Rumney — ordinò Ben, che cominciava a divertirsi. Rumney obbedì, poi rimase di nuovo immobile.

— Coraggio, Zinder, diamo un'occhiata a questa astronave — gridò più secondo lo stile di Mavra Chang di quanto non si rendesse conto.

Quella non era l'astronave di Trelig, che era stata rubata da Mavra Chang. Era lo shuttle, che in linea di massima era ben rifornito. C'erano razioni sufficienti forse per tre settimane, ma non di più. Yulin imprecò. Quanto bastava per sistemare le spugne, ma non gli altri. Oh, accidenti, Trelig aveva detto di voler venire a patti con quella gente ed era sicuro che ignorassero quanto scarse erano le razioni a disposizione. Una volta sistemate le cose, Obie certamente sarebbe stato in grado di rimediare. Creare il cibo e anche utilizzare gli invitati su Nuova Pompei per sostituire le guardie morte. Schiavitù senza spugna: questo sarebbe piaciuto senz'altro a Trelig.

Effettuò tutti i controlli possibili. Non era il migliore pilota del mondo ma se la cavava comunque piuttosto bene e governare quell'astronave non era dopotutto un problema. A meno che non si verificasse qualche emergenza. Il veicolo aveva continuato a immagazzinare carburante per tutto il tempo che era rimasto agli ormeggi, quindi non ci sarebbero state difficoltà neppure sotto quell'aspetto. Atmosfera buona, potenziale di pressurizzazione normale. Man mano che procedeva ai controlli, Ben annuiva compiaciuto. Poi si mise alla ricerca di un'arma ma non ne trovò nessuna, naturalmente. Trelig non correva mai quel genere di rischi.

Con un sospiro chiuse il portello e si sedette ad aspettare. Non intendeva assolutamente ritornare nell'abitato di Nuova Pompei.

Trelig ancora non si faceva vedere e Yulin cominciò a preoccuparsi di nuovo. Ci furono diversi falsi allarmi, guardie che si fermavano per un controllo, e anche qualcuno degli ospiti che veniva a curiosare. Ma lui aveva sistemato la bottiglia accanto a Rumney, e nessuno chiese nulla.

Alla fine, avvertendo nuovi rumori all'esterno, aprì il boccaporto e vide che stavano arrivando tre guardie. Una era Trelig, certo. Quelle donne-uomo apparivano tutte uguali. Erano tutte molto serie e una, che non era Trelig, entrò nell'astronave per prima, seguita dalle altre due. Ben colse negli occhi di quella che era Trelig un leggero cenno d'assenso. Quanto bastava per calmarlo.

— Abbiamo deciso di lasciar andare chiunque se la senta — disse il capo delle guardie alla donna accomodata sul sedile di pilotaggio. — Se salterai in aria, be', sarà una cosa veloce. Altrimenti... meglio per te.

— E voi? — chiese Yulin.

Si incupirono. — Noi moriremo tutti, e in modo rapido, non lentamente. C'è già stata una riunione. Abbiamo appena finito di uccidere quelli che stavano peggio di noi. Nessuno riesce a sopportare l'idea di ridursi in quello stato. Aiuteremo a radunare le loro cose quelli che vogliono andarsene e poi sarà quel che sarà.

Yulin, che li aveva di fronte, vide Trelig estrarre lentamente la pistola e puntarla contro le guardie. Formulò una preghiera silenziosa agli dei ancestrali nei quali non aveva mai creduto, e annuì.

— Capisco. Ci proveremo e cercheremo di fare del nostro meglio. Immagino che questo sia un addio.

La guardia stava per dire qualcosa ma proprio in quell'istante Trelig fece fuoco, due potentissimi colpi a distanza ravvicinata. Per un riflesso condizionato, Yulin e Zinder si acquattarono, ma la mira dell'ex consigliere era stata perfetta. Le due guardie vennero come avvolte in un accecante riverbero arancione, poi scomparvero. Di loro non restò altro che qualche bruciatura sul tappetino dell'astronave e un odore estremamente sgradevole.

— Chiudi il portello! Andiamocene — urlò Trelig e Yulin non se lo fece ripetere due volte. Seguì una serie di stridii e il rumore secco dell'attrezzatura di attracco che si sganciava. Poi, quasi prima che gli altri due avessero preso posto e si fossero legati, Yulin decollò.

— Datti una calmata, idiota! — esclamò Trelig. — Vuoi ucciderci tutti! Adesso ci siamo sganciati e non potranno raggiungerci più!

Per un attimo Yulin rimase con gli occhi fissi sui comandi come un sonnambulo. Poi, con un leggero tremito, uscì dallo stato di trance.

Le sentinelle robot intimarono l'alt e Trelig diede i codici necessari per passare.

— Dove andremo? — domandò Ben Yulin ad Antor Trelig.

— Potremmo dare un'occhiata a questo incredibile pianeta — rispose il capo. — Confesso di essere alquanto curioso.

Yulin effettuò una manovra circolare e cominciò a tornare adagio verso quell'oggetto orbitante dall'aspetto così inconsueto.

Trelig si volse verso la sagoma di Nikki. — Gil Zinder — gridò. — Esci fuori e unisciti a noi.

La ragazza grassa cambiò all'improvviso espressione; si slacciò le cinture e si avvicinò allo schermo.

Gil Zinder era affascinato nonostante tutto. — Incredibile! — esclamò con la voce della figlia.

— Ma perché le due metà sono completamente diverse? — si chiese Trelig. — Guardate, a sud tutte quelle sfaccettature luminose, praterie, oceani e roba simile. Il nostro genere di mondo. Poi attorno all'equatore quella fascia di un colore scuro e ambrato, e da lì al Polo Nord qualcosa di totalmente diverso.

— Guarda i poli che interessanti — notò Gil Zinder. — Scuri, spessi e molto estesi. Come se fossero enormi edifici, che si estendono per centinaia, forse migliaia di chilometri.

— Giriamo attorno a uno di quei poli — propose Yulin. — Osservate la parte centrale.

I suoi compagni guardarono in quella direzione e capirono che cosa intendesse dire. Nel centro c'era una grande voragine di forma esagonale totalmente buia. — Che cosa sarà mai? — si chiese Trelig ad alta voce.

Zinder ci pensò un attimo. — Non so. Forse qualcosa come il nostro grande disco, ma molto più sofisticato.

— Ma perché esagoni? — insistette Trelig. — Accidenti, sono tutti esagoni, persino quelle piccole sfaccettature sia a nord che a sud.

— I Markoviani andavano pazzi per l'esagono — gli spiegò Yulin. — Le loro rovine ne sono piene; le loro città erano costruite in quella forma. Ne ho vista una quand'ero piccolo.

— Diamo un'occhiata al nord — propose Trelig. — Così diverso e selvaggio. Ci dev'essere un motivo.

Yulin diede energia e l'immagine sullo schermo vibrò e si fece oscura. — Me lo aspettavo — disse loro il pilota. — Astronavi come questa non sono state costruite per andare così piano, se non in fase di atterraggio e di ormeggio.

Attraversarono l'equatore, una vera e propria barriera scura, imponente e opaca.

— Come vorrei poter disporre delle apparecchiature adatte — disse Zinder, che di nuovo sembrava interessarsi a qualcosa. — Mi piacerebbe moltissimo sapere che cosa dà origine a quelle tinte strane. Metano, ammoniaca e roba simile, sembrerebbe.

Attraversarono il limite tra il giorno e la notte e piombarono nell'oscurità.

— Comunque qualcuno ci vive in quel posto — commentò Trelig puntando il dito. — Le aree all'interno di alcuni esagoni erano illuminate ed erano visibili anche città di una certa estensione.

— Peccato non poterci avvicinare un po' di più — disse Zinder. — La distorsione atmosferica è davvero intensa.

— Forse riusciamo ad andare un po' più in basso — affermò Yulin. — Cercherò di sfiorare il limite esterno della stratosfera, in tal modo ci manterremo sufficientemente alti per essere effettivamente in un vuoto, ma abbastanza bassi per vedere nel dettaglio.

Non sentendo pareri discordanti, cominciò prudentemente la manovra. Di nuovo attraversarono il limite notte-giorno e s'immersero nell'abbacinante luce solare.

Poi, all'improvviso, il motore ebbe un sussulto e le luci lampeggiarono.

— Che cosa succede? — sbottò Trelig.

Yulin era assolutamente sconcertato. — Non saprei. — Il fenomeno si ripeté e a quel punto non gli restò che mettersi al timone manuale cercando di rimediare all'inconveniente. — Un'improvvisa perdita d'energia, molto intermittente.

— Riportaci su! — ordinò Trelig, ma proprio in quel momento le luci si spensero definitivamente.

— Siamo in caduta libera! — urlò Yulin. — Mio Dio!

Trelig allungò la mano e premette due interruttori. Non successe niente. Ne provò un terzo. Ancora nulla. La cabina era piombata in un buio quasi assoluto e anche quei semplici movimenti dovevano essere effettuati a tentoni.

Poi tutto ritornò alla normalità mentre dalla parte anteriore e da quella posteriore arrivava una specie di forte ronzio di motori.

A prua un pannello si aprì, rivelando uno spettacolo spettrale, solo dieci chilometri sotto di loro. Trelig allungò di nuovo la mano e afferrò un congegno a forma di ruota incassato nel pannello del navigatore.

Le luci e l'energia si spensero di nuovo, ma ora l'astronave aveva ricominciato a sussultare, sballottata da forze misteriose. Trelig afferrò il timone e cercò di riportare il velivolo a un assetto accettabilmente stabile.

L'immagine che si vedeva dal boccaporto, notò Yulin, era vera: stava guardando da una specie di finestra.

— Questa nave è stata progettata anche per volare nell'atmosfera, non solo come shuttle — disse Trelig a denti stretti, cercando di manovrare i comandi con i muscoli indeboliti di Renard. — Finalmente si sono aperte le ali. Anche senza energia, possiamo farcela.

Yulin osservò il paesaggio che si avvicinava con allucinante rapidità. Trelig si sforzò di tenere il muso dell'astronave alzato, ma doveva essere prudente altrimenti la superficie sarebbe uscita dal suo campo visivo.

Adesso l'energia era ritornata e Trelig riuscì a far rallentare la navicella, ma non sufficientemente.

— Trovami un punto pianeggiante con una possibilità di rullaggio di almeno venti chilometri! — gridò.

— Questa nave ha le ruote? — domandò Yulin mentre aguzzava gli occhi.

— Non fare lo spiritoso! — sbottò il capo. — Rimettetevi le cinture tutt'e due! Non credo che l'energia durerà a sufficienza per farci rialzare, e vi assicuro che ci sarà un po' di movimento!

— Ho trovato una zona pianeggiante. La vedi? — gridò Yulin.

Trelig la vide e puntò verso di essa, mentre l'astronave continuava a essere sballottata da una parte all'altra. Poi toccarono terra. Li salvò, ma se ne resero conto in un secondo tempo, l'atmosfera molto più densa che rallentò la navicella. Rallentò quanto bastava, ma non di più.

La collisione fu accompagnata da un rumore assordante e Yulin si lasciò sfuggire un grido di dolore mentre la costola incrinata e le altre ammaccature cominciavano di nuovo a fargli male.

Slittarono sulla nuda roccia, per un'eternità, fino a sbattere contro un pendio in salita che li fece quasi ribaltare, poi l'astronave cominciò a ruotare su se stessa fino a fermarsi.

Trelig mugugnò, si slacciò le cinture e si guardò attorno. Yulin era privo di sensi. Per la prima volta notò i vestiti strappati e i numerosi lividi sul corpo del giovane scienziato. Si chiese dove Mavra Chang se li fosse procurati.

Zinder aveva un aspetto tutto sommato migliore. Anche se le cinghie avevano segato la pelle in molti punti, provocando rallentamenti della circolazione, adesso sembrava essersi ripreso, nonostante un leggero stato confusionale.

Quando Trelig cercò di alzarsi, si accorse che anche lui soffriva di vertigini. Cadde due volte, mentre la testa gli pulsava dolorosamente come pure gli dolevano le braccia, sottoposte a uno sforzo terribile nel momento dell'atterraggio. Ma ce l'aveva fatta. E aveva salvato anche loro.

Spostò lo sguardo sul paesaggio desolato, una squallida distesa di rocce nude e annerite che si stagliavano contro un'atmosfera densa e scura di... chi poteva saperlo? Nulla di respirabile, comunque.

Erano vivi, ma per quanto?

Zona Sud

— Ne è caduto un altro? — Ortega era sconcertato.

— Nel corso del nostro monitoraggio di routine nel satellite abbiano notato l'energia del decollo — gli disse la voce artificiale di Gol Miter attraverso il sistema di comunicazioni interzonali dell'ambasciata. — All'inizio abbiano avuto qualche problema di localizzazione, ma alla fine ci siamo riusciti grazie al fatto che, a quanto pare, quelli se l'erano presa comoda. Orbita prudente, accurate tecniche di ricognizione. Che cosa non darei per vedere questo pianeta dallo spazio!

Ortega non poteva che essere d'accordo. — Comunque sono precipitati, non è vero? In effetti non ho ancora ricevuto nessun rapporto.

— A un certo punto si sono abbassati un po' di più, andando a finire nell'influenza del Pozzo, e sono rimasti senza energia, come è successo alla prima navicella.

Non te ne sei accorto perché si erano spostati verso Nord per dare un'occhiata. A quanto ci risulta, sono scesi in 1146 o 1318, Uchjin o Ashinshyh. Ne sai qualcosa?

Con le sue numerose braccia, Ortega riprese a darsi da fare con mappe, cartine e diagrammi mentre continuava a dar libero sfogo a una sequela d'imprecazioni dettate da un'incontrollabile sensazione di frustrazione.

Le mappe dei settori settentrionali erano alquanto approssimative. Indicavano degli oceani, per esempio, ma gli oceani potevano essere costituiti da metano o da un qualsiasi altro composto letale. Niente lassù presentava la minima affinità con il suo essere, neppure quella che lui, un uomo-serpente con sei braccia, aveva con Gol Miter, un ragno gigante. Alcune delle razze settentrionali erano così aliene che non esisteva un comune schema di riferimento possibile, rispetto a ciò che lui e gli altri del Sud consideravano un'esistenza normale.

Comunque, studiando la mappa, una cosa appurò per certo: Uchjin e Ashinshyh erano entrambi esagoni semitecnologici o addirittura non tecnologici, e pertanto non in grado di permettere il funzionamento di un sofisticato sistema energetico come quello di un'astronave.

Sospirò. — Gol, anche se sono sopravvissuti allo schianto, cosa di cui dubito, non hanno molte probabilità di sopravvivenza. Non capisco cosa diavolo significhino questi simboli di Uchjin in termini di atmosfera, che per certo è totalmente priva di ossigeno. Nell'Ashinshyh le cose vanno un po' meglio: c'è un po' d'ossigeno e persino dell'acqua, ma anche così tanto idrogeno che avrebbero potuto far saltare in aria tutto l'esagono.

Miter si dichiarò d'accordo. — Dal momento che non abbiamo ricevuto rapporti in merito all'incidente e neppure segnali dell'attivazione del Pozzo, propenderei per Uchjin. Cosa mi dici dei nostri contatti settentrionali? Potrebbero esserci utili in qualche modo?

— Ne dubito — rispose amaramente Ortega. — Non conosco nessuno nei paraggi e non ho neppure la minima idea sull'aspetto degli Uchjin. Tuttavia potrebbero avere un ambasciatore, o comunque qualcuno facente funzioni. Val la pena tentare, anche se m'irrita l'idea di coinvolgere quelli del Nord in questa faccenda. Non mi fido di quello che non riesco a capire e temo che si finisca per fare qualche brutta esperienza.

— Non esiste altra scelta — tagliò corto Miter. — Manderò qualcuno nella zona settentrionale e vedremo cosa si potrà fare. L'incidente li ha già coinvolti e quelli dell'osservatorio hanno comunque il dovere di divulgare la notizia. — Breve pausa. — Comunque, su col morale, Serge. Anche se quel giocattolino è intatto, solo pochi abitanti del Nord sarebbero in grado di farlo volare. O lo faremo noi o nessuno.

— Noi no — precisò Ortega. — Qualcun altro.

Già da diverse ore i tecnici si erano dati da fare per installare una nuova apparecchiatura speciale. Ortega premette il tasto per entrare in collegamento diretto con l'ambasciatore Vardia.

— Czill — disse una voce.

— Sono Ortega. È precipitata un'altra astronave su al Nord. Vedi che cosa si può fare. Qualche notizia sul problema di Teliagin?

— Hmmm... il Nord — sussurrò la creatura-pianta. — No, ancora nessuna notizia dal settore di Teliagin. Comunque i Lata si sono mossi abbastanza celermente. Cerca di aver pazienza, Serge. Sono passati solo due giorni.

— La pazienza è una virtù che lascio volentieri ai morti, i quali possono permettersela — brontolò Ortega prima di chiudere il collegamento.

Teliagin

Anche ad andatura normale, venti chilometri non costituiscono poi una grande distanza, purché si sappia dove si stia andando. Ma l'alba del secondo giorno aveva portato pesanti nuvole che erano andate a oscurare totalmente il sole. Per tutta la notte si era sentito un lontano rullare di tamburi, messaggi lanciati da un punto a un altro dell'esagono in un codice sconosciuto e indecifrabile.

Mavra Chang sospettava che tali messaggi si riferissero a congetture sulle strane creature, molto piccole, che erano precipitate in una specie di macchina volante e adesso andavano vagando in qualche angolo della prateria.

Quantomeno non pioveva, circostanza davvero provvidenziale. Tuttavia il buio continuò per tutto il giorno: fu così buio da rendere invisibile il sole e precludere qualsiasi possibilità di orientamento. In circostanze normali, nonostante i pericoli incombenti, Mavra avrebbe aspettato che il cielo si schiarisse, ma si rendeva conto che la malattia mortale stava divorando i suoi due compagni, e se non fosse riuscita a raggiungere al più presto le montagne e la costa, non ci sarebbe stata più speranza.

Ogni tanto nella sua mente s'insinuavano spiacevoli dubbi, determinati dalla probabilità che i nuovi territori non si rivelassero per nulla più amichevoli di quello. I loro abitanti, altri ciclopi, per quanto ne sapeva, avrebbero potuto essere altrettanto ostili, non più evoluti, altrettanto incapaci di fornire un qualsivoglia aiuto.

E, ancor peggio, pur essendo sicura che non erano tornati sui loro passi, non riusciva a individuare la direzione in cui si stavano muovendo. Aveva continuato a mantenere la medesima direzione, naturalmente, ma la boscaglia si era fatta più fitta; c'erano larghe strade sterrate e ampi prati da evitare e pertanto, essendo costretti a frequenti diversioni, esisteva il rischio di continuare a girare in cerchio.

L'unico avvenimento consolante era stata la scoperta delle mele. A una prima vista era rimasta piuttosto scettica, in quanto, pur sembrando molto simili ai pomi, crescevano sui cespugli e avevano la buccia violacea. Ridotta alla disperazione, aveva cacciato della selvaggina che, a un esame successivo, era risultata essere a sangue caldo e che aveva un aspetto alquanto familiare. Del resto, se i batteri alieni non li avevano ancora uccisi, era probabile che i frutti non fossero pericolosi, o quantomeno così si augurava.

In effetti i grossi roditori divoravano con trasporto quei frutti, ragion per cui decise di rischiare. Nikki, anche se le aveva ridotto l'appetito, era comunque la più affamata e probabilmente di lì a poco avrebbe ricominciato a lamentarsi. Mavra consentì alla ragazza di addentare una mela, pur sapendo che avrebbero dovuto aspettare diverse ore prima di sapere se erano veramente commestibili; ma quando quella le raccontò che il frutto era dolce e buono e piacevole da masticare, per Mavra, il cui appetito non era stato lenito in alcun modo, la tentazione divenne troppo difficile da sopportare.

Quei frutti in effetti, reperibili in abbondanza, si rivelarono non solo buoni e nutrienti, ma sortirono anche un provvidenziale effetto psicologico: provavano difatti che lei, Mavra Chang, a prescindere da qualsiasi cosa potesse accadere, era in grado di sopravvivere anche in quelle lande desolate.

La seconda giornata era stata molto più soddisfacente della precedente ma comunque restava l'incertezza del dopo. Anche i suoi compagni avevano visto i grandi ciclopi, con le loro espressioni feroci e le temibili zanne, spingere lungo le strade carretti fatti a mano e badare a greggi di animali che assomigliavano moltissimo alle comuni pecore.

Nessuno dei due aveva ancora evidenziato cambiamenti radicali per mancanza di spugna, ma Mavra sapeva che non era il caso d'illudersi. Nel corso di una conversazione normale c'era poca differenza fra un QI 100 e un QI 150. Non c'era dubbio che Nikki si sarebbe deteriorata per prima; pur essendo leggermente sopra la media, non era certo un genio.

Mentre l'oscurità scendeva sul secondo giorno, le montagne ancora non si vedevano e neppure sembrava che il paesaggio fosse mutato di molto. Dai cieli umidi arrivava un venticello freddo che disturbava non poco sia Nikki che Renard, coperti soltanto delle leggere tuniche di Nuova Pompei, e i vestiti di Mavra erano troppo piccoli per andar bene agli altri due.

La seconda sera erano molto più bui dentro di quanto non fosse la notte che li circondava.

Mavra cercò di stringerseli vicino per non disperdere il calore corporeo ma lei era così piccola e la pelle di quei due così fredda e umidiccia che finirono per trasmetterle il loro disagio. Nikki, più pesante e meno avvezza alla fatica fisica, fu come al solito la prima ad addormentarsi, lasciandola sola con Renard. L'uomo le aveva circondato le spalle e se la teneva stretta, ma non si trattava di un gesto romantico, bensì di una commovente maniera di sentirsi uniti per fronteggiare il destino avverso.

A un certo punto lui disse: — Mavra, credi davvero che valga la pena di fare tutto ciò? Ci rendiamo conto entrambi di non sapere dove siamo o che cosa ci aspetta al di là della prossima collina o persino se la prossima collina non è qualche collina precedente.

Quella domanda la irritò, perché sembrava dare corpo ai suoi dubbi più profondi. — Finché non si è morti, val sempre la pena — rispose, e ci credeva.

— Lo pensi davvero? — replicò l'uomo. — Non stai facendo solo la spavalda?

La donna si scostò leggermente, puntando lo sguardo nell'oscurità.

— Sono stata allevata da un duro capitano spaziale. Forse non era la più ideale delle madri, ma a modo suo mi voleva bene, credo, e io ricambiavo tale sentimento. Sono cresciuta nello spazio, una grande astronave è stata il mio campo giochi, e ogni paio di settimane ho visto nuovi porti dove ci si poteva divertire un sacco.

— Dev'essere stata comunque un'esistenza solitaria — commentò l'uomo.

Mavra scosse il capo. — No, assolutamente no. Dopotutto, non conoscendo nient'altro, per me era normale. E mi ha insegnato ad affrontare i lunghi periodi nei quali ero davvero sola, a vincere la solitudine, a contare su me stessa. È stato importante, in quanto mia madre si dedicava a innumerevoli traffici illeciti, come fanno la maggior parte dei capitani mercantili, ma lei ci andava davvero pesante. Poi un giorno la polizia Com l'ha incastrata e le ha sequestrato la nave. Avevo tredici anni allora e stavo in giro per il porto a fare acquisti. Ho capito quello che stava succedendo, ma non ci potevo far niente. Se mi fossi fatta viva, i poliziotti avrebbero preso anche me, mi avrebbero intontita e consegnata ai Com. Così sono rimasta su Kaliva.

— Non ti sei mai sentita in colpa per non essere corsa in aiuto di tua madre? — chiese Renard, rendendosi conto della delicatezza dell'argomento ma anche del fatto che Mavra Chang desiderava qualcuno con cui parlare.

— No, non mi pare — rispose lei sincera. — Oh, in testa avevo un sacco d'idee, io, una ragazzina di tredici anni, alta poco più di un metro per trentacinque chili di peso, che volevo dare una lezione a quei bruti, salvare la mamma con un gesto eroico e schizzare nell'astronave verso uno spazio sconosciuto. Ma non me n'è stata data neppure la possibilità. In meno di un paio d'ore avevano portato via lei e sequestrato il mercantile. Così sono rimasta da sola.

— A giudicare dal tono, i Com non ti vanno molto a genio — commentò Renard. — C'è una ragione?

— Hanno distrutto la mia famiglia — rispose Mavra di getto. — Avevo poco più di cinque anni, ma mi ricordo bene. Il mondo di Harvich diventò Com con la Mafia della Spugna e i brogli elettorali, e i miei genitori, i miei veri genitori, hanno cercato di fare opposizione con tutte le loro forze. Quando sono diventata più grande, Maki, la mia matrigna, mi ha raccontato tutta la storia. Alle prime avvisaglie di pericolo, avevano rifiutato di andarsene, poi fu troppo tardi. Non so come, per mettermi in salvo pagarono il comandante di un mercantile che portava le provviste ai Com. Buffo, dopo tutti questi anni me ne ricordo ancora. Un ometto buffo, vestito in modo sgargiante, con una bella voce baritonale, piena di sfumature. Magari era solo cinismo ma c'era una gentilezza di fondo in lui e una tenerezza d'animo che, benché si sforzasse moltissimo, non riusciva a nascondere. Davvero strano... non sono neppure sicura del suo nome, e sono stata con lui solo pochi giorni, eppure per me è presente come la mia matrigna, che è quella che poi mi ha portato via. A ripensarci, mi sembra incredibile che una bambinetta sprovveduta di cinque anni sia potuta andar via con un tipo simile. Ma c'era qualcosa in lui che ispirava fiducia, che ti toccava il cuore. Sarà davvero stato un umano? A volte me lo chiedo. In effetti non ho più incontrato nessuno come lui, mai.

Renard, che non era uno psicologo, aveva capito quale profonda influenza avesse avuto quell'uomo su Mavra Chang. Era tutta la vita che lo andava cercando, o quantomeno uno simile a lui.

— Hai mai cercato di ritrovarlo? — le domandò.

La donna si strinse nelle spalle. — Negli anni immediatamente successivi ero troppo occupata a restar viva. Poi, quando sono stata in grado di farlo, probabilmente era morto o qualcosa di simile. A molta gente è sembrato di riconoscerlo dalla mia descrizione, ma niente di concreto. Dicevano che era un personaggio da leggenda, un mitico capitano dello spazio che non era mai esistito. Una volta ebbi modo d'incontrare un capitano, un autentico veterano, il quale mi assicurò che quell'uomo esisteva realmente, da qualche parte, ed era vecchio. Si diceva che fosse immortale, che sarebbe vissuto per sempre, che era addirittura una creatura preistorica.

— Qual è il nome di questa leggenda? — buttò lì Renard.

— Nathan Brazil. Non ti sembra un nome strano? Dicevano che "Brazil" era il nome di una località preistorica.

— L'Ebreo Errante — disse Renard, quasi parlasse a se stesso.

— Che cosa?

— Un'antica leggenda comune a certe vecchie religioni. Da qualche parte esiste ancora un pianeta cristiano o magari due. Evoluzione di una religione ancora più vecchia conosciuta col nome di Ebraismo. Ci sono ancora dei superstiti, disseminati qua e là. Probabilmente i più tradizionalmente orto... — Renard si bloccò, palesemente sconcertato. — Orto... — ci riprovò.

— Ortodossi? — disse Mavra.

Renard annuì. — Proprio così. Ma perché non mi veniva in mente? — Poi passò oltre ma Mavra provò una strana sensazione. I primi sintomi...

— Mi pare che si tratti di quell'uomo ebreo che sosteneva di essere il figlio di Dio. Per questo i potenti lo hanno ucciso, temendo che potesse mettersi alla testa di una rivoluzione o roba del genere. In teoria sarebbe dovuto ritornare dal regno dei morti. Si racconta che un altro ebreo lo abbia maledetto mentre veniva giustiziato e che questo secondo ebreo, a causa del suo insulto non potesse avere pace fino al ritorno di quel Dio-Uomo. Questo Nathan Brazil si direbbe il moderno equivalente di quella leggenda.

Mavra annuì. — Io non ho mai creduto a tutte quelle storielle sugli immortali che volano sulle astronavi, ma un sacco di navigatori dello spazio, che non credono a nulla, hanno fede nella sua esistenza.

Renard sorrise. — Potrebbe spiegare quello che è successo. Se si tratta di una leggenda molto diffusa, è possibile che qualcuno che la conosceva abbia voluto sfruttarla, imitare quel personaggio, magari convincere gli altri di essere proprio lui quella leggendaria figura. E lo avrebbero trattato non come un comune capitano. Come se fosse un super... un super... dannazione! — Renard era palesemente incapace di tirar fuori il termine completo.

Ma Mavra ne aveva afferrato il significato. — Questo non lo so. Probabilmente hai ragione. Ma in quell'uomo c'era davvero qualcosa di strano, qualcosa che non riesco a spiegare.

— Avevi cinque anni — puntualizzò Renard. — A quell'età può succedere di avere strane impressioni.

Mavra avrebbe voluto interrompere la conversazio-

ne, in parte perché stava scivolando su un terreno troppo intimo, ma anche perché Renard cominciava a sentirsi palesemente a disagio nell'uso di certe parole un
po' più lunghe del normale. L'eloquio era più lento, più
attento, più esitante di quanto non fosse mai stato in
precedenza.

Domani, pensò la donna con un'ombra di tristezza,
forse le difficoltà sarebbero aumentate, ma Renard aveva ancora voglia di parlare e quindi a lei non restava che
dargli corda.

Renard infatti ricominciò, lasciando per fortuna cadere l'argomento del misterioso Nathan Brazil.

— Hai detto che sei rimasta tutta sola all'età di tredici
anni — puntualizzò. — Sarà stata un'esperienza dura...

La donna annuì. — Mi sono ritrovata su un mondo
sconosciuto, io che dimostravo non più di otto anni,
con poche monete in tasca che forse non mi sarebbero
bastate neppure per un pasto decente... senza conoscere
la lingua... Fortunatamente però Kaliva non era un
mondo Com. Era un mondo esotico e primitivo. Bazar
all'aperto, venditori ambulanti che facevano un bacca-
no incredibile, una calca inimmaginabile. Mi resi conto
che in un posto simile avrei avuto bisogno di soldi e protezione. Non li avevo... e ho cominciato a guardarmi intorno. C'erano in giro un sacco di mendicanti: la polizia
locale chiudeva un occhio e la gente era generosa. Cominciai a osservare la gente, a vedere chi faceva soldi e
chi no: imparai anch'io. Con i pochi spiccioli che avevo
in tasca costrinsi una ragazzina a darmi i suoi stracci,
laceri e sporchi fino all'inverosimile... un lenzuolo ram-
mendato che poteva essere indossato a mo' di sari. Un
po' di acqua e un po' di fango, ed eccomi trasformata in
un'orribile scugnizza. Poi mi sono messa al lavoro.

Renard pensò che anche in quel momento Mavra era
davvero una piccola, orribile scugnizza, ma decise di tenere la cosa per sé.

— Le prime settimane furono veramente dure. Rime-
diai i pidocchi e anche qualcosa di peggio. Dormivo sotto i portoni, nei vicoli, dove capitava. Ma ero stata capa-

ce di scegliermi gli angoli giusti. I mendicanti, sai, hanno i loro territori, dai quali scacciano senza pietà i possibili concorrenti, ma io imparai a farmi amici quelli più scaltri, gli facevo preziosi favori, addirittura allungavo oneste percentuali. Forse perché avevo un aspetto così infantile e miserando – classica faccina angelica e l'aria del morto di fame – finii per essere praticamente adottata dalla comunità. E me la cavavo proprio bene. Rimediavo quanto bastava a sfamarmi.

— Niente aggressioni o violenze?

— No. Qualche incidente, ma arrivava sempre qualcuno a darti una mano. Una volta entrati nella cerchia dei medicanti, è come far parte di una specie di consorzio. Mi fecero sistemare in una capanna vicino alla palude e non fu poi così male anche perché, dopo un certo tempo, finisci con l'abituarti alla puzza, alle mosche e compagnia bella. Nella zona c'erano diversi ambulatori di pubblica assistenza dove finii ricoverata alcune volte, ma non a lungo. Tutti cercavano di aiutarmi ma io non volevo nulla che non potessi guadagnarmi da sola. Non volevo dover niente a nessuno.

— E quanto è andato avanti questo stato di cose? — chiese Renard.

— Oltre tre anni. Non era una vita grama. Finisci con l'abituarti. Poi, a mano a mano che crescevo – non molto, come vedi – cominciai anche a sognare. Ogni giorno, quando avevo racimolato il necessario o comunque ero sicura che non avrei potuto fare di più, raggiungevo lo spazioporto e mi mettevo a guardare le astronavi ormeggiate. Sapevo quello che volevo e a un certo punto compresi che chiedere l'elemosina mi avrebbe certo consentito di sopravvivere ma non mi avrebbe mai portato da nessuna parte. Certi viaggiatori dello spazio hanno le mani veramente bucate, dal momento che non possiedono una casa ma solo la loro nave e qualcosa da spendere di tanto in tanto.

Renard rimase sconcertato. — Vorresti dire che...

Mavra si strinse nelle spalle. — Ero troppo bassa per far la cameriera. Non riuscivo neanche a raggiungere il ripiano del bar. Non avevo mai imparato a ballare e neppure ero dotata di buone maniere. Anzi, mancavo quasi totalmente di educazione. Parlavo come una scaricatrice di porto e, benché Maki mi avesse insegnato a leggere e a far di conto, non mi ero mai impegnata più di tanto. A questo punto mi restava una sola cosa da vendere, e l'ho venduta, e ho imparato a farlo nella maniera più appropriata. Uomini, donne, una, due, dieci volte per notte, se ce la facevo. Però, dopo un po' la cosa è diventata noiosa, un incontro dopo l'altro, senza nessuna partecipazione emotiva. Ma, accidenti, quanti soldi ho rimediato!

L'uomo la fissò nell'oscurità, sentendosi leggermente a disagio, non tanto per quello che la compagna raccontava ma per il modo. E non sapeva cosa dire. Era comunque sicuro che Mavra non avrebbe mai rivelato una cosa simile a nessun altro. Forse perché la sua mente andava ottenebrandosi sempre di più. Forse perché, in fondo, era spaventata quanto lui.

— Fino a questo punto mi è tutto chiaro — intervenne. — Ma sei un pilota. Sei riuscita a diventarlo facendo quella professione?

Mavra si lasciò sfuggire una risatina amara. — No, certo che no. Ho incontrato un uomo, un uomo molto sensibile e gentile, capitano di mercantile, che cominciò a frequentarmi con assiduità. Mi piaceva abbastanza, forse perché aveva delle qualità che mi ricordavano l'uomo che mi aveva salvata tanti anni prima. Era rozzo, virile, cinico, detestava i Com e aveva più palle di qualsiasi uomo che avessi mai conosciuto. Immagino che ne fossi innamorata, non vedevo l'ora d'incontrarlo, di uscire con lui. Non era come con gli altri. Non si trattava di sesso. Sono sicura che non potrei farlo con partecipazione con il primo che capita. Era qualcos'altro, qualcosa di molto meglio. Quando mi accorsi che spesso deviava dalla rotta stabilita soltanto per vedermi, il nostro rapporto diventò ancora più profondo. Eravamo complementari. E lui era proprietario dell'*Assateague*, un'astronave veloce, moderna, assolutamente eccezionale.

— Una circostanza davvero inconsueta, non è vero? — commentò Renard. — Di solito i velivoli di quel genere appartengono a società per azioni, non a singole persone. Non ho mai sentito parlare di un capitano padrone della sua astronave.

— Sì, è davvero strano — ammise Mavra. — Mi ci è voluto un po' per capirne il perché. A un certo punto mi ha chiesto di mettermi con lui, di trasferirmi sull'astronave, con la scusa che non poteva più permettersi l'onere di tutte quelle deviazioni di rotta. Be', era quello che avevo sempre voluto, così naturalmente ho accettato. Solo in seguito mi ha confidato come aveva messo assieme tanti soldi. Era un ladro.

Renard scoppiò a ridere, nonostante la tensione. — Che cosa rubava, e a chi? — domandò.

— Tutto e a tutti — fu la risposta. — Il mercantile era solo un paravento e garantiva mobilità. Gioielli, opere d'arte, oro, argento, chi più ne ha più ne metta. Qualsiasi cosa fosse di valore, lui la rubava. I ricchi, i mafiosi più in vista, i capi dei partiti sui mondi Com rappresentavano un bersaglio particolare. Scassi, spionaggio, ricatti. Cominciammo a lavorare in coppia. Lui mi procurò tutta una serie di sussidi didattici, che funzionavano anche durante il sonno, ipnotici e similari, e nel frattempo continuava a istruirmi finché a un certo punto sembravo proprio una persona ben educata e mi comportavo in conformità. — Mavra ridacchiò. — Una volta entrammo nel magazzino generale di Tutte le Lune Riunite, sostituimmo alcuni chip e facemmo in modo che nei tre giorni successivi il reddito planetario venisse automaticamente accreditato su certi conti fittizi delle banche della Confederazione. E anche dopo la chiusura dei movimenti, ci restò tutto il tempo per prelevare il malloppo e trasferirlo molto lontano. Se non ci hanno beccati quella volta, mi chiedo proprio in quale altra occasione avrebbero potuto farlo.

— E cosa ne è stato del tuo uomo? — domandò con delicatezza Renard.

L'espressione di Mavra s'incupì di nuovo. — Non

fummo mai beccati dalla polizia. Mai. Eravamo troppo in gamba. Poi un giorno rubammo due statuette d'oro del famoso artista Sun Tat, furto che ci era stato commissionato da un grande collezionista. L'incontro era stato predisposto in un bar e non avevamo motivo per pensare che qualcosa non fosse andata per il verso giusto. Ci sbagliavamo. Dietro al collezionista si nascondeva un grande capo della Mafia che avevamo buggerato un anno prima e tutta la faccenda era una trappola. Lo tagliarono in piccoli pezzi e lasciarono le statuette con i resti.

— E così hai ereditato l'astronave — disse Renard.

La donna annuì. — Più o meno un anno prima c'eravamo uniti secondo un rito tradizionale, per sicurezza. In realtà io non ero molto d'accordo ma lui aveva insistito, e i fatti gli hanno dato ragione. Rimasi la sua unica erede.

— E da allora sei sempre vissuta da sola? — domandò Renard affascinato da quella strana donna in miniatura.

La voce che gli rispose era dura come l'acciaio. — Passai un anno alla ricerca di chi l'aveva ucciso. Sono morti tutti lentamente. E tutti sapevano perché stavano morendo. All'inizio il grande capoccia non si ricordava neppure di lui! — Lacrime incontenibili le gonfiarono gli occhi. — Ma alla fine se ne ricordò, eccome! — aggiunse con palese soddisfazione.

"Da quel momento ho continuato con l'attività di famiglia, diciamo così — proseguì Mavra. — Lavorando per due. Ho pagato per aver il meglio che il mercato della criminalità potesse offrire e mi sono mantenuta al massimo della forma. I chirurghi mi hanno trasformata in una minuscola arma mortale, con un'accurata programmazione che tu non riusciresti a immaginare. Se mai venissi presa, la storia che ti ho appena raccontata non potrebbe venirmi fuori neppure con le più profonde torture psicologiche. D'altronde ci hanno già provato."

— Sei stata assoldata per portar via Nikki, non è vero? — domandò Renard.

La donna annuì. — Se non puoi prendere un malvivente, usalo per prendere altri malviventi. Questa era l'idea. E per poco non ha funzionato.

Di fronte a quest'ultima affermazione che riportava tutto al presente, la guardia emise un brontolio. Adesso capiva perché la donna era convinta che sarebbero riusciti a venir fuori da quella situazione apparentemente così disperata. In un'esistenza come la sua, i miracoli rappresentavano la realtà di tutti i giorni.

— Invece, per quanto mi riguarda, non ho proprio nulla da dire, niente di violento, niente di romantico — confidò con un sospiro.

— Mi hai detto di esserti dedicato all'insegnamento — gli ricordò Mavra.

L'uomo annuì. — Sono originario di Muscovy. Un mondo Com, in effetti, ma non di quelli duri. La manipolazione genetica era assolutamente sconosciuta. Famiglia strutturata in modo tradizionale, preghiere cinque volte al giorno – *non esiste altro dio al di fuori di Marx e Lenin è il suo profeta* – ed esami adeguati per verificare quale dev'essere il tuo miglior inserimento nella struttura comunitaria. — La guardia faceva palesemente fatica a trovare le parole adatte. Gli risultava difficile, anche se sembrava non darci peso.

— Avendo dato mostra di buona intelligenza, mi hanno mandato a scuola. Tuttavia non ho mai avuto interesse in nulla di pratico, ragion per cui mi sono messo a studiare *letteratura* antica — disse proprio così, pur cercando di fare del suo meglio — e diventai insegnante. Sono sempre stato *effemmato* — voleva dire "effeminato" — sia nell'aspetto che nel comportamento, ma non nel mio intimo. Mi hanno fatto segno di un'infinità di scherzi. Non è stato piacevole. Sapevo che cosa andavano dicendo di me, anche gli studenti. Non avevo simpatia per gli uomini ai quali piacevano gli altri uomini, ma le donne non mi si avvicinavano neanche. Perciò ho finito col rinchiudermi nel mio guscio, nel mio appartamento con i miei libri e i miei schedari, e ne uscivo solo per tenere le lezioni.

— Perché non hai consultato uno psicologo?

— Ne ho consultato più d'uno. Tutti hanno incominciato a parlare delle cose più assurde, se provavo attrazione per mio fratello e roba del genere. Poi mi hanno sottoposto a una specie di trattamento ipnotico che avrebbe dovuto mutare il mio comportamento ma non ha funzionato. Pensai al suicidio, ma gli psicologi lo hanno scoperto, è arrivata la Polizia popolare e mi hanno arrestato prima che potessi metterlo in atto.

— Lo avresti fatto davvero?

Renard scosse il capo. — Non lo so. Forse sì. Forse no. Mancanza di coraggio, immagino. O forse mi hanno intimamente programmato per non farlo. — Tacque, immerso nei suoi pensieri.

— Mi hanno portato al manicomio per gli internati politici. A loro dispiaceva che avessi pensato al suicidio. Era come una sconfitta per il sistema. A quel punto ritennero opportuno andare per le spicce, magari trasformandomi in una donna, con una personalità adeguata.

— Perché non si sono limitati a ucciderti, facendola finita? — chiese Mavra. — Sarebbe stato meno costoso e problematico.

Renard rimase senza parole... poi ricordò i trascorsi della donna che gli era accanto. — Sui mondi Com non farebbero mai una cosa simile. Non a Muscovy, comunque. No, mi hanno tenuto laggiù per un bel pezzo, non ricordo quanto. Poi è arrivato qualcuno per dirmi che un certo pezzo grosso intendeva parlarmi. Non avevo scelta, così mi sono presentato. Quel tale arrivava da un mondo Com diverso, molto lontano, abitato da ermafroditi, da individui programmati geneticamente per votarsi al lavoro e cose simili. Individui in grado di leggere libri e addirittura amarli erano rari, devi credermi! Persino a Muscovy c'era una percentuale d'analfabeti pari al novantadue per cento. — La difficoltà a pronunciare le parole lunghe era sempre più palese.

— Trelig — azzardò la donna.

Renard annuì. — Hai indovinato. Mi hanno portato con la sua astronave su Nuova Pompei, mi hanno somministrato un'enorme dose di spugna e il mio destino era fatto. Nelle settimane e nei mesi che seguirono la droga ha provocato effetti pazzeschi sul mio organismo. I miei modi effeminati si sono accentuati e le caratteristiche somatiche diventavano sempre più simili a quelle di una donna, mammelle comprese. Ma, stranamente, i miei organi *maschili* si accentuavano e, all'interno della testa, ero ancora un uomo. La mia prima vera esperienza sessuale la ebbi su Nuova Pompei. Continuavo a fare il bibliotecario, ma facevo servizio come guardia dei prigionieri speciali, come Nikki. Su Nuova Pompei tutti avevano problemi psichici di un certo tipo. Trelig reclutava i soggetti più idonei presso i manicomi politicamente meglio organizzati del Com.

— Così eccoti qui — commentò Mavra con inconsueta dolcezza.

Renard sospirò. — Sì, eccomi qui. Quando ho sparato a Ziggy e ti ho aiutato nella fuga, mi sono reso conto che era la prima cosa importante che avevo fatto in vita mia. Avevo addirittura l'impressione di essere appena nato ed esistito solo per quell'unico momento, quell'unica azione: essere lì per aiutarti nel momento del bisogno. E ora... guarda in che razza di pasticcio siamo venuti a trovarci!

Mavra gli sfiorò la gota con un bacio. — Vai a dormire e non preoccuparti tanto. Io non ho ancora perso, e se non ho perso io, non hai perso neppure tu.

Mavra si augurò di tutto cuore di poter credere alle sue stesse parole.

Uchhjin, emisfero settentrionale

— Che razza di postaccio — dichiarò Ben Yulin dando un'occhiata al paesaggio. Non disponendo di una fonte energetica atta ad alimentare il ricambio d'aria sull'astronave, erano stati obbligati a indossare le tute

194

spaziali. Quella più grande era quasi troppo piccola per Zinder il quale aveva assunto la corporatura della grassoccia figlia, ma provvidenzialmente quei marchingegni erano stati studiati per adattarsi a un'ampia varietà di taglie. Quando venivano infilati, tutti quanti assumevano l'aspetto di sacchi informi. Ma quando si collegava la riserva d'aria mediante un respiratore manuale, il materiale reagiva come qualcosa di vivo e continuava ad adeguarsi finché non diventava come una seconda pelle, traslucida e molto resistente.

— Quanta aria abbiamo ancora a disposizione? — domandò Trelig, scrutando il deserto roccioso apparentemente privo di qualsiasi forma di vita.

Yulin si strinse nelle spalle. — Non più di quanto ci necessiterebbe per mezza giornata, nella migliore delle ipotesi, senza lo speciale sistema elettrico del respiratore.

— Non siamo lontani dall'esagono confinante, dove pare ci sia dell'acqua — puntualizzò Trelig con una certa dose di ottimismo. — Vediamo se ci riesce di raggiungerlo. Che cosa abbiamo da perdere?

I tre si misero in moto, seguendo le tracce della scivolata gigante che l'astronave aveva prodotto atterrando sulla pancia.

Non avevano fatto molta strada che sopraggiunse il crepuscolo. Yulin avvertì all'improvviso la sensazione che qualcosa non stesse andando per il verso giusto, e cercò di fare il punto della situazione. Sembrava che intorno a loro ci fossero delle forme, ma non del tutto definite, che si potevano scorgere con la coda dell'occhio, ma che non c'erano più quando giravi lo sguardo.

— Trelig? — chiamò.

— Cosa c'è? — sbottò l'altro.

— Tu o Zinder vi siete accorti che sta succedendo qualcosa di strano? Giurerei che abbiamo compagnia.

Trelig e Zinder si arrestarono entrambi, quasi obbedendo a un riflesso inconscio, e si guardarono attorno. Yulin si accorse che, più l'oscurità aumentava, più era facile vedere quelle strane sagome.

Sembravano esistere solo in due dimensioni, lunghezza e larghezza, e anche tutto ciò era variabile. Da una certa angolazione, davano l'impressione di scomparire. Volavano o galleggiavano, era difficile da capire nell'atmosfera circostante. A Yulin fecero venire in mente una macchia di vernice che si spandeva su un foglio di plastica trasparente. In effetti esisteva un contorno definito, ma questo era mutevole, allargandosi non solo verso il basso ma anche verso l'alto o di lato e così facendo la macchia sembrava estendersi fino a raggiungere un metro di ampiezza e quasi due metri di lunghezza. Però sembrava esistesse un limite al suddetto processo: quando le chiazze raggiungevano la massima estensione, il lembo più avanzato dava l'impressione di ritirarsi verso quello opposto finché non rimaneva che una chiazza di vernice non più estesa di un metro, dopodiché riprendeva la fase d'espansione.

C'erano anche diversi colori. Quasi tutti quelli ai quali riuscivano a pensare, ma mai più di uno alla volta. Blu, rosso, giallo, verde, con tutte le sfumature e le intensità immaginabili.

— Sono creature intelligenti? — si chiese Yulin ad alta voce.

Trelig stava pensando esattamente la stessa cosa. — Sicuramente si stanno addensando attorno a noi, come un capannello di curiosi attorno al luogo di un incidente — commentò il dittatore di Nuova Pompei. — Non capisco come, ma sarei pronto a scommettere che si tratta degli abitanti di questo postaccio.

"Abitanti" forse era un termine troppo azzardato, pensò Yulin. Quelle creature, quasi partorite dalla fantasia onirica di un artista, non erano certo qualcosa di reale, di tangibile.

— Adesso cercherò di toccarne una — disse Trelig.

— Ehi, aspetta, potresti... — obiettò Yulin, ma come tutta risposta ottenne solo una risata.

— Così farò ancora una volta qualcosa di riprovevole — rispose il capo. — E comunque siamo destinati a morire, lo sai anche tu. — Detto ciò allungò una mano e cercò di afferrare la chiazza che gli era più vicina. Mai gli era capitato di vedere qualcosa che reagisse con tanta tempestività. Per un attimo quella creatura surreale restò immobile, poi si dilatò e subito dopo diede l'impressione di essersi spostata di almeno un paio di metri, assolutamente fuori portata.

— Accidenti! — esclamò Trelig. — Certo che sono capaci di muoversi, se lo vogliono!

Yulin annuì. — Forse, se possiedono un qualsiasi tipo d'intelligenza, potremmo parlargli! — propose.

Trelig non ne era così sicuro. — E cosa vorresti dire a una macchia di vernice vivente, e in che modo? — domandò con palese sarcasmo.

— Magari, non capisco come, sono anche in grado di *vedere* — ipotizzò Yulin. — Proviamo con dei gesti.

Si sincerò di averne qualcuna accanto, e in effetti provò la sensazione che quelle cose lo stessero guardando. Additò le bombole di Zinder, poi si portò le mani alla gola, finse di tossire e stramazzò a terra.

Le strisce multicolori sembrarono gradire lo spettacolo. Ne arrivarono altre e fra di esse si diffuse un'eccitazione sempre più palese. Yulin ripeté i gesti diverse volte e le cose si agitarono ancora di più, a volte quasi entrando in collisione le une con le altre per assicurarsi una visione migliore.

Basta con le pantomime, decise Yulin. Consumavano aria preziosa. Si alzò, si mise in posizione frontale e atteggiò le mani in quello che sperava fosse inteso come un gesto di amicizia e di supplica.

A quel punto le macchie sembrarono eccitarsi ancora di più. Ben avvertì la strana sensazione di essere al centro di un furioso dibattito che nessuno al di fuori di quelle strane creature era in grado d'intendere.

Ma stavano discutendo sul modo di venir loro in aiuto, su come farlo, o cos'altro? In effetti era impossibile stabilirlo.

Poi un paio di loro si avvicinarono e diedero l'impressione di esaminare la riserva d'aria da una distanza di circa cinquanta centimetri. Lui le lasciò fare, rimanendo immobile. Come inizio sembrava promettente. Forse avevano afferrato il concetto. Oppure si stavano chiedendo perché mai lui stesse indicando proprio quel buffo aggeggio.

Più l'oscurità avanzava, più diventavano numerose, spuntando da misteriose fenditure del suolo, così minuscole che forse, in altre circostanze, non le avrebbero mai notate. Gli autoctoni sembravano alzarsi come spettri, si raggomitolavano, poi cominciavano a galleggiare in varie direzioni fino a riprendere una traiettoria comune. A un certo punto si era venuta a formare una vera e propria assemblea, un arcobaleno di strane forme ondulate.

All'improvviso, le creature diedero l'impressione di aver raggiunto una specie di decisione a unanimità. Si strinsero attorno agli umani formando un tale muro da ottenebrare la vista. Poi, con chiara intenzione, da un lato si formò una minuscola apertura. Ai tre sopravvissuti non restava che aspettare.

— Credo che intendano spingerci da qualche parte — commentò Trelig. — Andiamo?

— Sempre meglio che svenire qui e morire nell'arco di un paio di ore — rispose Yulin. — Fai strada tu o devo farla io?

Trelig fu il primo a mettersi in moto, seguito da Zinder e per ultimo da Yulin. Era ovvio che li stessero conducendo in qualche luogo: davanti a loro, il cammino era sempre libero, ma la zona che si lasciavano alle spalle veniva immediatamente occupata da quelle strane creature.

Yulin controllò la riserva d'aria. All'incirca due ore, pensò, e si augurò che il posto verso cui li stavano conducendo non fosse troppo lontano.

Tale pensiero dominava la mente di tutti, assieme agli ultimi residui di dubbio, quando, appena poco più di un'ora dopo, raggiunsero uno spiazzo roccioso. Lì si era radunato un incredibile numero di creature, forse diverse migliaia. Ovviamente alcune erano venute lì per "vederli", ma altre invece erano impegnate in una serie di attività che davano l'impressione di avere uno scopo preciso, anche se inimmaginabile.

— Yulin, guarda! — disse Trelig palesemente eccitato.

Ben Yulin scrutò nell'oscurità illuminata dalla luce delle stelle, verso il pendio della collina, ma per un attimo non vide ciò che aveva attirato l'attenzione del compagno. Poi notò i contorni di un'apertura scura.

— Una caverna? — domandò con disappunto. — Accidenti, ci stanno portando dal loro capo o roba del genere.

— No, no! — obiettò Trelig. — I miei occhi attuali, che sono quelli di Renard, devono essere migliori dei tuoi, ossia di quelli di Mavra Chang. Osserva la *forma* della cavità.

Yulin aguzzò di nuovo la vista. L'apertura era notevole, forse oltre due metri per ognuno dei sei lati.

Sei lati!

— Un esagono! — esclamò Yulin, non riuscendo a mascherare lo stupore. — Hanno captato il messaggio!

— Staremo a vedere! — replicò Trelig. — Ovviamente ci vogliono far entrare là dentro e altrettanto ovviamente non ci resta che obbedire. La riserva d'aria si sta esaurendo. Obiezioni?

— D'accordo, andiamo — rispose Yulin, augurandosi che non fosse solo una sorta di sede di governo di quelle creature misteriose.

Trelig si avviò per primo. Non ebbe l'impressione di entrare in una cavità o in una fossa. Si limitò semplicemente a fare qualche passo, sembrò impietrito per un attimo, poi scomparve. A quel punto Yulin spronò Zinder a fare altrettanto ma anche lo scienziato si rendeva perfettamente conto di quanto le riserve d'aria fossero sul punto di esaurirsi. Pure lui avanzò, e si verificò il medesimo effetto. Poi Ben Yulin si concesse un profondo respiro e s'incamminò a sua volta.

Provò una strana sensazione, come precipitare attraverso un enorme, interminabile buco. Niente di assolutamente piacevole, anzi era vero esattamente il contrario, ma dovevano sopportarlo.

La sensazione cessò con la stessa tempestività con cui era cominciata, facendoli sfociare in una strana caverna abitata da altre creature fluttuanti.

Gli altri due erano già lì.

— Oh, no! — imprecò Yulin, avvertendo una morsa allo stomaco. — Solo una specie di ascensore?

Trelig stava per dire qualcosa quando apparve una figura spettrale del tutto diversa da qualsiasi di loro, umani o creature che fossero. Enorme, alto almeno tre metri e con una muscolatura conforme, aveva delle chele spaventose, una serie di zampe da insetto ed era protetto da una specie di guscio artificiale.

— Cosa diavolo? — riuscì a dire Trelig, ma vide la figura fare un inequivocabile gesto con le chele, come per dire "Seguitemi", prima di girarsi e scendere lungo il declivio della grotta.

— La nostra nuova guida — pensò Yulin. — Forse quelle macchie di vernice mi piacevano di più. Comunque, andiamo. L'aria sta finendo.

Il gruppetto attraversò un passaggio, una porta si aprì ed eccoli in una specie di portello stagno che dapprima si chiuse alle loro spalle, poi si aprì dopo qualche minuto. La creatura li aveva preceduti e li stava aspettando all'esterno.

Da quel punto si dipartiva un lungo corridoio costituito da un materiale cristallino che rifletteva opalescenze arancioni. Tutta l'area era illuminata e Yulin non fu il solo a notare la lunga fila di porte a forma esagonale. I corridoi invece erano quasi arrotondati, senza nessun angolo retto.

La massiccia creatura dall'aspetto di insetto procedette lentamente lungo il camminamento e loro la seguirono. Il tragitto sembrò lungo: Yulin, consultando il contaminuti dell'aria, lo valutò attorno ai venti minuti.

All'improvviso il corridoio sfociò in un locale enorme. Anzi, enorme era un termine inadeguato per difetto. La stanza aveva sei lati, cosa che ormai appariva del tutto naturale; ma le proporzioni erano così assurde che ci volle del tempo per cogliere la geometria. Anche la zona centrale aveva la forma di un gigantesco esagono di vetro, attorno a cui correva una balaustra che evidentemente fungeva anche da passerella. L'intera illuminazione derivava da un'unica fonte luminosa, con sei sfaccettature, come un gioiello enorme, che pendeva dallo sterminato soffitto.

La passerella si rivelò qualcosa di più complesso. La grande creatura la imboccò e fece strada in modo che anche loro potessero accedere alla superficie vinilica e spugnosa, poi premette un punto imprecisato della parete.

E a quel punto la passerella cominciò a muoversi, facendo quasi perdere l'equilibrio ai tre naufraghi dello spazio.

Ci vollero quasi dieci minuti per arrivare a un'altra fenditura nella parete, superando diverse aperture attraverso le quali era possibile accedere alla superficie cristallina, ma il gruppo continuò a procedere. Alla fine si fermarono e quella bizzarra creatura, che a loro sembrava molto simile a una gigantesca aragosta costituita da vetro trasparente, si avviò lentamente lungo un nuovo corridoio.

Poi raggiunsero un'ulteriore stanza, molto più piccola sia della grande camera che della caverna. Anche qui c'era un portello stagno, ma stavolta si trattava di un quadrato quasi perfetto. Il soffitto e tre delle pareti avevano un aspetto normale, e lo stesso valeva per la zona della porta.

La quarta parete era oscurità totale.

— Si direbbe un altro trasferimento — rilevò Trelig. — Spero che, entro i prossimi quaranta minuti, ci si ritrovi in un'atmosfera respirabile per noi.

— Trentasei — rispose cupo Yulin, che ogni mezzo minuto controllava l'indicatore.

— Non ci lasceranno morire — aggiunse Trelig con aria fiduciosa. — Si sono già dati sin troppo da fare. — Poi, non senza esitazione, passò nel nero assoluto, seguito da Zinder e da Yulin.

Di nuovo sperimentarono quella sensazione di caduta, solo che stavolta sembrò più lunga. Yulin era preoccupato proprio della durata e avrebbe voluto consultare il timer, ma non si vedeva assolutamente nulla.

Emersero in un locale identico. In effetti tutt'e tre sarebbero stati pronti a giurare di non essere andati da nessuna parte. Il timer di Yulin indicava però un'autonomia di trentasei minuti, il che stava a significare che la lunga caduta che avevano appena affrontato non aveva praticamente avuto alcuna durata temporale. Era impossibile, si disse il giovane scienziato. Poi notò un leggero sibilo, quasi impercettibile, ma l'ago del timer cominciò a spostarsi.

— Trelig, stiamo riacquistando energia! Il sistema elettrico si è rimesso a funzionare! — si trovò a urlare.

Il sollievo e l'eccitazione pervasero tutt'e tre. Fu Trelig, pratico come sempre, a riportarli con i piedi per terra.

— Ricordatevi che siamo manipolati da qualcuno — li mise in guardia. — Forse potrebbero sapere più di quanto pensiamo. Tieni presente che tu sei Mavra Chang, pilota, e nessun altro e che io sono Renard. Non pronunciare mai più nessun altro nome! — Aveva parlato in tono gelido, sarcastico, tagliente. — Se ci interrogano assieme, lasciate che sia io a parlare. Se invece ciò avvenisse separatamente, dite la verità fino al momento in cui l'abbiamo modificata. Non sapete chi c'era nell'altra astronave. Intesi?

Yulin si calmò.

All'improvviso la porta scivolò su binari ed entrò una seconda creatura.

Tutti spalancarono gli occhi non ancora avvezzi alle mutanti meraviglie delle razze del Mondo del Pozzo. Il personaggio in questione era alto poco meno di due metri, con un corpo massiccio e levigato, di una strana colorazione verdastra, terminante in due grosse gambe a forma di tronco, apparentemente senza articolazioni, a loro volta sostenute da grossi piedi a tinozza. Da un punto appena sopra la vita si dipartivano due braccia affusolate segmentate verso il fondo. La testa, ubicata sopra un collo assurdamente sottile, sembrava una lanterna di Halloween, la bocca atteggiata in una permanente espressione di sorpresa e due piattini quasi luminosi come occhi. Nessuna traccia di naso o di orecchie, notò Yulin. In cima a tutto spuntava un'enorme foglia, presumibilmente dotata di una vita a sé stante, che si muoveva lentamente verso la fonte luminosa più forte.

Nei tentacoli a sinistra la creatura teneva un cartoncino o qualcosa di simile, che a un certo punto posizionò in modo tale che i tre potessero leggere. Il messaggio era formulato nella semplice terminologia comune a tutta la Confederazione, il che stava a confermare l'illazione di Trelig secondo cui gli abitanti di quel mondo sapevano benissimo chi fossero e da dove arrivassero. A matita e in stampatello c'era scritto quanto segue:

POTETE TOGLIERVI LE TUTE. L'ARIA È RESPIRABILE
QUANDO AVRETE FINITO, SEGUITEMI PER RICEVERE ULTERIORI
COMUNICAZIONI.

Trelig accettò la garanzia e schiacciò il tasto per sganciare il casco. Azzardò un lungo sospiro e appurò che l'aria era buona. Soddisfatto, chiuse l'erogatore che portava sulla schiena. La tuta si raggrinzì, poi si ripiegò a terra come un mucchio di cenci sintetici. Aiutò Zinder a fare lo stesso. Anche Yulin si accinse a imitarlo, ma all'improvviso avvertì un orribile conato di vomito e un fiotto di sangue gli sgorgò dalla gola mentre fitte di dolore gli trafiggevano tutto il corpo.

Cadde a terra e perse i sensi.

Teliagin

Nel primo pomeriggio del terzo giorno, l'unica cosa che Mavra Chang temeva più della pioggia si verificò.

Uscirono dalla protezione della boscaglia.

Non in maniera totale, ovviamente. Era ancora un ambiente bucolico e ciuffi di alberi punteggiavano l'erba per un'estensione di oltre un chilometro. Ma davanti a loro si apriva una grande pianura verdeggiante, solcata da diverse strade sterrate sulle quali si sviluppava una notevole mole di traffico. Dal limite della radura i tre potevano osservare i grandi ciclopi che andavano e venivano, alcuni da soli, altri in gruppetti, altri ancora con pesanti bisacce di pelle di pecora sulle spalle, e certuni intenti a sospingere grossi carri di legno strabordanti di ogni genere di mercanzia.

— Guardate il cielo illuminato — disse loro Mavra. — Quantomeno adesso sappiamo di non esserci mossi in circolo.

Renard annuì — Sì, abbiamo percorso un lungo tratto dal punto in cui siamo atterrati. Ma si tratta della strada giusta?

Mavra si strinse nelle spalle. Qual era la strada sbagliata? Quella in cui non avevi più via di scampo. Solo in quel caso si poteva definire la strada sbagliata.

— Per un po' potremmo continuare a seguire la boscaglia sulla sinistra — propose. — Forse finiremo con lo sbucare in quella strada laggiù. Non sarebbe la prima volta che ci capita di attraversare una strada.

— Non sarei della stessa opinione — puntualizzò Renard che quel giorno parlava normalmente ma si limitava a frasi più brevi e meno complesse. In realtà neppure mentalmente riusciva a elaborare parole costituite da più di tre sillabe.

Mavra Chang sospirò. — Allora dovremo fermarci qui fino al tramonto. Certamente non possiamo attraversare adesso, con tutte quelle creature gigantesche. — La prospettiva non le andava a genio. Nonostante il trattamento ipnotico, rinnovato la sera precedente, impedisse a quei due di rendersi conto del loro stato, il deterioramento mentale stava diventando evidente in Renard e ancor più in Nikki. Perdendo altro tempo avrebbero perso un'altra quota di intelligenza.

— Non voglio essere mangiata — dichiarò Nikki Zinder. — Vi ricordate quel mostro che abbiamo visto poco fa? Si è divorato una pecora in tre bocconi.

Mavra non l'aveva certo dimenticato. Sarebbero rimasti nascosti fino al sopraggiungere dell'oscurità, quando senz'altro il traffico sarebbe scemato. Non sapeva assolutamente se qualcuno dei suoi sistemi di difesa, dei quali si era tanto vantata con Renard, avrebbe funzionato su quei bestioni, e in realtà non aveva alcun desiderio di provarci. Non ci teneva a fare la stessa fine della pecora.

I tre si sistemarono sull'erba e pian piano finirono con l'appisolarsi. Erano assolutamente sfiniti e inoltre l'effetto della spugna si propagava anche al corpo, nonostante il deterioramento fisico fosse meno evidente di quello mentale. Ecco perché Renard e Nikki si erano stancati prima, fino a perdere quasi del tutto la coordinazione motoria. Per quanto riguardava invece Mavra, da quando era sbarcata su Nuova Pompei aveva dormito pochissimo e pertanto la fatica stava prendendo il sopravvento anche su di lei. Anzi, fino a quel momento era stata sostenuta soltanto dalla forza di volontà: se ne rendeva conto anche se non lo avrebbe mai ammesso, neppure con se stessa. Poi si addormentò.

Fu Renard a svegliarsi per primo. In realtà aveva dormito solo a intermittenza, non avvertendone molto la necessità grazie all'effetto energetico che la sera prima Mavra gli aveva indotto con l'ipnosi. Scivolò fino al limitare della pianura. Ancora un sacco di traffico, forse non intenso come prima, ma esporsi in quel momento avrebbe significato una cattura sicura.

Si ritrasse. Mavra dormiva così pesantemente che non lo sentì ma Nikki si stiracchiò, aprì gli occhi e lo guardò fisso.

— Salve — gli sussurrò.

— Ssst! — le disse lui, portandosi il dito alle labbra. Poi si avvicinò.

Lei continuò a fissarlo con quegli occhi scuri leggermente spenti. — Credi che ce la faremo? — domandò. Adesso anche lei, pur usando un vocabolario semplice, si esprimeva con palese difficoltà.

— Sì, ma non subito — la rincuorò l'uomo mentre la ragazzina ormai era così vicina da sfiorarlo.

— Renard?

— Sì, Nikki?

— Ho paura.

— Ne abbiamo tutti — replicò lui con sincerità. — Ma dobbiamo andare avanti.

— *Lei* no — rettificò la ragazza additando Mavra. — Lei non ha paura di niente.

— Diciamo che ha semplicemente imparato a conviverci. In pratica sa come evitare di lasciarsi coinvolgere troppo profondamente. Dovresti farlo anche tu, Nikki.

La ragazza scosse la testa. — Ma c'è dell'altro. Non voglio morire, certamente, ma se questo fosse il mio destino, vorrei... — Le vennero meno le parole.

Renard proprio non capiva. Dopo un po' Nikki proseguì: — Ronnie, vuoi fare l'amore con me?

— Che cosa? — Soltanto l'idea lo aveva lasciato di sasso.

— Voglio farlo, almeno una volta. Ti prego. — La voce era supplichevole e gli occhi gonfi di lacrime. — Non voglio morire senza farlo anche solo una volta.

Renard fissò la sagoma addormentata di Mavra Chang, poi passò lo sguardo sulla ragazzina patetica che gli era accanto, e si chiese come mai, anche con la prospettiva di una morte sicura, ci si poteva lo stesso trovare in situazioni così imbarazzanti.Ci rifletté sopra per un po' cercando di arrivare a una decisione. Alla fine si risolse. Perché no?, pensò. Cosa ci sarebbe stato di male? E inoltre si trattava di una cosa, quantomeno, che poteva far per qualcun altro senza rischio di errori.

Mavra Chang si svegliò di sobbalzo e si guardò in giro. Era buio: evidentemente aveva dormito per un bel po'. All'improvviso avvertì una fitta di emicrania e altri

206

dolori vari, evidentemente provocati dal fatto di aver dormito così a lungo sempre in quella posizione. Un sonno di piombo.

Si guardò di nuovo attorno e scorse Renard e Nikki seduti a terra, la schiena appoggiata al tronco di un grosso albero. L'uomo, che non sembrava del tutto addormentato, cingeva con il braccio la vita della florida ragazza, serenamente abbandonata fra le braccia del sonno. Di getto Mavra capì che cosa era successo; ma ormai era fatta e ciò l'infastidiva e l'infastidiva il fatto di essere rimasta infastidita. Forse perché non riusciva ad afferrarne la motivazione.

Si voltò e scivolò fino al limite della radura. In quel momento il traffico era praticamente inesistente. Di tanto in tanto passava un carretto con due torce sulle fiancate che illuminavano l'accigliata creatura che lo trascinava, ma praticamente nient'altro. A quel punto era deducibile che i ciclopi non ci vedessero troppo bene di notte; in effetti erano quasi inattivi dopo il tramonto e cominciavano a muoversi all'alba.

Ritornò dai due, che nel frattempo non si erano mossi, e con dolcezza cominciò a svegliarli. Nikki sembrava la più calma, il che era apprezzabile, ma rappresentava un brutto segno dal punto di vista mentale. Mavra si chiese se l'effetto fosse più veloce, nonostante quanto le aveva detto Renard, oppure se fosse soltanto solo più evidente quando si cominciava a scendere sotto il livello normale.

— Direi che siamo pronti per l'attraversamento — disse. — E stasera andremo avanti il più possibile per cercare di recuperare il tempo perduto.

— Dobbiamo metterci a correre? — domandò Nikki quasi con eccitazione.

— No, Nikki, non correremo — rispose pazientemente Mavra. — Ci limiteremo a una bella sgambata.

— Ma quei giganti ci mangeranno — protestò la ragazza.

— Non ce ne sono poi molti — la rincuorò Mavra.

— E se qualcuno si avvicinerà, non faremo altro che acquattarci fra l'erba e aspettare che se ne vadano.

Renard fissò Nikki e le accarezzò la mano. La ragazzina gradì il gesto e gli fece delle moine. — Adesso andiamo, Nikki — le disse con dolcezza.

I tre si spinsero verso il limitare della pianura. In giro non si vedevano né torce né carretti: solo due tenui luci baluginavano in lontananza. Probabilmente lo stesso carretto che aveva visto passare, pensò Mavra.

— Coraggio, mettiamoci in marcia — disse ai compagni, prendendo la mano destra di Nikki nella sua sinistra e quella sinistra di Renard nella sua destra. Il gruppetto si mise in moto.

L'attraversamento fu addirittura troppo facile. Era rimasta la copertura di nuvole, che rendeva il contesto ancora più cupo, e per le strade non c'era letteralmente nessuno. Attraversarono la radura in circa venti minuti senza nessun problema, tanto che Mavra s'illuse che forse avrebbe potuto tirare il fiato almeno per un po'.

Ma poi cominciò a piovere. Non una pioggia particolarmente violenta, neppure accompagnata da folate di vento, ma una precipitazione costante che, nonostante la temperatura mite, infastidiva non poco. Ben presto la terra si trasformò in fango e loro erano inzuppati fino al midollo. Nikki sembrava divertirsi un sacco, ma l'avanzata si faceva sempre più difficoltosa e gli alberi non offrivano molta protezione.

Mavra Chang si lasciò sfuggire un'imprecazione. Il fango stava diventando sempre più consistente e scivoloso e a un certo punto fu chiaro che non avrebbero potuto andare più avanti. Altro tempo perduto, e pensare che non potevano permettersi di sciupare neppure un minuto.

Poi cominciò anche il vento e subentrò il freddo. Bisognava assolutamente prendere una decisione. Mavra trovò un riparo, un boschetto costituito da cespugli particolarmente alti e così ravvicinati da dare la sensazione dell'asciutto. E comunque avrebbero dovuto accontentarsi: di meglio sarebbe stato impossibile trovare.

L'alba del giorno dopo era più luminosa e asciutta, ma solo perché le nuvole si erano assottigliate e aveva smesso di piovere. Tutt'e tre erano conciati malissimo, ricoperti di fango, i capelli attorcigliati e scomposti.

Renard era preoccupato. — Ho l'impressione di non essere più in grado di pensare con lucidità, Mavra — le disse con una smorfia di dolore. — E neppure d'inquadrare come si deve una qualsiasi situazione. Che cosa mi sta succedendo?

La donna avvertì una fitta di compassione nei confronti del compagno, ma non rispose alla domanda. Nikki, naturalmente, stava persino peggio. Aveva trovato una pozzanghera di fango e adesso ci giocava sguazzando come una pazza e prelevando manciate di terra per fare le formine. La ragazzina alzò lo sguardo verso Mavra e Ben.

— Salve — gridò, prendendo in mano una specie di tortino che aveva appena preparato. — Avete visto che cosa ho fatto?

Mavra pensò velocemente a come provvedere a quei due disgraziati che ormai dipendevano totalmente da lei. In realtà Renard sarebbe stato ancora capace di cavarsela da solo, ma per quanto tempo? Invece, per quanto riguardava Nikki, la ragazza si stava consumando proprio sotto i suoi occhi. Doveva assolutamente fare qualcosa per tenere sotto controllo la situazione.

Prese i due sottobraccio e con cura cominciò a scegliere le parole in modo che potessero seguire il filo del discorso.

— Nikki, d'ora in poi non ricorderai più nulla in merito alla tua persona ma solo che ti chiami Nikki. Inteso?

— Sì, sì — rispose la ragazzina.

Mavra si rivolse a Renard.

— E anche tu, amico, non ricorderai più nulla in merito a chi sei o a chi siamo noi, ma soltanto che ti chiami Renard. Inteso?

— Inteso — fu la risposta.

— Sei Renard. Hai cinque anni e sei mio figlio. Io sono la tua mamma e tu vuoi bene alla tua mamma e fai sempre quello che ti dice. Capito?

Il tono dell'uomo si fece più dolce, più simile a quello di un bambino. — Sì, mammina — rispose.

— Bene — approvò Mavra. — E adesso stammi bene a sentire: Nikki è tua sorella. È più giovane di te e tu devi aiutarla. Mi segui? Vuoi bene alla tua sorellina e devi aiutarla.

— Sì, mammina — rispose di nuovo Renard.

La donna si rivolse di nuovo a Nikki. — Nikki, Renard è il tuo fratellone e tu gli vuoi un sacco di bene. Se ti trovi in difficoltà, lascia che ti aiuti.

— Certo, certo — rispose la ragazza con la cantilena di una bambinetta.

Mavra era relativamente soddisfatta del risultato. Già in passato le era capitato di far scattare questo fenomeno di regressione, anche se in circostanze diverse. Una volta aveva convinto il direttore di un museo di essere suo figlio e lui le aveva dato le chiavi dell'ingresso e aveva disinserito l'allarme. L'aveva anche aiutata a portar fuori la refurtiva. Pensava di aiutare la mammina a fare il trasloco.

Comunque, da quel momento in poi, avrebbe dovuto ricordare di essere la mamma di due figli cresciutelli, e comportarsi di conseguenza.

— Coraggio, figlioli. Adesso dobbiamo andare — disse con voce dolce.

Nikki si dimostrò contrariata. — Oh, ti prego, mammina, non possiamo giocare ancora un po'?

— Non adesso, tesoro. Dobbiamo muoverci. Coraggio, tutt'e due, date la mano alla mamma.

Tutto filò via liscio per un po', anche se era difficile tenerli sotto controllo come bambini, nonostante le istruzioni trasmesse attraverso l'ipnosi. Come tutti i ragazzini cercavano di allontanarsi, si strattonavano fra di loro e, per tenerli ragionevolmente tranquilli, era necessario intervenire a muso duro.

A un certo punto Mavra cominciò anche a pensare che aveva preso un grosso granchio, che non avrebbe mai visto nessuna montagna e che quella pericolosa distesa brulla sarebbe andata avanti all'infinito. Però il terreno si stava facendo più ondulato, punteggiato da grossi massi di roccia vulcanica. Possibile che fossero un sorta di colline pedemontane?

Poi, all'improvviso, eccole. In realtà non si potevano certo definire montagne, ma certamente erano bellissime a vedersi. Elegantemente stratificate, come grandi rughe nella crosta terrestre, si elevavano a circa ottocento metri dai tre viaggiatori. Come la maggior parte delle alture di quella conformazione morfologica, erano solcate da profonde scanalature, dove ruscelli e canaloni ghiacciati avevano eroso passaggi attraverso la barriera. Il più basso e vicino di questi avrebbe comunque richiesto un'ascensione di almeno trecento metri, tuttavia la salita non sembrava troppo ardua e c'erano diversi spuntoni di roccia sotto i quali ripararsi o concedersi un po' di riposo. Se avessero avuto un po' di fortuna, avrebbero potuto farcela prima del buio, pensò.

Mavra si accorse che sui declivi stavano brucando molte pecore e la cosa non le andò a genio perché ciò significava con ogni probabilità la presenza di uno o più pastori ciclopi. Pensò di sospendere la marcia fino al tramonto, ma ciò avrebbe significato la perdita di altro tempo. Si guardò attentamente attorno, valutando l'eventualità che quei due se ne stessero buoni mentre effettuava un miglior lavoro di ricognizione, ma non osò indurli a dormire. Correva il rischio di non riuscire più a recuperare la loro personalità ormai già così compromessa.

A quel punto decise di correre il rischio. Prendendoli per la mano e raccomandando loro di comportarsi bene, schizzarono più in fretta possibile attraverso lo spazio aperto fino a raggiungere il primo affioramento roccioso a pochi chilometri di distanza, dove avrebbero potuto trovare una certa protezione.

In realtà sembrava più vicino di quanto non fosse e risultò difficile tenere a bada i "bambini" mentre passavano accanto ad alcune pecore che brucavano l'erba.

Pur in quell'estremo stato di pericolo e tesa com'era a cogliere un qualsiasi segno di vita più pericolosa, Mavra rifletté su quanto fosse inconsueto che un simile animale, così comune dalla sua parte dell'universo, dovesse trovarsi lì.

Adesso le rocce sembravano più vicine, quasi raggiungibili in un balzo. Ancora qualche secondo e ce l'avrebbero fatta!

Poi si sentì una specie di terribile ruggito che li agghiacciò. Di fronte a loro sbucò all'improvviso una figura massiccia, e poi un'altra: un maschio e una femmina. Forse erano stati disturbati mentre se ne stavano acquattati là dietro per i fatti loro oppure era da un pezzo che stavano tendendo il loro agguato: in qualsiasi caso, ormai la cosa non importava più.

Nikki urlò e tutti si misero a correre ma le creature, una volta che si furono riprese dalla sorpresa iniziale, reagirono con estrema rapidità. Una grande mano scese ad afferrare la più lenta del gruppo, Nikki, dopodiché la gettò verso l'altra come un frutto maturo.

L'enorme maschio invece si occupò per prima cosa di Mavra. Sebbene questa fosse molto veloce, dieci dei suoi passi equivalevano a due del ciclope gigante, ragion per cui venne catturata in pochi istanti. Subito dopo la femmina, sopraggiunta in quell'istante, la prese con sorprendente delicatezza e la portò dietro le rocce.

Renard, relativamente lontano quando aveva sentito gridare Mavra, si girò a vedere che cosa era successo. Ciò gli fu fatale. L'enorme creatura lo prese e ridicolizzò i suoi futili sforzi di reazione. Poi, tenendolo come un grosso bambolotto, raggiunse la compagna dietro le rocce. Si trattava di un piccolo accampamento, presumibilmente un rifugio temporaneo per i pastori della zona, caratterizzato da una rozza ma spaziosa capanna di legno con voluminosi materassi di paglia, coperte di lana grezza e all'esterno una specie di forno all'aperto dove si scorgevano carboni ardenti e una rudimentale graticola di ferro. Evidentemente quei pastori amavano la buona cucina: sullo spiedo stava infatti rosolando un agnellino che era stato ucciso e scuoiato da poco. I tre prigionieri videro anche uno dei grandi carri di legno, e proprio là dentro furono lasciati cadere. Le fiancate erano alte quasi tre metri.

Mavra si guardò attorno. Il carretto puzzava di sostanze sulla natura delle quali sarebbe stato meglio sorvolare, e vi imputridivano resti di erba essiccata e anche una balla di fieno. Nikki si ritirò piangendo in un angolo e il comportamento di Renard non fu molto più dignitoso.

Mavra si guardò in giro. Le assi fornivano un appoggio usufruibile e negli stivali ricoperti di fango ancora le restavano certi aggeggi che l'avevano aiutata nel corso della sua attività di ladra interplanetaria. Forse ce l'avrebbe fatta a venirne fuori.

Poi lo sguardo cadde sugli altri due. Lei avrebbe potuto farcela, ma loro mai. Tanto per cominciare il veleno si era rivelato assolutamente inefficace; lo aveva già sperimentato sui due ciclopi e quelli non avevano battuto ciglio. Forse i loro sistemi biochimici erano troppo alieni per reagire alla sostanza, o forse si trattava di masse talmente enormi che per raggiungere un effetto soddisfacente occorreva un quantitativo di veleno infinitamente maggiore. Comunque, era inutile abbandonarsi a tante elucubrazioni. Quella era la fine della sua missione. Aveva fatto fiasco.

Guardò fuori dalla fenditura fra le assi che le risultava appena accessibile se si alzava in punta di piedi. Era evidente che la femmina stava litigando con il maschio. Un gran gesticolare, accompagnato da grugniti e urla sul significato di alcuni dei quali era impossibile equivocare.

A un certo punto l'uomo entrò nel capanno e ne uscì un attimo dopo reggendo una grossa grata di ghisa. Mavra avvertì una stretta al cuore, e tale sensazione si rivelò giustificata. Il ciclope si avvicinò, diede un'occhiata nel carro, li gratificò di un bieco sogghigno, dopodiché sistemò la grata sopra le loro teste. Di lì a poco arrivò un digrignar di denti a testimonianza che le tenere carni dell'agnello erano ormai state cotte a puntino.

Mavra diede un'occhiata alla grata. Le maglie erano troppo strette per passarci attraverso, almeno a giudicare dal suo punto di osservazione. E si trattava di metallo pieno; sollevare la struttura sarebbe stato assolutamente impossibile.

A quel punto non le restò che raggomitolarsi in un angolo, cercando d'immaginare come evitare di fare la fine dell'agnello.

Zona Sud

Ben Yulin emise un gemito e lentamente cominciò a svegliarsi. Cercò di muoversi ma il dolore lo bloccò. Avvertiva la strana impressione di essere nudo, in una specie di letto, coperto da una sorta di lenzuolo, ma niente di più.

Aprì gli occhi, emise un altro gemito, poi li richiuse. Gli occorsero diversi secondi prima di avere di nuovo la voglia di riprovarci.

Erano ancora lì.

Accanto a lui c'era una grossa creatura pelosa in camice con una specie di stetoscopio modificato attorno al collo taurino: una creatura molto simile a un castoro gigante con due enormi dentoni. Solo gli occhi erano diversi: enormi, punteggiati da pagliuzze dorate, e sprizzavano calore e intelligenza. Dietro il castoro c'era un uomo-serpente con sei braccia che rispondeva al nome di Serge Ortega, la cui espressione sotto le sopracciglia candide appariva molto preoccupata. A completare la scena c'era anche una creatura-pianta.

Si guardò attorno con un certo disagio, poi scorse la sagoma di Renard il quale, avviluppato in un largo mantello fissato all'altezza del collo, se ne stava accanto alla porta con atteggiamento annoiato. Questo particolare lo riportò alla realtà.

La figura e la postura erano quelli di Renard ma l'indefinibile alone di altezzosa sicurezza gli ricordarono Antor Trelig. E ciò gli fece venir in mente anche l'ultimo ammonimento del signore di Nuova Pompei, ragion per cui cercò di rilassarsi e di lasciar spazio alla personalità di Mavra Chang.

— Dove sono? — riuscì a dire prima di essere tacitato da un fastidioso colpo di tosse.

— In ospedale — rispose la strana creatura dalle parvenze di un roditore. Il giovane scienziato notò con sorpresa che l'alieno si stava comunque esprimendo nel linguaggio comune a tutta la Confederazione. Con notevole difficoltà, in effetti, ma in modo comunque comprensibile.

A quel punto intervenne l'uomo-serpente, il cui eloquio era addirittura chiarissimo e assolutamente perfetto. — Il dottor Muhar è un Ambreza — spiegò, senza spiegare in effetti nulla. Essendosi accorto del passo falso, si affrettò però ad aggiungere: — Sul Mondo del Pozzo esiste un esagono abitato da gente simile a voi. Gli Ambreza sono confinanti. La vostra gente ha passato un brutto momento e gli Ambreza si sono presi la briga di cercare di risolvere i vostri problemi medici. Ecco perché lo abbiamo fatto venire.

— Che cosa mi è successo? — domandò Ben, ancora incapace di muoversi.

L'Ambreza si rivolse a Ortega, il quale si esprimeva nel linguaggio del posto come se ci fosse nato.

— Sei svenuto nel Cancello Polare — gli ricordò l'uomo-serpente. — Quando ti abbiamo tolto la tuta spaziale, ci siamo accorti che eri ridotto piuttosto male. Lividi in tutto il corpo, tre costole rotte, di cui una, a causa del fatto che ci hai camminato sopra, ha finito col perforare alcuni organi vitali.

— Siete in grado di guarirmi? — domandò preoccupato Yulin.

L'Ambreza ridacchiò. — Disponendo di un sacco di tempo, sì — rispose con voce dai toni troppo alti, come una registrazione fatta scorrere a velocità leggermente troppo elevata. — Ma non sarà necessario. Passerete attraverso il Pozzo.

Yulin cercò di muoversi, ma non ci riuscì. Era forse sotto l'effetto di qualche droga? Probabilmente, ma comunque a quel punto non faceva alcuna differenza.

— Il tuo amico Renard ci ha informato esaurientemente su quanto vi è successo — disse Ortega. — In effetti ne avete passate delle belle. Mi piacerebbe trattenervi qui per un po', ma sia Renard che la piccola Zinder hanno un problema di spugna, a cui solo il Pozzo può porre rimedio. Quanto a te, sei conciato proprio male. Non so proprio come tu abbia potuto tirare avanti.

Yulin scoppiò in una risata. — Semplice paura. Quando sta per mancarti l'aria, qualsiasi dolore non sembra più importante.

L'uomo-serpente annuì. — Posso capirlo. Un atteggiamento che non fa una grinza. Abbiamo dovuto procedere a un rapido intervento per salvarti la vita, anzi, diciamo che lo hanno fatto il dottor Muhar e i suoi collaboratori. Il nostro obiettivo primario era solo quello, ragion per cui abbiamo imboccato la strada più veloce. E adesso, anche se non voglio spaventarti perché non si tratta di una condizione permanente, devo dirti che sei totalmente paralizzato.

Nonostante la parziale rassicurazione, Yulin restò senza fiato, sopraffatto da una marea di emozioni: emozioni che forse potevano essere di Mavra Chang forse di entrambi. Sorprendendo quasi se stesso, cominciò a piangere sommessamente.

— Ho detto che non si tratta di una condizione permanente — cercò di confortarlo Ortega. — Nulla è permanente nel Mondo del Pozzo quando ci sei appena arrivato, e talvolta neppure più tardi. Prendi me, per esempio. Quando sono venuto qui, ero un uomo della tua razza, piccolo e robusto al pari di te. Il Mondo del Pozzo cura i tuoi problemi, ma ti cambia anche.

Yulin tirò su con il naso. — Cosa vuoi dire?

— Stavo aspettando che ti riprendessi per fare un bel

discorsetto a tutti. Comunque non ho perso tempo. Adesso sappiamo con che cosa abbiamo a che fare, e questo non è roba da poco. — Fece un cenno a Trelig. — Accompagna qui la ragazza.

Trelig si allontanò un attimo, poi si ripresentò scortando Zinder. Gli effetti del condizionamento sembravano perdurare, notò Yulin. La ragazzina reagì alla vista di Yulin in quello stato proprio come Nikki avrebbe reagito nei confronti della vera Mavra.

— Come ho già accennato, avrei preferito trattenere qui almeno uno di voi mentre coordinavamo le nostre azioni nel contesto di queste nuove condizioni — proseguì Ortega — ma con due di voi alle prese con il problema della spugna e considerato lo stato critico della cittadina Chang, per la quale sarebbe necessaria un'assistenza clinica che qui non siamo in grado di offrire, questo non è possibile. A fronte di quanto sopra, il Consiglio dell'Ambasciata ha deciso che, dopo le istruzioni del caso, voi dovrete attraversare il Pozzo nel più breve tempo possibile.

Trelig prese la parola per la prima volta. — Allora si tratta proprio di un'ambasciata? In effetti lo avevo supposto.

Ortega annuì. — Tutti gli esagoni dell'Emisfero Meridionale hanno una rappresentanza qui, anche se alcuni di loro non la utilizzano mai. Si tratta dell'unico modo d'intercomunicazione possibile. Sul Mondo del Pozzo esistono millecinquecentosessanta esagoni. Nei settecentottanta a sud della barriera equatoriale – è possibile che anche voi vi siate accorti che si tratta di un'autentica barriera – sono organizzati su un tipo di esistenza basata sul carbonio oppure sono compatibili con questi habitat. L'emisfero settentrionale, gli altri settecentottanta, contengono invece una vita non basata sul carbonio. Avete visto Uchhjin, al Nord, e siete in grado di capire come siano diverse alcune forme qui.

Tutti e tre gli umani espressero il loro assenso, ricordando gli esseri simili a macchie di vernice.

— Comunque, lasciate che cominci dall'inizio. In origine, per quanto riguarda questo posto, c'era una razza di esseri che la vostra gente chiamava Markoviani. Erano una grande razza. Avevano le sembianze di giganteschi cuori umani con sei tentacoli ordinatamente dislocati.

Proprio come la numerologia umana in linea di massima era basata su cinque, dieci, venti o relativi multipli, a causa del numero delle dita, così la loro base matematica era il sei. Tale numero dominava tutta la loro vita, ecco perché abbiamo esagoni e perché qui ci sono millecinquecentosessanta esagoni. Un numero quasi perfetto per gente che pensa in multipli di sei. Esiste anche una supposizione a proposito del fatto che avessero sei sessi, ma sorvoliamo su questo punto.

"Comunque i Markoviani arrivarono al più alto stadio d'evoluzione fisica che si ritiene raggiungibile e, cosa altrettanto importante, arrivarono anche al più alto livello di tecnologia materiale acquisibile. I loro mondi erano diffusi su molte galassie: non sistemi solari, galassie. Su una costruirono un computer locale, lo programmarono immettendoci tutto quel che riuscirono a immaginare, poi lo ricoprirono con una massa di roccia. Là sopra costruirono le loro città e ogni Markoviano era mentalmente collegato al cervello locale. L'architettura era soltanto un comune schema di riferimento poiché, essendo collegati ai loro computer, a loro bastava semplicemente desiderare ciò che volevano, il computer effettuava una conversione energia- materia, e il gioco era fatto."

— A quanto pare vivevano come dei — commentò Trelig. — Poi cos'è successo? Ne so molto poco sul conto dei Markoviani. Morirono tutti?

— Tutti meno uno — rispose Ortega. — In linea di massima, ciò che li uccise fu la quintessenza della noia. Immortali, ogni desiderio realizzato, si sentivano come se stessero per corrompersi, o come se mancasse loro qualcosa. Qualsiasi conseguimento materiale era alla loro portata, ma non bastava. A un certo punto i loro cervelli migliori, e si trattava davvero di cervelli eccezionali, si misero assieme e decisero che, da qualche parte, lo sviluppo markoviano aveva preso una piega sbagliata. Assodato che la razza stava per deteriorarsi irrimediabilmente per il troppo benessere, non restava che fare l'altra cosa.

— L'altra cosa? — lo sollecitò Ben.

Ortega annuì. — Innanzitutto costruirono il Mondo del Pozzo, il più perfezionato computer markoviano. Invece di un sottile strato di computer su un pianeta reale, l'intero pianeta era un massiccio computer. Se una sottile striscia era in grado di creare qualsiasi cosa localmente, immaginiamoci una sfera compatta, con una circonferenza di quarantamila chilometri, di computer markoviano! In effetti noi siamo seduti proprio sopra quel computer! Poi aggiunsero la consueta crosta planetaria e così ci ritroviamo su un pianeta con una circonferenza di poco superiore ai quarantamila chilometri.

— Ma perché tanti esagoni abitati da razze così diverse? — domandò Trelig all'uomo-serpente.

— Nel grande piano c'era il passo successivo — spiegò Ortega. — Furono convocati i più grandi artigiani della razza markoviana, assieme a tutto il materiale più pregiato e agli artisti di maggior spicco. A ognuno fu dato un esagono con cui giocare. Ogni esagono è un mondo in miniatura. In prossimità dell'equatore, un lato si stende per circa trecentocinquantacinque chilometri, seicentoquindici chilometri fra i lati opposti. Il tutto fu accuratamente predisposto. E in ognuno, agli artigiani fu concesso di creare una biosfera completa, autocontenuta, con un'unica forma dominante di vita e tutte le altre forme viventi che occorrevano per costituire un ecosistema chiuso. La vita dominante, all'inizio, era addirittura costituita da volontari markoviani.

— Vuoi dire — intervenne Trelig allibito — che rinunciarono al paradiso per diventare i giocattoli di qualcun altro?

L'Ulik si strinse nelle spalle, il che non costituiva un'impresa facile dal momento che era dotato di sei braccia. — A causa di quell'estenuante condizione di noia, non ci fu carenza di volontari: essi divennero mortali, furono obbligati ad accettare le regole del gioco stabilite dagli artigiani e a tirar fuori il meglio dalla situazione. Se il sistema era veramente valido, il computer principale creava un mondo corrispondente a quella particolare biosfera, da qualche parte dell'universo, e poi gli indigeni vi venivano trasferiti. Era loro concesso accelerare il tempo, oppure rallentarlo, qualsiasi cosa. Il mondo in cui entravano era coerente con le leggi della fisica, anche se era stato creato in modo velocizzato. Quando il mondo era arrivato al preciso momento evolutivo, zap! La razza intelligente vi veniva inserita. Poi veniva creata una razza nuova per sostituire quella che se n'era andata dall'esagono e gli esperimenti ricominciavano.

— Ciò che stai dicendo — commentò Yulin — è che siamo tutti Markoviani. Ovverosia, loro discendenti.

Ortega annuì. — Proprio così. E le razze qui sono l'ultima infornata, o meglio, i discendenti dell'ultima infornata. Alcuni non sono andati o non hanno voluto andare, alcuni non ce l'hanno fatta, quando i Markoviani che controllavano il progetto sono rimasti in troppo pochi. Noi siamo i prodotti collaterali della chiusura.

— E queste razze hanno vissuto qui da allora? — domandò Trelig.

— Oh, sì — rispose Ortega. — Il tempo qui esiste. Si diventa vecchi, si muore. Alcuni muoiono giovani, alcuni vivono più a lungo di quanto tu non creda possibile, ma comunque esiste un ricambio generale. La popolazione è mantenuta stabile dal computer. Se un esagono diventa sovrappopolato, per un po' il ritmo delle nascite rallenta. Se invece la popolazione comincia a scarseggiare in seguito a calamità, guerre o similari, allora la razza si dedica all'improvviso a una sorta di super-attività sessuale. Naturalmente la popolazione varia da esagono a esagono. Alcune razze sono di taglia molto grande, e bastano duecentocinquantamila individui a riemprie l'esagono, altre possono arrivare a tre milioni di individui.

— Non capisco perché in questo luogo non si diffondano epidemie e pestilenze — disse Yulin. — E come mai non ci sono molte guerre? Si penserebbe che, tutto sommato, fra razze aliene non debba scorrere molto buon sangue.

— Questo è vero — ammise Ortega — ma lo potresti definire un buon sistema d'ingegneria. Le pestilenze esistono ma sia nel suolo che nell'atmosfera si producono lievi mutamenti che tendono a limitarle o a fermarle, e anche le barriere geografiche hanno questo effetto: montagne, oceani, deserti e similari. Per quanto riguarda i virus e i batteri, ne abbiamo a iosa ma i vari sistemi razziali sono differenti quanto basta a far sì che i microbi che agiscono contro una razza non abbiano alcun effetto su di un'altra.

Rimase un attimo in silenzio, poi ricordò l'altra parte della domanda.

— Per quanto riguarda le guerre — proseguì — non sono pratiche. Oh, certo, esistono scaramucce locali, ma niente di pericoloso. Gli esagoni sono disposti in modo tale da portare a caratteristiche territoriali assai diverse tra loro. Crediamo che ciò servisse a simulare i problemi da mancanza di risorse o similari sui mondi reali dove si sarebbe recata la gente. Come ho già detto, dovevano essere mantenute le leggi naturali. Così in alcuni esagoni funziona ogni cosa. In altri è permessa solo una tecnologia limitata: per esempio, funzionano i motori a vapore ma i generatori elettrici non danno corrente. In altri ci si basa unicamente sulla forza muscolare. Ecco che cosa è successo alla vostra astronave: è volata in una zona non-tecnologica limitata, ha smesso di funzionare e così siete precipitati.

Trelig s'illuminò. — Quindi è questo che si è verificato! Ed ecco perché l'energia è tornata quando ho avuto bisogno di abbassare le ali e togliere la schermatura del finestrino! Eravamo passati sopra un esagono ad alta tecnologia!

Ortega annuì. — Esattamente.

— Ma — obiettò Yulin — non finisce che un esagono ad alta tecnologia ne conquisti uno a bassa?

Serge Ortega ridacchiò. — A voi sembrerebbe ovvio, esatto? E invece no, non succede così. Un esagono ad alta tecnologia diventa dipendente dalle sue macchine, come voi lo eravate al Nord. Magari impara a fare macchine volanti o fantastici fucili e similari, poi invade un esagono dove nulla di tutto ciò funziona. E dove due esagoni dello stesso tipo confinano, allora uno è terra e l'altro acqua, oppure uno ha un'atmosfera che non si addice assolutamente all'altro o cose del genere. Tanto tempo fa un generale ha cercato di assicurarsi il dominio assoluto alleando vari tipi di esagoni allo scopo di poter disporre di quello idoneo a ogni combattimento nella maniera dovuta, ma il suo piano ha funzionato solo fino a un certo punto. Fu costretto per esempio a scartare alcuni esagoni a causa delle condizioni atmosferiche o per la durezza del terreno o per altri difetti di quel tipo, e alla fine le sue linee di rifornimento per tutte queste razze diventarono troppo lunghe per poterle mantenere. A quel punto quelli che non erano stati conquistati lo fecero a pezzetti. Da allora non ci sono state altre guerre, e tutto ciò si è verificato più di mille e cento anni fa.

Un altro minuto di silenzio, poi Trelig domandò: — So come siamo arrivati qui noi, ma hai detto che un tempo anche tu eri un nostro simile. Come ci sei arrivato tu?

Ortega fece una smorfia. — Quasi in continuazione abbiamo nuovi arrivi, diciamo un centinaio all'anno. Quando i Markoviani lasciarono i loro ultimi pianeti, non spensero i computer: non potevano farlo. Esiste una specie di trasmissione di materia, trasmissione la cui natura ci sfugge completamente, che collega tutti i mondi con questo. Per dirla con parole semplici, l'ultimo Markoviano non si è chiuso la porta alle spalle. La porta si apriva quando qualcuno voleva che si aprisse, ma quei cervelli obsoleti non sono in grado di distinguere un remoto e alterato discendente markoviano da un markoviano vero. Così, se vuoi che la porta si apra, questa lo farà e ti ritroverai qui. Nel novantanove per cento dei casi le persone coinvolte non erano neppure a conoscenza dell'esistenza delle porte: si sono limitate a desiderare, mentre casualmente passavano in prossimità di qualche porta, di essere da qualche altra parte, o qualcun altro, o che tutto fosse diverso. Anche a me è capitato lo stesso: ci sono finito dentro, in un certo senso; il pianeta era quasi scomparso ma ne rimaneva comunque quanto bastava.

— Eri al corrente della loro esistenza? — intervenne Yulin.

— No, certo che no. Stavo diventando vecchio, annoiato e vedevo soltanto davanti a me la prospettiva di un futuro incolore e monotono finché la morte non fosse venuta a reclamarmi. Quando si fa il pilota è quasi inevitabile diventare introverso. Sono passato accanto a una porta, ed eccomi qui.

— Ma come mai ti sei trasformato in un serpente gigante? — gli domandò Trelig, senza la minima traccia d'imbarazzo.

Ortega ridacchiò di nuovo. — Be', quando arrivi, c'è sempre qualcuno a salutarti. Sei ciò che loro definiscono un Arrivo. Ti forniscono i ragguagli del caso, se possibile, poi ti fanno passare attraverso il Cancello del Pozzo, che praticamente ti fa modificare dal computer. A quel punto, in base a un sistema di classificazione che non conosciamo o capiamo, il computer ti ristruttura in una delle settecentottanta razze che ci sono qui e ti fa cadere nell'esagono originario di quella forma. Con la trasformazione vieni anche adattato mentalmente alla nuova forma, così con relativa rapidità ti abitui a essere quello che sei. E il gioco è fatto.

— Ma il sistema di trasmissione di materia è sempre in funzione — sottolineò Trelig.

— Sì e no — rispose l'Ulik. — Di solito c'è un Cancello di Zona e talvolta due in ogni esagono. Si può utilizzare quello per passare dal tuo esagono a qui, la Zona Polare

Meridionale, e da qui puoi tornare nel tuo esagono di provenienza. Ma qualora ti trovassi a dieci esagoni di distanza e attraversassi il Cancello, anche allora verresti inviato qui, e da qui puoi solo ritornare a casa. Il grande Pozzo, tuttavia, funziona in un senso solo: puoi venire qui da un mondo markoviano ma non tornare indietro. Questo serve immagino, al fine d'impegnare i volontari originali che avessero ripensamenti. Gli unici altri cancelli sono quelli fra la Zona Settentrionale e quella Meridionale, il percorso che avete seguito voi. Gli Uchjin, quelle creature che avete visto per prime, non sapevano chi foste, ma sapevano comunque che non appartenevate né a quell'esagono né all'Emisfero Settentrionale. Così hanno passato la responsabilità al Polo della loro Zona, e dalla Zona Nord vi hanno mandato qui. Adesso tocca a voi passare attraverso il Pozzo.

Trelig sembrava a disagio. — Diventeremo qualcos'altro? Qualche altra creatura?

Ortega annuì. — Proprio così. Oh, esiste una probabilità su settecentottanta che conserviate quella da voi definita una condizione umana, ma è improbabile. Dovete farlo. Non avete scelta. Né esiste scappatoia.

Seguì una pausa di riflessione generale. — Quegli altri... gli Arrivi. Ci sono... Arrivi non umani?

— Certamente — rispose l'Ulik. — Un sacco. Direi la maggior parte. Addirittura alcune autentiche sorprese, creature che qui sono non tecnologiche, a dimostrare che l'ambiente del loro mondo è più favorevole di quello del loro esagono. E sono arrivate creature con un'elevata tecnologia che non esistono in nessuno degli esagoni. Persino il Nord ne annovera un bel numero, quasi quanto noi. Qui disponiamo di una collezione di tute spaziali talmente diverse per forme e misure che non riuscireste neppure a immaginare. Ce ne serviamo di tanto in tanto quando qualcuno deve andare nel Nord. Esiste una sorta di scambio commerciale, sapete. Per esempio noi ci serviamo di piccoli apparecchi per la traduzione simultanea che sono coltivati in un mondo di cristallo lassù che necessita di ferro per ragioni note solo a loro. E quegli apparecchi funzionano. Chiunque ne porta uno capirà e sarà capito da qualsiasi altra razza, non importa quanto aliena.

— Vuoi dire che qui non esiste un linguaggio comune? — esclamò Yulin.

Ortega ridacchiò per la terza volta. — Oh, no! Millecinquecentosessanta razze, millecinquecentosessanta linguaggi. Quando la lingua e l'ambiente sono diversi, è automatico che si debba pensare in modo diverso. Quando passi attraverso il Pozzo, ne emergi pensando nel linguaggio della tua nuova razza. Anche ora comunque devo tradurre, facendo pratica con gli altri Arrivi. E in effetti sono diventato abbastanza bravo.

— Allora ricorderemo la lingua della Confederazione — le parole di Trelig erano più un'affermazione che una domanda.

— La ricorderete, sì — rispose l'uomo-serpente. — E potrai parlarla, se la tua anatomia fisica lo consente. Tuttavia un traduttore causa dei problemi, perché vieni automaticamente tradotto, imparare una nuova lingua è praticamente impossibile. In effetti però, disponendo di un traduttore, in pratica non se ne ha bisogno. Se la vostra nuova razza ne fa uso, cercate di procurarvene uno. Sono oggetti maneggevoli. — A questo punto Ortega tacque e guardò la cosa-pianta e l'Ambreza, che doveva avere notato un peggioramento nella paralisi di Yulin. — Credo sia il momento — concluse poi.

Quelli annuirono, arrivò un secondo Ambreza e i due giganteschi castori spostarono con delicatezza Yulin su una barella.

— Ma qui non... — Trelig fece per protestare. Ortega lo zittì.

— Stammi a sentire, potresti startene a fare domande per sempre, ma hai la spugna e la ragazza ha problemi ancora più immediati. Se mai capiterai dalle parti di un Cancello di Zona, torna a farci visita. Ma ora devi andartene. — Il tono era molto perentorio. Non c'era modo di ribattere. Né si poteva menzionare il fatto che in realtà Trelig e Zinder non avevano alcun problema di

225

spugna; la storia che avevano addotto a copertura impediva qualsiasi chiarimento.

A un certo punto arrivarono a un locale simile al Cancello di Zona utilizzato per passare dal Nord al Sud.

Yulin fu il primo; non aveva scelta. Li ringraziò tutti, esprimendo il desiderio di rivederli. Poi i due barellieri disposero verticalmente il corpo di Mavra Chang in modo da farlo cadere dentro il muro scuro. Zinder manifestò una certa titubanza, fu necessaria una paziente opera di convincimento, poi andò. Alla fine Trelig rimase solo con il capannello di alieni curiosi. Era rassegnato. Aveva ancora molto da imparare, ma gli stavano forzando la mano. Comunque si sarebbero presentate altre opportunità, si disse.

Avanzò nel buio.

Ortega sospirò, poi voltandosi verso Vardia domandò: — Nessuna notizia dell'altra astronave?

— Nessuna — rispose lo Czilliano, la creatura-pianta semovente che era andata loro incontro. — Sono così importanti come lo erano prima di arrivare?

Ortega annuì. — Ci puoi scommettere. Se ciò che mi ha detto quella gente corrisponde a verità, è possibile che siano degli autentici criminali, probabilmente armati delle peggiori intenzioni. E due di loro sono estremamente ferrati nel sistema matematico markoviano. Gente pericolosa. Se dovessero cadere nelle mani sbagliate e quell'astronave fosse ricostruita in modo che facessero ritorno a questa Nuova Pompei e al suo computer, forse riuscirebbero a superare ogni problema e sarebbero loro a controllare il Pozzo.

— Mi sembra una previsione alquanto azzardata — obiettò lo Czilliano.

Ortega sospirò. — Può darsi, ma lo sembrava anche la storia di un piccolo e buffo ebreo, di nome Nathan Brasile, e tu ricordi benissimo come andò a finire. — La creatura-pianta s'inchinò in segno di un cenno d'assenso.

— L'ultimo Markoviano vivente — sussurrò.

— Mi chiedo perché questa crisi non l'abbia attratto — buttò lì Ortega.

— Perché è la nostra crisi — rispose Vardia. — Tieni presente che, per il Pozzo, questo non è assolutamente un problema.

Vicino alla frontiera Teliagin-Kromm, crepuscolo

Una figura minuscola si mosse silenziosamente lungo il fianco della montagna e fu subito raggiunta da una seconda, poi da una terza. Altre si avvicinarono librando su ali silenziose.

— Eccoli — sussurrò una, indicando il carretto dei pastori dov'erano in trappola Mavra Chang, Renard e Nikki Zinder.

— È incredibile che siano arrivati sin qua — commentò un'altra.

La prima, evidentemente il capo, annuì. Diversamente dai ciclopi, le loro capacità visive notturne erano decisamente notevoli. Sebbene ci vedessero anche con la luce del giorno, seppure non benissimo, in linea di massima si trovavano molto più facilitate di notte. In quel momento la scena che si presentava ai loro occhi era assolutamente nitida in tutti i particolari.

Una spostò lo sguardo verso il punto in cui i due ciclopi stavano dormendo, russando sonoramente.

— Sono proprio enormi, non vi pare? — disse sottovoce.

Il capo annuì. — Dovremo pungerli, e presto. Almeno due per ognuno, di più se possibile. Non credo che, per motivi di sicurezza sia opportuno economizzare sul veleno.

— Il veleno funzionerà? — domandò una di quelle strane creature.

— Funzionerà — rispose il capo in tono fiducioso. — Ho dato una controllata prima di partire.

— Vorrei che qui funzionassero le armi — s'intestardì l'altra nel suo scetticismo. — È pur sempre rischioso.

Il capo sospirò. — Sai che questo è un esagono non tecnologico. I modelli a polvere nera potrebbero funzionare, ma non abbiamo il tempo di far razzia nei musei e nelle collezioni private. — Seguì una pausa, come se il capo avesse deciso che era meglio agire. I soldati si dimostrano sempre migliori in azione che nell'attesa della medesima.

— Jebbi, Tasala e Miry, voi occupatevi del più grosso. Sadi, Nanigu e io penseremo all'altra. Vistaru, tu prendi Bahage e Asmaro con te e vedi che cosa puoi fare per i prigionieri. Gli altri resteranno a disposizione. In caso di bisogno, intervenite subito.

Seguì un assenso globale. Le creature sul fianco della montagna si librarono elegantemente in aria e le squadriglie si divisero per le rispettive missioni.

Mavra Chang stava dormendo. Si era arrampicata fino alla grata un centinaio di volte e altrettante era quasi caduta rovinosamente poiché perdeva l'appiglio prima che riuscisse a spostare quel dannato aggeggio. Aveva indotto al sonno i suoi due compagni affinché smettessero di lamentarsi e poi aveva finito con l'addormentarsi anche lei.

All'improvviso sentì un rumore, come se una massa decisamente pesante fosse caduta sopra la grata. Il rumore la svegliò e, per un breve attimo, rimase in uno stato confusionale. Poi, all'improvviso, si ricordò dov'era e alzò lo sguardo. In effetti sulla grata c'era qualcosa di grosso, ma il reticolato rendeva impossibile appurare di cosa si trattasse.

— Ehi, mi senti, mi senti? — sussurrò una voce dal timbro strano, con un accento esotico, sensualmente femminile.

— Ti sento — rispose Mavra Chang mentre nel suo cuore si riaccendeva la speranza.

— Stiamo facendo addormentare quei mostri — le disse la creatura. — Preparati a venir fuori.

Mavra aguzzò la vista, cercando di vedere l'aspetto di chi stava arrivando in suo soccorso, ma era impossibile vedere alcunché, se non una macchia di luce stagliata contro il buio.

All'improvviso si levò un ruggito. Il grande maschio si era svegliato, in preda a una furiosa agitazione. Cominciò a imprecare come un ossesso, poi uscì in un mugugno che poteva essere soltanto un grido di dolore. Subito dopo Mavra avvertì distintamente un secondo tonfo e si chiese quale tipo di mostri fossero in grado di tramortire con tanta facilità creature così enormi e forzute.

Poi seguirono altri tonfi di creature che saltavano sulla grata il che, di per sé, costituiva uno strano fenomeno perché la grata era grande, ma non così grande.

Successivamente sentì delle voci che si esprimevano in uno strano linguaggio, simile a un tintinnio di piccole campane e di delicati sonagli, ma altrettanto diverso da quello umano quanto lo erano i grugniti dei ciclopi: un suono molto bello ma che non aveva assolutamente nulla di comprensibile.

Poi si udì il rumore di qualcuno che si muoveva; Mavra percepì il fruscio di molte mani che si affaccendavano attorno alla grata e il tintinnio di strane voci che impartivano ordini in una musica meravigliosa.

Quella creatura che conosceva il linguaggio della Confederazione si ripresentò.

— Sto parlando con te. Quanti siete?

— Tre — fece Mavra di rimando, con la certezza che almeno la minaccia più imminente si fosse allontanata. Se così non fosse stato, quelle creature non si sarebbero trovate lì. — Ma due sono sprofondati in un sonno ipnotico — avvertì.

Una figura, apparentemente molto piccola, sbirciò attraverso i fori della grata. — Oh sì, adesso riesco a vedere — riuscì a dire. Ovviamente, esprimersi in quel linguaggio inconsueto le riusciva davvero difficile. — Adesso dovremo spostare la grata, così potrai avvicinarti, inteso?

Mavra obbedì. — Va bene? — domandò.

— Bene — rispose la creatura prima di andarsene. No, non si era alzata né era scivolata via, pensò Mavra. Era semplicemente scomparsa. Continuava a chiedersi chi fossero le creature che stavano arrivando in soccorso. Comunque non aveva importanza. Qualsiasi cosa era preferibile alla situazione attuale, una di loro era in grado di parlare la sua lingua e comunque erano lì per cercare di portarli in salvo.

Poi seguirono degli strattoni. La grata si spostò leggermente, ma subito dopo ritornò nella collocazione originaria. Era presumibile che avessero legato delle funi o qualcosa del genere alle sbarre per cercare di rimuovere la grata, ma evidentemente era troppo pesante. Gli scampanellii si fecero più intensi. Mavra si chiese se stavano imprecando o qualcosa del genere. Anche se d'imprecazioni si trattava, erano comunque melodiose. Fecero un altro tentativo. All'improvviso le misteriose creature sembrarono ancora più numerose, a giudicare dalla quantità di tintinnii che le arrivavano all'orecchio, e ovviamente erano tutte intente allo stesso lavoro.

All'improvviso si sentì una nota più bassa ma più sonora, e tutti tirarono. La grata si alzò dapprima verticalmente, poi restò sospesa su di un lato. Per un attimo Mavra temette che ricadesse e capì perché l'avevano fatta spostare. Ma i cigolii continuarono, alla fine la grata si spostò definitivamente e andò a cadere a terra con assordante clangore.

La forma ritornò sopra, poi lentamente sembrò galleggiare all'interno del carro fino a raggiungere il fondo e a fermarsi ad appena un metro di fronte a lei, visibile anche al buio, grazie alle capacità visive potenziate di Mavra.

Si trattava di una donna in miniatura, una ragazzina addirittura, di non più di nove o dieci anni, alta all'incirca un metro, lineamenti delicati, un corpicino perfettamente proporzionato. Ma subito Mavra capì che non era una bambina bensì una femmina adulta.

Certamente non doveva pesare più di dodici o quindici chilogrammi. Aveva due piccoli seni, appena accennati ma comunque completi in ogni particolare. Il volto era una miniatura d'innocenza giovanile, di una bellezza angelica, quasi perfetta.

Poi all'improvviso sembrò che la ragazzina s'illuminasse. Ed era una luce reale che illuminò tutto l'ambiente; sembrava irradiarsi da ogni parte del corpo, un riverbero dorato incredibile e inspiegabile.

In tale luminosità, i dettagli della sconosciuta diventarono meglio definiti. La pelle aveva una colorazione ambrata, quasi un pallido riverbero dell'alone che la circondava; i capelli, così neri da assumere delle sfumature bluastre, erano acconciati alla paggio. Due piccole orecchie appuntite sbucavano da entrambi i lati del capo e gli occhi sembravano avere qualità magnetiche, come quelli di un gatto. Dalla schiena si dipartivano a coppia quattro serie di ali, larghe in proporzione al corpo e totalmente trasparenti. La creatura sorrise e si avvicinò a Mavra Chang, alzando i palmi a mo' di saluto. Mentre avanzava, si sentì un leggero fruscio, proveniente da una coda molto robusta che arrivava fino a terra. La coda presentava una colorazione molto più intensa della pelle e terminava con una punta dura che andava tracciando una sottile riga sull'assito.

— Salve, sono Vistaru — disse la creatura e Mavra capì che era stata proprio lei a rivolgerle la parola in precedenza.

— Mavra Chang — rispose. Poi spostò lo sguardo verso i compagni dormienti. — Quello alto è Renard, quella grassa è Nikki.

— Reenaard — ripeté la creatura, strascicando le vocali. — Niikiii.

Mavra non sapeva se la creatura fosse in grado di capirla, ma avrebbe dovuto provarci comunque. — Sono sotto gli effetti di una droga chiamata spugna — riferì a Vistaru. — Ormai sono a uno stadio terminale e avrebbero bisogno di un tempestivo aiuto. Purtroppo non sono più in grado di gestirsi.

— Quindi dovremo portarli via presto — commentò Vistaru. — Anche se sono molto pesanti.

Mavra capì il problema. Per spostare la grata avevano già dovuto far ricorso a tutte le loro forze.

— Per quanto mi riguarda, sono in grado di uscire da sola — disse alla creatura. — E forse in un secondo tempo sarò anche in grado di darvi una mano.

La donna capace di volare annuì e Mavra si arrampicò sulla fiancata del carretto con una velocità che non mancò di stupire la minuscola creatura. Arrivata in cima, fece un balzo e atterrò con l'agilità di chi è abituato a saltar giù da cornicioni alti due piani. Si guardò attorno, rimpiangendo ancora una volta che il generatore d'energia non funzionasse.

Il cielo si era leggermente schiarito e dai grandi ammassi globulari di stelle arrivava una luce che conferiva alla scena un aspetto da fiaba.

Mavra vide i due ciclopi riversi a terra, uno quasi sopra all'altro, immobili. Sembrava fossero morti, ma non poteva esserne sicura. A ogni buon conto, cominciò a nutrire un certo rispetto per quelle code dure che dovevano essere in pratica temibili pungiglioni. Quelle ragazzine picchiavano davvero forte.

Le strane creature venute in loro soccorso apparivano numerose: dovevano essere almeno quindici o venti e continuavano a librarsi silenziosamente a mezz'aria, evidentemente incuranti della forza di gravità. Le ali producevano un leggero ronzio percettibile solo da vicino, altrimenti si sarebbero dette assolutamente silenziose. Si muovevano nell'aria come nel loro elemento naturale, ondeggiando di qua e di là con movimenti sempre aggraziati. Adesso alcune di loro stavano usando le fonti luminose interne, evidenziandosi come un arcobaleno di colori. Alcune erano rosse e aranciate, alcune verdi, altre azzurre o marrone. Certune avevano una colorazione molto intensa, mentre altre ancora estremamente sfumata. Se non fosse stato per questo, apparivano assolutamente simili. Alcune portavano piccoli contenitori assicurati all'altezza della vita, da dove ovviamente era uscita la corda che avevano utiliz-zato.

Mavra spostò l'attenzione ai problemi del carro. Se l'avessero rovesciato, l'impresa si sarebbe presentata più facile. Ma come riuscirci? Chiamò Vistaru, che aggraziatamente stava facendo avanti e indietro.

— Siete in grado di legare le funi alla fiancata del carro? — domandò. — Forse se molte di voi tirassero e io insieme alle altre spingessimo dall'altra parte, sarebbe possibile ribaltarlo.

Vistaru ci pensò sopra, poi si avvicinò a un'aerea compagna che le volava vicina. Le due parlarono nel loro linguaggio musicale. Quella azzurra non aveva acceso la sua illuminazione personale ma Vistaru faceva per due e Mavra realizzò con un certo stupore che si trattava di un maschio. Un maschio che, a eccezione di quell'unico organo, sembrava assolutamente identico alle femmine. Pensò a Renard: sarebbe stata la forma perfetta per lui.

Vistaru ritornò annunciando: — Barissa dice di no, troppo pericoloso. Esiste un modo migliore. Vedi quel saliscendi sul retro del carro?

Mavra sospirò e si portò nel punto indicato. In effetti esisteva un saliscendi, una grossa sbarra di legno e ferro, che bloccava una sponda mobile, utilizzata ovviamente per caricare le pecore o roba del genere. Due delle creature ci stavano già armeggiando attorno.

Mavra si rivolse a Vistaru. — Come vi chiamate? — domandò.

— Te l'ho detto. Vistaru — rispose lei.

Mavra scosse il capo. — No, no, mi riferisco a tutti voi. La vostra — cercò di trovare un termine adeguato — la vostra razza.

Vistaru annuì dandole a intendere di aver capito. — Siamo Lata — disse. — Almeno, è così che siamo indicati nel linguaggio della Confederazione, ma fra di noi ci chiamiamo... — E a questo punto emise una serie di trilli musicali.

Stavolta ad annuire fu Mavra, la quale si rendeva

conto di quanto facesse fatica quella piccola Lata a esprimersi, sforzandosi a tradurre ogni parola e a ricordarne la pronuncia. Era ovvio che fra il linguaggio degli umani e il loro non c'era nulla in comune, né grammatica né altro.

Vistaru sembrò leggerle nel pensiero. — Non preoccuparti — l'assicurò. — Faremo in modo di aiutarvi in tempo. E fra non molto riusciremo anche a conversare meglio.

Mavra si chiese cosa volesse dire, ma decise di lasciar perdere. L'ordine di priorità andava a Renard e a Nikki; dopodiché ci sarebbe stato tempo per il suo problema personale.

Riuscirono a sollevare la sbarra, che cadde pesantemente a terra. Seguì una serie di scampanellii che Mavra interpretò come un'istruzione ben precisa. Le due Lata che volteggiavano in cima al carretto cominciarono a fare forza contro la sponda, che, in un tempo relativamente breve, cadde a terra con un frastuono assordante e formò una rampa. Cardini decisamente solidi, rilevò Mavra, per essere stati fatti a mano.

Aiutò le tre Lata a spostare dal carretto i due corpi privi di sensi. A un certo punto Barissa, il Lata maschio, si avvicinò, fece un cenno a Vistaru, le disse qualcosa e quella annuì per poi rivolgersi a Mavra, la quale stava pensando che le caratteristiche sessuali fra le popolazioni Lata non erano molto pronunciate.

— Mi ha chiesto se sei in grado di svegliarli — riferì la traduttrice.

Mavra fece cenno di sì e le creature aliene rimasero a osservarla con palese stupore mentre cominciava a grattare il corpo dei compagni con la punta di un'unghia.

— Nikki, mi senti? — domandò.

Con gli occhi ancora chiusi, la ragazza annuì.

— Adesso ti alzerai e verrai con me — le ordinò. Nikki aprì gli occhi, si mise in piedi traballando e se ne stette lì imbambolata. — Camminerai quando cammino, ti fer-

234

merai quando mi fermerò e ti siederai quando mi siederò — la istruì Mavra.

Fece la stessa cosa con Renard, notando con soddisfazione che, a circa un metro di distanza, Nikki ripeteva ogni suo movimento.

I Lata sembravano assai colpiti dallo spettacolo, a giudicare dal numero di scampanellii che vibravano nell'aria. Vistaru si avvicinò di nuovo.

— Come ci sei riuscita? — domandò. — Le mie compagne vogliono sapere se hai dei pungiglioni alle mani.

— Più o meno — rispose Mavra, prima di mettersi in cammino.

Il tragitto fu alquanto agevole. Mavra realizzò che la sommità della catena montuosa definiva anche il confine fra l'esagono dei ciclopi, che i Lata chiamavano Teliagin "perché quello è il suo nome", e l'esagono chiamato Kromm. Il cambiamento fu sorprendente. Quando raggiunsero la linea di demarcazione l'aria era ancora fredda, a causa dell'abbondante pioggia di poco prima e il vento stava soffiando molto forte. Non c'erano né segnalazioni, né doganieri, né sentinelle; nessun particolare stava a indicare che si trattava di un confine. Fu come passare attraverso un tendaggio.

All'improvviso l'aria si fece densa e umida; c'era un'umidità tale che in pochi minuti Mavra si coprì di sudore. Adesso i ronzii degli insetti, vaghi e appena percepibili a Teliagin, erano diventati quasi assordanti, come se qualcuno di colpo avesse aperto un gigantesco altoparlante. Tutt'attorno stagnava un odore strano e non precisamente piacevole.

— Non preoccuparti — la rassicurò Vistaru. — È un esagono diverso, questo sì. Ma non vi succederà nulla di male.

Forse no, pensò Mavra, ma adesso non avevano a che fare con pozze di fango, bensì con sterminate distese mollicce mentre, lungo la discesa, la vegetazione si faceva sempre più fitta, come quella della giungla. In fondo alla montagna c'era una palude che sembrava estendersi in tutte le direzioni. L'acqua non appariva troppo profonda, una cinquantina di centimetri al massimo, ma era scura, torbida e maleodorante e certamente nascondeva pericolose voragini. La distesa stagnante era ricoperta di muschio.

— Dobbiamo attraversarla? — domandò Mavra alla sua guida Lata. — Voi sapete volare, ma noi no.

— Non ci vorrà molto — l'assicurò lei. — Vienimi sempre dietro.

A quel punto la creatura riaccese la luce interna – evidentemente non le andava tenerla attivata in continuazione, e in effetti tutte le compagne avevano fatto a turno per illuminare la strada – e si esibì in un'aggraziata imitazione di come si può camminare sull'acqua. Mavra, ovviamente, si rendeva conto che stava volando, ma l'effetto era doppiamente sconcertante. Vistaru sfiorava a tal punto la superficie che di tanto in tanto il pungiglione finiva con l'inzupparsi.

Il fango divenne terribile e l'acqua più profonda, così profonda da insinuarsi negli stivali, provocando una spiacevolissima sensazione di disagio. Oh, al diavolo, pensò Mavra cercando di metterla sullo scherzo. Si ritorna alle origini.

Per un'ora procedettero in quel modo, finché Mavra non cominciò a pensare di essere diventata tutt'uno con la palude. E cominciava ad abituarsi alla puzza, il che la preoccupò. Adesso la vegetazione non era più così fitta. Ciò nonostante, a mo' di beffa, una liana nascosta dalla fanghiglia le si attorcigliò a un piede, facendola finire a faccia in giù. Per fortuna senza conseguenze.

Ovviamente anche Renard e Nikki, pur non essendo rimasti intrappolati da nulla, caddero a faccia in giù, ragion per cui a Mavra costò un certo sforzo riprendersi e recuperarli prima che annegassero.

Non avendo altra scelta, utilizzò la medesima acqua per togliersi il fango dagli occhi, dal naso e dalla bocca e, con l'aiuto della Lata, ripulì anche gli altri due. In effetti non poteva definirsi una pulizia vera e propria. Erano tutti più mostruosi di qualsiasi altra creatura che avessero mai visto sul Mondo del Pozzo. Anche il regalo che le aveva fatto Trelig, la coda da cavallo, era così infangata da darle la sensazione di aver qualcuno seduto in fondo all'osso sacro.

A un certo punto si verificò un miglioramento incredibile: da quell'orribile pianura al mare calmo. Vistaru le disse di aspettare e una Lata, probabilmente Barissa, presumibilmente il capo, si diresse verso ciò che sembrava un lontano isolotto di cespugli galleggianti.

Il mare, se di mare si trattava, era stranamente bello. L'atmosfera era assurdamente tersa, nonostante l'umidità opprimente e il cielo del Mondo del Pozzo, con le sue grandi nebulose multicolori e le luminosissime costellazioni, si riflettevano nelle acque con un riverbero inconsueto e magico.

All'improvviso Mavra guardò alla sua sinistra, sicura di aver percepito un movimento. Era proprio così. Attonita, rimase a osservare uno dei grossi cespugli che si era staccato dalla massa e sembrava avviarsi verso di loro, illuminato sulla sommità da una scintillante luce blu che era senza dubbio Barissa.

A distanza ravvicinata, quello che sembrava un cespuglio si rivelò in realtà un fiore gigante, simile a un'enorme rosa, ancora in boccio, posata su una larga e spessa membrana verde, simile a una piattaforma.

Barissa sorrise e disse qualcosa. Mavra, incuriosita, si girò verso Vistaru.

— Sta dicendo che il vecchio Macham è ancora addormentato e un po' fuori di senno, ma conosce il problema ed è disposto a portare te e gli altri.

Mavra riportò lo sguardo su quello strano fiore che aveva una colorazione aranciata, o comunque così sarebbe stato in piena fioritura. Dal cuore del bocciolo spuntavano due steli, simili a quelli del frumento, solo molto più grandi. Seguendo il capo dei Lata, Mavra salì sulla base verde della creatura. Nikki e Renard la seguirono e la imitarono quando lei si sedette sull'orlo, a gambe incrociate. Vistaru le si avvicinò.

— Adesso noi cercheremo di mantenere l'equilibrio e

anche di riposarci un po'. Quanto a voi, lasciatevi andare. Spero proprio che non vi giri troppo la testa.

Mavra aveva avuto appena il tempo di ponderare su quest'ultima affermazione quando purtroppo ne afferrò il significato in tutta la sua pienezza. La creatura cominciò a roteare lentamente su se stessa e poi a muoversi attraverso le acque placide di quella specie di lago. Tali movimenti abbinati, pur non essendo particolarmente veloci, risultavano decisamente fastidiosi. Mavra giudicò opportuno chiudere gli occhi e per qualche minuto l'espediente sembrò funzionare, ma il suo centro dell'equilibrio continuò a darle la sensazione del movimento. Al principio si trattò solo di una sensazione di nausea. Dopo un paio di ore si ritrovò ad augurarsi la morte e nel contempo a temere di essere sul punto di morire. In pratica aveva il mal di mare.

L'alba sopraggiunse dopo un'apparente eternità. Di tanto in tanto Mavra si metteva a vomitare e vedeva i suoi due compagni ipnotizzati, che a quel punto sinceramente invidiava, fare altrettanto. Arrivò Vistaru con fare serafico.

— Ti senti ancora male? — domandò pleonasticamente.

— Ci puoi giurare! — fu tutto quello che Mavra Chang riuscì a rispondere.

La creatura Lata sprizzava preoccupazione. — Non preoccuparti. Siamo quasi arrivati.

Ormai Mavra era così malridotta da non provare più alcun interesse per la loro destinazione, ma per la prima volta riuscì a guardarsi in giro.

Non erano più soli.

Tutt'attorno, a migliaia, altri fiori si andavano muovendo come in un gigantesco balletto sull'acqua, creando una miriade di colori e combinazioni dei medesimi, particolarmente risplendenti adesso che si aprivano ai brillanti raggi del sole. In altre circostanze, forse Mavra avrebbe anche potuto gradire lo spettacolo.

Adesso, con innegabile sollievo da parte sua, il Krommiano su cui viaggiavano aveva cominciato a rallenta-

238

re. Anche lui, nel frattempo, si era aperto sopra di loro, formando un brillante tendaggio d'imprevedibili sfumature che andavano dal marrone all'arancio. I lunghi steli, realizzò Mavra, erano occhi: strani occhi scuri dalla forma allungata e ovale, con pupille nere così strane che sembravano usciti dalla fantasia di un disegnatore di fumetti. Erano indipendenti l'uno dall'altro e talvolta sembravano guardare in direzioni diverse. Del nucleo, della "testa" della creatura, si poteva vedere ben poco. A prima vista sembrava una massa giallastra, più simile a un ciuffo di capelli stopposi che al centro di un fiore. In quel momento la velocità rotatoria si era rallentata a tal punto che Mavra cominciò a chiedersi se quelle creature fossero davvero piante o non piuttosto una specie di animali esotici.

Poi il loro mezzo di locomozione smise del tutto di roteare e cominciò lentamente ad andare alla deriva verso qualcosa. Ciò non impedì al resto del mondo di continuare a girare – almeno per Mavra – ma le diede comunque un certo sollievo. Sicuramente avevano percorso un lungo tragitto. Qualsiasi fosse la forma di locomozione utilizzata da quella... da quella gente?... lo spostamento in linea retta era molto superiore alla velocità a cui ruotava il bordo della piattaforma verde.

Mavra cominciò a spostarsi con cautela, sincerandosi che i suoi due imitatori, facendo lo stesso, non finissero in acqua, e guardò nella direzione verso la quale stavano andando alla deriva. Riuscì a scorgere un'isola, una formazione rocciosa decisamente alta ma non molto estesa che emergeva in mezzo al mare. Proprio nella parte frontale sembrava aprirsi una specie di grotta artificiale, nera come l'ossidiana e priva di qualsiasi profondità.

All'improvviso si rese conto che si trattava di un esagono nero.

Si avvicinò Vistaru. — Ci fermeremo in prossimità del Cancello di Zona — annunciò con fare enigmatico il minuscolo esserino, additando la strana formazione

239

esagonale che si faceva sempre più vicina. — Dovrai dire agli altri di attraversare il Cancello.

— Io no? — domandò Mavra.

La piccola creatura scosse il capo. — No, non adesso. Più tardi. L'ambasciatore di Kromm dice che adesso per te non è il momento,

Mavra fece un cenno verso l'enorme caverna, o buco, o qualsiasi altra cosa fosse, che in quel momento sembrava aver assunto uno strano aspetto bidimensionale. — Quella cosa aiuterà i miei amici?

Vistaru annuì. — Si tratta di un cancello. Porteremo i tuoi amici alla Zona e da lì attraverseranno il Pozzo delle Anime. Diventeranno gente di questo pianeta, come me.

Mavra prese in considerazione l'eventualità. — Vuoi dire che saranno trasformati in Lata?

La creatura fece spallucce. — Può darsi. Se non Lata, qualcos'altro. Niente più spugna. La memoria ritornerà, tutto meglio.

Mavra non era del tutto pronta ad accettare una metamorfosi così radicale, ma a quel punto doveva far buon viso a cattiva sorte. Certamente lei non avrebbe potuto far nulla né per Renard né per Nikki.

Avendo captato la titubanza di Mavra e rendendosi conto che scaturiva dalla scarsa conoscenza del Mondo del Pozzo e dei suoi principi, Vistaru disse: — Tutti quelli che arrivano da un altro mondo passano attraverso il Pozzo. E ne escono radicalmente cambiati. Persino io. Una volta ero come te. Ho attraversato il Pozzo, ne sono uscita una Lata.

Adesso Mavra quasi le credeva. Ecco perché quella piccolina conosceva il suo linguaggio. Ma a quel punto era impellente un'altra domanda.

— Ma perché io no? — chiese.

Vistaru si strinse nelle spalle. — Ordini. Dicono che non sei Mavra Chang. Dicono che sei una persona cattiva.

La donna spalancò la bocca per lo stupore, poi la richiuse. — È ridicolo! — esclamò. — Perché quella gente, di chiunque si tratti, pensa una cosa del genere?

Vistaru si strinse nelle spalle. — Sostengono di aver già incontrato Mavra Chang, e Renard e Nikki. Dicono che siete dei simulatori.

Mavra fece per rispondere, poi ci ripensò e si mise a sedere. Le sembrava d'impazzire: mai nella sua esistenza, benché così movimentata, si era ritrovata in un frangente tanto assurdo.

Ma qualcuno avrebbe pagato per questo.

Zona Sud

— Hanno proprio lo stesso aspetto — disse Vardia con malcelato stupore.

Serge Ortega annuì, osservando le due persone riverse sul pavimento in stato quasi comatoso. — Sono spacciati, dottore?

Erano nella clinica della Zona e il dottor Muhar, l'Ambreza che assomigliava a un castoro gigante, stava visitando Renard e Nikki Zinder.

— Mi piacerebbe proprio sapere che tipo di droga hanno somministrato a quei disgraziati — commentò il medico. — Non ho mai visto nulla di simile. Ma è localizzata a livello cerebrale mentre l'altra infezione non lo è.

Ortega increspò la fronte. — Un'altra infezione?

L'Ambreza annuì. — Oh, sì. Si direbbe che abbia infestato ogni cellula dei loro corpi. Ha l'aspetto più o meno di un enzima e le caratteristiche di un parassita. Ovunque ci sono prove di deterioramento del tessuto, deterioramento che procede a un ritmo molto serrato. Sareste in grado di riconoscere la spugna se la vedeste?

Gli altri due scossero negativamente la testa. — Ne abbiamo visto gli effetti, tanto tempo fa — riferì Vardia al medico — ma la sostanza pura, sotto l'obiettivo di un microscopio, mai.

Proprio in quel momento si udì un trambusto, proveniente dalla direzione della porta che subito dopo si aprì di scatto facendo entrare una nuova creatura.

Alta all'incirca centocinquanta centimetri, stava ritta su due tentacoli robusti ma senza articolazioni. Dalla vita in su ne aveva altre tre coppie. Ognuno sembrava dotato di una fenditura all'estremità, atta a raccogliere delle cose come una sorta di guanto spesso, oppure in grado di arrotolarsi a spirale, assieme a tutta la parte anteriore del tentacolo. Il nuovo arrivato si reggeva sui tentacoli posteriori, ma gliene occorrevano almeno quattro per muoversi nella loro direzione. Aveva la faccia larga, il naso quasi appiattito, grandi narici e due occhi arrotondati che ricordavano dei tamponi per timbri. La bocca aveva una mascella snodata nel cui interno si celava, cosa di cui Ortega era al corrente, una lunga lingua simile a una fune che poteva essere utilizzata anche come nono organo prensile. Ai lati del capo c'erano due escrescenze simili a piattini, leggermente scostate e presumibilmente in grado di aprirsi e chiudersi a comando.

Ma mentre la creatura entrava nella stanza, qualsiasi altro particolare passò in secondo piano davanti alle ali enormi, come quelle di una farfalla gigantesca, che correvano lungo tutta la schiena, spesse membrane di un colore arancione brillante punteggiate da cerchi concentrici marrone.

Al suo ingresso sia Vardia che l'Ambreza si ritrassero di qualche centimetro. Ortega non ebbe la medesima reazione, nonostante l'espressione cupa del suo volto. Nessun altro, all'infuori di lui, aveva mai visto uno Yaxa in precedenza. Anzi, Ortega questo lo conosceva addirittura. Così gli si fece incontro, dicendo: — Wooley! Sono proprio contento di vederti!

La creatura rimase sulle sue, ma rispose comunque: — Salve, Ortega. — Senza aggiungere altro squadrò i corpi di Renard e Nikki e chiese: — Sono questi?

Ortega annuì, riassumendo di colpo un atteggiamento professionale. — Il dottor Muhar ha del tessuto cellulare sotto il microscopio. Vuoi guardarci direttamente o dobbiamo proiettartelo?

Lo Yaxa si accostò al microscopio e cominciò a esaminare il campione con quegli occhi assurdi a forma di tampone.

— Si tratta di spugna — commentò. — Non c'è dubbio. — Riportò lo sguardo sui due corpi sul letto. — Quanto è avanzato il loro stadio?

— Cinque giorni senza dose — rispose Ortega. — Qual è il tuo parere?

Lo Yaxa si mise a riflettere. — Dipende da come hanno cominciato. Il deterioramento cellulare non è troppo avanzato, ma quello mentale procede con maggiore rapidità. Se fossero dotati di un'intelligenza media, oggi dovrebbero essere molto più brillanti dello scemo del villaggio, quantomeno per un altro paio di giorni. Poi scatterà la fase di regressione all'animale. Diventeranno grandi scimmie nude. Non appena possibile, li farei passare attraverso il Pozzo. Adesso.

— Convengo con te — disse Ortega. — E apprezzo il fatto che tu ti sia precipitato fin qui.

— Arrivano dalla nuova luna? — domandò lo Yaxa, con una voce che risultava fredda, pungente e priva di una qualsiasi emozione anche attraverso il traduttore.

Ortega annuì. — E se fossero proprio coloro che dicono di essere, sarebbe un grosso guaio in quanto significherebbe che siamo stati raggirati da un precedente gruppo di duplicati, di cui almeno uno era il capo della Mafia della Spugna mentre gli altri due conoscevano i principi operativi del Pozzo.

Per la prima volta la creatura mostrò una certa emozione. La voce divenne ancora più tagliente. — Il capo della Mafia della Spugna? E ve lo siete lasciato sfuggire come degli stupidi?

Ortega alzò tutt'e sei i palmi. — Non ce ne siamo accorti. Sembravano proprio uguali a loro. Come avrei potuto saperlo?

— Ha ragione — intervenne Vardia. — Erano così

educati e gentili... quello in particolare — aggiunse indicando Renard.

Lo Yaxà quasi sputò in segno di spregio. — Stupidi
idioti! Chiunque, dopo una così lunga astinenza da spugna, avrebbe mostrato sintomi inequivocabili! Come
avete potuto non pensarci?

— Calmati, Wooley — riprese Ortega. — Capisco che
sei su tutte le furie e hai i tuoi buoni motivi. Ma, dannazione, non ci aspettavamo una cosa simile. Ultimamente da queste parti sembra si sia diffusa una pazzia col-
lettiva.

Le narici dell'enorme farfalla si aprirono e ne fuoriu-
scì una specie di sbuffo d'impazienza. — Oh, al diavolo;
Lo sapevo già in partenza che avresti combinato qualche casino. — Voltò la grossa testa, usando come cardine una specie di rigonfiamento molliccio che fungeva
da collo, e lo fissò dritto negli occhi. — Dimmi il nome
di quel bastardo. Non sarà sempre così astuto. Uno di
questi giorni lo beccherò. Ci puoi contare.

Serge Ortega annuì, consapevole che nulla avrebbe
mai potuto fermare Wooley a eccezione della morte.
Prima o poi, se quell'uomo fosse ricomparso, lui lo
avrebbe incastrato.

— Antor Trelig — disse allo Yaxa.

La creatura fece alcuni movimenti con la testa gigantesca quasi volesse incamerare l'informazione, poi disse: — Devo tornare a casa. Stanno succedendo un sacco
di cose. Comunque avrai presto mie notizie. — E, detto
ciò, si voltò nello spazio angusto della clinica, non senza
una certa difficoltà per via delle ali enormi, e oltrepassò
la porta.

— Santo Cielo! — esclamò Vardia. — E quello chi sarebbe?

Ortega sorrise. — Qualcuno che un tempo conoscevi.
Prima o poi te le dirò. Adesso abbiamo del lavoro più ur-
gente da sbrigare: prima di tutto dovremo far passare
quei due attraverso il Pozzo e poi io dovrò parlare al
Consiglio.

Per gli ambasciatori non esisteva una sala apposita in cui tenere il Consiglio. Tutte le comunicazioni venivano effettuate attraverso intercom, sia per ragioni diplomatiche sia per semplificare le cose a tutti gli effetti. E comunque lo spazio da quelle parti era davvero scarso.

Ortega aggiornò tutti sulla situazione aggiungendo: — Ho avviato ricerche per localizzare la prima infornata e spero che ognuno di voi sia in grado di fornire notizie utili qualora si facessero vedere nel vostro esagono. *Tutti* gli Arrivi dovranno essere controllati. Si tratta di gente estremamente pericolosa.

L'altoparlante ronzò. — Ortega? — disse una voce metallica e atona. — Sono Robert L. Finch della *Nazione*.

Ortega faticò a reprimere una risatina. — Non sapevo che i cittadini della *Nazione* avessero un nome — sottolineò, ricordando chi fossero: robot dalla mentalità comunitaria.

— Anche la *Nazione* ha i suoi Arrivi — replicò Finch. — Quando si verifica qualche episodio che la riguarda, viene selezionata la *persona* appropriata.

Ortega lasciò perdere. — Qual è il tuo problema, Finch?

— Quella donna, Mavra Chang. Perché l'avete lasciata con i Lata? Non avrai per caso ancora in mente qualche giochetto dei tuoi, non è vero, Ortega?

Quest'ultimo si concesse un profondo sospiro. — So che dovrebbe passare attraverso il Pozzo, e lo farà, prima o poi. Ma per il momento è più utile nella sua forma originale, l'unico Arrivo simile sul Pozzo. Spiegherò tutto a tempo debito.

A quelli del Consiglio la cosa non andò a genio, ma dovettero far buon viso a cattivo gioco. Seguì una marea di domande, per la maggior parte insignificanti. Il tono di molte di esse era il consueto "non è un problema che mi riguarda" e Ortega ebbe l'impressione che dietro alcune delle altre si nascondesse qualche tentativo di ingannarlo. Ma lui aveva fatto il suo dovere, e ciò bastava. L'incontro ebbe fine.

Vardia, la creatura-pianta czilliana, era nell'ufficio di Ortega. La sua gente sapeva già tutto quello che doveva sapere.

Meno una cosa.

— Che mi dici di quella Chang, Ortega? — domandò Vardia. — Qual è il *vero* motivo per cui la tieni dietro le quinte?

Ortega sorrise. — *Non* dietro le quinte, mio caro Vardia. Tutte le seicentotrentasette razze con ambasciate nella Zona sanno che è con i Lata. È un'esca, un oggetto riconoscibile grazie a cui potremmo stanare le nostre prede.

— E se non abboccassero? — incalzò Vardia. — Il fatto che si tratti di un pilota spaziale qualificato, ancora in una forma perfettamente in grado di far funzionare una nave spaziale, tutto ciò non ha nulla a che fare con i tuoi progetti, esatto?

Ortega si appoggiò con compiacimento sul suo lungo corpo a spirale. — Questa è davvero un'idea interessante! — reagì con palese sarcasmo. — Grazie per il suggerimento!

Se ci fosse qualcosa di sincero, di onesto o comunque di lineare nel corpo massiccio di Serge Ortega, nessuno lo aveva ancora appurato.

Vardia decise di cambiare argomento. — Credi che lo faranno... che ci terranno informati sugli Arrivi?

L'espressione di Ortega si fece cupa. — Alcune razze potrebbero farlo. I Lata, i Krommiani, i Dilliani, gli Czilliani e similari. Ma per i più, inutile farci conto. O cercheranno di nasconderli, il che costituirebbe un errore che, a mio avviso, rimpiangerebbero per tutta la vita, oppure tenteranno di trarne giovamento. Mettili assieme a uno qualsiasi di questi esagoni, alla cui testa ci sia un governo avido e ambizioso, ed ecco il nucleo della guerra di cui parlavo. Un'alleanza e un pilota per far volare l'astronave. Persino uno scienziato che potesse essere in grado di rimettere assieme i pezzi. — Ortega si spostò leggermente, squadrò lo Czilliano dritto negli occhi e aggiunse: — E per quanto riguarda Mavra Chang, fino a quando sarà reperibile, potremo comunque esercitare qualche controllo. Mentre, se la faremo passare attraverso il Pozzo, l'avranno loro. Non gettiamo benzina sul fuoco, amico. Già la situazione di per se stessa sta diventando scottante come l'inferno senza bisogno che qualcuno come te o me si metta ancora ad attizzare le fiamme.

Makiem

Si svegliò e aprì gli occhi. Per un attimo si ritrovò in uno stato di completo disorientamento. Non riusciva a mettere a fuoco la situazione e gli occorse più di mezzo minuto per ricordare ciò che era successo e che cosa presumibilmente dovesse aspettarsi.

Aveva attraversato l'oscurità del muro e subito aveva avvertito una strana sensazione, come se venisse avvolto in una specie di abbraccio pieno di calore, ricco di emotività, qualcosa che non aveva mai sperimentato prima. Un sonno inquieto, punteggiato di sogni, che però non riusciva a ricordare se non per il particolare che quasi tutti, o forse proprio tutti, riguardavano la sua persona.

"Dovrei essere qualcos'altro" ricordò. Cambiato in una di quelle creature strane, come l'uomo-serpente o la cosa-pianta. In realtà non l'aveva disturbato più di tanto l'ipotesi che stesse per diventar qualche altra cosa; ciò che era diventato, comunque, avrebbe stabilito i suoi progetti per il futuro.

Le sue capacità visive non erano le solite, e gli ci volle altro tempo per realizzare di che cosa si trattasse. Una cosa era comunque evidente: che la percezione delle volumetrie si era accentuata in maniera incredibile; ogni oggetto aveva acquisito uno spessore inconsueto: aveva la netta sensazione di essere in grado di valutare fino a un decimo di millimetro quanto una cosa fosse lontana da lui o da qualsiasi altro punto di riferimento. Anche i colori apparivano più brillanti, evidenziati; i contrasti, sia fra anche minime sfumature dello stesso colore sia fra le più impercettibili variazioni di luminosità, risultavano evidenti di primo acchito. Ma no, in fondo anche questo non era il punto determinante.

All'improvviso ci arrivò. "Sto vedendo due immagini" pensò. C'era un panorama di almeno ottanta gradi su entrambi i lati; perifericamente, riusciva quasi a vedersi dietro la schiena. E invece dinanzi a sé il vuoto assoluto. Non una linea o una divisione di qualsiasi tipo; semplicemente ciò che gli era direttamente davanti non rientrava nel suo campo visivo. O si sforzava per mettere a fuoco questa specie di buco nero, oppure non se ne rendeva addirittura conto.

Avvertì un movimento alla sua destra e, ubbidendo a un riflesso condizionato, l'occhio destro si spostò quanto bastava per vedere di cosa si trattava. Un insetto di una specie sconosciuta ma di dimensioni notevolissime, rapportabili al pugno di un uomo, gli stava volteggiando attorno come un uccellino. Gli occorse dell'altro tempo per rendersi conto che stava muovendo l'occhio destro indipendentemente dal sinistro.

Cercò di spingere la vista il più lontano possibile. Ebbe l'impressione di essere dotato di una specie di lungo muso e di una bocca molto pronunciata. Poi, accorgendosi anche di star riposando piacevolmente sui quattro arti, si portò la mano all'altezza dell'occhio destro per vederla.

Si trattava di una mano strana, in parte umana ma non del tutto. Quattro lunghissime dita dotate di membrana interdigitale e un pollice contrapponibile, ognuna delle quali terminante in una piccola ventosa dove avrebbe dovuto esserci il polpastrello. Un'occhiata più approfondita rivelò una specie di disegno, all'interno della ventosa suddetta. Mano e braccio erano di color pisello, disseminati da puntini neri e marrone scuro. L'epidermide sembrava coriacea, come quella di un serpente o di un rettile in generale.

Ecco quello che sono diventato, pensò, un rettile. Il paesaggio era decisamente consono: simile a una giungla, con un fitto sottobosco e degli alberi che quasi nascondevano il sole. Attraverso questa fittissima vegetazione si stagliava una specie di strada sterrata, incredibilmente ben mantenuta. Ma, considerato l'ambiente attorno, avrebbero dovuto operare in continuazione squadre di manutenzione per impedire al folto fogliame d'inghiottirsi il tutto in brevissimo tempo.

Aveva appena deciso di raggiungere la strada e seguirla fino a qualsiasi presumibile segno di civiltà quando un altro di quegli strani insetti gli si avvicinò, posizionandosi dinanzi a lui a una distanza di circa un paio di metri. Quasi senza rendersene conto, aprì la bocca e una lingua terribilmente lunga, simile a un nastro retrattile, schizzò fuori, colpì l'insetto e si avvolse attorno a esso, per successivamente aspirarlo all'interno della cavità orale. Lo masticò e l'inghiottì. Pur non essendo molto gustosa, la carne era compatta e scese giù bene, contribuendo ad allentare i morsi della fame. A quel punto cominciò a riflettere sulle sue reazioni, o sulla mancanza delle medesime. Era una cosa naturale, normale da farsi, e in effetti era stata eseguita in automatico. Il concetto di aver divorato un insetto vivo non lo turbava più di tanto.

Il Mondo del Pozzo ti cambia sotto molti aspetti, pensò. Eppure, intimamente, era ancora Antor Trelig. Ricordò tutto quanto il passato e non ne rimpianse neppure un attimo, se non forse il fatto di essere volato a quota troppo bassa sopra il Mondo del Pozzo. Ma forse, in ultima analisi, anche questo avrebbe potuto tramutarsi in un vantaggio, pensò con un'iniezione di autofiducia. Se il potere di quel mondo poteva essere conquistato da coloro che erano in grado di farlo, come lui per esempio, non aveva alcuna importanza in quale forma si fossero venuti a ritrovare o che cosa avessero mangiato a colazione. Anche se il Mondo del Pozzo non gli avesse rivelato nient'altro, gli aveva insegnato che ogni cosa era transitoria.

"Chissà come farò a camminare?" si chiese ridacchiando fra sé e sé per l'assurdità della domanda. Be', per quanto riguardava la soddisfazione dello stomaco, era andata piuttosto bene, probabilmente sarebbe successo lo stesso anche sotto quest'altra angolazione.

Diede un'occhiata alla strada e si mise in moto. Con una certa sorpresa, le gambe cominciarono a scalciare ed eccolo lì a fare un grande balzo, da cui atterrò con un movimento fluido e armonico, che lo preparò al balzo successivo, che eseguì senza difficoltà di sorta. Equilibrio perfetto, ed era divertente, quasi si fosse messo a volare.

A quel punto cercò di camminare semplicemente e si accorse che, se utilizzava tutti e quattro gli arti, il procedere gli risultava più difficoltoso e simile a quello di un paperotto. Procedere a balzelloni era la maniera giusta di locomozione per quelli della sua razza; camminavano solo quando l'ambiente era troppo stretto per saltare.

Guardò in entrambe le direzioni. Una valeva l'altra, decise; da ambedue i lati lo sterrato scompariva nella folta vegetazione. Optò per una e si mise in cammino. Non gli ci volle molto per imbattersi in altri suoi simili. Li vide a grande distanza, dopo aver capito che parte del brusio che aveva sentito provenire dalle cime più alte degli alberi non era prodotto soltanto da uccelli e insetti vari.

Dinanzi a lui si stagliava un assieme di alberi giganti quasi separato dal resto della foresta, affiancato da un piccolo lago. Su quegli alberi c'erano delle abitazioni, strutture intricate edificate fra i rami con del materiale simile alla paglia o al bambù che quasi sicuramente cresceva nelle paludi.

Una delle creature spuntò sulla soglia di una delle abitazioni più basse, si guardò attorno per un attimo, poi uscì e scese lungo il tronco verticale, fino a terra. In quel momento Trelig capì a che cosa servivano quelle ventose. Davvero funzionali.

La creatura in questione assomigliava moltissimo a una rana gigante, con le gambe incredibilmente lunghe nel momento della massima estensione, l'epidermide che presentava sfumature dal verdastro al marrone, tutta una punteggiatura alonata dalla mascella all'inguine.

La creatura si avvicinò a una grande scatola di legno posizionata su un paletto in prossimità della strada, si mise a sedere sulle possenti zampe posteriori, sollevò il coperchio e guardò all'interno. Scuotendo il capoccione, tirò fuori diverse grosse buste di colore scuro. Trelig si rese conto non senza un certo stupore che quell'aggeggio era una cassetta delle lettere.

Si avvicinò con una certa cautela, sia per non allarmare la creatura, sia per non sembrare fuori posto. Spostò un occhio nella sua direzione – in effetti la testa costituiva una parte troppo integrante del corpo per consentire un movimento flessibile, ma gli occhi rimediarono egregiamente all'incombenza – e abbozzò un educato cenno di saluto. Subito si accorse che nell'espressione dello sconosciuto c'era una sfumatura di rabbia, ma non diretta a lui.

Trelig si ricordò che Ortega gli aveva detto che il Pozzo avrebbe provveduto a insegnargli il linguaggio locale. Così decise di mettersi a parlare come al solito.

— Buongiorno, amico — disse il nuovo ranocchio all'autoctono. — Una bella giornata, non è vero?

L'altro sogghignò con un certo malanimo. — Certamente, se dici cose del genere, devi lavorare per il governo — mugugnò con una tonalità bassa che, pur non essendo per nulla sgradevole, sembrava propagarsi da un oscuro recesso della cavità toracica. Poi la creatura sventagliò una delle buste. — Cartelle delle tasse! Cartelle delle tasse! — si lamentò. — Non so proprio come quei figli di puttana si aspettino che un uomo onesto riesca a sopravvivere di questi tempi. — In realtà non aveva detto esattamente "figli di puttana" ma qualche equivalente locale. Tuttavia Trelig aveva afferrato perfettamente il concetto.

Annuì con fare di comprensione. — No, non lavoro per il governo — replicò — sebbene un giorno o l'altro potrei farlo. Comunque capisco i tuoi problemi e mi trovi assolutamente dalla tua parte.

L'affermazione sembrò soddisfare il grosso rospo che subito dopo aprì un'altra busta e ne estrasse un lungo foglio di carta giallognola. Dopo una rapida occhiata, lo appallottolò con un'espressione di disgusto.

— Inaudito! Prima ti succhiano il sangue, poi ti chiedono addirittura dei favori! — bofonchiò.

Trelig aggrottò la fronte. — Che cosa? — fu tutto quello che riuscì a dire.

L'uomo rana cominciò a giocherellare con il foglietto ormai tutto spiegazzato come se fosse una pallina. — "Denunciate immediatamente alla locale stazione di polizia qualsiasi Arrivo con cui potreste venire in contatto" — citò con ira. — E allora perché mai paghiamo tutte quelle tasse? Io dovrei fare il loro lavoro mentre quelli se ne stanno appoggiati sui loro culoni a mangiare le prelibatezze d'importazione che si comprano con i miei soldi?

Trelig riuscì a sbirciare il modulo delle tasse. Purtroppo non era in grado di capirne il testo, costituito da segni del tutto privi di logica. Evidentemente il computer del Pozzo non considerava la lettura una facoltà necessaria.

— Non hai visto nessun Arrivo, esatto? — gli domandò l'uomo, non senza una leggera traccia di sarcasmo nella voce. — Magari dovremmo operare in pattuglia e metterci a gridare "Arrivo, ovunque tu sia, fatti riconoscere!"

A Trelig, la cosa piacque subito. risultava simpatico. Se davvero rappresentava la popolazione di quell'esagono, probabilmente la vita lassù non sarebbe risultata insopportabile.

— No — ridacchiò. — Non ho visto nessun Arrivo. E tu? Voglio dire, mai?

Il ranocchio scosse leggermente la testa in cenno di diniego. — No, e penso che non mi capiterà mai. In effetti però ne ho conosciuto uno tanto tempo fa. Un rettile a forma di uccello, originario di Cebu, grosso e spaventoso come pochi. Per un po' ha costituito una specie di celebrità locale. Comunque è acqua passata.

Trelig si sentì sollevato nell'appurare che agli Arrivi non era riservato un bagno nell'olio bollente o altre piacevolezze del genere, ma la comunicazione ufficiale che l'uomo aveva appena ricevuto stava a indicare che quello non era un caso di ordinaria amministrazione. Per qualche motivo, pensò, lo stavano cercando. O comunque, doveva comportarsi come se così fosse. Soprattutto perché, prima di rivelare la sua vera identità, doveva controllare la struttura di quel nuovo territorio, ammesso che ciò fosse possibile. Forse sarebbe stato più facile di quanto non avesse supposto, tenendo presente con quanto automatismo si stava comportando e con quanta naturalezza quel rospo lo aveva accettato. O quantomeno lo sperava.

— Hai fatto un lungo viaggio? — gli domandò il ranocchio.

Trelig annuì. Molto più lungo di quanto quella creatura non potesse immaginare.

— Scommetto che sei diretto a Druhon per i concorsi governativi — buttò lì l'uomo rana.

— Hai proprio indovinato — rispose Trelig. — Non riesco più a pensare ad altro da quando — stava per dire "da quando sono arrivato qui", ma riuscì a riprendersi in tempo — da quando ero molto piccolo — terminò. — Quantomeno avrò l'opportunità di vedere come lavora il governo.

A quelle parole l'altro s'infiammò di nuovo: — Vedrai come il governo non lavora, ma comunque per te rappresenta il futuro. Avrei dovuto far così anch'io, quando ero giovane. E invece no, ho preferito darmi all'agricoltura. Per essere libero e indipendente. Mi ero detto "Niente capi". — Si lasciò sfuggire un sibilo di rabbia, simile a quello di un serpente. — E così finisco per essere gestito dal governo, vessato dal governo, tasse e imposizioni, imposizioni e tasse. Alla faccia della libertà!

Trelig si abbandonò a una risatina che voleva indicare solidarietà. — Ti capisco benissimo. — Si guardò attorno, come se fosse all'improvviso consapevole che il tempo stringeva e che lo attendeva un appuntamento.

— Be', è stato piacevole scambiare quattro chiacchiere e ti auguro miglior fortuna e prosperità per il futuro. Purtroppo però adesso devo andarmene.

L'uomo sembrò apprezzare il cordiale commiato. — È stato un piacere anche mio, davvero. Sei sicuro che non vuoi entrare a farti una bella birra? In fondo per arrivare a Druhon da qui ci vuole solo un'ora, o al massimo due.

Quella era davvero una bella notizia. Quel giorno sembrava proprio che tutto andasse per il verso giusto. — No, grazie — rispose. — Devo arrivare al più presto in città. Ma mi ricorderò di te, amico, quando sarò ricco e potente.

— Ci conto, figliolo — ridacchiò l'altro. Trelig s'incamminò e, strada facendo, si chiese a quale tipo di agricoltura potesse dedicarsi quell'uomo bizzoso: in giro non si vedeva traccia né di campi né di colture di nessun tipo. Comunque meglio non far troppe domande lasciando intendere di non essere del posto, soprattutto quando sai che ti stanno cercando.

E poi c'era il problema del denaro. Mentre proseguiva nel cammino, ebbe modo di vedere diverse creature che o vivevano assieme o singolarmente, sia a livello del terreno, sia sugli alberi e addirittura in alcune abitazioni galleggianti sugli innumerevoli laghi e paludi. Nessuno indossava abiti di sorta e a quel punto gli venne naturale chiedersi dove mai era possibile mettere i soldi, sempre ad averli. Lo preoccupava la possibilità che su quell'esagono vigesse un misterioso sistema d'identità che avrebbe potuto smascherarlo. Ma no, si disse, era palese che da quelle parti la tecnologia era assolutamente primitiva. Ovunque si vedevano pali per le torce, ma nessun segno di elettricità. Inoltre, nel caso avessero potuto disporre di una tecnologia più avanzata, non si sarebbero presi certo la briga di diffondere tutte quelle circolari per arrivare alla sua persona.

Riacquistata una certa dose di fiducia e ottimismo, Trelig si concesse una pausa e cominciò a scambiare qualche parola con gli altri viandanti. Per la maggior parte si trattava di creature sempliciotte, di estrazione contadina. Le donne erano leggermente più piccole e avevano la pelle più levigata rispetto ai maschi, e anche le voci erano più dolci e squillanti, ma al di là di ciò, non sembravano esistere altre differenziazioni. Lui era un maschio: glielo fecero capire i loro commenti, anche senza tener conto della sgranatura delle pelle. Era un individuo maschio e giovane. Il che rese i primi giorni più facili. Da uno come lui era legittimo aspettarsi che fosse curioso e che non fosse al corrente di un sacco di cose.

Ma faceva in fretta a imparare. Parlando del più e del meno, venne a sapere che quel territorio, l'esagono, si chiamava Makiem, come Makiem si chiamavano i suoi abitanti. Sul Mondo del Pozzo era pratica comune, benché non universale, che il nome della razza e il nome del posto coincidessero. Venne a sapere anche che lì vigeva un sistema di monarchia ereditaria, il che non era male. Ma l'esagono era amministrato da una nutrita comunità di funzionari di stirpe non reale provenienti da differenti classi sociali e selezionati a seconda dei meriti e delle attitudini particolari, il che era decisamente positivo. Ciò significava infatti che il re di Makiem era disposto ad ascoltare e a tenere seriamente in considerazione il parere di chiunque ritenesse qualificato. A quel punto le decisioni più importanti venivano prese non dalla famiglia reale ma da quell'individuo o dai membri del consiglio che si fossero dimostrati i migliori, i più capaci, i più competenti e, perché no, anche i più ambiziosi.

Personaggi come lui.

Druhon, la città capitale, costituì un'autentica sorpresa. Innanzitutto era enorme, davvero una metropoli, strappata alla giungla e ubicata su una serie di piccole alture che si alzavano dolcemente dalla palude. Verso ovest si estendeva un grande lago, dalle acque limpide, gremito di nuotatori. Da un po' di tempo Trelig stava provando un'inspiegabile sensazione di disagio, come se tutto il corpo gli prudesse. Solo in quel momento ne capì la ragione: quelle creature, pur essendo abitanti della terra, rimanevano vicine all'acqua che aveva dato loro i natali e di tanto in tanto dovevano tornarci per ridare all'epidermide il necessario tasso di umidità. Una volta al giorno, probabilmente, anche se forse una bella innaffiata con un flessibile avrebbe sortito il medesimo effetto.

Un'altra sorpresa era rappresentata dagli edifici di per se stessi. Grandi castelli ed enormi palazzi di pietra che stavano a indicare notevolissime capacità architettoniche, case e negozi edificati con solidi mattoni fatti a mano e tenuti assieme da sapienti strati di malta in modo che nulla potesse passarci attraverso. Anche i massicci portali di legno stavano a indicare una notevole capacità artigianale e gli ornamenti di ottone e di ferro sulle cancellate denunciavano pregevoli doti artistiche. Considerato che si trattava ovviamente di un esagono non tecnologico, quella gente aveva sviluppato una civiltà moderna, davvero sorprendente.

Sussisteva ancora il problema del denaro. Trelig s'incamminò lungo le strade gremite di bancarelle dietro alle quali grandi ranocchi di entrambi i sessi magnificavano le loro mercanzie e richiamavano gli acquirenti. E avevano soldi e li portavano con sé. Osservando i Makiem intenti agli acquisti, l'ex dittatore di Nuova Pompei notò che portavano tutto ciò che avevano o che a loro serviva, dentro la mascella inferiore flessibile, spaziosa. Quando se la tastò con la mano, sentì una membrana sottile e rigida controllata da un piccolo muscolo in fondo alla gola. Ovviamente il processo d'evoluzione l'aveva posizionata lì allo scopo d'immagazzinare cibo per lunghi periodi. Successivamente la civiltà aveva portato a un utilizzo più pratico e cosmopolita. All'esterno la membrana era ripiegata in diverse sottili stratificazioni quasi irrilevanti ma di tanto in tanto passava qualcuno che sembrava avere il gozzo. Solo in un secondo tempo Trelig capì che non si trattava di differenze fisiologiche: avevano solo più soldi da portarsi dietro.

Anche gli spettacoli e gli odori della città lo eccitavano. Si trattava di aromi e flatulenze strane, che forse il suo ego precedente avrebbe trovato addirittura disgustosi, ma adesso gli sembravano dolci, eccitanti, meravigliosamente inconsueti.

E c'erano anche i tatuaggi, simboli misteriosi disegnati all'altezza dello stomaco. Non tutti li avevano, come la maggior parte degli agricoltori che aveva incontrato, ma lì in città se ne vedevano molti. Erano simboli di autorità, immaginò. Poliziotti, forse, e funzionari governativi. Sarebbe stato utile e interessante scoprirne il significato.

I poliziotti, che costituivano la sua primaria preoccupazione, furono i più facili da identificare. Trelig non sapeva quanti fossero gli abitanti di quella città ma, a occhio e croce, superavano i duecentocinquantamila, per la maggior parte residenti in condomini di mattoni a quattro piani, cui si accedeva risalendo il muro. Il che creava enormi ingorghi di traffico. Per le strade passavano anche numerosi carretti trascinati da insetti giganti, più grandi di un Makiem, che assomigliavano molto a cavallette. Tutto ciò significava che la circolazione doveva essere tenuta sotto controllo ed ecco il motivo per cui c'erano in giro tanti agenti della stradale.

Ne notò parecchi, soffermandosi in particolare sul grande simbolo in mezzo al petto, una specie di doppia ruota attraversata da due sbarre diagonali. Per non correre rischi, decise di comportarsi come se ogni ruota doppia attraversata da qualsiasi numero di sbarre fosse un poliziotto.

Le dimensioni e la struttura articolata della città gli procuravano una piacevole sensazione di anonimato; era semplicemente uno della folla e ciò per un po' gli tornò comodo, anche se di lì a poco avrebbe dovuto risolvere il problema dell'alloggio, dei soldi e del nutrimento – lì attorno non c'erano grassi e succulenti insetti e neppure ombrosi boschetti. Non aveva mai rubato nulla di piccolo, ma non doveva essere difficile.

A un certo punto la sua attenzione fu attratta da

un'imponente serie di edifici di pietra con pinnacoli e bandiere. Senza dubbio si trattava di sedi governative, la più imponente delle quali, caratterizzata da alti cancelli decorati con complicate formelle di bronzo e aguzze punte in ferro battuto per tener lontani gli intrusi, era ovviamente il palazzo reale. Al cancello principale c'erano sentinelle armate di picche e balestre e un simbolo assurdamente complesso sul petto identico a quelli che si scorgevano a intervalli regolari sulle formelle della cancellata.

Il simbolo reale, naturalmente. Stava imparando presto.

Il prurito aveva ripreso a tormentarlo. Aveva la pelle ruvida e secca, come se stesse per spelarsi. Decise di puntare verso il grande lago che era bellissimo a vedersi, soprattutto stagliato contro la luce del sole al tramonto. Una distesa scintillante, fresca e sorprendentemente pulita in considerazione dell'attiguo nucleo urbano così intensamente popolato, punteggiato da una miriade d'insetti e fiancheggiato da colline di granito non tanto alte ma molto imponenti.

La località era alquanto affollata, ma non al punto di causare veri problemi. Trelig si lasciò scivolare dolcemente nell'acqua, e la trovò sorprendentemente fredda. Il brivido però si protrasse solo per pochi istanti e poi, per qualche oscura ragione, la temperatura sembrò aumentare fino a diventare quasi perfetta. Sono un animale a sangue freddo, pensò. Non era la temperatura dell'acqua che era aumentata, ma la temperatura del suo corpo che si era abbassata per adeguarsi a quella dell'acqua.

Si trovò a nuotare con la stessa naturalezza con cui si era messo a saltare, sospinto dalle zampe posteriori, massicce e dotate di una spessa membrana. Ma il fastidioso prurito alla schiena rimase. Allora decise d'immergersi del tutto e, quando lo fece, si accorse che all'improvviso si era verificata una cosa strana: un'ulteriore membrana gli era calata sugli occhi, trasparente come vetro, ma totalmente protettiva. E anche la vista appariva alterata, meno profonda e sensibile al colore ma incredibilmente ricettiva alle variazioni di luminosità. Anche il naso sembrava chiuso da piccole valvole interne, ma il fatto di non poter respirare non gli causava alcun disagio. Si chiese per quanto tempo sarebbe riuscito a rimanere sott'acqua; piuttosto a lungo, ipotizzò, e decise di appurarlo.

Più a lungo rimaneva giù, meno la cosa sembrava dargli fastidio. Avvertiva la vaga sensazione di respirare con metodicità, anche se non si vedevano bollicine di sorta. A un certo punto pensò che la sua epidermide era in grado di assorbire una certa quantità di ossigeno dall'acqua. Poi, col passare dei minuti, comprese che quell'ossigeno non gli sarebbe bastato per vivere sott'acqua ma che era comunque sufficiente ad assicurargli una permanenza di almeno mezz'ora, forse di più, prima di avvertire la necessità di inalare nuova aria.

Si avvicinò a una delle isole e si guardò attorno. In acqua si stava benissimo. Pigramente si voltò e posò lo sguardo sulle alture sulle quali sorgeva la città. Si stava facendo buio e cominciavano ad accendersi le luci. Ma non arrivavano solo dalle torce, anche se in giro ne aveva viste un mucchio. No, quelle strane bocce di vetro per strada erano proprio quello che immaginava: lampade a gas. Quella gente era arrivata al massimo delle sue possibilità tecnologiche.

Il grande palazzo, sulla collina più alta, era completamente illuminato dalle torce e dai lampioni multicolori, il che gli conferiva un aspetto irreale e fiabesco. Presumibilmente un effetto decisamente voluto.

Con riluttanza, Trelig si accinse a tornare a riva. Cominciava ad avvertire i morsi della fame e aveva molte cose alle quali provvedere. Raggiunse in fretta la costa e subito, uscendo dall'acqua, avvertì la sgradevole sensazione che l'aria fosse troppo umida e opprimente. Però al suo corpo ci volle davvero poco per adeguarsi, così si rimise in cammino.

Come prima cosa cercò gli inevitabili quartieri squallidi e popolari che caratterizzano la periferia di tutte le grandi città, ma dopo lunghe ricerche, dovette ammettere la sconfitta. Nei numerosissimi bar che si affacciavano sulla strada, grossi ranocchi appollaiati su appositi cuscini che consentivano loro di star seduti quasi come esseri umani, sorseggiavano birra e altri alcolici da bicchieri enormemente capienti sorretti da sottili gambi. I bicchieri erano caratterizzati da un lato appiattito che si accostava alle labbra e si sollevavano buttando il capo leggermente all'indietro.

Non c'era nessun locale equivoco.

Ciò che mancava, decise Trelig, era il sesso. Quella razza di ranocchi vi sembrava del tutto estranea. Nessuna coppia romantica, nessuna forma di corteggiamento, tantissimi gruppi di amici, anche non dello stesso sesso, ma niente di tutto ciò aveva un risvolto sessuale. Persino lui, un prestante e giovane Makiem, non avvertiva nulla di particolare quando si avvicinava a una femmina. Solo i Mondi Comunitari dove la clonazione era la norma e ciascuno era un identico neutro si avvicinavano alla mancanza di sessualità di questa società, eppure esistevano due sessi chiaramente distinti. Ma avrebbe risolto quell'enigma in un secondo tempo.

Assorto nel suo vagabondare, si accorse di aver aspettato troppo. Le strade erano diffusamente illuminate, come pure le palazzine. Alcune creature si attardavano ancora per le strade, altre sulle soglie o, a giudicare dai rumori, sopra i tetti. E giravano anche regolari pattuglie di ronda.

Decise di puntare verso la periferia, nella direzione da cui era venuto. Forse si sarebbe presentata qualche opportunità; in caso contrario poteva sempre ritornare in quel prato dove si era svegliato e tentare la sorte. Se, come sembrava presumibile, si trattava di una proprietà privata, avrebbe potuto servirsene temporaneamente come base.

Dapprima la femmina Makiem gli parve quasi inviata dal cielo. Era evidentemente una persona facoltosa, forse una proprietaria terriera venuta in città per trascorrere la serata. Nessun tatuaggio. E giovane e minuta.

E ubriaca fino all'impossibile.

Ovviamente non era in grado di saltellare; si limitava a strascicare, mugugnando qualcosa fra sé e sé oppure canticchiando ma in maniera così sgraziata da rappresentare un oltraggio all'udito persino per uno come Trelig. Nel tentare un ultimo balzo, rovinò a testa in giù e finì in un fossato. Un bel fossatello scuro.

— Oh, merda! — l'ex dittatore di Nuova Pompei la sentì esclamare ad alta voce. Poi, alcuni secondi dopo, si mise a russare. Era passata fra le braccia di Morfeo.

Lui le fu subito sopra. Le sue capacità visive al buio erano praticamente le stesse di quando era un umano, ragion per cui, sebbene l'oscurità fosse avvolgente, non si trattava di una situazione impossibile.

La giovane creatura di Makiem era riversa sulla schiena, le gambe anteriori divaricate. Trelig la studiò per un attimo. Aveva scoperto per necessità ed esperienza come facevano i Makiem ad assolvere ai loro bisogni corporali ma, per quanto si sforzasse con l'immaginazione, non era proprio riuscito a capire come tale apparato potesse essere preposto a una attività sessuale. Mica male, come rompicapo, pensò con una certa dose di umorismo. Ho imparato praticamente tutto su cosa significhi essere un Makiem, a eccezione di uno dei fattori basilari dell'esistenza. Comunque adesso esistevano necessità più impellenti. Con cautela cominciò a tastare le pieghe sotto la mascella. Evidentemente c'era dentro qualcosa, forse un sacchetto con dei soldi. Dopo un attimo d'esitazione, la scosse con una certa violenza. Nessuna reazione, la sconosciuta non si svegliò neppure. La scosse con più determinazione. Ancora nulla.

Convinto che fosse morta per il mondo, si chinò e cercò di spalancarle la bocca.

E ci provò. E ci provò.

Ma quella era serrata come se fosse stata sigillata a piombo.

Stava per rinunciarci quando la creatura se ne uscì

con una specie di gemito da ubriaca e la bocca si socchiuse un po' mentre si voltava leggermente da una parte. Sempre con cautela, Trelig spinse la mano nell'interno e tastò qualcosa di così duro ma perfettamente aderente alle pareti da non consentirgli neppure la presa. Poi la bocca si richiuse. La creatura di Makiem non si svegliò, si limitò a chiudere di nuovo la bocca. E dentro c'era la sua mano. Cercò di liberarla ma non ci riuscì. Vanamente ci provò e riprovò per quasi mezz'ora. E nel frattempo lei aveva preso ad agitarsi, attirandolo forzatamente verso il proprio corpo.

A un certo punto Trelig si fece prendere dal panico, soprattutto quando la lunghissima lingua di lei cominciò a srotolarsi per esaminare l'oggetto estraneo. Mentre se la sentiva avvolgere attorno alla mano, cercò di scoprire in che modo uscire da quell'allucinante situazione. Nella parte frontale della mascella non esistevano denti, ma non molto lontano ce n'erano ben tre file. Se la lingua avesse sospinto la sua mano solo un po' di più...! Poi, provvidenzialmente, la lingua si arrotolò di nuovo su se stessa e la bocca si aprì. La ranocchia emise un sibilo sgraziato e cambiò nuovamente di posizione. Poco ci mancò che lui cadesse quasi all'indietro nel fossato ma, dopo essersi ripreso, cominciò a tastarsi la mano che, a quanto sembrava, era uscita piuttosto malconcia da quella brutta avventura. Evidentemente la giovane non ne aveva gradito il sapore, decise con riconoscenza. Poi sospirò: evidentemente da quelle parti l'aggressione personale, a meno che non si trattasse di aggressione a mano armata, era in pratica impossibile.

Fece il punto della situazione: forse per un po' avrebbe potuto cavarsela, ma solo come mendicante o fuggiasco. Ricorrere alla forza era fuori questione, non sapeva combattere come un Makiem ed era verosimile che, alla resa dei conti, lo avrebbero ridotto uno straccio. Inoltre non gli sarebbe stato possibile inserirsi in alcun modo nella società dei Makiem.

L'unica cosa che gli restava era affrontare la situazione allo scoperto.

Le guardie avevano un'aria annoiata. Se ne stavano sedute lì immobili, se non per un ammiccare sporadico degli occhi, come soltanto i rettili sanno fare, ma erano comunque sveglie. Mentre si avvicinava, tutti gli sguardi erano puntati su di lui, come pure le balestre pronte a scoccare il loro dardo. Eppure sembravano assolutamente delle statue.

Trelig si avvicinò a una di esse. — Scusami, amico, ma questo è il palazzo reale? — domandò con garbo. Non ci teneva molto a cadere nelle mani della polizia locale o di qualche burocrate d'infimo rango.

La guardia rimase immobile ma il suo sguardo sembrò trapassarlo da parte a parte. Anche la bocca non si mosse, a ennesima dimostrazione che l'apparecchio preposto alla produzione di suoni era posizionato altrove, ma disse: — Togliti di mezzo, contadino. Le visite sono ammesse solo nei Giorni del Pentimento.

— Comunque questo è il palazzo reale, non è così? — insistette.

— No, è il quartier generale del Sindacato Vagabondi — rispose sarcastica la guardia. — E adesso vattene, prima che ti succeda qualcosa di spiacevole.

Trelig decise di cambiare tattica e, dopo un profondo respiro, domandò: — State ancora cercando degli Arrivi come c'era scritto sulle circolari?

Lo sguardo della guardia s'illuminò di rinnovato interesse. — Ti risulta che un Arrivo abbia messo piede a Makiem? — La domanda era stata posta con malagrazia ma l'interesse era evidente.

— Sì — rispose Trelig. — A chi ne debbo parlare in proposito?

— A me — rispose la guardia. — Se quello che dirai mi andrà a genio, ti farò passare.

Razza di lavativo, pensò Trelig. Vuoi tenerti il premio. Come non detto — buttò là con fare apparentemente rassegnato. — Se la cosa non t'interessa... — accennò ad andarsene.

— Resta dove sei — intervenne una nuova voce, forse

263

quella dell'altra guardia. Il tono era autoritario e Trelig si bloccò, provando un intimo compiacimento.

— Se viene fuori che c'è stato veramente un Arrivo, ne andrà della nostra pelle — puntualizzò la nuova voce. — Sarà opportuno portarlo dal vecchio.

— D'accordo — mugugnò il primo. — Lo farò. Ma a noi che cosa ce ne viene in tasca?

— Nulla, forse. Ma so cosa ci capiterebbe se questo balordo stesse dicendo la verità e noi ce lo lasciassimo scappare — rispose l'altro. — Coraggio.

Trelig si rigirò. — Datti una mossa e seguimi — borbottò rassegnata la prima guardia, tornando alla vita e cominciando a saltellare sul camminamento di mattoni. Trelig lo seguì, sentendosi meglio. Se, come aveva detto Ortega, tutte le razze di questo universo e di questo mondo, umanità compresa, provenivano da uno stesso ceppo, tutte le razze possedevano alcune caratteristiche in comune che riflettevano i loro creatori. La natura umana era la professione di Antor Trelig, e a lui non importava quali sembianze assumesse.

Superarono un ingresso laterale e sbucarono in un ambiente illuminato a gas dall'aspetto assolutamente particolare. Al loro ingresso la sentinella fece loro cenno di passare.

Su due pareti spiccavano molte apparecchiature di grandi dimensioni e dal medesimo aspetto. Era distinguibile una parte superiore che sembrava una cuffia d'ascolto con degli enormi auricolari e una specie di ventosa di gomma concava con un buco al centro. Dello stesso materiale erano costituiti i tubi a spirale sopra a ciascuno dei quali spiccava una piastra con delle scritte redatte nel solito modo incomprensibile.

Trelig si guardò in giro incuriosito mentre la guardia prendeva l'auricolare e se lo metteva sopra la testa, appena dietro le giunture della mascella dove c'erano le aperture delle piccole orecchie. Poi la ventosa venne applicata praticamente al centro delle insegne tatuate sul petto. La guardia lasciò espandere il torace, emettendo un rumore sgraziato e penetrante.

Trelig cominciò a capire il marchingegno: l'apparecchio trasmetteva il suono nei vari punti del palazzo, grazie alla tubazione che convogliava l'aria. Ebbe il sospetto che le voci, una volta a destinazione, risultassero alterate e terribilmente lontane, ma il sistema funzionava. Un telefono primitivo, non tecnologico.

Non tecnologico un cavolo, si corresse. Quella gente era terribilmente avanzata da un punto di vista tecnologico. Qualsiasi cosa che potesse servire loro l'avevano creata, con straordinario ingegno.

— Sissignore — urlò nel vero senso della parola la guardia, così forte che Trelig avrebbe desiderato avere anche all'interno delle orecchie membrane simili a quelle del naso. — Sostiene di sapere di un Arrivo, sissignore. — Pausa. — No, niente di strano. — Pausa. — Personalmente, signore? Ma... — Pausa. — D'accordo, signore. Immediatamente. — La guardia completò la chiamata, staccò la membrana, che fece rientrare nel contenitore incorporato, e rimise a posto gli auricolari. Poi si rivolse a Trelig.

— Muoviti — mugugnò. Lui obbedì.

Non c'erano né scale né rampe e Trelig se la vide male quando raggiunsero un'alta apertura, quattro pareti di pietra liscia, assolutamente priva di appigli, palesemente un punto d'incrocio dei corridoi di quell'enorme palazzo a molteplici piani, e la guardia si mise a scalare il muro con estrema disinvoltura.

Dopo un attimo d'esitazione Trelig decise: — Al diavolo, perché no? Se non funzionerà, immagino di poter sopravvivere alla caduta. — Ciò che doveva fare, lo capì osservando il comportamento della guardia, era appoggiare le dita a ventosa sulla parete, tirarsi su e poi sfruttare le ventose dei piedi per mantenersi in equilibrio mentre allungava le braccia. Se riusciva a muoversi con una certa coordinazione, come se salisse una scala, non sarebbe stato faticoso. Tuttavia Antor Trelig capì di muoversi in modo goffo ed eccessivamente lento. Dal corridoio sottostante gli arrivavano gli sberleffi delle altre guardie mentre quella che lo precedeva continuava a gridare: — Datti una mossa! Non si può far aspettare il vecchio!

Comunque, con grande difficoltà, ce la fece a raggiungere il terzo piano, tirando un sospiro di sollievo per non doversi spingere oltre. In fondo doveva farci l'abitudine. E inoltre, quando sarebbe stato il momento di affrontare la discesa, le vertigini in agguato, sarebbe stato anche peggio. Allontanò dalla mente quel fastidioso pensiero.

Attraversarono ambienti enormi, alcuni dei quali sontuosamente arredati con tendaggi di seta, tappeti multicolori e arazzi alle pareti. Certe porte erano chiuse ma, in linea di massima, tutto l'ambiente stava a indicare un'indubbia opulenza. C'erano anche pregevoli oggetti ricavati dal metallo e, nella maggior parte dei casi, non si trattava di ottone o ferro, bensì di oro zecchino, spesso abbellito da gemme di proporzioni strabilianti.

Alla fine entrarono in quella che doveva essere una specie di sala di ricevimento. Era di struttura rettangolare, ma troppo piccola per essere utilizzata abitualmente da un re. Il soffitto era alto oltre dieci metri e tutt'attorno c'era una grande abbondanza di pesanti tendaggi di velluto. A partire dalla soglia e fino a ogni angolo della stanza si stendeva un prezioso tappeto che, in prossimità della parete di fondo, andava a ricoprire una sorta di sopralzo su cui era disposta una serie di cuscini a formare una poltrona che sembrava incredibilmente comoda. Si guardò attorno, scommettendo con se stesso che quasi sicuramente esisteva un'entrata anche da un'altra parte, con ogni probabilità dietro il sopralzo.

Aveva ragione. Le tende dietro la poltrona si spostarono e un anziano Makiem avanzò su quattro zampe, poi si alzò e si lasciò sprofondare fra i morbidi cuscini. L'effetto era notevolmente umano, come se lì ci fosse seduto un vero uomo, accomodato a quarantacinque gradi contro lo schienale. Il vecchio incrociò le gambe, appoggiò le mani su due sottili braccioli di legno, scrutò il nuovo arrivato con aria critica, poi si rivolse alla guardia. — Va bene così, Zubir. Ti chiamerò se avrò bisogno di te. — La guardia accennò a un inchino e si accomiatò, chiudendosi alle spalle la massiccia porta di legno.

Il vecchio riportò l'attenzione su Trelig. — Tu sai dove si trova un Arrivo? — domandò in tono autoritario. La pelle era ruvida e avvizzita, punteggiata da brutte macchie di vecchiaia, ma si trattava di un individuo ancora molto vitale, pensò Trelig.

— Proprio così, signore — rispose. — Mi ha mandato qui per appurare che cosa l'aspetta prima di consegnarsi alle autorità.

Il vecchio ridacchiò. — Anche insolente. Mi piaci. — Quasi di scatto si sporse in avanti. — Sei tu l'Arrivo, e non puoi negarlo! — sbottò, dopodiché il suo tono si fece più amichevole. — A scalare i muri te la cavi davvero male, anche se sei dotato di una bella faccia tosta. Questo devo riconoscertelo. Allora coraggio, chi sei in realtà?

Trelig ponderò la risposta. Avrebbe potuto dichiarare di essere uno qualsiasi dei diversi personaggi, ma era meglio andarci con i piedi di piombo. Per quanto riguardava i due Zinder, la cosa era fuori discussione: era troppo esperto della vita per essere la figlia e non troppo ferrato in tecnologia per impersonificare il padre. Lo stesso poteva dirsi per Ben Yulin, e comunque non avrebbe cambiato di molto le cose. Renard o Mavra Chang? Il primo non avrebbe retto: si era dimostrato troppo accorto nel presentarsi laggiù per fingere di essere una guardia adesso; quel vecchio non era uno sciocco, e Mavra Chang, se viva, avrebbe dato troppo nell'occhio. Così la cosa migliore era dire la verità e cercare d'ingraziarsi quell'assurdo monarca.

Imitò la guardia flettendo i gomiti in modo che il corpo strisciasse fino a terra, poi si rialzò. — Antor Trelig al suo servizio, Maestà — disse. — A chi ho l'onore di rivolgermi?

Il vecchio abbozzò un sorriso. Il sorriso di un Makiem era molto diverso da un sorriso umano, ma

Trelig lo riconobbe comunque. — Prima di agire, prendi in considerazione ogni possibilità, non è vero, Trelig? — disse in tono disarmante. — Ho visto tutte le possibili bugie attraversarti la mente prima di optare per la verità. Per quanto riguarda la mia persona, sono Soncoro, ministro dell'Agricoltura.

Trelig faticò non poco a soffocare una risatina. — E colui che in realtà ha il pieno potere decisionale da queste parti — fu lo schietto commento.

Soncoro apprezzò l'osservazione. — E che cosa ti porta a una simile conclusione?

— Il fatto che la guardia mi abbia condotto davanti al ministro dell'Agricoltura, non davanti al Primo ministro, al Re o neppure al ministro della Difesa. L'unico papabile. E quella è gente che se ne intende.

Soncoro annuì. — Credo che ti prenderò in simpatia, Trelig. Siamo fatti della stessa pasta. Mi piaci, e non mi fiderò mai di te. Questo lo capisci. Come, in circostanze ribaltate, tu non ti fideresti di me.

Trelig aveva capito alla perfezione. — Sono arrivato da troppo poco tempo per costituire una minaccia, Soncoro. Diciamo che al momento la cosa migliore sarebbe un sodalizio.

Il vecchio sembrò riflettere su questo punto. — In effetti. Immagino che tu sappia di avere qualcosa che ci serve, esatto? E capisci anche perché siamo compiaciuti e sollevati constatando che sei dei nostri, non è così?

— Perché sono in grado di pilotare una nave spaziale — rispose senza troppo sforzo l'ex capo della Mafia. — E perché sono in grado di aprirvi tutta Nuova Pompei. — Trelig si sentiva enormemente sollevato. Aveva temuto di rimanere incastrato in un esagono d'acqua oppure, se non proprio così, in un esagono il cui governo non avesse mire su Nuova Pompei, oppure dove non ci fossero personaggi come Soncoro. Ma, rifletté, se abbiamo tutti la medesima origine, le probabilità sono sempre state in mio favore.

Trelig fissò l'interlocutore. — State cercando quella finita nel Nord?

Soncoro scosse il capo. — No, ciò comporterebbe ostacoli quasi insuperabili. Ci abbiamo pensato, naturalmente. Siete atterrati in un esagono non tecnologico, così non solo ci spetterebbe l'incombenza di recuperarla, e nessun meridionale è mai stato al Nord, ma inoltre dovremmo spostarla almeno di duecento chilometri per metterla in condizioni di volare, poi farla alzare a picco in modo da essere sufficientemente lontana per impedirle di finire nel campo gravitazionale del Pozzo. E, particolare ugualmente importante, farlo significherebbe passare attraverso un numero di esagoni con una vita così aliena da fare risultare impossibile qualsiasi tipo di comprensione, controllo o semplice collaborazione. Inoltre alcune di quelle atmosfere ci risultano letali. No, temo che saremo costretti a lasciare la tua astronave agli Uchjin.

— Ma l'altra astronave è ridotta male! — obiettò Trelig. — Era di mia personale proprietà. Senz'altro sarà andata pressoché distrutta, con tutti i nove moduli sparsi su buona metà del Mondo del Pozzo!

— In effetti è andata così — ammise Soncoro. — Ma, dimmi, avresti davvero bisogno di tutti i moduli per farla volare di nuovo? Supponiamo che io potessi disporre di una fabbrica capace di costruire un corpo centrale a tenuta stagna? E un paio di ingegneri elettrotecnici a sovraintendere ai lavori? A quel punto che cosa ti servirebbe ancora?

Trelig era assolutamente sconcertato. — Fermo restando quanto sopra, forse basterebbe un generatore d'energia e uno o due moduli per essere sicuri che le nuove parti vengano fabbricate in modo corretto. E, naturalmente, il ponte.

— Supponiamo che ti mettessero a disposizione il generatore e i moduli, ma non il ponte — obiettò Soncoro. — Sarebbe ancora fattibile?

Trelig ci pensò sopra. — Non impossibile, ma molto, molto più difficile. Lì c'è la guida computer.

Il vecchio annuì di nuovo. — Ma qui abbiamo accesso a diversi computer assolutamente validi. Se ho ben capito, non si tratta della macchina di per se stessa, ma solo delle sue capacità. Programmi, memoria e tempo d'esecuzione.

— E interfaccia con il generatore — aggiunse Trelig.

— Non insolvibile — sentenziò Soncoro, con un sorrisetto perfido. — Benvenuto in famiglia.

— Ma dove vi procurerete tutta quella roba? — domandò Trelig. — Immagino che se disponeste di qualcosa di simile su questo esagono, lo avreste già fatto.

— Ottima osservazione — convenne Soncoro. — Ma non saremo soli. Cosa diresti se ti rivelassi che quattro dei moduli erano a sei esagoni da questo e il generatore a sette? E che disponiamo di alleati: un esagono semitecnologico e un esagono ad alta tecnologia, con capacità complementari?

Trelig era davvero incuriosito. — Ma si sta parlando di una guerra! — obiettò. — Credevo che una guerra fosse impossibile qui!

— Per motivi di conquista, sì — ammise il vecchio. — Ma non per obiettivi limitati. Dahla ha dimostrato che qui un territorio non si può tenere per un tempo indeterminato. Ma a noi serve solo impadronircene, impadronircene quel tanto che basta per ricavarne ciò che ci serve, dopodiché ce ne andremo. O cederanno o ci ignoreranno. Soltanto un paio di loro costituiranno dei problemi.

A quel punto Trelig era in preda a una quasi incontenibile eccitazione. Quello sviluppo andava al di là dei suoi sogni più sfrenati! — Ma l'astronave è scesa con una traiettoria ben definita. Se cinque sono raggiungibili, allora dovrebbero esserlo tutti. Perché porre dei limiti?

— Non siamo i soli interessati al gioco — gli spiegò il vecchio Makiem. — Altri si stanno muovendo adesso. Forse potremmo occuparcene in un secondo tempo, ma allo stato attuale delle cose il generatore è l'unica cosa che non siamo assolutamente in grado di costruire. Disponiamo di un sacco di viaggiatori dello spazio, ma

270

non di tecnici. Tu sei capace di pilotare, ma sai come costruire un'astronave?

— No — ammise Trelig.

— Comunque è da un bel pezzo che non disponiamo di un pilota Tipo 41. Nessuno su cui poter mettere le mani. E comunque immagino che, in considerazione degli enormi progressi di questi ultimi tempi, anche le loro conoscenze siano diventate alquanto obsolete. Esatto?

— Probabilmente — rispose Trelig. — I generatori, e di conseguenza i giusti comandi da inviare ai computer, sono cambiati radicalmente proprio negli ultimi dcenni.

— Allora è esatto affermare che soltanto tu, quel tuo socio Yulin e quella donna, Mavra Chang, siete in grado di pilotare l'astronave?

Trelig annuì onestamente, pur rendendosi conto di quanto ciò aumentasse la sua valutazione. — Direi proprio di sì, se qui non sono arrivati piloti umani da almeno un secolo.

Soncoro appariva tremendamente compiaciuto. Si chinò di nuovo in avanti. — E questo Yulin è affidabile?

Trelig fece una smorfia. — Affidabile quanto me.

Soncoro sbuffò. — Lo temevo. Il che significa che non si potrà arrivare a patti, a meno che non si possa disporre del generatore.

— Sa dov'è finito Yulin? — domandò stupito Trelig.

— È un Dasheen, e un maschio, dannazione! Il che gli conferirà potere qui. Gli Yaxa sono già in una fase ben avanzata dei loro progetti, forse un tantino più di noi, e naturalmente, se possibile, lui diventerà loro alleato. Così dovremo muoverci prima possibile. Chiunque possieda il generatore, possiede tutto.

— Mi dica due cose — dichiarò Trelig in tono perentorio.

— Prego — disse il vecchio.

— Innanzitutto, che cosa sarebbe successo se non mi fossi materializzato qui come Makiem? Sta parlando

271

come se la guerra ci dovesse essere in ogni caso, come se fosse stato già tutto stabilito. Lo sapeva?

— Certo che no — rispose chi reggeva segretamente le redini di Makiem. — Il modo in cui sono andate le cose semplifica soltanto di molto il problema. In ogni caso ci saremmo impadroniti di quei moduli e avremmo aspettato che uno di voi si facesse vivo. Prima o poi sarebbe forzatamente successo. — La logica dell'assunto era ineccepibile. — E adesso, qual è l'altra domanda?

— Come si fa l'amore da queste parti?

Soncoro sbottò in una fragorosa risata.

Dasheen

Ben Yulin si svegliò di soprassalto e aprì gli occhi.

Il suo primo pensiero fu che il dolore era sparito e che il suo corpo aveva ripreso la sensibilità. Davvero un grande sollievo. Ma dov'era e cos'era?

Si mise a sedere e si guardò attorno. Tutto era diverso: oltre a essere affetto da una leggera miopia, non riusciva assolutamente a distinguere i colori. Ma ci vedeva abbastanza bene per affermare di trovarsi in un contesto rurale, a giudicare dal fieno grossolanamente imballato, dalle recinzioni e dalle stradine che si estendevano geometricamente a perdita d'occhio. Il paesaggio era piatto; anche se la visione non risultava ben definita oltre i cinquecento metri, era in grado di dire dove la terra si congiungeva all'orizzonte.

Spostò lo sguardo sul proprio corpo. Gambe lunghe, robuste, muscolose e pelose, dall'aspetto quasi umano, sebbene i piedi fossero strani: molto larghi, di forma ovale e costituiti da una sostanza molto dura. Davanti a ogni piede c'erano delle fessure ma si accorse di non esercitare su di esse nessun controllo, come sarebbe avvenuto se fossero delle dita. Ovviamente si trovavano lì solo per assicurargli una certa elasticità di deambulazione. Allungò le braccia e si accorse che erano simili a quelle di un lottatore, con tanto di muscoli in rilievo co-

272

perti da una folta peluria scura. Le dita, corte e tozze, sembravano costituite dallo stesso materiale corneo dei piedi, ma erano riunite al posto giusto e avevano anche dei pollici opponibili. Si chinò per tastarsi i piedi che gli risultarono del tutto insensibili. Lo stesso poteva dirsi delle mani, nonostante la parte restante del corpo sembrasse normale.

Aveva l'epidermide pressoché interamente coperta da una ispida peluria più o meno grigiastra. Gli bastò una sola occhiata all'apparato genitale per appurare di essere non solo un maschio, ma anche di esserlo in proporzioni gigantesche. Il che gli fece un indubbio piacere, nonostante il "coso" fosse nero come la pece. Era il più grande che avesse mai visto.

Il petto era rivestito da una peluria lattiginosa e nel complesso capì di avere un corpo eccezionalmente possente. Bastò una leggera flessione per far gonfiare l'intera massa muscolare.

Dopotutto non era andata poi così male, pensò.

Probabilmente la miopia era motivata dal fatto che gli occhi erano posizionati in maniera diversa. Si portò una mano al volto, e trovò dell'altro. Proseguì in un esame più scrupoloso.

Si accorse di avere una testa enorme, ma perfetta per il suo corpo. Un collo corto e tozzo e un grugno! Non enorme, ma che sporgeva dalla faccia. Cercò di focalizzarsi su di esso e lo vide, un ovale bianco e peloso, con una sommità piatta, che sporgeva di circa dieci centimetri dalla testa. Conteneva un naso molliccio, umidiccio e largo, incredibilmente largo, quasi le stesse dimensioni del grugno, che doveva essere di colore rosato, e due enormi narici dotate di membrane. Di fianco al naso c'erano dei baffoni appuntiti e lunghi, simili a enormi aghi di pino.

La bocca, posizionata sotto il naso, occupava tutta la lunghezza del grugno. Se la tastò con la larga lingua appiattita. Un sacco di denti, nessuno dei quali aguzzo. L'aprì, la richiuse, poi cercò di simulare la masticazione. Scoprì che era in grado di masticare soltanto da parte a parte, il che gli fece dedurre di essere un erbivoro. Adesso capiva perché da quelle parti coltivavano fieno, grano e similari, e a che cosa servivano.

Gli occhi erano enormi e molto distanziati. Le orecchie, estremamente appuntite, potevano essere orientate a piacimento. In cima alla testa c'era un enorme paio di corna che senza dubbio facevano parte integrante del cranio e sbucavano di cinque centimetri buoni dall'osso della calotta.

Con una certa incertezza si mise in posizione eretta e si accorse che quell'enorme testone non risultava particolarmente ingombrante, benché non gli riuscisse di girarlo dello stesso angolo di cui lo girava in precedenza.

Poi il tocco finale. Scoprì di avere una coda attaccata al muscolo sacrale, un'appendice che era in grado di muovere con una certa agevolezza, probabilmente un'estensione della stessa colonna vertebrale. Era scura come il resto del suo corpo, a eccezione del torace e del grugno, e finiva in un folto ciuffo di peli più chiari. Ed era anche lunga, sebbene non arrivasse fino a terra. "Mi piacerebbe proprio avere uno specchio" pensò Ben.

Cominciò a camminare e imboccò la strada, con lo scopo di trovare tracce di civiltà da qualche parte.

Era una giornata fredda, sebbene gliela facessero dedurre soltanto le parti del suo corpo prive di pelo: il naso, la parte interna delle orecchie e i genitali. Come se fosse dotato di un sistema d'isolamento naturale.

Spiò un certo numero di creature che sembravano persone intente a lavorare nei campi, ma erano troppo lontane per distinguerle con chiarezza, a causa di quella fastidiosa miopia. Valutò l'ipotesi di accostarsi e presentarsi, poi ci ripensò, per non andare in cerca di guai. C'era la possibilità che si trattasse di una proprietà privata, dove gli eventuali trasgressori non sarebbero stati ben accetti. Decise di tirare avanti in solitudine finché non avesse trovato una città o qualcuno lungo la strada.

Nonostante la vista limitata, gli altri sensi risultavano straordinariamente acuti. Anche il più piccolo rumore, dal fruscio di un vento quasi impercettibile ai mi-

274

nuscoli insetti che ronzavano in un campo vicino, erano acuti e chiari e potevano essere localizzati con incredibile esattezza. Persino gli odori, sia piacevoli che spiacevoli, erano molto più pieni e intensi.

Aveva fame e si chiese che cosa avrebbe dovuto mangiare. Nei campi c'era del foraggio, naturalmente, ma era palese che si trattava di proprietà private e le alte recinzioni di filo spinato scoraggiavano qualsiasi approvvigionamento furtivo.

Giunse a un bivio; una strada secondaria, che si dipartiva ad angolo retto dalla principale, portava a un grosso complesso di edifici, alti diversi piani e caratterizzati da tetti arrotondati di paglia o di qualche altro materiale a copertura di solide strutture di legno. Si chiese dove andavano a reperire il legno: certamente non nelle vicinanze.

Decise di correre il rischio. Come nuovo arrivato, gli sarebbero state perdonate alcune mancanze di etichetta purché non incappasse in qualche passo falso. Come aveva chiamato Ortega la nuova gente? "Arrivi"? Sì, aveva detto proprio così.

Sembrava che la maggior parte dei lavoratori o delle famiglie fosse fuori nei campi; era palese che da quelle parti ci fossero poche stagioni; in alcuni campi si era appena proceduto alla mietitura, in altri lo avrebbero fatto fra breve e quello alla sua sinistra era stato appena arato.

Era quasi in prossimità della prima casa, o granaio che fosse, quando fece il suo primo incontro ravvicinato.

Lei – indubbiamente si trattava di una "lei" – stava utilizzando una pialla per levigare il manico di un aratro. Era più alta di lui, con una testa più piccola e allungata e un collo più flessibile. Aveva le corna più corte e arrotondate, anche alle estremità. Somaticamente assomigliava a una mucca, sebbene il muso non fosse proprio lo stesso, ma sembrasse quello disegnato da un autore di fumetti che avesse voluto disegnare una mucca umanizzata. Anche le braccia erano sorprendentemente diverse dalle sue: esageratamente lunghe, con un doppio gomito che sembrava in grado di permettere loro qualsiasi movimento. Non si trattava di una doppia articolazione, come per certi bracci metallici, ma di due gomiti: il primo era alla normale distanza dalla spalla, e poi il braccio continuava, assurdamente muscoloso, fino a un secondo gomito in prossimità della cintola. Quasi ubbidendo a un riflesso condizionato, Ben si guardò il suo e vide che tutto era a posto; sebbene molto grosso e muscoloso, il braccio era decisamente dotato di un unico gomito, così come quando era nato.

L'incongruenza finale era che "lei" indossava un assurdo grembiulone di pelle legato appena sopra alla vita, con un leggero rigonfiamento nel mezzo, tanto che Ben pensò che fosse incinta, ma quando la femmina si piegò, si accorse che nascondeva quella che doveva essere una grossa mammella, soda e rosata, la cui attaccatura era appena sotto la vita.

Non l'aveva ancora visto. Ben pensò di schiarirsi la gola, ma non era sicuro di come farlo, così decise semplicemente di provare a intavolare un discorso e vedere se sarebbe stato capito. Quantomeno sarebbe stato notato.

— Salve — buttò lì.

Lei si girò con un sobbalzo, lo fissò con aria atterrita, si mise a urlare, fece cadere l'attrezzo e riparò nella grossa costruzione attraverso l'ampia porta di legno.

Ben percepì le sue urla arrivare anche dall'interno, unitamente al suono di altre voci. Decise che sarebbe stato meglio temporeggiare e vedere che cosa sarebbe accaduto.

Lo seppe dopo esattamente trenta secondi. La porta di legno si spalancò sotto l'azione di una spinta così violenta da far tremare tutta la struttura. Sulla soglia, con in mano un enorme piede di porco, c'era il padrone di casa.

Leggermente più basso di Yulin, ma non di molto, aveva delle corna enormi, leggermente incurvate e appuntite; la testa massiccia sembrava appoggiata a un tronco senza collo. Indossava un gonnellino di materiale morbido che gli andava dalla cintola alle ginocchia. Gli occhi tondeggianti e sporgenti emanavano scintille.

— Cosa diavolo ci fai qui, manzo? — lo investì in tono beffardo. — Se vuoi che ti sfondi il cranio, resta ancora lì per dieci secondi! — Alzò il piede di porco con fare minaccioso.

Yulin fu percorso da un brivido di paura ma cercò di controllarsi. — Aspetta un attimo! Non ho cattive intenzioni! — riuscì a dire.

Il piede di porco vibrava ancora minaccioso a mezz'aria. — Allora perché te ne vai in giro da queste parti nudo come un verme a spaventare le donne per bene? — ribadì l'altro, sempre più minaccioso. Ma, comprese Yulin, aveva risposto invece di aggredire e ciò significava che forse la ragione avrebbe potuto avere la meglio.

— Sono un Arrivo — quasi gridò. — Mi sono appena svegliato in quel mucchio di fieno là dietro e non ho la minima idea né di dove sono, né di cosa sono, né di come comportarmi! — Ed era certamente la verità.

Il grande minotauro ci pensò sopra. — Un Arrivo! — grugnì. — Prima d'ora, a quanto mi risulta, abbiamo avuto solo due Arrivi, ed erano entrambi mucche. Un Arrivo manzo non ha senso. — Eppure c'era qualcosa che lo rendeva titubante. Il piede di porco si abbassò un poco, seppure impercettibilmente.

— Sono Ben Yulin — riprese l'Arrivo, sforzandosi di non lasciar trapelare la paura che lo attanagliava. — Ho bisogno di aiuto.

C'era qualcosa nel modo di fare del nuovo arrivato che non tornava giusto all'agricoltore. Eppure, in qualche modo, capiva che era sincero.

— D'accordo — grugnì di nuovo. — Per il momento accetterò la tua storia. Ma se non righerai dritto, ti ucciderò. — Continuava a impugnare il piede di porco. — Entra e ti darò qualcosa da metterti addosso, così non ti correrà dietro metà della mandria.

Yulin fece per avviarsi verso la porta e l'agricoltore alzò di nuovo l'arma. — Non là dentro, idiota! Merda secca! Forse davvero non sai come vanno le cose da queste parti! Fa' il giro della casa e io ti seguirò.

Yulin ubbidì e, attraverso una porta diversa, entrò in quello che sembrava un complesso parzialmente staccato dall'agglomerato principale. La costruzione era dotata di una specie di soggiorno con caminetto, un'enorme sedia a dondolo di legno lucido, ampie finestre e, cosa che lo impressionò non poco, soprammobili e materiale da lettura. Un certo numero di testi massicci, con delle iscrizioni che Ben non era in grado di leggere, facevano bella mostra su due scaffali mentre sui ripiani c'erano piccole sculture, non solo di altri minotauri, sia maschi che femmine, ma anche di altri soggetti strani che sembravano ispirati a un certo surrealismo. Alcuni quadri sulla parete, simili a schizzi in bianco e nero, riproducevano scene agresti, tramonti e altri soggetti realistici.

Le sculture con personaggi femminili confermarono a Ben ciò che già sospettava – le mucche erano dotate di grandi mammelle rosee, simili a protuberanze pendenti – e un paio di schizzi, o qualsiasi altra cosa fossero, si potevano definire assolutamente pornografici. In cima a un tavolo accanto al dondolo c'era un congegno meccanico dall'aspetto strano che Ben non riusciva a identificare. Si trattava di una scatola dotata di un piatto rotondo orizzontale che ovviamente girava mediante una manovella laterale azionata a mano. Dall'altra parte era montato un marchingegno che si reggeva su un unico cardine mentre dal retro spuntava una struttura che ricordava un enorme corno. Chissà perché non c'era un corno anche davanti? Yulin non riusciva proprio a immaginare la finalità di quell'assurdo aggeggio.

L'uomo passò in un'altra stanza, apparentemente per aprire una specie di cassapanca di legno di cedro con una mano mentre continuava a tener d'occhio attraverso la soglia il nuovo arrivato. Yulin decise di rimanere immobile in mezzo al locale.

Senza ombra di dubbio, l'altro ambiente fungeva da camera da letto. C'era una struttura squadrata imbottita di un materiale simile a paglia, delle enormi lenzuola buttate lì a casaccio e un altro oggetto gigantesco che avrebbe potuto essere un cuscino. Pensando alle corna, Yulin si chiese che cosa sarebbe potuto succedere se ci si rigirava nel sonno.

L'agricoltore gli lanciò un ingombrante indumento, e lui lo prese al volo. Di primo acchito sembrava fatto di un tessuto molto più rozzo e ruvido di quello indossato dal padrone di casa. Quella sorta di camicione era dotato di numerosi lacci e a Yulin non ci volle molto per capire come indossarlo.

Il pavimento era coperto da un tappeto dalla trama sottile. — Dovrai sederti qui — gli disse l'agricoltore, additando un punto ben preciso. — Non sono abituato a ricevere molte visite — aggiunse mentre si sistemava comodamente sul dondolo.

— Adesso vuoi dirmi che cosa mi succederà? — domandò Yulin.

— Prima dovrai parlarmi di te, chi sei, chi sei stato, come sei arrivato fin qui — rispose l'altro. — Poi, se mi piacerà ciò che ho sentito, ti aiuterò a risolvere i tuoi problemi.

Yulin ubbidì, quantomeno parzialmente. Non risparmiò nulla, se non la sua complicità in qualsiasi cosa d'illecito. Dichiarò di essere l'assistente di Gil Zinder, niente di più, obbligato dal perfido Antor Trelig a fare ciò che aveva fatto. Risultò convincente. Quando arrivò all'episodio dello schianto nel Nord, gli occhi dell'agricoltore quasi s'illuminarono. — Sei stato al Nord, davvero? Per quasi tutti noi del Sud si tratta di un'esperienza del tutto eccezionale, esotica e misteriosa.

Yulin pensò che anche il Sud era sufficientemente esotico e misterioso per lui, ma non disse nulla. Il suo racconto, comunque, venne accettato, forse grazie a quella voluta abbondanza di dettagli. L'agricoltore si rilassò.

— Mi chiamo Cilbar — disse adesso in tono più amichevole. — Questa è la mia fattoria. Ti trovi a Dasheen, che è contemporaneamente la nazione e il nome della tua nuova gente. Sei un erbivoro, ragion per cui non morirai mai di fame, anche se, come uomo civile, ti accorgerai che, anche se gli alimenti grezzi ti placheranno i morsi della fame, i cibi preparati sono decisamente migliori. Questo esagono non è tecnologico, e ciò significa che qui nessuna macchina funziona a meno che ciò non avvenga a forza di braccia. E, come avrai probabilmente notato, qui i muscoli non ci mancano.

Yulin non poté fare a meno di riconoscerlo.

— Da giovane ho girato mica male — proseguì Cilbar. — In ogni posto ci sono cose differenti, naturalmente, ma il nostro sistema è ancora più differente che dalle altre parti. E ciò a causa della biologia. Altri esagoni ci criticano, ma comunque la situazione è questa.

— Che cosa significa? — domandò Yulin.

Cilbar sospirò. — Be', in un sacco di razze ci sono due, o forse più sessi. Come quella alla quale appartenevi. Esistono delle differenze, ma in linea di massima si tratta di varianti della medesima creatura. Il potere intellettivo è il medesimo e, a parte l'aspetto sessuale, i corpi non differiscono molto. Mi segui?

— Ti seguo — rispose Yulin.

— E invece noi siamo diversi. Non so perché. Prima di tutto c'è una media di un unico maschio per cento femmine. Ecco perché sono rimasto sorpreso non tanto per il fatto che eri un Arrivo, ma perché eri un maschio. Capisci?

Yulin aveva capito. E il particolare era decisamente più notevole per il fatto che aveva attraversato il Pozzo come una femmina biologica. Che cosa aveva detto Ortega? Il Pozzo ti classificava in conformità a standard sconosciuti.

— Comunque — proseguì Cilbar — da un punto di vista sociale ciò rende i maschi più importanti delle femmine. Noi siamo in minoranza, e quindi meno disponibili. E inoltre molto più intelligenti.

— Davvero? — fu tutto quello che Yulin riuscì a dire.

Cilbar annuì. — Una volta arrivarono qui degli scienziati da un paio di altri esagoni per dimostrarci che le cose non stavano veramente a questo modo. E tutto quello che riuscirono ad appurare, lo sapevamo già. I loro cervelli sono meno sviluppati. Tentare d'insegnare a leggere a una femmina sarebbe come farlo con questa sedia. Per la verità, se insegni loro qualcosa di squisitamente manuale, lo faranno con gioia per ore e ore. Sanno arare, mietere, spostare grossi pesi, tagliare la legna. Se chiedi a quelle bestioline di scavare delle buche per le recinzioni, continueranno a farlo finché non sarai tu a dire di smettere. Domandagli *quanti* buchi hanno scavato, e non sapranno risponderti.

Nella mente di Yulin ci fu un lampo verde di comprensione. — Vorresti farmi intendere — disse — che le donne assolvono a tutti i lavori più pesanti mentre gli uomini si occupano esclusivamente della gestione?

Vilbar annuì. — Più o meno. Sono state le donne a costruire questa fattoria, ma è stato un uomo a progettarla. Le donne lavorano, ma io dirigo. E lo stesso discorso vale per i libri e gli oggetti d'arte, cose da uomini per uomini.

Yulin, alquanto sconcertato, ringraziò ancor di più il Pozzo per essere uscito com'era uscito. Probabilmente in quel posto si sarebbe trovato decisamente bene.

— Parli come una persona istruita — notò l'Arrivo. — Hai studiato molto?

L'agricoltore ridacchiò. — Ogni maschio riceve tutto ciò che possiamo dargli. Personalmente penso che siamo solo dei ragazzini viziati. Spesso mi chiedo che cosa faremmo se le cose diventassero davvero difficili. Certamente, un figlio è qualcosa di speciale. A lui si dà tutto. Poi, se manifesta un'inclinazione particolare, in campo artistico, letterario o commerciale, gli si spiana la strada. Altrimenti, com'è successo a me, rileva la fattoria di qualcuno quando il proprietario è diventato troppo vecchio o stanco.

— A questo punto direi che da queste parti la popolazione non è molto numerosa — buttò lì Yulin.

Il padrone di casa annuì. — Proprio così. Circa diecimila fattorie, più o meno, con una manciata di paesi, su ognuno dei quali gravitano poche migliaia di abitanti, a cui si forniscono i servizi essenziali. Direi un milione e duecentocinquantamila abitanti, non di più.

— Il che significa all'incirca solo centomila maschi — sottolineò Yulin.

— Probabilmente meno — convenne Cilbar. — È impossibile fare un censimento esatto. Se ci si sistema in un posto, è difficile che poi si vada tanto in giro. Una volta ricordo che, durante una conferenza, qualcuno ha detto che c'erano solo settecentocinquantamila Dasheen e settantacinquemila tori. Probabile.

— E che cosa succede se un giovane toro non manifesta particolari attitudini e non ha la possibilità di rilevare nessuna fattoria? — domandò Yulin.

— Stai pensando a te stesso, non è vero? Uno scienziato in un esagono non tecnologico! Afferro il problema. Be', potresti dedicarti a una professione o a un lavoro, oppure metterti a viaggiare in attesa di rilevare qualcosa, come ho fatto io, o addirittura sceglierti una fattoria, fare venire allo scoperto il proprietario e ucciderlo. Il vincitore si prende tutto.

All'improvviso Yulin capì per quale motivo l'agricoltore era rimasto così sorpreso quando gli si era parato davanti per la prima volta: pensava che quel giovane toro volesse fargli la festa.

— Che tipo di governo avete? — domandò.

— Molto ristretto e semplice — rispose Cilbar. — Tutti gli agricoltori di un distretto eleggono qualcuno per far parte di un Consiglio. Le città ne eleggono uno per ogni dieci maschi. Esiste un abbozzo di burocrazia per tener assieme la struttura, nei casi d'emergenza oppure un paio di volte all'anno ci riuniamo in una piccola cittadina nel centro di Dasheen, dove ci sono le scuole d'avviamento e il Cancello di Zona.

— Allora è lì che dovrei andare — disse l'ex scienziato. — Sempre che riesca ad arrivarci senza morire di fame o sfuggire alle grinfie di qualcuno meno disposto ad ascoltarmi di quanto lo sia stato tu.

Cilbar scoppiò a ridere. — Stammi a sentire: hanno

indetto una riunione del Consiglio per un giorno della settimana prossima. Ci andrà il nostro rappresentante di zona, un certo Hocal. Ti darò da mangiare, ti sistemerò per la notte e procederò alle dovute presentazioni. Questo dovrebbe risolvere il problema.

Yulin lo ringraziò. Ma gli sembrava una soluzione troppo facile, troppo provvidenziale. Doveva esserci qualche bastone fra le ruote, e sarebbe stato meglio non farsi trovare impreparato.

Hocal non si rivelò un vero bastone fra le ruote, ma già c'erano dei segni premonitori. Apparve molto sorpreso quando Yulin gli venne presentato.

— Ecco il motivo di tutta questa manfrina! — esclamò. — Personaggi come voi rappresentano un'autentica calamità! Anche se nessuno pensava che vi sareste mai fatti vivi da queste parti. A quanto pare c'è della gente che vuol conferire con noi per recuperare alcune parti di quella nave spaziale. Si vocifera di guerra. Guerra! Spero che riusciremo a restarne fuori, ma staremo a vedere. Questo territorio, dal punto di vista geografico, si trova proprio in mezzo al trambusto.

L'interesse di Yulin si ridestò all'improvviso. — Come sarebbe a dire? Ti riferisci all'altra astronave, quella che è precipitata qui nel Sud?

Hocal annuì e gli distese davanti una mappa di grandi dimensioni, ingegnosamente stampata a beneficio di quella gente così poco ricettiva ai colori. I dettagli erano stampati in varie gradazioni di nero. Yulin era in grado d'interpretarla, ma non di decifrare la scala o i nomi. Avrebbe dovuto imparare, pensò fra sé e sé.

Hocal indicò un esagono, con il dito tozzo. — Ecco, noi siamo qui, a Dasheen.

Yulin si concentrò. Erano vicini alla Barriera Equatoriale, poi c'era un territorio che Hocal tradusse come Cotyl che occupava due mezzi esagoni in prossimità della Barriera, poi Voxmir a nord-ovest, estremamente selvaggio e inospitale, gli disse Hocal. Jaq a sud-est, vulcanico e caldo come l'inferno, troppo caldo per consentire a un Dasheen una qualsiasi possibilità di sopravvivenza; Frick a sud-est: avevano dei pazzeschi dischi volanti, dalla forma appiattita, con propulsione a vapore; e Qasada a sud-ovest: a giudicare dalla descrizione, una civiltà di topi giganti, molto avanzata dal punto di vista tecnologico.

— E ora arriviamo al problema — sottolineò Hocal. — Appena sotto Qasada e a sud-ovest di Frick c'è Xoda, una terra di enormi e feroci insetti, e un modulo. Ce n'è un altro a Palim, subito sotto, a Olborn, nella zona sud-ovest e, cosa ancora più importante, soltanto quattro esagoni a sud, Gedemondas, in merito a cui si sa molto poco. I motori dell'astronave caduta sono finiti laggiù e costituiscono, come potrai ben capire, i reperti più appetibili. Ho l'impressione che, prima della fine di questa storia, sapremo molto di più su Gedemondas.

Yulin annuì. — Suppongo che qualcuna delle altre razze, quella dei topi, per esempio, potrebbe riuscire con maggior facilità nell'impresa di recupero.

Hocal, pur essendo d'accordo, obiettò: — Dovrebbe essere così, ma si tratta di una zona strana. Le razze da quelle parti non sono così amichevoli oppure, come i Palim, sono stati, al pari di noi, pacifici troppo a lungo per pensare a un eventuale conflitto. No, il problema arriva da più lontano, da questa parte.

Indicò di nuovo verso ovest, molto al di là della lontana costa del Mare delle Tempeste.

— Questa è Makiem e lassù c'è Cebu, e a est Agitar. Makiem, governata da politici intelligenti e senza scrupoli, è un esagono non tecnologico, al pari di noi. Cebu è semitecnologico e i suoi abitanti sono in grado di volare, il che è particolarmente utile. Agitar è altamente tecnologico e, anche se non siamo stati in grado di sapere molto in proposito, pare che abbiano animali volanti, il che significa che il loro campo d'azione non è limitato dalle macchine; inoltre hanno alcune capacità naturali nell'uso dell'elettricità che trascendono i limiti del Pozzo. Hanno formato un'alleanza per recuperare le parti dell'astronave.

— Ma non potranno servirsene, anche se riusciranno ad assemblarle, senza un pilota qualificato — obiettò Yulin. — Non si tratta di un semplice razzo, come certo saprete.

— Ce ne rendiamo perfettamente conto — rispose Hocal, fissandolo dritto negli occhi. — La guerra doveva essere l'argomento all'ordine del giorno ma immagino che, con te a disposizione, la discussione sarà ancora più vivace.

Il viaggio non risultò particolarmente difficoltoso e si risolse nel volgere di due giorni. I due maschi viaggiarono in una comoda carrozza trainata da sei mucche Dasheen appartenenti al branco di Hocal, le quali si dimostrarono in grado di raggiungere una velocità molto superiore a quella che Yulin avrebbe mai supposto.

E inoltre quelle creature instancabili facevano tutto per loro, cucinavano minestroni deliziosi, facevano loro il bagno, tutto. A Yulin piaceva essere oggetto di così amorevoli attenzioni e capiva come, da quelle parti, sarebbe stato facile abituarsi a essere viziato. Le mucche si divertivano soprattutto a chiacchierare fra di loro, a volte si abbandonavano a giochi infantili, ma si sottoponevano alla fatica senza mai lamentarsi, come se fossero nate per questo e ciò le appagasse nella maniera più assoluta. In segno di rispetto verso l'ospite, Ben Yulin si guardava bene dallo stringere un qualsiasi rapporto d'intimità.

Quando arrivarono a Tahlur verso mezzogiorno, videro che la maggior parte dei membri del Consiglio era già presente. Erano tutti molto compresi nel loro ruolo ed erano già in corso impegnate discussioni nelle varie birrerie della città. Come alla fattoria e durante il tragitto, erano le donne a occuparsi di tutto: cucina, pulizie, servizi e incombenze varie. Yulin non riusciva a far niente da solo. C'era sempre una mucca a portargli una sedia, oppure qualcosa da mangiare o da bere, o a rendergli ancora più accogliente la stanza della locanda, a preparare e pulire tutto. Le femmine si precipitavano ad aprire le porte per i maschi.

Sebbene tali privilegi fossero facili da accettare, Ben si chiese se si trattasse veramente di una forma d'inferiorità mentale oppure di un rigido sistema sociale. Non erano dei robot, talvolta parlavano e ridevano, oppure mettevano il muso e in linea di massima si comportavano come persone normali.

E poi c'erano gli anelli e i collari. Tutte le mucche li portavano: grossi anelli saldati nei nasi enormi e collari di ottone attorno al collo, dotati di piccoli uncini dalla parte posteriore. Fondamentalmente servivano come segni di riconoscimento, in quanto recavano le indicazioni della mandria d'appartenenza. E le mucche portavano anche un marchio impresso sulla natica destra.

Yulin si chiese se qualche volta, stanche di quella grama esistenza, non decidessero di fuggire. Era forse quello il motivo di tanti contrassegni di riconoscimento?

In città non c'erano mandrie ma corporazioni che raggruppavano le diverse classi delle lavoratrici e queste vivevano nei dormitori della periferia.

Quasi immediatamente Ben scoprì che le grandi quantità di latte consumate dagli uomini, ricavate dalle mucche, erano più di un semplice supplemento alimentare. Difatti i maschi non erano in grado di elaborare all'interno del loro organismo la quantità di calcio necessaria alla sopravvivenza. Avevano bisogno ogni giorno di quattro o cinque litri di quel latte così nutriente per rimanere in buona salute e allontanare lo spettro dell'artrite, dell'osteoporosi, della carie e similari.

Senza mucche, gli uomini sarebbero morti. Lentamente, e con grandi sofferenze.

Ecco perché loro e il loro sistema di vita erano così conosciuti negli altri esagoni. Giovani tori in attesa di sistemazione spesso si mettevano a viaggiare, raggiungendo a volte mete lontane. In effetti potevano sopravvivere nutrendosi di un qualsiasi tipo di erba a elevato contenuto di carbonio e i loro sistemi interni erano in grado di purificare l'acqua naturale, ragion per cui non necessitavano di grandi provviste. Tuttavia gli uomini erano così abituati a essere accuditi, e i loro organismi così disperatamente dipendenti dal latte delle mucche, che dovevano portarsene dietro almeno quattro. Ben poteva immaginare l'effetto che quanto sopra avrebbe potuto avere sulle razze monosessuali oppure dove non esisteva la discriminazione razziale, oppure, ancor peggio, in una società basata sul matriarcato.

Ma c'era poco tempo per simili speculazioni, occupato com'era ad andare in giro, a essere presentato ai politici, a discutere della crisi.

Il Consiglio si radunò il giorno seguente. In una società comunitaria – lì non si usava neppure il denaro, limitandosi ciascuno a prelevare la propria parte – simili riunioni su piccola scala erano normali. Senza tanti problemi veniva eletto un presidente e si procedeva all'ordine del giorno.

Con l'ausilio di mappe, cartine e diagrammi, la burocrazia centrale spiegò il problema. L'orientamento generale era di restarne fuori; non era una faccenda che riguardasse i Dasheen. Yulin era considerato una complicazione. Addirittura, con grande preoccupazione di quest'ultimo, si discusse se fosse o meno il caso di nasconderlo, o d'imprigionarlo per la durata della guerra o magari ucciderlo! Nessuna di queste alternative venne seriamente presa in considerazione dal Consiglio nella sua globalità, con suo grande sollievo, ma Ben fiutava aria di pericolo. Quelli che avevano avanzato simili proposte facevano dannatamente sul serio e alcune di quelle teste calde avrebbe potuto senza troppi indugi procedere dalle parole ai fatti.

I lavori del Consiglio perduravano ormai da tre giorni e ancora non si era risolto molto. Ben ebbe persino la sensazione che continuassero a discutere per il semplice piacere di farlo e che non sarebbero mai arrivati a un accordo, a meno di non esserci obbligati.

Ma il terzo giorno arrivò qualcuno che portò un vero e proprio scompiglio. La sua apparizione creò il panico nelle strade e la temibile creatura, dopo aver messo i piedi a terra, non fece nulla per ovviare all'inconveniente. Nell'aria era straordinariamente bella e imponente; una farfalla gigantesca con un'apertura alare di due metri, uno sfolgorio di tonalità brune e aranciate contro un corpo nero che, una volta a terra e appoggiato sui quattro tentacoli più arretrati degli otto dei quali era dotato, arrivava ancora a 150 centimetri. Aveva il volto simile a un teschio nero, con occhi grandi sfavillanti, simili a tamponi, profondamente incassati nella scatola cranica.

Lo Yaxa, comunque, era atteso.

La voce e i modi erano così freddi, duri e taglienti, da far correre un brivido lungo la schiena. Persino Ben, che lo sentiva parlare attraverso il traduttore simultaneo, lo avvertì. A differenza degli altri che aveva incontrato sul Mondo del Pozzo – il Dasheen, Ortega, l'Ambreza, persino la creatura-pianta – questo era diverso. Non inumano, ma disumano, come quelle creature di vernice del Nord.

Lo Yaxa aveva una proposta.

— Innanzitutto — disse — lasciate che vi aggiorni sulla situazione. Mentre venivo qui, ho avuto modo di mantenere certi contatti grazie ai quali sono al corrente dei nuovi sviluppi, sviluppi che si stanno facendo sempre più incalzanti.

"Punto primo: i Makiem si sono effettivamente alleati con i Cebu e gli Agitar. Si tratta del più formidabile connubio di cervelli, opportunismo e abilità che questo mondo abbia mai conosciuto. I Boidol consegneranno la loro parte di astronave per evitare il conflitto. Non c'è stato modo di convincerli. I Djukasis combatteranno, ma non siamo riusciti a indurre i Lata ad affiancarsi a loro o a qualcun altro. I Djukasis non verranno meno all'impegno, ma non possono sperare di sconfiggere un'alleanza simile. I Klusidiani né cederanno né si batteranno, e voi sapete che cosa ciò significa. Gli Zhonzorp si batterebbero se ne avessero l'opportunità, ma in spirito sono molto vicini ai Makiem. Anzi, se potessero si alleerebbero con loro. Il loro odio nei confronti dei Klusidiani impedirà loro di fornire l'aiuto di cui quella gente ha bisogno.

La creatura smise di parlare mentre sistemava le mappe giganti delle quali si era servito per illustrare il discorso.

— Olborn è un mistero. Ne conoscete la fama: nessuno che ci entra ne esce mai e non hanno nessun rappresentante nella Zona. Un punto di domanda, ma non credo che qualsiasi razza, di qualsiasi potere disponga, sia in grado di fermare questa marcia da sola. Se siamo fortunati, gli Olborniani potranno rallentarla, come faranno certamente gli Alestoli. Ma pensate a che cosa potrebbero fare due razze volanti con persino qualcosa di così rudimentale come l'olio bollente. No, una loro forza sufficientemente nutrita raggiungerà Gedemondas, un esagono che non comunica con nessuno, che non ha ambasciata e che ha un ambiente troppo ostile per le altre razze. Persino i Dilliani dall'altra parte, che hanno in comune con loro alcune montagne, hanno intavolato trattative infruttuose. Non combattono, si limitano a scomparire. E a questo punto restano quattro moduli e i motori nelle mani dell'alleanza Makiem-Cebu-Agitar.

— Ma come faranno per portare nel loro esagono dei moduli così voluminosi? — domandò un consigliere.

— Gli Agitar sanno il fatto loro — replicò lo Yaxa. — Si porteranno dietro un numero sufficiente di bravi ingegneri i quali smonteranno i vari pezzi, li faranno passare attraverso i Cancelli di Zona, se non potranno rimorchiarli a casa, e poi li ricomporranno nel loro esagono.

— Comunque non saranno capaci di far volare l'astronave — sottolineò un altro consigliere.

— Inesatto — rispose lo Yaxa. — I Makiem possono sfruttare un colpo di fortuna che ti fa dubitare del libero arbitrio. Uno degli Arrivi con la qualifica di pilota, Antor Trelig, è un Makiem. Lui è in grado di far volare quell'astronave, e lo farà. Inoltre è in grado di entrare nel complesso del computer e utilizzarlo sul satellite.

Avete afferrato il concetto? È in pericolo la nostra stessa esistenza!

La frase sortì il debito effetto. Seguì un agitato brusio e ci vollero diversi minuti prima che il presidente del Consiglio riuscisse a riportare la calma. Era difficile a dirsi, ma lo Yaxa sembrava contento dell'accoglienza ricevuta. Era venuto in missione diplomatica; il suo obiettivo era spaventarli a morte.

— Ma che cosa possiamo fare? — domandò un consigliere. — Mandare la nostra gente in battaglia con spade e lance contro i Qasada? Ci faranno a pezzi!

— È presumibile — convenne lo Yaxa. — Ma disponiamo di un certo tempo e di alcuni vantaggi. Gli Yaxa e i Lamoziani si sono uniti. I Lamoziani sono probabilmente i migliori amici e i più mortali nemici che si possono avere nel Mondo del Pozzo. Il pianeta a cui sono stati assegnati dev'essere un inferno vivente. Sono mutanti, in grado di assumere qualsiasi forma vedono, limitati soltanto dal fatto che non possono cambiare la loro massa. E persino ciò non è un vero e proprio inconveniente perché sono molto piccoli. Si associano gli uni con gli altri per creare organismi più grandi. Dodici potrebbero fare un Dasheen in modo così convincente che neppure voi sareste in grado di stabilire la differenza. E ci sono dieci milioni o più di Lamoziani, in un esagono a elevato livello tecnologico. Con loro potremmo assicurarci il modulo ponte, d'importanza determinante, dell'astronave precipitata da Teliagin. Poi i Lamoziani si trasformeranno in oggetti volanti e noi voleremo all'Isola di Nodi nel Mare delle Tempeste per assicurarci un secondo modulo. Poi attraverseremo il Collo Orientale fino a Qasada. Con l'infiltrazione e la tecnologia dei Lamoziani, le capacità di volo e i guerrieri addestrati di Yaxa, supportati magari da basi e personale su Dasheen, potremo conquistare i Qasada e gli Xoda, i nostri problemi principali. I Palim sono ancora in dubbio: potrebbero limitarsi semplicemente a lasciarci passare. Il che ci fa arrivare a Gedemondas, un esagono in cui noi Yaxa faremo una certa fatica a operare ma dove la

290

forza lamoziana, supportata dai Dasheen, risulterebbe enormemente efficace. C'è bisogno che vi dica che ciò ci assicurerebbe il ponte e i motori? — La gigantesca farfalla scrutò i volti bovini lì radunati. — E voi avete Ben Yulin, un altro pilota che ha accesso al computer del satellite.

Seguì un altro brusio. In che modo lo Yaxa ne era venuto a conoscenza? Il fermento era generale. Questo cambiava tutto!

Lo Yaxa proprio non ce la faceva a sorridere. Ma anche se ne fosse stato capace, Yulin pensò che ciò avrebbe decisamente rovinato l'effetto del suo fervorino. Comunque era soddisfatto e sicuro di sé, e questo si vedeva.

In effetti il Mondo del Pozzo non era secondo a nessuno in fatto d'intrighi, così pullulante di spie, congiure, mosse e contromosse. L'ipotesi di una guerra, fino a quel momento impossibile, aveva attirato a sé certe menti in modo ancor più pericoloso.

Il dibattito continuò a trascinarsi, ma era chiaro che ormai l'esito poteva considerarsi cosa fatta, mancava solamente la ratifica della votazione ufficiale. Persino Yulin prese la parola, assicurando l'assemblea che sarebbe stato effettivamente in grado di pilotare l'astronave se avesse avuto a disposizione quantomeno un modulo fra il ponte e i motori e che sarebbe stato anche in grado di entrare in Obie. Il suo stato emotivo era un misto d'eccitazione e di paura. Da una parte esisteva la possibilità, anche se a lunga distanza, di acquisire la supremazia assoluta su Nuova Pompei, Obie compreso, e forse una chiave al Pozzo. Dall'altra vedeva la cupa minaccia di Antor Trelig nella stessa posizione. E in effetti non aveva esagerato nel dipingere la pericolosità di quell'uomo; quando ebbe terminato l'intervento, il solo nome di Trelig ispirava terrore.

A rendere le prospettive più rosee, si era però accorto che tutte le animosità a titolo personale erano svanite. Ormai, all'improvviso, era diventato uno di loro. Militarmente sarebbero stati i più deboli dell'alleanza, ma gli altri mostruosi componenti della coalizione avrebbero dovuto dipendere interamente da un Dasheen per avere qualche possibilità di successo ed entrare nel computer.

Venne portato in giro da ex nemici, che avevano proposto di schiaffarlo in prigione o condannarlo a morte soltanto un giorno prima, e che erano adesso diventati suoi fratelli di sangue.

— Deve avere la sua mandria personale! — propose un pezzo grosso, e tutti furono d'accordo.

— Per adesso ne basterà una ridotta. In un secondo tempo... tutto quello che vorrà — sentenziò un altro.

— Che ne direste di una rappresentante di ognuna delle cinque corporazioni della città? — propose un terzo. — Sarebbe più pratico che dargli semplici contadine! — Così vennero scelte cinque esponenti, reclutate fra la corporazione dei Metalmeccanici, della Polizia Urbana, Cuochi e Camerieri, Edilizia e Manutenzione domestica: un autentico equilibrio, estremamente pratico, di capacità diverse al servizio del medesimo padrone.

I Metalmeccanici gli misero addirittura a disposizione il marchio personale, nonché l'anello e il collare di riconoscimento. La sua mandria era composta soltanto di mucche giovani, tutte vergini. A quel punto seguì una lunga sequenza di cerimonie tradizionali.

Innanzitutto le giovani mucche avevano solo dei numeri invece che dei nomi finché non venivano assegnate a una mandria, sia che appartenesse a una fattoria o a una corporazione. Il maschio, che era sempre chiamato Padrone, conferiva loro un nome nel corso di una cerimonia, poi consumava l'unione, che le legava a lui per sempre. A quel punto veniva apposto il marchio, nonché l'anello e il collare. Tutta la procedura durava cinque giorni.

Ben ne gustò ogni minuto.

Nel frattempo si tennero delle riunioni di sottocomitati. Lo Yaxa andava e veniva e una percentuale di ogni mandria del paese venne reclutata per l'addestramento militare. Ciò preoccupò alcuni degli uomini, i quali si chiesero quale effetto avrebbe avuto sulle mucche l'insegnamento dell'arte di uccidere. Ma la posta in gioco era molto alta. Per quanto riguardava lo Yaxa, accorgersi di una tale preoccupazione comportava per lui soltanto un perfido piacere.

Lo Yaxa, come venne in seguito a sapere Ben, era femmina. Quelle della sua razza, dopo l'accoppiamento divoravano il maschio. Quasi il contrario di ciò che avveniva a Dasheen, e il giovane scienziato non poté fare a meno di chiedersi se ciò non potesse far sorgere strane idee.

Agitar

Renard non aveva ancora avuto modo di rendersene conto, ma il Mondo del Pozzo doveva essere dotato di un notevole senso dell'umorismo. Lo shock di svegliarsi in una terra assolutamente sconosciuta fu enorme; in realtà ricordava soltanto una tremebonda attesa dell'oscurità davanti a una sterminata pianura per poter fuggire in barba ai ciclopi.

Si mise a sedere e si guardò in giro. Un posticino delizioso, pensò. Ombrosi boschetti, orti ben coltivati, persino delle serre e altre attrezzature moderne. Vicino a lui si snodava una stradina, ovviamente realizzata per consentire ai veicoli agricoli di raggiungere le piantagioni e non per il traffico veloce, tuttavia il manto era perfettamente bitumato. Si trattava sempre di un territorio agricolo, ma certo non così primitivo come quello dove aveva incontrato i ciclopi.

In lontananza si stagliava il profilo alquanto inverosimile di una città, dal momento che gli edifici svettanti avevano una configurazione a punta o a tortiglione, ma forse c'era da aspettarselo.

In cuor suo era fermamente convinto di essere ancora su quello strano mondo su cui si erano schiantati. Come fosse arrivato lì, costituiva un mistero; qualcuno ce l'aveva portato, su questo non c'erano dubbi. Perché non riusciva a ricordare? La spugna?

All'improvviso avvertì una sensazione sconvolgente. Stava bene. Davvero bene. La testa assolutamente sgombra. Si accorse di ricordare cose a cui non pensava da anni, e non avvertiva alcuna crisi di astinenza né risentiva minimamente dei suoi effetti. Per inevitabile associazione di idee gli venne in mente Mavra Chang. Solo lei credeva che da qualche parte di questo mondo fosse possibile curare la dipendenza dalla spugna, e aveva ragione. Adesso ne era sicuro: era finalmente libero!

Ma dove?

Si alzò in piedi e si accorse di non riuscire a mantenersi in equilibrio. Cadde in avanti, cercando di attutire la caduta con le mani.

Non si trattava di vertigini: era proprio una questione di equilibrio. C'era qualcosa che non andava. Si guardò il braccio che aveva automaticamente proteso per arrestà la caduta. Dita corte e tozze, con unghie che assomigliavano ad artigli. E una pelle di un'intensa colorazione bluastra.

Si rimise a sedere e, mantenendosi in quella posizione, avvertì una strana sensazione, come se fosse appoggiato a un sasso.

No, non era così. Era seduto sulla sua coda corta e tozza.

La sua cosa?

Abbassò lo sguardo sul corpo. L'epidermide era spessa e porosa. All'altezza della cintola i peli diventavano terribilmente fitti. Come la lanugine delle pecore, ruvida e riccioluta. Se non fosse stato per la colorazione bluastra, l'organo sessuale sembrava assolutamente normale, il che concedeva un certo sollievo. Ormai non dava più nulla per scontato. Ma le gambe, molto robuste nella parte superiore, al di sotto avevano una forma strana, dipartendosi dalla minuscola giuntura del ginocchio fino a...

Degli zoccoli appuntiti e forcuti, assurdamente lucidi e neri?

E apparentemente troppo piccoli per sostenere il corpo massiccio. Forse per quel motivo era caduto: gli mancava una base sufficientemente larga. Ma a quel punto, come avrebbe fatto a camminare? Avrebbe dovuto trascinarsi sulle mani e sulle ginocchia? Oppure con la pratica avrebbe scoperto il trucco?

Per un breve attimo pensò di essere diventato un ciclope. Ma no, aveva due occhi nei punti giusti: solo nei piedi, nella peluria e nella carnagione c'era qualcosa che non andava.

Si tastò la testa, meditabondo. Orecchie molto appuntite e vicine allo scalpo, ma almeno erano dove dovevano essere. Il naso sembrava un po' largo, ma al tatto si sarebbe detto normale. E lo stesso poteva dirsi dei denti. Ne aveva persi sei in vari momenti della sua esistenza e non li aveva mai sostituiti; ma adesso c'erano tutti, sebbene gli incisivi sembrassero molto più aguzzi e lunghi di quanto non ricordasse.

Aveva anche una chioma. Tirò una ciocca e si accorse che era nera con riflessi bluastri. Cominciava a forma di V nel centro della fronte e poi si diffondeva su entrambi i lati delle corna.

Corna?

Sì, eccole lì. Cose ossute, non lunghe ma appuntite, parte integrante della scatola cranica.

Una specie di faccia triangolare, che terminava in una folta barbetta, anch'essa appuntita.

"Coraggio, Renard, cerca di seguire un filo logico" si disse. Ma non funzionava. Non esisteva nessuna logica. Solo dati di fatto.

Punto primo: si era svegliato in una terra sconosciuta, guarito dalla spugna, completamente maschio dal punto di vista anatomico, una mente ben funzionante, e nel corpo di qualche creatura aliena.

Punto secondo: Non sapeva nella maniera più assoluta dove si trovasse, chi fosse o cosa stesse succedendo.

Be', disse a se stesso, tanto valeva rischiare: l'unico modo per scoprirlo era trovare qualcuno e chiederlo. In lontananza si stagliava quella strana città ed evanescenti spirali di fumo uscivano da diverse fabbriche dei dintorni. Carponi raggiunse un alberello affusolato poco distante e, facendo leva sui rami più bassi, riuscì a mettersi in posizione eretta: non c'era dubbio che la parte superiore del corpo risultasse più pesante. Tuttavia, quando si fu dato una calmata e fu di nuovo in grado di pensare in maniera logica, si accorse di essere dotato di un fantastico senso dell'equilibrio. Dopo un po' di pratica, riusciva a muovere le parti del suo corpo in maniera diversa, accorgendosi di primo acchito che alcune combinazioni non andavano bene, mentre altre filavano alla perfezione.

Nel volgere di meno di mezz'ora riuscì a restare in piedi senza appoggiarsi all'albero. Ripeté l'impresa più volte, e il successo lo rese fiero di se stesso. Si rese anche conto che la coda si ritraeva con facilità nella cavità rettale, ragion per cui, quando si sedeva, non avvertiva alcun disagio.

Il camminare tuttavia risultò molto più difficoltoso. Dopo ripetute cadute, ritornò scivolando all'albero, si rimise in piedi e decise che, malgrado tutto, ci sarebbe riuscito. Fece una lunga falcata, cercando di coprire la massima estensione consentita da una partenza da fermo. Sorprendentemente, ce la fece a rimanere in piedi, compensando in maniera automatica il peso e l'equilibrio. Tuttavia, quando si fermò, evitò di poco un'altra rovinosa caduta. Aveva assoluto bisogno di ulteriore esercizio.

Il Mondo del Pozzo ti forniva i mezzi di adattamento alla nuova forma, ma Renard non lo sapeva. Mentre il pomeriggio si avviava verso il crepuscolo, cominciò a entrare in sintonia con il nuovo contesto meglio di come si aspettasse.

Innanzitutto non gli ci volle molto per rendersi conto che quella era una civiltà a passo veloce. Più velocemente andavi, migliore risultava il controllo che riuscivi ad acquisire. Comunque adesso già gli riusciva di abbozzare solo una parvenza di corsa e poi rimanere in posizione eretta, senza rischiare di finire con il muso a terra. Ciò gli bastava. Le sottigliezze sarebbero arrivate in un secondo tempo. Adesso era in grado di muoversi verso quella città.

Seguì la strada sterrata finché non arrivò a un punto morto. Rendendosi conto di aver compiuto la scelta sbagliata, tornò sui suoi passi. Alla velocità in cui riusciva a procedere, arrivò alla strada principale molto prima di quanto non si aspettasse. E che razza di strada! Un'autostrada, nella vera accezione del termine. Un'autostrada senza veicoli, ma con un sacco di gente.

E si muoveva.

In effetti si trattava di un gigantesco nastro trasportatore dove le persone, aggrappate a corrimano mobili, si spostavano in dieci corsie che correvano in entrambe le direzioni. Le due di mezzo erano riservata al traffico commerciale, dove si spostavano anche grossi furgoni squadrati sui quali spiccavano strani simboli.

Altri due particolari lo colpirono immediatamente. Innanzitutto gli autoctoni indossavano abiti, il che gli causò un autentico problema. Gli uomini portavano camicie e talvolta giacche leggere, e mutandine per coprire le parti basse. Le femmine, invece... Sapeva da anni ormai che cosa significasse la frase "sesso opposto" ma quella era la prima volta che la differenza risultava liberamente riscontrabile.

Avevano tutti l'epidermide scura ma, dalla cintola in giù le donne avevano un aspetto pressoché umano. Oh, certo, anche loro piccole code e i piedi sembravano un po' più larghi e solidi, ma comunque l'insieme era sufficientemente umano. Per la maggior parte indossavano pantaloncini e sandali. Ma dalla vita in su...

Erano capre.

No, non proprio capre, decise. La testa era costituita da una lunga forma triangolare contornata da mascelle inferiori allungate mentre il naso scuro era collocato in punta alla mascella superiore. Le orecchie erano appuntite, più o meno come le sue, mentre le corna erano più corte e arrotondate rispetto a quelle dei maschi. La parte superiore del torace era ricoperta da quel pelo scuro e riccioluto, quello che aveva lui dalla cintola in giù. Le braccia assomigliavano moltissimo alle zampe anteriori delle capre, pur terminando in mani affusolate e sottili, dall'aspetto fragile.

Tutte erano dotate di un petto quasi abnorme, coperto da reggiseni o prendisole multicolori. Renard avvertì uno stimolo inequivocabilmente erotico. E non solo a causa del seno, ma di tutta la loro persona. Il che lo stupì. Forse solo in quel momento cominciava a rendersi conto di quanto si fosse calato nei panni della nuova creatura che era diventato.

La mancanza di un abbigliamento consono lo preoccupava enormemente: ovviamente, se si fosse immesso fra la folla, avrebbe suscitato un pandemonio. Non c'era niente che lasciasse supporre che da quelle parti la nudità fosse normale o comunque accettata.

Si mise seduto a riflettere all'ombra di un boschetto costituito all'apparenza da alberi da frutto. Aveva fame: se aveva intenzione di mettersi a girare o comunque aspettare il crepuscolo per cercare di procurarsi un paio di mutande, aveva bisogno di qualcosa che lo sostenesse. Su certi rami adocchiò delle grandi palle dalla peluria aranciata. Aveva già avuto modo di vedere delle pesche a Nuova Pompei; sapeva che non crescevano su arbusti di quel tipo ma comunque quei frutti gli sembravano sufficientemente simili e decisamente commestibili, dal momento che nessuno si sarebbe preso la briga di coltivarli per avvelenare il prossimo. Allungò il braccio e ne staccò uno.

Seguì una specie di sfrigolio mentre, dal suo interno, si sprigionava un'energia misteriosa che andava a confluire nella mano. Nella buccia della pesca si aprirono alcune fenditure, come se fosse stata cotta a puntino. Peraltro era bollente. La lasciò cadere con un'imprecazione. La mano gli bruciava ma non a causa dell'energia che aveva portato a cottura il frutto, bensì dal riscaldamento del medesimo.

"Cos'altro poteva esserci?" si chiese con palpitante curiosità.

Con una certa cautela allungò di nuovo la mano per prendere un altro frutto dall'albero. Sentì che la sensazione di poco prima cominciava a diffondersi all'interno del corpo e cercò di combatterla. In effetti questa sembrò attenuarsi. Prese il frutto e lo mangiò. Sapeva di buono.

Cercando d'immaginare che cosa era successo, recuperò la pesca cotta; era ancora calda. In qualche modo, pensò, il mio corpo contiene centinaia, forse migliaia di volt d'elettricità che può essere scaricata e rinnovata. Questo glielo diceva l'istinto e il successo che aveva avuto nel tenere sotto controllo la suddetta energia la seconda volta, quando era preparato, stava a dimostrare che poteva essere contenuta o scaricata a piacimento.

Prese un'altra pesca, se la mise di fronte e lasciò fluire la sensazione, sfiorando il frutto con l'indice. Sentì che la sensazione cominciava a espandersi, a scendergli lungo il braccio, poi seguì un leggero sfrigolio e la pesca cominciò ad avvizzirsi.

"Da dove arriva l'energia?" si chiese. Prese di nuovo in considerazione le cosce e i fianchi robusti, nonché la foltissima peluria che li ricopriva. Forse in essa si formava una carica di elettricità statica, pensò, specialmente con tutto quel correre. Una carica che veniva poi trasferita al corpo, a una specie di condensatore, che si scaricava solo quando il corpo lo voleva.

Era presumibile che fosse in grado di folgorare una persona con una semplice stretta di mano, rifletté.

Subito dopo si accorse che era in grado di sentire l'energia, persino avvertire una leggera perdita dopo una scarica. E l'energia elettrica poteva essere convogliata in qualsiasi zona della parte superiore del corpo. Altro che abbracci roventi!

Stava ancora dedicandosi agli esperimenti quando alle sue spalle una voce autoritaria disse: — Se hai finito di tentar di bruciare tutto il frutteto, usami la cortesia di alzarti e di raccontarmi perché te ne stai seduto qui, nudo come un verme, a friggere le pesche.

Renard si girò con un sobbalzo. Qualsiasi cosa fosse, si trattava comunque di un maschio. E il comportamento, il manganello e la radio alla cintura toglievano qualsiasi possibilità di dubbio.

Era un poliziotto.

Avevano fatto arrivare un cellulare. Ce lo sbatterono dentro e il furgone cominciò ad avanzare dolcemente sul nastro trasportatore, sballottando solo quando arrivava al punto di congiunzione fra due nastri.

Salire sull'autostrada era oltremodo semplice, grazie a un sistema di piccole ruote simili a quelle poltroncine da ufficio, a loro volta collegate a un motore elettrico.

Erano i poliziotti stessi a fornire l'energia necessaria.

Si fermarono all'interno della rimessa della centrale e lo fecero uscire. Un sergente di sesso femminile, seduta dietro la scrivania, accese un computer e cominciò a porgli delle domande.

— Nome?

— Renard.

— Che strano nome. Luogo e data di nascita?

— Città di Barentsk, sul pianeta Muscovy, 12 agosto 4412 A.D. — rispose lui.

La femmina smise di battere sui tasti e lo scrutò: — Stai cercando di fare lo spiritoso? — domandò. I due poliziotti maschi che la fiancheggiavano non avevano certo l'aria divertita.

— No — riprese Renard, cercando di far trasparire la sua sincerità. — Davvero. Statemi a sentire, mi sono schiantato con un'astronave da qualche parte abitata da ciclopi giganti, poi mi sono svegliato qui. Per tutto il resto, ne so quanto voi.

La femmina rimase impassibile, ma, benché dal suo volto non trapelasse alcuna emozione, disse con fare sibillino: "Meno" e schiacciò qualcosa sul terminale. Seguì un lampeggio sullo schermo, dopodiché apparve una nuova scritta, costituita da diverse righe. La poliziotta fece un cenno del capo alla volta dei colleghi.

— Si tratta proprio di un Arrivo. Uno dei drogati.

— Ci puoi giurare — commentò un poliziotto. — Sembra proprio lo scemo del villaggio.

Renard si sentì offeso, ma decise di non darlo a vedere.

— Dammi retta — proseguì la poliziotta — recuperagli qualche vestito e poi scortalo nell'ufficio del tenente Ama. Io vado ad avvertirlo.

I due acconsentirono, nonostante una certa riluttanza, attenendosi al vecchio detto: quando non sei sicuro del fatto tuo, gioca a scaricabarili. Fecero indossare a Renard degli scomodi pantaloncini di un bianco abbagliante, e una T-shirt ugualmente bianca, troppo larga e ovviamente già indossata da una legione di persone prima di lui. Il motivo di quel colore bianco così abbacinante era ovvio: il contrasto con l'epidermide scura era visibile a un chilometro di distanza. Uniforme da detenuti.

Il tenente Ama era un tipico funzionario statale annoiato che non voleva problemi nel suo distretto. Inoltre non era propenso a rispondere alle domande, anche se ne rivolse parecchie, ovviamente per assicurarsi che Renard fosse davvero chi aveva detto di essere. Quanto agli altri due, non proferirono parola.

Renard se ne stette lì seduto per diverse ore. Si rendeva conto di quanto stava succedendo, o quantomeno lo sperava. Ama stava contattando il suo superiore, il quale stava chiamando il suo superiore, il quale stava... e così via finché qualcuno non avesse deciso cosa fare di lui.

Be', innanzitutto cominciarono a sfamarlo. Gli insegnarono anche in che modo, toccando differenti punti sulla piastra metallica collocata sulla base di legno, era possibile cucinare qualsiasi cosa e portarla al punto di cottura desiderato. Lì a occuparsi della cucina erano gli uomini. Le donne non potevano farlo, non disponendo del necessario potenziale elettrico. Comunque, al pari dei maschi, erano immuni da qualsiasi tipo di shock elettrico. Renard si chiese per assurdo come si poteva fare l'amore da quelle parti senza mandare a fuoco l'intera casa.

Dormì in una cella senza lucchetti e, quando ormai era arrivato alla metà del secondo giorno, cominciò a domandarsi se era stato dimenticato.

Non fu così. Nelle prime ore del pomeriggio vennero a cercarlo delle creature grandi e grosse, comunque molto più di lui. Per un attimo fu sfiorato dal pensiero che, dal momento che tutto era questione di proporzioni, lui non aveva idea della effettiva altezza. Poteva essere alto dieci centimetri, oppure quattro metri.

Un altro trasferimento, stavolta più lungo, e poi un enorme edificio strutturato come una piramide ma contornato da minareti. In un altro ufficio, ovviamente di un pezzo più grosso, e un altro interrogatorio. Non avevano dubbi che fosse veramente ciò che diceva di essere; stavolta le domande erano di tutt'altro tenore.

La maggior parte riguardavano Antor Trelig.

Lui raccontò tutto, senza tenere a freno l'odio. Descrisse l'uomo che aveva ridotto tanti esseri in schiavitù rendendoli dipendenti dalla droga, lo stato di depravazione che imperava su Nuova Pompei, le farneticanti ambizioni del suo dittatore. E quelli presero nota di tutto.

Poi, alla fine, si risolsero a rispondere ad alcune delle sue domande.

— Dove sono? — chiese.

L'inquisitore, un maschio ben fatto con gli occhiali, ci pensò un attimo. — Sei su Agitar e sei un Agitar.

— Sono ancora sul pianeta dove mi sono schiantato?

Con encomiabile pazienza gli raccontarono la storia del Mondo del Pozzo, degli esagoni e di alcuni dei problemi che il suo arrivo aveva fatto sorgere.

— Non sei in grado di pilotare un'astronave, è vero? — domandò l'inquisitore pur non nascondendo un filo di speranza.

— No — ammise Renard. — Sono stato insegnante di

materie classiche, poi bibliotecario e successivamente guardiano dei prigionieri di Trelig.

L'uomo si fece di nuovo pensoso. — Devi comprendere la nostra posizione nei tuoi confronti. Agitar è un pianeta molto avanzato dal punto di vista tecnologico. Non c'è aspetto dell'elettricità che ci sia precluso, grazie alla ricerca sui nostri stessi corpi. Qui è la scienza a imperare. Adesso ci stiamo preparando per una guerra per il recupero di quelle parti di astronave che tu e i tuoi compagni avete fatto precipitare nel nostro territorio. Ed eccoti qui, assolutamente impreparato, senza nessuna delle facoltà che potrebbero risultarci utili. Adesso sarai un Agitar per il resto della vita. Sei giovane, forte, ma poco di più. Devi trovare un tuo contesto in questo posto e, dando una scorsa alle informazioni in nostro possesso, l'unica facoltà usufruibile è la dimestichezza con le armi e una certa buona mira.

— Dove sono gli altri che sono venuti con me? — domandò Renard, a cui non piaceva la piega che stava prendendo la conversazione. — Gradirei mettermi in contatto con quella donna, Mavra Chang...

— Toglitelo dalla testa — gli disse l'altro. — È finita nelle mani dei Lata e, benché finora siano rimasti neutrali, senza ombra di dubbio quella gente si trova in una posizione del tutto antitetica rispetto alla nostra, certamente dal punto di vista teorico, ma probabilmente anche da quello pratico. — Breve sospiro. — No, credo che attualmente ci sia una sola funzione che ti potrà risultare congeniale e ti farà anche bene: d'ora in avanti sarai al servizio della comunità di Agitar e ti adeguerai alla sua disciplina.

Lo trasferirono all'esercito.

Lo sottoposero a due settimane di rigido addestramento di base. C'era poco tempo per pensare, e ciò in funzione di uno schema ben prestabilito. Comunque vivendo nella caserma Renard si fece degli amici e venne messo al corrente di che cosa stava succedendo. Per esempio venne a sapere che Agitar aveva stretto alleanza con Makiem, un esagono la cui razza dominante era costituita da rospi giganteschi e i Cebu, una razza di bizzarri rettili volanti.

Venne anche a sapere che Antor Trelig era un Makiem.

Ciò indusse in lui una certa depressione. Una beffa del destino. Sfuggire da Nuova Pompei, sconfiggere la spugna in un mondo alieno e sconosciuto, per poi ritornare di nuovo al servizio di Antor Trelig. Vuoi vedere che il computer del Pozzo si stava facendo grasse risate alle sue spalle?

L'addestramento fu duro ma affascinante. A un Agitar maschio sarebbe bastato semplicemente stringere la mano all'avversario per folgorarlo. Benché l'energia media immagazzinata in un Agitar maschio ammontasse a diverse migliaia di volt, quantità sufficiente a risultare mortale, il suo corpo poteva immagazzinare fino a sessantamila volt! Una cifra assurda. Il sovraccarico era impossibile ma, se eri completamente carico, qualsiasi energia addizionale sarebbe stata immediatamente scaricata. L'elettricità statica di per se stessa non avrebbe mai generato un voltaggio altissimo ma in effetti per un Agitar era possibile assorbire energia addizionale da fonti artificiali oppure dagli oggetti più disparati, come per esempio i parafulmini. Erano totalmente immuni alle scariche elettriche; non si potevano folgorare gli uni con gli altri ma fra di loro era possibile un trasferimento di riserve energetiche. Addirittura esisteva un corso un po' macabro durante il quale s'insegnava in che modo assorbire energia da un camerata morente o spirato da poco.

A Renard sparare riusciva facile; i fucili erano diversi da quelli che conosceva, come pure le pistole, ma in linea di massima tutte quelle armi si basavano sul medesimo principio: si prendeva la mira, si premeva da qualche parte ed ecco uscire il proiettile o l'energia.

In un certo senso, nessuna delle creature di quell'esagono si scaricava in modo involontario, neppure durante il sonno. Renard si pose il problema in svariate occasioni, preoccupato per averlo fatto la prima volta in modo del tutto involontario, ma gli assicurarono che ciò avveniva soltanto di rado. Comunque, per sicurezza, i letti erano fabbricati con materiali non conduttori, capaci di assorbire energia.

Tramite i commilitoni venne anche a conoscenza di diverse informazioni sul sesso opposto. Le femmine, come media, erano intelligenti, un po' più dei maschi, ebbe a dire qualcuno. Il sesso era comune e frequente; gli Agitar erano alquanto calorosi. Ma esisteva un efficace controllo delle nascite, oltre il monitoraggio sulla popolazione effettuato dal Pozzo, e così nessuno si sentiva represso. Il matrimonio era sconosciuto. Se volevi un bambino, ti bastava trovare una femmina che lo volesse anche lei o viceversa, e l'affare era fatto. Se nasceva un maschio, allevarlo era totale responsabilità del padre. La femmina poteva restare, come pure andarsene. Se arrivava una femmina, valeva l'inverso.

Anche nelle file dell'esercito c'erano delle femmine. Non essendo in grado né di caricarsi né di ricaricarsi, non erano mai utilizzate in prima linea ma si davano un gran da fare altrove. La maggior parte degli ufficiali di grado superiore, compresa la quasi esclusività del quartier generale, era costituita da donne, e lo stesso valeva per quasi tutto lo staff tecnico.

La guerra non era molto popolare tra la gente comune. In effetti qualcuno manifestava un certo entusiasmo infantile dovuto al fatto che da quelle parti non si era mai visto nulla di simile; ma la maggior parte delle persone non ne era eccessivamente entusiasta. Dicevano che si trattava solo di una fastidiosa necessità. Una temibile alleanza di razze – gli Yaxa e i Lamoziani – in quel momento si stava accingendo al recupero di certe parti dell'astronave e poteva contare su Ben Yulin per farla volare. Meglio che in Obie entrasse a fianco di Antor Trelig un Agitar ben carico piuttosto che un manipolo di crudeli alieni, magari in balia di un pressoché incontrollabile Ben Yulin.

Dopo due settimane lo trasferirono all'Aviazione. In

realtà non si trattava assolutamente di una promozione. L'Aviazione era quella che andava all'attacco per prima e che subiva il maggior numero di perdite. Renard restò quasi senza fiato quando si rese conto di ciò che significava. Niente aerei o astronavi, si trattava di cavalli. Cavalli enormi dotati di ali assurde che si aprivano da entrambi i lati del loro corpo scattante. Come cultore della mitologia classica, Renard li rapportò subito a incarnazioni del leggendario Pegaso, e in effetti erano veramente qualcosa di mitico, così incredibilmente multicolori: marrone, bianchi, rosa, azzurri, verdi. Una varietà sconfinata.

E volavano, con grazia e potenza al tempo stesso – con un Agitar sulla sella, i piedi infilati in una sorta di bizzarre staffe – su ali che si libravano nel vento. Tuttavia quegli animali magnifici denunciavano una certa fragilità, in quanto avevano le ossa cave. Renard non riusciva proprio a capire come riuscissero a volare, ma volavano, ed era quindi inutile arrovellarsi le meningi più di tanto. Reagivano ai comandi verbali, a una leggera pressione degli speroni, ai movimenti delle redini ed erano facili da addestrare, dal momento che i cavalieri disponevano di un pungolo elettrico personale.

Gliene fu assegnato immediatamente uno. Un animale stupendo e intelligente, di colore verde. La prima volta che lo montò, aveva di fronte un istruttore e tutta una serie di strumenti atti alla bisogna. Ma era facile volare: quelle bestie volavano con gran facilità e già il terzo giorno, in groppa a Doma (si chiamava così il cavallo che gli era stato assegnato), Renard era in grado di compiere le evoluzioni più incredibili, come se fosse nato in sella all'animale. Formavano un connubio naturale, Agitar e Pegaso; si fondevano come un unico organismo.

E c'era il frustino: un'asta di acciaio, lunga circa tre metri, rivestita di rame, con l'impugnatura simile a quella di una spada. Quando un Agitar maschio ne aveva uno in mano, il frustino diventava un conduttore elettrico particolarmente efficace. Era anche relativamente sottile e leggero per quelle braccia muscolose.

In un esagono non tecnologico, o anche in altri, il frustino costituiva un'arma letale da contatto ravvicinato, nel caso in cui non potevano essere usati o non funzionavano le pistole o i fucili.

Alla fine di tre settimane di addestramento, dissero a Renard e a quelli del suo scaglione che non erano sufficientemente preparati e che avrebbero avuto bisogno di altre sei settimane, ma che quello era tutto l'addestramento che avrebbero ricevuto. A quel punto, avrebbero dovuto partecipare alle operazioni belliche.

Renard decise una cosa, anzi l'aveva già decisa molto prima, quando era venuto a sapere di Trelig.

Non intendeva certamente morire al servizio di Trelig.

Lata

Un altro viaggio da vertigini sui Krommiani aveva portato Mavra nel cuore di Lata, una terra di fiaba concretizzata nella realtà. I Lata non avevano case o ripari del genere bensì abitavano su dolci colline e prati in fiore. Piccoli agglomerati di botteghe artigianali provvedevano alle attività commerciali e ai servizi necessari ed esisteva anche un buon numero di università e centri di ricerca per i più intellettualmente dotati, nonché studi per gli artisti, in quanto i Lata avevano un talento artistico innato.

Si trattava anche dell'unica razza asessuata-bisessuale che avesse mai visto. Se non fosse stato per i colori, a lei quegli esseri sembravano tutti identici; tutti alti all'incirca un metro come ragazzine di nove o dieci anni, e si esprimevano con uno scampanellio estremamente musicale. Per Mavra costituiva una sensazione inconsueta, lei che era sempre stata così piccola in un mondo di giganti, ritrovarsi all'improvviso la persona più alta dei dintorni.

Alla nascita, tutti i Lada erano assessuati; maturavano dopo un periodo oscillante dai quindici ai vent'anni per divenire femmine biologiche, ognuna in grado di deporre un solo uovo, che s'incubava per conto suo in pochi giorni. Poi, nel giro di un paio di anni, cambiavano. Gli organi femminili svanivano e al loro posto si sviluppavano organi maschili. A quel punto rimanevano maschi per il resto della vita.

Mavra chiese a Vistaru come mai, se si verificava una simile metamorfosi, c'erano così tante donne. La ragazza, anche se in avanzata età (era impossibile pensare ai Lata se non come a delle ragazzine) scoppiò a ridere: — Quando muti, diventi più vecchia — rispose.

Più tardi Mavra capì che le donne invecchiavano più lentamente rispetto ai maschi; alla fine ovviamente l'inevitabile succedeva, ma la maggior parte cercava di rimandarlo il più a lungo possibile. Si passavano quaranta, cinquant'anni da giovane libellula, poi avevi il tuo uovo e successivamente ti restavano ancora una trentina di anni come maschio, invecchiando solo all'interno.

Ecco perché da quelle parti i maschi sembravano essere i capi. Erano più vecchi e avevano più esperienza.

In quei giorni Mavra Chang si sentiva molto più a suo agio di quanto lo fosse mai stata in nessun altro periodo, a eccezione degli anni gloriosi del matrimonio e del sodalizio in affari. Lì non esistevano pressioni di sorta, le persone erano meravigliose ed estremamente affettuose. Non esistevano minacce, né pericoli naturali e, trattandosi di un esagono ad alta tecnologia, nessun bisogno di generi di conforto, sebbene avesse l'impressione che i Lata sfruttassero le loro capacità tecnologiche meno che in altri posti dei quali le avevano parlato. Comunque non ne avevano bisogno: erano felici.

I pungiglioni, che potevano uccidere – i Lata descrivevano il processo di avvelenamento come qualcosa di simile a un orgasmo – rappresentavano il loro baluardo supplementare contro i vicini portati a pensare che quelle minuscole e fragili creature fossero una facile preda. Meno di una dozzina di razze si erano rivelate immuni a quell'arma naturale e da tempo i Lata non erano obbligati a fornire dimostrazioni di sorta.

· Per quanto riguardava Mavra, realizzarono un nuovo costume che lei stessa aveva disegnato, di tessuto elastico lucido e nero, affiancato da un pesante mantello per la stagione più fredda. Le ripulirono inoltre la cintura, sostituirono la fibbia e si meravigliarono nel vedere quanti aggeggi erano in essa contenuti. Lo stesso successe con gli stivali: erano diventati troppo consunti per essere utili, ma i trucchi all'interno erano ancora funzionanti e furono pertanto conservati. E poi i nuovi stivali, ancor più lucidi, flessibili e comodi, aggiungevano ulteriori centimetri alla sua altezza.

I Lata le sistemarono anche i capelli, li pettinarono e li acconciarono alla loro foggia, lunghi e dritti in cima e ai fianchi, corti sulla nuca. Quando provarono il veleno delle unghie, ne rimasero affascinati. Obie aveva realizzato un adattamento biologico agli iniettori meccanici e il sistema era, come commentarono quelli dello staff medico, straordinario e complesso al tempo stesso. La convinsero a sperimentare la sostanza ipnotica su un volontario Lata e, con sua grande sorpresa, il preparato, che si era rivelato inefficace sui ciclopi, funzionò perfettamente sul Lata.

Mavra visse con loro per diverse settimane; fu un periodo davvero idilliaco. Quelli dello staff medico la dotarono di un traduttore, un minuscolo cristallo del Nord che veniva inserito mediante una rapida operazione, del tutto indolore, in qualsiasi punto del corpo. Ciò le avrebbe consentito di capire qualsiasi creatura del Mondo del Pozzo e qualsiasi creatura del Mondo del Pozzo avrebbe potuto capirla. Quegli apparecchi non erano né molto diffusi né molto a buon mercato; l'intervento era stato commissionato e pagato da Serge Ortega.

Mavra ne rimase contenta e rammaricata nel medesimo tempo: contenta perché adesso era in grado di comunicare con quelle creature meravigliose, rammaricata perché i loro discorsi, una volta tradotti, perdevano molto della loro meravigliosa musicalità, riducendosi al linguaggio comune in tutta la Confederazione, alleggerito soltanto da sfumature più squillanti. Inoltre il traduttore, già di per se stesso, le ricordava di non essere una donna libera, bensì una prigioniera. Quelle persone così accattivanti stavano facendo qualcosa nel loro interesse politico, non nel suo.

Vistaru le mise chiaramente a fuoco il problema, cosa adesso più facile in quanto riusciva a parlare nella sua lingua ed essere capita. — Tu sei pilota — sottolineò la graziosa libellula. — L'alleanza Yaza-Lamoziani-Dasheen sta per muoversi. E così avviene per quella Makiem-Cebu-Agitar. Non vogliamo la guerra, ma vogliamo che quell'astronave sia distrutta. Tuttavia ci serve poter avere qualcuno a portata di mano che ne capisca il funzionamento, in caso di necessità... diciamo finché perdura la minaccia.

Finché perdura la minaccia. Mavra si chiese quanto ciò avrebbe comportato in termini di tempo.

La cartina le raccontò la storia, assieme ai bollettini di guerra quotidiani. Le grandi sfingi di Boidel avevano consegnato il loro modulo pur di rimanere in pace, spingendosi a portarlo fino al confine di Agitar. Essendo dell'avviso che quella guerra si sarebbe risolta senza alcun profitto per le parti interessate, avevano deciso di passare la mano.

A nord le grandi farfalle iraconde, gli Yaxa, avevano gettato olio bollente sui villaggi e le foreste di Teliagin, e i Lamoziani vi avevano diffuso il panico: i ciclopi di Teliagin all'improvviso vedevano qualche loro nuovo compagno suddividersi in una cinquantina di creature più piccole che si dedicavano a un sabotaggio sistematico. I Teliagin, primitivi e tremebondi, si arresero in fretta, consentendo agli Yaxa e ai Lamoziani di trascinare il modulo ponte attraverso il confine Lamoziano su grandi carri. Gli Yaxa stavano già attraversando il Mare delle Tempeste sulle loro grandi ali, prima diretti all'Isola di Nodi, un esagono pacifico abitato da una razza che assomigliava a grossi funghi semoventi, per ricevere un modulo finito in acqua e recuperato dai confinanti Porigol, creature simili a delfini. Una volta sulle spiagge di Nodi, i tecnici Lamoziani smontarono accuratamente il modulo e gli imbelli Nodi acconsentirono che le parti fossero spedite nella Zona attraverso il loro Cancello e da lì nel paese dei Lamoziani. Per l'alleanza Yaxa, Qasada sarebbe stata la mossa successiva.

A sud i Djukasis stavano opponendo una forte resistenza, ma era soltanto una questione di giorni, dicevano i bollettini. Gli alveari delle api giganti erano colpiti dai Cebu, simili a pterodattili, mentre gli aviatori di Agitar, sui loro grandi Pegasi, attaccavano i Djukasis dall'aria.

Rattristata, Mavra chiese più volte perché i Lata non andavano in aiuto dei Djukasis, con i quali da secoli avevano intrecciato rapporti di amicizia. Ma loro si limitavano sempre a scuotere il capo e a fornire la stessa risposta.

— Se causassimo delle perdite a un esercito senza riuscire nel medesimo intento con l'altro, quest'ultimo avrebbe maggiori possibilità di raggiungere il suo obiettivo. Quindi resteremo neutrali finché non troveremo una linea d'azione capace di mettere fine non solo a questa guerra, ma a tutte.

Nel frattempo, mentre gli avvenimenti si accavallavano, Mavra Chang si sentiva sempre più prigioniera nel paradiso delle fate.

Djukasis

Si stava avvicinando una tempesta. Lo si capiva dalle nere nuvole ondeggianti, dal tuono che rumoreggiava in lontananza, e dall'aria carica di elettricità per i lampi incipienti.

Il comandante degli Agitar rimirò la scena e si lasciò sfuggire un cenno di approvazione. — È la giornata perfetta per mettere fine a questo brutto pasticcio — sentenziò rivolgendosi ai suoi aiutanti di campo, gli uomini che avrebbero condotto materialmente le operazioni. — Ci troviamo in presenza di un potenziale di ricarica veramente notevole.

— Quanto basterebbe per far sgretolare le montagne sotto di noi — mormorò cupamente un ufficiale, chiedendosi perché mai i comandanti che non dovevano esporsi nelle battaglie in prima persona fossero sempre così allegramente ottimisti quando spiegavano che cosa si sarebbe guadagnato col sacrificio di altre vite.

Tirò su con il naso. — Nessun disfattismo oggi, capitano! Sai al pari di me che il frustino e i nostri stessi corpi assorbiranno le scariche. Le selle sono isolate. L'animale è abituato a scariche leggere. No, le condizioni ci favoriscono. L'assedio del Cancello di Zona di Djukasis procede in maniera soddisfacente; oggi annienteremo il resto delle loro difese aeree e i rospi riusciranno ad avere la meglio nella pioggia.

Tornarono per far rapporto ai loro uomini.

Anche Renard stava osservando l'approssimarsi del temporale, ma nel suo animo turbinavano pensieri diversi. Nel corso dell'ultima settimana era diventato un buon combattente ma folgorare quelle api lo faceva sentir male. Si adattava soltanto perché, in caso contrario, quelle lo avrebbero ucciso con i proiettili e i temibili pungiglioni, spingendosi anche ad attacchi suicidi, se si fosse rivelato necessario. Ma, in ultima analisi, quelle api difendevano la loro casa.

E aveva anche paura. Quegli insetti non erano sciocchi; ben presto si erano resi conto di poter effettuare un'inversione molto più in fretta di un Pegaso, colpire la bestia nel posteriore, fuori portata del cavaliere Agitar, e l'animale precipitava a terra, verso la morte sicura per sé e per il suo cavaliere. Erano già due volte che rischiava di soccombere in una simile esperienza, e molti dei suoi commilitoni erano morti così.

Il capitano Bir, pur avendo il gusto della battuta, era un professionista serio. — Stavolta ci sarà l'attacco finale, ragazzi, ve lo prometto — annunciò sia pur con palese mancanza di convincimento. — Qualche dettaglio. La nostra strategia sarà precedere il temporale. Quando scoppierà, ne ricaverete cariche suppletive. Buttatevi sugli alveari e colpiteli senza remissione. Friggeteli. Non appena il temporale si scatenerà, batterete in ritirata. Le rane arriveranno con la pioggia.

— Ma le lasceremo senza difesa aerea, signore — sottolineò uno degli uomini.

Il capitano scosse il capo. — Questo è il compito della Compagnia D. Per quanto ci riguarda, avremo la parte più facile. Ci basterà solo avanzare, uccidere il maggior numero di nemici possibile e poi toglierci di mezzo. — Il gruppo ridacchiò ma senza gioia, sapendo che proprio quella era la parte più pericolosa. — No — concluse il militare — ricordatevi che avremo una ritirata facile. Loro non possono volare con la pioggia come invece siamo in grado di fare noi. Se le cose si faranno difficili, la vostra cavalcatura vi riporterà a casa.

Renard annuì assieme agli altri, mentre nella sua mente si andava delineando l'abbozzo di un piano. Qualche ora prima, nella tenda del capitano, gli era capitata sotto gli occhi una mappa con il tragitto della marcia. Giorni prima, in seguito a un comunicato ufficiale, era venuto a sapere che Mavra Chang si trovava in un posto chiamato Lata. Il capitano, discutendo con un altro ufficiale, aveva additato la cartina sulla parete della tenda e aveva detto: — Non possiamo spingerci così a nord, Suo! Quello è Lata, un territorio neutrale.

Il punto in questione era situato a nord-est rispetto alla loro attuale posizione, a circa un'ora di volo. Al Pegaso la pioggia non avrebbe dato alcun fastidio. All'animale piacevano la pioggia e il temporale, con l'Agitar che gli teneva lontane le scariche elettriche. L'acqua si limitava a scivolare lungo i fianchi dell'animale, non comportando alcun sovraccarico di sorta. Se il temporale fosse stato sufficientemente forte, e lui avesse avuto il fegato necessario, si disse, avrebbe potuto disertare.

— Coraggio, ragazzi, in sella! — ordinò il capitano. Un ultimo combattimento, un altro combattimento.

"Sono pronto" pensò cupamente Renard.

Con i Makiem a terra e gli enormi triangoli volanti con gli occhi rossi che erano i Cebu, lo spettacolo faceva veramente paura, anche prendendo in considerazione i differenti concetti di valutazione. Adesso il temporale era veramente vicino; il cielo era tutto un rincorrersi di nuvole nere e aranciate da cui di tanto in tanto scaturivano saette che andavano a illuminare il panorama.

All'orizzonte apparvero gli Agitar, dapprima minuscoli puntolini, poi sempre più grandi fino a essere individualmente riconoscibili contro il cielo agitato dalla tempesta. Grandi cavalli multicolori, ali da cigno che vibravano elegantemente nell'aria tumultuosa, in formazioni schierate a V: una dozzina nella prima ondata, poi altre dozzine subito dietro, a proteggere i fianchi.

Arrivarono a bassa quota; l'altitudine massima dei Pegasi era fra i millecinquecento e i milleottocento metri, e in genere si mantenevano più bassi per avere un margine di sicurezza. In questo caso ancora più bassi, a causa della turbolenza che sconvolgeva la parte superiore dell'atmosfera, forse a non più di trecento metri sopra le truppe di terra.

Lo pterodattilo Cebu, gli occhi rossastri fiammeggianti, si staccò dalla fanteria Makiem per fornire ulteriore copertura agli Agitar che si stavano avvicinando. Ognuno dei grandi rettili indossava una bardatura dotata di due tubi lancia-arpioni che potevano essere puntati e azionati mediante uno scatto della testa, poi abbassati per essere ricaricati da faretre legate ai fianchi.

I Makiem potevano quasi avvertire il vibrante battito di quelle ali mentre i pegasi passavano proprio sopra le loro teste e alcune delle rane giganti si misero a ridacchiare sia per ottimismo sia per alleggerire la tensione di quei terribili momenti.

Il nemico, le cui forze erano sottoposte a un continuo dissanguamento a causa di una battaglia pressoché continua, nonostante le riserve fatte arrivare sia da nord che da sud, attese fino all'ultimo prima di raccogliere la sfida. L'unica speranza era penetrare nello schieramento difensivo dei Cebu e abbattere i grandi cavalli volanti con un proiettile o un pungiglione, anche se quest'ultimo metodo avrebbe significato anche la loro morte.

Adesso gli Agitar erano in vista dell'obiettivo: il mostruoso alveare che si ergeva per oltre trenta metri nell'aria. Pur essendo stato seriamente danneggiato dalle incursioni aeree precedenti, era ancora lì, sebbene segnato da profonde scalfitture e da grandi buche.

A un certo punto le migliaia di minuscole cavità scure sembrarono riflettere le luci dei lampi ma in realtà si trattava del luccichio degli occhi sfaccettati dei difensori che, in schiere organizzate, si accingevano a uscire allo scoperto per contrastare il nemico. Le due parti si scontrarono dopo meno di un minuto.

Le api erano enormi, lunghe più di un metro, con temibili pungiglioni adeguati alla stazza. Ma tali pungiglioni facevano anche parte integrante della loro spina dorsale: servirsene significava spezzarla in due, con conseguente lacerazione del midollo spinale e morte sicura. Dipendevano soprattutto dalle loro armi: trattandosi di un esagono semitecnologico, erano armate di fucili semiautomatici, i cui caricatori erano contenuti in capienti cartuccere posizionate sotto il torace. Le armi erano impugnate con una delle otto zampe flessibili e pelose di cui erano dotate quelle creature. Grazie a un sistema a molla che spingeva le cartucce nella camera da sparo, erano in grado di far fuoco dieci volte in un secondo, e il caricatore teneva duecento colpi.

In realtà il più grande problema delle api in un combattimento aereo era costituito proprio dalle loro armi semiautomatiche: a causa delle pessime condizioni atmosferiche, dovevano badare a non abbattersi a vicenda.

Le strategie erano semplici. Le api formavano un'ondata compatta; la linea frontale aspettava finché fosse a portata di tiro dello schermo Cebu e della prima ondata di Agitar, poi apriva il fuoco. Esaurite le munizioni, si abbassavano per lasciar passare la seconda ondata, che così si trovava la visuale libera. Se i tempi venivano rispettati a dovere, potevano ritornare all'alveare per rifornirsi di altre cartucce e riunirsi alle retrovie. Ma, come già detto, le loro forze erano molto depauperate. Dopo che la prima linea aveva fatto fuoco, la seconda ondata non c'era e a lottare rimaneva qualche singola ape.

Gli arpioni dei Cebu non erano efficienti come i fucili dei Djukasis ma, trovandosi di fronte uno sciame, era difficile che mancassero il bersaglio. Il loro obiettivo era aprire grandi buchi nella formazione, poi introdursi in mezzo allo sciame dove i grandi becchi con i loro denti aguzzi avrebbero potuto fare strage.

Mentre il temporale stava per scoppiare e la turbolenza era così intensa da mettere a repentaglio l'equilibrio dei contendenti, la battaglia cominciò.

La linea frontale delle api fece fuoco e alcuni degli aggressori vennero colpiti, precipitarono al suolo e furono successivamente sostituiti da quelli della seconda e terza ondata in modo da mantenere le formazioni. Per i Djukasis era estremamente difficile prendere la mira: avevano gravi problemi nel rimanere stabili in quell'aria agitata dalla tempesta. Alcuni girarono su se stessi mentre ancora facevano fuoco, finendo per colpire altri di loro.

I Cebu approfittarono della situazione, infilandosi negli spazi liberi, ficcando gli arpioni nei corpi mollicci dei Djukasis, poi dandoci dentro con le picche mentre cercavano di evitare i pungiglioni mortali. Degli ottantaquattro Agitar dello schieramento frontale, solo diciassette continuavano a volare, tuttavia la formazione era ancora serrata mentre la postazione dei caduti veniva rilevata da quelli che arrivavano da dietro. Nonostante l'efficienza dei Cebu, adesso alcuni Djukasis stavano sfondando.

Renard si era appena spostato nella seconda postazione dietro i capintesta e non ebbe il tempo di pensare.

All'improvviso, dalla sinistra, scorse una massa gigantesca, venata di nero e d'arancio. D'istinto voltò il fucile e fece fuoco. Il missile colpì l'ape gigante, che precipitò senza emettere un suono.

Adesso ne stavano arrivando altre; gli Agitar volavano direttamente nello sciame, troppo vicini perché i Djukasis potessero utilizzare i loro fucili ma vicini quanto bastava per un combattimento corpo a corpo.

All'improvviso gli Agitar sguainarono i loro frustini e li energetizzarono. Non avevano bisogno di trafiggere il nemico; sarebbe bastato semplicemente sfiorarlo, impresa che appariva abbastanza facile; ovunque roteavi le aste, sembravano esservi Djukasis.

Ma i Djukasis non c'erano più: Renard se li era lasciati alle spalle.

Nel corso degli attacchi dei tre giorni precedenti, un nuovo sciame era balzato fuori da quell'alveare all'ultimo minuto e gli Agitar non erano stati in grado di fronteggiarlo. Adesso la situazione era cambiata. Ai lati della sella di ciascun Agitar c'erano bidoni di liquido incendiario e, per la prima volta, erano in grado di gettarli nell'alveare.

Continuarono a effettuare le loro manovre mentre il combattimento aereo proseguiva con spasmodica intensità. Poi si abbassarono ad anello. Altri cavalli, uomini e pterodattili precipitarono dal cielo ma dieci difensori suicidi caddero per ognuno degli attaccanti e i Djukasis, a differenza di questi ultimi, non disponevano più di riserve. Poi la prima fila degli Agitar si mosse di nuovo, molto bassa stavolta, così vicino da riuscire a scorgere le facce impassibili delle api operaie che, dalle celle delle arnie, sbirciavano gli esiti della battaglia.

Gli Agitar collegarono il sottile filo di rame all'elsa dei loro frustini e si prepararono a scagliare il liquido incendiario, cercando nel medesimo tempo di non rimaner impigliati.

Di tanto in tanto arrivavano delle scariche di fucile dall'alveare, ma senza continuità: dopo il lancio del liquido incendiario, l'odore del liquido aveva costretto gli insetti alla ritirata mentre l'atmosfera all'interno era satura di pericolose esalazioni.

Venne srotolato il filo di rame, dieci metri, venti metri, mentre la seconda ondata veniva coperta, ma non seguita, dalla retroguardia. Gli Agitar si stavano avvicinando al termine della bobina di filo e, quando venne raggiunta la tacca di fermo, scaricarono lungo il filo la loro energia elettrica.

L'energia si propagò lungo il filo; in quell'esagono semitecnologico l'elettricità fluiva normalmente, anche se solo gli Agitar erano in grado di accumulare elettricità. Ma furono sufficienti.

I frustini avevano colpito gli alveari in punti che erano stati imbevuti dal liquido infiammabile e, nonostante gli sforzi dei Djukasis di strapparli, la carica d'energia colpì.

Bastò un solo filo.

Il liquido s'infiammò con un boato; un fuoco chimico che persino l'incombente temporale avrebbe faticato a spegnere.

I Makiem a terra esultarono in quanto quella fiammata celestina e il fumo nerastro stavano a indicare il successo della missione, dopodiché afferrarono le armi e si prepararono a caricare, pioggia o non pioggia.

Con subitanea forza esplosiva, il temporale scoppiò, trasformando in pochi secondi il campo di fronte all'alveare in una palude pressoché priva di visibilità. I Makiem, ai quali piacevano il fango e l'umidità, si sentivano nel loro ambiente naturale.

Mentre Renard si allontanava dall'alveare, stupefatto nel constatare che lui e Doma erano ancora illesi, sentì il temporale scatenarsi. Per la prima volta cominciò a pensare, invece di agire per istinto. Se solo si rilassava, sicuramente Doma avrebbe fatto ritorno al campo base; dotato di un istinto pressoché infallibile, il cavallo riusciva sempre a tornare nel luogo da dove era partito. Mentre si guardava attorno nella pioggia battente, solo a stento riusciva a distinguere le sagome dei Djukasis che cercavano di far ritorno all'alveare ma venivano abbattuti dalla violenza della pioggia. Un Cebu quasi gli fece venire un colpo, quando se lo vide arrivare direttamente di fronte, ma evidentemente stava puntando verso un altro obiettivo. Anche i grandi rettili volanti, alle prese con la pioggia scrosciante, non se la cavavano meglio dei Djukasis e per la maggior parte precipitavano rovinosamente al suolo.

L'acqua imperlava il dorso di Doma e gli scivolava lungo i fianchi. Tuttavia all'improvviso si producevano correnti ascensionali o discensionali che il grande cavallo non era in grado di evitare, ragion per cui lo sgroppare risultava oltremodo violento, solo parzialmente alleviato dall'evidente capacità da parte del cavallo di *vedere* le alterazioni della pressione atmosferica. Quando Renard capì la direzione che stava prendendo Doma, venne assalito da un milione di dubbi. Se avesse disertato, avrebbe dovuto attraversare l'occhio del ciclone, sorvolando magari anche parte del territorio Djukasis che non era stato sfiorato dal combattimento. E, una volta a Lata, sarebbe stato un esule, un uomo che non avrebbe più potuto far ritorno in patria.

Ma non avvertiva alcun dovere nei confronti degli Agitar, nonostante gli piacessero presi come individui. Fondamentalmente non riusciva a togliersi dalla testa il pensiero che, dietro la terribile carneficina alla quale aveva assistito e a cui aveva purtroppo anche contribuito, c'era il beffardo sogghigno di autocompiacimento di Antor Trelig.

Poi Mavra Chang. In qualche modo, se ne rendeva conto, quella donna gli aveva salvato la vita, se non altro per l'innata reticenza a essere sconfitta. Ma per che cosa? Per essere ucciso nella prossima battaglia, nel prossimo esagono, a beneficio della causa di Antor Trelig?

— No! — gridò a se stesso. Mai! Aveva un debito nei suoi confronti e, in un modo diverso, lo aveva anche verso Antor Trelig.

Così, con delicatezza, fece girare il grande Pegaso verso destra, decisamente verso destra, affrontando la furia degli elementi.

Vardia, lo Czilliano, entrò negli uffici di Ortega, sempre più ingombri, con un malloppo di tabulati e diagrammi racchiuso fra i due tentacoli. Ortega, che aveva appena chiuso una comunicazione intercom, alzò lo sguardo sentendolo arrivare.

— Nuovi dati? — domandò, con aria più rassegnata che felice alla prospettiva.

Vardia annuì. — Abbiamo passato le proiezioni nei computer del centro. Le cose non si mettono affatto bene.

Ortega non rimase sorpreso più di tanto. Niente andava più bene ultimamente. — Che cosa siete venuti a sapere? — domandò accigliato.

Lo Czilliano dispiegò diverse carte e alcuni diagrammi. Ortega non era in grado di leggere la normale scrittura czilliana ma i computer dell'università e del centro di ricerca avevano provveduto alla traduzione in Ulik. Così si mise a studiare i documenti, mentre l'espressione si faceva sempre più cupa.

— Di certo la struttura delle astronavi è assai cambiata negli ultimi trecento anni — commentò.

— Che cosa ti aspettavi? — sbottò lo Czilliano. — Dopo tutto, molte razze sono passate dalla barbarie originale alle trasvolate spaziali in un lasso di tempo decisamente inferiore.

Ortega annuì. — Ma comunque sarebbe molto opportuno che riuscissi a capire meglio questi schemi — sospirò. In effetti la cosa non era così importante; ci potevano pensare i computer, e se i computer risultavano efficienti a Czill, allora avrebbero potuto esserlo anche quelli di Agitar o di Lamotien o di una mezza dozzina di altri esagoni.

— Hanno effettuato dei tagli proprio nei posti più idonei — rilevò Vardia. — I pezzi erano grandi giusto quel tanto che bastava per i Cancelli, e comunque non avevano il diritto di fermarli.

— Neppure con la forza — fece l'altro di rimando. —

Nessuna guerra nella Zona, esatto? — Diede un'ulteriore occhiata alle stampate. — Così i motori sono l'unica parte che non riusciamo a riprodurre qui, esatto? Ne siamo sicuri adesso? E perché?

— Conosci la risposta — disse Vardia. — L'impianto è sigillato e funziona in base a principi che non conosciamo. Potremmo costruire un motore, naturalmente, ma non con una spinta tale da liberarsi dall'effetto degli esagoni non tecnologici vicini prima che mandino tutto in panne. Ti ricordi il fallimento dei nostri piccoli tentativi con le telecamere? Spostare una massa di queste dimensioni è, a mio avviso, al di fuori della nostra portata. È una caratteristica del Pozzo, essere fatto in modo da tenerci qui. Ma la dimensione di quei motori significa che ne hanno l'energia. Loro potrebbero farlo, se la traiettoria di lancio fosse esattamente verticale.

Ortega ammise tale possibilità. Lo doveva fare per forza, era scritto tutto lì, nero su bianco. — Ma per farla funzionare avrebbero bisogno della programmazione — obiettò. — Il che significa gli Yaxa o niente.

— Stronzate, e tu lo sai! — sbottò lo Czilliano, evidenziando un'insospettata emotività. — Così gli Agitar potrebbero aver bisogno di un paio d'anni per rimediare alla bell'e meglio una sostituzione. È più probabile che barattino o rubino ciò che è necessario. Proprio tu, più di ogni altro, dovresti sapere come funzionano i complotti politici e le attività di spionaggio sul Mondo del Pozzo. Disponi di agenti Yaxa, agenti Dasheen, agenti Makiem, agenti Agitar... probabilmente hai agenti in una buona metà delle razze esistenti sul pianeta.

Ortega non rispose. Era la verità, non sarebbe valsa la pena confutarla. Si limitò a sorridere, ma non si trattava certo di un sorriso di compiacimento. Tutti i suoi vecchi amici, tutti quelli che gli dovevano un favore o figuravano sul suo libro paga, gli avevano fornito una gran quantità d'informazioni. Ma non risultati. Inoltre era assolutamente consapevole che gli Yaxa avrebbero ingannato senza batter ciglio i loro genitori pur di fare un affare e i Lamoziani erano affidabili come topi in un caseificio. Sicuramente chiunque si fosse assicurato il motore dell'astronave caduta sarebbe stato in grado, da un punto di vista politico, di mettere assieme tutti i pezzi. Lui non era l'unico burattinaio del Mondo del Pozzo, solo il più vecchio e quello dotato di maggiore esperienza.

Ma le stampate czilliane indicavano il peggio da un punto di vista tecnico; le sezioni si erano separate senza rompersi. Erano finite al suolo, per la maggior parte, senza riportare danni rilevanti. Il disassemblaggio, dove necessario, era stato professionale, eseguito con cognizione di causa e nei punti giusti.

— Cosa dicono i bollettini di guerra? — domandò Vardia con palese apprensione.

Ortega sospirò. — I Djukasis si sono dimostrati antagonisti duri, ma hanno avuto la peggio. Klusid non ha nessun modulo, ma presenta problemi atmosferici. È faticosissimo girare attorno a quell'esagono, ma nell'atmosfera klusidiana è presente una radiazione ultravioletta molto intensa. È ciò che rende le cose così belle eppure così inconsuete da quelle parti. Tale atmosfera li ha protetti dagli Zhonzorp. Ma a mio avviso i Makiem sono arrivati a un accordo con i Klusidiani attraverso un'alleanza con gli Zhonzorp. La necessità di uno scudo contro le radiazioni li rallenterà ma i Klusidiani non sono in grado di reggere contro l'alleanza dell'Ovest e i coccodrilli a due zampe dell'Est. Perciò si arrenderanno, perché quello che cercano è solo un passaggio gratuito. Quanto agli Zhonzorp che hanno sia un modulo sia una posizione chiave, saranno alleati naturali. Agli Agitar non piacciono, ma i Makiem e i Cebu sono interessati in quanto i coccodrilli appartengono a un esagono ad alta tecnologia e potranno tornare utili nel controllare che le nostre care capre non facciano il doppio gioco. Direi che il grosso delle loro forze sarà ai confini di Olborn entro dieci giorni al massimo. E che gli Zhonzorp si occuperanno dei problemi di rifornimento.

Vardia diede un'occhiata alla cartina. — Solo due esagoni da Gedemondas. Che cosa mi dici degli Yaxa?

Da come Ortega sbuffò, era evidente che c'erano altre brutte notizie.

— Mentre gli Yaxa si procuravano il modulo di Porigol, i Lamoziani si sono infiltrati in Qasada. Ci vogliono soltanto sei Lamoziani per creare un duplicato esatto di quei piccoli roditori. Sabotaggio, false informazioni... e sono davvero efficienti, dal momento che anche i Lamoziani dispongono di un'elevata tecnologia e sanno dove mettere le mani. L'armata di mucche Dasheen non è stata di grande aiuto, ma ha contribuito a creare altra confusione e i consiglieri Yaxa hanno fatto bene il loro lavoro. Comunque là i combattimenti sono ancora feroci; potrebbe volerci più di una settimana prima di avere la meglio. Gli Yaxa tratteranno con i Palim: sotto quell'aspetto ci sanno fare. Altri cinque, sei giorni per attraversare Palim con la loro roba, forse un altro per far uscire il modulo di Palim, ed eccoli sul confine di Gedemondas.

— Così gli Yaxa ci arriveranno per primi — concluse lo Czilliano, riprendendo a esaminare la mappa.

— Forse sì, forse no — lo confutò Ortega. — Innanzitutto dipenderà della resistenza dei Qasada e secondariamente dal fatto se gli altri daranno retta agli Zhonzorp. Se dovessi decidere io, volerei sopra Alestol con una sorta di spola aerea continua. L'aria è poco confortevole e puzza, ma gli Alestol sono piante semoventi di forma circolare che emettono una serie di gas altamente nocivi. Non si può parlare con loro, ma non dispongono di nessun potenziale aereo. Se l'alleanza Makiem-Agitar-Chicchessia potrà attraversare Olborn, direi che la faccenda si farebbe scottante.

Vardia fissò Olborn. — Cosa sai di quel posto? — domandò incuriosito.

Il grande uomo-serpente scosse il capo. — Non molto. Nessun ambasciatore di cui sia mai venuto a conoscenza. Sigillato al mondo esterno. Chiunque cerchi di entrarci, non potrà mai uscirne. Laggiù sono mammiferi, l'aria va bene, e i miei ricercatori dicono che si tratta di un esagono semitecnologico, con lievi facoltà magiche, qualsiasi cosa ciò significhi. Bisogna fare attenzione a quei tipi magici. Tutti figli di puttana o fanatici, se esiste una differenza fra i due termini. Anche gli Zhonzorp ci girano attorno, ma non riesco a immaginare che l'esagono più potente di questo pianeta si metta contro il tipo di combinazione imperante laggiù. Un esagono magico tende ad affidarsi troppo alla magia per pensare efficacemente alla difesa; un buon proiettile ferma qualsiasi incantesimo se i maghi sono in inferiorità numerica di quattro a uno e le truppe sono ben addestrate e rifornite.

— Così ognuno ha la possibilità di arrivare per primo a Gedemondas — rifletté il Czilliano. — E cosa mi dici di questi ultimi? Ne sai qualcosa?

Ortega scosse il capo. — Niente. Montagne altissime, freddo, precipitazioni nevose. Vivono molto in alto. Sono grandi e grossi: i Dilliani li hanno visti, ma solo di sfuggita. Imponenti bestioni, alti tre metri, tutti coperti di pelo bianchissimo, quasi invisibili contro lo sfondo innevato. Piedi larghi con quattro dita uncinate. Schivano ogni contatto, ma se ti spingi troppo in là, ti fanno cadere una valanga sulla testa.

La mappa di rilevamento indicava un terreno pianeggiante in prossimità del confine Alestol-Palim-Gedemondas, poi montagne assurdamente alte e corrugate, molte delle quali svettanti oltre i cinquemila metri. Un territorio selvaggio e freddo.

— Qualche idea in merito a dove possa essere caduto il modulo motore a Gedemondas? — domandò Vardia all'uomo-serpente.

Serge Ortega scosse il capo. — No, niente di ben definito, e lo stesso vale anche per i due eserciti. Comunque non nella zona pianeggiante. — Leggera esitazione. — Un attimo! Forse ci sono! — Cominciò a scartabellare un plico di carte, continuando a sbuffare e a imprecare. I fogli volarono ovunque finché finalmente s'imbatté in una pagina di taccuino a righe. — Ci sono davvero. Gli Agitar hanno desunto la massa e la forma del modulo dai pezzi che avevano già recuperato, hanno controllato i dati climatologici e compagnia bella, e sono arrivati alla probabile localizzazione. All'incirca fra i sessanta e i cento chilometri all'interno del confine nordorientale. Tra le montagne, ma pur sempre un ago nel pagliaio.

— Come accidenti sei venuto in possesso di... — fece per dire il Czilliano, poi decise che non valeva la pena di fare domande a Ortega. In qualsiasi caso ti avrebbe mentito. — Allora non esiste soltanto la possibilità di una ricerca ma, se lo trovano, c'è una possibilità del cinquanta per cento che i Gedemondas o consentiranno loro di portarlo fuori o lo distruggeranno. In quest'ultima ipotesi, non sono gente da lasciarsi spaventare così facilmente.

Ortega annuì. — Sono gente strana, questo sì, ma altro non siamo in grado di dire. Lì sta il problema. Abbiamo bisogno di sapere. Dobbiamo inviare qualcuno laggiù per cercare di parlare ai Gedemondas, precedendo le armate, se possibile. Forse scapperanno, forse cercheranno di ucciderlo, ma è indispensabile provare. Preavvertirli o magari...

Vardia fissò l'interlocutore dritto negli occhi. — Strappar loro di mano i motori, magari?

Ortega si strinse nelle spalle. — Oppure, se non ci si riuscisse, provare a distruggerli.

Vardia avrebbe sospirato, se ne fosse stato capace. Invece domandò: — Chi hai in mente per questa missione suicida in quelle lande desolate? Non contare su di me. Entro in letargo sotto i due o tre gradi centigradi.

Lui ridacchiò. — No, ti sei divertito già una volta. O comunque lo ha fatto uno di voi. No, non mi piace ciò che sto pensando, ma continua a venirmi in mente la medesima risposta. Esiste una sola persona qualificata per ispezionare i motori, decidere se possono essere spostati o, in mancanza di ciò, sapere come distruggerli in modo che non possano essere più riparati.

Vardia annuì. — Mavra Chang. Ma avevi detto che si trattava di una persona troppo preziosa per metterla a repentaglio!

— E difatti è così — ammise Ortega. — Si tratta di un

rischio calcolato, lo convengo. Ma lei è l'unica che possa sbrigare per noi la parte tecnica. Naturalmente proveremo a ridurre il rischio al massimo. Manderemo con lei qualcun altro a proteggerla e faremo in modo che non si esponga a pericoli inutili.

— Da quanto mi hai detto sul suo conto, ne dubito sinceramente — replicò scettico lo Czilliano. — Comunque sono d'accordo, non esiste altra scelta. Siamo rimasti osservatori passivi e continueremo a starcene impalati a osservare Trelig o Yulin portare avanti le loro losche trame se non faremo qualcosa. È il momento di agire. Vorrei soltanto che l'avessimo fatto prima.

— Prima nessuno di noi pensava che qualcuno dei contendenti avesse un'effettiva possibilità di farcela — ricordò Ortega alla creatura-pianta. — Adesso sappiamo che è fattibile. Ora o mai più.

Lo Czilliano si voltò. — Lo comunicherò al mio popolo e ai nostri amici con la massima discrezione possibile. Ti occuperai tu della scelta delle persone, presumo.

Ortega sorrise. — Ma certo: previa approvazione del Comitato di Crisi Czilliano, naturalmente.

— Naturalmente — gli fece eco Vardia, niente affatto certo che ciò comportasse la minima differenza.

Ortega tornò alle sue carte e quasi subito si mise a parlare da solo. Xoda era fuori questione; c'erano gli Yaxa. Restava Olborn. Dannazione...

Lata

Renard aveva impiegato due giorni per raggiungere il confine di Lata, sebbene Doma avesse potuto portarcelo in uno. Il grande cavallo non avrebbe mollato mai, ma era quasi esausto e Renard aveva quindi deciso di effettuare una sosta non appena usciti dall'occhio del temporale e sufficientemente lontani dal campo di battaglia per essere relativamente al sicuro.

Non aveva provviste, né quella terra ne offriva di sorta. Comunque Doma avrebbe potuto mangiare le foglie degli alberi e la sommità dei cespugli più alti e c'era anche dell'acqua, così ce l'avrebbe fatta a sopravvivere. Lata era l'unica idea che aveva in testa. Si sarebbe sfamato laggiù. Gli Agitar erano onnivori; se Mavra Chang si era adattata laggiù, lo avrebbe fatto anche lui.

Prima di raggiungere il confine fece un paio di brutti incontri. Alcuni degli alveari si erano lasciati dietro delle forze di retroguardia e di tanto in tanto fu costretto al combattimento, ma fece soltanto qualcosa di sporadico e spesso quelli lasciavano perdere se vedevano che lui non raccoglieva il guanto di sfida. Erano troppo in pochi per essere attirati lontano dalle arnie.

Tuttavia si sentiva mentalmente e fisicamente spossato, esausto. La sua carica elettrica interna era in pratica ridotta al lumicino e a un certo punto si domandò se al suo corpo fosse necessaria una certa quantità di energia di scorta. Probabilmente serviva a ovviare a qualche necessità nella sua nuova biochimica. Si fermò diverse volte per mettersi a correre e recuperarne in tal modo almeno una certa quantità, e ciò valse a qualcosa sebbene fosse così privo di forze da non riuscire a farlo a lungo.

Ma adesso eccolo lì: l'obiettivo distava solo cinquecento metri. Non s'era ancora abituato all'incredibile spettacolo del confine tra due esagoni. Il paesaggio tremolava leggermente a causa dell'effetto di due diverse composizioni atmosferiche, non molto diverse, ma abbastanza, come un inconsueto tendaggio di plastica traslucida. All'altezza del confine, le forme e il terreno, spesso le condizioni atmosferiche, mutavano ed erano sostituiti da una scena del tutto diversa. Solo le forme del terreno e dei corsi d'acqua restavano costanti; i fiumi attraversavano la demarcazione senza nessuna differenza, i mari di uno bagnavano le spiagge dell'altro e le colline pedemontane si accavallavano con la medesima monotonia.

Djukasis era un esagono asciutto; il temporale costituiva una rarità in quel periodo dell'anno, eppure tempeste così improvvise e violente rappresentavano la maggior parte delle precipitazioni dell'esagono. L'erba era giallastra, gli alberi contorti e rinsecchiti.

Adesso, al confine di Lata, di colpo si apriva un tappeto verdissimo di erba lussureggiante, intervallato da alberi alti e fronzuti, con i rami sovraccarichi di larghe foglie verdi che si levavano verso il cielo, e da specchi di acqua adamantina. Non c'era traccia di strade e, nella sfolgorante luce del sole, neppure di persone.

Gli sarebbe piaciuto sapere che tipo di gente viveva laggiù.

A circa un migliaio di metri all'interno dell'esagono, quando stava ancora risentendo dell'effetto di un tasso di umidità di almeno quattro volte superiore e di un innalzamento della temperatura di quantomeno dieci gradi, lo scoprì.

Scoppi d'energia multicolore presero a scattare attorno a Doma: il Pegaso reagì nervosamente ma non sapeva dove andare se non tornare indietro.

"Mi stanno sparando addosso!" pensò Renard in preda al panico; poi si rese conto che quei colpi avevano lo scopo di scoraggiarlo, non di ucciderlo. Non ancora, comunque.

Mangiò la foglia, effettuò una curva a 180 gradi, e ripassò nell'esagono dei Djukasis. L'aria affamata di umidità del mondo delle api cominciò ad asciugargli la parte superiore del torace, madido di sudore, sotto il giubbotto da combattimento che non si era ancora tolto.

Portò Doma il più vicino possibile al confine e saltò giù, guardando dritto dinanzi a sé e immaginandosi chi o che cosa stesse seguendo le sue mosse. Si tolse il giubbotto e lo gettò via, restando solo con i calzoncini della divisa. Afferrate le briglie del cavallo, con cautela ritornò verso il confine, trattenendo la bestia a terra.

Questa volta capì che ce l'avevano con lui dopo essersi addentrato solo una decina di passi all'interno del confine. Peccato che le parole assomigliassero a una cacofonia di scampanii furiosi, assolutamente incomprensibili.

Si fermò, posando lo sguardo sulla foresta silenziosa.

E anche le campane zittirono, in attesa. Lui indicò se stesso. — Renard! — urlò. — Arrivo! — La seconda parola, purtroppo, differiva da linguaggio a linguaggio. Forse lì non l'avrebbero capita. — Mavra Chang! — riprese. — Mavra Chang!

Il che generò altre discussioni. A un certo punto le regole universali si misero in moto. Se sei in dubbio, passa il problema a un superiore.

Renard alzò le mani in ciò che sperava fosse interpretato come un palese segno di resa, augurandosi che anche quella gente fosse dotata di mani e potesse afferrarne il significato.

Così fu. All'improvviso uno sciame di creature sbucò dagli alberi, armate di fucili a energia dall'aspetto minaccioso. Come veterano della battaglia di Djukasis, Renard riconobbe subito gli aggraziati ma certamente pericolosi pungiglioni.

"Folletti!" pensò sorpreso. Piccole ragazzine volanti. Tuttavia era un esagono ad alta tecnologia; quei fucili sembravano assolutamente efficienti e sia che il precedente fuoco antiaereo fosse automatico sia che fossero loro a sparare, quegli esseri eterei erano in grado di colpire dove volevano: su questo non sussistevano dubbi.

Lo circondarono, guardarono Doma con espressione perplessa e con gesti inequivocabili gli fecero capire di mettersi a camminare davanti a loro. Renard si accorse che tutti portavano ingombranti occhialoni dalle lenti scure. Sospettò che si trattasse di creature notturne. Lo condussero in una radura a pochi chilometri di distanza; una di loro fece una serie di gesti sul cui significato non potevano esserci dubbi. Doveva restare lì, senza muoversi, e lo tenevano d'occhio: così niente scherzi o altre furbate.

La cosa non gli dispiacque. Adesso era abituato ad aspettare. Doma cominciò a pascolare nell'erba succulenta, lui si distese e si mise a dormire.

Vistaru fece irruzione nell'alloggio a piano terra di Mavra Chang.

— Mavra?

La donna era sdraiata su un letto che era stato costruito appositamente per lei, ed era intenta a esaminare cartine e topografie del Mondo del Pozzo, contenute in libri illustrati destinati a un pubblico di bambini. Non s'impara un linguaggio complesso in poche settimane, soprattutto se è imperniato su un sistema vocale che non si è in grado d'imitare.

— Sì, Vistaru! — rispose, un po' annoiata da quella specie di ozio forzato.

— Mavra, c'è una delle creature implicate nella guerra che è arrivata dal confine con Djukasis alcuni minuti fa. Abbiamo appena ricevuto un messaggio radio.

La notizia aveva un certo interesse, ma non cambiava certo la situazione. — Allora?

— È arrivato su un enorme cavallo volante! Non ci crederai. Gigantesco, tutto verde. E, Mavra... quel guerriero continuava a gridare il tuo nome!

Mavra schizzò in piedi. — Che aspetto ha?

Vistaru si strinse nelle spalle. — Un Agitar, a quanto hanno riferito. Più grande di un Lata, più piccolo di te. Tutto scuro, e peloso nelle parti basse.

La donna scosse il capo. — Mi è assolutamente nuovo. Che cosa ne pensi? Forse un trabocchetto?

— Se è così, non la passerà liscia — rispose la minuscola creatura con decisione. — Un passo falso e non lascerà Lata da vivo. Hanno chiesto se sei disposta a parlargli.

— Se riesco — rispose Mavra, già avviata alla porta.

Non ci fu problema ad arrivare rapidamente a destinazione. Sebbene i Lata fossero in grado di volare e pertanto non avessero bisogno né di strade né di mezzi di trasporto personali, dovevano comunque provvedere al trasporto di suppellettili e cibarie. A quel punto bastò far cambiare strada a un veicolo di trasporto, per ordine governativo e con grande disappunto del conducente. Mavra Chang e tremila cassette di mele schizzarono verso il confine su un elicottero a doppia elica, facendo la barba alla cima degli alberi. Il tragitto richiese all'incirca tre ore e ormai il pomeriggio era già avanzato quando arrivarono. Grazie all'asse del pianeta perpendicolare all'eclittica, tutti gli esagoni disponevano di un medesimo quantitativo di luce solare, all'incirca di quattordici ore.

Il Pegaso era davvero grande e maestoso come era stato descritto, mentre il cavaliere appariva basso, tozzo e decisamente brutto.

— Guarda che bel diavoletto — sussurrò Mavra fra sé e sé. Ed era proprio così: l'aspetto dello sconosciuto rispondeva all'iconografia tradizionale del demonio, tutto ingobbito e peloso. Mentre l'elicottero si avvicinava la creatura si svegliò, si alzò in piedi e cominciò a camminare. Il corpo massiccio e le gambe terribilmente magre sembravano del tutto improponibili; si muoveva in punta di piedi e a Mavra ricordò un ballerino in maschera.

Guardie armate di pistole a energia lo fecero spostare verso una radura e lo circondarono da tutte le parti. Renard si chiese quale nuovo capoccione fosse venuto a esaminare l'intruso, ma poi guardò meglio e fu sicuro di non sbagliarsi.

— Mavra! — esclamò e cominciò ad avanzare verso di lei. Le guardie stavano per intervenire, su questo non c'era dubbio. L'ex bibliotecario si arrestò sui suoi passi e cominciò a indicare la propria persona. — Renard, Mavra! Renard!

La donna rimase più che sorpresa. Sebbene conoscesse il sistema del Pozzo, che le era stato spiegato con dovizia di particolari, quella era la prima volta che la realtà andava a sbatterle sul muso. Scoppiò in una risatina, dopodiché si rivolse a Vistaru. — Posso parlargli?

Il folletto annuì. — Possiedi un traduttore — le ricordò.

— Renard, sei proprio tu? — chiese Mavra, rivolta al piccolo uomo-capra.

Lui s'illuminò in volto. — Sono proprio io! Un po' cambiato, questo è vero, ma internamente sono rimasto lo stesso. Ho barattato la spugna per una capra! — ci scherzò sopra.

Mavra rise di nuovo. La comunicazione procedeva al meglio. Lui capiva il suo linguaggio della Confederazione, il traduttore provvedeva all'Agitar.

— Sei sicura che si tratti proprio di un certo Renard? — le domandò una guardia di frontiera. — Qualcuno che conoscevi? Ultimamente un sacco di gente sostiene di essere qualcosa di diverso.

Pensierosa, la donna annuì. Poi disse di rimando: — Renard! Vogliono che dimostri che si tratta veramente di te. E lo voglio anch'io, a onor del vero. E mi viene in mente soltanto una domanda alla quale unicamente tu potresti rispondere, quindi perdonami. — Renard annuì e lei proseguì. — Renard, chi era l'ultimo prototipo di essere umano con cui hai fatto all'amore?

L'ex drogato aggrottò la fronte, imbarazzato dalla domanda pur comprendendone la logica. Soltanto Mavra, lui stesso e la persona coinvolta potevano conoscere la risposta, e a quel punto tutti i dubbi sarebbero stati fugati. — Nikki Zinder — rispose.

Mavra annuì. — Si tratta proprio di Renard. Non solo il contenuto della risposta ma il modo in cui è stata espressa mi hanno convinto. Lasciate che mi si avvicini o che io tenti di avvicinarmi a lui.

Le guardie non erano ancora del tutto sicure. — Ma è un Agitar! — mugugnò una. — Uno di *loro*!

— È Renard, e conta solo questo — rispose la donna avviandosi con passo deciso verso di lui. Le guardie continuarono a tenersi pronte, ma sembravano rassegnate.

Mavra era più alta di lui, adesso, forse di dieci centimetri con gli stivali e tre o quattro senza. Renard era brutto come il peccato e puzzava al pari di una capra, ma lei lo abbracciò e gli sfiorò la guancia con un bacio, ridendo.

— Renard, lascia che ti guardi! Mi avevano detto che sarebbe successo qualcosa di simile, ma sinceramente non riuscivo a crederci!

Di nuovo Renard si sentì leggermente imbarazzato da quella sua nuova forma, anche perché la parte Agitar del suo cervello non reagiva davanti a Mavra come a una donna, ma come se si fosse trovato di fronte un'altra creatura aliena. Cominciò a rendersi conto di quanto radicale fosse stato il suo cambiamento.

Mavra rivolse l'attenzione a Doma, che alzò gli occhi mentre lei si accostava con cautela. — È davvero bello! — bisbigliò. — Posso... posso toccarlo? Se ne avrà a male?

— È una femmina — puntualizzò Renard. — Si chiama Doma. Lasciati guardare per un attimo, poi comincia ad accarezzarla dietro la nuca. Le piace moltissimo.

Mavra obbedì e il Pegaso sembrò apprezzare oltremodo.

Gli girò attorno, esaminando la sella fra le due enormi ali, in quel momento ripiegate, e il collo. Si trattava di un congegno sofisticato, dotato di un altimetro, di un misuratore della velocità, sia in aria che a terra, e altri congegni vari.

Mavra si rivolse con aria sognante all'amico. — Qualche volta dovrai farmelo cavalcare — disse. — Mi piacerebbe veder volare questo magnifico animale. Ma adesso raccontami per filo e per segno che cosa è accaduto.

— Se prima mi darai qualcosa da mettere sotto i denti... frutta o carne, purché sia commestibile — rispose allegramente. — Sto morendo di fame.

I due rimasero seduti sul prato finché il sole non fu tramontato del tutto e gli abitanti di Lata non cominciarono a uscire sempre più numerosi. Renard le raccontò di come si era svegliato su Agitar, di Trelig, del reclutamento, di come fosse andata la battaglia e delle sue esperienze. La donna condivise le sue emozioni, pensando segretamente che le sarebbe piaciuto partecipare a quelle eccitanti esperienze, dopodiché gli espose la versione semplificata di come li aveva ipnotizzati per minimizzare gli effetti della spugna, della loro cattura da parte dei Teliagin, del salvataggio da parte dei Lata, e di come erano arrivati alla Zona.

— E cosa ne è stato di Nikki? — domandò Renard. — Sai dov'è finita? Non riesco a togliermela dalla testa. Così giovane e ingenua. So per esperienza attraverso quali sofferenze dev'essere passata.

Mavra rivolse un'occhiata alla sua ombra, Vistaru, la quale si era unita a loro. Il folletto scosse il capo. — Nessuna notizia su nessuno dei due Zinder. Davvero strano. Non è impossibile passare inosservati qui, naturalmente, ma si tratta di un'eventualità così rara. In gran parte dell'emisfero meridionale i politici devono essersi assai montati la testa. — Si esprimeva in Lata e Mavra traduceva. — Sarebbe possibile perdere le tracce di uno, ma di entrambi? È molto strano. Ci interesserebbe davvero sapere dove sono finiti.

— È come se il Pozzo si fosse aperto e li avessi ingoiati.

Trascorsero molti giorni, felici per Renard, quantomeno diversi per Mavra, la cui noia era parzialmente attutita dalla presenza dell'amico, il quale le insegnò anche a cavalcare Doma. Mavra scoprì che non le tornava difficile, sebbene alcune manovre richiedessero una maggior potenza muscolare di quella a sua disposizione. Si rassegnò al pensiero che non sarebbe mai riuscita a governare perfettamente quel meraviglioso animale, comunque la sensazione di volare rimaneva grandiosa.

E poi l'alleanza meridionale raggiunse Olborn. I tempi erano stati anticipati di diversi giorni; Zhonzorp, i cui abitanti – a detta dei libri di Mavra – avevano l'aspetto di coccodrilli che si muovevano in posizione eretta e indossavano turbanti, mantelli e altri accessori esotici, fu prezioso. Quell'esagono ad alta tecnologia fece risparmiare tempo e fatica ai soldati spostandoli via terra su ferrovia.

Fu in quel momento che Vistaru si presentò da loro in compagnia di un visitatore, un anziano Lata di sesso maschile.

— Questo è l'ambasciatore Siduthur — disse presentando il nuovo venuto. A seguito delle insistenze di Mavra, anche a Renard era stato assegnato un traduttore, che si era rivelato davvero prezioso, facendolo sentire di nuovo padrone di se stesso.

Mavra e Renard abbozzarono un saluto di circostanza.

— Come sapete, entrambe le guerre stanno andando bene — esordì Siduthir — il che significa che stanno andando male per noi. I nostri amici degli altri esagoni mi dicono che o l'una o l'altra delle alleanze vincerà sicuramente, che in effetti sarà possibile rimettere assieme l'astronave e che, a meno che non si faccia qualcosa, dovremo fare i conti con un'alleanza del Pozzo che possiede il volo spaziale e che potrebbe acquisire il controllo del satellite e del suo computer. A questo punto non possiamo più permetterci di restare a guardare e lasciare che questo succeda.

"Finalmente" pensò Mavra, ma rimase in silenzio mentre l'ambasciatore Lata proseguiva.

— L'unica possibilità che ci resta è la speranza di riuscire a convincere quelli di Gedemondas a consegnarci i motori o a distruggerli. — Raccontò loro del silenzio e della reticenza del popolo di Gedemondas. — Così, come capirete, ci si presenta la necessità d'infiltrare qualcuno laggiù affinché spieghi la situazione a quelli di Gedemondas, sempre che ciò sia possibile. Poi, nella suddetta eventualità, cercheremo di assicurarci la loro cooperazione e, vuoi che questa sia effettuabile o meno, nel caso non ci riuscisse di metter mano su quei motori, ci sinceremo che siano distrutti in maniera tale che sia comunque impossibile rimetterli assieme!

Mavra colse subito l'occasione. — Io sono l'unica che potrebbe farcela — dichiarò con fermezza. — Nessuno di voi saprebbe distinguere la stiva dalla sala motori e nessuno sarebbe comunque in grado di stabilire se il motore è solo danneggiato oppure irrimediabilmente distrutto.

— Ce ne rendiamo conto — replicò l'ambasciatore. —

Ci sarebbe piaciuto poter disporre di qualche giorno in più al fine di poterti affiancare degli elementi estremamente qualificati. Il problema è che personaggi di quel tipo sono troppo distanti mentre quelli a portata di mano o sono stati fatti prigionieri, o stanno subendo un assedio o non sono comunque disposti a lasciarsi coinvolgere, gli sciocchi. Il meglio che possiamo fare è recuperare un esperto Diliano e fare in modo che v'incontriate in prossimità della frontiera di Gedemondas. Sono vicini, avvezzi al freddo, e sul conto degli abitanti di Gedemondas ne sanno tanto quanto gli altri. Quantomeno si eviterebbe quasi del tutto la possibilità che i Gedemondas ti tendano un'imboscata, vedendo che sei accompagnata da una forma di vita che non rappresenta una minaccia per loro.

— Ci vado anch'io — propose Renard. — Doma potrà trasportare sia Mavra che me, e questo farà guadagnare del tempo prezioso.

L'ambasciatore annuì. — Ci avevamo già riflettuto sopra, Agitar. Non ci fidiamo di te al cento per cento, Agitar, ma siamo sicuri del tuo attaccamento per Mavra Chang. E ciò è sufficiente. Verranno con voi anche Vistaru e Hosuru, un altro Arrivo ed ex pilota.

— Un altro Arrivo? — intervenne Mavra. — Credevo che non fossero così numerosi e che Vistaru fosse l'unica simile a me che...

— Questo corrisponde a verità — la interruppe l'ambasciatore. — In effetti Hosuru non apparteneva alla tua razza.

Forse a causa di un certo orgoglio etnico, o forse per puro sciovinismo o comunque semplice egocentrismo, per la prima volta Renard e Mavra Chang prendevano in considerazione l'esistenza di una razza capace di muoversi nello spazio che non fosse la loro.

— Che cos'era questo Hosuru? — domandò Mavra. — E quali altri esponenti di razze in grado di viaggiare nello spazio sono approdati qui?

— Nel Sud esattamente sessantuno, stando all'ultimo censimento. Del Nord nessuno ne sa niente — rispose l'ambasciatore. — Certamente altrettanti. Hosuru, che, preciso, è di sesso femminile, era un'esponente di quelli che chiamiamo Ghilmoni, che molto tempo fa qualcuno della nostra razza descrisse come dinosauri verdastri che sputavano fiamme, qualsiasi cosa ciò potesse significare.

Dopo il passaggio nel Pozzo, comunque, Hosuru non era più un dinosauro che sputava fiamme. Ancora di sesso femminile, appariva assolutamente identica a Vistaru se non per la colorazione intensamente scura a differenza della levità rosata dell'altra Lata.

L'ambasciatore spiegò una cartina. — Noi siamo qui — illustrò indicando un esagono. — Alla nostra destra c'è il Mare delle Tempeste. Come vedete, il tragitto migliore sarebbe sopra Tuligan e Galidon fino a Palim, che prima o poi dovrebbe essere attraversato comunque. Però i Galidon sono feroci carnivori e l'atmosfera sopra le acque non consente alcuna forma di volo, così il suddetto itinerario è da scartare. Il che significherebbe attraversare Tuligan fino a questo punto e atterrare a Olborn. I Tuligan sono gigantesche lumache marine piuttosto crudeli ma non dovrebbero darvi fastidio se voi non date fastidio a loro.

— Doma, se debitamente spronata, è in grado di percorrere all'incirca quattrocento chilometri — intervenne Renard — ma questa distanza mi sembra di gran lunga superiore.

— E in effetti lo è — convenne l'ambasciatore. — Tuttavia lungo il percorso ci sono delle piccole isole, sulle quali potrete fermarvi a riposare. Per nessun motivo dovrete entrare in acqua! Oltretutto è salmastra, non potabile, ma le isole sono di morfologia vulcanica e quindi dovrebbero esserci piccoli laghi nei crateri. Potrete accamparvi lì.

— Su quelle isole esiste qualche forma di vita di cui dovremmo essere a conoscenza? — domandò prudentemente Mavra.

L'ambasciatore scosse il capo. — Soltanto uccelli, o forse qualche crostaceo di nessuna importanza. No, il

337

problema sorgerà quando arriverete di nuovo sulla terra ferma: con i Porigol che sostengono gli Yaxa, non esiste assolutamente alcun modo per aggirare Olborn.

— Ma questa Olborn, non è il prossimo obiettivo di Makiem, Cebu e Agitar? — domandò Renard con evidente preoccupazione. — Non è ipotizzabile che ci confondano con il nemico?

— A dire la verità, non ne abbiamo la minima idea — ammise l'ambasciatore. — Sotto molti aspetti, sono sconosciuti al pari dei Gedemondas, creature simili ai gatti, a quanto ho capito, con potenziali semitecnologici e, così è scritto nei rapporti, alcune capacità magiche, anche se non ho ben capito che cosa voglia dire. Comunque basterà che attraversiate l'esagono nella parte alta. Con l'attacco condotto dagli Zhonzorp all'estremo Sud, il potenziale bellico degli Olborniani dovrebbe trovarsi nel punto più lontano da voi.

— Speriamo — sospirò Renard. — E poi?

— A questo punto dovrete sorvolare Palim, tenendovi il più possibile in prossimità del confine per evitare d'imbattervi nell'alleanza Yaxa che potrebbe effettuare tale percorso nel medesimo tempo. Badate però a non tagliare a sud verso Alestol, qualsiasi cosa vi debba capitare! Si tratta di piante dotate di un'estrema mobilità in grado di scagliare gas velenosi i cui effetti sono a volte mortali e comunque sempre nocivi. Sono carnivore, in grado di mandar giù chiunque di voi. Lasciate che con loro se la sbrighino i Makiem e le loro coorti. *A tutti i costi dovrete arrivare a Gedemondas prima degli altri!* Le nostre uniche speranze sono riposte in voi. Ce la farete?

Mavra Chang aveva un desiderio così spasmodico di avventura che non stava più nella pelle. — Con un pizzico di fortuna e un po' di aiuto, finora non ho mai fallito una missione — dichiarò con aria fiduciosa. — E questa è proprio la missione che aspettavo!

L'ambasciatore la fissò con espressione stanca. — Qui non è un mondo comunitario — le ricordò. — Da queste parti le regole cambiano con molta rapidità.

La traversata, anche se compiuta senza intoppi, richiese tre preziosi giorni. Sorvolarono i mari tempestosi di Tuligan, e per la maggior parte del percorso ebbero il vento contrario. Nelle poche ore diurne di relativa calma riuscirono a scorgere le spettacolari barriere coralline attorno alle quali si aggiravano pesci multicolori e, qua e là, masse scure di grandi dimensioni.

Mantennero una quota di sicurezza, non volendo correre il rischio che qualcuna di quelle sagome nere schizzasse fuori dall'acqua e li trascinasse giù. La situazione era più tranquilla quando raggiunsero il confine con Galidon, ma l'atmosfera da quelle parti sembrava alquanto strana e così si diressero verso la fascia di terra che contrassegnava uno dei sei vertici di Olborn, dalla parte di Tuligan.

Olborn sembrò addirittura un piacevole sollievo, con il suo aspetto così solido e le lunghe spiagge. Faceva un po' freddo ma loro si erano portati dietro qualcosa con cui ovviare al rigore del clima. Da quelle parti nulla sembrava tetro o minaccioso.

Prima di atterrare su una spiaggia, aspettarono che si facesse buio. Avevano deciso di accamparsi lì, con la possibilità di nascondere al meglio il grande Doma e comunque riprendere rapidamente il viaggio in caso di necessità.

Non c'erano strade che conducevano alla costa, di questo ne erano sicuri. Con dei vicini acquatici come i Galidon, la cosa non sembrava assolutamente illogica.

Era una notte chiara; al di sopra, il cielo spettacolare del Mondo del Pozzo splendeva in tutta la sua gloria e, verso nord, un disco d'argento copriva parte dell'orizzonte.

Era la prima volta che si trovavano nel posto giusto con il tempo giusto nel momento giusto per vedere Nuova Pompei. La fissarono in silenzio, ognuno assorto nei propri pensieri.

— Così vicina, così dannatamente vicina — sussurrò Mavra Chang. Sembrava che bastasse semplicemente allungare la mano per toccarla. Pensò alla povera gente che ormai a quel punto doveva essere certamente morta e a Obie, quel computer gentile, quasi umano, che aveva facilitato la sua fuga. Voleva tornare in quel posto e giurò a se stessa che prima o poi ci sarebbe riuscita.

Si sistemarono per la notte. Sebbene i Lata fossero creature notturne, il viaggio era stato lungo e spossante, ancor più duro per loro durante la giornata, ragion per cui anche le aggraziate fatine si misero a dormire. Ovviamente erano stati fissati dei turni di guardia. A Mavra toccò il secondo. Le due Lata si sarebbero sobbarcate quelli successivi, quando sarebbero state al massimo delle potenzialità. La donna si mise a sedere e cominciò a fissare il mare, leggermente increspato, ad ascoltarne il rumore, a osservare i cieli.

Quei cieli erano assurdamente belli, pensò. Il suo elemento, il posto dov'era nata, il posto per cui aveva fatto tutto, per raggiungere il quale si era persino venduta. Guardò gli altri che dormivano. I Lata erano perfetti in quel contesto. Volare su quelle ali eteree doveva essere delizioso e sulla loro terra non esistevano pressioni politiche o sessuali di sorta. Anche le dimensioni così ridotte non costituivano un problema; sembravano tutti uguali. Ma il loro mondo era di trecentocinquantacinque chilometri su ciascuno dei suoi lati. Una località così minuscola, un'area così soffocantemente delimitata quando si guardavano quei cieli.

Anche Renard sembrava star meglio. Il Mondo del Pozzo era certamente più grande di Nuova Pompei e più stimolante di Nuova Muscovy. Nell'esistenza precedente era un morto che camminava; qui possedeva delle facoltà, un futuro e, se le cose fossero andate come sarebbero dovute andare, probabilmente avrebbe potuto farsi strada su Agitar se gli uomini-capra avessero perso la guerra. A giudicare da quanto aveva capito in merito ai sentimenti di quelle persone, una sconfitta avrebbe portato all'abbattimento del governo e chi avesse contribuito a metter fine al conflitto piuttosto che a caldeggiarlo sarebbe stato considerato più un eroe che, com'era adesso, un traditore.

Ma non era lo stesso per Mavra Chang. Il Mondo del Pozzo era un'avventura, una sfida, ma non costituiva il suo elemento. Attraversare il Pozzo un giorno e venirne fuori trasformato in qualche cosa d'altro, non aveva importanza. Il Pozzo non ti cambiava all'interno, solo fisiologicamente. Lei voleva ancora le stelle.

Le sue riflessioni furono interrotte da leggeri suoni non lontani. Per qualche minuto pensò di non aver sentito bene, ragion per cui cercò di prestare maggiore attenzione. Aveva appena deciso che si trattava di uno scherzo dell'immaginazione quando sentì di nuovo quel rumore, proveniente da nord-ovest, e ora decisamente più vicino.

Stava per svegliare gli altri, poi ci ripensò. I rumori erano cessati. Eppure, decise, forse sarebbe stato più opportuno dare un'occhiata. Un urlo da parte sua sarebbe bastato comunque a svegliare tempestivamente gli altri, e sarebbe stato inutile interrompere il loro sonno per niente.

Silenziosamente, a passi felpati, si avviò in direzione dei suoni. A suo avviso questi provenivano da un boschetto prospiciente un estuario paludoso poco lontano: chiunque li aveva prodotti doveva trovarsi da quelle parti. Mavra si avviò verso gli alberi.

Percepì di nuovo un rumore alla sua sinistra e avanzò ancor più decisamente. Si acquattò dietro a un cespuglio e si guardò attorno.

Dinanzi a lei c'era uno strano uccello di notevoli dimensioni. Il corpo ricordava quello di un pavone, dalla testa arrotondata fuoriusciva un becco simile a un cornetto acustico. Gli occhi, che riflettevano la luce delle stelle, erano arrotondati e giallastri. Evidentemente si trattava di un animale notturno. La donna si lasciò sfuggire un sospiro di sollievo che, a quanto pareva, l'uccello percepì. Si girò e disse, piuttosto ad alta voce e con tono assolutamente scortese: — *Wuok, wuok*!

— *Wuok, wuok* a te! — gli fece di rimando Mavra accingendosi a far ritorno all'accampamento.

Gli alberi esplosero. Grandi corpi le finirono addosso, uno addirittura la schiacciò. — Renard! — urlò. — Vistaru! — Ma non ebbe tempo per altro. Qualcosa le stava coprendo la testa, facendola scivolare nell'incoscienza.

Doma fece uno scatto e tutt'e tre gli altri si svegliarono di colpo sentendo le grida di Mavra, bruscamente interrotte.

Renard li vide mentre i Lata si alzavano dal suolo: enormi forme che avanzavano verso di loro dagli alberi vicini. Era quasi riuscito a raggiungere Doma quando uno di loro, più alto e veloce di lui, con gli occhi giallastri e infossati, lo afferrò con una mano.

Fu un errore.

Seguì una scarica, l'Olborniano urlò e ci fu l'odore di peli e di carne bruciati. Un altro stava cercando di afferrare le redini di Doma ma la bestia lo allontanò con un calcio mentre Renard gli montava in groppa. Furibondo per il dolore, l'Olborniano si girò per disarcionare Renard.

L'Agitar scorse un lungo muso nero da gatto con gli occhi a fessura tipici di quella bestia, terribilmente luminosi, e sfiorò una mano pelosa, fatta ad artiglio, con tre dita e un pollice.

Il che inviò l'Olborniano nel paradiso dei gatti.

Doma non ebbe bisogno di nessun ordine. Rendendosi conto che il suo cavaliere era salito, il grande cavallo alato cominciò a galoppare lungo la spiaggia, atterrando tutte quelle forme scure non abbastanza fortunate da evitarlo, e fu subito in aria.

Le due Lata, i cui pungiglioni avevano contribuito a sgomberargli la strada, si misero sulla sua scia.

— Dobbiamo trovare Mavra! — gridò Renard. — Se la sono portata via!

— Rimani in questa zona — gli fece di rimando Hosuru. — Non sappiamo che cosa hanno e non possiamo permetterci di perdere Doma! Vedremo di trovarla e, se non riusciremo a liberarla subito, uno di noi resterà con lei mentre l'altro tornerà a cercarti!

Non era ciò che Renard avrebbe voluto fare, ma non aveva scelta. Né Doma né lui erano dotati di una capacità visiva notturna eccezionale, e se le piccole Lata avessero acceso le loro luci interne, quelli sarebbero diventati bersagli perfetti.

Inoltre le due Lata vedevano meglio al buio. Proprio al di là del fiume distinsero una specie di carrozza di legno, costruita con notevole maestria, che si muoveva su grandi ruote, sempre di legno, sospinte da una pariglia di otto animaletti simili a piccoli muli. Quattro Olborniani, armati di pistole, stazionavano sulle predelle e altri due si occupavano della guida, uno controllando le bestie e l'altro reggendo un fucile dall'aspetto molto minaccioso. Le porte e i finestrini della carrozza erano bloccati con pannelli di legno. Dal modo in cui il conducente frustava quei poveri animaletti, le Lata capirono quale doveva essere il contenuto della carrozza.

— Non dobbiamo perderla di vista — si raccomandò Vistaru. — Poi ci penserà Renard.

E quella era qualcosa di più di una speranza. In tutto il periodo trascorso a Lata, Renard non aveva mai liberato nessuna scarica. Sapevano che aveva dentro di sé un notevole potenziale di energia statica, ma fino a quel breve combattimento i Lata non si erano resi conto di quanto fosse letale.

La carrozza corse sull'erba finché non raggiunse una larga strada asfaltata. La imboccò e puntò verso est. Non era terribilmente veloce e le due Lata non ebbero problemi nel restarle al di sopra, senza farsi scorgere.

— Potremmo utilizzare il pungiglione per ucciderli — disse Hosuru. — Ma il mio l'ho usato tre volte. Sono quasi asciutta.

Non sarebbe stato facile.

Le Lata studiarono meglio gli Olborniani e la loro carrozza. Le creature, alte all'incirca centottanta centimetri, erano completamente ricoperte di peluria nera, ma indossavano anche una specie di uniforme: pantaloni scuri rigonfi e camicie senza maniche con uno stemma ricamato nel mezzo. Erano dotati di lunghe code scure, che apparentemente non avevano alcuna funzione, e scattanti corpi da gatto, ma le braccia e le gambe erano muscolose e si tenevano con naturalezza in posizione eretta su due zampe.

I piccoli muli erano tutt'altra cosa. In un certo qualmodo sembravano tristi, patetici e *sbagliati*. Le zampe posteriori erano più alte – di forse il venti per cento – rispetto a quelle anteriori; alti poco più di un metro, avevano lunghi colli ricurvi verso l'alto, così guardavano in avanti invece che in basso. Le lunghe orecchie erano molto larghe rispetto alla testa. Non avevano coda e i corpi erano rivestiti di un mantello di morbidi peli neri.

Erano malamente sollecitati e frustati senza pietà. Indubbiamente troppo piccoli e scarsi di numero per il peso che stavano trascinando, ce la facevano comunque, con l'andatura tipica dei cavalli da corsa, facilitati in qualche modo dalla levigatezza del manto stradale.

Alla fine varcarono l'ingresso di un complesso davvero magnifico: un palazzo dall'aspetto grandioso i cui viali d'accesso, a forma di ferro da cavallo, erano illuminati da alte torce; altre ancora fiancheggiavano i portoni e c'erano delle sentinelle armate di fucile con la stessa uniforme di quelle sui predellini della carrozza. Il veicolo si fermò e gli Olborniani saltarono giù con destrezza. Venne aperto un portone, da cui uscirono altre due creature similari, che con delicatezza tirarono fuori dalla carrozza un grande oggetto scuro.

Era Mavra Chang, che appariva rigida come un'asse.

— E morta? — si preoccupò Hosuru.

Vistaru scosse il capo. — No, altrimenti non la sposterebbero con tanta cura. Drogata, probabilmente.

Vistaru rifletté un attimo. — Innanzitutto torna indietro, riferisci a Renard che cosa è successo, dove siamo... descrivigli il posto. Poi aiutalo a trovare un punto dove appostarsi per un po'. Io resterò qui di guardia e cercherò di scoprire in che parte del palazzo l'hanno portata. Domani, quando Renard sarà all'apice della potenzialità, verremo a prenderla, vada come vada.

Mavra Chang riprese lentamente conoscenza e impiegò un certo tempo per schiarirsi le idee. Si guardò attorno e si accorse di non essere in grado di muovere la testa, soltanto gli occhi. Nient'altro.

Era in posizione eretta, leggermente appoggiata a una parete. Pensò che di certo le avevano legato mani e piedi, ma non ne era sicura.

Il posto era una stalla. Puzzava di escrementi di animali e di fieno marcescente, sulle pareti erano agganciati attrezzi dalla forma inconsueta.

Si sforzò di guardarsi attorno ma, con qualsiasi cosa l'avessero drogata, l'effetto della sostanza stupefacente perdurava ancora. Tuttavia riuscì a mettere brevemente a fuoco uno degli animali. Una cosa dall'aspetto strano. No, non era la definizione esatta, tutto su quel mondo distorto aveva un aspetto strano, si disse. Ma poiché quella creatura assomigliava così tanto agli animali dei fumetti che aveva conosciuto nei mondi umani, "strano" era l'unico modo per descriverla.

In effetti avevano l'aspetto di muli in miniatura. Naso nero, muso largo e squadrato, con delle orecchie da somaro che sembravano troppo grandi per la testa. Un collo lungo, quasi troppo lungo, attaccato a un corpo piccolo e sgraziato, le zampe anteriori più corte di quelle posteriori, caratterizzate da una palese sproporzione fra la parte superiore e quella inferiore.

E occhi grandi e tristi.

Il corpo era coperto da numerose cicatrici; alcune prodotte da frustate, altre da cause sconosciute.

Tre Olborniani entrarono nella stalla, due con addosso una livrea nera e dorata, il terzo con una specie di tiara e una lunga catena al collo da cui pendeva una gemma esagonale. Il suo costume era scarlatto, con pantaloni rigonfi, dorati. Qualcuno d'importante. Era anche vecchio, camminava lentamente e il suo pelo nero era striato di grigio.

Mentre superava la soglia, andò quasi a inciampare contro il piccolo mulo. Furibondo, lo scacciò crudelmente, con gli artigli acuminati. Dall'animale non uscì alcun suono ma era ovvio che soffriva e Mavra riuscì a scorgere una serie di graffi sanguinanti. Con un balzo la bestiola si allontanò.

Quella era gente malvagia e crudele.

Il vecchio la fissò. — Allora, spia, vedo che ti sei svegliata! Bene! — Si voltò verso gli altri. — Fate quello che dovete fare, e presto. È possibile che i suoi compagni cerchino di salvarla e così dobbiamo sbrigarci.

Mavra si sentì sollevata da queste parole. Allora gli altri tre erano riusciti a scappare! E in qualche modo, ne era sicura, l'avrebbero tirata fuori da lì. Il suo apporto alla missione era assolutamente necessario.

Si sentiva una marionetta governata da fili in modo da poter essere posizionata in qualsiasi modo e rimanere lì, assolutamente immobile. La misero in cima a uno dei piccoli muli, sopra una specie di sella. L'uomo più grosso la trascinò fuori e la portò sul retro del palazzo, in prossimità di un boschetto. Le due guardie la tenevano saldamente bloccata, comunque non sarebbe stata in grado di fare nulla.

Dall'alto, Vistaru quasi si perse lo spettacolo. Scorse soltanto di sfuggita la donna e i suoi tre carcerieri che sbucavano dalle tenebre ed entravano nel bosco. Prese a seguirli.

In basso, a circa due chilometri, il bosco si apriva in una radura dove spiccava un'enorme struttura di pietra che pareva ricavata dalla roccia della collina. Là erano appostate due altre guardie, che avevano appena acceso delle torce su entrambi i lati dell'ingresso esagonale. Non un Cancello di Zona, pensò Mavra. Quella roba era stata costruita da qualcuno del posto.

Cercò di pensare a ciò che le ricordava quel luogo e, di colpo, le venne in mente. I tempi antichi. Un altare. Riti sacrificali?

Tornò direttamente da Renard e Hosuru. Non c'era tempo da perdere.

346

Quando arrivarono all'esagono, la sollevarono e la trasportarono delicatamente all'interno, in un ambiente che doveva essere lo slargo naturale di una grotta di calcare o qualcosa di simile. Lungo il passaggio alquanto ampio che sfociava nella stanza principale erano state sistemate delle torce.

Si trattava senza dubbio di un tempio. C'era una zona per i fedeli, una balaustra e poi delle tavole posizionate da entrambi i lati di una grande pietra gialla che sembrava fuoriuscire direttamente dalla roccia sullo sfondo e che era tutta sfaccettata: c'erano milioni di sfaccettature che riflettevano la luce delle torce, conferendole una specie di vita propria. Montati su entrambi i muri, in oro massiccio, c'erano raffigurazioni del simbolo dell'esagono.

L'alto sacerdote, poiché ormai era chiaro cosa fosse, li precedeva, accendendo piccole candele in candelabri votivi, sei per candelabro. Poi si posizionò dietro la balaustra. Appurato che tutto fosse pronto, fece un cenno alle guardie affinché portassero Mavra. Quelle obbedirono e sistemarono la donna davanti alla misteriosa pietra gialla.

— Spogliatela — disse il sacerdote, e le guardie le tolsero la camicia nera, i pantaloni e gli stivali. Fece improvvisamente freddo.

Mavra era nuda.

Le guardie gettarono gli indumenti oltre la balaustra. La prigioniera avrebbe voluto usare qualcuno dei congegni nascosti negli stivali o nella cintura, oppure provare su di loro il veleno contenuto nelle unghie. Ma era costretta all'immobilità da qualcosa che non riusciva a controllare.

Il sacerdote le si avvicinò, facendo cenno alle guardie di spostarla leggermente verso di lui. Gli occhi da gatto brillavano crudeli al riverbero delle torce.

— Spia — le disse con voce tagliente, senza la minima traccia di compassione — sei stata giudicata colpevole dall'Alto Consiglio di Sacerdoti del Pozzo Benedetto — cantilenò, chinando leggermente il capo mentre pronunciava quelle due ultime parole. Con la mano destra effettuò un movimento orizzontale e Mavra si accorse immediatamente che la testa le aveva ripreso a funzionare. Si umettò le labbra, e si accorse di poter di nuovo parlare.

— Non ho subito nessun processo e lo sai bene! — protestò con voce roca. — Non mi è stata data l'opportunità di dire nulla!

— Non ho detto che sei stata processata — puntualizzò il sacerdote. — Solo che sei stata giudicata. Non esistono attenuanti. Pagani bussano alla nostra porta a nord, a sud pagani ancora più crudeli hanno ucciso decine di migliaia dei Prescelti del Pozzo. E adesso sei arrivata tu. Tu non sei di Olborn, certamente. Né sei qui in seguito a invito o permesso dell'Alto Consiglio dei Sacerdoti del Pozzo Benedetto. — Ancora un leggero abbassamento del capo. — Sei una spia, e così ti chiedo: hai qualche modo per dimostrare la tua innocenza?

"Che domanda assurda" pensò Mavra. "Dimostra di non aver ucciso tua madre che la Corte non ha mai conosciuto." — Sai benissimo che nessuno può dimostrare di non essere qualcosa — protestò.

Il sacerdote annuì. — Certo. Ma c'è un giudice supremo.

— Intendete uccidermi — disse Mavra. Non era una domanda.

Il sacerdote fece la faccia offesa. Mavra si chiese perché in passato le erano sempre piaciuti i gatti.

— Ovviamente noi non uccidiamo, se non per autodifesa. Ogni vita deriva dal Pozzo Benedetto e non la si può spezzare a cuor leggero. Dal momento che tu non hai spezzato nessuna vita, mentre lo stesso non si può dire dei tuoi compagni, non prenderemo la tua.

Entrambi i contenuti della frase le sollevarono il morale. Vivere significava speranza e la notizia che i suoi compagni avevano inviato alcuni di quei fanatici religiosi verso una sepoltura precoce le faceva piacere.

— Il Pozzo, nella Sua infinita saggezza e misericordia — spiegò il prete, come se stesse declamando una frase liturgica — ha stabilito fra gli Olborniani un mezzo più equo di giudizio finale: finale, assoluto e conclusivo. La pietra che vedi davanti a te è una delle sei, posizionate a ciascuno dei vertici di Olborn. È la dimostrazione dello stato di privilegio degli Olborniani presso il Pozzo Benedetto. Il suo potere deriva dallo stesso Pozzo. Ciò che fa, non è mai stato disfatto.

Questa tiritera cominciò a innervosirla di nuovo. Pensò a Renard, cambiato in una creatura diversa. Che cosa diavolo farà questa cosa?

— Il Pozzo, nella Sua infinita saggezza — proseguì il sacerdote — ha provveduto affinché il Suo Popolo Prescelto vivesse in una terra fertile e ricca, ma senza animali da soma per aiutarlo ad arare il terreno, a trasportare i raccolti, a far girare le pale ad acqua. Così abbiamo le Pietre Sacre. Quando un trasgressore, alieno o olborniano, viene accusato, è portato al cospetto di uno degli Alti Sacerdoti del Pozzo Benedetto e da lì, al suo seguito, fino alla Pietra Sacra. Se sei innocente, non ti succede nulla. Ma se sei colpevole, si provvederà alla più meravigliosa delle giustizie. — Breve pausa. — Hai visto il mostriciattolo su cui ti hanno portata qui?

Mavra fece mente locale. I piccoli muli con le orecchie grosse e gli occhi tristi. — Sì — rispose, con un misto di curiosità e apprensione. Dove diavolo erano finiti le Lata e Renard?

— Sono privi di sesso, di gioia. Totalmente placidi, incapaci di far del male ad anima viva e obbligati a ubbidire ai nostri comandi. Se sei colpevole, sarai trasformata in un *detik*, un animale dei campi, condannato a servire gli Olborniani in muta rassegnazione per il resto della vita.

Mavra era sconcertata, allibita. — Vuoi dire che quei muli, tutti quegli animaletti, un tempo erano delle persone umane?

Il sacerdote annuì. — Proprio così. — Si rivolse alle sentinelle. — Tenetela per le braccia. — Poi riportò l'attenzione sulla donna che sentì mani robuste bloccarle le braccia all'altezza dei polsi. Il sacerdote fece un altro gesto rituale e Mavra si rese conto che tutto il suo corpo aveva riacquistato una certa capacità di movimento. Come sospettava, aveva le gambe legate.

— Appoggiatele le mani sulla Pietra Sacra! — ordinò il sacerdote, la cui voce echeggiava minacciosa attraverso l'umida caverna. Le braccia nerborute ignorarono il dibattersi della donna e ne sospinsero le mani restie verso il giallo masso sfaccettato.

Immediatamente Mavra venne trapassata dalle braccia fino alle spalle da una forte, bruciante scarica elettrica. L'effetto fu così forte e doloroso che la donna si mise a urlare e riuscì a scostarsi da quella cosa maledetta nonostante fosse bloccata dalle guardie.

— Quella era Mavra! — gridò Vistaru. — Forza, sbrigatevi! — disse a Hosuru e a Renard, che si precipitarono in avanti. Ormai a nessuno importava che potesse esserci un'intera armata ad aspettarli; avrebbero agito e subito.

All'interno della camera sacra il sacerdote, con un sogghigno perfido, ordinò: — Ancora! — Stavolta la scarica terribile e il dolore la trafissero dai fianchi alla punta dei piedi e, stranamente, si ripercossero nelle orecchie. Di nuovo Mavra urlò e cercò di divincolarsi.

— Ancora! — ordinò il sacerdote, ma in quel momento le due Lata e Agitar partirono alla carica. Dalla gola di Renard fuoriuscivano grida di guerra che rimbombavano terribili fra le pareti della caverna.

Il sacerdote si voltò, stupito. Come la maggior parte dei fanatici, non gli era mai passato per la testa che qualcuno potesse invadere quell'inviolabile sacrario. Così se ne restò lì, impietrito. Ma le guardie no. Mollarono Mavra e si girarono di scatto. Fortunatamente non avevano pistole ma portavano spade cerimoniali, che prontamente sguainarono.

Non distogliendo l'attenzione dalle guardie e dal sacerdote, Renard e Vistaru gridarono all'unisono: — Scappa, Mavra! Esci di qui. A questi penseremo noi.

La prima guardia approfittò del diversivo per affrontare Renard, sguainando la lama e sciabolando in aria.

Renard fece una smorfia e cominciò ad agitare il frustino in maniera analoga, come se si preparasse a duellare. La guardia fissò quel sottile aggeggio di rame e scoppiò a ridere. Alzò la spada e Renard parò il colpo.

Si produsse una serie di scintille, la guardia si mise a urlare e si accasciò al suolo, mentre dalla mano che reggeva l'elsa si levava un ricciolo di fumo.

Vistaru, a cui era rimasta ancora una certa quantità di veleno, raggiunse l'altra sentinella, attivando di colpo la luce interna per coglierlo di sorpresa. Ma il trucco non funzionò e la guardia diede mano alla sciabola.

Ma il colpo non andò a segno.

Vistaru fece un giro a mezz'aria, le ficcò il pungiglione nello stomaco, poi si ritrasse. La guardia gemette, poi s'irrigidì e subito dopo cadde a terra esanime, con gli occhi sbarrati ma assolutamente ciechi.

Mavra sentì che le guardie mollavano la presa e avvertì il freddo contatto con la pietra quando la lasciarono cadere. Il corpo era tutto un fremito e la mente molto ottenebrata, ma riuscì comunque a sentire la voce di Renard che le diceva di scappare, e ubbidì. Una Mavra Chang, nuda e intontita, non sarebbe servita a molto in una collutazione.

A causa delle vertigini, non riusciva a tenersi in piedi, ragion per cui decise di allontanarsi carponi. La testa le pesava, non ce la faceva a sollevarla, ma vedeva quanto bastava per puntare verso l'uscita e così fece, quasi inciampando nella guardia che proprio in quel momento stava tirando le cuoia grazie al frustino di Renard. Avrebbe voluto fare più in fretta, ma non poteva sollevare la testa a sufficienza; i muscoli dietro la nuca le facevano un male d'inferno e i capelli le ricadevano sulla fronte, disturbando ulteriormente la vista. Comunque ce la fece a superare gli scalini e a uscire, scavalcando le altre sentinelle di guardia, ormai passate a miglior vita, distese sotto le torce ancora accese. Davanti a lei c'era solo oscurità, e questo le sarebbe tornato davvero comodo.

Prima di fermarsi cercò di mettersi al riparo dei cespugli, il petto in tumulto. Poi sostò e provò a riordinare le idee. Girò lo sguardo verso l'ingresso del tempio ma non riuscì a tener sollevata la testa quanto bastava a mettere a fuoco l'immagine perché il dolore dietro la nuca era veramente insopportabile.

Poi la testa cominciò a schiarirsi. Chissà per quale motivo era ancora carponi. Era buio, ma Obie le aveva dato la facoltà di vedere perfettamente anche in assenza di luce, ragion per cui decise di appoggiare il mento contro il petto e di dare un'occhiata al suo corpo. I capelli ricaddero all'ingiù.

La sagoma esile non era mutata ma i seni erano leggermente penduli e ondeggianti, a causa della postura.

— Le mie braccia! — pensò all'improvviso in preda al panico. — Che cos'è successo alle mie braccia?

Poi avvertì qualcosa di strano: non aveva più braccia, ma zampe anteriori, sottili e con la rotula che si piegava soltanto in una direzione e rimaneva bloccata nell'altra. Da lì la gamba proseguiva fino a uno zoccolo squadrato, costituito da una sostanza cornea biancastra, simile a quella delle unghie. Non aveva peli; l'epidermide delle gambe aveva la stessa colorazione rosata del resto del corpo, una carnagione dall'aspetto ancora umano. Ma quelle erano le zampe di un piccolo mulo.

Spingendo lo sguardo ancora oltre, Mavra scorse ciò che si aspettava di vedere e sospirò. Adesso capiva perché non riusciva a mettersi in posizione eretta e perché non era in grado di alzare propriamente la testa. Le zampe anteriori erano di un buon venti per cento più corte di quelle posteriori. Nel mulo, il lungo collo fungeva da fattore di compensazione; una testa e un collo umano non erano strutturati a quell'uopo.

Renard e le due Lata uscirono dalla caverna. Mavra, più che vederli, li sentì muovere e, dopo un attimo d'esitazione, li chiamò. Arrivarono subito.

— Mavra, avresti dovuto vedere la faccia di quel vecchio quando... — esordì allegramente Renard, mentre lei usciva dal cespuglio ed entrava nel cerchio luminoso prodotto dalle torce. Tutti sussultarono e rimasero a bocca aperta. Per la prima volta vedevano e capivano che cosa gli Olborniani avevano fatto a Mavra Chang.

Innanzitutto, levate le braccia e le gambe dal torace di una donna. Poi spingetele in giù la faccia, mettetele i fianchi a un metro da terra e le spalle a ottanta centimetri. Poi, attaccate ai fianchi un paio di zampe posteriori perfettamente proporzionate, e attaccate due zampe da mulo alle spalle, lunghe quanto basti per raggiungere terra ma più corte di quelle posteriori a causa dell'angolazione del corpo. Ma non aggiungete né pelle né peli da animale: mantenete il tutto perfettamente umano, perfettamente in sintonia con il torace, a eccezione dei quattro zoccoli duri a tutti e quattro i piedi e, come tocco finale, togliete le orecchie umane dalla testa e sostituitele con altre molto più grandi, da asino, lunghe quasi un metro, e tuttavia costituite dal medesimo materiale epidermico umano. Poi fate continuare i capelli della donna lungo la schiena fino a formare una folta criniera del medesimo colore, che arrivi quasi all'altezza dei seni. E, poiché il torace non era stato altrimenti alterato, ricordatevi di posizionare la coda da cavallo di Mavra, che usciva da sotto la cintola alla base della colonna vertebrale, sopra i fianchi, in modo che inizi leggermente davanti alle zampe posteriori e avvolgetela crudelmente attorno al retto.

Tutti sentirono gli occhi gonfiarsi di lacrime di commiserazione. — Oh, mio Dio! — sospirò Renard, e subito avrebbe voluto rimangiarsi l'esclamazione.

Mavra si spostò leggermente, poi girò un po' la testa da un lato, quanto bastava per guardarlo direttamente in faccia. I capelli ricadevano scomposti, come quelli di una pazza. La voce era la stessa: pacata e ben modulata, ma gli occhi, quando voltò lo sguardo verso di loro, indicavano che dentro di lei c'era dell'altro.

— Lo so — disse loro. — L'ho immaginato. Quei piccoli muli che si vedono da queste parti, gli Olborniani li... li ottengono da quella pietra laggiù, trasformando le persone. L'ho toccata due volte, poi mi sono allontanata quando siete arrivati voi. Ditemi: di quanto sono cambiata?

Cercando di ricacciare indietro le lacrime. Renard si mise a sedere accanto a lei e con delicatezza cominciò a descriverla, senza omettere né il particolare delle orecchie né quello della coda spostata.

Lo strano era, lo pensarono tutti, che sembrava una creatura esotica e strana, per Renard quasi erotica, un essere minuscolo e non privo di un certo fascino che suscitava affetto, oltre che pietà. Ma era pur sempre un animaletto buffo e disarmonico, una specie a sé in un mondo di millecinquecentosessanta razze.

— Forse dovrei tornare indietro e completare il processo — buttò lì Mavra, sperando che quel suo tono asciutto non tradisse l'intimo struggimento.

— Non lo farei, se fossi in te — disse Vistaru con grande partecipazione. Mavra cominciava già a detestare di essere compatita. — Hai visto come trattavano quei muli? Quella dannata pietra fa qualcosa anche alla mente. Ti trasforma in un animale sotto tutti gli aspetti.

Renard fu colto da un'improvvisa folgorazione. — Ma non durerà per sempre! — esclamò.

— Il sacerdote ha detto che si tratta di un processo irreversibile — obiettò Mavra. — E lo ha detto con tanto compiacimento che c'è da credergli.

— No! No! — protestò l'Agitar. — Non sei ancora passata attraverso il Cancello del Pozzo!

— Il sacerdote ha detto che il potere della pietra derivava dal Pozzo — puntualizzò Mavra.

— Questo è vero — intervenne Vistaru — ma ciò vale per qualsiasi altra cosa nel Mondo del Pozzo. Probabilmente non sapremo mai perché quella pietra è lì e fa ciò che fa... si tratta ovviamente di un sostitutivo di qualcosa che utilizzavano sul loro pianeta, questo è tutto. Come negli esagoni dove esiste la magia, il che significa in realtà che possono attingere a una limitata parte del Pozzo per compensare qualcosa nelle strutture a loro assegnate. Tu non sei stata ancora classificata e assegnata all'input del Pozzo, ragion per cui qualsiasi cam-

354

biamento prodotto da quella pietra non può avere un effetto duraturo.

Una nuova speranza scaldò il cuore di Mavra. — Non duraturo — bisbigliò con una punta di sollievo. Poi sospirò per aver lasciato trapelare qualcosa attraverso la corazza che si era imposta, e si concesse un profondo sospiro.

— Non duraturo — le fece eco Renard. — Ascolta, vuoi raggiungere subito un Cancello di Zona? Non quello di Olborn, certamente, ma lo troveremo da qualche altra parte, ne sono sicuro. Potremo fartelo attraversare come me l'hai fatto attraversare tu.

Mavra scosse il capo con decisione. — No, no, non ancora. In un secondo tempo, certo. Non appena possibile. Ma gli esagoni confinanti sono in guerra. Questo esagono è in guerra. Il vostro ragionamento vale solo per i tempi normali. Dobbiamo raggiungere Gedemondas.

— Posso farlo io! — protestò Vistaru.

Mavra scosse di nuovo il capo. — No, non puoi. Non conosci l'aspetto del modulo, né sai come distruggerlo. Inoltre non mi sono mai ritirata da una missione che mi era stata affidata. Volevano che partissi e io ho risposto di sì. Finita la missione... cercherò un Cancello di Zona, magari a Gedemondas, se vorranno darci ascolto, oppure nella vicina Dillia.

— Cerca di essere ragionevole, Mavra! — si oppose Renard. — Guardati! Non riesci a vedere a tre metri davanti a te. Non sei in grado di nutrirti, morirai certamente, nuda come sei, in balia degli elementi, in un territorio in cui gli indigeni ti ricondurrebbero alla pietra e in un attimo porterebbero a termine questa assurda infamia. — Si alzò, abbassò lo sguardo sull'amica e con delicatezza spostò la coda da cavallo. — Andrai incontro a dei problemi anche per l'espletamento delle più normali funzioni fisiologiche. Adesso hai la vagina dove dovrebbe esserci l'ano e l'ano è più in alto. L'anatomia umana è stata ideata per sedersi o per stare a gambe incrociate. Quelle gambe non si adattano assolutamente al tuo corpo. Non puoi semplicemente rimanere in questo stato!

Mavra cercò di guardarlo negli occhi, ma non ci riuscì. Faceva troppo male. — Io vado avanti — ripeté testarda. — Con voi, se mi volete. Senza di voi, in caso contrario. Se ci state, potrete farmi da guida quando dovrò guardare lontano o mangiare, e pulirmi quando andrò di corpo. Altrimenti proseguirò comunque, e ce la farò. Quando tu, Renard, ti eri rimbambito per colpa della spugna e io non sapevo dov'ero finita, non ti ho lasciato andare e non ho mollato. E ora neanche questo mi fermerà.

— Ha ragione, sapete — commentò Hosuru. — Quantomeno per quanto riguarda il proseguimento della missione. A Gedemondas c'è in gioco tutto il mondo. Lì c'è bisogno di lei. Se esiste anche un'unica possibilità di portarcela, ci dobbiamo provare.

— D'accordo — acconsentì Vistaru, benché in tono dubbioso, cercando di trovare una pecca nella logica esposizione della compagna. — Se hai deciso di tener duro, non mi tirerò indietro. Ma ritengo che un paio di giorni in questa nuova condizione potrebbero farti cambiare idea. Se ciò si verificasse, non provarne vergogna, non sentirti una debole o una fallita se ci chiederai di farti passare attraverso un Cancello di Zona. *Io* non riuscirei a continuare.

Mavra se ne uscì in una risatina senza gioia. — Vergogna e debolezza non mi spaventano, ma morirei se dovessi ammettere a me stessa di aver fallito. — Si spostò di nuovo. — Qualcuno ha recuperato i miei indumenti? Potrei aggiustarli con l'attrezzatura militare di Renard. Potrebbero ancora tornarmi utili. Poi dobbiamo assolutamente andarcene da qui. Prima o poi qualcuno si accorgerà che l'Alto Sacerdote non è tornato e scoppierà un pandemonio. Sarà più salutare avere già tagliato la corda.

— I tuoi indumenti li ho io, ma a sistemarli ci penseremo poi. Adesso muoviamoci. Da questa parte! — Dalla voce di Renard trapelava una triste rassegnazione e una palese mancanza di comprensione.

Non avrebbe mai capito, pensò Mavra. Nessuno di loro ci sarebbe mai riuscito.

A quanto sembrava, gli Olborniani non erano riusciti a superare il trauma del massacro compiuto da Renard e dai due folletti. I fuggiaschi non si accorsero di alcun tentativo d'inseguimento.

Mavra scoprì di essere in grado di trotterellare, come i piccoli muli. Fuori le zampe di sinistra, spinta, fuori quelle di destra, altra spinta, e così via, sempre più velocemente. Negli zoccoli non avvertiva nessuna sensazione, il che poteva rappresentare un beneficio, ma tutta la pelle reagiva proprio come una qualsiasi altra epidermide esposta. Le Lata le erano di grande aiuto, volandole di fianco o appena davanti, dicendole cosa si sarebbe trovata di fronte, in modo che non andasse a sbattere contro degli alberi o si facesse male al collo, e così riusciva anche a migliorare la velocità.

Quando fu mattina, avevano già percorso una certa distanza. Renard faceva l'andatura ed esplorava il terreno. Era ormai chiaro che le cose non sarebbero state poi così difficili come avevano temuto in un primo tempo.

Per quanto riguardava il "Popolo degli Eletti", ovviamente non se la stavano passando bene. Mavra e i suoi compagni erano finiti su una fascia costiera che delimitava la zona delle Pietre Sacre; soltanto per pura sfortuna avevano scelto quel punto per sostare. Il resto del territorio era praticamente deserto, con segni di una guerra che stava portando distruzione ovunque: carri militari trascinati da muli portavano rifornimenti, cannoni e mortai a sud; a nord invece si dirigeva un costante flusso di profughi senza meta.

Gli Olborniani sembravano sciamati tutti verso il Sud dell'esagono per impegnarsi nei combattimenti, oppure per custodire le Pietre Sacre e sorvegliare il Cancello di Zona. Adesso i fuggitivi avrebbero potuto rilassarsi e fare il punto della situazione.

A causa della provvisorietà del primo accampamento, le sacche di Doma non erano mai state scaricate, ragion per cui disponevano ancora di tutte le loro provviste. Innanzitutto mangiarono: per Mavra si trattò di un'esperienza umiliante, alla quale comunque avrebbe dovuto abituarsi. Insistettero per imboccarla, ma lei si oppose con fermezza. Aprirono una scatoletta di carne, che Renard scaldò, poi spezzettarono dei piccoli frutti e li disposero in una scodella di legno. Stando ritta sulle zampe posteriori e inginocchiata su quelle anteriori, Mavra ce la fece a sfamarsi, come un cane o un gatto. Non fu impresa facile: le zampe sottili erano ancora più sottili all'altezza delle caviglie, si muovevano in avanti, non all'indietro, e quella dannata scodella continuava a spostarsi. Per bere poteva attenersi a due metodi: o lappare come un animale, oppure tuffare la faccia nella scodella, tirando su con la bocca.

Ma riuscì a dissetarsi, e questo bastava.

Vistaru le rialzò i capelli e li sistemò con un elastico per impedire che finissero sul viso o nel cibo. Addirittura, se rimaneva eretta sulle zampe anteriori e si chinava su quelle posteriori, riusciva a vedere davanti a sé. Anche quella posizione, comunque, non era delle più comode ma non ci faceva più caso. Tutto sommato, le comportava un certo sollievo al collo e soprattutto le consentiva di vedere.

Gli indumenti, sebbene ne avesse un estremo bisogno, costituivano un problema non indifferente. A Olborn faceva piuttosto freddo e la temperatura si sarebbe ulteriormente abbassata sugli alti monti innevati di Gedemondas.

Tagliarono le maniche della camicia e gliela infilarono in qualche modo. I pantaloni rappresentarono un problema più difficile. Non riuscirono a infilarglieli completamente ma Vistaru li fermò con la cintura all'altezza della cintola e l'accorgimento funzionò. Aveva un aspetto stupido e grottesco, e si sentiva anche molto a disagio, ma era pur sempre qualcosa e doveva accontentarsi. Il lungo mantello studiato per ripararsi dal rigido clima di Gedemondas avrebbe probabilmente assolto alla sua funzione, riuscendo anche a coprire quell'assurda coda. Dei guanti tagliati nei punti giusti sarebbero valsi a riparare l'epidermide esposta dalla neve di Gedemondas. Forse.

In effetti, per quanto potesse sembrare strano, adesso Mavra si sentiva meglio. Gli ostacoli sono fatti per essere superati: proprio ciò costituiva il sale della vita. I suoi compagni di viaggio notarono questo positivo cambiamento di umore ma non riuscirono a capirlo.

Dormire si rivelò il peggiore dei compromessi; le zampe animali erano strutturate per farla dormire in posizione eretta, ma il torace umano non lo era e riposare a pancia in giù non era più possibile. Cercò di rimediare voltandosi su un fianco.

Nel frattempo, per quelli di Olborn la guerra si stava mettendo di male in peggio. Di tanto in tanto i viaggiatori s'imbattevano in qualche profugo atterrito, non certo simile agli esseri spavaldi della tana dell'Alto Sacerdote. Il loro esagono stava andando a pezzi e con esso la loro visione del mondo e la loro collocazione nel medesimo. Non più sicuri di nulla, si erano trasformati in esseri tristi e patetici. Quelli che incontravano tentavano di farsi prendere prigionieri da loro.

Problemi peggiori erano rappresentati da pattuglie militari dedite allo sciacallaggio; per la maggior parte erano composte da disertori con le abitudini dettate dal vecchio tipo di vita e la fiducia nel loro stato di privilegio nell'ambito del Pozzo; brutalizzavano i profughi e cercarono anche di brutalizzare quel manipolo di alieni, ma il rinnovato veleno delle due Lata e il potenziale elettrico di Renard, ormai tornato quasi al massimo valore, non tardarono a sistemarli definitivamente.

Mavra trovò anche interessante il fatto che nessuno la degnasse di una seconda occhiata. Per quella gente isolata, era soltanto un'ennesima creatura aliena.

Ma l'avanzata andava a rilento e a quel punto si pensò a trovare un modo per far salire Renard e Mavra su

Doma. Il problema era costituito dalle grandi ali, che avevano bisogno di non incontrare ostacoli nel loro movimento e che scendevano quasi per tutta la lunghezza del corpo di quel maestoso animale.

Alla fine, a furia di tentativi, si arrivò a un compromesso, accettato da Doma e praticamente da tutti. Vennero eliminati i rifornimenti essenziali e le due Lata riempirono al massimo i loro marsupi. Il peso le avrebbe rallentate, ma lo stesso sarebbe accaduto anche a Doma. Dopo l'eliminazione della strumentazione di bordo – Renard dichiarò che comunque non se ne era mai servito – Mavra si sarebbe sistemata alla cavallerizza in fondo al collo del Pegaso mentre Renard si sarebbe posizionato appena dietro, il corpo premuto contro il suo. Le cinghie che tenevano legata la soma di cui si erano liberati avrebbero provveduto alla stabilità della passeggera e Doma, nonostante l'eccedenza di peso, si rivelò all'altezza della situazione. L'unico problema fu che gli altri tre dovettero sottoporsi a uno sforzo immane per far montare Mavra, nonostante Doma si fosse piegata sulle ginocchia per ridurre al minimo il dislivello.

Poi, finalmente, riuscirono a volare e le distanze si ridussero di gran lunga. I fuggiaschi si tennero accostati alla delimitazione meridionale dell'esagono, evitando il rischio di incappare in altri sacerdoti fanatici, e riuscirono a passare nel territorio di Palim.

Gli abitanti di quell'esagono li scrutarono con palese nervosismo ma non accennarono a fermarli. I Palim assomigliavano moltissimo a giganteschi elefanti dal pelo lungo. Tuttavia la loro forma era ingannevole; si trattava di esseri ad alta tecnologia, con a disposizione estesi frutteti e campi di frumento, una rete ferroviaria capillarmente distribuita e delle strane città, i cui edifici, a forma di caramelle gommose, erano collegati fra di loro da alte rampe. Se ne rimasero alla larga, apparentemente incuranti dei violenti combattimenti che divampavano nelle vicinanze. Il che stava a indicare che avevano deciso di starsene fuori dalla guerra, e anche che l'alleanza Yaxa-Lamoziani-Dasheen stava probabilmente facendo buon uso di quel sistema ferroviario a est.

Benché rallentati, in due giorni raggiunsero il confine con Gedemondas. Non c'era dubbio che fossero arrivati proprio lì: dalla sconfinata pianura, molto prima che le raggiungessero, erano già visibili le montagne gigantesche che si ergevano come una muraglia invalicabile. Poi, dopo un paio di altre ore di volo, trovarono una piccola zona pianeggiante che era già all'interno del territorio di Gedemondas: evidentemente la meta che, a rigor di logica, i due eserciti si erano prefissi di raggiungere. In quel momento tuttavia non c'era segno di vita, a eccezione della presenza fuggevole di qualche animale selvatico.

Erano i primi, ma per quanto?

Studiarono le cartine. Era ovvio che i Makiem avrebbero sorvolato Alestol, probabilmente per poi dirigersi verso il punto in cui loro si trovavano attualmente. Gli Yaxa avrebbero ripreso la marcia da Palim al capolinea della ferrovia, poi, con circa trenta chilometri via terra sarebbero arrivati al confine settentrionale della pianura. Renard si chiese se ci sarebbe stato spazio per entrambi gli schieramenti.

— Sarà una battaglia eccezionale — predisse cupamente Mavra. — Se uno àrriva qua per primo, l'altro dovrà fare di tutto per farlo sloggiare. Se arrivano contemporaneamente, le ostilità scoppieranno ancor prima, e questa sarà una terra di nessuno. In entrambi i casi, tra poco questa graziosa pianura sarà disseminata di morti e moribondi.

— Secondo la mappa dell'esagono, accanto a quella fenditura nella roccia potrebbe esserci un discreto riparo — disse Vistaru. — Ed è lì che dovremmo incontrare la nostra guida, sempre che ci sia.

Mavra cercò di guardare nella direzione indicata dalla minuscola Lata, ma non riusciva ad alzare abbastanza la testa. Due o tre metri, quello era il limite massimo della sua visuale. Abbandonandosi alla disperazione, imprecò un paio di volte, ma l'espressione del volto non perse la consueta determinazione.

Sulla pianura la temperatura era all'incirca di quindici gradi centigradi, il che garantiva un certo benessere, che però non era destinato a durare a lungo. Ogni trecento metri di altitudine, l'aria si raffreddava di almeno due gradi, e alcuni di quei passi erano alti oltre tremila metri.

Tuttavia raggiunsero con una certa facilità il punto convenuto, e poco ci mancò che passasse inosservato. Si trattava di un basso capanno di pietra e legno addossato alla roccia, così vetusto e provato dalle intemperie che quasi sembrava parte integrante della struttura geologica. Appariva disabitato: si avvicinarono con cautela, non sapendo a quali sorprese sarebbero andati incontro.

All'improvviso la grande porta, alta quasi come tutta la costruzione, si spalancò rumorosamente e ne uscì qualcuno.

Aveva più o meno l'aspetto di una femmina umana. Lunghi capelli trattenuti in una specie di coda di cavallo, un volto ovale e grazioso e lunghe braccia sottili. Ma aveva le orecchie appuntite e, dalla vita in giù, sotto la giacchetta leggera, aveva il corpo di un cavallo pezzato.

"Un centauro" pensò Renard attingendo alle sue reminiscenze classiche. Ormai nulla lo sorprendeva più. In effetti imbattersi in una creatura così strana era quasi prevedibile.

Vedendoli, la donna sorrise e indirizzò loro un cenno di saluto. — Salve! — esclamò con una piacevole voce da soprano. — Venite! Avevo quasi perso la speranza d'incontrarvi!

Vistaru si avvicinò. — Sei la guida dilliana? — domandò, decisamente incredula. La Dilliana era proprio una ragazzina: forse non aveva neppure quindici anni.

Il centauro annuì. — Sono Tael. Entrate, vi accenderò il fuoco.

Entrarono, Tael lanciò un'occhiata perplessa alla volta di Mavra, ma non disse nulla. Doma era rimasta fuori a pascolare placidamente.

Era palese che quel posto era stato costruito per dei Dilliani: c'erano quattro recinzioni singole, uno strato di paglia a terra e, rialzata su un piedistallo di mattoni, una piccola stufa e un cestone colmo di ceppi di legna. Tael ne gettò un paio nella stufa, diede fuoco a un pezzetto di carta, servendosi un lungo fiammifero, e lo gettò nel ventre di ghisa della stufa.

I Dilliani non si sedevano mai: il loro corpo non sarebbe stato in grado di reggere il peso. Così tutti gli altri si sistemarono sulla paglia, Mavra girata su un fianco. L'ambiente era decisamente affollato.

Dopo i convenevoli di rito, Renard espresse ciò a cui tutti loro stavano pensando.

— Scusami, Tael, ma non sei troppo giovane per tutto questo? — buttò lì con la maggior diplomazia possibile.

La donna non se la prese a male. — Be', ammetto di avere solo quindici anni, ma sono nata nella regione dei laghi, fra le montagne di Dillia; per lungo tempo la mia famiglia ha cacciato e piazzato trappole da una parte all'altra del confine. Conosco ogni sentiero e ogni camminamento fra qui e Dillia, e questo non è poco.

— E per quanto riguarda i Gedemondas? — domandò Mavra.

La Dilliana si strinse nelle spalle. — Non mi hanno mai infastidita. Li vedo di tanto in tanto: grandi sagome bianche contro la neve. Mai da vicino: scompaiono non appena ti accosti. Talvolta capita di sentirli: sbuffano, barriscono e fanno un sacco di strani rumori che rieccheggiano fra le montagne.

— È il loro modo di esprimersi? — domandò Vistaru.

— Non credo — rispose Tael. — Una volta lo pensavo, ma quando mi hanno chiesto di farvi da guida e mi hanno dotata di un traduttore, non ho sentito alcuna differenza. Talvolta mi chiedo se possiedano davvero un linguaggio nell'accezione in cui lo intendiamo noi.

— Questo potrebbe rappresentare un problema — intervenne Renard. — Come si può parlare con qualcuno che non è in grado di risponderti?

La ragazza annuì. — Il particolare continua a incuriosirmi. Da un pezzo abbiamo tentato, a più riprese, di comunicare con quella gente; mi piacerebbe essere presente quando si arriverà a un risultato.

— Se ci si arriverà — commentò pessimisticamente Hosuru.

— Mi preoccupa il fumo che fuoriesce da questo aggeggio — dichiarò Mavra indicando la stufa. — Non per i Gedemondas. Ma per gli eserciti in guerra. Ormai dovrebbero essere vicini.

L'espressione della ragazza si fece preoccupata. — Li ho già visti, ma quelli si sono limitati a lanciarmi un'occhiata distratta e hanno proseguito per la loro strada. Alcuni cavalli volanti come il vostro e certe creature davvero strane, bellissime a vedersi, con delle ali da farfalla, marrone e aranciate, alte tre metri o più. Nessuno di loro si è posato a terra.

Vistaru sembrava preoccupata. — Sia Yaxa che Agitar. Truppe di ricognizione. Non possiamo trattenerci qui a lungo.

— Non lo faremo — disse Tael. — Alle prime luci dell'alba lasceremo questo Sentiero Intermontano e con un po' di fortuna raggiungeremo il Campo 43 poco dopo mezzogiorno, e da lì cominceremo ad addentrarci fra le nevi perenni. Vi avverto che lassù l'aria è estremamente rarefatta.

— A quale altitudine si trova questo campo? — domandò Renard.

— A cinquecentosessantadue metri — rispose Tael. — Ma voi siete già a un'altitudine di quasi quattrocento metri. Non ve ne siete resi conto, ma in realtà la pianura è un pendio.

— Forse potremmo arrivarci volando — disse Vistaru. — Riusciamo a sollevarci fino a mille e ottocento metri e credo che tu, Renard, abbia detto che Doma è in grado di fare altrettanto, non è vero?

L'interpellato annuì. — La cosa, però, non servirebbe alla nostra guida. Lei non ha le ali.

Tael scoppiò a ridere. — Questo è vero. Ma vi ho anche detto di essere nata in montagna. Se riusciremo ad accelerare i tempi, tanto meglio, ma al di là del Campo 43 sarà comunque quasi impossibile volare. Potrei mettermi in moto subito e ci incontreremo in mattinata. Così si farà ancora prima. — Il volto le s'incupì mentre posava lo sguardo su Mavra. — Ma tu dovrai vestirti in maniera più adeguata. E questo vale per tutti voi. Così rischiate di congelare.

— Disponiamo di indumenti più pesanti — disse Hosuru — E mi pare che anche tu avresti dovuto portare qualcosa.

La ragazza annuì, si accostò a un recinto e tirò fuori alcune sacche di materiale ruvido. Erano decisamente pesanti, ma lei le sollevò senza sforzo. Forse non era in grado di volare, ma era dotata in abbondanza di quell'energia muscolare che costituiva la loro più cospicua carenza.

Fra i vari indumenti tirò fuori anche una speciale tuta termica elasticizzata per adattarsi alle forme delle sottili Lata, compreso un rivestimento trasparente ma rigido a copertura delle ali e una giacca a vento pesante e dei guanti che, fermati da una sorta di elastico, erano perfetti per Renard. — Troverai utili anche questi — gli disse porgendogli dei piccoli oggetti che si rivelarono una sorta di "scarpe" adatte ai suoi zoccoli, con una suola rigida, a carroarmato, che gli avrebbe consentito non solo protezione ma anche la possibilità di muoversi meglio nella neve. Il centauro tirò fuori anche degli altri indumenti, più o meno simili a quelli per le piccole Lata, ma più grandi e senza la protezione per le ali. Sembrava alquanto sconcertata. Evidentemente erano destinati a una creatura bipede, dotata di mani e piedi.

In breve Mavra raccontò che cosa le era successo. La ragazza annuì con sincera partecipazione, ma ovviamente continuava a essere preoccupata.

— Non riesco proprio a pensare come questi indumenti si possano modificare — ammise. — I tuoi piedi dovrebbero muoversi bene nella neve, come i miei, ma è necessaria comunque una protezione. Purtroppo non hai un'epidermide stratificata e un mantello folto per isolarti dal freddo — rimpianse.

— Faremo tutto il possibile — la rassicurò Mavra. — Una volta arrivati lassù Renard guiderà Doma con il morso e io cercherò di rimanere in sella il più a lungo possibile. Funzionerà, vedrai.

Tael nutriva ancora dei dubbi, ma lei era solo la guida, non il capo della missione.

Renard si avvicinò alla porta e sbirciò il cielo. Per il momento non c'era traccia di creature strane od ostili; solo qualche uccello che volava pigramente e niente di più. Ma fra un po'... chi avrebbe potuto dirlo?

Si chiese quanto distavano ancora i primi avamposti dei due schieramenti.

Al confine fra Palim e Gedemondas

Lo Yaxa si accinse all'atterraggio sbattendo violentemente le ali maestose. Mentre scendeva vide un gran numero di soldati e di materiali ammassati in prossimità del confine. Perfetto. Assolutamente convincente.

Era stato un lungo viaggio, che forse avrebbe potuto concludersi in maniera fatale. La creatura toccò terra con una manovra magistrale e, utilizzando gli otto tentacoli, si avviò verso il quartier generale mobile, una specie di enorme tendone da circo, piazzato appena all'interno di Palim. Gli Yaxa erano nati per l'aria; a terra apparivano lenti e goffi, sempre alle prese con un equilibrio precario a causa delle lunghe ali ripiegate sulla schiena. In aria, invece, erano bellissimi a vedersi.

Lo Yaxa entrò nel tendone, gli occhi incassati nell'enorme testa da teschio, impassibili come sempre, alla ricerca di un alto ufficiale che alle fine trovò chino su una grande mappa operativa.

La comunicazione fra gli Yaxa si svolgeva mediante una complessa combinazione di rumori prodotti all'altezza della cassa toracica e strani suoni determinati dal movimento delle antenne e delle ali. I loro nomi erano intraducibili, ragion per cui, quando avevano a che fare con altre razze, adottavano soprannomi che spesso erano ironici, assurdi, o semplicemente sballati, e a questi si attenevano per le operazioni multirazziali.

— Marker a rapporto, Comandante di Sezione — disse il nuovo arrivato.

Il Comandante di Sezione annuì. — Mi fa piacere rivederti, Marker. Tutti avevamo cominciato a pensare che il nemico ti avesse beccato.

— C'è mancato poco — disse lo scout in avanscoperta. — Quei dannati uomini blu con la loro elettricità e i cavalli volanti sono davvero temibili. I Cebu sono troppo goffi per costituire un pericolo, ma, anche se i cavalli volanti sono lenti e ingombranti, ai loro cavalieri basta un fuggevole tocco per fregarti.

Il Comandante di Sezione lo sapeva. La donna, in effetti, conosceva alla perfezione le caratteristiche, sia mentali sia fisiche sia tecnologiche dell'alleanza Makiem. L'altra parte aveva dovuto affrontare un viaggio molto più duro, e qualsiasi schieramento che fosse stato in grado di farsi largo attraverso una resistenza così temibile e in un tempo così ridotto meritava la massima considerazione.

— Quanto distano? — domandò il comandante.

— Sono appena giù dall'altra parte — rispose Marker. Il che significava almeno trecento chilometri, una buona distanza, e la pianura che avrebbe rappresentato il contesto logico dello scontro finale si trovava a solo un centinaio di chilometri a sud dalla loro attuale posizione. Sarebbero arrivati per primi. — Sono anche molto in ritardo per quanto riguarda il passaggio sopra Alestol. Dopotutto, devono fare un lungo viaggio senza scalo, portandosi tutto l'occorrente, e la distanza è superiore a quella normalmente affrontabile dai cavalli o dai Cebu. In questo momento molti di loro sono assolutamente sfiniti; ma quelli che atterreranno correranno il rischio di essere addormentati da quelle enormi piante grasse e successivamente divorati. E gli Alestoliani non sono certo un avversario trascurabile: incredibilmente, alcuni di loro sono dotati di traduttori, come pure di un gas ipnotico. Se uno di quelli con il traduttore arriva su un Agitar o su un Cebu, li ipnotizza e li manda a combattere contro la loro gente!

Il Comandante di Sezione si lasciò sfuggire una risatina. — Oh, sì, ci credo. Per procurargli quei traduttori abbiamo trasferito una somma considerevole nella Zona. Sono felice di vedere che il gioco è valso la candela. — Il tono cambiò, diventando più professionale. — Dunque, quanto ci vorrà prima che dispongano di una forza sufficiente a dare inizio alla marcia?

Marker non seppe dare una risposta certa. — Due, tre giorni come minimo. E forse altri due per arrivare alla pianura. Diciamo cinque giorni.

Il capo degli Yaxa si fece pensoso. — È un dato certo? Come sai, ci muoveremo questo pomeriggio; entro domani, verso il tardo pomeriggio, dovremmo esserci già organizzati sulla pianura. L'avanguardia partirà all'alba via aerea. Con un po' di fortuna saranno in grado di tenere fermo il nemico mentre i nostri amici staranno andando alla ricerca dei motori.

— Chi ci andrà? — domandò Marker, sinceramente curioso. — Oltre ai Lamoziani, naturalmente. — Sapeva che nessuno avrebbe potuto fidarsi dei Lamoziani di per se stessi. Neppure adesso si fidavano di loro.

— Solo Yulin è in grado di recuperare i motori una volta localizzati — rispose il Comandante di Sezione. — Così manderemo su i Dasheen. Comunque sono i meglio equipaggiati per un esagono non tecnologico e i sentieri impervi, e hanno una stazza quasi equivalente a quella dei Gedemondas.

— Nessuno di noi? — domandò sconcertato Marker. — Ma come....

— Abbiamo tolto le scatole di guida dal ponte di comando — ricordò lo Yaxa alla sua controparte. — Lo controlleremo dall'altra estremità. No, lassù non esiste protezione dal gelo per le ali e la neve non ci permette di camminare. Credo che i Dasheen e i Lamoziani, controllandosi a vicenda, dovranno per forza rigare dritto. E noi terremo la pianura per loro.

— Ma è sicuro esporre Yulin a un simile rischio? — si chiese Marker. — Voglio dire, è lui la pedina cruciale, non è vero?

— No, lo sono i motori. L'unica parte dell'astronave che non può essere duplicata. Se arriva ai motori, bene. Se non ci riesce, a che altro potrebbe servirci? A dir la verità, non mi rattristerebbe affatto se qualcuno di quelle bestiacce Dasheen tirasse le cuoia.

Marker annuì. — Il loro sistema non rientra in alcuno schema logico, ed è spiacevole assistere a un simile comportamento.

— Purtroppo — sospirò il Comandante di Sezione — quel posto è un autentico paradiso del sesso maschile. Hai presente lo studio scientifico che vanno tanto sbandierando per dimostrare la superiorità maschile? Be', quello studio l'abbiamo effettuato *noi* e hanno ragione. Parlando dal punto di vista evolutivo, quelle mucche sono mentalmente e fisicamente strutturate per essere delle schiave passive e consenzienti.

— Be', quantomeno invieremo nel gelo delle montagne materiale migliore dei Makiem — disse Marker, passando a un argomento più piacevole. — I Cebu potrebbero arrivare fin lassù, ma mai volare, e a terra non valgono nulla. I Makiem cadono in uno stato comatoso se il clima diventa troppo rigido e i cavalli volanti degli Agitar si rivelano assolutamente inutili a quelle altitudini.

— Ma quegli Agitar si sanno muovere bene — sottolineò il comandante degli Yaxa. — Ed esistono indumenti termici per i Makiem. Non è il caso di sottovalutarli. Sono già arrivati lontano. Fra pochi giorni avrà luogo una battaglia durissima per entrambe le formazioni.

Un'altra parte del campo

Antor Trelig era fiducioso e ottimista. La guerra era andata bene; si trovavano a Gedemondas e, dopo tutto

369

quello che avevano passato, neppure uno solo dei soldati, dei comandanti e dei politici credeva che potessero essere fermati.

Un generale Agitar entrò nella tenda di comando, abbozzò un saluto e gli porse un rapporto. Lui lo esaminò con interesse e l'equivalente Makiem di un sogghigno comparve sul suo volto.

— L'ha visto qualcun altro? — domandò.

L'Agitar scosse la testa di capra. — Nossignore. È passato dall'addetto alle comunicazioni che lo ha portato al Quartier Generale e da lì direttamente a lei.

Si trattava di una fotografia; un ingrandimento su carta lucida, solo bianco e nero. Sgranata e non molto chiara, scattata con un teleobiettivo, e, pur non essendo l'obiettivo abbastanza potente, risultava evidente una cosa importantissima.

La maggior parte della foto era rovinata o comunque irrimediabilmente confusa nello sviluppo. Ma si vedeva, su uno sperone roccioso, un oggetto affusolato, a forma di U, che rifletteva la luce solare. Sulla fiancata spiccavano alcuni segni indecifrabili.

Ma Trelig non aveva bisogno d'interpretarli. Sapeva che si trattava del simbolo di un sole nascente con un volto umano affiancato da quattordici stelle e l'enorme dicitura NGH-CF-1000-1 da un lato e sotto, in lettere più piccole, le parole VITTORIA DEL POPOLO.

Era la sezione contenente il motore.

— Com'è stata scattata? — domandò stupito. — Pensavo che nessuno riuscisse a volare così in alto.

— Uno degli scout Cebu si è spinto fino al limite — rispose il generale. — Al terzo tentativo è riuscito a superare una seconda catena di montagne e al di là ha trovato una profonda vallata glaciale a forma di U. Ha gli occhi buoni; ha visto il riflesso, sopra di lui, ma sapeva che era al di là della sua portata e autonomia, così ha messo l'obiettivo a maggiore ingrandimento e ha scattato il maggior numero di foto possibili utilizzando l'apposito filtro per neutralizzare il riverbero. Questa è la foto migliore.

Trelig fu attraversato da un pensiero fulmineo. — Cosa mi dite degli Yaxa? Pensate che o loro o quei piccoli bastardi imitatori siano in grado di trovarlo?

— Lo escluderei assolutamente — lo rassicurò il generale. — Gli Yaxa non riescono a volare così in alto da superare la seconda catena. Avrei detto che anche i Cebu non sarebbero stati in grado di farlo e, in effetti, quello scout è quasi morto per portare a termine l'impresa. Se riuscirà a sopravvivere, dovrà essere considerato un eroe. Per quanto riguarda i Lamoziani, le ricordo che sono in grado soltanto di simulare altre forme, non di diventare qualcuna di loro. Possiedono la facoltà di volare, ispirata al modello degli Yaxa, molto modificata per adattarsi alla loro forma e alle loro esigenze. Inoltre le ali sono spesse come quelle delle nostre cavalcature, troppo pesanti per raggiungere quell'altitudine. Credo che, in questo frangente, siamo assolutamente avvantaggiati.

Trelig annuì, compiaciuto. — Ma arriveranno per primi alla pianura — rilevò. — E, secondo i nostri rapporti, i Lamoziani sono in grado di neutralizzare una scarica Agitar e gli Yaxa sono molto più veloci di noi.

— È alquanto probabile — ammise il generale. — Quando arriveremo laggiù, si saranno già sistemati a dovere, e dovranno solo temporeggiare, niente di più. Consiglierei di apportare una leggera variazione ai nostri piani.

Trelig spalancò gli occhi per la sorpresa. — Qualche novità?

Il generale annuì e distese una grande cartina sul tavolo di fronte a loro. Era una carta topografica di Gedemondas e Dillia, gli esagoni confinanti a est, che evidenziava grandi rilievi ed era disseminata da linee punteggiate. Trelig comunque non ci capiva un granché.

— È una guida dilliana con l'indicazione dei sentieri — spiegò l'Agitar. — Le vendono alle persone interessate. In quelle aree selvagge e sconfinate vivono innumerevoli roditori e altri animali i quali vengono catturati con le trappole. Pare che i Gedemondas non se ne preoccupino affatto, sebbene le nostre fonti dilliane sostengano di non sapere sul conto di quelle creature più di quanto non ne sappiamo noi. Loro cacciano solo il minimo necessario; così tutto scivola via tranquillo.

Trelig adesso aveva capito. — Così queste linee punteggiate sono sentieri di caccia? — buttò lì.

— Esattamente — confermò la donna-capra. — E questi piccoli rettangoli sono i rifugi dilliani piazzati lungo i suddetti sentieri. I sentieri appartengono per la maggior parte ai Gemondiani, non ai Dilliani. A quanto mi risulta, la presenza di troppi Dilliani innervosirebbe i locali, che reagirebbero gettando sopra di loro tonnellate di neve.

Si trattava di una prospettiva spiacevole. Trelig non si soffermò a esaminarla.

— Dunque, noi siamo qui — proseguì l'Agitar, indicando una zona verso l'angolo sud-occidentale. — Gli Yaxa saranno qui — continuò indicando la piccola area pianeggiante a circa due chilometri a nord e leggermente a est — e, se guarderà attentamente la mappa, vedrà qualcosa d'interessante.

Trelig aveva già anticipato il suggerimento. Almeno tre sentieri passavano nel raggio di due chilometri a est della loro posizione. Uno sembrava abbastanza basso.

— Milleduecentosessantatré metri — puntualizzò l'Agitar. — Quanto basta per arrivarci in volo senza farsi scorgere.

— A questo punto potremmo anche non combattere — esclamò Trelig eccitato. — Potremmo batterli andando con una piccola forza e puntando direttamente ai motori, mentre loro dovranno procedere per tentativi!

L'Agitar scosse la testa per esprimere il proprio disaccordo. — No, ci sarà comunque una battaglia, se non altro per coprirvi. Non sono degli sprovveduti. Se non ci muoveremo come previsto, mangeranno la foglia e vi saranno addosso. No, la battaglia verrà effettuata come previsto. L'unica differenza consisterà nel fatto che non avremo nessuna premura di vincerla o di correre rischi inutili. Quando vi sarete impadroniti dei motori, manderemo altri per cercare di smontarli, se è possibile, o studiare comunque il modo di spostarli. E, a quel punto, qualsiasi sia la forza di cui disporranno gli Yaxa, noi avremo già conquistato l'obiettivo, a prescindere dalle sorti della battaglia.

A Trelig il piano andava assolutamente a genio. — D'accordo, ci andrò io e alcuni maschi Agitar. Ma come mi proteggerò dal freddo? Se la temperatura si fa troppo rigida, divento assolutamente incapace di muovermi. Non posso farci niente.

Il generale si alzò, uscì dalla tenda, poi tornò con un grande scatolone. Lo aprì e ne tirò fuori un costume inconsueto, argentato, con un enorme globo nero.

— Non sapeva che nell'ultimo secolo abbiamo avuto cinque Arrivi Makiem? — disse. — E non abbiamo bisogno di accorgimenti meccanici. Ci basta l'aria.

Trelig sogghignò di nuovo. Adesso le cose avevano ripreso ad andare per il verso giusto, com'era sempre stato. Il computer Obie, Nuova Pompei, lo stesso Mondo del Pozzo tutto era alla sua portata.

Il generale si scusò e si allontanò e l'ex dittatore rimase seduto da solo per un paio di minuti a fissare la mappa. Poi sospirò, si alzò e lentamente si avviò a un passaggio fra quella tenda e il suo alloggio da campo. Scostò il tendaggio che fungeva da divisorio: colse un movimento repentino e qualcosa che ricadeva sul letto nell'angolo.

Saltava davvero in fretta, pensò lui pieno di ammirazione.

Era stato un matrimonio d'interesse naturalmente. Tutti i matrimoni dei Makiem erano matrimoni d'interesse in una razza che faceva del sesso soltanto una settimana all'anno, sott'acqua, quando non potevano farne a meno. Un matrimonio celebrato per l'interesse dei furbacchioni che governavano Makiem, e per mettere i bastoni tra le ruote a lui, naturalmente. Lei era la figlia del bravo ministro e, se possibile, addirittura più infida e astuta di suo padre.

"Che coppia faremmo se solo potessimo essere dalla stessa parte!" sospirò Trelig per l'ennesima volta.

— Inutile fingere, mia cara. Tu hai ascoltato tutto e io lo so, così che differenza fa? Stavolta non puoi venire!

— Io vado dove vai tu — rispose lei. — Lo vogliono la legge e la consuetudine. E tu non puoi fermarmi!

Trelig ridacchiò. — Ma farà freddo lassù, piccola! A cosa serviresti come una Bella Addormentata?

Invece di rispondere, la mogliettina aprì un paniere di vimini e ne estrasse qualcosa. Pur di foggia leggermente diversa, si trattava inequivocabilmente di una tuta spaziale.

L'ex dittatore di Nuova Pompei rimase di stucco. — Da quanto tempo l'avevi? — domandò.

— Dai tempi di Makiem — rispose quella con una smorfietta.

Campo 43, Gedemondas

I sentieri non erano poi così terribili. Si sapeva che i Gedemondiani erano creature di notevoli dimensioni e il limitato ma continuo utilizzo da parte dei Dilliani, con la loro struttura equina, aveva reso ancora più agevoli i passaggi, dando loro un'ampiezza che sfiorava i due metri.

Era uno strano gruppo quello che partì dalla gelida capanna per affrontare la coltre di neve: Tael, la guida Dilliana, apriva la fila, seguita dalle due Lata che di tanto in tanto camminavano ma per la maggior parte del tempo si accomodavano sul suo dorso, poi Renard che tirava dietro di sé Doma, il cavallo alato, con la strana sagoma di Mavra Chang legata fra le ali e il collo. L'aria si stava facendo fredda; la conversazione languiva, né sarebbe stato possibile farsi sentire a causa dell'ululare del vento che fischiava sugli spuntoni rocciosi come se anche lui fosse una strana e vivente creatura di quel mondo assurdo.

Solo durante le sporadiche soste, effettuate soprat-

374

tutto per non affaticare eccessivamente Renard, ci si poteva dire qualcosa. La pianura era molto lontana alle loro spalle; le frequentissime biforcazioni e svolte dell'infido sentiero avrebbero fatto smarrire l'orientamento a chiunque al di fuori dell'espertissima Tael e la coltre candida, riflettendo i raggi del sole, anche se mitigati dagli occhiali a specchio, rendeva impossibile giudicare la distanza. Erano minuscole figure che si muovevano in un mare di bianco.

Spesso anche il sentiero sembrava perdersi nella neve, tuttavia Tael andava avanti come si trattasse di un'autostrada dalla segnaletica perfetta, senza la minima esitazione e con passo costante.

Dopo un'ascensione che sembrò durare un'intera giornata, aggirarono un'altra curva della montagna e all'improvviso ancora una volta la pianura si aprì davanti a loro.

— Un attimo! — gridò Mavra — Guardate! Sono arrivati!

Il gruppetto si fermò e capì immediatamente che cosa voleva dire. Minuscoli sbuffi d'arancione sembravano essere ovunque nell'aria e si vedevano numerosissime creature intente a erigere tende e a scavare trincee nelle prime balze delle pareti di roccia. La capanna era invisibile ma tutti si rendevano conto che, ammesso che ci fosse ancora, stava per essere trasformata in una fortezza.

— Guardate! — esclamò Tael. Quella era la sua prima esperienza di eserciti e di guerra. — Devono essere *migliaia* e *migliaia*!

— Gli Yaxa — spiegò Vistaru senza scomporsi. — Saliranno sui monti solo un giorno o due dopo di noi. Questo non va bene.

Tael sorrise fiduciosa. — Lascia che provino anche solo a trovare il sentiero! Senza una guida non combineranno un bel niente!

Mavra si girò e guardò il cielo. C'erano sporadiche nuvolette biancastre ed evanescenti e, in un angolo, un cumulo rigonfio e minaccioso, ma fondamentalmente la volta sconfinata era di un azzurro cristallino.

— Seguiranno le nostre tracce — spiegò ai compagni. — Non è nevicato e pertanto sono perfettamente nitide. Potrebbero magari scambiarle per tracce di animali, o di Dilliani, ma dove riesce a passare un animale a quattro zampe, potranno farlo anche loro.

Il centauro si accigliò. Buona guida fra i nevai, pensò Mavra, ma ingenua in una maniera disarmante. Evidentemente Dillia era un luogo molto pacifico.

— Sarebbe possibile sviarli — propose Tael. — Magari simulando delle impronte che finiscano in un dirupo. Possiamo cancellare le tracce che ci siamo lasciati alle spalle, almeno per un centinaio di metri.

Mavra prese in considerazione l'ipotesi. — D'accordo, proviamoci — acconsentì. — Ma non facciamoci troppo affidamento. Rallenteremo la loro marcia e forse causeremo un paio di perdite, ma questo sarà tutto. Comunque sempre meglio che niente.

Predisporre il tranello non fu difficile. La ragazza dilliana scelse un luogo adatto al tranello, s'incamminò fin dove sembrava esserci un manto di neve continuo, poi si fermò. Renard si tolse i piccoli scarponcini e ricalcò con precauzione le sue orme, poi le guidò i piedi mentre la ragazza-centauro, camminando all'indietro, tornava sui propri passi.

Mavra esaminò i risultati. — Forse un po' troppo profonde — decretò con fare critico. — Un occhio esperto se ne accorgerebbe subito, ma credo che funzionerà. Comunque esiste davvero uno strapiombo laggiù e io non riesco a vederlo, o cosa?

Tael scoppiò a ridere. — Questo è il bordo di ciò che definiamo il Ghiacciaio Makorn. Un fiume di ghiaccio che si muove lentissimamente, nascosto da una coltre di neve. Proprio davanti a noi c'è un crepaccio profondo almeno trecento metri e largo dieci metri buoni. Praticamente l'ho sfiorato.

Poco più tardi, dopo che ebbero aggirato un'altra curva, le piccole Lata tornarono indietro, con il cappello di pelliccia di Tael, e lo utilizzarono per cancellare le tracce. Non fu un lavoro da esperti, ma in effetti non stavano tentando d'ingannare degli esperti.

Proseguirono nella marcia, addentrandosi nell'esagono e raggiungendo quote sempre più alte. Furono necessari periodi di sosta più ravvicinati. L'aria si stava facendo rarefatta.

Durante una delle soste Mavra disse: — Ancora nessun segno dei Gedemondiani. Accidenti, se davvero sono grandi e grossi come mi è stato detto, devono essere terribilmente pochi per essere così invisibili.

Tael fece spallucce. — Chi può dire quanti sono? Talvolta sembrano un centinaio, acquattati fra le vette; a volte attraversi tutto l'esagono senza vederne uno. Comunque per il momento il problema non è questo.

— Che cosa? — esclamarono tutti all'unisono.

— Ci stanno sorvegliando — rispose la ragazza. — Lo sento. Non sono sicura di dove siano, ma di certo sono più di uno. Riesco solo a percepire dei suoni intermittenti, come profondi respiri.

Gli altri si guardarono attorno, colti da improvviso nervosismo. Nessuno riusciva a vedere niente.

— Dove? — domandò Renard.

Tael scosse il capo. — Non lo so. I rumori in montagna sono ingannevoli. Vicino, comunque. Hanno tutta una loro rete di sentieri che essi ci... dissuadono dall'usare.

— Mi pare giusto — commentò asciutta Mavra. Per quanto si sforzasse, riusciva soltanto a percepire gli ululati del vento. La parte funzionale delle sue orecchie era la stessa di sempre, buona ma non fantastica; tutto ciò che i padiglioni auricolari più grandi avevano fatto era stato fornirle una migliore localizzazione e aggiungere una sfumatura leggermente più cavernosa a ogni suono, effetto accresciuto ulteriormente dal vento.

E aveva anche un freddo terribile, nonostante fosse coperta da un *collage* sorprendentemente ingegnoso d'indumenti di vario genere. La faccia e in particolare le orecchie erano assolutamente intirizzite; tuttavia anche gli altri non se la stavano passando meglio e tuttavia non si lamentavano.

— Continuiamo ad andare avanti — disse Hosuru dopo essersi attardata un attimo anche lei ad ascoltare. — Se davvero ci stanno pedinando, o si decideranno a fare la prima mossa, oppure non faranno mai niente. Quindi continuiamo a camminare e a tenere gli occhi aperti.

— Non affaticatevi troppo — ammonì Tael. — Se non vogliono farsi vedere, non li vedremo. Avendo la stessa colorazione accecante della neve, potrebbero trovarsi a solo dieci metri, all'aperto, e non lo sapremmo mai.

La marcia proseguì.

Raggiunsero il Campo 43 prima del tramonto, ma Tael insistette sull'opportunità che si fermassero lì per la notte. — Non possiamo arrivare al prossimo campo prima che sia buio pesto e non è certo consigliabile andare avanti al buio.

— Spero che gli Yaxa o chiunque altro la pensino allo stesso modo — buttò lì Renard.

— Io spero esattamente il contrario — replicò Mavra. — Così si decimerebbero in un tempo decisamente inferiore, non ti pare? Vistaru? Hosuru? Voi siete creature notturne. Vorreste provare questo sentiero al buio?

Vistaru scoppiò a ridere. — Né al buio, né alla luce del sole, né in qualsiasi altro momento senza una guida che sappia il fatto suo — rispose.

Il rudimentale capanno era pensato per due Dilliani; i recinti andavano bene per Tael e Doma, mentre gli altri dovettero accontentarsi di sistemarsi alla meno peggio. Con l'ingombro delle provviste, risultava difficile chiudere la porta e la vecchia stufa di ghisa era così vicina che dovevano scegliere fra assiderare o bruciare. Comunque si poteva sopravvivere.

Era stata una giornata impegnativa; erano tutti stanchi morti, semi-accecati dal riverbero della neve e anelanti il riposo. Organizzare turni di guardia sembrava di scarsa utilità. Se i Gedemondiani avessero voluto farli fuori, ci sarebbero riusciti in qualsiasi momento. Se volevano solo un contatto, meglio così. E se la coalizione degli Yaxa fosse riuscita ad avvicinarsi in un modo o nell'altro, avrebbero avuto comunque poche possibilità di difesa. Mentre il fuoco si consumava, si misero a dormire.

Da qualche parte c'era qualcosa che non andava e Mavra si sentì disturbata nel sonno. Cercò di far mente locale, di mettere a fuoco quella fuggevole sensazione, ma inutilmente. Eppure era sempre più incombente e minacciosa.

Mavra Chang si svegliò del tutto e rimase immobile. Si guardò rapidamente attorno; erano tutti lì, non soltanto Tael e Renard, ma persino Doma stava pisolando.

Cercò d'immaginarsi per quale motivo fosse improvvisamente sveglia. Un allarme indefinito, qualcosa che l'aveva riportata alla massima lucidità come sempre le succedeva in una situazione di pericolo. Con la mente e gli occhi cercò d'individuarne la fonte. Adesso faceva veramente freddo: doveva essere notte fonda. Ma non si trattava di questo.

Doma si svegliò all'improvviso e cominciò a scuotere la grande criniera, con palese nervosismo. Mavra sollevò leggermente la testa, sicura adesso di non avere allucinazioni. Anche il Pegaso aveva avvertito qualcosa.

Ed ecco perché. Un rumore. *Scrunch-scrunch; scrunch-scrunch*, ripetuto, e ogni volta un po' più forte.

Qualcuno, o qualcosa, stava avanzando con metodicità lungo il sentiero, qualcuno o qualcosa sicuro di sé anche nel buio e nella neve.

Scrunch-scrunch, la neve si polverizzava sotto i suoi piedi. Doveva essere qualcosa di grosso.

Poi il rumore cessò. Sicuramente, di qualsiasi cosa si trattasse, era fuori dalla porta. Mavra fece per gridare, per avvertire gli altri, ma inspiegabilmente aveva l'impressione di non riuscire a fare una mossa, e di poter soltanto fissare quell'uscio chiuso. Persino Doma sembrava essersi calmata all'improvviso, anche se era evidente che aspettava qualcosa. Mavra si ricordò del potere di immobilizzazione che il sacerdote olborniano aveva esercitato su di lei, ma non c'erano analogie. Era qualcos'altro. Qualcosa di strano, di completamente nuovo.

La porta si aprì, in maniera sorprendentemente silenziosa tenendo conto dei cardini arrugginiti e dello stato fatiscente. Una folata d'aria gelata investì Mavra: sentì che anche gli altri si stavano ridestando, colpiti da quella sensazione sgradevole.

Un'enorme figura bianca e pelosa le fu addosso. Era alta, così alta che s'era dovuta abbassare per entrare dalla porta. Una faccia la fissò e abbozzò un sorriso. Poi alzò una gigantesca zampa peloso e si portò alle labbra un enorme dito indice, ricurvo come un artiglio, per farle segno di tacere.

Gedemondas: un percorso a ritroso

Antor Trelig imprecò per la millesima volta. Un inconveniente dopo l'altro in quel dannato viaggio, rifletté amaramente. Le valanghe davanti a loro, il sentiero interrotto... come se qualcuno stesse tentando di fermarli o di rallentare la loro marcia, sebbene in giro non si vedesse anima viva.

Il sentiero era molto meglio delineato sulla cartina di quanto non fosse in realtà; decisamente maltenuto, alcuni dei rifugi erano in condizioni più che disastrate, forse da molti anni, e spesso il sentiero svaniva senza indicazioni di sorta, cosicché gli Agitar erano costretti a procedere a tentoni, sondando il cammino con i frustini. Il loro manipolo di dodici/quattordici Agitar, lui e la non proprio obbedientissima moglie, Burodir, era adesso ridotto a nove, compresa Burodir, purtroppo.

Ma le indicazioni tutto sommato erano chiare; il terreno non era così impervio, la maggior parte della salita era stata coperta all'inizio e, ogni qualvolta il sentiero era sparito, era anche stato semplice ritrovarlo, come se fosse stato calpestato da molti piedi.

All'inizio ciò l'aveva preoccupato, finché gli Agitar

non gli ricordarono che quello, dopotutto, era l'esagono di qualcuno e che qualcuno doveva pur viverci.

Ma in un certo senso era proprio quello il pensiero fastidioso. Per tutto quel tempo non avevano né visto né sentito uno del posto. Non aveva assolutamente senso che le uniche creature che abitavano quelle immensità fossero solo guizzanti lepri selvatiche o predatori simili a faine.

Eppure in qualche modo ce l'avevano fatta. In qualche modo erano riusciti a non uscire dal sentiero e stavano procedendo verso la meta. Lui, comunque. Ciò che facevano gli altri, era affar loro.

Studiò le cartine e le foto aeree degli scout di Cebu. Sapeva orientarsi decisamente bene, anche se, fu costretto ad ammetterlo, senza il preventivo lavoro di ricognizione si sarebbe perso, il che avrebbe significato una fine sicura. La catena interna di montagne, leggermente più alta delle altre ma prima nascosta alla vista, adesso si scorgeva chiaramente. E proprio dall'altra parte dello sconfinato ghiacciaio c'era una valle a forma di U con un oggetto importantissimo adagiato a sghimbescio su uno spuntone roccioso.

Quel giorno non ce l'avrebbero fatta, questo era sicuro. Ma entro il pomeriggio dell'indomani sicuramente, se non succedeva qualcos'altro.

Lungo il sentiero intermontano

— Ifrit, il mio cannocchiale! — ordinò Ben Yulin. La mucca frugò nello zaino portato da un'altra delle mogli di Ben e lo recuperò prontamente.

— Eccolo, padrone — disse porgendoglielo con amorevole sollecitudine. Lui lo prese senza neppure ringraziare e lo accostò agli occhi.

Non si trattava di un semplice cannocchiale; era dotato di speciali lenti addizionali che ovviavano alla miopia dalla quale era affetto. Grazie agli occhiali a specchio contro il riverbero della neve, già incorporati nella struttura, Ben metteva perfettamente a fuoco tutto ciò che rientrava nel suo campo visivo.

— Problemi? — domandò una voce bassa accanto a lui.

Si girò a guardare chi aveva parlato. Sembrava un cespuglio di pelo ambulante, alto più o meno quanto lui, privo apparentemente sia di occhi sia di orecchi, sia di altri organi. In realtà non si trattava di un unico essere ma di trentasei Lamoziani, in una forma adatta al clima rigido e alla neve.

— Quella capanna lassù — rispose Ben puntando il dito. — Non so perché, ma non mi convince. Non voglio più avere a che fare con altri tiri mancini come quel falso sentiero. Ci abbiamo rimesso due buone mucche. — Nessuna delle sue due, omise di aggiungere.

— Noi abbiamo perso trenta fratelli, non dimenticarlo! — sbottò il Lamoziano. — In effetti anche secondo noi ha un aspetto strano. Che si fa?

Yulin rifletté un attimo, cercando di trovare una buona soluzione senza rischiare il suo nobile collo o le sue proprietà. — Perché un paio di voi non sale a vedere? Mimetizzatevi in qualche modo e date un'occhiata.

I Lamoziani presero in considerazione la situazione. — Pensiamo che andrebbero bene le lepri artiche. — La creatura sembrò dividersi all'improvviso, scomponendosi in identiche masse pelose. Due delle masse sgattaiolarono da una parte e cominciarono a saltellare sulla neve; altre due schizzarono fuori dall'altra. Yulin rimase a guardare, affascinato come sempre, mentre il resto della creatura originaria si riformava riassumendo la forma di cespuglio. Sembrava più sottile, ma fondamentalmente la stessa.

Adesso i due Lamoziani nella neve correvano assieme, fino a fondersi in un'unica massa tremolante. L'altro paio faceva lo stesso. Lentamente, come se ci fossero state invisibili mani di burattinaio, si produceva un'infossatura lì, un corrugamento là, una piega qui, un bozzo qua.

In meno di due minuti, al posto dei quattro Lamoziani c'erano due lepri artiche. Corsero nella direzione della capanna. Il resto aspettava: solo il capo della colonia era dotato di un traduttore, così avrebbero dovuto riformarsi prima che venisse effettuato il resoconto. Non erano in grado di gestire una comunicazione vocale, questo era certo. Ben si chiese se parlavano nel corso della fusione, quando diventavano un unico essere con un'unica mente, oppure cos'altro. Lo aveva chiesto, ma i Lamoziani gli avevano detto di non preoccuparsi in quanto comunque il concetto esulava dalla sua comprensione.

Le lepri tornarono in poco meno di dieci minuti, si spartirono, fecero ritorno nel cespuglio peloso dei loro compagni e si fusero di nuovo. La forma rimase silenziosa per un attimo, comunicando evidentemente con i componenti che erano partiti per la ricognizione o forse assorbendone le memoria.

Alla fine disse: — Quel posto è deserto. Tuttavia avevi ragione a essere preoccupato. Laggiù sono rimaste diverse sacche e numerose provviste. Della gente c'è stata non molto tempo fa e se n'è andata... non certo di sua spontanea volontà, presumiamo. Troppa roba lasciata.

La notizia lo preoccupò. — Credi si tratti dei centauri che abbiamo seguito?

— Probabilmente — convenne il Lamoziano. — Ma di chiunque si tratti, adesso non c'è più nessuno.

— Tracce?

Il Lamoziano tacque un attimo, poi riprese: — Questa è la parte più strana. Non ce ne sono assolutamente. Abbiamo visto le loro tracce all'andata, un sacco d'incavature nella neve dove hanno scaricato la roba e cose del genere. Ma nessun'altra traccia per centinaia di metri in nessuna direzione. Assolutamente nulla.

— Be', non sono tornati da questa parte — commentò Yulin, adesso decisamente preoccupato. — Quindi, dove sono andati?

Tutti posarono con inquietudine lo sguardo sulle montagne silenziose.

— E con chi? — gli fece eco il Lamoziano.

Sembrava che stessero camminando da un'eternità; facevano frequenti soste, come se i loro sequestratori capissero la necessità di una quantità di ossigeno maggiore di quanta non ne fornisse l'atmosfera a quell'altitudine. Ma neppure un minimo di conversazione. Qualche grugnito, molti gesticolii, nessuno dei quali avrebbe potuto essere interpretato dal traduttore, ma nient'altro.

S'erano comunque avviati su sentieri completamente sconosciuti ai Dilliani, sentieri così invisibili che anche i grandi Gedemondiani, i quali facevano strada, a volte effettuando deviazioni davvero assurde, sembravano spesso perdersi. Ma in realtà così non era; loro conoscevano semplicemente ciò che si trovava sotto il manto nevoso, qualunque cosa fosse.

Doma, che aveva in groppa sia Mavra che Renard, era tirata da Tael che a sua volta portava le due Lata sulla schiena. Ad aprire la fila c'erano quattro gigantesche creature delle nevi; a chiuderla ulteriori quattro. Adesso di tanto in tanto se ne vedevano delle altre, talvolta a gruppi, talvolta isolate.

Mavra ancora non era sicura in merito alla loro identità. Pur non ricordandole in modo particolare nulla, in realtà le ricordavano vagamente tutto. Completamente bianchi, quegli esseri misteriosi non avevano neanche quelle tracce di sporco che inevitabilmente un mantello così chiaro comporta. Alti – Tael superava i due metri e a loro volta quelli la sovrastavano di tutta la testa – e molto slanciati. Pur avendo l'aspetto umanoide, i loro volti ricordavano quelli di certi cani, con musi sottili e il naso scuro e appiattito, gli occhi retratti e grandi, dotati di un'espressione molto umana e di un azzurro intenso. Le mani e i piedi, quando erano chiusi, formavano delle grandi masse circolari, con il palmo e la pianta costituiti da un materiale biancastro, simili a zampe. Ma, aperte, evidenziavano tre lunghe dita e un pollice, sebbene le mani sembrassero addirittura prive di ossa. In effetti

quei giganti erano in grado di piegarle e fletterle in qualsiasi direzione, come se fossero fatte di plastilina. Le dita delle mani e dei piedi terminavano in lunghi artigli,
l'unica parte non bianca del loro corpo a eccezione del
naso. Persino l'interno delle orecchie a forma di piatti-
no era bianco.

Ricoprivano le impronte attenendosi al più semplice
dei metodi immaginabili. Indossavano delle svolazzanti
mantelle di pelliccia e, procedendo, se le trascinavano
dietro, a mo' di strascico. Non affondavano nella neve
come sarebbe stato presumibile in considerazione della
mole; i piedi a membrana agivano quasi da racchette da
neve.

E neppure costituiva un problema trovare il sentiero
giusto; i prigionieri si rendevano conto che li stavano
portando nel cuore della vita di Gedemondas, qualsiasi
essa fosse. Quella era la parte nascosta a tutti gli intrusi,
quella che non ti lasciavano mai vedere.

E ciò comportava una serie di riflessioni. Perché avevano scelto loro? I Gedemondiani sapevano che stavano
arrivando? Li avrebbero aiutati? Oppure erano dei prigionieri ai quali sarebbe stato riservato un lungo interrogatorio prima di essere scaraventati giù da una montagna? Non c'erano risposte.

Di tanto in tanto quegli enormi mostri candidi sembravano sbucare direttamente dalla neve. Dapprima la
cosa apparve alquanto sconcertante, poi Mavra capì
che dovevano esserci delle specie di botole, o sopra cre-
pacci di ghiaccio o sopra caverne naturali, oppure abitazioni artificiali ricavate sotto il manto nevoso. Era
chiaro che uno dei motivi per cui la popolazione di
quell'esagono era praticamente invisibile era che viveva
e operava sotto la neve. Praticamente le capacità mime-
tiche erano insite in loro sin dalla nascita.

Arrivò la notte e sprofondò il paesaggio artico in
un'oscurità minacciosa. Il cielo notturno del Mondo del
Pozzo rifletteva le distese immacolate con una distorsione ottica che le rendeva assolutamente irreali. Nuova
Pompei non era visibile, ma probabilmente non era an-

cora sorto, oppure era già tramontato, o forse poteva essere nascosto dalle montagne lontane.

Non avevano avuto il tempo di portarsi dietro delle provviste. I Gedemondiani erano stati gentili ma insistenti; quando avevano avanzato le loro rimostranze, erano stati sollevati di peso con la stessa facilità con cui Renard tirava su una cesta di mele e lasciati ricadere sul dorso delle due creature destinate a trasportarli, Tael e Doma. Tael era troppo atterrita per insistere nelle proteste mentre Doma appariva stranamente a suo agio e particolarmente docile nonostante fosse contornata da quelle strane creature, come se esercitassero su di lei un misterioso potere. O, speravano i prigionieri, perché non fiutava alcuna minaccia?

Ancora non avevano fame. Subito dopo il tramonto vennero scortati in una grande caverna di cui non avrebbero mai supposto l'esistenza e altri Gedemondiani portarono frutti e verdure dall'aspetto familiare – da dove arrivassero sarebbe stato davvero impossibile indovinare – serviti su grandi piatti di legno, e un punch sempre alla frutta che aveva decisamente un ottimo sapore.

Quegli esseri misteriosi parevano essersi perfettamente resi conto dei problemi di Mavra. Il suo piatto aveva i bordi più alti e più spessi, in modo che fosse più facilmente raggiungibile, e il punch era stato travasato in una scodella molto capace in modo che potesse bere in maniera agevole.

Seguendo il consiglio di Mavra, Renard non era ricorso ai suoi poteri elettrici; dopotutto, era previsto che entrassero in contatto con i Gedemondiani e quello, dopotutto, era pur sempre un contatto. Ma a un certo punto lui non ce la fece più, si avvicinò a un frutto simile a una mela e fece partire una leggera scarica che lo portò a cottura perfetta.

I Gedemondiani non ci fecero apparentemente caso. Poi a un certo punto uno di loro, che si era seduto con la schiena appoggiata alla parete della grotta, gli si avvicinò e si accovacciò davanti a lui, poi sfiorò con la mano dalle dita ricurve il piatto. Seguì una fiammata accecante che durò solo una frazione di secondo, e in pratica piatto e contenuto non c'erano più. Renard rimase ammutolito; allungò la mano e tastò il posto dove c'era stato il tutto. Non era neppure caldo, né c'erano tracce di cenere né di residui vari: soltanto un leggero odore di ozono o qualcosa di simile. La creatura delle nevi tirò su con il naso, compiaciuta, gli diede una pacca affettuosa sulla testa e si allontanò.

Ciò mise fine a quella dimostrazione di potere.

I prigionieri erano spossati e pieni di freddo, ma non trascorsero la notte nella caverna. Sebbene non si trattasse di una marcia esasperata, sembrava evidente che i loro sequestratori intendevano rispettare una specie di tabella e che si erano prefissi di arrivare in un certo posto a una determinata ora.

Continuarono a camminare per un tempo lunghissimo e a un certo punto Tael cominciò a proclamare ad alta voce che non ce l'avrebbe fatta più a muovere neppure un passo.

Più tardi incontrarono una parete di roccia compatta che incombeva minacciosa nella semioscurità. Si avviarono in quella direzione, aspettandosi di essere obbligati a deviare da un momento all'altro, ma questo non successe. Fu il muro di roccia ad aprirsi.

A essere precisi, un enorme blocco di pietra si ritrasse lentamente, senza dubbio spostato da qualche sorta di argano, e luci brillanti illuminarono l'oscurità. Così presero ad avanzare nella galleria.

L'illuminazione arrivava da un misterioso minerale fluorescente che assorbiva la luce delle torce e l'amplificavano centinaia di volte. Là dentro era chiaro come di giorno.

Le viscere della montagna erano un vero e proprio alveare; corridoi a labirinto si diramavano in ogni direzione e a un certo punto sembravano perdersi nel nulla. Ma regnava un delizioso tepore: evidentemente il calore arrivava da una fonte che non erano in grado di vedere mentre si sentiva il rumore di differenti tipi di attività. Però era impossibile capire di cosa si trattasse.

Poi giunsero finalmente a destinazione: uno spazio largo e confortevole, dotato di diversi giacigli con tanto di cuscini e coperte e un folto tappeto che sarebbe stato perfetto per Mavra. Esisteva un unico ingresso e i Gedemondiani se ne rimasero lì, presenze senz'altro incombenti ma decisamente discrete. Erano arrivati a destinazione.

Erano troppo stanchi per parlare molto, addirittura muoversi o preoccuparsi in merito a cos'altro ci sarebbe stato in serbo per loro. Nel giro di un secondo precipitarono in un sonno di piombo.

L'indomani, quando si svegliarono, si sentivano tutti meglio, ma afflitti da diversi doloretti. I Gedemondiani portarono altri frutti, un diverso tipo di punch e persino una balla di fieno che poté essere utilizzata sia da Tael che da Doma. Da dove venisse quella roba non era un mistero: erano le razioni lasciate nella capanna.

Mavra si stiracchiò con tutt'e quattro le estremità e borbottò: — Accidenti, devo aver dormito come un sasso e adesso sono tutta irrigidita.

Renard cercò di consolarla: — Anch'io non mi sento un granché. Forse abbiamo dormito troppo. Ma effettivamente avevamo bisogno di un po' di riposo.

Le due Lata, che avevano sempre dormito nella medesima posizione a pancia in giù, avevano anche loro di che lamentarsi mentre Tael annunciò di avere il torcicollo. Persino Doma emise qualche gemito e si sgranchì sbattendo convulsamente le ali, rischiando di colpire Tael in piena faccia.

I Gedemondiani avevano portato via i piatti della colazione; adesso nella stanza era rimasto solo uno di loro, che li osservava con espressione distaccata.

Anche Vistaru lo guardò. O forse si trattava di una lei? Impossibile a dirsi. — Vorrei tanto che dicessero qualcosa — sussurrò più a se stessa che agli altri. — Questo modo di fare, così autoritario e silenzioso, mi fa venire i brividi.

— Di questi tempi la maggior parte della gente parla

troppo per niente — intervenne il Gedemondiano, con una bella voce baritonale. — Noi preferiamo restarcene zitti se non abbiamo qualcosa di valido da dire.

Tutti furono presi da un mezzo colpo.

— Ma allora sapete parlare! — fu tutto quello che riuscì a dire Hosuru, prima di aggiungere: — Cioè, noi credevamo...

Il Gedemondiano annuì, poi posò lo sguardo su Mavra, ancora coricata su un fianco sopra il tappetino. — Così sei Mavra Chang. Mi chiedevo proprio quale fosse il tuo aspetto.

L'interessata restò di stucco. — Mi conosci? Be', piacere reciproco. Mi spiace non poterti dare la mano.

Il Gedemondiano si strinse nelle spalle. — Eravamo a conoscenza del tuo problema. In quanto al fatto di conoscerti, non corrisponde a verità. Eravamo semplicemente consapevoli della tua esistenza. È una cosa diversa.

Mavra accettò il chiarimento. Sul Mondo del Pozzo esistevano diversi modi di ricevere informazioni.

Tael non poté esimersi dall'intervenire nella conversazione. — Perché non ci avete mai rivolto parola prima d'ora? — domandò. — Voglio dire, pensavamo che foste animali o roba del genere.

La sua mancanza di delicatezza non scalfì il Gedemondiano. — Non è difficile da spiegare. Ci impegniamo a fondo per mantenere una certa immagine. È necessario che sia così. — Si mise a sedere per terra, di fronte a loro.

— Il modo migliore per spiegarvi è raccontare un po' della nostra storia. Sapete tutti, non è vero, la storia dei Markoviani? — Non era il termine usato, ma si stava servendo di un traduttore e il risultato fu quello.

Tutti annuirono. Renard era il meno informato. Persino Tael era in possesso di un certo bagaglio nozionistico in proposito. Comunque, anche il classicista Renard era venuto a conoscenza, nella zona spaziale in cui era vissuto, dell'esistenza delle rovine di quella misteriosa civiltà.

— I Markoviani ebbero la stessa evoluzione di tutte le

piante e di tutti gli animali, dalle forme primitive a quelle più complesse. Lungo il suddetto processo alcune razze arrivano a un punto morto, ma questo non fu il loro caso. Raggiunsero l'apice dei risultati materiali. Qualsiasi cosa desiderassero, era loro. Come gli dei della mitologia, non esisteva nulla che non fosse alla loro portata — proseguì il Gedemondiano. — Ma non era abbastanza. Quando ebbero tutto, si resero conto che in fondo a tutto ciò c'era solo l'immobilismo che, come suggerisce il buon senso, è il risultato finale di qualsiasi utopia materiale.

Gli ascoltatori annuirono, avendo afferrato il senso del discorso. Solo Renard pensò che forse avrebbe potuto avanzare delle obiezioni, per esempio che a lui sarebbe piaciuto sperimentare prima l'utopia – ma lasciò perdere.

— Così hanno creato il Mondo del Pozzo e si sono trasformati in nuove razze, e hanno trapiantato i loro figli sui nuovi mondi che avevano ideato. Il Pozzo è qualcosa di più del computer che provvede a mandare avanti questo mondo; è la singola forza stabilizzante dell'universo finito — proseguì la creatura delle nevi. — E perché hanno commesso un suicidio razziale per ritornare ancora allo stato primitivo? Perché si sentivano in qualche modo truffati. Come se avessero perso qualcosa, da qualche parte. E la tragedia era non sapere di che cosa si trattava. Speravano che una delle nostre razze riuscisse a scoprirlo. Questa era la finalità ultima di tutto il progetto che ancora continua.

— A mio avviso sono stati troppo semplicistici — obiettò Mavra. — E se non avessero perso nulla? Se avessero davvero raggiunto tutto?

Il Gedemondiano si strinse nelle spalle. — In tal caso quelle forze armate laggiù rappresentano il massimo dei risultati e quando il più forte s'impadronirà dell'universo, sto parlando per metafora, naturalmente, perché si tratta solo di semplici riflessi delle razze dell'universo, avremo Markoviani dappertutto.

— E non Gedemondiani? — intervenne Vistaru.

Il gigante scosse il capo. — Abbiamo preso una strada diversa. Mentre il resto si è buttato verso un obiettivo materialistico, noi abbiamo deciso di accettare la sfida di un esagono non tecnologico per quello che era, senza tentare di renderlo tecnologico grazie al nostro ingegno, come peraltro avremmo potuto. Abbiamo accettato ciò che dava la natura. Delle sorgenti calde, che si propagano in tutto l'esagono, hanno consentito alcune coltivazioni in queste caverne, illuminate in maniera così particolare. Avevamo nutrimento, calore, riparo e tranquillità. Indirizzammo noi stessi non verso l'esterno, bensì all'interno, verso il nucleo più intimo del nostro essere, delle nostre anime, per dirla così, e abbiamo esplorato quanto ci abbiamo trovato. C'erano cose di cui nessuno aveva neppure immaginato l'esistenza. Alcuni esagoni settentrionali stanno procedendo nella stessa direzione, ma non si può dire lo stesso per gli altri, la maggior parte. Siamo dell'avviso che i Markoviani ci abbiano creato proprio a questo scopo, uno scopo che siamo davvero in pochi a perseguire. Stiamo cercando ciò che loro hanno perso.

— E l'avete trovato? — domandò Mavra, con una punta di cinismo. In effetti i mistici non le erano mai stati troppo congeniali.

— Dopo un milione di anni, siamo arrivati a credere che mancava davvero qualcosa — proseguì il Gedemondiano. — Determinare di cosa si tratta, richiederà altro studio e ulteriori approfondimenti. A differenza degli abitanti dei vostri mondi, noi non abbiamo fretta.

— Però siete dotati di un certo potere, inteso sotto forma di energia — sottolineò Renard. — Quel piatto di cibo è stato assolutamente disintegrato.

Il Gedemondiano ridacchiò, ma con una punta di tristezza. — Potere. Sì, penso di sì. Ma la vera misura di un potere sta proprio nell'abilità di non servirsene — affermò ambiguamente. Con la zampa pelosa additò Mavra Chang.

— A dispetto di tutto, Mavra Chang, non dimenticarlo!

Quella sembrò sconcertata. — Credi davvero che sia dotata di un potere fuori dal comune? — replicò con una certa qual ironia.

— Prima di tutto dovrai scendere all'Inferno — l'ammonì il gigante. — Poi, solo quando la speranza se ne sarà andata, sarai sollevata e messa sulla cima più alta del potere acquisibile, ma non possiamo sapere se sarai abbastanza saggia da decidere correttamente cosa farne o cosa non farne.

— Come sapete tutto questo? — lo provocò Vistaru. — Si tratta solo di chiacchiere misticheggianti o conoscete veramente il futuro?

Il Gedemondiano ridacchiò di nuovo. — No, leggiamo solo le probabilità. Sapete, noi vediamo, o meglio percepiamo, la matematica del Pozzo delle Anime. Sentiamo scorrere l'energia, ne afferriamo le combinazioni e i legami, in tutte le particelle della materia. Qualsiasi realtà è matematica; l'intera esistenza, passato, presente, e futuro, può venire ridotta a delle equazioni.

— Allora sei in grado di prevedere che cosa succederà — intervenne Renard. — Se siete così ferrati in matematica, potrete anche risolvere le equazioni.

Il Gedemondiano sospirò. — Qual è la radice quadrata di meno due? — domandò. — Si tratta di un problema concreto, risolvetelo.

Con quell'esempio, tutti capirono subito.

— Ma ciò non spiega perché fingiate di essere degli scimmioni primitivi — insistette Tael.

Il Gedemondiano la fissò e disse: — Lasciarci coinvolgere nelle equazioni materiali significherebbe perdere quello che riteniamo il nostro più grande valore. Ormai è davvero troppo tardi per sperare che le vostre civiltà riescano ad afferrare il concetto; ormai vi siete inoltrati eccessivamente lungo la strada tracciata dai Markoviani.

— Eppure avete fatto un'eccezione per noi — sottolineò Hosuru. — Perché?

— La guerra e il modulo del motore, naturalmente —

rispose seccamente Vistaru, quasi volesse far capire che riteneva la sua amica una perfetta idiota.

Ma il Gedemondiano scosse il capo con determinazione. — No. Per parlare con uno di voi, per cercare di capire la complessità della sua equazione, captarne il significato e possibilmente arrivare a una soluzione.

Renard appariva sconcertato. — Mavra? — buttò lì.

Il Gedemondiano annuì. — E ora che è stato fatto, non sta a me aggiungere dell'altro. Per quanto riguarda invece la vostra stupida guerra e quell'altrettanto stupida astronave, se siete pronti a un breve viaggetto, penso che la faccenda sarà presto sistemata. — Si alzò, loro fecero lo stesso e lo seguirono fuori. Un altro Gedemondiano arrivò con i loro indumenti; non ne avevano avuto bisogno nelle caverne riscaldate ma era palese che non sarebbero più ritornati in quel confortevole alloggiamento.

Per un po' stazionarono all'incrocio di una serie di gallerie sotterranee e lì la loro loquace guida li lasciò. Ma subito furono raggiunti da un altro Gedemondiano – oppure era lo stesso? – e il viaggio proseguì. Ma fra loro era piombato di nuovo il silenzio più assoluto.

Più tardi, dopo un tragitto che sembrò durare diverse ore, si fermarono di nuovo davanti a una parete di roccia e vennero aiutati a indossare gli indumenti atti a proteggerli dal gelo artico. Alcuni Gedemondiani avevano preparato una specie di pelliccia dotata di alloggiamenti per le gambe che si rivelò perfetta per Mavra la quale si chiese, stupita, come avevano potuto realizzarla in una sola notte.

Comunque le teneva caldo. Si aprì una grande porta e davanti ai loro occhi si parò una scena inattesa: una grande valle concava a forma di U, traboccante di neve.

E, di sghimbescio su uno spuntone, assolutamente riconoscibile anche a quella distanza, c'era il modulo del motore.

Solo in quel momento la guida prese la parola. Si trattava di una voce diversa, pensarono, ma con le stesse sfumature di sincera amicizia.

— Avete parlato di potere. Laggiù, vicino a quel piccolo promontorio, ci sono Ben Yulin e i suoi accoliti. Abbiamo segnato il sentiero in modo che risultasse a malapena percettibile, e loro diverse volte si sono smarriti, ma tuttavia sono riusciti a raggiungere la meta.

Il gruppetto cercò di aguzzare la vista, ma si trattava di un'impresa assolutamente improba.

Adesso il Gedemondiano stava indicando il costone opposto. — Lassù — disse — ci sono Antor Trelig e i suoi alleati. Ancora una volta, la loro marcia è stata organizzata in modo tale che arrivassero a pochi minuti gli uni dagli altri. Ovviamente nessuna delle parti sa che l'altra è lì.

La creatura delle nevi si girò e fissò il modulo del motore, meravigliosamente intatto e conservato, con ancora collegate le funi dei grandi paracaduti di frenata.

— *Questo* è potere — disse il Gedemondiano, poi alzò la mano verso il modulo.

Seguì una specie di tuono che scosse l'intera vallata. La neve cominciò a cadere da tutte le parti, il modulo si mise a tremare, poi a muoversi. All'inizio con una certa lentezza, poi con crescente rapidità fino al limitare della vallata.

Rimase per un istante in bilico sul crostone, dopodiché precipitò. Non si trattò di una semplice caduta ma di qualcosa di assolutamente irreparabile. Da ogni parte spuntarono nuvole di fumo e di vapore incandescente, accompagnate da alte fiammate. Nella parabola discensionale la cosa scoppiò e, quando raggiunse il manto nevoso, per diversi minuti assunse l'aspetto di un vulcano. Quando il fumo e gli scoppiettii si affievolirono, e svanì anche l'ultima eco, nella neve c'era soltanto una sibilante massa informe in fase di liquefazione.

Il Gedemondiano annuì soddisfatto. — E così finisce la guerra — sentenziò con palese compiacimento.

— Ma se eravate in grado di fare tutto ciò, perché avete aspettato fino a questo momento? — domandò Vistaru, palesemente spaventata.

— Era necessario che vi assistessero tutte le parti coinvolte — spiegò la creatura. — Altrimenti non avrebbero mai accettato la verità.

— Tutti quei morti — sussurrò Renard, pensando alle sue esperienze personali.

Il Gedemondiano annuì. — E adesso altre migliaia hanno perso la vita sulle pianure. Ma forse questa esperienza, in tempi a venire, salverà altre migliaia di vite. La guerra è la più grande delle maestre e non tutte le sue lezioni sono negative. Solo che il loro costo è terribilmente elevato.

Mavra la pensava diversamente. — E se il modulo del motore non fosse atterrato lì — domandò — che cosa sarebbe successo?

— Ancora non hai capito — replicò il Gedemondiano. — È atterrato lì perché lì doveva atterrare. Non sarebbe potuto atterrare da nessun'altra parte. — Annuì quasi a se stesso. — Un'equazione molto semplice — sussurrò.

Se ne restarono lì per un po', senza parole. Poi Mavra domandò: — E adesso che cosa succederà? A noi? Alle parti in guerra?

— I belligeranti raduneranno armi e bagagli e se ne torneranno a casa — rispose il Gedemondiano senza mezzi termini.

— E Trelig? E Yulin? — incalzò Renard.

— Sono troppo infidi per fermarsi qui — rispose la creatura. — Faranno le cose che hanno sempre fatto e si comporteranno nel modo in cui si sono sempre comportati, finché arriverà il momento della soluzione della loro equazione. Ci sono molti punti di contatto fra quei due, e con te, Renard, e con te Vistaru, e soprattutto con te, Mavra Chang.

Lei preferì sorvolare. Tutte quelle allusioni alla sua importanza le sembravano ridicole.

— Ma per quanto riguarda noi? Che cosa ci succederà adesso? Voglio dire, vi siete praticamente messi allo scoperto, non vi pare?

— È opportuno servirsi del potere in maniera giudiziosa — sentenziò il Gedemondiano. — In realtà non è successo nulla di così grave. Vi siete semplicemente limitati a seguire un vecchio sentiero che sembrava essere stato battuto di recente e avete scoperto questa valle. Poi siete stati a guardare la distruzione del modulo motore, forse provocata da troppi rumori che echeggiavano attraverso la vallata. Purtroppo la caduta è risultata più rovinosa di quanto non si sarebbe potuto supporre. A quel punto vi siete avviati verso est e siete passati nell'esagono di Dillia per fare rapporto. Non avete mai visto i misteriosi Gedemondiani.

— Non sarà una storia che berranno facilmente — sottolineò Mavra.

— Ma è vera — puntualizzò la creatura delle nevi. — O comunque lo sarà per quanto riguarda i tuoi compagni d'avventura, nel momento stesso in cui attraverserete il confine di Dillia. Abbiamo provveduto a prendere le vostre provviste e ve le consegneremo prima che avvenga tale passaggio.

— Vuoi farci intendere — intervenne Vistaru, sempre più sconcertata — che ci farete dimenticare tutto questo?

— Ve ne dimenticherete tutti, all'infuori di lei — rispose il gigante indicando Mavra. — Che presto si stancherà di tentare inutilmente di convincervi.

— Perché proprio io? — intervenne Mavra, incuriosita più che mai.

— Siamo noi a volere che tu ricordi — dichiarò il Gedemondiano con espressione estremamente seria. — Come vedi, mentre noi ci siamo sviluppati qui secondo queste linee, i nostri figli lassù nelle stelle non lo hanno fatto. Adesso sono tutti morti. I Gedemondiani qui potrebbero ancora risolvere il problema Markoviano, ma non saranno mai in condizione di mettere in atto tale soluzione.

— E potrei farlo io? — domandò Mavra.

— La radice quadrata di meno due — le ricordò il Gedemondiano.

— Ma non è assolutamente giusto — obiettò Vardia, lo Czilliano. — Voglio dire, dopo tutto quello che ha fatto e ha tentato di fare. — Puntò un tentacolo verso una fotografia. — Guardala. Un mostro. Il corpo di una ragazza umana, ma con la testa bassa e sostenuto da quattro zampe da mulo. Neppure in grado di guardare diritto davanti a sé. Nessun rivestimento di pelo o di grasso corporeo a proteggerla. È così *vulnerabile*! Costretta a mangiare come un animale, la faccia affondata nel piatto, per leccare della sbobba che mai sarà in grado di prepararsi. Ovviamente avrà dei normali stimoli sessuali, ma come mai sarebbe in grado di soddisfarli? È quasi costretta a sporcarsi dei suoi stessi escrementi quando ha una necessità fisiologica. È terribile! E sarebbe così facile rimediare. Portala qui e facciamola passare attraverso il Cancello del Pozzo.

Serge Ortega annuì, pienamente d'accordo con quello che aveva detto l'altro ambasciatore. — È veramente triste — ammise. — Non c'è mai stata un'altra azione, nel corso di questa mia esistenza sconsiderata, che mi abbia addolorato così. Eppure, sai perché. Il Centro di Crisi del tuo esagono ha elaborato i fatti nudi e crudi. Antor Trelig non dimenticherà mai che nel Mondo del Pozzo c'è un'altra astronave, né lo farà Ben Yulin. Tutti e due possono vedere Nuova Pompei durante le notti serene. E se Yulin si dichiarerà disponibile, gli Yaxa gli forniranno il loro appoggio. Non siamo in grado di controllare né loro né i Makiem e loro possono attraversare la Zona con la nostra stessa facilità. Non abbiamo il diritto di fermarli. Le nazioni che non avrebbero alzato un dito nella guerra agirebbero contro di noi se militarizzassimo la Zona. Sono ancora dell'avviso che l'astronave che è finita nella zona settentrionale sia al di là della portata di chiunque, benché, Dio mi sia testimone, sia i computer Czilliani sia il sottoscritto abbiano passato al setaccio ogni centimetro! Alcune delle razze settentrionali sono interessate ma gli Uchjin si dichiarano completamente contrari e comunque non c'è una possibilità fisica di fare arrivare un pilota laggiù.

Tacque per qualche istante, poi fissò la creatura-pianta, gli occhi colmi di tristezza. — Ma se ciò non fosse veramente impossibile? I tuoi computer dicono di no e così i miei istinti. Un tempo uno del nord si spostò a sud, ricordi? Se trovassimo il modo di... Yulin non si fermerà. Gli Yaxa non si fermeranno... Se una soluzione è possibile, per quanto complessa e lontana, magari sparando un pilota sopra la Barriera Equatoriale con una gigantesca fionda, qualcuno arriverà alla soluzione. I miei canali sono decisamente efficienti, ma anche i loro. Se qualcuno troverà la risposta, la risposta sarà nota a tutti e così si riproporrà una mini guerra. E se non intendiamo lasciare partita vinta a Yulin o a Trelig, allora abbiamo bisogno di qualcuno che sappia dire a quel computer come decollare, atterrare e compagnia bella e che sia in grado di riprogrammarlo per poter affrontare le pressoché impossibili condizioni di lancio e accelerazione necessarie. Gli Zinder, padre e figlia, non sono in grado di farlo, anche se sapessimo dove sono e chi sono diventati, e noi meno che mai. E neppure un classicista come Renard. Nessuno di loro è mai stato in grado di far volare un'astronave. Neppure io. Ormai il sottoscritto è superato. Mentre quell'astronave è ancora lì, intatta e così resterà perché gli Uchhjin non capiscono neppure che cos'è. A loro piace: punto e basta. E inoltre la loro atmosfera è praticamente perfetta per conservare qualsiasi cosa.

— Se solo potessimo far arrivare qualcuno al nord per farla saltare in aria — buttò lì Vardia con aria pensosa.

— Ci ho già provato — gli rispose Ortega. — Le cose sono diverse lassù, questo è tutto. Così abbiamo un'astronave che è una mina vagante che, speriamo, non scoppierà mai, ma che comunque potrebbe farlo. E se facciamo passare Mavra Chang attraverso il Pozzo delle Anime, potremo perdere le tracce o il controllo dell'unico pilota di cui possiamo disporre.

Scartabellò alcune carte, poi ne tirò fuori una di Nuova Pompei.

— Da' un'occhiata — disse. — Qui c'è un computer che conosce i codici del Pozzo e i suoi schemi matematici. Ha un potenziale limitato, ma è autoconsapevole e così diventa un altro giocatore della partita. Rispetto a incalcolabili miliardi o migliaia di miliardi di vite nell'universo, può essere preso in considerazione il destino di un unico individuo? Conosci la risposta. — Con un gesto rabbioso sbatté sul tavolo i tabulati; l'idea l'aveva incollerito. — La soluzione del problema è questa! Ma dimmi che esiste un altro modo!

— Forse riuscirà lei a risolvere il suo problema personale — rifletté Vardia. — Portiamola a un Cancello di Zona. Poi il Pozzo costituirà l'unica via di uscita.

Ortega scosse il capo. — Non funzionerà, ne sono sicuro. I Cancelli di Zona saranno sorvegliati giorno notte. Se ci arriverà, sarà rinchiusa in una confortevole stanza del comprensorio. Senza finestre né possibilità di uscita. Come un animale in uno zoo, senza la possibilità di fiutare il profumo dei fiori o di vedere le stelle. Per lei sarebbe più orribile della morte, e non è certo il tipo con la vocazione suicida.

— Come fai a essere così terribilmente sicuro di tutto? — domandò lo Czilliano. — Se io fossi in lei, con la prospettiva di un simile futuro, certamente mi suiciderei.

Ortega si avvicinò alla massiccia scrivania e ne tirò fuori una voluminosa cartella. — Questa è la storia di Mavra Chang, con tutti gli annessi e i connessi — spiegò. — In parte ricavati da Renard, in parte da interrogatori effettuati a Lata quando era sotto ipnosi, in parte da... be', da altre fonti che per il momento non è il caso di rivelare. Tutta la sua vita è stata un susseguirsi di tragedie, ma è anche la storia di una continua, drammatica lotta contro le avversità più assurde. *Quella donna è psicologicamente incapace di arrendersi!* Prendi per esempio la storia di Teliagin. Pur non sapendo dove fosse o che cosa fosse, s'è rifiutata di abbandonare quella gente. Pur essendo un mostro, ha insistito per andare a Gedemondas e l'ha spuntata. No, in un modo o nell'altro ce la farà. E noi cercheremo di facilitarle al massimo le cose. — L'ultima frase fu formulata con una delicatezza che mai Vardia avrebbe supposto in quel machiavellico uomo-serpente, nonché ex pirata.

— Stammi a sentire — disse cercando di addolcire la pillola — forse giungerà un altro Arrivo di Tipo 41. A quel punto saremo in grado di fare qualcosa. Almeno speriamo.

Lo Czilliano continuò a guardare la fotografia. — Conosci i dati. Un tempo c'erano moltissimi Arrivi umani. Quanti ne abbiamo avuti nell'ultimo secolo? Due? E abbiamo perso le tracce di entrambi.

— Uno è morto, e l'altro si trova in un esagono di acqua salata e non rappresenta certo il pilota ideale — mugugnò Ortega. La creatura-pianta quasi non sentì. Anch'essa, in origine, era una creatura umana, di sesso femminile. Ecco perché era stata prescelta come collegamento con Ortega.

— Io mi suiciderei comunque — commentò Vardia con un filo di voce.

A bordo di una nave
al largo di Glathriel

L'avevano portata prima a sud da Dillia attraverso Kuansa fino a Shamozan, la terra dei ragni giganti. Lei non aveva nessuna paura di quelle bestie, anzi le trovò affascinanti e molto umane.

L'ambasciatore fu davvero gentile, ma le spiegò la situazione in ogni dettaglio concludendo: — L'unica cosa che possiamo fare al momento è facilitare le cose il più possibile. Capisci, non abbiamo altra scelta.

Lei cercò di dire qualcosa, ma qualcuno da dietro le bucò la pelle e fu il buio totale.

La portarono in un istituto di medicina dove c'era

una strana macchina. L'ambasciatore lo spiegò a Renard e a Vistaru, che ancora l'accompagnava. Hosuru era già tornata in patria per far rapporto.

— In linea di massima, rinforza l'effetto di un'ipnosi — spiegò il funzionario. — Non ha effetto su molte razze ma lei è ancora del Tipo 41, sebbene modificato, quindi ci saranno certamente dei risultati. In pratica si tratta dell'effetto protratto di un trattamento ipnotico di base, in modo che la situazione diventi permanente. Sappiamo come reagirà, in quanto abbiamo già preso nota dei suoi dati su Lata, avvalendoci di un processo simile, poi abbiamo bloccato tutta la memoria e il procedimento ha funzionato.

— Ma che cosa le direte? — domandò Vistaru, estremamente preoccupata. — Non la cambierete, non è vero?

— Solo un po' — rispose l'ambasciatore. — Quanto basterà per metterla maggiormente a suo agio. Non possiamo fare nulla di serio; l'unico motivo di tutto ciò è che dobbiamo averla a portata di mano per le doti naturali e le capacità tecniche delle quali è dotata. E credo che lo capisca.

Il processo ebbe inizio.

— Mavra Chang — disse il congegno programmato con cura. — Quando ti risveglierai, troverai la tua memoria e i tuoi ricordi inalterati. Comunque, pur ricordandoti di essere una creatura umana, non ti riuscirà d'immaginarti in quel modo. Ciò che tu sei attualmente ti sembrerà normale e naturale. In questa forma tu ti senti perfettamente a tuo agio. Non riesci a immaginare di essere altrimenti, anche se sei consapevole di chi eri un tempo, e non vorresti essere comunque diversa da quella che sei.

La procedura andò avanti per un po', fornendole diverse spezzoni d'informazioni, metodi e procedure delle quali avrebbe avuto bisogno per essere all'altezza della situazione, dopodiché cessò.

Lei si era svegliata alcune ore dopo, e si era sentita stranamente meglio, più a suo agio. Aveva cercato di ricordarsi perché prima si era sentita in modo diverso, ma proprio non riusciva a fare mente locale. Forse c'entrava in qualche modo quel suo aspetto attuale.

Ricordò che un tempo era stata un essere umano. Se lo ricordava ma in modo strano, assolutamente distaccato. Aveva l'impressione di aver sempre avuto quattro zampe. Cercò d'immaginare se stessa che camminava in posizione eretta su due gambe, o raccoglieva gli oggetti con le mani, ma non ne fu capace. Chissà perché, non le sembrava giusto. Era giusto come era adesso.

Vagamente, in un angolo del cervello, si rendeva conto che avevano fatto qualcosa per lei, qualcosa per creare questa situazione, ma non le sembrava importante e poco dopo accantonò il pensiero.

Però ricordava le stelle. Sapeva di appartenere a quello spazio laggiù, non al luogo dove si trovava, non a un'esistenza che l'avrebbe inchiodata per sempre a un pianeta qualunque. Sedeva sul ponte della nave, appoggiata su un fianco, mentre attraversavano il Golfo di Turagin, a volte a vela, a volte a motore, a seconda dell'esagono, la testa e le zampe anteriori appoggiati su delle casse o sul coperchio di un boccaporto, lo sguardo rivolto alle stelle.

Ridacchiò fra sé e sé. *Loro* pensavano che lei desiderasse passare attraverso il Pozzo. O forse pensavano che si sarebbe rassegnata e se ne sarebbe dimenticata in questa nuova esistenza. Ma le stelle spuntavano ogni notte e lei non le avrebbe mai dimenticate. Andava al di là della ragione e della logica: era un legame d'amore. Un legame d'amore che le circostanze avevano infranto, ma non irrimediabilmente, dal momento che entrambi i protagonisti erano ancora vivi.

E adesso, mentre stava per levarsi il sole, si profilò la sagoma di una costa. Sembrava verdeggiante, accogliente e calda; uccelli marini volteggiavano sulle onde, scendendo di tanto in tanto in picchiata per recuperare pesci e molluschi, bottino che portavano immediatamente nei loro nidi fra la scogliera che sovrastava la spiaggia.

Renard salì sul ponte, si stiracchiò, sbadigliò, poi le si avvicinò.

— Non mi sembra un posto spiacevole per un esilio — commentò lei.

Lui abbassò la testa, in modo da mettersi alla sua stessa altezza. — Molto primitivo. Una civiltà tribale, poco di più. Sono umani, quantomeno nel senso che noi diamo a questo termine. Ma questa non era la patria dei loro antenati. Fecero una guerra con gli Ambreza; i grandi castori li gasarono, li fecero tornare all'Età della Pietra e scambiarono gli esagoni, così si tratta di un esagono non tecnologico.

— A me va bene — commentò Mavra. — Un esagono primitivo significa pochi abitanti. — Lo guardò dritto negli occhi, ripiegando leggermente il capo. — E fra poco il tuo compito sarà terminato e anche quello di Vistaru. Hanno costruito un alloggiamento appositamente per me, con acqua dolce sorgiva e altre comodità. Una volta al mese una nave lascerà le provviste in piccoli sacchetti di plastica. Potrò aprirli con i denti tenendoli fra le zampe anteriori. Tutt'attorno ci sono popolazioni ostili e acqua, a eccezione del lato degli Ambreza, e tengono sotto sorveglianza i Cancelli di Zona 136 e 41. Agli indigeni è stato proibito d'avvicinarmi e non c'è la possibilità che me ne vada. Tu e Vistaru potete tornare al Sud attraverso il Cancello di Zona. Riferite loro che va tutto bene, e poi cercate di trovare nuove vite o di riprendere quelle precedenti. Mi è parso di capire che gli Agitar sono stati così contenti che la guerra sia finita che laggiù sei diventato una specie di eroe.

Renard ci rimase male. — Mavra... io...

Lei lo interruppe. — Stammi a sentire, amico — gli sbatté sul muso. — Non mi devi nulla e io non ti devo nulla. Adesso siamo pari! Non ho più bisogno di te ed è arrivato il momento in cui anche tu capisca di non aver bisogno di me! Torna a casa, Renard! — Adesso Mavra stava quasi urlando, e il suo sguardo era ancora più eloquente.

"Sono Mavra Chang" diceva quello sguardo. "Sono rimasta orfana a cinque anni e di nuovo a tredici. Ho mendicato e sono diventata la regina dei mendicanti, ho fatto la puttana quando ho avuto bisogno dei soldi per comprarmi le stelle, e le ho avute! Sono stata una ladra imprendibile, l'agente che ha fatto uscire Nikki Zinder da Nuova Pompei e ho fatto di tutto per mantenerla in vita. E a dispetto di ogni avversità, ho raggiunto Gedemondas e ho assistito alla distruzione dei motori.

Sono Mavra Chang e, succeda quel che succeda, ce la farò.

Sono Mavra Chang, sposa unicamente delle stelle.

Sono Mavra Chang, e non ho bisogno di nessuno!

Appendice:
Le razze del Pozzo delle Anime

N = esagono non tecnologico
S = esagono semitecnologico
T = esagono a elevata tecnologia.

Una parentesi, per esempio: (N), denota un esagono d'acqua. L'aggiunta di una M alla designazione di un esagono (esempio: SM) significa che l'esagono è dotato di certe potenzialità considerate magiche da coloro che non le possiedono. Uchhjin è l'unico esagono del nord con un'atmosfera costituita soprattutto di elio e altri componenti non reattivi.

AGITAR T Diurna Maschi simili a satiri; femmine con animalismo opposto a quello dei maschi, ma più intelligenti. I maschi sono in grado d'immagazzinare e controllare cariche elettriche.

ALESTOL N Diurna Piante mobili, a forma di botte, che sono carnivore ed emanano una grande varietà di gas nocivi.

AMBREZA T Diurna Assomigliano a castori giganti. Erano N finché non sconfissero i Glathriel in una guerra e scambiarono gli esagoni.

BOIDOL NM Diurna Creature simili a sfingi giganti. Sembrano feroci ma sono erbivori pacifici.

CEBU S Diurna Assomigliano a pterodattili con piedi prensili simili a quelli delle scimmie.

CZILL T Diurna Piante asessuate che si duplicano

per scissione; mobili di giorno, statiche di notte. Studiosi pacifisti con un enorme centro computer.

DASHEEN N Diurna Fondamentalmente minotauri. Le donne sono molto più grosse e ottuse dei maschi, ma i maschi hanno bisogno del loro lattato di calcio per sopravvivere.

DILLIA S Diurna Veri centauri nel senso classico. Razza pacifica dedita alla caccia e all'agricoltura. Possono mangiare qualsiasi sostanza organica ma sono fondamentalmente vegetariani.

DJUKASIS S Diurna Colonie di api giganti in cui gli individui sono selezionati e allevati mentalmente e fisicamente per lo svolgimento del loro lavoro.

GALIDON (N) Diurna Mante giganti dotate di tentacoli, carnivore e dotate di una pessima indole.

GEDEMONDAS N Diurna Grosse creature pelose simili a scimmie con i piedi arrotondati e il muso che ricorda quello dei cani.

GLATHRIEL N Diurna Gli antenati dell'umanità; molto primitivi da quando gli Ambreza li gassarono rimandandoli all'Età della Pietra e scambiando gli esagoni.

JIIHU (T) Grandi creature simili a cirripedi con molti tentacoli; una volta raggiunto il massimo sviluppo corporeo, si muovono solo di rado.

KLUSID N Diurna Creature evanescenti e delicate, simili a uccelli, in un territorio molto bello. Per la maggior parte delle altre creature l'atmosfera presenta valori troppo elevati di ultravioletti.

KROMM (S) Diurna Enormi fiori che si muovono in modo rotatorio sulla superficie della loro palude.

LAMOZIANI T Diurna Piccole creature a forma di palla che possono imitare qualsiasi cosa, addirittura aggregandosi in imitazioni più grandi, ma non possono cambiare la loro massa.

LATA T Notturna Umanoidi molto piccoli ed ermafroditi in grado di volare e dotati di temibili pungiglioni. Possono anche risultare luminescenti grazie alla secrezione di sostanze chimiche contenute nella pelle.

MAKIEM N Diurna Enormi rettili somiglianti a rospi giganti che, pur essendo animali terrestri, a sangue freddo, necessitano di una certa quantità di acqua durante il giorno. Fanno sesso soltanto dieci giorni all'anno durante un periodo ben determinato.

NODI N Notturna Assomigliano a funghi giganti; in caso di necessità migliaia di tentacoli ricadono dalle loro "cappelle".

OLBORN SM Diurna Ricordano enormi felini bipedi; sono in grado di creare le proprie bestie da soma.

PALIM T Diurna Assomigliano a mammut con il mantello peloso e una proboscide prensile dotata di dita.

PORIGOL TM Mammiferi simili a delfini, capaci d'intontire o uccidere con le onde sonore.

QUASADA T Grandi creature simili a topi con lunghe code, baffi e comunità simili ad arnie.

SHAMOZIANI T Diurna A queste enormi tarantole pelose piacciono l'alcool, la musica melodica e i giochi di abilità.

TELIAGIN N Diurna Grandi ciclopi, carnivori, che mangiano vive le loro pecore. Sono testardi ma non sono stupidi.

TULIGAN (S) Lumaconi marini dall'aspetto piuttosto ripugnante, scostanti e poco comunicativi.

UCHHJIN N Notturna Assomigliano a gigantesche macchie di vernice che colano lungo un vetro.

ULIK T Diurna Grandi uomini-serpente dotati di sei braccia che vivono in un esagono deserto in prossimità della Barriera Equatoriale.

XODA NN Diurna Assomigliano a mantidi religiose di quattro metri d'altezza che hanno un modo ipnotico d'invitarti a pranzo.

YAXA S Diurna Le femmine divorano i loro maschi dopo il sesso. Hanno l'aspetto di gigantesche farfalle arancioni e nerastre con corpi lucidi e affusolati, otto tentacoli prensili e un teschio come viso. Il sistema visivo è del tutto diverso da quello che si incontra generalmente nell'Emisfero Meridionale.

ZHONZORP T Diurna Grandi bipedi imparentati ai coccodrilli, abbigliati come in un melodramma, con mantelli e simili, ma sono ottimi tecnici.

LA GAIA SCIENZA

LA GAIA SCIENZA

Jack Chalker

Nato nel 1944, americano, Jack Laurence Chalker ha avuto due distinte carriere: la prima come studioso della fantascienza ed editore, la seconda come autore di narrativa. La fase iniziale della sua attività lo vede nelle vesti di curatore della fanzine "Mirage", da cui prenderà il nome la Mirage Press, piccola casa editrice specializzata in bibliografie e studi sul fantastico attiva negli anni Sessanta e Settanta.

Dopo aver pubblicato alcune opere di ricerca – fra cui una *New H.P. Lovecraft Bibliography* del 1962, ampliata con Mark Owings nel 1974 e reintitolata *The Revised H.P. Lovecraft Bibliography*, uno studio sul Necronomicon e un volume commemorativo dedicato a Clark Ashton Smith – Chalker ha curato nel 1979 una nuova e più ampia versione del suo ben noto *Index to the Science Fantasy Publishers*, un compendio delle case editrici specializzate nel fantastico che già aveva visto la luce, in forma decisamente più concisa, nel 1966. Al nutrito catalogo Mirage Press appartengono, del resto, volumi ben noti agli appassionati: *Planets and Dimensions* (1973), unica raccolta dei saggi e commenti di Clark Ashton Smith sui generi letterari dell'immaginazione; e l'insostituibile album fotografico *The Fantastic Art of C.A. Smith* (dello stesso anno) che riproduce, in fotografie spesso accurate, le sculture grottesche del poeta di Auburn.

Nel 1976 Chalker pubblica il suo primo romanzo, *A Jungle of Stars*, alcuni temi del quale si ritrovano nella serie dedicata al Pozzo delle Anime. Quest'ultimo ciclo, forse il più famoso dell'autore, comprende cinque titoli: *Il pozzo delle anime* (*Midnight at the Well of Souls*, 1977, da noi già tradotto in "Urania" n. 1284); il presente *Exiles at the Well of Souls* (1978), *Quest for the Well of Souls* (1978), *The Return of Nathan Brazil* (1980) e *Twilight at the Well of Souls: The Legacy of Nathan Brazil* (1980).

L'idea centrale del ciclo è che gli esseri umani normali, o comunque mortali, siano coinvolti in una partita simile a quella che si potrebbe giocare su un tavolo con altrettante pedine, ma che invece si svolge in un universo dalle complesse leggi fisiche; qui ogni mossa è sorvegliata da creature superiori che un tempo furono autentici dèi. Alla fine della partita i mortali potranno "cambiare forma" definitivamente, o in altri termini diventare ciò che in cuor proprio ciascuno ha sempre desiderato essere.

L'altra serie famosa di Jack Chalker è quella che comincia nel 1981 con *Lilith: A Snake in the Grass* e continua con *Cerberus: A Wolf in the Fold* (1982), *Charon: A Dragon at the Gate* (1982) e *Medusa: A Tiger by the Tail* (1983). Autore di numerosi romanzi fantasy e di pochi romanzi di sf autoconclusivi, Chalker ha continuato a produrre cicli fantastici e avventurosi inediti in Italia. Tra le sue opere più recenti, un romanzo di sf a sei mani con Mike Resnick e George Alec Effinger: *The Red Tape War* (1991).

G.L.

411

L'esperimento Marketmass

Ora che abbiamo doppiato i primi mesi di vita della nuova "Urania" (il delicato progetto che potremmo definire Esperimento Mass-Market o, in omaggio a un nostro vecchio eroe, Marketmass), i lettori saranno curiosi di sapere che cosa ci proponiamo di fare a breve e a lungo termine.

A breve, vorremmo intervenire sull'aspetto della collana in nome di una maggior sobrietà. Ci riferiamo alle scritte di copertina, alle illustrazioni – che cercheremo di ottenere meno sgargianti e rifinite con più cura – e agli errori redazionali, che vorremmo ridotti al minimo (vedi il caso della "Gaia scienza" ripetuta identica in due volumi diversi: è successo la scorsa estate). A più lungo termine, ma senza che questo si tramuti in una generica e vana promessa, possiamo dirvi che ci stiamo orientando verso testi che a qualcuno potranno sembrare un po' meno variati di quanto siano stati finora, ma che nel complesso risponderanno a un criterio di maggiore omogeneità sul piano qualitativo.

È un impegno che ci assumiamo con voi, ora che il periodo di iniziale assestamento può dirsi concluso. Due, infatti, sono le indicazioni principali emerse dalle reazioni dei lettori:

a) Non è più possibile comprare i vari numeri della collana a scatola chiusa, ora che i volumi si presentano con spiccate caratteristiche individuali;

b) Il maggior rimpianto per la vecchia serie riguarda principalmente la "sobrietà", che paradossalmente faceva perdonare anche i romanzi giudicati meno interessanti o piacevoli dai singoli lettori.

Ergo, è indispensabile che ogni titolo affascini e catturi il lettore senza altri meriti che la sua bontà; ma è anche importante che si presenti nel modo migliore e più accattivante, perché il pubblico di "Urania" ha idee precise non solo sul genere di letture preferite, ma anche sulla confezione e sullo stile della pubblicazione.

Torniamo per un attimo ai programmi editoriali. Alcuni di voi avranno notato che non è nostra abitudine annunciare con mesi di anticipo le prossime uscite: e questo non perché esse non siano già decise, o comunque in gestazione, ma perché il calendario delle collane può subire mutamenti anche all'ultimo istante, e per ragioni di varia opportunità. Nel numero 1284, per esempio, avevamo anticipato tra i primi titoli di "Urania" mass-market un volume delle *Presenze Invisibili*, la raccolta organica dei racconti di Philip K. Dick. Ebbene, questa iniziativa è stata spostata in avanti (al 1998, addirittura) perché era già pronta un'edizione "Oscar" del medesimo titolo, e logicamente non potevamo andare in libreria con due versioni economiche dello stesso libro.

Quindi, in linea di massima preferiamo muoverci con i piedi di piombo e non fare troppe anticipazioni per ciò che concerne i tempi e l'ordine delle uscite. Tra gli autori che stiamo leggendo in questi giorni per voi, che stiamo acquistando o che abbiamo sicuramente già acquistato, figurano tuttavia alcuni bellissimi nomi che non sappiamo trattenerci dall'annunciare fin d'ora (e che contiamo di far uscire nel corso del 1997). C'è innanzitutto il nuovo romanzo di Jack Vance, *Night Lamp*; c'è il nuovo romanzo del ciclo di *Ringworld* di Larry Niven, il primo dopo tredici anni (*The Ringworld's Throne*); ci sono due romanzi inediti e tre "novelettes" dei fratelli Strugatskji, forse i maggiori narratori russi di fantascienza; e c'è la nuovissima avventura di DR, la poliziotta del futuro creata da Nicoletta Vallorani. Sempre sul fronte degli italiani avremo ancora Valerio Evangelisti (con *Il segreto dell'inquisitore Eymerich*) e Roberto Genovesi, il cui discusso *Suburbia* vedrà presto la luce. Ma, attenzione... stanno scrivendo per noi anche altri autori italiani, al punto che il biennio 1997-98 potrebbe essere quello in cui pubblicheremo il maggior numero di romanzi nazionali, dando il via a una fase decisamente nuova nella vita di "Urania".

Intanto, l'Esperimento Marketmass procede. Il fronte più

delicato non sembra essere quello dell'edicola – dove anzi, nei mesi estivi, abbiamo guadagnato dalle due alle tremila copie rispetto all'anno scorso – ma quello della libreria. Analizzavamo, qualche numero fa, le difficili condizioni in cui versano le sovraccariche librerie italiane, ormai non più efficienti come un tempo e per forza di cose selettive.

Ebbene, in questa lotta spietata per la sopravvivenza e un posto al sole (cioè per un posto sul bancone del libraio) i nostri tascabili non sempre fanno bella figura. Anzi. Molti rivenditori non hanno ritenuto opportuno sistemarli nei relativi settori specializzati (la fantascienza per "Urania", il settore thriller per "Il Giallo Mondadori" e così via); di conseguenza, la sorte toccata agli scatoloni blu-carta da zucchero in cui arrivano le copie è stata, non di rado, quella di finire nei seminterrati o nei sottoscala. Insomma, se il tascabile tipo mass-market si imporrà oppure no è ancora molto in forse, nel Belpaese. Come dicevamo in un precedente editoriale, mancano ancora le strategie a lungo termine e la rete di vendita è primitiva rispetto a quanto avviene in paesi dal mercato più sviluppato.

Se un lettore di fantascienza non trova "Urania" in mezzo agli altri libri di sf, ma deve cercarla altrove, non è detto che questo incoraggi o ottimizzi le vendite. Ma ormai gli scatoloni azzurri dovrebbero essere scomparsi. Ormai non ci sono più scuse per non sistemare "Urania" con gli altri volumi del genere... In conclusione: conquisteremo l'impervio mercato della libreria? O dovremo ripiegare sull'edicola, vera bilancia – nonostante i suoi enormi problemi – dell'anomalo mercato mass-market italiano?

Bene, per oggi è tutto; in omaggio al prof. Quatermass di Nigel Kneale, chiuderemo quindi con una...

(dissolvenza).

G.L.

CINEMA

Intervista con Kim Newman
di Lorenzo Codelli

Siamo andati a Londra ad intervistare Kim Newman, noto roman-
ziere tradotto anche nel nostro paese (*Anno Dracula* è pubblicato da Fanucci) e soprattutto uno dei più acuti studiosi del cinema
fantastico. Il suo *Nightmare Movies. A Critical Guide to Contem-
porary Horror Films* (Harmony Books, New York 1988), la migliore
analisi delle complesse tendenze del cinema orrorifico contem-
poraneo, venne giustamente definito da Robert Bloch "una vera
Enciclopedia del Male!". Sta uscendo ora un'altra malefica New-
manclopedia, edita dal prestigioso British Film Institute, ente
che è un eccellente editore-produttore-cineteca-museo-multi-
sala-biblio-emero-fototeca finanziato da fondi pubblici e privati
(ed è iperattivo come in Italia ancora ce lo sogniamo, caro Veltro-
ni!) L'opera di Newman è intitolata *The BFI Companion to Horror*.

Come ha strutturato questo suo nuovo volume enciclopedico?
Non ho seguito la formula usata da Phil Hardy nei suoi volumi
The Aurum Encyclopedia of Horror e *The Aurum Encyclopedia of
Science-Fiction* [tomi fondamentali ai quali Newman aveva collaborato strettamente, NdR]. Cioè non vi sono voci dedicate a
film specifici. Esistono altri tre o quattro libri disponibili sul
mercato che forniscono informazioni sufficienti su praticamente tutti i film horror che siano mai stati realizzati. Io ho cercato invece di concentrarmi sulle carriere. Vi sono molte voci
su registi, attori, sceneggiatori, anche su direttori della foto-

grafia, scenografi; inoltre su scrittori le cui opere sono state adattate per lo schermo o per la televisione. Ho dedicato voci a diverse serie cinematografiche, come quella di Frankenstein. Vi sono inoltre voci dedicate a personaggi storici ai quali sono stati dedicati film, come per esempio il marchese De Sade o Gilles de Retz. Inoltre contiene voci tematiche su vampiri, lupi mannari, ultracorpi, o su animali come i pipistrelli, i gatti, i topi...

Si tratta di voci brevi o piuttosto lunghe?
Variano dalle note brevissime fino ai saggi più sostanziosi di duemila o tremila parole.

Abbraccia tutta la storia del cinema fin dalle origini?
Sì. Mi interessava in particolare trattare della preistoria dell'horror. Ecco perché affronto il romanzo ottocentesco, le tradizioni gotiche, la magia e così via. Il titolo del libro del resto è *La guida BFI all'horror*, non al cinema horror, perciò ho trattato anche gli altri media.

Il volume sarà quindi simile per vastità e onnicomprensività all'eccellente The BFI Companion to the Western *che era uscito nel 1988?*
Sì. Il coordinatore di tutta la collana è Ed Buscombe che ha curato quella guida al western. La stessa formula si poteva adattarla con qualche piccola modifica anche all'horror. Philip Strick sta curando ora la guida alla fantascienza per la stessa collana. Abbiamo strutturato la guida all'horror seguendo l'ordine alfabetico, senza le suddivisioni in sezioni che aveva avuto il volume sul western, di modo che si potessero reperire facilmente le cose cercate. Spero che l'occhio del lettore venga catturato dalle singole voci.

Le illustrazioni fanno parte integrante dell'opera, suppongo.
Sì, abbiamo potuto sfruttare sia le ampie risorse della biblioteca del BFI che la mia collezione privata, reperendo delle foto assai rare, direi.

È un grosso libro, insomma?
Non abbastanza grosso! Mi sarebbe piaciuto grosso il doppio. Mi sarebbe piaciuto in alcuni casi scrivere saggi più corposi. Non potendo superare le 210.000 parole al massi-

mo vi sono stati purtroppo certi limiti da rispettare, delle cose da concentrare e altre da tagliare.

Quanto tempo ha impiegato?
Ho cominciato all'inizio dell'anno scorso e sto ancora correggendo alcuni dati a pochi giorni dalla stampa. Il libro ha occupato una grossa fetta della mia vita professionale, anche perché in questo periodo non ho potuto scrivere romanzi. Ho redatto personalmente circa 70.000 parole per questo volume, ma ho revisionato tutti gli altri testi, sollecitando i collaboratori ritardatari. Forse avrei fatto più presto se l'avessi scritto tutto da solo!

Come ha scelto i suoi collaboratori?
Ho utilizzato vecchi amici che conoscevo bene come Alan Jones, Steven Jones, Ramsey Campbell e altri. E poi ho chiesto articoli anche a varie persone che avevano scritto solo su fanzine e che esordiscono così in un libro professionale. Sono tutti esperti in aree molto bizzarre.

Ora tornerà a scrivere romanzi horror?
Sì, subito. Ma credo si possano definire romanzi satirici piuttosto che dell'orrore. Non m'interessa che facciano paura, anche se ne ho scritti alcuni di quel tipo. Attualmente m'interessa soprattutto esplorare e definire come funziona l'interno della mente umana.

Cosa pensa del suo pubblico italiano?
Non ho avuto un grande *feedback*. Non ho neppure ricevuto copia dei volumi tradotti in Italia. Le sarei molto grato, anzi, se li acquistasse e me li portasse quando tornerà a Londra.

Continuerà a recensire film di genere fantastico per varie riviste?
Devo abbandonare questo tipo di lavoro. Mi piacerebbe scrivere su certi film che escono, ma intendo ridurre il mio ruolo di *freelance* rispetto al passato.

Collaborerà all'annunciato BFI Companion to the Science Fiction?
Philip Strick me l'ha chiesto e lo farò volentieri. Credo ci vorrà ancora almeno un anno di lavoro. Sono orgoglioso che la mia guida esca nelle date previste. La guida al poliziesco, invece, è in cantiere da molti anni ed è ben lungi dalla conclusione!

Intervista con Enrico Vanzina
di Lorenzo Codelli

A Natale scorso, la tradizionale commedia popolare dei fratelli Vanzina, *A spasso nel tempo*, è stata di genere fantascientifico, ciò che conferma il *trend* dei film *made in Italy* diretti in questi mesi da Gabriele Salvatores e da Sergio Stivaletti. Parliamone un po' con Enrico Vanzina, sceneggiatore, produttore, umorista, fratello maggiore del regista Carlo Vanzina ed erede assieme a lui, delle tradizioni paterne: il mitico Steno.

Com'è nata l'idea di A spasso nel tempo?
Credo che nel genere comico si sia spesso sfruttato l'espediente tempo per raccontare cose di oggi. Nel cinema italiano recente, per esempio, c'è stato *Non ci resta che piangere* (1984) di Benigni e Troisi, con i due attori che viaggiavano nel passato. Il contrasto tra chi già conosce il futuro e finisce nel passato è divertente.

Interviene poi la volontà satirica...
Nelle commedie noi tendiamo a fare del "cinema sul cinema", e quello della macchina del tempo è un tema assai forte, basti pensare alla serie *Ritorno al futuro*. È diventato quasi un genere cinematografico particolare.

Questo tipo di film richiede molti effetti speciali. Come li avete realizzati?

L'anno scorso, per *Selvaggi*, ci serviva la scena non facile di un aereo che cade su un'isola deserta. Gli americani avrebbero speso milioni di dollari. Noi abbiamo speso pochissimo utilizzando l'artigianato nostrano, che oltretutto ci è molto simpatico. Ci siamo rivolti a un regista che è un grande esperto di effetti speciali, Antonio Margheriti, alias Anthony Dawson. Un signore che con dei modellini fa delle cose strepitose. Sarebbe ridicolo andare oltre, anche perché i budget dei nostri film non lo permettono. In *S.P.Q.R.* (1994), invece, avevamo usato un genio europeo che si chiama Ruiz, che con pochi soldi fa delle *maquettes* — non al computer come si usa tanto — disegnate su vetro. È riuscito così a fare tutti i fondali di Roma antica.

In *A spasso nel tempo* abbiamo utilizzato due ragazzi di Viterbo, i gemelli Paolocci, che hanno già lavorato a vari film. Sono esperti in maschere, mostri, effetti su pellicola. Due ragazzi giovanissimi, autodidatti, un po'emuli di George Lucas, che un bel giorno a Viterbo hanno iniziato a realizzare delle cose molto efficaci girate nel proprio laboratorio.

Vogliamo ricordare la trama del film?
Due italiani, uno di Roma e uno di Milano, socialmente molto diversi, Christian De Sica e Massimo Boldi, con le rispettive famiglie, vanno a visitare gli Universal Studios a Los Angeles, dove il film è stato girato. Tra i vari divertimenti del parco, dopo Waterworld e Jurassic Park, entrano in una Macchina del Tempo. Viaggiano nel tempo col casco della realtà virtuale e si ritrovano nella preistoria. Abbiamo girato a Lake Powell, negli Stati Uniti, le scene di quelle lande desolate. Qui i personaggi si rendono conto, prendendo una mazzata in testa dai cavernicoli, che è tutto vero, non è affatto un'illusione. Il controllore della macchina del tempo rimane invece entusiasta, era tutta la vita che sognava di mandare la gente in viaggio nel passato. Questo personaggio lo interpreta Dean Jones, il noto attore disneyano. Siccome i protagonisti hanno un telefonino, cominciano a chiamare Los Angeles dalla preistoria e dalle altre epoche, e si mettono in rapporto con questo professore che cerca pian piano di riportarli indietro.

Quali altre epoche attraversano?
Si ritrovano nel '400 a Firenze alla corte di Lorenzo il Magnifico. Boldi finisce nel '700 a casa di Casanova, nel momento stesso in cui Casanova viene arrestato. Così si ritrova solo con tremila donne che arrivano e lui si finge Casanova con una maschera. Poi finiscono nel 1944, a Roma, sotto i tedeschi, ove devono salvare un pilota americano che è il padre del professore interpretato da Dean Jones. Poi saltano a Capri negli anni Sessanta, dove Christian De Sica cerca di evitare di sposare la moglie che detesta, ma peggiora la situazione. Finiscono nel futuro, con un finale a sorpresa. È un impianto narrativo "disneyano", caratterizzato appunto dalla presenza di Dean Jones. Esistono come sai un sacco di testimonianze letterarie e scientifiche — Carlo, mio fratello, ha fatto una vasta ricerca — sull'idea dei viaggi nel tempo. Ci sono fior di scienziatoni che sostengono che è possibile. È una cosa che è nell'aria, come la paura di restare intrappolati nella realtà virtuale.

L'idea del confronto-scontro tra personaggi del Nord e del Sud vi ricollega alla cronaca.
Abbiamo fatto tanti film con Christian e Massimo assieme. Sono due comici che rappresentano due realtà in contrasto. In realtà sono diventati una specie di Totò e Peppino che litigano sempre, però si amano tanto. Totò e Peppino erano due geni, beninteso. Noi cerchiamo di fargli seguire un po' quei modelli. In sostanza è il rapporto di angherie reciproche che legava anche Stanlio e Ollio.

Vostro padre, Steno, aveva fatto parodie di tutti i generi.
In *O.K. Nerone* (1951), che aveva scritto per Mario Soldati, c'era già l'idea di due personaggi di oggi che finiscono nel passato. Poi aveva diretto un film fantascientifico intitolato *Totò nella luna* (1951). Papà aveva fatto inoltre *Letto a tre piazze* (1960), proprio con Totò e Peppino, in cui c'era l'idea del reduce dalla Russia che tornava a casa trent'anni dopo. L'idea dei viaggi nel tempo l'aveva utilizzata spesso.
In *A spasso nel tempo* abbiamo utilizzato un'infinità di riferimenti al cinema. Il personaggio di Boldi è un esercente cinematografico di Vimercate che sa tutto di cinema, e tutte le situazioni gli ricordano dei film che aveva visto. Nel finale

utilizziamo anche *Accadde domani* (1944) di René Clair. Di solito questo tipo di commedie somigliano a dei salamini con personaggi all'interno di cose buffe, qui invece c'è stato un forte lavoro di sceneggiatura. Ci sono rimonte, sorprese, colpi di scena, sempre legati all'idea di esasperare il gioco del viaggio nel tempo.

Nuovi libri in uscita?
Sì, *Colazione da Bulgari* — copiato da *Colazione da Tiffany!* — edito da Salerno Editrice: una raccolta dei miei diari, un po' riscritti, che pubblico ogni settimana sulle pagine romane del *Corriere della Sera*.

Intervista con Sergio Stivaletti
di Lorenzo Codelli

Tutti gli appassionati conoscono l'apporto a dir poco straordinario che il *monster-maker* Sergio Stivaletti ha dato al cinema e alla TV fantastici italiani, in particolare alle opere di Dario Argento. Lo abbiamo interrogato nella sua antica dimora-laboratorio in pieno centro storico di Roma.

Com'è andato il tuo esordio come regista?
Nell'insieme abbastanza bene. Avevo un po' di timore nel rapporto con gli attori, una cosa nuova per me che mi ero sempre occupato dei lati tecnici del cinema. È stata una bella esperienza che è ancora in corso.

Com'è avvenuto questo tuo esordio?
Ero stato coinvolto nel progetto da Lucio Fulci e da Dario Argento, si tratta di un remake de *La maschera di cera*, un grande classico dell'horror (loro volevano rifare *La mummia* o altri film ancora). Poi Fulci è scomparso lasciandoci tutti frastornati. Dario e il produttore Colombo hanno pensato che questo film rappresentasse l'opportunità migliore per esaudire il mio vecchio desiderio di dedicarmi alla regia.

Come hai personalizzato il progetto di Fulci? Hai puntato di più sugli "effetti" caratteristici del tuo lavoro precedente?

Chiunque al posto mio l'avrebbe fatto, e ciò mi ha fatto sentire un campanello d'allarme, incitandomi a non pensare che il film dovesse essere fatto soprattutto di effetti speciali. Ho cercato di trattenermi. Non posso e non devo trasportare in questo film tutto ciò che avrei voluto fare negli altri film a effetti che non sono mai riuscito a concludere come avrei voluto. Credo di avere sviluppato molto il personaggio del protagonista, interpretato da Robert Hossein. Prima era un po' un pazzo, mentre io l'ho voluto più scienziato, più alchimista. È ispirato al personaggio del Principe di San Severo che creava i corpi metallizzandoli; era un alchimista del Settecento, era anche un artista. Anche il mio protagonista è un artista che vuole realizzare delle statue sempre più perfette.

È una vicenda in costume?
Sì, si svolge nel ventennio tra il 1890 e il 1912 circa. Non lo specifichiamo nel film, però la vicenda si svolge a Roma. Il film in costume è stata per me un'occasione di spettacolarità visiva, ha reso più interessanti le atmosfere e i personaggi.

L'hai girato in studio?
L'ho trasformato in un film un po' autobiografico! In fondo sento vicino questo personaggio perché è anche lui uno che crea "effetti speciali". L'ho girato addirittura proprio qui, dentro casa mia, un appartamento di stile antico adattissimo alla storia. Assieme allo scenografo Antonello Geleng cercavamo un posto adatto e ci siamo accorti che ci stavamo dentro... Il museo delle statue l'ho costruito invece nel mio studio, un capannone che si trova poco distante dagli ex studi De Paolis.

Nella fase di postproduzione stai creando altri effetti elettronici?
Sono al computer per realizzare quegli effetti digitali che oggi sono molto importanti per coronare gli effetti già ottenuti sul set. Del resto li avevo già sperimentati per *La sindrome di Stendhal* di Argento e per i telefilm di Lamberto Bava.

Hai avuto un budget sufficiente?
Questo film è la dimostrazione che si può fare in Italia un film spettacolare a costi contenuti. È un film nello stile un po' di quelli della Hammer, fatto cercando di ottenere ricchezza visiva nei colori, nei costumi. Per un film in costume ha un bilancio basso, direi. La fotografia è di Sergio Salvati che aveva lavorato con Fulci. Sono stato assai fortunato nella scelta dei collaboratori.

Quanto tempo è durata la lavorazione?
Sei settimane. Poi alcuni giorni in più per girare alcuni dettagli, e ancora adesso, vari mesi dopo, sto continuando a lavorarci.

Curerai una versione in inglese, visto che il film è pensato anche per i mercati esteri?
Certamente. Io sono anche compartecipe alla produzione, nel senso che ho partecipato coi miei effetti e il mio laboratorio. Per cui sono fortemente interessato al fatto che venga venduto all'estero. È girato in italiano e in francese, perché è coprodotto con la Francia. Oltre ad Hossein gli interpreti principali sono Romina Mondello e Riccardo Serventi.

Contemporaneamente a La maschera di cera *hai collaborato quest'estate agli effetti speciali del musical teatrale* Il fantasma dell'opera *e del film* Nirvana *diretto da Gabriele Salvatores.*
Sì. Al *Fantasma dell'opera* ho dato solo una mano per portarlo avanti ma poi ho dovuto lasciarlo. *Nirvana* è stato un grosso lavoro. Abbiamo realizzato molti *props* meccanici. Siccome il film parla di trapianti di organi come se fossero diventati molto comuni, si trovano organi usati sulle bancarelle; questo è stato uno degli aspetti che più mi hanno coinvolto. Oltre a curare il casco virtuale per Christopher Lambert, le telecamere al posto degli occhi per Sergio Rubini, pupazzi vari... ero in gara per realizzare anche gli effetti digitali, ma poi sono state delle ditte di Milano a occuparsene. *Nirvana* si accavallava con le riprese del mio film *La maschera di cera*.

Grazie a questi due film e al film dei Vanzina sui viaggi nel tempo in lavorazione a Cinecittà c'è una specie di piccolo "rinascimento" del cinema fantastico italiano. Cosa ne pensi?
Era inevitabile. Qualsiasi nazione che voglia continuare a fare del cinema non potrà mai fare a meno di questo genere. Il cinema è fantasia. Personalmente sono molto interessato al genere fantastico, che non è detto non possa essere poetico e debba essere soltanto *splatter*. Credo sia un momento buono. Lo spero per noi, che siamo in prima linea. Spero che non perderemo un altro dei treni che partono. È un appello rivolto anche ai produttori: non pensate al cinema fantastico solo come un'occasione per far soldi nel momento in cui all'estero funziona. In questi giorni ho visto film americani spettacolari, alcuni riusciti e altri per nulla. Mi riferisco a *Independence Day*, ove non ritroviamo affatto né la poesia né la ricchezza visiva che c'era nel vecchio film *La guerra dei mondi*. Un film degli anni '50 che batte di gran lunga la tecnologia attuale.

Quali progetti hai?
Uno dei motivi per cui sono stato coinvolto nella regia è che ero pronto a battermi per lanciare un progetto tratto dal fumetto *Nathan Never*. Attualmente abbiamo acquisito, assieme a Loris Curci, l'opzione per i diritti di adattamento e ci stiamo lavorando. Dobbiamo trovare i finanziamenti, naturalmente. È un'idea tutta italiana che se sarà fatta bene riuscirà sicuramente molto spettacolare e piacerà molto ai giovani.

IN LIBRERIA

James Morrow, L'ultimo viaggio di Dio. **Il saggiatore**, pagg. 324, lire 28.000.

Ray Garton, Live Girls, **Bompiani**, pagg. 280, lire 15.000.

Harry Turtledove, Invasione: Anno zero, **Nord**, pagg. 539, lire 26.000.
Harry Turtledove, Invasione: Fase seconda, **Nord**, pagg. 480, lire 26.000.

Con *L'ultimo viaggio di Dio* di James Morrow, eccoci di fronte a un libro e a un autore che ancora una volta, come già era accaduto con scrittori come Kurt Vonnegut, James Ballard, M.P. Shiel e i nostri Buzzati e Calvino, riesce a destreggiarsi con estrema disinvoltura sul filo di separazione quanto mai esiguo e invisibile (eppure tangibile per la critica più esigente) tra narrativa di genere e letteratura tout-court.

James Morrow, istituzionalmente, non è uno scrittore di fantascienza (nato a Philadelphia nel 1947, ha pubblicato diversi romanzi e questo è il suo secondo libro tradotto in Italia, dopo *Nel nome della figlia*), eppure *L'ultimo viaggio di Dio* lo proietta istantaneamente tra i migliori autori di questo genere, non solo per l'idea brillante ed estremamente originale che c'è alla base del romanzo, quanto per lo stile ricco e accurato, per la galleria di personaggi credibili e attuali che vi vengono coinvolti, per il piglio con cui ha affrontato la vicenda che descrive.

La storia è presto detta: Dio muore, e il suo corpo gigantesco, di forma perfettamente umana e assolutamente identica a quella dello stereotipo secolare delle sue rappresentazioni artistiche (barba e capelli bianchi, aria saggia e intelligente ma anche minacciosa), cade sulla Terra, nell'oceano al largo delle coste africane.

Dopo lo sconcerto iniziale, angeli e arcangeli comprendono che la sola cosa che possono fare è cercare di garantire degna sepoltura al corpo di Dio, e magari cercare di conservarlo il più a lungo possibile, nel caso di un insperato miracolo (anche se non sanno, a questo punto, chi potrebbe effettuarlo). Scendono così sulla Terra e assoldano Anthony Van Horne, capitano di una petroliera sconvolto da uno straziante senso di colpa per aver causato un immane disastro ecologico, che insieme a padre Thomas Wickliff Ocklam in rappresentanza del Vaticano e a un equipaggio estremamente eterogeneo (tra cui l'atea militante Cassie Fowler, che creerà non pochi problemi a Van Horne, soprattutto di cuore) si recheranno sul luogo... *dell'ammaraggio* per recuperare il santo cadavere e trasportarlo nel continente antartico, dove le schiere angeliche hanno approntato una gigantesca tomba scavata nel ghiaccio per poter conservare al meglio le sacre spoglie di Dio.

Come recita l'ultima riga della quarta di copertina, si tratta di "un romanzo in magistrale equilibrio tra dramma e grottesco".

Un libro che può insegnare parecchio sull'arte di muoversi sul vacui confini tra letteratura e narrativa di genere, arrivando a offrire al lettore un prodotto di ottima qualità.

Quasi dieci anni dopo la sua data di nascita negli Stati Uniti (un tempo ormai fisiologico della nostra cultura per raccogliere da oltre oceano spinte propositive in ogni campo dell'arte), lo *splatterpunk* esordisce anche in Italia con due antologie storiche del genere, quella intitolata *Splatterpunk* edita da Mondadori, e *Il libro dei morti viventi* curato dai due patron dello splatterpunk, John Skipp e Craig Spector (Bompiani). Si tratta di un'ulteriore sottodivisione di genere, o rotta parallela, o cordone ombelicale di differenti percorsi della letteratura del fantastico (tre modi diversi per dire la stessa cosa, in realtà) che unisce le tinte forti dell'horror ai sanguinolenti — a volte fino all'eccesso — effetti speciali dei film americani di serie B.

Ebbene, quando lo splatterpunk nacque ufficialmente, nel 1988, Ray Garton aveva già dentro di sé tutte le caratteristiche per entrare a farvi parte a pieno diritto, soprattutto per avere pubblicato l'anno prima il suo romanzo d'esordio, questo *Live Girls* già uscito in Italia nel 1991 nella collana di libri horror da edicola della Mondadori (con il titolo di *Ragazze vive*) che ora gli Squali Bompiani ripropongono mantenendo la stessa traduzione.

La storia è semplice quanto coinvolgente. Dawey Owen, dopo essere stato licenziato dalla casa editrice stile *pulp* anni Cinquanta in cui lavorava, arriva quasi per caso in uno dei locali più nascosti e chiacchierati di Manhattan, il Live Girls, dove ragazze compiacenti promettono esperienze lussuriose senza limiti.

Dawey si fa trascinare e coinvolgere dall'atmosfera torbida del locale, e come prescrive il miglior splatterpunk ecco cominciare subito la catena di omicidi, nefandezze e spruzzature di sangue da ogni parte.

Ma dietro a questo vortice raccapricciante e quasi esagerato di orrore metropolitano, si cela una realtà di morte e resurrezione che può trascinare il protagonista (e con lui il lettore sprovveduto) in un baratro da cui difficilmente si fa ritorno.

Per concludere con le parole del curatore della collana, "in questo romanzo realisticamente ambientato in una New York contemporanea, Garton riesce ad ammantare una storia densa di particolari aggressivi e osceni di un velo brumoso di inquietudine, e a propagare la vena caotica e paranoica che cresce nella vicenda oltre i confini rassicuranti della pagina."

Quando Philip K. Dick scrisse *La svastica sul sole*, probabilmente non immaginava che il suo bellissimo romanzo sarebbe diventato il precursore di un'intera serie di libri dedicati a una seconda guerra mondiale alternativa. In realtà, *La svastica sul sole* non s'interessava tanto della guerra in sé, bensì dei risultati sociali e ideologici a cui avrebbe potuto portare un diverso sviluppo delle cronache storiche. Dick immaginava che a vincere la seconda guerra mondiale fossero stati i tedeschi e i giapponesi, e che la loro influenza si fosse estesa su tutto il mondo, con conseguenze poco raccomandabili. Recentemente, un altro americano, Richard Harris, ha scalato le vette dei libri più venduti di tutto il mondo con il romanzo *Fatherland*, in cui la vicenda descritta da Dick era ripresa praticamente alla lettera, anche se entrando un po' più approfonditamente nelle vicende della guerra e in personaggi reali come Hitler.

Adesso Harry Turtledove, un californiano laureato in storia bizantina ed ex-docente universitario di storia (dunque ferrato in materia), arrivato a farsi conoscere dai lettori con le saghe fantasy della legione perduta e del ciclo di Krispos di Videssos, ha deciso di riprendere in mano l'argomento della storia alternativa (in particolare proprio della seconda guerra mondiale) e si è messo a modo suo sulle orme di Dick e Harris (ma si potrebbe citare anche *Il signore della svastica* di Norman Spinrad) scrivendo *Invasione: Anno zero* e il suo seguito, *Invasione: Fase seconda*.

Dico a modo suo, perché l'idea di Turtledove è più complessa di quella dei suoi predecessori, e questo è dimostrato dal fatto che per renderla in modo soddisfacente ha dovuto diluirla, per il momento, in due romanzi, che probabilmente in futuro saranno ampliati in un ciclo vero e proprio (a quanto pare, è difficile liberarsi dalle *insane* abitudini della fantasy).

Nella distopia del Ciclo dell'Invasione (chiamiamolo così), accade che proprio nel bel mezzo della seconda guerra mondiale, quando ancora gli equilibri sono lontani dall'incrinarsi a favore degli Alleati, piomba un terzo incomodo, un invasore alieno determinato e spietato, oltre che dotato di superiori capacità tecnologiche.

Detto così potrebbe sembrare il solito polpettone tipo *Visitors*, con i terrestri che ovviamente si alleano tra di loro, che ovviamente combattono all'ultimo sangue, che ovviamente soffrono ma non mollano, e che ancora più ovviamente, alla fine, vincono.

Ma in realtà Turtledove compie – da buon storico qual è – un'operazione che rivaluta parecchio i suoi romanzi e li rende estremamente interessanti: entra nel merito della guerra in modo circostanziato, andando a descrivere il fronte russo, il ghetto di Varsavia con i suoi problemi legati alla sopravvivenza spicciola (tant'è che all'inizio gli invasori vengono acclamati come liberatori, dagli ebrei prigionieri dei tedeschi), l'ingegno del controspionaggio inglese messo all'opera contro gli extraterrestri, la possente macchina industriale americana che ansima e produce per non privare gli uomini della possibilità di combattere.

In realtà, si potrebbe interpretare questa serie come una sorta di chiave di lettura atipica di fatti realmente accaduti durante la seconda guerra mondiale, analizzati nel dettaglio grazie all'espediente dell'invasione aliena, che consente di viaggiare da un fronte all'altro e da una mentalità all'altra per scoprirne i retroscena e mettere a nudo l'intimità al di là delle barricate costruite, nel mondo reale, dai contrasti tra le ideologie.

Franco Forte

Urania di marzo

Pournelle/Niven/Barnes
L'INCOGNITA DEI GRENDEL

TAU CETI IV è il pianeta, da poco colonizzato, su cui gli uomini vivono come in un antico sogno feudale. Ma è anche il regno dei Grendel, mostri che sembrano usciti da un incubo mitologico. La convivenza è appesa a un filo, finché un giorno i Grendel commettono un atto di furiosa, cieca brutalità. Cadmann Weyland, il militare della missione, sa di dover rispondere alla provocazione. Ma come?

Charles Sheffield
LE LUNE FREDDE

Lo scienziato Ciryus Mobarak progetta di fondare una colonia sui mari di Europa, satellite di Giove. A lui si oppone Hilda Brandt, nel timore che l'arrivo degli uomini modifichi l'equilibrio ecologico del pianeta Attraverso lo spazio disseminato di armi atomiche, Il gelido pianeta pare irraggiungibile. E' un'impresa per pochi che implica coraggio, genio e speranza. Un'avventura nella nuova frontiera.

URANIA
a cura di Giuseppe Lippi

Direttore responsabile: Stefano Magagnoli
Coordinamento: Annalisa Carena
Redazione: Cinzia Monaco
Segreteria di redazione: Loredana Grossi

Periodico quattordicinale n. 1303 - 16 febbraio 1997
Pubblicazione registrata presso il Tribunale di Milano
n. 3688 del 5 marzo 1955
Redazione, amministrazione: Arnoldo Mondadori Editore S.p.a.
20090 Segrate, Milano
Sede legale: Arnoldo Mondadori Editore S.p.A.
via Bianca di Savoia 12 - 20122 Milano

ISSN 1120-5288

Urania - february 16, 1997 - Number 1303
Urania is published every other week
by Arnoldo Mondadori Editore
Segrate, 20090 Milan, Italy

 Questo periodico è iscritto alla FIEG
Federazione Italiana Editori Giornali

 Questo periodico è associato alla
Unione Stampa Periodica Italiana

Urania - NUMERI ARRETRATI: il triplo del prezzo di copertina. Inviare
l'importo a: «Arnoldo Mondadori Editore S.p.A. - Sezione Collezionisti»
(tel. 92108312) servendosi, preferibilmente del C.C.P. n. 925206.
Corrispondenza: Casella Postale 1833 - Milano. ABBONAMENTI: Italia annuale L. 228.800 (sconto 20%). Estero annuale L. 348.400. Per cambio indirizzo, informarci almeno 20 giorni prima del trasferimento, allegando l'etichetta con la quale arriva la rivista. Non inviare francobolli, né denaro: il
servizio è gratuito. Per le richieste di abbonamento provenienti dall'Ocea-
nia (Australia, Nuova Caledonia, Nuova Zelanda, Polinesia Francese, Va-
nuatu, South Pacific): EUROPRESS DISTRIBUTORS, Unit 3, 123 McEvoy
Street, Alexandria NSW 2015, AUSTRALIA - Tel. 0061/2/6984922, Fax
0061/2/6987675. Gli abbonamenti possono avere inizio in qualsiasi periodo
dell'anno. Inviare l'importo a Arnoldo Mondadori Editore S.p.A. (Segrate)
Milano, Ufficio Abbonamenti, servendosi preferibilmente del C.C.P. n. 5231.
Gli abbonamenti possono anche essere fatti presso gli Agenti Mondadori
nelle principali città e inoltre presso le seguenti Librerie ELLEMME - MON-
DADORI: Como, Via Vitt. Emanuele, 36, Tel. 031/273424 - Fax 031/273314;
Milano, L.go Corsia Servi, 11, Tel. 02/76005832-3 - Fax 02/76014902; Milano, c/o Coin, P.zza 5 Giornate, Tel. 02/55014327-15 - Fax 02/55010919; Roma, P.zza Cola di Rienzo, 81/83, Tel. 06/3220188 - Fax 06/3210323; Taranto,
c/o Coin, Via di Palma, 88, Tel. 099/4526480/4596616 - Fax 099/4526480.